# 한국
# 아동문학비평사
# 자료집

3

1930.1~1931.1

# 한국 아동문학비평사 자료집

# 3

1930.1~1931.1

류덕제 엮음

보고사
BOGOSA

서문

# 아동문학 연구의 토대 구축을 위하여

『한국 아동문학비평사 자료집』은 이십세기 초부터 한국전쟁 직전까지의 아동문학 관련 비평문을 모아 전사(轉寫)한 것이다. 주로 일제강점기와 해방기의 비평문이다. 한국전쟁 이후의 비평문도 일부 포함되어 있는데, 대체로 사적(史的)인 정리나 회고 성격의 글이라 아동문학을 이해하는데 도움이 되는 것들이다. '아동문학 관련 비평문'이라 한 것은 이론비평과 실제비평, 서평(書評), 서발비평(序跋批評) 등 아동문학 비평뿐만 아니라 소년운동과 관련된 비평문들도 다수 포함하였기 때문이다.

문학 연구는 문학사로 귀결된다. 사적 연구(史的硏究)는 일차 자료 확보가 무엇보다 중요하다. 그중에서도 비평 자료는 작가와 작품에 대한 이해를 위해 반드시 필요하다. 이것이 『한국 아동문학비평사 자료집』을 편찬하는 이유다. 지금까지 아동문학에 관한 비평 자료는 방치되었거나 매우 제한된 범위 내에서 소수의 연구자들이 관심을 가졌을 뿐이다. 최근까지 아동문학에 대한 연구는 현대문학 연구자들의 관심분야가 아니었다. 아동문학과 가장 친연성이 강한 교육대학에서는 작품을 활용하는 실천적인 교육 방법에는 관심이 많았지만 학문적 접근은 대체로 소홀했었다.

원종찬이 '한국아동문학 비평자료 목록'(『아동문학과 비평정신』)을 올려놓은 지도 벌써 20여 년이 가까워 오지만, 아동문학 비평에 대한 연구는 여전히 미흡하다. 아동문학 작가나 작품에 대한 서지(書誌)는 오류가 많고, 작가연보(作家年譜)와 작품연보(作品年譜)가 제대로 작성되어 있지 못한 경우가 태반이다.

최근 현대문학 연구자들이 대거 아동문학 연구로 눈을 돌리면서 일정한 성과가 있었다. 하지만 연구 토대가 불비하다 보니 한계가 많다. 토대가 불비한 아동문학 연구의 현황을 타개하자면 누가, 언제, 무엇을 썼는지에 대한 자료의 정리가 필수적이다. 정리된 자료는 목록화하고 찾아보기 쉽게 검색 기능을 제공해야 할 것이다.

이 자료집은 일차적으로 아동문학 비평문을 찾아 전사하여 모아 놓은 것이다. 언뜻 보면 찾아서 옮겨 적는 단순한 일이라, 다소 품이 들긴 하겠지만 별반 어려울 게 없을 것이라 생각하기 쉽다. 그러나 실제 작업을 진행해 보면 난관이 한둘이 아니라는 것을 알게 된다. 먼저 아동문학 비평 자료의 목록화 작업이 녹록하지 않았다. 원종찬의 선행업적이 큰 도움이 되었지만 보완해야 할 것이 많았기 때문이다. 게다가 일제강점기의 통일되지 못한 맞춤법과 편집 상태는 수없는 비정(批正)과 각주(脚註) 달기를 요구하였다.

자료의 소장처를 확인하는 것도 지루한 싸움이었다. 소장처를 안다 하더라도 입수하는 것은 생각만큼 용이하지 않았다. 자료를 선뜻 제공하지도 않지만, 제공한다 하더라도 까다로운 규정 때문에 어려움이 많았다. 1920년대 잡지 대여섯 권을 복사하는데 10여 차례 같은 도서관을 찾아야 했다. 지방에 있는 편자로서는 시간과 비용과 노력이 여간 아니었다.

자료를 입수했다 하더라도 문제는 또 있었다. 원자료(原資料)의 가독성을 높이기 위해 영인(影印)이 아니라 전사를 하고자 한 데서 비롯된 것이다. 암호 판독 수준의 읽기 작업이 필요했다. 1회분 신문 자료를 읽어내는 데 하루 종일 걸린 적이 한두 번이 아니었다. 마이크로필름 자료의 경우 한글도 그렇지만 한자(漢字)의 경우 그저 하나의 점(點)에 다름없는 것들이 허다했다.

10여 년 동안 이 작업을 진행해 오면서 공동작업의 필요성이 간절했지만 현실적인 여건이 따르지 못해 여러모로 아쉬웠다. 전적으로 홀로 전사 작업을 수행하느라 십여 년이나 작업이 천연(遷延)될 수밖에 없었다.

그러나 나선 길을 성과 없이 중동무이할 수는 없었다. 매일 늦은 밤까지 수업을 제외한 대부분의 시간을 신문 자료와 복사물 그리고 영인본들을 뒤져서 자료를 가려내고 옮겨 적는 작업에 매달렸다. 시간이 갈수록 자료의 양이 늘어가고 욕심 또한 커졌다. 새로운 자료를 하나둘씩 발견하다 보니 좀 더 완벽을 기하고 싶었던 것이다. 자료 발굴에 대한 강박증이 돋아났다. 그러다 보니 범위가 넓어지고 작업량이 대폭 늘었다. 석사과정 당시 자료의 중요성을 강조하던 선생님들 덕분에 수많은 영인본을 거의 무분별하게 구입해 두었는데, 새삼 많은 도움이 되었다.

일제강점기의 아동문학은 소년운동과 분리되지 않는다. 소년운동은 사회운동의 일 부문 운동이었다. 이 자료집에 '소년회순방기(少年會巡訪記)'를 포함한 소년운동 관련 자료들이 많은 이유다. 소년운동이나 소년문예운동에 관한 기사 형태의 자료들이 아동문학을 이해하는 데 요긴하지만, 이 자료집에서는 갈무리하지 못했다. 따로 정리할 기회가 있을 것으로 생각한다.

자료를 전사하면서 누군지도 모르는 수많은 필자들을 만났다. 각종 사전을 두루 찾아도 그 신원을 알 수가 없었다. 잡지의 독자란과 신문 기사를 통해 필자들의 신원을 추적하였다. 아직 부족한 점이 많지만, 대강은 가늠할 수 있는 정도가 되어 자료집의 말미에 '필자 소개'를 덧붙일 수 있게 되었다. 하지만 분량 때문에 '작품연보'는 뺄 수밖에 없었다. 일제강점기 다수의 필자들은 본명 이외에 다양한 필명(호, 이명)으로 작품 활동을 하였다. 이들의 신원을 밝혀 '아동문학가 일람'을 덧붙였는데, 연구자들에게 많은 도움이 될 것으로 생각한다.

이 자료집을 엮는데 여러 기관과 사람의 도움을 받았다.

신문 자료는 국사편찬위원회의 '한국사데이터베이스'와 한국언론진흥재단의 '미디어가온', 국립중앙도서관의 원문 자료 서비스와 네이버(NAVER)의 '뉴스 라이브러리', '조선일보 아카이브' 등의 도움이 컸다. 인터넷을 통해 확인할 수 있고, 검색 기능까지 제공되기 때문에 무척 편리했다. 그러나 다 좋을 수는 없듯이 결락된 지면과 부실한 검색 기능 때문에 아쉬움 또한 컸다. 결락된 부분은 『조선일보』, 『동아일보』, 『시대일보』, 『중외일보』, 『중앙일보』, 『조선중앙일보』, 『매일신보』 등의 영인 자료를 찾아 보완할 수 있었다. 부실한 검색 기능을 보완하기 위해 지루하기 이를 데 없는 신문 지면의 목록화 작업을 오랜 시간 동안 수행해야만 했다. 『조선일보 학예기사 색인(朝鮮日報學藝記事索引)』은 부실한 검색 기능을 보완하는데 큰 도움이 되었다. '조선일보 아카이브'가 제공되기 전 마이크로필름 자료를 수시로 열람할 수 있게 해 준 경북대학교 도서관의 도움도 잊을 수 없다.

잡지 자료는 『한국아동문학 총서』의 도움이 컸다. 경희대학교 한국아동문학연구센터에 소장되어 있는 이재철(李在徹) 선생 기증 자료와 연세대학교 학술정보원 국학자료실의 이기열(李基烈) 선생 기증 자료, 서울대학교, 고려대학교, 서강대학교, 이화여자대학교 도서관의 여러 자료들에 힘입은 바가 크다. 이주홍문학관(李周洪文學館)에서도 『별나라』와 『신소년』의 일부를 구할 수 있었다. 아단문고(雅丹文庫)에서 백순재(白淳在) 선생 기증 자료를 통해 희귀 자료를 많이 찾을 수 있었다.

자료를 수집하는데 많은 분들의 도움을 받았다. 부산외국어대학교의 류종렬 교수는 애써 모은 『별나라』와 『신소년』 복사본을 아무런 조건 없이 하나도 빼지 않고 전량 건네주었다. 이 작업을 시작할 수 있게 밑돌을 놓아 주어 고맙기 이를 데 없다. 신현득 선생으로부터 『별나라』, 『신소년』, 『새벗』 등의 자료를 보완할 수 있었던 것도 생광스러웠다. 한국아동문학연구센터의 자료를 마음대로 이용할 수 있도록 도와주었을 뿐 아니라, 빠진 자료를 찾아달라는 무례한 부탁조차 너그럽게 받아 준 김용희 선생의 고마움을 잊을 수 없다. 희귀 자료의 소장처를 알려주거나 제공해 준 근대서지학회의 오영식 선생과 아단문고의 박천홍 실장에게도 고맙다는 말을 전해야 한다.

막판에 『가톨릭少年』을 찾느라 애를 썼다. 성 베네딕트(St. Benedict) 수도원 독일 오틸리엔(St. Ottilien) 본원이 한국 진출 100주년을 맞아 소장 자료를 공개하였다. 베네딕트 수도원의 선 신부님과 서강대 최기영 교수를 거쳐 박금숙, 장정희 선생으로부터 자료를 입수할 수 있었다. 자신들의 연구가 끝나지 않았음에도 흔쾌히 자료를 제공해 주어 귀중한 비평문을 수습할 수 있었다.

자료 입력이 끝나갈 즈음, 마무리 확인을 하는데 수시로 새로운 자료가 불쑥불쑥 나타났다. 많이 지쳐 있던 터라 타이핑 자체가 싫었다. 이때 장정훈 선생의 도움이 없었으면 마무리 작업이 훨씬 더뎠을 것이다. 학교 일이랑 공부랑 겹쳐 힘들었을 텐데 무시로 하는 부탁에 한 번도 싫은 내색을 하지 않고 도와주었다. 자료를 찾기 위해 무작정 동행하자는 요구에 흔쾌히 따라주었고, 수많은 자료를 사진으로 찍어 주었던 김종헌 선생의 고마움도 밝혀 두어야 한다.

수민, 채연, 그리고 권우는 나의 자료 복사 요구를 수행하느라 자기 대학 도서관뿐만 아니라 이웃 대학의 도서관을 찾아다녀야 했고, 심지어 다른 대학 친구들을 동원해 자료를 복사해야 했다. 언제 벚꽃이 피고 지는지도 모르고 산다며 푸념을 하면서도, 주말과 휴일마다 도시락을 싸고 일상의 번다한 일을 대신한 집사람에게도 고마운 인사를 해야겠다.

10년이 넘는 시간을 이 일에 매달렸는데, 이제 벗어난다고 생각하니 한편 홀가분하면서도 아쉬운 점이 없지 않다. 자료 소장처를 몰라서, 더러는 알면서도 이런저런 어려움 때문에 수습하지 못한 자료가 적지 않기 때문이다. 눈 밝은 연구자가 뒤이어 깁고 보태기를 바란다. 학문의 마당에서 '나를 밟고 넘어서라'는 자세는 선학과 후학 모두에게 꼭 필요하다고 생각한다.

끝으로 이 자료집은 1920년대까지 다른 출판사에서 첫째 권이 간행된 후 여러 사정으로 중단되었다. 새로 보고사에서 완간하게 되었다. 많은 자료를 보완했고, 아동문학과 소년운동을 나누어 편집했다. 자료집의 발간을 흔쾌히 맡아준 보고사 김흥국 사장과 박현정 편집장, 부실한 교정(校正)과 번거로운 자료 추가 요구를 빈틈없이 처리해 준 황효은 씨에게 감사를 드린다.

2019년 정월

대명동 연구실에서 류덕제

## 일러두기

1. 이 자료집에 수록된 모든 글은 원문(原文)을 따랐다. 의미 분간이 어려운 경우는 각주(脚註)로 밝혔다. 다만 다음과 같은 경우에는 각주를 통해 따로 밝히지 않고 바로잡았다.

   가) 편집상 오류의 교정: 문맥상 '文明'을 '明文'으로 하거나, '꼿꼿하게 直立하여 잇지 아니며/고 卷髮로써 他物에다 감어가하/'와 같이 세로조판에서 행별로 활자가 잘못 놓인 경우, '꼿꼿하게 直立하여 잇지 아니하고 卷髮로써 他物에다 감어가며'로 바로잡았다.

   나) 괄호와 약물(約物)의 위치, 종류, 층위 오류의 교정: '(a), (B), (C), (D)'나 '(가), (2), (3), (4)'와 같은 경우, '(A), (B), (C), (D)'나 '(1), (2), (3), (4)'로 바로잡았다. 같은 층위이지만 '◀'이나 '◎' 등과 같이 약물이 뒤섞여 있거나, 사용해야 할 곳이 빠져 있는 경우, 일관되게 바로잡았다.

2. 띄어쓰기는 의미 분간을 위해 원문과 달리 현재의 국어표기법을 따랐다. 다만 동요(童謠), 동시(童詩) 등 작품을 인용하는 경우 원문대로 두었다.

3. 문장부호는 원문을 따르되, 일관성과 통일성을 위해 추가하거나 교체하였다.

   가) 마침표와 쉼표: 문장이 끝났으나 마침표가 없는 경우 마침표를 부여하고, 쉼표는 의미 분간이나 일관성을 위해 필요한 경우 추가하였다.

   나) 낫표(「 」), 겹낫표(『 』): 원문에 없지만 작품에는 낫표, 신문과 잡지와 같은 매체, 단행본 등에는 겹낫표를 부여하였다.(『별나라』, 『동아일보』, 「반달」, 『어깨동무』 등)

   다) 꺽쇠(〈 〉): 단체명에는 꺽쇠를 부여하였다.

라) 큰따옴표(" ")와 작은따옴표(' '): 원문에 외국 인명, 지명 등에 낫표나 겹낫표를 사용한 경우가 있어 작은따옴표로 통일하였다. 한글 인명이나 지명, 강조나 인용 등의 경우에 사용된 낫표와 겹낫표는 모두 큰따옴표로 구분하였다. 다만 본문을 각주에서 인용하는 경우에는 한글이라 하더라도 작은따옴표를 사용하였다.

4. 오식(誤植)이 분명한 경우 본문은 원문대로 하되 각주를 통해 오식임을 밝혔다. 이 자료집의 모든 각주는 편자 주(編者註)이다.

5. 원문에서 판독할 수 없는 글자는 대략 글자의 개수(個數)만큼 '□'로 표기하였다. 원문 자료의 훼손이나 상태불량으로 판독이 불가능한 글자의 개수를 헤아리기 어려운 경우에는 '한 줄 가량 해독불가' 식으로 표시해 두었다. '×××'나 '○○○'와 같은 복자(伏字)의 표시는 원문대로 두었다.

6. 인용문이 분명하고 장문인 경우, 본문 아래위를 한 줄씩 비우고 활자의 크기를 한 포인트 줄여 인용문임을 쉽게 알아보도록 하였다.

7. 잡지나 책에서 가져온 자료일 경우 해당 쪽수를 밝혔고(예: '이상 5쪽'), 신문의 경우 수록 연월일을 밝혀놓았다. 단, 원문에 연재 횟수의 착오가 있는 경우 각주로 밝혔으나, 오해의 소지가 없을 경우에는 그대로 두었다.

8. 외국 아동문학가들의 성명 표기는 필자와 매체에 따라 뒤죽박죽이다. 일본어 가타카나[片仮名]를 한글로 표기하는 데서 비롯된 것으로 보인다. 이해의 편의를 위해 원문 아래 각주로 간단하게 밝혔다. 자세한 것은 자료집의 말미에 실은 '외국 아동문학가 일람'을 참조하기 바란다.

## 차례



# 아동문학

## 소년운동

# 아동문학

## 申孤松, "새해의 童謠運動－童心純化와 作家誘導(一)", 『조선일보』, 1930.1.1.

第一. 二九年의 되푸리

빗 업는 過去의 되푸리 — 이것은 차라리 撤歌하는 것이 조치 안켓나. 우리가 二九年(二九年 以前이든지)를 回顧하야 비록 한주먹에 들지 안흔 것이라도 일해 노흔 痕迹이 잇다면 그것이야 자랑이라고 稱誦도 하겟다만은 되푸리를 한 대야 쓸데업는 한숨에 지나지 안는 것이니 그만두는 것이 도리어 낫지 안켓나. 그럿타고 비록 적은 별 두어 개 떨어진 셈밧게 안 되는 것이라고 버려둔다면 그것은 또 歷史의 한 페이지를 찌저버리는 것이다.

우리가 二九年 한 해를 두고 特筆할 만한 童謠運動을 햇다는 것은 아니로되 잠고대에 不過한 소리엇스나 理論과 作品이 잇서다는 것만은 事實이 아닌가.

×

宋完淳(敬稱을 畧한다)이 「童謠運動의 史的 考察」[1]을 試驗해 보앗다만은 이것도 쓸대업는 過去의 되푸리엇고 압길에 對한 아모 方途와 暗示를 주지도 안햇스며

金泰午의 「童謠斷想」[2]은 벌서 케케묵은 十八世紀의 革命에 지나지 안햇다.

이 外에는 理論이라고는 업섯다.

다음 作品에 잇서서는 엇더하엿든가

세 新聞과 『어린이』 『새벗』 『新少年』 『별나라』 『少年朝鮮』 『半島少年』

---

1 宋完淳의 「朝鮮 童謠의 史的 考察」(『새벗』, 제5권 제9호, 1929년 8, 9, 10 합병호)을 가리킨다. 「朝鮮 童謠의 史的 考察(二)」(『새벗』, 복간호, 1930년 5월호)로 이어졌다.

2 金泰午의 「童謠 雜考 斷想(전4회)」(『동아일보』, 29.7.1~5)을 가리킨다.

『兒童畵報』[3] 等의 雜誌에서 極히 多數로 發表되엿다.

그러나 새로운 傾向과 淸新味 잇는 가장 天然스럽고 純然한 童心의 노래를 뵈어 준 이가 업섯다. 토막토막이 내어놋는 少年들의(嚴密한 意味에서는 少年이 아니고 靑年) 作品을 錯誤 又는 痲醉된 認識의 所産이니 볼 만한 것이 업섯슴은 말할 餘地조차 업고 한동안 英雄이든 諸 童謠詩人들은 아즉도 純粹한 童心을 把握치 못하엿다.

×

韓晶東 高長煥 金泰午 이들은 눈뜰 活動도 업섯지만은 우에서 말한 純粹한 童心의 把握을 아즉 하지 못하얏다. 가장 活動한 이들은 누구나면 尹福鎭, 尹石重, 李貞求, 宋完淳, 南宮琅, 韓泰泉, 金銃榮 들이엇다.

尹福鎭은 實로 多作이엇다. 新聞紙의 가장 큰 紙面을 點하야 間斷업시 내어주엇다. 그러나 多作인만치 駄作 —— 間或 快作도 잇지만 —— 이 만코 淸新한 맛을 차저볼 수 업다. 원숭이 흉내처럼 요 傾向의 模製品을 내고는 조금 手法의 模型을 써 보니 갑시 싸고 重量이 업슴을 늣기게 된다.

×

尹石重은 이 手法에 잇서서나 그 取材에 잇서서나 가장 새로운 것을 試驗하엿스며 그리고 그것이 하나 업시 다 成功을 하엿다. 그가 讀者들 尊敬하고 新聞紙를 所重히 생각하야 한번이라도 自信업는 것을 내어주지 안헛슴을 感謝한다.

李貞求의 努力도 큰 것이엇다. 그의 沈着한 態度와 洗練된 手法과 純粹化된 取材 等은 實로 謝할 만하다.

宋完淳은 『新少年』을 들고 나섯스나 그 詩的 取材와 表現 手法이 端的인 兒童의 心理性을 써나 支離하고 迂遠하다.

鄭祥奎, 李元壽 이 둘은 가장 敬虔한 態度의 純然한 童謠를 뵈어 주엇다.

×

南宮琅은 昨年 後期에 出現하야 多作이면서도 駄作 업시 조흔 取材를

---

3 『兒童畵報』는 1929년 10월에 평양에서 옥종민(玉宗民) 등이 창간호를 발간하였다.

뵈어 주엇스며 韓泰泉, 嚴興燮, 金炳昊 들도 極少數이엇으나 버릴 수 업는 異彩 나는 童謠를 뵈어 주엇다.

이 外에도 梁雨庭, 李久月, 金思燁, 玄東炎, 南洋草 等이 잇섯스나 모두가 이러타고 指摘할 만한 傾向도 업시 誤錯된 童心의 槪念 虛飾 難解 無實한 노래를 내여노핫슬 뿐이다. 이러고 보니 지난 한 해에는 이러타고 指摘할 만한 傾向도 理論도 업섯다.

### 第二. 三○年과 새로운 問題

三○年을 마저 우리는 새로운 機軸 잡고 第二期的 作品을 내어노하야 한다. 우리는 가장 時急한 問題로 다음의 몃 가지를 提起한다.

첫재 過去의 童謠는 初期의 自然生成 속에 제멋대로 자라난 病的 所産으로 淸算해 버리자는 것이며 둘재 純粹한 童心의 노래를 불으자는 童心의 純粹化 運動과 셋재 幼年作家를 誘導하자는 것들이다.

#### (A) 非童謠의 淸算

過去에 잇서 우리가 錯誤된 作品을 내어노핫다는 것을 自覺하여야 한다. 自覺한 다음에는 이것이 誤謬임을 알앗슴에 潔白히 淸算해 버릴 것이다.

---

## 申孤松, "새해의 童謠運動－童心純化와 作家誘導(二)", 『조선일보』, 1930.1.2.

그런다면 純粹한 童心의 把握과 定型律에 잡히지 아니하고 自由律의 發見 等은 제절로 쌀흠이 아닌가.

새로운 建設은 過去의 모든 것을 앗김업시 破壞하는 대 잇다. 우리는 조금도 愛着함이 업시 錯誤된 過去의 作品을 버리자. 그리하야 第二期에 들어간 우리의 童謠運動을 爲하야 努力하자. 開拓하자.

童謠를 制作하는 이는 新聞이나 雜誌를 좀 더 所重이 생각하여서 第二期

의 童謠로써 붓그러운 것은 내지 말어라.

新聞과 雜誌에서 童謠를 考選하는 이는 童謠에 對한 正當한 理解를 가질 것이다. 그리고 한 페지의 紙面이라도 濫用치 말어야 하리라고 생각한다. 過去에 잇서서는 生成을 助長하는 意味로 아모것이나 들어오는 대로 揭載해 주엇지만은 이제부터는 眞正한 童心의 노래가 아니고 力量이 뵈이지 안는 것은 내여주지 말물 바란다. 個體를 爲하는 것보담도 우리 童謠運動의 全體를 爲하야 考選에도 硏究할 必要가 잇지 안켓나.

### (B) 童心의 純粹化

童謠라고 일홈 가진 것이면 반드시 一百 퍼센트의 童心을 실(載)은 것이라야 한다. 完全한 童心에로 歸還하고 純然한 童心을 把握하여야만 眞正한 童謠라고 할 수 잇슬 것이다.

童謠는 端的인 兒童生活 狀態의 反映이라야 한다. 決코 迂遠한 寓意를 주지 말 것이며 自流의 心境의 노래는 兒童에게 뵈어주지 말고 오즉 純粹한 童心의 노래만을 어린이에게 뵈어주어야 한다.

童心의 純粹化는 곳 端的인 兒童의 生活 把握에 잇고 心理性을 理解하는 데 잇다. 그러자면 兒童을 硏究하며 兒童과 接觸하여서 完全한 童心에로 歸還을 圖謀할 것이다.

이에 對하야는 筆者의 「童心서부터」[4]라는 小論에서 言及하엿스니 여긔에는 畧한다.

### (C) 幼年作家 誘導

우리가 過去에 七八歲의 幼童의 童謠를 보앗느냐. 가장 純然한 童謠라고 할 수 잇는 이 幼童의 童謠를 우리는 보지 못하엿다.

어룬의 童謠는 일즉 제가 가젓든 童心의 追求 歸還 又는 把握에 잇슬 것이며 어린이(特히 幼童)의 制作한 童謠는 어린이의 가진 童心의 全體(追求이니 歸還이니 把握이니 하는 어려운 拘束이 업시)를 그대로 吐露한 것

---

4 「童心에서부터-◇ 旣成童謠의 錯誤點, 童謠詩人에게 주는 몃 말(전8회)」(『조선일보』, 29.10.20~29)을 가리킨다.

이겟다.

그리면 가장 自然한 이 類의 童謠를 — 外國에는 잇는대도 — 우리에게만 업스니 여긔는 반드시 原因이 잇지 안켓나. 그 原因 몃 가지를 들어보자.

첫제 우리의 家庭의 生活狀態가 어린이의 詩的 衝動을 詩形으로 發表하도록 誘導치 못함에도 잇겟고 둘재 우리의 이 七八歲의 幼童으로써 能히 綴語 못한다는 대도 잇겟지만은 가장 큰 原因은 童謠란 것을 一部 沒理解한 이들의 宣傳 乃至 行動으로 아주 難澁한 律句로 만들어 어린이로써는 到底히 손도 대일 수 업는 哲學으로 만들어 버린 것에 잇슬 것이다.

---

## 申孤松, "새해의 童謠運動－童心純化와 作家誘導(三)", 『조선일보』, 1930.1.3.

어린이에게 잇서서 自由를 制限해 버리는 것마치 큰 苦痛이 업슬 것이며 生活力의 沮害物이 되는 것은 업슬 것이다.

自由러워도 조흘 表現法을 制限하야 難澁한 定型的 表現法을 課하엿스니 어이 어린이로써 이런 童謠를 敢히 制作하엿겟나.

(D) 童詩 提唱

前項에서 말한 理由 아래 나는 幼年作家 誘導의 方途로 童詩를 提唱한다.

그리면 童謠와 童詩의 區別을 지어 노하야 할 것이 아닌가. 먼저 우리가 童詩를 엇더케 解釋해 왓나를 알어보자. 아즉 여긔에 對한 아모 理論은 업섯지만은 雜誌 新聞이나 또는 制作하는 當者들의 見解를 보건대 다음의 몃 가지가 잇다.

첫재 童詩는 所謂 詩임으로 自由詩와 가티 自由러운 表現이되 거긔에 取材되는 內容도 詩에 갓가운 것(?)이라는 것과 둘재 自由律이면서 말슴이 어린이의 말이 아니고 어룬의 말에 갓가운 것이라는 것과 셋재 童謠와 童詩

는 異名同體이라는 見解들이다. 그러나 筆者는 이것들을 取코저 아니한다. 다음 定義를 가장 正當한 見解임을 말한다.

먼저 童謠의 定義를

一. 童心의 노래

二. 童語로 부를 것

三. 定型律

四. 詩的 獨創性

이라고 하면 童詩도

一. 童心의 노래

二. 童語로 부를 것

三. 自由律

四. 獨創性

들이 定義라는 것이다.

兒童의 詩이고 謠인 以上 童心과 童謠로써 된 詩이고 謠일 것이야 云云할 餘地가 잇나.

그러면 何必 童詩를 提唱하느냐. 그것은 말할 것 업시 童謠는 定型律이란 것이 兒童의 自由를 制限하엿슴으로 心理的 不合理라는 데도 잇겟고 定型律로 表現하는 데 必要한 技巧와 熱情 等을 가지지 못햇다는 데도 잇다.

우에서 말한 理由로 나는 童詩를 提唱하는 바이다.

×

그러면 다음엔 幼年作家를 誘導하고 童詩를 普及식히는 方法을 조곰 말코저 한다.

直接 童詩 制作의 誘導에 들어가기 전에 이제까지 兒童이 가지고 잇는 錯誤된 童謠觀(廣意의 童謠) — 童謠는 不可制作 可鑑賞 可吟味之物이라는 — 을 바로잡어 童謠(廣意)라는 것은 兒童이 制作하여야만 가장 純然한 것이라는 것을 說示하여야 할 것이다. 이러케 해서 兒童의 誤錯된 認識이 바로잡히면 一便에서는 가장 純하고 兒童의 心理性에 適合한 童詩를 制作

하는 이의 出現이 잇서야 할 것이다. 그리하야 指導的 見 서[5] 兒童에게 鑑賞 乃至 吟味를 식혀 模倣 乃至 創作을 衝動식혀야 할 것이다. 이러고 보니 指導者가 나와야 한다. 兒童의 指導에 關한 이들(父母 敎師 其他)은 이 運動에 充分히 理解를 가지고 兒童의 心底에 潛在하는 詩的 衝動의 流露를 發見 誘導하야 純眞한 詩人을 내어놋치 안해서는 안 될 것이다.

×

筆者는 아즉 이 外에도 論코저 하는 바이 만흐나 여긔서는 爲先 이 몃 가지만 提出하고 나머지는 뒷날로 밀우어 둔다.

(一九二九, 一二, 二五)

5 글자가 비어 있는데, 맥락상 '見地에서'로 보인다.

## 洪鍾仁, "一九二九年 樂壇 展望記(四)", 『중외일보』, 1930.1.5.[6]

푸른 하늘 時代

노래에 주렷든 朝鮮, 그중에도 「모시모시가메요」[7] 以上의 노래를 못 가젓든 朝鮮의 어린이들은 더욱 노래에 주리엇다. 그러고 兒童文學이 長足의 進步를 보게 되고 情燥育이[8] 高調됨 쌀아 "노래"에 잇서서도 그만한 供給이 잇서야 할 것이엇다. 特히 "조선 노래"를 要求할 時代가 왓섯다. "노래"의 恐惶을 當한 幼稚園에서 들은 日本 童謠의 直譯이 流行케까지 되엿다. 그러든 때에 雜誌『어린이』等에서 每號에 싯든 朝鮮의 童心을 노래하려고 애쓴 童謠 그 亦 日本 情調의 直譯을 면치 못한 感이 만엇스나 그러는 가운데서 큰 發見이 하나 잇섯스니 尹克榮 氏의 "푸른 하날"[9]이엇다. 勿論 其外에도 가튼 것이 만치만은 "푸른 하날"만은 아동들에게만 限한 것이 안이라 宏壯한 勢力으로 日本人 '카폐'에까지 流行되엿다. 朝鮮의 童謠 運動은 "푸른 하날"로써 한 轉機를 지엇다 할 것이다. 다음에 作曲에 들어가서 最近 安基永 氏의 作曲集[10]이 發刊된 것이엇다. 이 뒤를 니어 새로운 歌謠 運動이 잇슬 것이다.(歌謠에 對해서는 追後 紹介하련다.)

(이하 생략)

---

6 홍종인의 「一九二九年 樂壇 展望記」는 『중외일보』에 1930년 1월 1일부터 5일까지 전체 4회 연재되었다. 이 가운데 4회의 앞부분만이 동요 관련 부분이다.

7 이시하라 와사부로(石原和三郎, 1865~1922)가 지은 「토끼와 거북이(兎と龜)」라는 동요를 가리킨다. "もしもし かめよ かめさんよ/せかいのうちに おまえほど/あゆみの のろい ものはない/どうして そんなに のろいのか//"

8 '情操教育이'의 오식으로 보인다.

9 윤극영의 「반달」을 가리킨다.

10 『安基永 作曲集(제1집)』(낙양사음악출판부, 1929)을 가리킨다.

## 金炳昊, "新春當選歌謠 漫評－三社分 比較合評(一)", 『조선일보』, 1930.1.12.

所謂 朝鮮에서 刊行되는 雜誌 처 놋코 新進 無名作家를 爲하야 作品을 大大的으로 募集 紹介하는 것은 極히 적엇거나 全無하얏든 것이다. 그것에 對하야서는 文壇的 先輩들까지라도 無誠意하얏든 것이다. 다시 말하면 文壇 後繼人에 對한 關心이 적엇다는 것이다. 번적하면 文壇 沈滯만 불으짓는 것이 그들의 文壇觀이오 前提가 되어 왓든 것이다. 그들은 新進의 出現을 助成한다느니보다 도리어 귀치안해 하거나 間或 佳作이 發表 되드래도 默過식혀버리는 것이 그들의 地位 保存이 되어오든 것이다.

이에 朝鮮의 言論機關의 最高 權威가 되어 잇는 各 新聞社에서 이 新進 無名作家를 爲하야 文藝作品을 懸賞募集하얏든 것은 큰 意義를 가진 것이며 新進의 出世門을 열어 주엇다 할 수가 잇다. 그러나 一便 생각가면 그 當選된 作品이라는 것이 그러케들 佳作이 적엇는가 하는 疑心을 안이 할 수 업는 것이다.

그러면 順序를 쌀하 試評을 하야보자.

**詩歌**

나는 피리 부는 사람　崔昌燮(中外)

이 사람은 처음 나온 사람이다. 그런 것만큼 이 詩는

(하략)

**金炳昊, "新春當選歌謠 漫評－三社分 比較合評(二)", 『조선일보』, 1930.1.14.**

(전략)

**童謠**

**동리의원** 金貴環 (東亞)

우리동리차돌이 의원이라오.
동리안에이름난 의원이라오.
압담밋테흙파서 가루약짓고
풀닙짜서꽁꽁 싸서주지요.
동리애들병나면 솔닙침놋코
약한봉지쓰면은 당장낫지요

어린이의 作品이라면 놀날 만한 것이다. 솔닙침 놋는다는 것은 대단 조흔 技巧이다.

때는 봄, 봄에도 초봄, 짜뜻한 양지쪽에 풀닙이 파릇파릇하게 땅을 뚤코 나올 때에 어린애들이 네다섯 모여 안저 방두갬이노리, 의원노리를 하고 잇는 兒童의 天國이 눈압헤 보히는 것이다.

조흔 동요다. 다만 조흔 동요다.

**편지** 朴古京

팔랑팔랑 힌눈은
하누님편지
하도먼길 오느라
바람에닥처
가닥가닥 찟겨서
내려온대요

二等 되기 좀 不足함을 늣기게 하는 것이다. 한 개의 偶意를 가진 平凡한 童謠다. 이것보다 金大鳳 君의 「우박」[11]이 낫지 안을가 한다. 우렁찬 發表에 조흔 素養이 보히지 안는가.

도라 오는 길　鄭祥奎 (中外)

鄭祥奎 君은 나의 가장 사랑하는 少年作家의 한 사람이다. 그는 階級意識이 確立된 피오니-르이다. 工場과 農村을 題材 삼아 無產層 立場에서 푸로 童謠를 써 주는 者는 少年作家 中에는 새해社[12] 동무들이요 그中에도 이 鄭祥奎 君일 것이다.

◇…………◇

이 도라오는 길도 한 少年職工을 題材 삼아 쓴 것인데 겨울날 지기 쉬운 해가 少年이 工場에서 돌아올 때는 발서 저물어저서 어슴플은 달빗만 반짝거려 주엇든 것이다. 빈 '변도'를 덜걱거리며 돌아올 때에 그의 설움을 짜내여 휘ㅅ파람을 불엇다는 것이다. 그는 將次에 朝鮮에 둘도 업는 童謠詩人이 되리라고 나는 祝賀하기를 마지안는다.

---

## 金炳昊, "新春當選歌謠 漫評－三社分 比較合評(三)", 『조선일보』, 1930.1.15.

못 쓰는 돈　玄東柱[13] (中外)

---

11 金大鳳, 「우박」(『동아일보』, 30.1.1) (신춘문예 입선동요 選外佳作 10편 중 하나). 이 작품의 원문은 다음과 같다. "동서남부 사면에서 소래지르며/검은복장 입은군사 모혀들더니/대포소래 쾅하면서 싸움터지네/× 우박총알 공중에서 쩌오드니만/우리집의 유리창을 부서버리고/비호가티 나라쒸여 두려옵니다/× 마노노코 오고가든 장꾼들은요/군사들이 내려쏘는 우박총알에/머리맛고 혼이나서 다라납니다//" ('동서남부'는 '동서남북'의 오식이다.)

12 '새힘社'의 오식이다.

13 "童話 童謠 及 馬의 傳說 佳作 發表"(『중외일보』, 30.1.1)에 따르면, "新春文藝의 一部門으로 募集한 童話, 童謠 等"에서 '選外佳作'으로 뽑힌 작품들이 여럿 있었는데 동요 부문에

길거리에서 못 쓰는 돈을 주어 가지고 죽은 동생 순애가 생각난다는 것이다. 돈 달라고 어머님께 무지람을 들어가며 눈깔사탕을 사 먹고는 하든 순애가 생각난다는 것이다. 그리고 또 언제인가 그 죽은 순애가 못 쓰는 돈을 주어가지고 이 가개 저 가개 단이며 사탕을 못 사고 와서 울든 것이 생각난다는 것이다.

어린이의 純眞한 마음이 눈물지게 하는 무엇이 잇다. 더구나 談話體를 씌고 나온 것만콤 技巧도 좃다. 하나 뒷절이 좀 重疊되어 잇는 感이 잇다. 되푸리하지 안토록 하엿드면 한다.

**스무하로 밤** 尹福鎭 (朝鮮)

이 사람의 童謠는 入選에서 보여주는 것까지 不滿을 늣기게 하도록 너적지근한 것들을 너무도 만히 보아 왓든 것이다.

스무하로밤은 실 뽑는 어머니의 월급 타는 날인데 밤이 저물어도 안 오는 것이 이달 품싹이 모자라서 어듸서 걱정하고 계시는가 하는 조흔 경향을 보여주는 것이다.

**기다리는 긔차** 李甸壽 (朝鮮)

자개성을 열두 번 돌아도 노랑벼를 하나둘 헤고 잇서도 기다리는 긔차는 안 오고 눈물 난다는 것 그것뿐이다.

**시골** 睦一信 (朝鮮)

시골의 고요한 自然을 마을기려 낸 것인대 田園詩에 갓가운 純眞한 맛이 잇다.

**장가간 별님** 韓璟泉 (朝鮮)

은하수를 타고 장가간 별은 조선에 다시 돌아오지 못한다고 노상 가튼 소리 가튼 手法이다. 더 무엇을 바랄 수 업다.

---

「못쓰는돈」(開城 玄東珠)이 들어있다. '柱'가 아니라 '珠'다.

其他 佳作品이 잇지만은 評을 붓칠 必要를 안 늣기기에 그만둔다. 이번 童謠는 별로 조흔 成績이 안이다. 申孤松 氏의 童謠評과 그것에 對한 尖銳한 硏究가 잇는 것을 우리 童謠界로 보아 조흔 일이라 보는 것이다.

童謠에 잇서서도 自然詩的의 것 그만 童心 그것만의 노래와 階級的의 것이 잇는 것을 알어야 되며 우리는 後者에 것이 둘 中에서 더 조흔 將來를 囑望할 수 잇는 것을 말하여 둔다.

── 一九三○. 一. 七四[14] ──

14 '七四'는 '十四'의 오식이다. 생략한 부분은 동요나 동시와 무관한 내용이라 줄였다.

## 李炳基, "童謠 童詩의 分離는 錯誤－孤松의 童謠運動을 읽고(一)", 『조선일보』, 1930.1.23.

申孤松 君의 「새해의 童謠運動」[15]이란 題目의 論文이 『朝鮮日報』 新年號부터 三日間 連載되엿다.

申 君의 論文 中 "童心 純化"와 "幼年作家誘導"에 對한 理論은 初産期에 잇는 우리 童謠界의 發達 過程에 잇서서는 반겨하는 바다. 그럼으로 우리가 다 가티 손잡고 開拓하여야 할 바이다. 그러나 至今 筆者가 쓰랴고 하는 바는 申 君을 꾸짓는 바도 아니오 侮辱하고 하는 바도 아니다. 다만 君의 誤解點을 풀고저 하며 따라서 讀者 諸位와 童謠를 初步로 研究하시는 분의 欺瞞된 錯誤를 풀고저 하는 바이다.

×

"童詩 提唱" 一月 三日에 記載된 論文 中에 童詩 提唱이란 말이 잇다. 申 君의 論文에 비초어 본다면 童謠와 童詩를 別 物件으로 分離하얏다. 童謠가 卽 詩(童詩)란 것은 忘却한 듯하다. 童謠가 童詩이며 童詩가 童謠이란 것을 理解치 못한 듯하다.

申 君은 童謠와 童詩를 區分하야 定義를 다음과 가티 表示하엿다.

童謠

(一) 童心의 노래

(二) 童語로 불을 것

(三) 定型律

(四) 詩的 獨特性

童詩

(一) 童心의 노래

15 申孤松의 「새해의 童謠運動－童心純化와 作家誘導」(『조선일보』, 30.1.1~3)를 가리킨다.

을 만히 보혀 주엇다. 申孤松 君의 作品이 조금 쯧이 깁흔 듯하다. 이 點만 注意한다면 훌륭한 作品일 듯하다. 本論의 趣旨에 버섯낫스나 結局 以上의 말을 綜合한다면 童謠가 童詩이니까 하필 童詩라 일홈하야 自由律을 定義로 하야 提唱하지 말고서 表現을 自由律로서 하여 달라는데 本論의 意義가 歸着되고 만다.

以上의 論한 바가 短篇的이나마 申 君의 誤解를 풀고저 하는 바다. 申君의 提唱한 바 童詩에 對하야 조흔 體法이 잇스면 쏘다시 아라보기 쉽게 論述하여 줌을 바란다. 그리고 筆者가 論한 바에 提議가 업다면 誤解를 풀기를 바란다.

此 論述이 申 君을 害코저 한 것이 아니라 朝鮮의 童謠運動을 爲하야 論한 바니 조금도 誤解하지 말기를 바라고 붓을 놋는 바이다.

## 洪鍾仁, “兒童文學의 黃金編－사랑의 學校(上)”, 『중외일보』, 1930.1.29.

不遇한 環境와 制度를 탓하면서 苦悶의 한 해를 또 보내고 새로 맛는 一九三〇年의 出版界. 우리는 크나 적으나 해를 마즐 때마다 希望과 企待를 가지는 것이 當然한 理論이요 人情이엇스나 늘 失望쑨이엇다. 그러나 이해만은 年初 店頭에 나타난 兒童文學 또 家庭文學의 黃金編으로 世界에 일홈 놉흔 伊太利 文學家 ‘에드몬도 · 데 · 아미치쓰’의 名著인 『쿼레』[16]가 우리 兒童文學界에 努力 만은 李定鎬 氏 譯으로 된 美麗하고 低廉한 『사랑의 學校』[17]를 發見한 것만으로도 新年 出版界를 넉넉히 祝福하여도 조타. 이 『사랑의 學校』를 紹介함에 際하여 내가 일즉이 少年의 年域을 겨우 버서난 一個 文學青年으로 初學 訓長 노릇을 할 때에 이 『사랑의 學校』와 매즌 因緣의 一端을 말함으로써 紹介文의 內容을 삼고저 한다.

벌서 七八年 前이다.

그곳은 寒寂한 小邑의 私塾 가튼 耶蘇教 學校이엇다. 比較的 自由主義的인 文學青年 一流의 思想과 感情을 多分히 가젓든 나는 그곳 兒童을 對할 때 몬주 盲目的이요 迷信的인 頑固한 宗教 觀念에 捕虜가 되여 잇는 兒童(男女 共學)을 自由스럽고 天眞스러운 兒童의 無限大한 想像의 世界로 奪還하려고 애썻다. 慣習的이고 保守的인 兒童의 生活을 좀 더 創作的이오 能動的인 方面으로 轉換시키려고 애썻다. 그리하야 그 方法으로는 多少 無理한 바도 만엇스나 全 學年(四年制)을 通하야 西洋에 有名하다는 ‘안데르센’, ‘그림’, ‘와일드’, ‘푸슈킨’, ‘톨스토이’ 等 其他의 童話며 名作을 니야기해 주며 또 읽키우며 ‘스틔븐슨’, ‘타고아’ 等의 兒童詩를 가르키어

---

16 『쿠오레(Cuore)』를 가리킨다.

17 이정호(李定鎬)가 번역한 『사랑의 學校(全譯 쿠오레)』(以文堂, 1929)를 가리킨다.

주기도 하얏다. 그리고 圖畵, 唱歌 等에도 特別히 主力하야 보앗다. 그 結果 約 半年 後에는 만은 效果가 잇섯다. 惶惚한 童心을 노래한 훌륭한 作文과 童謠가 만엇다. 넘어 急進的 怪態이라고 公立學校 訓長들이며 附近 사람들의 誹謗도 만히 들엇스나 確實히 成功한 듯하엿다.

◇

그러나 兒童들은 先生인 나보다 더 怜悧하고 現實的임에 놀내지 안을 수 업는 큰 事實에 當面하엿다. 그때 五學年生(十二三歲로 十六七歲)에게 無謀한 듯하엿스나 試驗的으로 兒童들의 所謂 꿈꾸는 바 理想의 世界를 알어보고저 "내가 살고저 하는 세상은 이러함니다"라는 作文 題目을 내어 보앗다. 不過 三四十分間에 아이들은 서슴지 안코 答案(作文)을 한 장식 써 바치엇다. 內容을 보니 十五六名 中에는 가장 人道的 立場에서 原始共産主義的 平和한 理想 卽 "네 것 내 것 업고 시기와 싸홈이 엄는 세상"을 主張한 것이 八 九名, 單純한 安樂的 '유토피아'를 夢想한 것이 二名, 音樂과 畵繪의 藝術의 殿堂을 그린 것이 三名, 宗教家에 세상을 그린 處女가 한 名 等이엇다. 果然 놀래지 안을 수 업섯다. 그들의 十中八九가 小商人, 小作人 等의 貧寒한 家庭의 子女인 만큼 "네 것 내 것을 가리지 안코 싸우지 안는 세상"을 찾기에는 넘어도 過敏하게 平日 生活 狀態에서 刺戟된 바가 컷다. 事實 그 아희들은 小作料나 債務 等에 시달리여 生活苦에 惱心하는 父母의 陰鬱한 顔色을 朝夕으로 보고 잇는 것이 事實이다. 그때 나는 부그러움을 禁치 못하엿다. 所謂 先生된 나의 指導精神을 責하는 것 갓헛다. 純情的이면서 架空的인 題材를 흔히 取한 所謂 高貴한 藝術美만 하는 童話童謠만을 그 兒童들의 指導 教材로 삼엇다는 것이 넘어도 非現實的인 點에서 無價한 感情의 戱弄에 不過할 것을 깨닷기 때문이엇다.

무거운 生活苦의 威壓이 軟軟한 腦髓에 浸蝕되여 잇든 그 아히들에게 곱다란 仙女나 王子의 꿈 가튼 童話나 童謠를 더 들려준다는 것은 그들로 하여금 다만 哀傷的 世界에서 退嬰的 눈물만 흘리게 할 것밧게 업섯을 것이다. 抽象的인 惶惚한 藝術的 感情의 境內에 끌어 오는 것이 오히려 그들의 生長 發展을 害하는 바가 만엇을 것이고 一種 侮辱이엇슬 것이다.

## 洪鍾仁, "兒童文學의 黃金編－사랑의 學校(中)", 『중외일보』, 1930.1.31.

그때 나는 그 어린이들로 하여금 不遇한 生活環境과 果敢히 싸우며 前途를 開拓하여 나아갈 만한 熱과 힘을 부어 너어야 할 責任을 切實히 늣겻다. 그러타고 곳 社會生活의 理論이 잇더타고 말할 바는 못 되나 何如間 哀닯은 詩的 情緖에 醉하여 잇는 어린이들에게 活動性 잇는 熱血兒의 氣像을 鼓吹하여 주어야 한다는 것이엇다. 勿論 어린이들의 어린이짜운 꿈나라를 無視할 수는 업스나 한便에 現實에 立脚한 엇썬 目標下에 勇敢한 志氣를 길러주어야 할 것이엿다. 마츰 그때 엇썬 親友로부터 日譯 三浦關造의 『愛의 學校』[18](마음대로 주어부친 곳이 多少 잇다)한 冊을 밧엇다. 그 冊을 들고 밤을 새워 읽으면서 感激의 눈물을 禁할 수 업섯다. 全卷을 通하여 愛國的 社會的 奉仕 犧牲의 精神 百折不屈의 努力의 精神, 友愛의 情 等, 이러한 比較的 어린이에게는, 理解키 힘든 듯한 思想을 조금도 兒童의 生活과 心理를 써남이 업시 어린이들로 하야금 充分이 解得하고 스스로 生活을 內省하야 活動할 만큼 興奮식히고 激勵식힐 感激이 넘처 잇슴에 누구나 低能兒가 안인 讀者는 눈물을 흘리지 안을 수 업슬 것이다.

눈물! 이 『사랑의 學校』가 흘리게 하는 눈물은 決코 미련한 兒孩들이 지고 쏫겨 가든가 嘆息하는 눈물은 아니다. 어데까지든지 百倍의 勇氣를 줄 感激의 눈물이다. 勸善懲惡의 한 訓話라도 俗된 理論을 펴 노치 안코 어린이들의 生活을 土臺로 잇슴 즉한 事實을 들어 敍述함이 날카롭고 深刻하야 어린이들의 마음을 感動식히고 울리고 쏘 最後의 決心과 奮發을 주고

18 이탈리아의 인류학자 파올로 만테가짜(Paolo Mantegazza, 1831~1910)의 책을 미우라 간조(三浦關造, 1883~1960)가 번역한 것으로 1927년 성문당(誠文堂)에서 간행하였다. 『사랑의 학교』는 일본에서 여러 사람에 의해 많이 번역(안)되었다. 미우라 슈고(三浦修吾, 1875~1920)의 『愛の學校』(誠文堂書店, 1912)도 있다.

야 만다. 이러한 意味에서 『사랑의 學校』가 주는 눈물은 사람으로써 흘리지 안을 수 업슬 것이다.

暫間 內容을 말하면 小學校 四學年 '엔리코'란 少年이 開學날부터 爲始하여 一年間의 日氣[19]를 正誠스러히 모은 것이다. 家庭과 學校, 동무, 社會, 國家, 禮儀, 모든 材料가 업는 것이 업다. 그러고 日記 그것은 그날그날을 記錄하되 全編이 連絡되여 한 小說과 가티 되엿고 또 日記 外에 小說, 講話等이 잇서 어느 것이나 읽으면 읽을스록 滋味잇는 것뿐이다. 滋味잇게 읽는 가운데 동무를 사랑하고 웃사람을 恭敬하고 公德心을 갓게 하고 내 나라(國)를 내 몸가티 사랑하는 뜨거운 情을 일으키게 한다. 구든 信念을 준다. 其中에도 伊太利 半島 第二國民에게 愛國心을 徹底히 鼓吹식힌 곳에 이르러서는 著者의 努力과 伊太利 國民性에 다시금 敬意를 表하게 한다.

나는 이 『사랑의 學校』 內容을 더 길게 말하려고도 안는다. 이 한 冊이 임이 世界 各國語로 飜譯되여 家庭의 寶典과 가티 되엿다는 事實로 보던지 갓가운 例로는 日本에서도 임이 五種의 飜譯이 잇고 그中 內容의 『筆耕少年』 外 몃 가지는 文部省 國定 教科書에도 들어 잇고 『어머님을 차저서 三千里』는 映畵로도 되엿고 (西洋 映畵도 十餘年 前 日本에 왓섯다 한다.) 朝鮮에서도 『伊太利 少年』[20]이라 하야 韓國 時代에 번역 되엿섯다 한다. 그러고 伊太利서는 이들을 國家的으로 推奬하야 教科書와 마찬가지로 일키게 한다던가 하는 어느 事實로 보던지 구태여 冊의 有名한 것과 內容의 훌륭한 것은 더 說明할 바도 안이다.

---

19 '日記'의 오식이다.

20 이보상(李輔相)이 역술(譯述)하고 강문환(姜文煥)이 교열(校閱)하여 『教育小說 伊太利少年』(中央書館, 1908)을 출간한 바 있다. 본문 64쪽에 서적 광고와 판권지를 포함하면 68쪽 분량이었다.

## 洪鍾仁, "兒童文學의 黃金編－사랑의 學校(下)", 『중외일보』, 1930.2.1.

어린 生徒들에 對한 指導方針을 일헛든 나는 이 『사랑의 學校』를 手中에 너은 것만으로 暗夜에 一燭光明을 차즌 듯한 깃붐을 禁치 못하엿다. 數百年間 事大思想 썩썩미지근한 儒敎思想과 그 道德에 混濁되여 獨特한 民族的 志愾의 表現이 害된 바만 엇고 現代 朝鮮의 新文化運動이 急激한 變遷을 보고는 잇스나 아직 民族的 敬仰을 바들 指導目標가 될 만한 文獻이 업는 今日에 이러한 名著의 年生을 곳 바랄 수는 업스나 譯述만이라도 큰 業績이 될 것을 깁히 늣겻섯다. 『사랑의 學校』 한 冊을 自國語로 가진 것만으로도 伊太利 少年들 乃至 伊太利 全 國民은 幸福된다고 생각하엿다.

그리하야 나는 『사랑의 學校』로써 곳 一個의 劇本으로 삼엇다. 飜譯도 하고 或은 日文으로 生徒에게 가르치기도 하고 닑어도 주엇다. 前日에 곱다라코 多情한 童話와 童謠만으로 朦朧한 春夢에 저저 잇는 듯한 어린이들은 『사랑의 學校』를 接할 째 所企에 어그러짐이 업시 生新한 活氣를 씌게 된 것을 넉넉히 香取[21]할 수 잇섯다. 先進 他國의 가튼 小學生의 實生活을 記錄하엿다는 것이 몬저 好奇心을 끌고 內容에 드러가서 主人公인 어린 '엔리코'가 쯧짜지 어린이의 立場에서 부질업는 作亂으로 지내는 어린이의 生活을 속임 업는 眞實한 態度로 內省하고 批判하야 새 智識을 만들어 넛는 態度가 生徒들을 覺醒케 하엿다. 큰 衝動을 주엇다. 特히 內容의 幹柱가 되엿는 愛國的 犧牲精神과 社會奉仕의 精神을 高調한 點에 生徒들은 어쩐 큰 것을 멀리 바라보며 무거운 義務와 責任을 늣기는 것을 보앗다. 義俠心을 일으키게 하엿다. 그러고 어데짜지던지 情熱的이고 最後의 努力을 앳기지 안는 意氣는 "決心"의 所重과 報酬를 깨닷게 한다. 그러고 아름다운 自然

---

21 '看取'의 오식이다.

을 노래한 곳은 어린이들의 休息所 또한 만들엇다. 이가티 하여 滋味잇는 作亂과 避할 수 업는 工課에 精神 둘 곳을 몰으든 어린이들의 마음이 自己에 돌아가 事物을 靜觀하려는 態度를 가지는 傾向을 보앗다. 또한 自發的 勤實性을 涵養케 한다.

그 後로 生徒들은 『사랑의 學校』를 서로 만히 니약기하게 되엿다. 엇던 句節은 즐겨 오이는 것도 만히 보앗다. 그리고 日記하기를 勸하엿다. 特히 누구에게나 勸할 바이지마는 少年時代에는 더 必要하다. 散慢된 精神을 集中할 수 잇고 生活을 自身의 內省할 機會를 주어 思考力을 發達식켜 事物을 批判케 한다는 큰 意義가 잇다는 것은 다시 말할 바도 아니거니와 少年時代부터 習慣을 준다는 것은 더 큰 일이다. 나의 敎員生活을 通하여 본 『사랑의 學校』에 對한 論議는 이만하고 李定鎬 氏의 譯本에 對하야 두어 마듸 하련다.

이 冊을 店頭에서 發見하고 가장 반가워한 사람의 하나이다. 나도 六年前에 雜誌 『어린이』에 두어 번 譯述하여도 보앗고 其後 幼年分을 飜譯하고 目的을 達치 못하엿든이만큼 반가웟다. 첫재의 體裁와 表裝, 紙質, 挿畵, 印刷 等의 美麗하고 堅實함이 普通 出版物과 比할 바가 아니다. 兼하여 五百餘頁에 一圓三十錢이란 價格은 破記錄的이다. 日本서 된 譯本이 三浦氏 譯이 二圓八十錢, 前田[22] 氏 譯이 二圓五十錢, 兒童文庫읫 것이 두 冊에 三圓 等인데 比하여 犧牲的 廉價이라 하겟다. 그러고 譯文은 記者가 임이 우리 兒童文學에 多年 貢獻 잇는이만큼 誠意잇는 譯과 平易하고 順調로운 文章인 것은 말할 것 업다.

그러고 끗흐로 이 『사랑의 學校』는 어린이들만이 읽을 冊이 안이고 子女

22 마에다 아키라(前田晁, 1879~1961)의 『クオレ:愛の學校(上, 下)』(岩波書店, 1929)를 가리킨다.

를 가진 家庭의 父母兄妹와 教鞭을 드는 先生들은 읽어서 반듯이 어들 바 만을 것을 거듭 말하여 둔다.

(京城府 寬勳洞 以文堂 發行 定價 一圓二十錢 送料 書留[23] 送料 卄二錢)

23 일본어 'かきとめゆうびん(書留郵便)'의 준말로 "등기우편"이란 뜻이다.

## 丁洪敎, "(少年問題硏究)'童心' 說의 解剖", 『朝鮮講壇』, 제3호, 1930년 1월호.

‖ 少年文藝運動의 批判 ‖

‖ 今後少年運動의 前提 ‖

"童心"이라고 하는 말은 이제까지 우리 少年運動 안에서 돌아다니든 말이다.

그보다도 우리들이 少年運動의 根本問題가 되다십히 되여서 왓다.

우리들은 가장 冷靜한 생각으로 이 童心의 本質을 根本的으로 解剖하며 짜라서 現在의 運動 中 더한 地盤과 거듭 役割을 하고 잇는가를 批判하여 보자.

"童心" 하면 글자 그대로 "아희들의 마암"이다.

그러면 이 "아희들의 마암"이라고 하는 것은 엇덧케 어른들과 區別하겟는냐도 問題가 되겟다.

이것은 말할 것도 업시 "아희들의 마암"에는 "天眞性"이 적고 쏘는 만코 어른의 마암에는 이 天眞性이 적고 쏘는 업는 것에서 區別이 된다.

그러니짜 童心이라는 것은 天眞性이 잇다는 것에 잇다.

그러면 쏘 天眞性이란 무엇인가?

무슨 까닭으로 在來의 少年運動者들은 이 天眞性을 가지고 少年運動의 指導精神을 삼엇는가? 그것은 다른 까닭이 아니라 그들의 在來의 少年運動者(쁘르조아지를 가르침이다)들은 天眞性을 根本으로(이상 74쪽) 誤解하야 가지고 더욱히 그것으로 少年運動의 一個 奴隷 養成 運動을 하기 爲하야 (一部는 그럿치 안치만) 逆用 道具을 삼은 까닭이다.

卽 다시 말하자면 在來의 運動者는 少年運動이라는 것을 少年運動만으로 獨立된 運動갓치 생각한 것은(그럿치 안은 분 잇지만도) 純眞潔高한 天眞性 때문이라는 것이다.

卽 童心이 잇는 까닭이라는 데에 잇다.

그러면 結局 童心이란 것은 우리 運動者들의 利用 道具에 不過하다는 것을 알게 된다.

×

다시 더- 속으로 드러가서 말을 해 볼가 한다. 少年少女는 天眞性이 잇다. 고흔 눈물이 잇고 人情이 잇고 義俠心이 잇다.

卽 어른(旣成 社會人)들과 갓치 利害를 根本으로 한 假面이 업고 爭鬪가 업고 猜忌가 업다.

그러면 여긔에서 "天眞性"의 正体가 五分 暴露되고 만다.

純眞이니 天眞이니 하는 것은 經濟的 相互關係 卽 利害關係가 업는 마암이라는 것을 알게 된다.

卽 새 意識이 업는 超然 且 偉大한 所謂 聖者의 마암이라는 것을 알게 된다.

여긔에서 비로소 本 小論의 正論이 始作된다.

果然 두 편으로 對立이 되여 잇는 現階段에 잇서셔 唯獨 少年少女 群의 世界만을 超階級的 偉大한 平和를 維持할 수가 잇슬가?

그리고 그 "天眞性"의 保存 乃至 保護 生成으로 말미암아 未來社會이 秩序를 圓滿化식힐가? ――――― 하면은 決局엔 圓滿化커냥은 現下의 不合理를 좀 더 延長식힘에 不過하게 된다.

卽 轉變되려는 舊勢力의 最後的 支持를 帮助하는 一般 形而上學的 上層構造物 中의 한아로써의 役割를 忠實이 함에 不過하다.

×

우리도 童心은 否認하지를 아니한다.

프로레타리앗트의 童心은 極力 讚揚한다.

그러나 그를 本來의 童心 主唱者 等은 우리들의 主唱하는 프로레타리앗트의 童心을 가리켜서 天眞性이 업는 似而非 童心이라고 한다.(이상 75쪽)

그래서 現實의 儼然한 事實을 土台로 한 ― 卽 새로운 '이데오루기'를 把握한 作品은 階級的 色彩가 잇는 것이니가 危險하다는 것이다.

그러면 決局 天眞性을 保存한다는 것은 階級을 超越한 中間派라는 것과 갓튼 말이니 中間派라는 것은 本質의 잇서서 本來 階級에 隷屬된 灰色分子群인 것이다.

이러면 天眞性을 保存한다는 것이 쑤르조아지의 이데올로기를 完成식혀 준다는 말과 갓치 된다.

自己自身의 根本 意圖는 거기에 잇지 안타고 하드래도 事實에 歸趣는 同一点으로 다으고 마는 것이다.

×

여긔에 한 조그만 實證을 들어가지고 생각하야 보자.

"少年 少女의 사히에는 階級이 업다. 즉 天眞스러운 마음은 갓다."

——— 고들 생각한 것이 엇재서 根本的 錯誤이냐 하는 것이 이와 갓튼 것이다.

아모리 生理的으로 다 갓튼 幼少年이라고 하지만 그들은 環境이 相異할 것이다.

잘산다든가 못—산다든가 貴人의 아들이라든가 職工의 아들이라든가 쏘 地主나 小作人이나 누구나︿ 할 것 업시 그들의 父母는 다 各々 社會的으로 어늬 階級에든지 屬하야 가지고 잇는 것이다. 아모리 天眞爛漫한 어린이의 父母이라고 해도 반드시 父母는 父母만한 階級人인 것이다.

그러면 一個 階級屬에서 生成되야 가는 어린이의 마암이란 것도 그 父母가 가진 階級性을 띄우게 되는 것이다.

"觀念이라는 것이 먼저 잇서서 環境의 如何를 認識하는 것이 아니라 環境의 物體가 잇슴으로 갓치 一個의 觀念台가 생긴다."

卽 어린이의게는 自然한 神聖한 觀念 卽 天眞性이라는 것이 먼저 잇는 것이 아니라 環境에 싸라서 그의 一個的 完全한 品性이 形成된다.

이런 点으로 보와서 天眞性이란 것은 絶對的이 아니요 相對的이라는 것을 알게 된다.

즉 天眞性의 定義는 一元이 아니요 二元이 된다.

×

"그럿치 안타. 環境에 싸라서 一個 品性이 形成되여 간다는 것은 天眞性

이 消滅되여 가는 까닭이다."

——— 라고 天眞性은 一個의 獨立한 品性 自然 그대로의 品性 一種의 本能이라고 말을 할 줄 안다.

어린이가 갓 나흐면 저절로 울고 젓을 찻는 것과 갓튼 生來의 本能의 根本이 이 天眞性이라는 말이다.(이상 76쪽)

그러나 이 갓튼 見解는 純全한 ××에서 나왓다. 一個의 "어린이"라는 것은 父母가 업시는 絶對로 生産될 수 업다는 것은 儼然한 事實이다. 그러면 父母에게서 나온 어린이는 반드시 父母에게서 바든 遺傳性이 잇다. 그 遺傳性이란 것은 父母들이 社會的 生活에서 ××釀成된 習性 그것이다.

그러면 그 習性이란 것은 그 父母들이 그때 社會의 어늬 階級에든지 屬하여 生活하든 生活 感性이다.

이럿케 보면 어린이들이 先天的으로 가지고 잇다는 天眞性이라는 그 自體가 벌서 階級性을 씌워 가지고 잇는 것이다.

×

이러니까 이제까지의 우리들 少年教化運動(主 少年文藝)에서 이 童心이라는 것을 엇덧케 中心 삼고 利用하여 왓다는 것도 저절로 알게 된다.

少年 讀物하면 그 全部가 神話요 夢幻談이요 熱血美談에 限한 것갓치 생각하여서 純全한 方面만 開拓하여 왓다.

童心을 重히 역인다는 것이 在來의 封建的 神話와 ××美談 等만은 教化讀物의 中心을 삼엇스니 그 童心의 本質이라는 것은 저절로 暴露되고 마는 것이다.

그러나 그들은 여긔에 對하야 이 갓튼 巧辯을 내여놋는다.

"그럿치 안타. 무슨 글 한아를 읽히드래도 어린이의 感情과 附合이 되여야 한다. 즉 讀者가 趣味를 늣기게 된다…… 卽 어린이가 조화하는 作品일수록 거기에 價値가 잇는 것이 아니냐.

階級이니 뭐니 해서 색다른 作品을 내노와 봐라. 讀者는 厭症브터 늣기게 된다. 그러니까 結局 색다른 作品이란 어른들의 感情이다."

이 갓튼 自作의 童心說을 내여놋는다. 이게 무슨 非科學的 幼稚한 見解

이라.

趣味나 誤樂이란 것은 그들의 觀念에 따러서 相異하다. 새 觀念을 가젓스면 새 趣味를 늣길 것이요 헌 觀念에 저젓스면 헌 趣味에 빠질 것이다.

이러니까 萬一에 그들에 써 논 在來 觀念에 迎合되는 作品을 歡迎한다는 少年群은 結局 在來 觀念 속에서 生成된 무리들일 것이다.

그러면 여기서 비로소 問題의 解決은 생긴다. 現在의 ×××는 在來 觀念을 醸造한 在來 制度의 延長인 것이니 現在의 桎枯를 解決하려면 반드시 새 意識과 勝利라야 한다.

그러면 어늬 時代의 敎養運動이 다 그런 것과 갓치 敎養運動이 在來 觀念의 꺼진 群衆의 心理을 迎合할 것(이상 77쪽)이 아니라 그들의 心理을 打破하야서 새로운 '이데오로기'를 세워 주어야 할 것이다.

卽 在來 觀念에게 追逐이 되여 갈 것이 아니라 在來 觀念을 새 觀念의 轉換으로 努力해야 할 것이다.

×

그러나 現在의 在來 運動者가 指導하는 敎養運動이 全鮮의 少年少女群에게 迎合이 되는냐 하면 決코 아니다. 迎合된다는이 보다는 찰하리 排斥을 밧는 것이다. 억제로라도 迎合을 밧는다고 하드래도 그것은 極少限度의 局限된 一部 階級에 屬하야 잇다.

卽 實例로 말하면 普通學校라도 쪽々히 보낼 만한 家庭의 子弟에 局限되여 잇다.

그러나 이 極少限度의 少年群을 除한 뒤에 最大最多의 少年群은 그 갓튼 冊子를 손에다 들어보지도 못하겟지만 든다고 하드래도 그들의 感情과 附和될 것인가?

附和은 커냥 도로혀 反感만 살 것이다. 그럴 것은 當然한 理致일 것이다.

그들은 事實로 구박을 밧고 지내는데 冊 속의 나무군은 同情을 밧는 것이다.

그들은 하로 한 끼에 조밥도 어려운대 冊 속에 도련님은 작란감 애기의 눈알맹이가 정말 玉이 아니라고 야단을 친다.

公州나 王子나 도련님이나 그리고 눈으로 볼 수 업는 天使 等々만으로 짜어진 內容이 그들에게 附和가 될 수 업는 것은 또한 말할 것도 업는 것이다.

또 軍國美談 갓튼 것도………

×

가장 饑흔 境遇에 잇는 小作人들이 『趙雄傳』을 조화한다고 작구 『趙雄傳』 갓튼 封建制度의 讚揚物을 提供할 수는 업는 것이다.

萬一에 提供을 한다면 그들의 銳利한 ××意識을 靡魔식히는 ××行動에 不過하게 된다. 맛찬가지로 나무군 아희들이나 工場의 少年 職工이나 그보다도 그보다 더한 最下層의 少年群들이 美談을 조화한다고(實은 조화도 아니한다) 그 갓튼 讀物을 提供한다는 것도 前者의 魔靡 行動과 갓치 되는 것이다.

×

이만하면 그야말로 天眞스런 童心이 얼마나 우리 少年運動線上에서 逆用이 되나 하는 것을 알게 될 것이다.

우리들은 이갓치 逆用이 된 在來의 童心을 排斥하고 조금 더 完全한 方法으로 새로운 意識層 構成 運動을 實踐하자.

여긔에 共鳴하는 동무는 엇더한 有機的 少年 指導機關 組織運動을 促進하기에 굿세히 努力을 하자.

그래서 새로운 童心을 土台로 한 새로운 指導者의 結成을 促進하자.(이상 78쪽)

## 尹福鎭, "三新聞의 正月 童謠壇 漫評(一)", 『조선일보』, 1930.2.2.

### 머리말

正月은 陰曆을 云함이다. 그러나 一月이라기보다는 正月이 불르기도 뵈기도 조와서 正月이라고 썻다.

別 意味는 업다. 몬저 漫評으로 드러가기 前에 童謠가 무엇인가를 說破하겟다.

### 童謠, 意義, 種類

童謠는 文字 그대로 兒童의 詩이다. 兒童 自身의 心靈에서 넘처나는 謠이며 또 兒童에게 불리울 詩이다. 그러면 童詩와 童謠는 別 物件이 안니다. 同心同體이다. 詩는 童守的 思想이다. 詩는 美의 韻律的 創造이다. 童謠를 다만 兒童의 詩이라 함은 그 意義가 넘우 漠然한 것 갓다. 다음의 詩人, 童謠詩人의 童謠觀을 綜合하야 的確한 定義를 紹介한다.

一. **童心** 純粹한 兒童의 詩 — 童謠는 平易한 兒童의 言語로 素朴한 童心을 노래한 同時에 어른에게도 큰 感興을 주어야 한다. 어디까지던지 感覺이 童心으로 純粹한 童心 그래도 自由스러운 生活立場에서 自然을 看破하고 人事를 觀察하여야 한다.

그러면 童謠는 兒童自身이 自己의 思想, 感情, 經驗 等을 心靈에서 넘처흐르는 韻律로 表現한 것이다.

二. **類似點** 兒童으로 復歸하지 말고 大人의 立場에서 兒童의 精神과 大人의 精神과의 類似點을 차저 이것을 불러 논 것으로 童謠를 對하는 態度이다.

童謠는 純藝術的 童謠는 어른이 兒童의 思想, 感情, 經驗 等을 心的 融合을 늣겨서 이것을 童語로 兒童의 韻律 그대로 表現한 것이다.

三. **合致點** 엇던 刹那와 境遇에서는 兒童의 心靈과 大人의 心靈이 相値할 때가 잇다. 心理學 見地로 大人의 心靈이 兒童의 心靈으로 復歸한다는 것이 到底히 不可能하다고 말한다. 兒童의 心靈으로 歸還하기를 바라지 말고 大人과 兒童의 心靈이 合致되는 點을 發見하여야 할 것이다.

그러면 童謠는 兒童의 心靈이 將次 압날에 完美하게 發展함을 따라 希求하는 第三世界(兒童의 世界와 大人의 世界 外에 憧憬하며 希望하는 世界를 云함)를 大人이 兒童에게 불러 준 것이다. 그러면 童謠를 分類하면 如左하다.

童謠 ─ A 兒童自身이 불르는 것
　　 ─ B 大人 兒童에게 불러준 것
　　 ─ 1 兒童의 現在 心境
　　 ─ 2 將次 到達할 心境

以上에 諸 童謠詩人의 定義를 通하야 童謠의 本質 ── 生命的 要素는

(가) 內容인 思想, 感情, 經驗 等이 童心 그대로이던지 또는 兒童으로 반드시 가저야 할 希求하는 그것으로던지

(나) 韻律이 兒童에 心的 律動에 融合하여야 할 것

(다) 言語의 調子가 音樂的이어야 할 것. 그리고 用語는 兒童의 日常生活에 쓰는 平易한 童心語 又는 生命的 有機的으로 結付하야 容易하게 理解할 수 잇는 것

(라) 藝術的이며 兒童에게 喜悅과 興味, 人情味를 豊富케 할 것

---

## 尹福鎭, "三新聞의 正月 童謠壇 漫評(二)", 『조선일보』, 1930.2.3.

×

그런데 이 拙稿는 二十六日 아츰에 執筆햇스니까 其 後日 發表되는 作品은 빠진다. 書店에서 少年 雜誌를 뒤저 童謠를 차저려도 뵈이지 안는다. 퍽이나 섭섭한 일이다. 『어린이』에서는 한 篇의 童謠를 볼 수 업고 『별나라』와 『아희생활』에 몃 篇이 뵈인다만 이럿타 하고 着眼하여 볼 것이 업섯다. 그러면 三新聞 學藝面으로만을 가지고 이달 童謠壇으로 보아도 不足한

것이 업슬 것 갓다.

『中外日報』의 新春 童謠 五篇이 잇다. 이것부터 차례로 나려 볼가 한다.

**도라오는 길　鄭祥奎 作**

겨을 밤 찬 한울 아래로 밤 늣게 공장에서 일을 하고 뷔인 벤도를 끼고 집으로 도라오면서 읇흔 노래이다.

尹石重 作 「휘파람」을 聯想게 한다. 그러나 內容인 思想이 조흔 傾向을 뵈여 준다. 몃 줄 안 되는 노래에 쪼불쪼불 짤낭짤낭이 도로혀 어즈럽게 하지나 안을가. 좀 더 單純化하엿드면 한다.

**못 쓰는 돈　玄東珠 作**

길가에서 못쓸 돈 한 푼 어드니 죽은 동생 순애가 생각난다는 것이다. 죽은 동생을 그리는 情뿐이다. 넘우 說明的이 아닌가 한다.

**우리 옵바　서오송 作**

청년회관 단니는 우리옵바를
무슨죄가 잇다고 잡아가나요
×
몰라요 몰라요 나는몰라요
우리옵바 병나면 나는몰라요

이 한 篇의 童心의 노래 가운데서 우리의 特殊한 環境을 엿볼 수가 잇다. 靑年會만 단니는 사랑하는 옵바를 잡어간다. 몰라요 몰라요 나는 몰라요 우리 옵바 병나면 나는 몰라요가 조타. 新春 『中外』 童謠壇에서 第一 優秀하다고 나는 말하고 십다.

▷……◁

**팔려가는 소　尹泰× 作[24]**

정든 암소를 갓모 쓴 사람이 사간다. 송아지 데린 엄마소를 돈이 업서서

---

24 「팔여가는 소」(『중외일보』, 30.1.5)의 지은이는 원문에도 분명하지 않다. 당시 『동아일보』, 『조선중앙일보』 등에 다수의 동요(동시)를 발표한 윤태웅(尹泰雄)이 아닌가 싶다.

파랏겟지! 엄마도 울고 송아지도 울고 나도 우릿다. 팔려가는 엄마소를 보고

千正鐵 作 「팔려가는 소」를 聯想케 한다. 全體로 愛情에 넘치는 노리다. 비록 목숨 업는 돌맹이 —— 길가에 오는 사람 가는 사람 발길에 채여만 단이는 돌맹이 하나에도 愛情으로 본다. 童謠는 愛情의 文學이 아닌가 한다.

▷……◁

**우리집 갓난이 朴堯輪 作**[25]

귀여운 애기가 낫다. 머리통은 한아버지 담고 코와 모습은 한머니 담고 초롱눈과 입술은 아버지 모습! 붉으레한 두 볼은 어머니 담고 방긋이 웃슬 째 볼이 속 드러가는 것이 담다 못해서 날 달멋다는 것이다.

三節의 마즈막 句가 조타. 全體로 보아 넘우 길지 안흘가!

▷……◁

**밤엿 朴古京 作**

밤엿사려
웨치면
개가짓지요
×
밤엿한개
쭈ㄱ걱
먹고십다고

조흔 童謠이다. 單純하고도 技巧로써 何等에 애쓴 것도 뵈지 안는다. 童謠는 짧을사록 조흘 것 갓다. 그리고 中心點을 일치 말고 形式도 重大視

25 「童話童謠 及 馬의 傳說 佳作 發表」(『중외일보』, 30.1.1)에 "동요" 부문에 「우리집 갓난이」의 작자는 '平壤 朴堯翰'으로 되어 있고, 『중외일보』(30.1.6)에 수록된 원문 「우리 갓난이」의 작자명도 '朴堯翰'이다. 따라서 '朴堯輪'는 '朴堯翰'의 오식이다.

할 것이 업다. 넘처 나오는 그대로 單純하게 表現하라. 技巧로써 작란을 부리지 말 (한 줄가량 해독 불가) 化粧할 것이 업다. 純眞化하여야 한다. 單純化하여야 한다.

---

**尹福鎭, "三新聞의 正月 童謠壇 漫評(三)", 『조선일보』, 1930.2.4.**

▷……◁

서을 한샘 作

찌무럭이 언니도 웃고 짜정쟁이 누님도 웃고 할버지도 벙글벙글 할머니도 벙글 아버지 어머니도 서을를 마저 웃는다. 탁자 위에 각씨님(人形)도 조와서 입만 잇스면 금시에라도 웃슬 것 갓다.

喜悅에 넘치는 노래다. 우리는 特殊한 環境에 억매어 울고 울고 부르짓는다. 그럿타고 무륵무륵 자라는 어린이도 울릴 것인가. 안니다. 純眞한 그들에게 우리의 서른 이 마음을 하소연할 것이 업다. 어린이는 우슴에서 자란다. 깃븜에서 뻣어 간다. 멋업시 哀想的인 노래를 우리의 兒童에게는 불너 주지 말자. 비록 우리에게 아츰 저녁꺼리가 업서도 우리가 밋비하고 바라는 어린이만은 울리지 말자. 쉽게 하지 말자. 아모것도 지닌 것이 업서도 우리도 그날을 바라지 안는가. 어린이만은 웃게 하자. 춤을 추게 하자.

▷……◁

**신문쌩탕 全裕協 作**

신문쌩탕 신문쌩탕
쌩탕신문 쌩탕신문

중외일보
조선일보
동아일보

이것을 反復하엿다. 內容은 아무것도 업다. 넌센스하다. 엇더한 때로 보아서는 無意味의 恍惚이 兒童에게 必要하다. 兒童에게 큰 思想을 바라지 마라. 나비가티 춤추고 파랑새가티 노래하면 그만이다. 예서 무엇을 차지려는가. 그들은 바람에 스처도 흥겨워 노래 부른다. 東山에 써오르는 달빗에 마음이 일러 노래하지 안는가. 누구가 그들 말리려고 하는가. 저들이 웃줄거리며 놀게 가만히 두어라. 저러는 동안에 그들은 자란다. 잔뼈가 굵어지고 어린 팔쑥에 새 힘이 오를 것이다.

▷……◁

이 박게도 만타만 紙面上 關係로 다 손대일 수 업다. 筆者의 「울리마서오」 「중중떼떼중」[26] 두 편이 잇다만 作者로써 作者의 作品을 大衆 압헤 이럿타 저럿타 말하기가 거북하여 그만두련다. 그러면 다른 紙面에도 筆者의 童謠는 그만두기로 하겟다.

▷……◁

그러면 『中外』에서는 新春 懸賞募集에 當選된 五篇과 其外 十五篇 合 二十餘篇의 收穫이다만 快作이 稀少하다. 서오송 作 「우리옵바」가 『中外』에서는 좀 나을 것 갓다. 『中外日報』에서도 特別히 童謠蘭을 復活식혓스면 한다. 編輯者가 잘 指導하야 주기를 바란다. 미스 푸린트가 넘우 만타. 誤植과 落字를 삶혀주기를 바란다. 더욱이 詩歌는 小說, 劇文學보다도 대스롭지 안케 생각하는 글字 한 글字에도 全 生命이 左右하지 안는가. 考選에도 더욱 精選하기를 부탁한다.

---

26 '울지마서요'의 오식이다. 「울지 마서요」(『중외일보』, 30.1.18)와 「중중떼떼중」(30.1.7)을 가리킨다.

## 尹福鎭, "三新聞의 正月 童謠壇 漫評(三)", 『조선일보』, 1930.2.5.

『東亞日報』

新春童謠부터 보자. 一等 當選된

**동리의원** 金貴環 作

우리동리 차돌이
의원이라오
동리안에 이름난
의원이라오

×

압담밋헤 흙파서
가루약지어
풀닙짜서 㐈㐈
싸서주어요

×

동리애들 병나면
솔닙침노코
약한봉지 써주면
당장나어요

이 얼마나 훌륭한 童謠인가!

純眞한 童心이 넘처 흐른다. 천번만번 불르고 십다. 외이고 십다. 內容이 엇더하고 表現術이 엇더타 말할 것도 업다. 正月 童謠壇에서는 第一이다. 傑作이다. 무엇보다 選者의 精選을 致謝한다. 우리는 이런 類의 童謠를 期待한다. 希望한다. 우리의 生活情景을 삷혀보자. 우리에게도 貴族的 —— 뿌르조아的인 노래가 맛당한가. 우리 어린이에게도 각씨님을 업고 노래할 處地인가. 아니라 우리의 동모는 거리에서 굼주리며 헐벗고서 치워 썰고 잇지 안는가. 무엇보다 現實을 굿게 把握케 하자. 幻想과 虛飾을 바리자.

우리의 生活과 現實을 ᄯᅥ나 옥토ᄭᅵ이니 계수나무이니 불느는 것보다 그들의 生活을 反映케 한 現實을 불너 주자. 이 點에서 金貴環 作 「동리의원」은 傑作이다. 快作이다.

**편지 朴古京 作**

二等이라기에는 不足하다. 차라리 楊汀赫 作 「버들가지」가[27] 더 낫지 안흘가 한다.

**새해 아츰 李聖洪 作**

三節에 동모님도 나희 한 살 나도 한 살 작년에 쌈하든 것 ᄭᅮᆷ가태졋고 이 얼마나 矛盾인가. 어린이는 어린이답게 살어야 한다. ᄯᅱ여야 한다. 웨? 무엇하려고 점잔어질 것인가. 박갓헤 나가 ᄯᅱ여라 싸워라 데굴데굴 굴너라. 씩씩하게 ᄯᅱ놀아라

**金緖容 作** 「ᄭᅬᄭᅩ리의 봄」[28] 三節 마즈막에 ‘ᄯᅢᆫ스’ 합니다. 요지음 와서는 兒童들이 큰 好奇心을 가지고 이런 말을 함부로 쓴다. 웨 “?” “춤을 춥니다”는 오작이 조아서…….

選者가 注意하여 주기를 바란다. 言語에 깁히 考慮하여야 한다. 音樂的 말을 찻자! 맨들자! 安永俊 作 「새벽」에도 沈默이니 萬物이니 얼토당토 안한 難澁한 文字가 羅列한다. 이 박게도 秋窓이라니 天地라니 兒童으로 理解하지 못할 言語를 함부로 쓴다. 童謠는 知識의 藝術이다. 文字를 選하여야 한다. 그러기에 兒童과 握手하지 안는가. 童謠는 童心性을 基調로 하여 眞善美 우에 세운 超知識의 藝術이다.

**金鳳鶴 作** 「눈」에 저녁부터 오는 눈은 이제야 ᄭᅳᆺ치도다. 우리 집에 강아지는 가장 깃분 듯이 동무 차저가노라. 두 번 것더 볼 마음이 업다. 미지근한 想에다 表現ᄭᅡ지도 어색하다. “이제ᄭᅳᆫ치도다” “가장깃분듯이” “동무차저가노라” 이제 겨우 열 살 난 어린이가 상투를 들고 草笠 쓰고 담배대 물고

---

27 ‘버들강아지가’의 오식이다. 양정혁(楊汀赫)의 「버들강아지」(『동아일보』, 30.1.1)는 1930년 『동아일보』 신춘현상 동요 부문 선외가작(選外佳作) 중 하나이다.

28 「ᄭᅬᄭᅩᆯ이의 봄」(『동아일보』, 30.1.3)의 지은이는 통영공립보통학교(統營公立普通學校) ‘김덕용(金德容)’이고, 1930년 『동아일보』 신춘현상 동요부문 선외가작 중 하나다.

가는 感이다. 童心 童語를 주의하여라. 內容을 重大視하는 同時에 形式問題도 等閑視할 것은 아니다.

**黃月庭 作** 「둥근 달님」을 보자 "세상엔 싸홈과 미움 잇건만"과 "나도 점잔은 사람 되고서" "저 달처럼 되지 못한 설은 생각에" 이 얼마나 不快한가. 동심을 把握하라. 그리고 中心點이 잇서 統一이 잇서야 한다. 單純하여야 한다.

其外 楊黃燮 作 「나무말」과 李耕都 作 「비행기」 吳永壽 作 「내 동생」 等이 조흔 童謠이다. 좀 더 洗練을 하엿스면 한다. 『東亞』에서는 新春童謠 十二篇과 其外 二十七篇 合 三十九篇이다. 數는 크고 量이 적다. 量이 커야만 한다. 『東亞』에서는 童謠 못 될 童語가 만하 뵈인다. 選者가 努力해 주엇스면 한다. "兒童作品"이란 캇트를 쓰지 말고 童欄이라고 써 주엇스면 조흘 것 갓다.

---

## 尹福鎭, "三新聞의 正月 童謠壇 漫評(四)", 『조선일보』, 1930.2.6.

**긔다리는 긔차　李旬壽 作**

자미잇는 동요다. "자개성을 염순번 돌고돌아도"가 조타.

**시골　睦一信 作**

"산 밋헤 올망졸망 초가집들이 서로서로 마주대고 잠을 자지요"가 觀察과 表現이 妙하다. 山村情景을 스케취한 田園의 노래이다.

**장가간 별님　韓環泉 作**

은하ㅅ강 건너로 장가간 별님 조선 한울 도라올 줄 웨 몰으심닛가 무엇을 말하려고 햇지. 모르겟다. 조선 한울 도라올 줄 웨 모르심닛가로 무엇을 표현한 것인가. 民族性을 鼓吹함인가.

**한숨　李環魯 作**

넘우 甚하지 안는가. 어머니가 아버지가 어린 子息을 달낼 터인데 子息

이 아버지와 어머니를 달랜다는 것이 矛盾이 안일가

공장 굴뚝　韓泰泉 作

고무공장 큰굴뚝 거짓말쟁이
쒸－하고 고동은 불어노코는

×

우리엄만 아즉도 보내지안코
시침을 뚝쎄고 내만피지요

조흔 童謠다. 이제나 이제나 하고 공장 고동이 울면은 어머니가 오려니 하고 집에 기다리는 아희가 고동이 쒸－ 하기에 나가 봣드니 기다리는 어머니는 보내지 안코 싯검은 굴뚝은 엉큼하게도 시침만 뚝 짜고 연긔만 피우지

눈　梁雨庭 作

離鄕의 찬 밤 한울 밋헤서 찬 눈을 밟으며 써나는 동모를 눈 오시는 날에 생각하는 것이다. 이것을 表現하려고 쓸때업시 길게만 써벌렷다. 一節은 詩人 金岸曙 作 「남국의 눈」을 聯想케 한다. 作者는 그래도 相當한 修養을 싸흔 분인데 이러케 熱이 식은 作品 行動을 할가. 뜻이 업거든 마음이 일지 안커든 執筆치 말자. 아모리 꾸미고 분 바르고 해도 본바탕이 못낫스면 할 수 업다. "사박사박 바사박" 눈길 것는 표현이다. 사박사박하다가 急轉直下 바사삭하는 것이 好感을 주지 안는다. 구타여 南國이라기보다 남쪽나라가 낫지 안흘 것가.

---

**尹福鎭, "三新聞의 正月 童謠壇 漫評(五)", 『조선일보』, 1930.2.7.**

모를 것　黃崗龍 作

학교갓다 오다가
우서운것 보앗지

술취한 두사람이
벼락치듯 싸우는데
칼찬순사 두사람이
달려와서 붓잡고
한사람식 마타서
싸귀를 치는데

×

오면서 생각해야
알수가 업는데
돈업세고 싸홈하는
술을 웨먹을가
싸귀맛고 잡혀가는
싸홈을 웨할가

妄發이다. 禁酒演說인가. 아니면 基督敎人의 路上說敎인가. 童謠는 敎訓을 避하여야 한다. 누구보다도 選者의 責任이 아닐가 한다.

**노래 崔永植 作**

도레미파 솔라씨 고흔노래는
일흔봄 보리밧헤 노래고요
도미솔도 솔미도 가느단노랜
시내가 버들숩헤 쐬쏘리노래지만
미레도 미레도 구슯흔노랜
가을밤 한울우에 기럭이노래라오

도레미파 솔라씨가 엇재서 고흔 노래며 도미솔도 솔미도 어듸들 보고 가느단 노래며 미레도미레도는 무슨 멜로듸이길래로 구슯다 하엿는가.

도레미파 솔라씨도와 도미솔도 도솔미도는 洋樂의 音階이다. 音程 練習에 아래서 우로 우에서 아래로 부르는 音樂이다. 이 가튼 童謠 例가 업서서 筆者의 童謠로 失禮한다.

하모니카

욕심쟁이 작은옵바 하모니카는
큰아저씨 서울가서 사보낸선물

×

작은옵바 학교갓다 집에오면요
하모니카 소리맛처 노래불러요

×

도레미파 솔라씨도 불느고서는
도미솔도 도미솔도 재미난다오

×

욕심쟁이 작은옵바 학교갈적엔
날모르게 하모니카 숨겨두지요

×

우리우리 어머니가 옵바엄슬때
설합속의 하모니카 차저주어요

×

도레미파 솔라씨도 내가분줄을
도미솔도 도미솔도 누가아나요[29]

——『中外日報』所載 ——

格調를 억지로 맞추려고 몸부림치지 마라. "노래"는 노래는 조코 한늘 우에는 한늘이 조치 안흔가. 일부러 글字만을 맞추려고 音階에 업스면 안될 스도를 빼지 안헛는가. 童詩는 더욱이 音樂的이다. 리듬이 全 生命이다. 格調가 조와야 한다. 그러타고 맞지 아는 格調만을 爲主하지 말고 內容인 詩想을 重大視하여라. 申孤松이 破格 問題를 提唱하엿다. 初步인 幼年作家에 限하야서는 엇절 수 업는 事實이다. 破格 —— 散文은 未成品이다. 不完全한 것이다. 相當한 修養과 階段을 밟은 作家도 破格할 것인가 決코

29 윤복진의 「하모니카」(『중외일보』, 29.9.28)에 따르면 위 인용시 3연과 6연의 2행 '도미솔도 도미솔도'는 원문에 "도미솔도 도솔미도"로 되어 있다.

그러치 못한 것이다. 詩에는 리듬이 生命이다. 元素이다. 表現이 自由스럽지 못하다고 難澁하다고 破格을 提唱할 것인가. 人間의 自由도 어썬 局限이 잇다. 그 境界를 버서낫다고 決코 自由가 안일 것이다. 어쩌케 꼭 破格해서야만 조흔 作品을 産出할 수가 잇슬가. 좀 더 苦心만 한다면 조흔 作品을 맨들지 안켓는가. 詩로써 破格은 禁物일 것 갓다. 입으로만 破格! 破格을 부르짓지 말고 破格한 조흔 作品을 뵈여 주는게 어쩌할가. 過渡期에 잇는 者라면 넘우 理論만으로 써들지 말고 作品行動을 取하자. 조흔 作品 하나는 너절한 理論 百보다 낫지 안홀가. 歷史的 過程을 보아서도.

**詩와 音樂**은 同心異體이다.

---

## 尹福鎭, "三新聞의 正月 童謠壇 漫評(六)", 『조선일보』, 1930.2.8.

童謠를 쓰기에 쉽게 맨드려고 破格할 것인가. 차라리 散文體로 小品으로 맨들 것이 아닌가. 詩는 리듬을 所有하여야 한다. 格調에 觀念을 두어야 한다. 예서 멜로듸가 흘러 曲이 울어나고 춤(舞踊)이 나지 안는가. 하모니카 가튼 類의 童謠가 出現하기를 期待한다. 詩人 北原白秋의 藝術的 自由教育 場立[30]의 新風 童謠 五十音를 보라. 日本 五十音의 한 글자 한 글자와 本質 ―― 그 속에 包含한 色 聲 味 香 觸을 노래한 것이다. 우리도 우리말(가갸거겨)로써 이런 種類의 童謠를 試作해 보앗스면 한다. 普通學校 教育者는 音의 表現을 文字의 形成만을 爲主하지 안는가. 音 그것의 感想的 本質에 對해서는 何等의 教訓이 업지 안는가. 脫線이다만 말이 낫스니 遊戲童謠이랄가 動作童謠이랄가 골목에서 떼를 지어 노는 어린이를 보아라. 日本 것의 配達夫 노리 가튼 遊戲童謠를 滋味나게 하지 안는가. 이것을 볼 째마다 不安하다. 우리의 손에도 녯날의 조흔 遊戲童謠가 만치 안는가.

---

30 '藝術的 自由教育 立場'의 오식으로 보인다.

이를 蘇生케 하자. 그리고 單純하고도 유모어한 遊戱童謠를 創作해 주엇스면 한다. 그리고 童謠劇 運動을 이르키자.

**달님 崔在鶴 作**

고요히도 촌마을 잠을자는데
나젊은 처녀달님 방긋이웃네
래년봄에 아랫마을 도령님께요
시집간다 조와서 방긋이웃네

兒童은 無邪氣하다. 엇던 無邪氣는 冒險性을 띄운 것이 잇다. 이 童謠는 좀 批正할 것이 아닌가. 나로써는 이런 類의 童謠를 排斥하고 십다. 구타여 조흔 構想을 다 두고 作者는 이런 心思로써 촌마을에 고요히 쓰는 달님을 對하엿든가. 洪鍾旭 作「말」, 趙宗鉉 作「도령중」 吳永壽 作「도토리밥」 鄭祥奎 作「설날아츰」 等이 조흔 童謠인 것 갓다. 兒童에게 넘우 幻想의 노래를 불릴 것도 아니며, 넘우 쓰라린 現實만을 노래할 것도 아니다. 兒童은 思想家가 아니다. 純眞無垢한 歌人이며 音樂家이다. 우리의 兒童에게는 무엇보다 民族意識을 鼓吹하여 주자. 우리의 ×을 ×게 하자. 이스라엘 民族 中 유태人은 비록 二千年 前 國家는 업서젓다마는 그들의 魂은 가는 곳마다 發見할 수가 잇지 안흔가.

『朝鮮日報』에서는 新春童謠 五篇과 其他 三十六篇이다. 韓璟泉 作「공장굴둑」이 優秀하다. 다른 少年雜誌에 童謠가 뵈이지 안는 것이 퍽이나 섭섭하다. 새해에는 人間이 낡은 모든 것을 버서바리고 希望에 불타오르는 새 途程을 開拓하는 것가치 나는 만흔 期待와 喜悅로 對하려는 正月 童謠壇이 넘우나 寂寂한 것 갓다. 압흐로 童謠詩人과 幼年作家의 活躍과 努力을 바란다. 『東亞』에 金貴環 作「동리의원」 가튼 것이 種種 出現되엇스면 한다. 亂筆妄評을 容恕밧을가 한다. 마즈막으로 우리가 要求하는 멧 가지의 童謠에 對한 要件을 쓰고 붓을 노켓다.

一. 內容인 童心을 愼重히 할 것
二. 幻想的으로 疾走하지 말고 現實을 굿게 把握케 하여 兒童의 全人格的 心動을 反映케 할 것
三. 색동저고리에 꼿신 신은 우리 魂을 일치 말고 朝鮮童謠를 創作할 것
四. 멋업시 哀想的으로 흐르지 말고 兒童에게 喜悅과 興味를 줄 것
五. 惡戱性 —— 殘虐性을 避하고 人情味를 豊富케 할 것
六. 靜的보다 動的 態度를 取하야 兒童에게 굿센 힘을 주어 鬪士가 되게 할 것
七. 用語는 童心語로 言語의 調子가 音樂的이어야 할 것
八. 情緖를 第一義로 하고 功利的 又는 道學的 興味를 입지 말 것
九. 迷信性 又는 野卑性으로 흐르지 말 것
十. 中心을 일치 말고 統一을 取하여 單純化케 하며 素朴化 하며 知識의 羅列을 避할 것

### 童謠 作曲家

童謠 中에 두 가지가 잇는 읽어야 할 童謠와 불너야 조흘 童謠가 잇다. 大部分은 불너야 할 것들이다.

童詩인 童謠는 더욱이 音樂的임을 要한다. 그럼으로 한 편의 詩想이 作曲家에게 큰 힌트를 주어 그 詩想을 다시 曲으로 表現한다. 이것이 童謠이면 童謠曲이고 民謠이면 民謠曲이다. 우리에게도 조흔 作曲家를 가젓다. 尹克榮 洪蘭坡 朴泰俊 鄭順哲 氏가 잇다. 그러나 그들이 近日에 와서 非活躍이다. 洪 氏의 『朝鮮童謠百曲集』이 잇고 鄭 氏의 『갈닙피리』 童謠曲譜集이 잇다면 무게가 업는 것 갓다. 좀 더 嚴肅한 態度에서 作曲하여 주기를 바란다. 좀 더 飛躍的 努力을 期待한다. 希望한다.

그리고 新聞 雜誌社나 書店 가튼 데서는 넘우 利害打算만을 念頭하지 말고 조흔 童謠曲을 실어 주엇스면 한다. 이런 조흔 冊子를 刊行하여 주기를 바란다. 〈짜리아會〉가 復活하여 尹 氏의 『반달』 童謠曲譜集 가튼 것을

產出해 주엇스면 한다.

---

## 尹福鎭, "三新聞의 正月 童謠壇 漫評(七)", 『조선일보』, 1930.2.11.

### 童謠曲 雜考

童謠는 두 가지의 童謠가 잇다.

(一) 읽어야 할 童謠

(二) 불러야 할 童謠

그러면 大體로 童謠는 읽어야 할 건가 불러야 할 것인가. 童謠는 불러야 할 것이다. 詩歌 —— 더욱이 童謠는 言語의 調子가 音樂的으로 優秀하여야 할 것을 童謠詩人은 主唱하엿다. 그러함으로 童謠를 制作할 때는 內容인 思想, 感情을 重要視하는 同時에 用語와 리듬에 考慮하여야 한다. 글자 하나에도 長, 廣, 高가 잇고 强弱이 잇고 音色이 잇다. 童謠作家는 自重하야 이 點에 硏究하여야 한다. 그저 쓰기 쉽고 뵈기 조타고 이말 저말을 함부로 濫用하는 것은 大冒險이다.

深重히 音響에 着眼하라!

**作曲家는** 童謠이면 童謠 民謠이면 民謠의 詩想을 自己의 心琴에 울려 樂想으로 表現한 것이 童謠曲이며 民謠曲이다. 童謠가 童謠 自體 —— (作曲하기 前)로 잇슬 때는 훌륭한 것 가태 뵈이지만 大體로 作曲되어 불으게 된다면 不美한 語響이 그제야 暴露케 된다. 무엇보다 言語에 音樂的 素質이 豊富한 言語를 찻자! 그러한 言語를 創作하자! 詩歌 —— 童謠는 音樂과 떼일내야 뗄 수 업는 親密性을 가젓다. 童謠가 音樂化하야 童謠曲이 된다. 童謠가 舞踊化하야 童謠遊戱가 된다.

우리는 充實한 童謠 作曲家의 輩出을 渴望한다. 音樂은 人間의 靈性을 高尙케 하고 偉大케 한다. 音樂은 心靈의 樣式이다. 決코 音樂은 彼等 —— 閑人, 貴族 乃至 부르조아, 有識階級者 等의 消日꺼리에 娛樂的인 道具가

안니다. 音樂은 大衆의 벗이다.

×

보라! 우리 兒童은 우리 것이 업서서 남의 집에 나가서 밥과 옷을 꾸어 와서 먹고 마시고 입고 한다. 노래의 大部分이 外國(특히 日本의 것) 童謠를 불러 왓다. 筆者가

**外國童謠**를 無條件하고 排斥하자는 것은 안니다. 自作自給的 精神下에서 우리 兒童에게는 우리 노래를 불느게 해 주엇스면 한다.

×

童謠에도 內容構成에 잇서 人類的 思想, 民族的 思想 두 갈래로 區劃을 나눌 수가 잇다. 人類的 部分 —— 國土와 人種을 差別치 안는 心性 —— 卽 全 人類의 共通性을 基礎한 童謠이다. 民族的 部分 —— 人種의 差別과 地理的 環境 及 國民性의 相異 —— 卽 各其 民族의 獨特한 民族性의 色彩를 씌운 童謠이다. 보라! 地域이 좁은 우리나라에서도 地方地方의 各其 獨特한 言語가 잇고 風習이 잇서

**鄕土藝術**을 낫치 안는가. 民族性을 超越하야 世界를 한 나라가티 人類를 同族視하라고 한다. 決코 그 부르지즘이 錯誤된 것은 안니다만 兒童에게는 民族的 意識을 鼓吹해 주어야겟다. 이 民族이 漸漸 民族性을 忘却하지 안는가. 우리 兒童에게는 民族的 思想을 把握케 하자!

×

過渡期에 處한 우리는 歷史的 必然性으로 外國童謠를 輸入하는 것은 엇절 수 업는 事情이다. 外國童謠를 直譯하려는 者는 먼저 原作者의 詩想과 曲想을 잘 吟味한 後에 비로소 執筆할 것이다. 흔히 外國童謠를 直譯한 데서 이런 弊端이 잇다. 넘우 功利的이며

**朝鮮兒童**의 傳統的 獨特性을 無視하고 語感을 함부로 蹂躪하야 바린다.

## 尹福鎭, “三新聞의 正月 童謠壇 漫評(八)”, 『조선일보』, 1930.2.12.

우리 압헤도 充實한 作曲家 尹克榮, 洪蘭坡, 朴泰俊, 鄭順哲이 잇다. 尹克榮 作 「반달」과 朴泰俊 作 「옵바생각」은 全 朝鮮的으로 兒童들이 愛唱하지 안는가. 구타여 억지로 童謠를 普及식히려고 애쓸 것이 업다! 조흔 謠이면 조흔 曲이면 불느지 말래도 닷토아 불러지 안는가. 이분들의 꾸준한 努力을 渴望한다. 조흔 童謠를 精選하여 作曲해 주기를 바란다. 音樂에 門外漢인 筆者로써는 주저넙다만 엇든 曲은 專門家 爲主에 曲이 間間히 出現한다. 曲想을 吟味키도 어렵거니와 聲域에 對해 無關心한 것 갓다. 民謠이면 大衆인 民衆을 念頭에 두고 童謠曲이면 平易하게 單純하게 兒童을 目標할 것이 아닌가!

×

〈짜리아會〉와 〈硏樂會〉 가튼 機關이 잇서 時時로 새 曲을 聚集하여 曲譜集(또는 樂譜 普及版이라도) 等을 刊行해 주엇스면 한다. 地方에서도 이런 機關을 創設하자! 兒童은 歌人이다. 詩人이다. 조흔 詩를 읇어 向上이 잇는 童謠를 불르게 하자. 童謠는 兒童의 宗敎이며 그들의 心靈의 貴한 糧食이다. 新聞 學藝欄과 雜誌에서도 이 方面에 奬勵하여 時節을 짜라 조흔 童謠曲을 發表해 주엇스면 한다.

×

「正月 童謠壇 漫評」이란 題下에 諸 童謠詩人의 童謠觀을 綜合하여 童謠의 意義와 種類를 紹介하고 漫評文 中에서도 朝鮮이 要求하고 期待하는 童謠가 엇더하여야 할 것도 짧으나마 說破하엿다. 마즈막으로 여러 童謠詩人 作曲家의 努力을 바라오면 輕妄한 漫評을 謝한다.

## 梁雨庭, "作者로서 評家에게－不的確한 立論의 危險性: 童謠 評家에게 주는 말", 『중외일보』, 1930.2.5.

### 前　言

作者는 恒常 評家의 眞正한 態度를 要求한다. 同時에 그의 的確한 立論을 要求한다.

作家 指導와 作品 矯正 —— 이러케 偉大한 役割을 가진 評者로서 或 態度의 眞正을 缺한 者가 잇다면 그것은 檢討할 價値조차 업는 것이니 只今 吾人도 論議하지 아니려니와 的確한 理論的 根據가 업시 猥濫히 評筆을 드는 者가 잇다면 그것은 조곰도 容恕하지 못할 일이다.

그런데 우리 文壇에는 이러한 일이 흔히 잇나니 그것은 去夏에 初夏 創作評을 試하든 泊 某가[31] 그러하엿고 지나간 가을 『朝鮮日報』 學藝欄에서 申孤松이가 그러하엿다. 그리고 멀지 안흔 압날에 亦是 『朝鮮日報』 學藝欄에서 李炳基가 그러하엿다. 筆者는 여기서 最下級의 愚劣에 屬한 그들의 放贅를 두려워하엿스며 그들의 反省(自覺)을 促進하는 意味에서 붓을 들게 되엿다.

그들의 所爲는 大膽한 野圖 以外에 아모것도 아니엿스나 그러나 그것은 放任하지 못할 일이다.

그것이 비록 半分의 價値 업는 不的確한 推論이라고 할지라도 그것이 우리 藝術運動線上에 미칠 害毒을 生覺하면 可恐할 일이기 때문이다.

### ◇ 孤松의 反動

孤松은 去秋 『朝報』 學藝欄에서 「童心에부터」[32]라는 題目을 갖고 主義者然이니 詩人然이니 하는 言語道斷의 贅言을 亂發하면서 우리 運動에

---

31 박태원(泊太苑)의 「初夏 創作評(전6회)」(『동아일보』, 29.6.12~18)을 가리킨다. '泊太苑'은 구보(仇甫, 丘甫) 박태원(朴泰遠, 1910~1986)이다.

32 申孤松의 「童心에서부터－旣成童謠의 錯誤點, 童謠 詩人에게 주는 몃 말(전8회)」(『조선일보』, 29.10.20~29)을 가리킨다.

隱然히 反旗를 들고 何等의 理論的 根據도 업시 닷자곳자 우리의 作品을 抹殺하려고 그는 死力을 다하야 可憎한 醜態를 演出하엿다.

나는 決코 그의 論文 全體에 對하야 言及하지 안으려 한다. 그 論文의 大部分이 쑤르조아 見地에서 쑤르조아 作品을 評하엿기 때문이니 이에 對한 是非를 말할 必要가 업는 까닭이다. 단지 筆者의 拙作 「풀배」를 써러다 노코 漠然한 反푸로의 歪論을 擡頭식혀 싹트는 푸로 詩人들의 머리를 攪亂식히려고 한 可憎한 犯罪에 對하야 一言코자 할 따름이다.

勿論 筆者의 「풀배」가 優秀한 作品이라고 하는 것은 決코 안이다.

시내가에욱어진 풀을써더서
곱게곱게적은배 꾸여가지곤
굶주리고흘벗은이 모다실고서
눈물업는그나라로 차저서가자

×

어기여차노저어라 삿대집허라
불어오는갈바람에 돗을올녀라
은남아너도가자 수동이너도
설음업는그나라로 차저서가자

이러케 作品으로는 最下級의 劣品에 屬할 것이다. 그러나 그는 엇더케 評하엿든가?

"作者는 무엇을 어린이에게 가라치려고 햇는가. 비록 이 짱의 百姓이 굶주리고 흘벗고 눈물과 서름으로 산다 해도 어린이에게 이것을 敎示한다는 것이 부모된 自體가 얼마나 붓그러운 말이냐. 얼마나 矛盾됨을 가라침이냐" 한 것과

"長成하는 그들에게 現實의 沒落과 幻滅을 알닐 必要가 무엇이냐."(傍點雨庭)

요로케 그는 無智한 反動을 敢行하엿다.

이 얼마나 쑤루주아 理論이냐?

굶주리고 헐벗고 눈물과 서름으로 산다고 하는 것을 어린이에게 가라친다는 것이 엇잔 말이냐? 우리의 어린이는 敎示를 不待하고 발서 飢寒에 當面하야 나날이 그것을 切實히 體驗하는 어린가[33] 아니냐.

그러면 孤松이 말한 어린이란 엇더한 어린이를 말한 것인가. 그것은 두말할 것도 업시 狡猾한 아비 어미의 능란한 搾取術의 餘德으로 好意好食에 世上 주리 볼으고[34] 無難히 지내가는 特殊階級의 子弟들을 말한 것이다. 그들에게는 濁世의 所謂 俗惡을 알닐 必要가 업슬는지 모르나 우리 大衆의 어린이는 너머도 만히 배곱하서 울엇고 추워서 울고 잇다.

그들은 그들의 아버지 어머니가 한 時 半 時도 놀 새 업시 뿌덕뿌덕 일을 하고도 最下層의 悲慘한 生活에서 呻吟하고 잇는 現實을 現實의 矛盾을 잘 알고 잇다.

그리고 或時에는 그들의 父母가 何等의 罪目업시 ××에게 싸귀를 맛는 것을 날마다 보듯키 보고는 恐怖와 悲憤에 부들부들 썰고 잇다.

이리하야 그들은 現實을 怨하고 째로는 理想的 파라다이스를 憧憬하고 잇는 것이다.

萬若에 如此한 서름에 當面한 우리들의 子弟들로써 現實의 矛盾을 늣기지 안는 孤松과 가튼 "바-보"가 잇다면 우리는 點心을 싸가지고 다니면서도 敎示할 必要가 잇는 것이다.

---

## 梁雨庭, "作者로서 評家에게-不的確한 立論의 危險性: 童謠評家에게 주는 말(承前)", 『중외일보』, 1930.2.6

그리고 그는 쏘 이러케 말하엿다.

---

33 '어린이가'의 오식이다.

34 '好衣好食에 世上 주리 몰으고'의 오식으로 보인다.

"이것은 童謠라고 내어노코 詩人然하고 主義者然하는 小兒들은 좀 더 自重하야 우리의 어린이에게 敎導할 배가 무엇이며 어린이란 얼마나 넓고 좁고 크고 적은 것이란 것을 硏究하는 것이 조흘까 한다."(傍點 雨庭)

그가 이러케 詩人然이니 主義者然이니 하는 贅句를 亂發한 것은 암만 好意로 解釋한대도 우리 運動에 對한 無智한 挑戰이 아니면 안일 것이다.

"서울 가서 뺨 맛고 漢江에 가서 눈물 흘닌다"는 格으로 그가 主義者에게 톡톡한 變을 當코서는 只今 얼토當토 안는 나한테 분푸리를 하는 모양 갓다. 그러나 그것은 愚漢의 할 짓이다.

이러한 拙論을 公然하게 發表해 노코 識者然하는 可憎한 孤松은 좀 더 自重하여야 될 것인가 한다.

그리고 評筆을 들기 前에 좀 더 닑고 좀 더 硏究하라고 도리혀 勸하고 십다.

이러케 井底蛙의 所見과 一家言的 固執으로 忌憚업시 덤비다가는 去夏 『東亞』 紙上에서 初夏 創作評을 試하든 某者와 가티 社會的 埋葬을 不免할 것이다.

다음에 그의 붓을 들 때의 態度를 檢討할가 한다.

그의 序言에

"筆者는 이 小論으로서 絶對로 正鵠한 理論이라고 固執하는 者가 아니다. 停滯된 水面에 小石을 던짐에 不過하다. 이 더진[35] 小石으로 말미암아 世上에 輿論을 니러키어 排擊 아니면 同意의 論說이 잇기만 된다면 나의 本意를 다하는 것이다."(傍點 雨庭)

이 얼마나 曖昧한 말이냐. 絶對로 正鵠한 理論이라고 認識하지 안으면서 엇재 그것을 發表하엿느냐.

그러면 自己 理論이 誤認된 理論인 줄을 알면서 何等의 忌憚업시 發表하는 것은 일홈을 팔기 爲한 얄미운 作亂이엿든가.

世上에 輿論을 니르키어 排擊 아니면 同意의 論說이 잇기를 衷心으로

35 '이 던진'의 오식이다.

바라는 賣名兒 申孤松은 自己 理論의 價値 與否와 社會에 씨치는 害毒 如何는 念頭에도 두지 안코 그저 排擊을 하든 同意를 하든 申孤松 申孤松 하고 일홈만 불너 주면 滿足하다는 말인가.

이러케 俗學流輩의 誤謬된 拙論으로 말미암아 우리 新人들의 軟弱한 머리에 意識의 攪亂이 니러날가 두려워한다.

◇ 李炳基에 歪論

炳基는 가장 처음 보는 이로 『朝鮮日報』 紙上에 「童謠 童詩의 分離는 錯誤」[36]라는 題目을 걸고 말도 아니 되는 잠고대를 한참 하다가 읏헤 가서는 論題에 어그러진 作家評을 始作하엿다.

理論的 根據 업는 評論의 危險性 —— 無條理한 評論의 排出을 因하여 作家의 迷惑은 두말할 것도 업거니와 누구누구는 잘 쓰고 누구누구는 못 쓴다는 炳基가 敢行한 作家評에 드러가서는 一言을 費하지 안을 수 업는 것이다.

評家는 반드시 作品을 評하라. 다시 말하면 作品을 解剖하여 短點을 指摘하고 長點을 助長식혀라

"무덥허노코 누구의 무엇은 조흔 作品이고 누구의 무엇은 납븐 作品이다" 라고 하는 것으로 作品을 評한 줄 알어서는 못 쓴다.

이보다 더한層 甚하여서는 李炳基와 갓흔 種類의 評者는

"누구누구는 잘 쓰고 누구누구는 못 쓴다"는 漠然한 소리를 하게 된다.

이것이 作家와 讀者에게 何等의 센세이숀을 못 줄 쑨만 안이라 도리어 作家와 讀者를 迷惑케 하는 것이다.

그러면 炳基는 엇더케 말하엿든가.

"梁雨庭 君에 잇서서는 虛飾이 만헛고 金思燁 玄東炎 等의 作品은 難澁하엿다."

어느 作品의 어느 句節이 虛飾이 잇고 難澁하드냐. 그것을 指摘하여서

---

36 李炳基의 「童謠 童詩의 分離는 錯誤 - 孤松의 童謠運動을 읽고(전2회)」(『조선일보』, 30.1. 23~24)를 가리킨다.

作家를 誘導하여야 할 것이 안인가.

나는 炳基의 論文을 낡고 이러케까지 生覺하엿다.

"이 사람이 正말 作品들을 낡어 보고 한 소리인가 하는 疑心이 들면서 申孤松의 「새해의 童謠運動」 第一節의 엇 句를 낡어 보고 그것을 원숭이 흉내 내듯 되푸리한 소리가 안인가" 하엿다.

엇호로 孤松은 비록 不的確한 立論은 하엿슬지언정 그의 學究的 態度를 보혀준 것과 新年 벽두에 「詩壇漫評」에서 그가 우리의 陣營으로 方向을 轉換한 것을 깃버하는 바이다.

그러나 炳基는 아모것도 아니다. 體系的 立論은 不顧하고 學究的 態度까지도 보혀 주지 못한 것을 不滿히 녁인다.

—— 三○年 一月 二六日 咸安 鄉第에서 ——

## 申孤松, "童謠와 童詩－李 君에게 答함", 『조선일보』, 1930.2.7.[37]

童謠壇을 爲하야서는 조흔 意見을 提出해 주엇스며 나 個人에게는 고마운 忠告와 激勵를 준 李炳基 君에게 責任上 繁多한 中이나마 一言을 謝하고 李 君의 論旨에 對한 檢討라 할가 補充이라 할가 李 君의 아즉 認識치 못한 點 또는 未及한 點을 指摘하야 君에게 答코저 한다.

×

李 君이 생각하는 바와 가치 童謠 곳 詩이며 童詩 곳 詩이다. 이것은 李 君이 이제 새삼스러히 發見한 것도 아니고 詩謠의 發生되는 當時부터 그 詩 自體가 이것을 隨伴하엿든 것이다. 李 君은 童謠 곳 詩인 以上 童謠와 童詩를 分離한다는 것은 誤錯이라고 하엿스나 李 君은 廣汎한 意味에서 則 詩의 本質로써의 '포에지'를 말한 것이지 自由詩이니 散文詩이니 또는 新體詩이니 하는 概念에 包含된 詩를 말한 것은 아니다. 自由詩이나 散文詩이나 또는 韻詩이나 童謠이나 童詩이나 詩의 本質로서는 그 原流가 同一한 것이다. 그러나 現象으로써 表現된 '포엠'인 自由詩 散文詩 童謠 童詩는 그 사이에 區劃線이 明瞭치 안흐면 안 될 것이다. 그럼으로 童謠나 童詩 다 가티 詩임은 틀림업는 것이로되 여긔 말한 이 詩는 所謂 '포에지'로써의 詩이요 더 狹意한 名詞的 概念에 制限된 '포엠'으로써의 童詩와 童謠는 嚴然히 現象的으로 區分되어 잇다.

그리고 이 詩의 本質 또는 作品으로 實際化된 詩 等으로 論치 안코라도 童謠, 童詩라는 單純한 名詞로써 본다 해도 이들은 嚴然히 달을 것이다. 名詞 乃至 言語는 社會의 한 約束에 지나지 안은 것이다. 개(犬)라는 名詞가 太初에 "말"이라고 約束되엇다면 우리가 말이라고 하면 개(犬)인 줄 알 것이다. 童謠와 童詩란 名詞도 한 約束에 지나지 안흔 것이라면 謠는

37 李炳基, 「童謠 童詩의 分離는 錯誤－孤松의 童謠運動을 읽고(전2회)」(『조선일보』, 30.1.23~24)에 대한 반론이다.

比較的(本質的?) 韻律的인 것임으로 定型的으로 表現된 것을 所謂 童謠(過去에 잇서서 우리는 그러케 解釋하야 오지 아니하엿는가)이고 —— 이러케 約束해 놋코 —— 詩는 謠보다 比較的 豊富한 內包를 가젓스니 所謂 自由詩니 散文詩 하는 意味에서 自由律로 表現된 것을 童詩라고 하자는 것이다.

實際에 잇서서 定型的 表現과 自由律 表現의 相異된 두 가지의 表現傾向이 잇는 以上 概念으로써 또는 區分하기 위해서 별다른 일홈 卽 童謠와 童詩라는 名詞가 잇서야 될 것은 賢明한 李 君이니 是認할 줄 밋는다.

以上 말한 것을 李 君이 읽어 준다면 李 君 自身이 童謠와 童謠, 童詩가 다 包含된 '포에지'로써의 童謠에 對한 認識이 不足하다는 것을 깨달을 것이다.

그럼으로 더 말할 必要가 업스나 우리의 童謠에 어느 程度까지 正當한 理解를 가지고 잇스며 自由律 表現을 是認하는 李 君에게 再三感謝하고 擱筆하자.

一. 一九

## 張善明, "新春童話 槪評－三大 新聞을 主로(一)", 『동아일보』, 1930.2.7.

朝鮮의 少年運動이 鞏固한 組織體를 갓지 못하고 散漫하야 잇는 現實에 잇서서 運動 全般에 對한 具體的 理論을 樹立치 안코 文藝運動의 한 部分인 童話에 對하야 論하려는 것은 좀 遺憾인 듯하다. 그러나 今番 童話를 評한 結果 童話 作家나 또는 童話를 口演하는 諸氏에게 다만 얼마라도 參考가 된다면 筆者는 이에서 더 滿足은 업슬 것이다.

그리고 나는 童話를 評하야 價値를 決定함에 잇서 絶對多數인 無産階級 少年의 利益을 代表하고 그들의 理智와 精神을 成長케 할 社會的 要素를 包含한 科學的 童話를 標準하고 評價하려 한다.

그리고 한 가지 遺憾인 것은 雜誌에 실린 童話까지 評치 못하고 三新聞만을 主로 하게 된 것이다. 이에 原因은 地方에 잇서서 少年 讀物을 求하기 어려운 탓이다. 그러나 量으로 보아서 三新聞에 發表된 作品만으로도 十五六篇이란 數字를 차지하니까 이것만을 評하야도 童話에 對한 傾向을 넉넉히 알 수 잇슬 것 갓다.

『中外日報』新年號부터

| | |
|---|---|
| 까막동이(佳作) | 元興均 |
| 용사 화평이 | 延星欽 |
| 山임자 사슴 이약이 | 延星欽 |

『東亞日報』新年號부터

| | |
|---|---|
| 귀여운 복수(一等 當選) | 建德坊人 |
| 어머니를 위하야(二等) | 金哲洙 |
| 구월의 나팔 소리(三等) | 金完東 |
| 산호랑이 방아(選外) | 權翰術 |

동생을 차즈러(選外)　　朴一
새털 두루막이　　田昌植
少年勇士「돌쇠」　　金哲洙

『朝鮮日報』新年號부터
봉구의 손가락　　廉根守
아버지의 원수(當選)　　德成
弱子의 勝利(同上)　　金完東
까치의 꿈(同上)　　金在哲
욕심쟁이(同上)　　金正漢
나는 소병정입니다　　鄭祥奎
산의 아들　　렴근수

내가 論하려는 論序는 以上과 갓다. 그러면 이제부터 以上의 모든 作品을 個別的으로 評하기로 하자.

元興均 君의 「까막동이」
이 童話의 內容으로 말하면 어쩐 령감 로친네가 自己의 本國을 써나 조고마한 섬나라에 가와 사는데 자식이 업서서 늘 한탄하든 中 맑은 시내ㅅ물을 써다 먹고 아들 하나를 나엇스며 그 아들 "까막동이"가 자라서 뜰에 나가 놀다가 疲困하야 잠들어슬 째에 神靈님이 나타나서 네 本國에 싸움이 낫스니 그것을 네가 물리치우되 칼과 창으로 싸울 것이 아니라 武器는 조흔 것이 잇다고 준 것이 "맘대로 상자"와 "함홍대"라는 것이다. 그러하야 까막동이는 神靈의 말대로 그 神機 "마음대로 상자"와 "함홍대" 이것을 마음대로 잡어 타고 空間으로 飛去하야 本國에 들어온 敵을 短時間에 물리치고 本家로 돌아오다가 中略에서 不良한 아이를 "마음대로 상자"를 利用하야 悔改시켯스며 쓸어저 가는 오막사리를 큰 기와집으로 변하게 하야 주고 집으로 돌아왓다는 말을 어쩐 이약이 잘하는 령감의 입을 빌어서 이약이한 말이다.

作者는 이 作品을 通하야 少年들께 무엇을 주려는가? 作品은 누가 보든지 古代小說의 한 토막이며 固陋한 佛敎 宣傳文에 不過하다고 안 할 수 업다. 그리고 이러한 作品은 쑬조아들이 自己의 享樂物과 가티 兒童의 精神을 廣汎한 神秘의 天地에 허매이게 하며 現實 쑬조아 社會의 繼承者로서 適合한 個人主義的 根據에 立脚케 하려는 쑬조아 그들이나 使用할 것이다. 우리는 언제든지 作品을 내놀 째에 朝鮮 少年이 밧고 잇는 現資本主義 社會의 社會的 環境과 그들이 맛보는 實生活 속에서 닐어나는 諸 事實을 材料로 한 現實的 作品이랴만 無産少年으로 하야금 意識的 敎養을 시킬 수 잇고 그들의 心理에 符合되는 同時에 未來社會를 마지함에 遺憾업는 準備를 할 것이다.

神靈님이 어찌어찌하얏다지만 이것은 그리 큰 問題도 되지 안는다. 어느 小數 部類에 屬한 少年은 이 作品에 害毒될지 모르나 無産階級 少年은 鼻笑하고 말 것이다. 神이 萬物을 創造하얏스며 그 萬物을 支配하는 神이 사람의 幸福과 모든 幸福을 가지고 잇다 하야도 無産少年은 信服하지 안는다. 또는 饑餓에 臨한 불상한 사람을 爲하야 비단 방석을 쌀고 안저서 祈禱하는 淑女의 慈善心을 無産階級 少年은 疑心하며 死後 天堂을 憧憬하는 종소리가 空間을 울릴 째에 安息日임을 不拘하고 빵을 求하랴 工場이나 뜰로 向하는 것이 事實이 아니냐? 何如튼 이런 作品은 非科學的이오 非現實的이기 째문에 少年 그 自體가 要求치 안는다. 또 그리고 筆致가 洗練되지 못할 쑨더러 少年의 理解力으로서는 判斷 못할 句節이 만타.

---

**張善明, "新春童話 槪評－三大 新聞을 主로(二)", 『동아일보』, 1930.2.8.**

**용사 「화평이」 延星欽 作**

이것도 以上에 論한 「짜막동이」와 恰似하다 할 만한 神秘的 內容을 가젓다. 要約하면 어썬 姙娠 못하는 사람이 神靈님께 정성을 들이고 아들을 어덧는데 不幸이도 안진방이 病身이엇다. 하로는 안진방이 혼자 집을 지키고 잇슬 째 大門 밧게서 어썬 사람이 門을 열어 달라고 請하나 안진방이는 나가지 못하고 방안에 안저서 通話하는 가운대 별안간 두 다리가 풀려 일어나서 大門을 열어 주엇고 그리고 어썬 神의 命令대로 天降地出 가튼 馬한 필을 어더 타고 戰場에 出戰하야 單騎로써 高句麗 軍兵을 물리치어서 新羅國에 和平이 한 사람으로 말미암아 永遠히 平和를 繼續하얏다는 한 幽靈 가튼 歷史童話이다. 民族主義的 見地로 보아 나라를 爲하야 努力하얏다는 것은 조타. 그러나 화평이란 사람은 神의 後援을 어더 功?을 일웟스며 個人으로서 敵軍을 물리첫다는 것은 어대짜지든지 迷信的이며 英雄主義的이다. 神께 祭를 지내고 得男 云謂하얏스니 現實 少年으로 하야금 實生活을 써나서 모든 享樂을 神께 依托하란 말인가. 少年으로 말하면 '쑤르죠아' 社會에서 觀念的 迷路에 허매는 成人보다 理智와 思想의 地盤은 完全히 處女地로 잇는 것이다. 이러한 處女地인 少年에게 必要한 童話는 唯物辨證法으로 變還되는 社會에 잇서 經濟的 乃至 政治的 諸般 現象에 對한 必要한 知識을 取材한 것이 아니면 안 될 것이다. 그리고 筆致는 洗練되엇스며 少年의 用語로서 부드럽게 썻다. 表現 方式만은 肯定한다.

**「山 넘자 사슴이약이」 延星欽**

이 童話의 內容은 捕狩네 父子가 산양을 갓는데 다라오는 사슴(鹿)을 보고도 쏘아 잡지 안핫스며 사슴을 잡지 안는 原因은 어썬 해 旱災가 들어서 洞里 사람들이 물을 먹지 못하야 목이 말러 死境에 處하야 잇슬 째 어썬 할머니가 사슴 한 마리를 다고 와서 사슴을 죽이지 말고 잘 붓드러 두엇다가 來日 아츰에 노하 주고 사슴 가는 곳에로 쌀하가면 물이 잇스리라 하고 소곰(鹽)을 만히 먹이엇다. 그리고 그 이튼날 사슴을 풀어 주고 사슴을 쌀하가서 山中에 늡(湖)을 發見하고 洞里 사람들이 살어낫기 째문에 사슴을 잡지 안핫다는 말이다.

소곰을 만히 먹은 사슴이 日常 먹고 다니든 늡을 차저가는 것은 事實이다. 그러나 다른 모든 즘생들은 이 ─ 물 잇는 곳을 모르고 人家로 내려왓다가 사람들께 잡히엇다는 것은 참으로 이약이를 爲한 이약이다. 그리고 좀 矛盾되는 것은 捕狩로 말하면 사슴이 사람이 불상해서 물을 차저 준 것이 아니고 소곰을 먹엇기 때문에 목이 갈하야 물을 차저간이란 것을 事實 그대로 認定하고 사슴을 잡지 안핫다는 것이다. 何如튼 이 作品은 少年들께 利될 것도 업고 害될 것도 업는 無意味한 作品이다. 萬一 少年들이 이 童話를 읽고 記憶될 것은 소곰을 먹으면 물이 먹힌다는 것과 由來의 傳說을 밋고 洞里 사람들은 사슴을 잡지 안핫다는 것밧게는 아모런 效果도 업슬 것이다. 좀 內容다운 內容으로 多作하야 주기 바란다.

## 東亞日報

### 「귀여운 복수」(一等) 建德坊人[38]

이것은 小學校 學生들 사이에 일어나는 事實에서 取材를 한 것이다. 自己가 賞 五圓을 타기 爲하야 목동이의 運算한 算術을 고대로 옴겨 쓰고 복동이가 한눈파는 동안에 복동이의 運算한 것을 고무로 지워버리고 賞 五圓을 바든 수남이! 이것을 알고도 말 못하고 집으로 돌아와서 분한 마음에 來日 先生께 告하야 수남이를 退學시키게 하겟다는 복남이. 이 말을 들은 복남의 누의는 수남이네 處地가 困難할 뿐더러 그 할머니가 病席에서 呻呻하니 그들의 모든 것을 생각하고 분한 마음을 참으란 누이님의 說敎! 이에 感動된 복남이는 돌이어 저금하얏든 돈 三圓을 수남이에게 주며 알는 할머니의 治療費로 使用하라고 하얏다. 이것을 밧는 수남이는 넘우 感動되어 소리처 울며 自己 罪惡을 잘못하얏다든 수남이. 이— 모든 것이 잘 調和되엇다. 作品을 通하야 模範할 點은 동무의 잘못을 卽席에서 攻駁치 안코 行動으로서 스사로 悔改케 한 것이다. 그러나 筆者의 所見 가태서는 수남이가 眞實한 告白을 할 때에 "살림사리가 구차하야서 良心을 속인 것이다"

---

38 '建德坊人'은 이덕성(李德成)의 필명이다. 이 글 5회째에 언급된 『조선일보』 신년 현상문예 당선 작품인 「아버지의 원수」를 지은 이덕성과 같은 사람이다.

라고 對答을 하게 하얏스면 더— 意味가 잇섯슬 것이다. 何如튼 內容에 잇서서 代表的은 못 되나 取할 점은 잇다. 그리고 形式으로 말하면 小說을 읽는 感이 업지 안타. 나는 만흔 企待를 갓겟다.

「어머니를 위하야」 金哲洙

이것은 어려운 집 살림사리와 子息의 極盡한 孝誠을 그린 作品이다. 極度로 貧寒한 生活을 짜아내는 그들은 아모러한 不平不滿을 늣기지 못하는 天痴를 만들엇다. 우리는 貧寒한 生活을 그리는 同時에 그 貧窮化하는 基因을 들추어 說明하며 表現시킴으로써 少年의 意識을 鼓吹시키며 社會的으로 進出케 하여야 할 것이다. 그리고 이 童話는 늘 돌아가는 이야기일 뿐더러 어느 雜誌에서 본 듯하다. 긔호라는 主人公이 밥을 굶으며 알는 어머님께 藥을 사다 들이지 못하야 늘 근심하는 그것보다 먼저 "우리는 왜 죽도록 일을 하고도 남들과 가튼 살지 못하느냐? 病院은 만타. 그러나 왜 나의 어머님께는 所用이 업는가?" 하는 不平不滿이 끌어 올라야만 될 것이며 作者와 主人公을 通하야 社會의 諸般 文化的 施設은 有產階級의 享樂的 需用品이지 無產階級에게는 下等의 關係가 업다는 것을 說明하여야만 되엇슬 것이다.

---

**張善明, "新春童話 槪評—三大 新聞을 主로(三)", 『동아일보』, 1930.2.9.**

「구원의 나팔소리」 金完東

이 作品은 自己 個人的 享樂에만 陶醉되어 民衆의 受難을 不顧하는 非人間輩를 警戒한 作品이다. 少年大衆이 이 作品을 對할 때에 現世의 不合理한 社會制度와 爲政者 等의 間或 非行을 微弱하나마 對照하야 보는 同時에 政治에 對한 不平을 늣길 줄 안다. 그러나 事件이 넘우 複雜하야서 理解力이 豊富치 못한 少年으로서야 支離할 것이다. 그리고 이 作品 中에서 除外

하아 버렷스면 하는 것은 王子가 집을 써나 은행나무 알에서 단소를 불 째에 옥토끼가 하날서 내려왓다는 것과 토끼가 變하야 말이 되고 단소가 變하야 라팔이 되엇다는 것과 라팔을 불 째마다 出處업시 騎馬兵이 모여들엇다는 것이다. 作者는 이것을 쓸 째에 勿論 必要感을 늣겻슬 것이다. 그러나 이 토막으로 因하야 作品 全體의 生命을 일헛다. 우리는 언제나 神秘的 內容을 버리자! 自然生長的이 아닌 現實 無産少年運動에 잇서서 怪異한 神秘를 써나서 自己 階級에 對한 現實的 知識이 아니면 안 될 것이다. 어쩐 意味로 幽靈的 騎馬兵의 後援을 어더 父王을 討伐케 하얏는가. 天降地出 가튼 騎馬兵의 힘을 빌지 안코 不平에 끌는 民衆 속으로 王子가 들어가서 煽動 宣傳하야 民衆의 動員으로써 可憎한 父王을 討伐케 하얏든들 얼마나 力作이엇겟는가?

그리고 한 가지 取할 것은 父王이 피를 吐하고 죽은 後에 아버지의 자리를 代身할 옥좌를 버리고 個人的 享樂을 버리고 自己도 勤勞民衆과 가티 勞働 속에 무치엇다는 것이다.

그리고 表現方式과 事件 展開와 모든 것이 퍽 능난하다. 技巧에 들어서는 여러 作家 中 代表할 만하다. 만히 써 주기 바란다.

「산 호랑이 방아」(選外) **權翰述**

이것은 三水甲山이란 嶮峻한 山谷을 土臺로 한 이야기다. 이 作品을 通하야 少年을 깨어 줄 것은 甲山이란 山谷에 잇는 家屋 建築에 對한 說明과 호랑이가 만타는 것밧게는 아모것도 업다. 그리고 아모리 少年들의 感覺이 鈍하기로서니 범의 발을 손으로 만지며 쥐발이라고 할 수 잇겟는가. 萬一에 고양이발이라고만 하야서도 近似할 것이 아닌가? 그리고 萬若 少年들이 호랑이 발인 줄을 알면서 호랑이를 잡기 위하야 호랑이의 발을 빗그러맷다면 이 童話를 읽는 少年으로 하야금 義俠心이나 생기게 하얏슬 것인데 호랑이의 발을 쥐발로만 알엇다고 表現하얏기 째문에 아무것도 아니다. 그리고 끗트로 호랑이를 잡아서 원에게 바치고 원이 내어준 賞金으로 男妹가 시집 장가를 잘 갓다고 好辯하얏스니 이 무슨 妄想的 罪惡이냐. 이것은 恰似하게도 早婚 宣傳文이다. 그러치 안하야도 封建的 陋習에서 解放되지 못한 父老階級은 發育되지 못한 子女로 하야금 强制 結婚을 하고 잇지 안는가? 그러면 强制的 早婚은 生理的 乃至 社會的으로 莫大한 害毒이 아닌가. 萬一 그 돈으로 子息의 教育費로 使用하얏다면 意義가 잇슬 것이다. 그 돈으로 시집을 가고 장개를 갓다는 것은 차라리 김 동지가 술을 먹어 업새다는 것보다 더ㅡ 큰 罪惡이다.

만히 注意해 주기 바란다. 그리고 이것도 흔이 돌아가는 녯말이다. 古談이라고 否認하는 것은 아니다. 녯말 그것을 고대로 謄寫하지 말고 現今 少年 處地에 符合되도록 써 달란 말이다. 다시 말하면 新作 童話를 普及시키자는 말이다.

---

## 張善明, "新春童話 槪評－三大 新聞을 主로(四)", 『동아일보』, 1930.2.10.

「동생을 차즈려」 朴一

이 童話도 亦是 現實과는 背馳된 童話이다. 鬼神 가튼 所謂 "도적대장"이 사람을 잡어갓다는 등 夢中에 나타난 령감이 指示한 淸水를 먹고 氣運이 나서 어린 少年이 千斤 저구로서 사람을 죽인 것과 空間에 몸을 날려 싸움을 하얏다는 것과 이 모든 것을 읽을 때에 古代小說 「張國振傳」의 主人인 國振이가 地球를 마음대로 기우려서 물을 敵陣으로 보내고 國振의 夫人이 仙女를 더리고 와서 敗北 當한 男便을 雲間에서 仙女와 가티 應接하얏다는 것과 다름이 업다. 內容이 支離한데다가 少年 用語 아닌 말이 間或 잇서서 童語로서 퍽 滋味 업다. 神에 依托하지 말고 實事實의 하나인 馬賊에게 잡히어 간 동생을 찻기 위하야 變服을 하고 들어가서 巧妙하게 뺏어내 왓다면 이것은 오히려 少年들에게 冒險性과 探偵의 知識이나 鍊磨하야 줄 것이다. 이런 童話는 下等의 利益이 업다. 「어머니를 위하야」만도 못하다. 아모리 복남이가 千辛萬苦하야 동생을 차젓다지만은 讀者는 돌이어 疑問의 웃음을 웃고 말 뿐이다.

「새털 두루마기」 田昌植

이 作品의 傾向도 朴一 君의 作인 「동생을 차즈려」와 갓다. 첫 번 冒頭로 말하면 農夫의 窮乏과 乞人의 事情을 그리려 하얏스나 이 作品도 全然 失敗에 歸하고 말엇다. 새털 두루마기에 무슨 조화가 부터서 空中으로 몸을 솟게 하얏는가? 君主니 王后니 公主니 結婚를 하얏느니 하는 이 모든 것을 處女地인 童心으로 하야금 부절업슨 英雄主義的 虛榮心을 養成시킬 뿐이다. 筆致는 부들업고 動作 描寫는 잘하얏다. 그러나 그러타고 童話로서 圓滿타고는 할 수 업다. 왜 그러냐 하면 童話에 잇서서도 內容과 形式을 分離시킬 수 업슴으로서이다. 좀 具體的으로 말하면 무엇을 어쩌한 形式으로 써서 少年들께 읽힐가 하는 데 問題는 歸結된다. 제 아모리 技巧에 들어서 妙하다 한들 健實한 內容을 갓지 못한 作品으로서 무슨 效果를 發揮할 수 잇겟는가?

藝術이 人類生活의 反映이라면 少年文藝의 一部分인 童話에 잇서서도 少年生活의 反映이라야 될 것이다. 이러한데 不拘하고 社會的 生活을 떠난 (全部는 아니다) 非科學的 非現實的 作品이 橋行함은[39] '프로' 童話作家가 업는 탓이다.

---

**張善明, "新春童話 槪評－三大 新聞을 主로(五)", 『동아일보』, 1930.2.11.**

「少年 勇士 '돌쇠'」 金哲洙

이것도 「동생을 차즈려」와 한대 묵거서 쓰러기통에나 집어너흘 것이다. 이 作品의 內容은 돌쇠라는 少年으로 하야금 山中에 잇는 盜賊을 討伐하고

39 '橫行함은'의 오식으로 보인다.

中國 軍兵(作者는 되놈이라 하얏다)을 물리친다는 것이다. 이것도 古代小說 「劉忠烈傳」이나 읽는 感이 업지 안타. 萬一에 父親의 원수를 갑는다는 分數라도 돌쇠의 힘으로만 원수를 가팟스면 좀 나흘 것이다. 그러치 안코 山神靈의 도움을 밧고 무 밋 가튼 山蔘을 먹고 긔운이 나서 아름들이 松木을 뿌리채 뽑앗다는 等 집채 가튼 岩石을 들고 大闕을 한 박휘 돌앗다는 等 이 모든 것은 非原則的이다. 이것이 現下 少年들에 무슨 實益을 주겟는가? 그리고 全 作品을 通하야 본다면 盜賊을 넘우나 罪惡視하얏다. 돌쇠 父親이 죽을 때 遺言한 말을 生覺하야 보자.

"너는 이후에 굶어 죽드래도 盜賊질은 마라. 惡한 짓은 말라."
고 하얏다. 勿論 盜賊이라도 盜賊 常習者나 精神病的 盜賊이랄 것 가트면 모르겟거니와 그때로 말하드래도 돌쇠가 나무(火木)를 팔어서 父親을 奉養하얏다니까 勿論 物物交換 時代가 아니면 商業資本의 發生時代이엇슴은 明確한 事實이다. 그럴 것 가트면 經濟的 條件과 生活 維持의 必然의 勢인 盜賊(?)을 惡視할 수는 업다. 죽을지라도 盜賊질은 말라는 말은 왼편 뺨을 때리거든 바른편 뺨까지 내 대라는 '카톨릭'의 無抵抗主義가 아니면 아무것도 아니다. 이것을 現實에 부닥처 잇는 勞働少年에 比하야 본다면 資本主의 無理한 搾取 高壓的 手段에 屈服하고 經濟的 必然에 從하는 勞働爭議나 農村 小作爭議 가튼 것을 全然 忘却하라는 말과 갓다. 그리고 "盜賊놈"이니 "되놈"이니 하니 無知한 辱說은 少年들께 害毒이 될 것이다. 그 內容을 가지고라도 簡單하게 쓸 수 잇는 것을 無意味하게 늘어노하다.

그리고 技巧에 들어서 좀 거칠 뿐더러 表現 方式이 洗練되지 못하얏다.

## 朝鮮日報

### 「봉구의 손가락」 廉根守

이 作品으로 말하면 일을 爲하야는 自己 生命이라도 犧牲하여야 된다는 것을 前提로 한 作品이다. 그리고 삶을 爲하야 職業的으로 곡마단을 組織하야 가지고 異域인 中國 짱을 坊坊曲曲이 허매인다는 것은 現實에 適合하다. 그러나 좀 矛盾되는 말이 잇스니 곡마단에 나타난 봉구의 나이는 當十三歲로 表現시키고 봉구의 지난 歷史를 紹介함에 잇서서는 五年 前에 白川을 써나 龍井짜지 혼자서 徒步하얏다. 그러면 七 八歲된 봉구가 數千里를 徒步할 수 잇스며 누구의 紹介로 黃海道에서 北間島짜지 가게 되엇든가? 이것이 좀 朦朧하다. 이러한 점에 들어서도 原理에 어긋남이 업도록 注意하얏스면 한다. 그리고 筆致는 퍽 洗錬되어서 읽기에 부드럽다. 만히 써 주기 바라는 바이다.

「아버지의 원수」(懸賞童話) 李德成

이것도 아버지의 원수를 열세 살 먹은 아들이 갑헛다는 이야기다. 원수의 對象物은 고래이다. 그러나 고래는 원수가 될 수 업다. 고래가 창룡이의 아버지를 잡어먹은 것이 아니고 고래를 잡으러 갓든 父親이 失手로 因하야 물에 빠저 죽은 것이다. 何如튼 少年들께 義俠心을 너어 주는 것만은 조타. 그러나 원수의 對象을 고래에 두지 말고 삶을 위하야 海業에 從事하다가 父親이 犧牲되엇스면 貧富의 差를 둔 矛盾된 社會를 對象하고 矛盾의 社會를 解決함에 必死的 努力을 하얏드면 現實로 보아 社會的 意義가 잇섯슬 것이다. 그리고 自然 描寫를 잘하얏다. 그러나 창룡의 父親의 來歷을 作者로 說明치 말고 母親과 對話로서 表現하얏드면 더욱 深刻味가 잇섯슬 것이다.

---

**張善明, "新春童話 槪評-三大 新聞을 主로(六)", 『동아일보』, 1930.2.14.**

「弱者의 勝利」 金完東

이 童話로 말하면 『어린이』 雜誌에 실렷든 童話이다. 그러나 「짜막동이」, 「용사 화평이」 이런 作品에 比較하면 數十番 轉載하야도 조타. 그러치만 習作時代에 잇서서 創作的 良心이 잇서야 한다. 이 童話의 內容도

嚴正하게 評한다면 遺憾되는 點이 만타. 弱한 무리가 團結하야 可憎한 獅子에게 對抗치 안코 每日 한 마리식 잡혀 먹히게 하기로 相約한 것과 토끼 혼자서 獅子를 우물 속에 잡어 너헛다는 것이 넘우나 獨斷的이다.

사회 하는 여호의 말과 여러 즘생들이 滿場一致로 贊成하얏다는 句節 하나를 紹介하기로 하자.

"약한 자는 강한 자한테 지는 것이 지금 세상의 법측과 가티 되지 안습니까. 사자를 죽일라고 할 것 업시 하로라도 평안이 살 방책을 세웁시다."

이 말에 다― 찬성하고 한 마리식 잡혀 먹히기로 可決한 것이다. 이― 얼마나 反動的이냐. 初期에서는 이가티 相約을 하얏다 하드래도 獅子의 非行이 씃까지 繼續될 때에 잇서서는 奮然히 集團的 反抗을 하야서야 될 것이며 獅子를 죽이기까지 하야서야만 現實 少年들께 集團意識을 鼓吹시킬 수 잇슬 것이다. 쯔트로 作者에게 付託코저 하는 바는 남의 글을 謄寫하는 努力으로써 한 뼘의 글이라도 創作的 作品을 發表키 바란다.

「까치의 꿈」(當選 童話) 金在哲

이 作品의 內容은 어미 일흔 어린 까치가 어미를 思慕하는 中 말라부튼 나무 입사귀한테 밤에 잠들엇슬 때마다 늘 속앗다는 이야기다. 作者는 이 作品을 通하야 무엇을 주려 하얏는가? 作者의 말과 가티 참까치의 꿈에 不過하다. 作者는 무엇을 그리려 하얏는가? 어머니를 苦待하얏스니 무슨 어머니란 말인가? 民族主義者가 憧憬하고 잇는 어쩌한 君主를 描寫한 것인가? 設或 民族主義的 君主를 描寫한 것이라면 이야말로 그림자 가튼 描寫이다. 少年 讀者가 이 童話를 읽고 머리에 남을 것은 疑問뿐일 것이다. 自然 描寫는 能하다. 그리고 少年 用語로써 부드럽게 썻다. 그러나 童話로서는 失敗다.

**「욕심쟁이」 金正漢**

作者는 虛慾 만흔 者를 諷刺키 爲하야 이와 가튼 取材를 한 것이다.

이런 內容을 가진 童話가 急務는 아니다. 虛榮心이 싹트랴는 少年께 限하야는 만흔 役割를 할 줄 안다. 李德成 君의 作「아버지의 원수」이것보다 몃 倍 價値가 잇다. 그리고 讀者로 하야금 욕심쟁이를 憎惡하리만치 心理

를 表現시켯다. 만흔 企待를 가진다.

---

**張善明, "新春童話 槪評－三大 新聞을 主로(七)", 『동아일보』, 1930.2.15.**

「나는 소병정입니다」 鄭祥奎

作者는 作品을 通하야 資本主義 社會에 잇서서 搾取와 抑壓을 當하는 勤勞民衆의 悲慘한 處地와 無産階級의 社會的 地位를 잘 描寫하얏다. 소병정은 勞働者이다. 소병정은 大衆을 訓練시켯스며 소나라(牛國 － 社會主義 社會)을 새로히 建設하기에 必然的 努力을 하얏다. 이 作品이야말로 經濟的 土臺에서 發表하든 現實에 잇서서 無産階級 少年에 對한 科學的 知識의 標準으로서의 作品이다. 소 面長과 意見衝突이 되엇슬 때에 "구루마를 끌어 봣느냐? 논바틀 갈아 봣느냐. 네 손으로 네가 좀 벌어 살어 봐라."

소병정이 소 面長을 비웃으며 嘲笑한 말이다.

이 얼마나 眞理를 위한 말이냐. 그리고 소병정은 自己 階級이 새 나라의 主人公이 될 것을 辨證法的으로 잘 豫言하야 주엇다. 이것은 自然과 動物界의 一部인 牛馬에 對하야 表現시켯지만 眞理를 探索하는 勞働少年에 對한 社會的 地位를 科學的으로 說明하얏스며 反面에 結束시킴에 使命을 다하얏다. 以上에 論한 諸作品 中에 代表的 作品이다. 이러한 童話래야만 無産 兒童의 참다운 벗이 될 수 잇다. 그러나 좀 遺憾되는 것은 壯年의 用語로써 表現한 곳이 만하서 理智薄弱한 어린이들로서 難解할 點이 만타. 그리고 描寫에 잇서서도 不備한 點이 잇다. 그러나 童話에 對한 素質이 豊富하다. 이와 同類의 作品을 多作하야 주기를 再三 付託한다.

「산의 아들」 렴근수

이 作品은 아즉 繼續 中임으로 內容은 論及할 수 업다. 그러나 表現에 들어서 넘우 難澁할 뿐더러 對話를 避하고 動作 描寫만에 熱中한 感이 업지 안타.

## 結論

評이라고 해 노코 보니 不快한 感을 禁치 못하겟다. 왜 그러냐 하면 近二十篇에 達하는 作品에서 少年大衆의 利益을 代表할 만한 作品이 二三篇에 不過하다는 것이다. 實踐運動이 混亂狀態에 잇슬 때에 文藝 自體가 整齊된 現實을 가질 수 업는 것이며 社會 民衆의 貧境에 빠지고 苦悶할 때에 文藝 自體가 또한 安樂한 社會觀을 把握할 수 업다는 것은 너무나 오래된 定說이다. 그럴 것 가트면 社會 全體 解放運動의 一部門인 無産階級 少年運動이 組織的 規律 미테서 活動되지 못하는 現下에 잇서 組織을 通하야 鬪爭的 慾求를 前提한 藝術品이 制作되어야 使命을 다할 것이며 不合理한 現實社會에 隷屬되어 잇는 全 民衆으로 말미암아 經濟的 乃至 政治的 自由獲得을 前提로 한 藝術 各 部門活動이 아니면 안 될 것이다. 上論한 바를 是認할 것 가트면 現實 少年文藝運動도 極度로 不利한 社會的 環境을 戰取하는 한 가지 武器가 아니면 안 될 것이 아닌가? 이러함에 不拘하고 現下에 制作되는 모든 作品은 社會를 떠나서 神話的 傳說 換言하면 神秘的 無機體에 依存된 非科學的 品만을[40] 制作하고 잇스니 무슨 原因이냐. 이의 原因은 簡單하다. 少年運動에 對한 '맑쓰'主義 指導的 理論家가 업는 탓이고 '맑쓰'主義的 理論家가 잇기는 잇지만 專門的으로 取扱치 안는 탓이라고밧게는 달리 볼 수 업다. 長論을 述할 것 업시 以上 諸作家에게 簡單한 付託으로써 結論하겟다. 社會的 現象에서 惹起하는 簡單한 事實을 捕促하고 이것을 文藝化시켜서 處女地인 少年大衆에게 읽혀 주기 바란다.

一九三〇. 二. 四. 於 義州

40 '作品만을'의 오식이다.

## 申孤松, "現實逃避를 排擊함-梁 君의 認識誤謬를 摘發", 『조선일보』, 1930.2.13.

梁雨庭 君은 二月 五日『中外日報』紙上에 「作者로서 評家에게」[41]라는 一論을 發表하고 筆者의 「童心에서부터」의 一部的 反駁을 試하야 筆者의 立論의 不的確性을 摘發코저 하엿다. 그 結果 摘發되고 안 되고는 賢明한 讀者 諸氏가 잘 判斷할 것이며 梁 君의 認識誤謬도 自然 察知할 줄 아나마 筆者로서 責任上 一文을 抄하지 안흘 수 업다.

筆者는 梁 君의 一論이 拙論의 一部的 反駁이라고 하엿다. 梁 君은 이 一部에만 反駁을 試한 理由를 말하되

"그 論文의 大部分이 뿌르조아 見地에서 뿌르조아 作品을 評하엿기 때문이니"

라고 하엿다. 그러나 筆者는 梁 君이 自己의 作品을 惡評하엿기에 거긔에 對한 私憤을 풀고저 함이라고밧게는 理解하지 안는다. 그 理由는 이러하다.

筆者가 評을 試한 童謠는 絶對로 뿌르조아 童謠도 아니엿스며 批評의 態度도 그러한 것이 아니엿다. 過去에 우리가 解釋해 온 "童心"은 "實로 天眞爛漫하고 白紙가티 純되고 兒童은 天使이고 한울님의 아들이고 童心에로 歸還하면 天國에도 갈 것이며 大自然의 숨소래도 들을 수 잇슬 것이라"는 曖昧한 童心觀을 破碎하고 童心의 現實性과 單純性을 말하야 童心의 階級性에 傳導하는 第一 手段으로 하려든 것이다.

×

그리고 비록 筆者의 拙論에 尖銳한 '아지'性이 업다 하여도 그것은 우리의 童謠運動 全體로 볼 때에 胚胎期에서 겨우 嬰兒期를 지나 發育期에 들어 將次 潑剌한 發育을 試할 過程을 過程함에 잇섯슴으로 多分의 危險性을 가진 似而非 童謠를 排擊하지 안흘 수 업섯든 것이다. 梁 君은 筆者

---

41 梁雨庭의 「作者로서 評家에게」(『중외일보』, 30.2.5~6)를 가리킨다.

外 이 論旨를 咀嚼하지 못하고 함부로 쁘르조아 見地에서 쁘르조아 作品을 評하엿다고 獨斷하고 自身과 卽接 關係잇는 一句節을 들어 辱說에 갓가운 妄論을 述하엿스니 私憤을 풀고저 함이 歷歷함을 讀者는 發見할 것이다.

---

## 申孤松, "現實逃避를 排擊함-梁 君의 認識誤謬를 摘發(完)", 『조선일보』, 1930.2.14.

다음 筆者는 梁 君에게 如前이 梁 君의 童謠 「풀배」를 들어 兒童에게 現實의 沒落을 이제 새삼스러히 敎示할 必要가 업다는 것을 두 番 말한다. 그 理由는 이러하다.

現實의 矛盾, 資本主義의 暴壓×××的 不合理는 梁 君이 最初로 發見한 것이 아니오 우리는 이것을 認識한 지도 오래이며 罪目 업시 싸귀 맛는 것도 벌서 愚陋한 過去의 일이고 우리는 이 現實의 不合理性과 鬪爭할 準備에 汲汲하며 一部는 資本主義와 激烈한 싸홈이 니러나 勝利의 喊聲까지 듯게 되지 안햇는가. 罪目 모를 싸귀를 마즌 그는 벌서 그대로 잇지 안코 싸리든 그놈의 한 편 싸귀를 갈겨 주엇다. 우리의 兒童도 벌서 이것을 잘 認識하고 잇다. 그들의 父母가 地主놈에게 싸귀 맛는 것 보고 울며 달아나는 것도 어제의 일이며 아버지가 싸린 地主의 한 편 싸귀를 갈겨 주고 잇슬 째는 그는 벌서 地主놈의 아들의 얼골에 똥칠해 주엇슬 것이다. 우리의 兒童 피오닐들은 일터에 간 아버지 어머니를 戀戀하야 울고 잇는 弱한 少年이 아니고 아버지의 싸홈에 도읍는 勇敢하고 힘센 少年이다.

×

그럼으로 現實의 沒落을 敎示할 必要가 업고 敗北하는 兒童보다 勇敢히 싸홀 兒童으로 만들자는 것이 아니엿든가.

× ×

梁 君의 童謠 「풀배」를 再檢討할 必要가 잇다. 이 짱의 百姓은 굼주리고

헐벗엇다. 한숨도 만타. 梁 君의 찾는 파라다이스는 어듸냐. '에덴'이냐 天國이냐 桃園이냐 요것이 梁 君의 似而非한 狹見이며 認識不足이다. 이것이 훌륭한 現實逃避가 아니고 무엇이냐. 이러고 보니 梁 君은 "싹터는 푸로레 新人"이라는 것을 自認하고도 이러한 曖昧至極한 仙境을 憧憬하고 마지안흐니 欺瞞은 梁 君 自身이 犯하고 잇지 안흔가. 現實을 逃避하는 者가 우리의 陣營 內에 잇다면 이것은 반다시 逐出치 안흐면 안 될 것이다. 그러나 筆者는 梁 君을 쉽사리 업새고저 하는 者가 아니오 同志로서 認識의 誤謬를 바로잡어 주고저 함에 지나지 안는다. 梁 君은 "主義者"이니 하는 말에 몹시 激憤된 모양이나 筆者는 梁 君이 現實을 逃避하고 仙境을 憧憬하면서 似而非한 態度를 가진다면 梁 君을 主義者然하고도 그러치 안는 者라고 하겟다. 賢明한 梁 君은 또 同志로서 梁 君은 「풀배」를 愛着업시 淸算하고 現實을 逃避하는 者라는 陋名을 밧지 말기를 바란다.

× ×

梁 君은

"우리 運動에 隱然히 反旗를 들고 下等의 理論的 根據도 업시 닷자곳자로 우리의 作品을 抹殺하려고 그는 死力을 다하야 可憎할 醜態를 演出하엿다"고 말하엿다. 筆者는 梁 君의 말을 全部 首肯한다. 梁 君이 여긔서 말한 "우리 運動"이라는 것과 "우리의 作品"이라는 것이 絶對로 푸로 童謠 運動과 作品의 全體를 말함이 아닌 故로 말이다. 現實을 逃避하는 梁 君 一流의 運動과 作品을 抹殺撲滅하기 爲해서는 死力 以上의 死力을 다해서 그보다 더한 醜態일지라도 無關하다고 筆者는 말하고 십다. 쌀아서 梁 君의 말하는 "싹터는 푸로 新人의 頭腦를 攪亂식히려 한다"는 것도 極히 曖昧한 것이니 筆者가 過去에 잇어서 一言半辭라도 正統的 푸로레타리아 이데오로기를 가진 所謂 新人(新人뿐 아니라 舊人이라도)의 頭腦를 攪亂케 하엿고 擡頭를 障害하엿다면 筆者는 割腹謝罪를 不敢하는 者이로되 梁 君과 가튼 認識不足한 所謂 新人이 잇다면 이것을 그대로 두지는 안는다는 것이다.

× ×

同志 梁 君이여. 筆者는 梁 君을 埋葬하려는 者가 아니며 梁 君을 埋葬함

으로써 文壇進出의 野圖賣名의 劣計를 劃하는 弱者가 아니다. 梁 君이나 筆者나 學究 中의 一徒요 重大한 役割을 가진 者가 아닌가. 梁 君이 誤謬를 犯할 때 筆者는 同志로써 傍觀할 수 업다는 것을 梁 君도 잘 알겟지. 梁 君의 指摘한 筆者의 誤謬 獨斷이 반드시 是然이라면 勿論 筆者도 그것을 容認하겟다.

理論確立을 爲해서는 그 過程으로 반드시 理論鬪爭이 잇서야 하는 것이며 甲論乙駁이 잇서야 되는 것이다. 同志 梁 君이여. 우리는 이 學究的 態度를 잊지 말고 進出하자. 조흔 作品을 生産하자. 그리고 誤謬를 바로잡고 손잡을 날을 筆者는 긔다리고 마지안는다. (完)

## 金完東, "新童話運動을 爲한 童話의 教育的 考察－作家와 評家 諸氏에게(一)", 『동아일보』, 1930.2.16.

過去 朝鮮 少年文藝運動上에 童話의 貢獻은 적지 안핫다고 할 것이다. 그러나 그것이 意識的 目的 追求도 업시 無意味하게 그 生命을 支持하야 왓다면 이 얼마나 섭섭한 일이냐.

童話는 윈체스터－(Winchester)가 主張하는 바와 가티 眞正한 文學의 要素가 內在하얏다 할 수 잇슴으로 文學的 價値가 充分한 것이다. 그럼으로 文學이 社會의 反映임과 가티 童話는 兒童生活의 反映이며 그 內容이나 形式에 잇서서 固定的이 아니고 歷史性을 가지고 잇는 것이다. 그리하야 童話는 兒童의 思想文學이 될 것이며 兒童이 要求하고 잇는 眞正한 藝術이라고 할 것이다. 不合理한 環境을 써나서 理想的으로 追求하고 잇는 참된 兒童의 世上이라고 할 것이다. 그러면 古代 兒童이 憧憬하든 世上과 現科學時代의 兒童이 追求하고 잇는 世上은 判然히 달를 것이 아닌가? 그런데 過去의 童話界를 살펴보면 大槪가 原始的인 것을 免치 못하얏섯다고 할 것이다. 卽 古代의 傳說 童話를 文存로[42] 옴겨 왓슴에 不過하얏스며 在來의 그것은[43] 小異大同하게 模倣하야 왓슴에 不過하얏섯다.

童話는 兒童의 文學이로되 兒童 自身의 作品이 아니고 少年文學家 或은 兒童 教育家가 兒童의 心理를 考察하며 作家 自身의 兒童期를 回想하면서 童心을 가지고 兒童이 追求하는 世上을 童話로써 그려내는 것이다. 그럼으로 健實한 兒童觀을 가지지 못한 사람은 作家의 資格도 評家의 資格도 업는 것이다.

이제 本論에 들어가기 前에 먼저 教育的으로 兒童과 그 生活을 觀察하야 보려 한다.

---

42 '文字로'의 오식이다. 2회 말미에 밝혀져 있다.

43 '그것을'의 오식이다. 2회 말미에 밝혀져 있다.

## 金完東, "新童話運動을 爲한 童話의 敎育的 考察－作家와 評家諸氏에게(二)", 『동아일보』, 1930.2.18.

兒童이란 무엇인가? 大端히 簡單한 平易한 말이다. 그러나 現에 잇서서 眞正하게 兒童을 理解하는 사람이 얼마나 될까 한다. 現 知識 階級에 잇서서도 兒童을 그저 幼稚한 것으로 大人의 未成熟한 것에 不過한 것으로 보는 사람이 多數인 現狀이 아닌가? 兒童은 決코 大人의 未成熟한 것으로 觀察하야 幼稚한 것으로 低級한 것으로 取扱할 것이 아니다. 兒童은 兒童으로서 完全無缺한 것이다. 어찌 不正한 大人의 生活을 미루어 眞實한 그들을 幼稚하니 低級이니 할 수가 잇스랴? 돌이어 그들의 生活에는 自由가 잇고 사랑이 잇고 正義가 嚴然히 잇지 안는가?

그러면 兒童이란 다음과 가티 觀察하는 것이 가장 合當하다고 생각한다.

一. 藝術的 道德的 眞善美를 嚴正하게 發露하며

二. 想像力 要素가 豐富하며

三. 向上的 素質이 充滿하며

四. 外的 要素(敎育作用 等)에 正比例하야 發育 成長코자 한다.

다음은 兒童을 階段的으로 考察해 보자! 普通, 學者는 兒童期를 發育生長期 全部(受胎期 — 青年期)를 가르처 말한다. 그러나 筆者는 便宜上 出生 後부터 少年期까지(一歲 — 十八歲)를 兒童期라고 본다. 이 兒童期의 階段을 보면 다음과 갓다.

一. 嬰兒期 = 出生 時 — 三歲 時

二. 幼年期 = 四歲 — 十歲

三. 少年期 = 十一歲 — 十八歲

이와 가튼 階段으로 그들의 心理狀態를 考察하야 가면서 階級的 童話의 內容과 形式 問題를 敎育的으로 簡單히 追究해 보려 한다.

### 一. 嬰兒期와 童話

이 嬰兒時代의 兒童의 心理狀態는 勿論 意志的이 못 된다. 그리하야 無

意味 亂雜한 狀態에 잇서서 內的 推察은 難하다. 다만 그 動作을 土臺로 하고 觀察할 수밧게 업는 것이다. 그것은 動作의 發達을 짤하 그 意志도 發達하야 감을 알 수 잇기 때문일다. 이와 가티 그 前半期에 잇서서는 그 動作까지가 意志的으로 發露되지 안코 無意味하게 手足 等이 움지기다가 極히 簡單한 運動으로부터 本能的으로 外的 援助를 求하며 生長한다. 그리하야 漸次 後半期에 들어감을 짤하 意識的으로 動作을 하게 되며 本能的으로 模倣性이 싹트게 된다. 그리고 若干의 記憶力이 發生하야 자긔의 生活運動을 反覆하기 始作한다. 이때부터는 兒童이 自己의 生活上에 不合理한 것을 直觀的으로 認識하게 되어 生活上 自由스런 곳을 求하게 된다. 그럼으로 이 嬰兒時代 末期(三歲 時)부터 口傳的 童話의 必要를 筆者는 늣긴다. 言語가 '제로'에 가깝고 理解力이 업는 兒童에게 너무도 이르다고 할 수 잇겟스나 敎育의 努力은 이런 때에 價値가 잇는 것이다. 그럼으로 이때에는 原始的으로 가장 少數의 童語와 動作 또는 形容으로써 兒童이 보고 들은 事實의 小範圍 內에서 簡單平易하게 된 童話가 必要하다는 것이다.

● 正誤 本稿 第一回 第七, 八行 "'윈체스터-'가 主張하는 바와 가티"의 "바와가티"는 衍文. 第二十七行 "文存"은 "文字"의 誤植. 第二十八行 "그것은"은 "그것을"의 誤植.

---

**金完東, "新童話運動을 爲한 童話의 敎育的 考察－作家와 評家 諸氏에게(三)", 『동아일보』, 1930.2.20.**

二. 幼年期와 童話

이 時期는 兒童의 遊戱時代이며 硏究的 精神이 發生되는 時代이다. 그리고 兒童期에 잇서서 가장 變化가 顯著한 時期이다. 前半期(四歲로부터

六七歲까지)의 心理狀態는 想像力이 非常히 發達하는 때인데 그것이 너무도 幻想的이며 空想的이 되어서 事實이 아닌 것도 事實인 것처럼 生覺하며 업는 것도 잇는 것가티 한다. 過去의 童話의 內容을 보면 거의 全部가 이 兒童의 幻想과 空想을 主로 하야 그것을 奇怪하게 助長시켜 왓섯다. 또 이 時期는 學齡期에 達하게 되어 道德的 意識을 가지게 되며 知慾이 發生하며 愛情이 豊富하야진다. 그리하야 他人의 物件을 함부로 取하려고도 안케 되며 모든 事物에 對할 때마다 "무엇?" "웨?" 하고 뭇기를 조하한다. 그리 안타까운 情景을 볼 때에는 直覺的으로 愛情에서 흐르는 눈물을 禁치 못한다. 故로 이때에는 道德的 意志를 助長케 하며 人情味가 豊富하고 知慾을 善長시킬 童話가 必要한 것이다. 우리는 過去의 幻想的이엇고 空想的이엇든 그것을 速히 淸算하고 敎育的 健實한 理論下에 科學的으로 童話의 新運動을 期하자!

此期 後半期(七歲로부터 十歲까지)의 兒童은 身體가 顯著하게 發達하야 가며 記憶力이 非常하게 만하서 學校生活을 始作하게 되는 때다. 그리하야 敎育作用에 依하야 幻想과 空想이 多少 사라저 가며 天性的으로 嚴正한 正義感을 發露한다. 그러고 槪念的 知識과 推理力 知識이 움즉이기 始作한다. 故로 此期의 現代 兒童은 그 知覺의 發達이 얼마나 飛躍的임을 알 수가 잇다. 그리하야 原始的 產物인 幻想的 空想的 童話에 對하야서는 科學的 疑訝心이 發生하기 始作하야 少年期에 드러감을 쌀하 如此한 童話에는 絶對로 魔醉[44]되지 안는다. 一時的으로 魔醉를 當하얏다 해도 生活上 큰 影響은 밧지 안흘 것이다. 故로 此 時代에는 童話의 全 內容을 通하야 善惡에 對한 批判的 態度를 取케 함이 適當할 것이다. 그리고 敎育的 學習態度를 바로잡아 줄 만한 것이 또한 조흘 것이다.

44 '痲醉'의 오식이다.

金完東, "新童話運動을 爲한 童話의 教育的 考察-作家와 評家諸氏에게(四)", 『동아일보』, 1930.2.21.

三. 少年期와 童話

少年期의 兒童은 記憶力이 그 絶頂에 達하야 잇다. 그리고 事物에 對한 注意力이 緻密하야진다. 그리하야 學習하는 바를 盲目的으로 記憶하려고 안코 理論的으로 學理的으로 하게 된다. 果然 社會의 歷史性은 人類를 進化케 한다. 此에 隨伴하는 兒童의 理智가 그 얼마나 緻密하야 가는가?

그런데 少年時代 後半期의 兒童은 危險性과 冒險性이 만타. 그리고 生活慾이 意識的으로 發生하야 남보다 優越하고 십고 남보다 權力 잇고 십고 남보다 잘살고 시픈 理想이 빗나게 된다. 그리고 意識的으로 共同生活의 價値도 認識케 되어 個人主義를 써난 社會精神도 싹트게 된다. 그리하야 生活上에 社會精神의 暗示的 影響을 바다 그들은 小範圍 內에서라도 무슨 會 무슨 會 하고 共同生活을 爲한 組織體를 形成하는 것을 우리는 보지 안는가? 그리하야 多數人의 意思를 尊重視하며 局部的 個人的 行動은 絶對로 容納치 안흐려 한다.

사람은 이와 가티 兒童期에 잇서서 모든 準備를 가추어 가지고 完全한 社會人으로 化하야 가는 것이다. 그러면 이 少年期의 兒童에게는 何如한 內容과 形式을 가진 童話가 必要할 것이라는 것은 말치 안하도 賢明하신 讀者 諸氏는 잘 理解할 줄 안다. 以上은 前述한 바와 가티 兒童生活과 그 心理를 階段的으로 考察하면서 此에 隨伴하여야 될 童話에 對한 標準을 簡單히 述한 바이다.

다음은 童話에 對한 內容과 形式 問題 其他 等을 總括的으로 考察해 보려 한다.

童話는 古代童話 現代童話로 分類되엇는데 現代童話는 現代 社會 階級的으로 또 分類되어 잇다. 卽 '쁘로'文學 '프로'文學이 分離되어 잇는 것과 가티 宗教社會에는 宗教童話 '쁘로'社會에는 '쁘로'童話 '프로'社會에는 '프

로'童話 이와 가티 童話도 分離되어 잇는 것이다. 兒童期 前半期에 잇는 兒童은 階級意識이 勿論 朦朧하지만 後半期에 잇서서는 嚴正한 階級意識을 所有하고 잇다.

宗敎童話는 어대까지든지 神秘的이며 超現實的이라고 한다. 그리하야 兒童으로 하야금 神秘로운 世界를 憧憬케 하야 幻想的 想像力을 助長케 하며 宗敎 信仰의 精神을 涵養하야 生活上 享樂과 喜悅을 늣기게 하는 것이다.

'쑤로'童話는 絶對的 資本主義 精神을 兒童에게 注入式으로 敎導하야 주는 것이다. 그리하야 資本主義 社會를 讚揚케 하고 安逸한 世上을 憧憬케 한다. 그리하야 그 內容에 잇서서 特殊階級의 享樂的 生活 場面을 巧妙하게 表現하야 無意味한 奇怪的 現象이 만흔 것이다.

다음은 '프로'童話! 이것은 朝鮮 六百萬 兒童 中 絶對多數가 要求하고 잇는 現實的 童話이다. 脫線하는 것 갓지마는 筆者가 主張하는 現實的 '프로'童話에 對하야 拒否하든 某 君의 主張을 指摘하야 筆者의 主張을 明確하게 하려 한다. 君은 이러케 말햇다. "兒童은 知覺이 確實치 못하야 生活意識이 不徹底함으로 社會階級性에 對한 正確한 意識이 업다. 그리고 兒童은 天眞爛漫하야 何如한 階級에 處한 동모든지 同一視하는(DEMOCRACY) 精神을 所有하고 잇는 故로 그러케 童話를 階級的으로 分類할 必要가 업다는 것이다. 그리고 童話는 兒童의 想像文學에 不過하야 現實에서는 보지 못할 事實을 幻想的으로 꾸며 가지고 一時的으로 喜悅과 興味를 주는 대 必要한 것뿐이라는 것이엇다." 果然 眞正한 童話觀을 갓지 못한 사람에게는 그럴 듯한 말이다. 事實 過去의 童話觀은 이러한 見地에서 出發햇슬 줄 안다. 그러나 童話가 兒童의 文學인 以上 兒童生活의 反映일 것인 故로 正確한 現實을 把握하여야 될 것이다. 決코 幻想에 끄칠 것이 아니다. 그리하야 童話로 하야금 社會 階級性에 對한 正確한 知識을 줄 만한 것이 아니면 안 될 것이다.

## 金完東, "新童話運動을 爲한 童話의 教育的 考察-作家와 評家 諸氏에게(五)", 『동아일보』, 1930.2.22.

現代兒童은 科學的 知識을 土臺로 成長하야 간다. 모든 것이 科學的이 아니면 事實을 容認치 안는다. 그러면 不合理한 現實에 對한 無產兒童의 不平不滿은 어쩌할까? 筆者의 兒童期를 回想하야 보면 不過 二十餘年 前이지만 現代兒童에게 比하야 그 얼마나 幼稚하얏섯다는 것을 잘 알 수가 잇다. 그때에 내가 憧憬하고 잇섯든 世上과 現代兒童이 追求하고 잇는 世上은 天壤의 差보다도 甚할 것 갓다. 이와 가티 兒童이 追求하고 잇는 藝術인 童話도 進展이 잇서야 될 것이 아닌가. 自今으로는 '프로'童話 作家가 만히 出現할 줄 안다.

'프로'童話의 內容인 材料 取擇에 對하야는 前文을 通하야 잘 理解할 수 잇슴으로 略하나 簡明하게 말하자면 언제든지 現實의 兒童生活相을 主로 하야 眞正한 人情美와 善的 勇力을 涵養할 수 잇도록 할 것이다. 그리고 精確한 過去의 歷史的 事實에서도 그 材料를 取擇하야 가지고 現實的 目的意識에 符合되도록 함이 조흘 것이다.

그런데 表現方法에 잇서서 作者는 늘 童心 童語를 마음에 색여 두고 생각하고 붓을 들고 할 것이다. 또 構想 方法에 잇서서 注意할 것은 兒童의 時間的으로 變動이 甚한 心理의 流動을 充分히 考慮하여야 될 것이다. 兒童에게 變化性이 豊富하다는 것은 누구나 다 잘 아는 事實이 아닌가? 兒童은 變化가 업는 일에는 몹시도 心的 疲勞를 늣기며 注意力이 鈍하야 간다. 故로 한 가지 事端을 너무 지리하게 느러노치 말 것이며 反覆을 絶對로 避하여야 조흘 것이다. 그리하야 兒童의 全 注意力을 씃까지 끌도록 할 것이다. 그리하야 內容다운 內容을 形式다운 形式으로 表現하야 兒童에게 生命이 될 만한 童話다운 童話를 創作하자! 現代兒童이 要求하고 잇는 現實的 童話를!

斯界의 鬪士여! 때는 왓다! 뛰어 나오라! 그리하야 權威잇는 旗幟를 세우고 굿세게 나아가자!

쯧트로 讀者 諸氏에게 亂筆을 謝하며 筆者의 妄想에 對하야는 嚴正한 教示가 잇기를 바란다. 그리고 本文 內容의 童話에 對한 要件과 階段的 標準을 簡明하게 列擧하고 붓을 노켓다.

**童話의 要件**

一. 童心 童語가 充滿할 것

二. 現實을 굿게 把握할 것

三. 內容의 目的이 精確할 것

四. 內容은 豊富하고도 簡明할 것

五. 藝術의 階級性과 歷史性을 意識할 것

六. 階級意識을 徹底히 鼓吹시킬 것

七. 兒童의 動的 心理에 注意하야 表現할 것

**童話의 標準**

一. 嬰兒期 末期(三歲 時)

1. 가장 平易하고 極히 短片的인 口傳童話

二. 幼年期(四歲 —— 十歲)

1. 人情味를 씌고 韻律을 가진 簡明한 童話
2. 喜悅과 興味를 줄 遊戱的 童話
3. 正義感을 助長할 善惡에 對한 童話
4. 歷史的 傳說童話
5. 其他

三. 少年期(十一歲 —— 十八歲)

1. 現實 生活 情景에 關한 童話
2. 歷史童話
3. 冒險的 探偵的 童話
4. 自然界譚
5. 現實의 譬喩童話
6. 科學에 關한 童話

7. 其他

以上은 大體의 標準임으로 幼年期의 것은 少年期에는 全然 合當치 안타는 것이 아닌 것을 讀者는 잘 理解할 줄 안다.

**古代童話에 對하야**

古代童話는 現實에 合當치 안타고 全然 바랄[45] 것은 아니다. 古代의 것은 古代의 것으로 그대로 保管하자! 古代産의 奇物이 아닌가?

(쯧)

45 '바랄'은 '바릴'(버릴)의 오식으로 보인다.

## 九峯山人, "批判者를 批判－自己辯解와 申君 童謠觀 評(一)", 『조선일보』, 1930.2.19.

一. 批評者의 態度

나는 未知의 友人 申孤松 君의 「童心에서부터」와 「새해의 童謠 運動」[46] 等 두 글을 『朝鮮日報』 紙上을 通하야 再三 精讀하얏다. 그리고 나는 무엇보다도 먼저 申 君에게 感謝의 意를 表하지 안히치 못하얏다. 童謠에 對하야 客觀的 社會的으로 粗雜한 대로라도 評論 한 가지도 업섯든 次에 申君이 率先하야 이에 着眼하고 童謠에 對한 評을 眞摯하고 愼重한 態度로 論 中의 誤謬點은 如何間 初試한 것이 感謝하얏고 主觀的 個人的으로는 未熟하고 不洗練하기 짝이 업는 아즉 完全한 童謠詩人이 못 되는 나에게 二三의 苦衷을 액기지 안흔 것이 더욱 感謝하얏다. 果然 나는 前에부터도 童謠에 對한 나의 力量과 才質을 自疑하얏슬 뿐 外라 自己의 作品에 對할 때마다 不快를 늣기든 터에 더구나 申 君의 「새해의 童謠運動」이라는 論文을 읽을 때 그中에 나에게 對한 苦衷과 警告가 잇는 것을 보고서는 더욱 切實히 나의 童謠 製作上의 誤謬를 加一層 깨달핫다. 그리하야 나는 인제 在來의 그 誤謬를 깨긋이 淸算하고서 인제는 좀 더 "어린이的"으로 質的 轉換을 하기로 今年부터는 굿게 決心하얏다 —— 여긔에는 勿論 申 君의 功勞가 적지 안흠으로 나는 客觀的은 第二問題로 하고 于先 主觀的 個人的으로 달흔 누구보다도 申 君에게 對하야 거즛 업는 感謝를 드리는 바이다. 하나 나는 申 君에게 對하야 거즛 업는 感謝를 드리는 한편으로는 君에게 또한 거즛 업는 反駁을 試하지 안흘 수 업게 되엇슴을 遺憾으로 생각한다.

×

君은 果然 나를 正鵠하게 評하야 주엇다.

---

46 申孤松의 「童心에서부터－旣成童謠의 錯誤點, 童謠詩人에게 주는 멧 말(전8회)」(『조선일보』, 29.10.20~29)과 申孤松의 「새해의 童謠運動－童心純化와 作家誘導(전3회)」(『조선일보』, 30.1.1~3)를 가리킨다.

"宋完淳은 『新少年』을 들고 나섯스나 그 詩的 取材와 表現手法이 端的인 兒童의 心理를 써나 支離하고 迂遠하다."(「새해의 童謠 運動」)

이 말은 씃까지 正當하다. 그러나 한편으로는 적지 안흔 過誤가 잇슴도 不免할 것이다.

올타 —— 나는 申 君의 말과 가티 이제까지 너무나 童謠를 童心的에서 迂遠한 것만을 써 왓섯다. 그러나 그러타고서 이제까지 發表된 것 全部를 "非童心的"의 것이라고는 못할 것이니 이는 事實이 如實하게 證明하는 바가 안힌가? 申 君이 萬一 이제까지(主로 一九二八 九年) 내가 發表한 童謠를 모조리 精讀하야 보앗다면 以上과 가튼 盲目的 濫評은 到底히 하지 못하얏슬 것이다. 그럼에도 不拘하고 申 君은 나의 童謠 全部를 單間하고 漠然한 一言으로써 總括埋葬을 宣告하얏다. 勿論 過去 나의 童謠에 잇서서 "童心的"인 것보다 "童心的이 아인 것"이 —— 다시 말하면 "非童心的"인 것이 더 만핫슴으로 申 君이 그러케 酷評을 내리기도 쉬운 일이엇슬 것이나 그러타고 "童心的"인 것까지도 모다 쓸허서 "이것은 似而非 童謠이라"고 無知한 捺印을 하는 것은 評者로서의 取할 態度가 못 된다.

---

**九峯山人, "批判者를 批判 – 自己辯解와 申君 童謠觀 評(二)", 『조선일보』, 1930.2.21.**

×

무릇 사람을 批評하라는 者는 그 相對者를 쏙쏙히 알어야 하는 것이다.

마치 한 가지로 어써한 사람의 思想이나 어써한 사람의 作品 가튼 것을 그 全體에 亘하야 批評하라는 者는 그 相對者의 思想을 皆悉히 透察하여야 하며 그 相對者의 作品 全體를 遺漏업시 알아야 하는 것이다 —— 어써한 一小斷片만을 가지고 相對者의 思想 全體나 或은 作品 全體를 批評하라는 것은 '돈·키호–테' 類의 妄想인 것이다. 그럼으로 그 評은 權威 업는 評

됨을 不免할 것이며 싸라서 그러한 濫評은 도리어 社會나 個人에 對하야 惡影響박게는 못 끼치고 또 다른 한편으로는 自己批判力을 가즌 者에게는 도리어 一種의 嘲笑ㅅ거리에 不過한 것이다.

×

申 君의 나에게 對한 評이 嘲笑ㅅ거리에까지는 안 간다손 치드라도 적어도 그것이 "權威 업는 評"이 됨은 不免하얏다 —— 換言하면 申 君의 나에게 對한 評은 "正鵠이면서도 쏘한 正鵠을 엇지 못하다"는 말이다. 卽 全體的으로는 正鵠한 評이 못 되고 一部的으로만 正鵠한 評이 되는 —— 全體的 意味에서 보면 權威업는 評이란 말이다. 그도 君의 評的 態度가 誤謬되는 點만 指摘하고 잘된 點을 默過하는 말하자면 一部 偏重的 批評 態度이엇스면 몰르거니와 그러치 안코 잘된 것 못된 것을 全體的으로 評하는데 잇서서 이러케 나에게 對하야는 一部的 誤謬點만 評하얏슴은 한 가지 疑問이 안일 수 업다 —— 쓴 안니라 申 君은 梁雨庭 李久月 金思燁 玄東炎 等等 몃 분과 尹福鎭 氏(氏에게는 「童心에서부터」라는 論文에서부터이다) 等에게 對하야서도 그들의 잘못된 點만 指摘하얏지 잘된 點은 指摘치 안헛다. 그리고서는 尹石重 李貞求 南宮琅 嚴興燮 金炳昊 韓泰泉 等 諸氏와 鄭祥奎 李元壽 氏 等에 對하야는 조흔 點만 指摘하얏지 낫분 點은 조금도 말치 안헛다. 그러면 前者 諸氏의 童謠는 모다 劣作 拙作쓴이엇스며 後者 諸氏의 것은 모다 快作, 傑作쓴이엇느냐 하면 絶對로 그러치 안흐니 좀 더 事實을 正視하야 보라.

---

**九峯山人, "批判者를 批判－自己辯解와 申君 童謠觀 評(三)", 『조선일보』, 1930.2.22.**

×

더욱히 申 君은 尹石重 氏를 評하야 曰 "尹石重은 그 手法에 잇서서나 그 取材에 잇서서나 가장 새로운 것을 試驗하얏스며 그리고 그것이 하나 업시 다 成功을 하얏다"고 極口讚揚하고서는 니어서 "그가 讀者를 尊敬하고 新聞紙를 所重히 생각하야 한번이라도 自信없는 것을 내어주지 안헛슴을 感謝한다"고 尹 氏의 잘못은(달흔 분보다는 比較的 稀薄하나) 조금도 돌아보지 안히하얐다. 勿論 尹 氏에게 別 缺點이 업슴은 自他共認하는 바이지만 그러타고 그에게는 조고마치의 欠도 업다는 것은 새ㅅ빩안 거즛말이 안힐 수 업다. 아마도 申 君은 尹 氏가 요사히 少年 及 兒童文藝界(特히 童謠界)의 모든 人氣를 한 몸에 集中하야 尹石重이라면 盲目的으로 老少年과 識無識者를 勿論하고 그저 "天才"라고만 녁이어 주니까 이러한 되지 못한 崇拜心에 궁둥이를 주척이며 나도 한번 讚揚하야 보겠다고 尹 氏에게는 아모런 欠點도 업시 그의 童謠는 "다 成功하얏다"는 것으로 녁이는지 몰르나 그것은 너무나 甚한 自己暴露(無知의)가 안히고 무엇이냐?

×

果然 尹石重 氏는 平凡 以上의 才質이 잇는 그야말로 "天才"인지도 몰른다. 如何間 달은 사람보다는 特異한 才質을 가즌 것만은 事實일 것이다. 그럼으로 그에게는 달은 사람보다 欠缺이 적을 것도 미덤즉하며 또한 事實도 그러하기는 하다. 于先 童謠 한 가지를 보드라도 尹 氏의 童謠는 (一) 그 形式이 새로웁고, (二) 取題가 特異하며, (三) 말이 부드러워 알아보기가 쉬웁다. 그러나 모든 作品의 決定的 要素인 內容에 잇서서는 매우 劣等하다고까지 볼 만치 空虛하기 짝이 업다. 形式만의 美化는 껍질만의 美化이지 決코 內容의 美化는 못 된다. 그리고 形式의 美도 內容이 空虛하면 잇슬 수 업는 것이다. 內容 업는 形式은 內臟 업는 人間이다. 그럼으로 內容 업는 形式의 極致는 瞬間의 새로운 맛은 잇슬지 몰르나 아모런 美感도 주지 못하는 것이다. 째문에 우리는 尹 氏의 童謠가 그 自由로운 語音에 잇서서 瞬間的 新鮮味는 늣길 수 잇스나 그것은 實로 그 瞬間쑨의 美感이고 또 그러키 째문에 그 새로운 新鮮味에서 우리는 조고마치의 美感도 늣길 수 업다. 다시 말하면 尹 氏의 童謠는 形式에 잇서서는 새로우나 그리고 美的으로 보히나 內容과 實地에 잇서서는 조금도 美感을 늣길 수 업다.

刹那的 感興은 喚起식히는 힘이 잇스나 그것은 實로 고때뿐인 것이다. 그리고 忌憚업시 말한다면 尹 氏의 童謠는 만흔 模倣息[47]이 잇고 또 되푸리가 만흔 것 갓다.

×

이럼에도 不拘하고 申 君은 尹 氏를 盲目的으로 讚揚하얏다 —— 그것은 생각에 別誤가 업다면 尹 氏를 爲하는 것이 안이라 씨를 도로혀 墮落식히기 쉬운 말이다. 君은 好意立評한 것일지나 尹 氏께는 도로혀 자미업는 일이다.

그래도 尹 氏에게 對한 盲評은 그대로 어는 程度까지는 首肯할 點도 잇스나 南宮琅 氏에게 對한 評은 너무나 甚한 盲目的 以上의 盲評이라 안흘 수 업다.

---

## 九峯山人, "批判者를 批判－自己辯解와 申君 童謠觀 評(四)", 『조선일보』, 1930.2.23.

×

申孤松 君은 말한다 ——

"南宮琅은 昨年 後期에 出現하야 多作이면서도 駄作 업시 조흔 取材를 보혀 주엇"다고.(「새해의 童謠運動」) (一) 하나 나는 또 다시 여긔에서 길게 말할 수 업다 —— 必然도 업다. 다만 이것이 正鵠을 失치 안핫는가 失하얏는가는 主로 『朝鮮日報』及『中外日報』一九二九年 內의 紙上에 數多히 發表된 南宮琅 氏의 童謠를 實地로 읽어 보면 自然히 알 수 잇슬 터이니까 —— 나는 다만 申 君에게가 안히라 南宮 氏에게 尹石重 氏의 手法만 本쓰지 말고 그리고 內容에 잇서서 좀 더 "童心的"으로 도라오라고

---

47 '模倣臭'의 오식으로 보인다.

하고 십다. 그러면 申 君의 評이 얼마나 盲目的임을 우리는 짐작할 수 잇슬 것이다.

×

그런데 申孤松 君은 그의 盲評을 여긔에만 쯔치지 안헛다. 그는 또 金炳昊 氏에게도 달콤한 '레터'를 보내엇다. "異彩 나는 童謠를 보여 주엇다"고 —— 그리고 韓泰泉 氏에게도 —— 올타. 金 氏의 童謠는 바릴 수 업는 內容을 가즌 童謠기는 하얏다. 하지만 그것은 그러나 大槪가 너무도 "非童心的"이엇다. 또한 韓 氏의 것도 —— 그보다도 우리는 內容과 形式이 統一에 가장 接近되며 잇는 嚴興燮 氏와 鄭祥奎 君(君은 筆者가 某 少年雜誌社에 잇슬 째 가장 希望 잇는 "우리들의 童謠 作家"이라고 혼자 만흔 讚揚을 하든 바이며 現在에도 君은 우리 童謠界에서 바릴 수 업는 存在라고 생각하야 멀은 압날을 企待하는 바이다)의 童謠를 더 重하게 본다. 果然 嚴 氏와 鄭 君만은 過去에 잇서서 우리에게 尹石重 氏 以上의 조흔 童謠의 '프레센트'를 주엇다.

×

要컨대 申 君이 누구는 過重評價하고 누구는 過小評價한 것이 決코 偶然之事가 안이다. 于先 君이 以上의 諸氏를 過重評價하야 그들의 조흔 點만 들은데 反하야 나나 尹福鎭 氏 外 諸氏의 것은 잘못된 것만 말한 것을 보아도 알 것이다. 더욱히 尹福鎭 氏에게는 前後 二回에 亘하야 惡評을 한 것을 보아도 잘 알 수 잇슬 것이다.(註 2) 果然 尹 氏의 作品은 失敗한 것이 더 만핫다. 그러나 成功한 것이 全無하냐 하면 그러치도 안햇다. 申 君도 尹 氏의 作을 "間或 快作도 잇지만"……云云하야 흐리멍텅하게 成功한 作品도 잇는 듯이 말하얏스나 이것은 一種의 糊塗策에 不過한 말이다. 그의 本心은 아마도 尹 氏에게 對하야 私的 感情이 잇는 모양이다… 글ㅅ字를 通하야 보건대.

確實히 申 君은 尹福鎭 氏에게 對하야 私的 感情을 가진 것 갓다. 氏보다 더 만흔 歇作을 發表한 南宮琅 氏를 추켜올리고 駄作도 잇는 尹石重 氏의 童謠는 "다 成功하얏다"고 하면서도 尹 氏의 것은 모다 駄作이라 하고 또 더구나 卑劣한 말로써 氏를 攻擊한 것을 보아도 아마 申 君이 尹 氏에게 好意를 가지지 안코 惡意를 가진 것만은 確實한 모양이다.

---

**九峯山人, "批判者를 批判－自己辯解와 申君 童謠觀 評(五)", 『조선일보』, 1930.2.25.**

×

그러면 批評者의 處地에 서서 조고만 私的 感情으로 그 相對者를 攻擊하는 것이 올흔 일인가? 누구나 勿論하고 "否!"라 할 것이다 —— 하지 안해서는 아니 된다는 等의 妄動은 批評者의 取할 態度가 못 된다 —— 批評者는 오즉 率直하고 大膽하고 冷情하고 無慈悲하여야 한다 —— 人情이나 友情關係로 正當한 말도 故意로 懇曲하게 되는 軟心者는 批評者의 資格이 업는 것이다.

×

아마도 申 君은 尹石重 氏나 南宮琅 氏와는 私的으로도 親한 모양이고 尹福鎭 氏와는 알기는 하야도 親하지는 못하고 —— 或은 親하얏섯다가 서로 感情이 傷한지도 몰흔다 —— 하야서 以上 論한 바와 가튼 評을 하얏는지도 몰흔다. 그리고 나와는 一面識도 업스나 나도 매우 미워하는 모양이다. 그러나 申 君! 君이 참으로 批評者가 되랴거든 좀 더 公正한 마음의 所有者가 됨이 必要하다 —— 쑨 外라 社會를 더구나 兒童을 爲하겟다는 생각이 잇스면 더욱더 必要 —— 絶對로 必要하다.

二. 申 君의 誤謬의 具體的 解剖

나는 以上에 잇서서 申 君의 個人 評을 —— 더욱이 그 誤謬되는 點을 間約히 論駁하얏다. 그러나 그것만 가지고서는 不充分함으로 좀 더 具體的으로 實例를 들어서 再論하야 보겟다 —— 하면 申 君과 나의 論議 中에 登場된 諸氏의 疑惑도 可否間 먼저보다는 分明하야질 것임으로 이 批評의

俎上에 올리어 노코 個人을 解剖하는 나의 마음도 可否間 시원할 것이다.

---

**九峯山人, "批判者를 批判-自己辯解와 申君 童謠觀 評(六)", 『조선일보』, 1930.2.26.**

于先 評의 順序를 爲하야 나 自身부터 말하기로 한다 —— 第一章(序言)에서도 말하얏거니와 나는 果然 申孤松 君의 指摘한 바와 가튼 全然 誤謬투성이의 童謠만을 내노치는 안헛스니 그 實例를 한번 들허 보자.

달 님

누나가 나를업고 노래불을때
장대로 쟁반가튼 달따달라고
울으면서 억처을[48] 부리든때는
내나희가 세살이 되는해래요

그러니까 내나희 열살된올엔
저달님도 열살이 되얏겟지요
그까닭에 저달은 내동무지요
똑가치 열살먹은 동갑네지요

딸 (딸기)

딸—딸 빨안딸
조롱 조롱 열린딸

일홈은 딸이래도
아모딸도 안힌딸

---

48 '억척을'의 오식으로 보인다.

아버지 짤도 안히고
어머니 짤도 안히고

맛은달허 조화도
부모업는 외론짤

압바 엄마 생각에
오작이나 설흐랴

부모잇는 우리들을
오작이나 부러하랴

나도한줌 짤테니
너도한줌 싸거라

아버지 한줌 들히고
어머니 한줌 들히고

부모업는 짤이니
사랑하야 달라자

×

이 外에도 내가 一九二九年 內에 發表한 十數種의 童謠 中에 「자는애기」 「병아리서울구경」 「달님」 「갈님」 「눈꼿」 「꾀꼬리」 「고향」 「뎐보ㅅ대」 「대장깐」 等은 申 君의 指摘한 바와 가튼 아조 失敗한 作品은 아니엇다고 생각한다 —— 그 表現手法의 誤過는 잇슬지 몰라도 取材나 內容(申 君은 取材와 內容을 混同視하얏슴에 注意하라)은 그다지 "童心에서 迂遠한 것"은 아니엇다.

나는 元來 先天的 愚鈍한 才質이라 그 表現手法이 尹石重 氏가티 새로웁지 못한지는 몰라도 內容과 取材에는 그다지 "非童心的"의 것은 업다고 생각한다.

×

申 君은 尹石重 氏의 것은 取材에 잇서서 모다 成功한 것가티 말하니 그러면 果然 그런가? —— 하기는 果然 尹 氏의 童謠의 取材는 어썬 것은 奇想天外한 것이 만타.

尹 氏의 取材는 거의가 우리들 凡人으로서는 생각지 못할 만큼 奇拔한 것이 만타 —— 하나 쏘한 그만큼 凡人이 天才보다 만흔 이 現實에서는 到底히 잇슬 수 업는 그럼으로 想像(더구나 어린이로서)하기도 어려운 말하자면 超現實的의 童謠가 만흠도 숨길 수 업는 事實이니 一例를 들어보면 이러하다.

굽써러진나막신

안댁에서 사오라신 찌게쑤미를
길에오다 솔개에게 쌔겻습니다
×
굽써러진 나막신신고 쏘랑을넘다
덩어리채 솔개에게 쌧겻습니다.
×
맨손으로 못가못가 무서워서요
우리마님 무서워서 못간답니다
×
심술팩이 도련님 싹정쎄마님
나는나는 못가요 참말못가요
×
좁다란 工場길에 외로히서서
옵바옵바 나오기만 기다릴째에
×
싸마귀는 울고울고 해는점을고
발죽발죽 초저녁별이 나를울여요
×

이 童謠는 果然 그 表現手法이나 語音 等의 形式에 잇서서는 새로우나 그 內容과 取材에 잇서서는 矛盾이 적어도 세 가지 以上은 된다. 其一은 녯날의 童話에서나 볼 現實에는 잇지 안흔(나종에는 몰라도) 것을 取材하얏스니 솔개가 사람(아모리 어릴지라도)에게 덤비어 그가 가지고 잇는 고기를 빼앗엇다는 이야기는 古代童話에서박게 우리는 듯지 못하얏다. 氏는 童話에ㅅ 것을 參考 삼아서 이러한 奇想을 하얏는지 몰르나 그러나 內容을 보면 現實의 것을 노래한 모양인즉 現實에 잇서서 이러한 이야기나 實例를 어듸서 듯고 보앗는가.

童謠라는 것은 듯고 보아서 늣긴 實感을 어린이가 노래하는 것이다. 그럴진대 氏의 童謠는 一種의 不可思議한 虛僞의 노래이다.

---

## 九峯山人, "批判者를 批判－自己辯解와 申君 童謠觀 評(七)", 『조선일보』, 1930.2.27.

兒童은 過去를 모르는 同時에 未來는 더욱히 몰른다. 그는 다만 目前에 展開된 現實만을 볼 쑨이다. 그럼으로 兒童은 過去나 未來를 回想하고 豫想하지 못한다 —— 다만 그는 現實 그것만을 自身의 마음대로 自由로 생각한다 —— 이 까닭에 그들은 보고 듯는 것쑨을 問題 삼는다. 그가 모르는 것은 아모리 훌륭한 것이라도 그에게 쓸대업다. 그럼으로 童話에서 솔개미가 어린이를 차갓다든지 고기를 차갓다든지 하는 이야기를 듯고서 그것을 제 感想대로 노래 불르기도 勿論 할 것이다 —— 그러나 그러케 하드라도 남한테 들흔 것가티 노래하지 자긔가 당한 것가티 노래하지는 결코 안흘 것이다 —— 그만큼 그들의 생각은 複雜한 發達을 하지 못하얏다 —— 種種의 生活環境에 짤아서(더욱히 現在의 우리 兒童들) 그 생각도 여러 갈래로 複雜도 하야지겟지만 그러나 그것은 다만 複雜쑨에 쓰티엇지 어른가티 事物을 判別하게크큼 複雜한 생각이 "發達"은 하지 못하는 것이다.

×

그럼으로 兒童은 複雜한 現實을 全體的으로 보지를 못하고 다만 部分的으로 떼어서 單純하게 생각할 수가 잇는 것이다. 다시 말하면 兒童은 複雜한 全體의 現實을 全體 그대로 보지 못하고 그 部分部分을 ―― 全體의 一部로서의 ―― 各各 떼허서 그것을 一個의 獨立한 것을 單純化 하야 바리는 것이다 ―― 同時에 이것은 過去를 回想하고 未來를 豫測하지 못하게 하는 根本的 要素가 된다.

그럼에도 不拘하고 尹 氏는 이 童謠의 根本的 要素를 無視하고 非現實的인 兒童으로로는 想像不及하고 보지도 못할 것을 取材하엿기 때문에 童謠를 고만 망처바리엇다.

×

이것은 必然的으로 其二의 內容의 矛盾을 招來하엿나니 設令 솔개가 고기를 차가는 例가 잇다 하드라도 그것은 農村 가튼 데에서나 볼 수 잇슬 것임에도 不拘하고 內容을 갓다가 "工場" 잇는 都會로 맨들어 노핫다. 都會에서도 솔개가 병아리 차가는 例가 잇는지 몰으나 내 생각에는 업슬 것 갓다. 더구나 사람의 손에서 고기를 빼앗는다는데 잇서서랴! 或 호젓하고 조고만 都會이라고도 할지 몰으나 조고만 都會라도 往來人은 農村보다 만흘 것이며 더구나 이러한 行人이 아모리 적드라도 農村보다는 만흘 都會에서 白晝에 고기를 掠奪 當하엿다는 것은 너무나 虛飾의 極致가 안일 수 업다.

×

또 朝鮮에는 工場이 잇는 都會라면 그리 적은 곳은 업스니 이로 미루어 보아도 都會에서 솔개에게 고기를 빼앗길 理는 奇蹟이 안인 바에는 업슬 일이다. 其三은 都會일진대 아모리 적은 내이라도 다리 하나 튼튼은 못하드라도 노치 안흘 리 업는데 ―― 그리고 다리 잇다면 行人이 업슬 리 업슬 텐데 行人이 오고가는 곳에서 고기를 이저바릴 리는 업다. 그도 고기 파는 집이 市外에 떨허젓거나 "마님" 宅이 市外에 떨허저 잇고 또랑도 敎外에 잇서서 行人이 만치 못한 호젓한 길이라면 모르지만 적어도 이 童謠에는 確實하게 그러타는 暗示조차 업다. 그러나 이것은 그다지 重要한 問題ㅅ거리가 못 된다 ── 손치드라도 其四로는 第三節에 가서 또 誤謬를 犯하얏나니 工場이 잇는 곳의 길은 例外가 아니라면 소리ㅅ길가티 좁은 길은 別로 업슬 것이며 별이라는 것은 해가 아조 업서저야 나오는 것인데 ── 그러고 보면 별이 나올 때는 勿論 다 어두어 땅검의가 된 때일 것인즉 이러케 어두운 때에 까마귀가 그때까지 울며 날르지는 안홀 것이다 ── 하기는 잇다금 엇던 별은 해가 다 지지 안흔 때부터 비취기도 하며 어둔 때까지 까마귀가 우는 例外의 事實도 업지 안하 잇다. 그러나 尹 氏의 上例의 童謠는 勿論 이러한 例外의 事를 노래한 것이 안힘은 能히 推測할 수 잇는 事實이니 上例의 童謠를 작고 읽어 보면 잘 알 것이다.

×

이에서 尹 氏는 적어도 세 가지 以上의 矛盾을 犯한 것은 確然하야졋스나 申 君에게 뭇고 십흔 것은 上例의 童謠를 鄭順哲 氏가 作曲하얏스니 (註 13) 그러면 이것이 名作이어서 作曲하엿다고 생각하는가? 勿論 君은 "然 ─"이라 할 것이며 作曲者 鄭 氏도 이 童謠가 어썬지 몰으고 그저 語音이 自由롭고 新奇한 맛이 나니까 잘된 것으로 盲信하얏슴이라고 나는 생각한다.

이 氏의 童謠와 나의 上例한 自作童謠 「달님」을 對比하야 볼 때 申 君은 어썬 것이 낫다고 보는가! 申 君의 常套語인 "端的인 童心"을 어썬 것이 가장 簡潔하게 表現하얏다고 보는가? ── 이것은 自身을 추는 말 갓지만 나는 적어도 내 것이 尹 氏 것보다 훨신 낫다고 본다 ── 그 表現方法과 語音 等의 自由로운 驅使法은 尹 氏의 것에 比하야 劣等할지 몰르나(나는 그러나 이러한 童謠는 尹 氏 手法을 잘못 쓰다가는 망치리라고 생각하며 그럼으로 내가 取한 手法이 最適하다고 밋는다) 그 內容의 統一에 잇서서는 어듸까지 尹 氏의 것보다 헐ㅅ신 낫다고 본다 ── 이는 決코 自誇가 안인 事實이다.

## 九峯山人, "批判者를 批判－自己辯解와 申君 童謠觀 評(八)", 『조선일보』, 1930.2.28.

하건만 "端的인 童心"을 잘 表現하는 것 그리고 內容이 따라서 單純하고 統一된 것이 眞正한 童謠라고 부르짓든 우리 申 君은 內容이 統一되지 못한 尹 氏의 것은 "다 成功하엿다" 하고 內容이 統一하고 純化된 나의 童謠는 "童心에서 迂遠한 것 뿐이엇다"고 事實을 서로 顚倒식히어 노핫다 —— 勿論 全體的으로 말한 것이겟지만 그러나 그러트라도 事實은 正反對이니 우에 自作記題만 한 것을 實地로 읽어 보고 그리고서는 尹石重 氏가 一九二九年 內 發表한 諸作을 읽어 보고 서로 對照 解剖하야 보면 알 것이다. 尹 氏 作品 中에도 「써러지는 애기별」「아기씨 반지」「엄마업고 둥둥둥」 等은 가장 顯著히 그 誤謬가 들어나나니 그러나 여긔에서 쏘다시 길게 말할 수 업슴으로 實地 그 作品을 읽어 보기만 바란다. 하면은 自然히 君에게 批判力이 잇다 할진대 잘 알 수 잇슬 것이다.

×

要컨대 尹石重 氏의 것은(重言한 바와 가티) 그 表現方法이나 語音의 驅使가 能爛하고 自由로워서 —— 換言하면 그 形式이 自由奔放하야 一見無難한 듯하면서도 其實은 難澁眩混하야 무엇이 무엇인지 갈피를 잡기가 어려웁다 —— 따라서 瞬間的 魅力은 强烈하고 새로운 新鮮味가 顯著함은 事實이나 한 번 두 번 읽고 씹고 노래하야 볼사록 魅力은 弛緩되고 新鮮味는 稀薄하야저서 結局에 가서는 厭症까지 난다 —— 이것은 主로 여러 가지를 한꺼번에 노래하야 純化식히랴는 데에 基本的 誤謬가 잇는 것이니 다음에는 인제 한 가지를 한 가지대로 單純하게 노래하야 內容의 純一을 企圖치 안흐면 尹石重 氏의 童謠는 生命이 업슬 것이다. 그만한 筆致를 가지고 內容의 不統一로 因하야 한 個의 作品을 죽인다는 것은 自他 共히 哀惜한 노릇이다.

萬一 內容의 統一 —— 單純化 —— 이 成功된다면 尹 氏는 朝鮮 童謠界

의 第一人者가 될 것이다.

×

形式의 虛飾만이 童謠가 아니다 —— 童謠도 다른 藝術과 가티 現實의 노래인 것이다 —— 하건만 尹 氏는 넘우 새로운 것을 찻다가 고만 超現實의 陷穽에 밋그러지면서 잇다. 그러나 聰明한 氏인 만큼 반듯이 回顧 淸算 —— 過去의 誤謬를 —— 할 것을 밋는 바이며 짤아서 그러는 때에는 朝鮮에서 童謠로는 氏에 比肩할 者 업스리라고 생각한다.

또한 氏의 作品에는 어듸인지 모르나 漠然하게나마 外國 것을 模倣臭가 잇슴은 벌ㅅ서 말한 바이지만 그러나 이는 다만 "漠然"에 쓰칠 쑨이다 —— 우리도 이것이 다만 "漠然"에 쓰치기를 바라는 바이며 숫숫내는 "事實無根"이 되기를 바라는 바이다 —— 하나 "되푸리" 味가 더러 잇슴은 確實한 것 가트니 이것도 淸算할 必要가 잇다.

×

如何間 氏가 萬一 모든 것을 淸算한다면 氏는 우리 童謠界에서 업지 못할 寶玉이 될 것이다. 그러타 氏는 確實히 朝鮮 童謠界의 彗星으로써 不遠間 君臨할 것이다.

하나 지금부터 申 君처럼 盲目的으로 讚揚함은 좀 생각할 餘地가 充分히 잇다 —— 盲目的 誇張은 惡結果박게는 아니 된다.

×

尹 氏의 評은 그래도 어느 程度까지는(第一章에서 論한 바와 가티) 首肯點도 잇스나 申 君의 南宮琅 氏 評은 그야말로 言語道斷이다.

申 君의 南宮琅 氏 評에는 그 裡面에 確實히 私情 關係가 움직이나니 萬一 그러치 안코 公正한 눈으로 보앗다면 거의 全部가 "童心에서 迂遠"(나에게 한 말을 適用하야 보라)한 馱作만 내어노흔 南宮 氏를 評하야 曰 "馱作은 업다"고까지는 못하얏슬 것이다.

## 九峯山人, "批判者를 批判－自己辯解와 申君 童謠觀 評(九)", 『조선일보』, 1930.3.1.

밤에불르는노래

푸른하눌 별바다 반작이는곳
금모래를 쑤렷는가 만키도하다
동모들아 우리함께 별짜러가자
아리랑 얼시구 아라리야

×

천년만년 쉬지안코 흘러만가는
강변에는 물도만타 곱고고흔돌
주어다가 우리우리 솟곱질하자
아리랑 아리랑 아라리야

×

반작반작 적은별아 어엽분별아
오늘밤은 우리함께 동무삼아서
천년만년 자미잇게 놀고나지고
아리랑 얼시구 아라리야

×

나는 또다시 여긔에서 區區히 말하기 실타. 이런 種類의 것이 果然 우리 申 君의 "駄作업시 조흔 取材를 보혀 주엇다"는 말에 背反되느냐 안 되느냐는 賢明한 讀者 諸氏에게 미루어 둔다.

한데 南宮琅 氏의 駄作은 이것뿐이 아니다. 「눈싸홈」 「녯생각」 「바다까에서」 「어부의아들」 「어미일흔갈메기」 等 以外에도 잇다 —— 그러코 보면 一九二九年 中 그다지 多量 産出을 못한 氏의 童謠 中에서 以上에 것을 駄作이라 하고 以外에도 또 잇스니 정작 成功한 作品은 不過 數三種(?)밧게는 업게 된다.

×

遺憾이나마 이와 가튼 숨길 수 업는 事實은 "評論者" 申孤松 君의 譫語는 永永 譫語에 끄치게 맨드러 노왓다.

그러면 나아가서 申 君이 입에 침이 말느도록 讚美한 李貞求 氏 —— 그 分은 果然 어쩌한가?

申 君의 말맛다나 李貞求 氏는 "洗練된 手法"의 所有者이다 —— 그보다도 우리가 더 讚揚하야 마지안흘 것은 形式이나 內容에 잇서서 남의 흉내를 絶對로 안 내는 것이다 —— 하나 그것은 그러타 하고 氏에게도 避할 수 업는 誤謬가 잇섯스니 그는 內容의 雜化이다. 取材는 "純粹"(申 君)하면서도 內容이 昏濫하는 欠이 잇다. 그 가장 好例로는 「가을 밤」 「싀골 밤」 等이니 이것들에 內容은 單純한 듯하면서도 其實은 矛盾이 만엇다. 좀 더 虛慾을 바리라 —— 그러면은 氏는 抒情的 童謠詩人으로서 반듯이 成功할 줄 밋는다.

×

그러면 우리는 인제 申 君이 非難한 尹福鎭 氏를 보자. 아마도 一九二九年에 잇서서 氏만큼 多作한 사람은 업섯슬 것이다 —— 同時의 氏만큼 駄作을 내허노은 이도 別로 업섯슬 것이다. 그러나 快作도 더러 잇섯스니 例하면 「스무하로밤」 「갈쌔」 「풍경」 等等이다.

그러나 氏는 虛榮心이 만흔 것 갓다. 自信을 過히 하는 것 갓다 —— 氏가 처음으로 나를 訪問하여 주실 째에도 가만이 氏의 動情을 보니까 넘우나 自信이 過하고 同時에 나라는 사람을 넘우 노피어 노코 보는 조치 못한 빗이 보이엿다. 이는 私事이나 如何튼 氏의 注意를 爲하야 말하야 두는 것이다.

×

쑨 外라 氏는 넘우 남의 形式에만 拘泥되야 남의 것 고대로의 形式을 取한다. 그것은 勿論 作品의 性質과 作者의 構想 如何에 잇는 것임으로 어쩌한 形式을 取하든지 關係는 업스나 그로 말미암아서 作品을 망친다는 것은 哀惜한 일이 아니냐? 氏는 너무나 定形的 —— 固定的의 千篇一律 形式만을 取하기 째문에 過去에 잇서서 失敗를 만히 하야 申 君의 誤評을 밧게 된 모양이다 —— 目下와 가터서는 氏는 發展性이 매우 缺乏할 것 갓다.

南宮琅 氏와 함께 氏에게 우리는 尹石重 式 形式에서 버서나서 獨自의 길을 開拓하라고 하고 십다 —— 自尊心 만코 自信이 만흔 氏가 왜 이 짜위 形式 模倣에서 脫出 못하는지 잠ㅅ간 알기 어려운 問題이다.

以外에도 諸氏가 잇스나 너무 煩雜함으로 仔細한 個人評은 後約을 하야 두고 簡單히 數言을 費고저 한다.

(一) 金炳昊 韓泰泉 氏 等의 좀 더 自重을 바라며

(二) 嚴興燮 鄭祥奎 氏 等의 더욱 邁進을 빌며

(三) 李久月 梁雨庭 玄東炎 南洋草 氏 等의 虛榮心 바리기를 빌며

(四) 金思燁 李元壽 氏 等의 質的 轉換을 바란다.

×

그리고 所謂 兒童의 指導分子라는 高長煥 金泰午 辛栽香 氏 等의 妄動을 警告한다. 申 君은 韓晶東 高長煥 金泰午 氏만 말하얏스나 辛栽香 氏에게는 할 말이 더 만타. 氏는 童謠 選評者이나 氏의 作品을 보면 어썬 것만도 못한 것이 만타. 뿐 外라 選評을 잘할 줄 몰른다 —— 이러한 사람의 손에서 훌륭한 作家가 못 나올 것은 明若觀火이다. 쏘한 高 金 兩 君 亦是 그러타. 좀 더 알흔 뒤에 指導에 着하라 —— 그리고 「소곰쟁이」로 因하야 싸싹하면 일이 날 번한 韓晶東 氏는 아즉도 有爲한 存在이다. 申 君의 말과 가티 氏가 童心을 잘 把握치 못하얏다는 것도 事實이나 그보다도 氏에게 잇서서는 자미 적은 내음새가 나는 것 갓다 —— 願컨대 너무 日本 童謠를 만히 보지 마소서.

---

**九峯山人, "批判者를 批判－自己辯解와 申君 童謠觀 評(十)", 『조선일보』, 1930.3.2.**

最後로 申 君이 한 가지 이저바린 말을 補充하야 두기로 한다. 그는 新聞

雜誌社에 對한 警告이다. 하기는 申 君도

"新聞과 雜誌에서 童謠를 考選하는 이는 童謠에 對한 正當한 理由를 가질 것이다." (「새해의 童謠 運動」(2)-(a)

하고 이어서 아무 童謠나 함부로 실리지 말라고 하기는 햇스나 그보다도 나는 第一 첫재로 作品 考選者의 心的 公正을 직히라고 하고 십다.

申 君은

"過去에 잇서서는 生長을 助成하는 意味로 아모것이나 들어오는 대로 揭載하야 주엇는지 … 云云"(同上)

하얏지만 그러나 이것은 잘못 알고 한 말이다.

지금의 朝鮮 新聞 雜誌의 編者들의 속을 細密히 살피어보면 紙上에 글을 실리는 데 잇서서 그 글의 잘잘못은 둘재이다. 첫재 日 親分關係와 認定關係이니 自己와 稀薄하드라도 親分이 잇는 사람의 글은 잘 내어 주허도 親分이 업는 사람의 것은 여간하여야 잘 아니 내어 준다. 또 그리고 아모리 甲이 乙만 못하드라도 自己가 甲이 乙보다 낫다고 하는 생각을 가지면 乙의 잘 진 글은 제치어 노코 甲의 잘못된 글은 揭載하야 준다.

勿論 新聞 雜誌 關係者가 다 그러타는 것은 아니지만은 大概는 그러타고 나는 생각한다.

그 다음에는 申 君이 말한 바와 가티 童謠(其他 各 部門에 잇서서도)에 아모런 知識도 업시 考選을 하기 때문에 狼狽이다. 그리하야 그저 奇妙한 말로 어수선하게 써드러만 노흐면 그것이 잘된 것이라고 함부로 二段拔로 내어준다 —— 우선 나는 나의 拙作 「거미줄」이 二段拔로 一九二六年(?)[49]에 『中外日報』 紙上에 낫든 것을 생각하야도 그들의 無識을 말치 안흘 수 업다. 이 「거미줄」이라는 것은 여러분도 아시겟지만 그 말과 構想

---

49 '一九二六年(?)'은 잘못이다. 송완순의 「거미줄」은 『중외일보』(1927.6.9)에 수록되었고, 다음과 같다. "처마쯧테 거미가 그물을친다/날아가든 잠자리 줄에걸리면/잡아서 새끼주랴 그물을친다.//처마쯧테 거미가 은실늘인다/아츰에 은구슬이 족워어지면/제새끼 목에걸어 줄려고친다.//처마쯧테 거미가 줄을늘인다/달밤에 지렁이가 놀애하면은/줄타며 재조하려 줄을늘인다.//"

은 妙하나 內容이 整齊되지 못하얏다 —— 이것은 아모리 하야도 二段拔로 내허 줄 것이 못 된다. 그러컨만 二段拔로 큼직하게 낫섯다 —— 當時 考選者는 金基鎭 氏이엇다고 記憶되나 如何間 누가 햇든지 넘우나 童謠에 無理解한 分의 서투른 짓이엇슴은 事實이다. 더욱히 이것을 所謂 童謠研究家요 同時에 作曲家라는 尹克榮 氏가 作曲(筆者의 許諾도 업시)한 것을(話 72) 보면 허리가 압흘 노릇이다. 나는 이것이 도로혀 괴로웁고 붓그럽다. 그러나 如何間 童謠에 그다지도 無知하야 가지고 무어니무어니 하야 童謠를 썝고 作曲할 勇氣가 잇는 것이 壯觀이다. 그리고 尹福鎭 氏도 나를 訪問 왓슬 째 내 童謠 中에서는 「거미줄」이 제일 낫드란 말을 하시엇다 —— 나는 그싸짓것씀은 이젓섯는데 童謠作家 尹 氏의 말을 듯고 어이업서 웃엇다.

童謠(쑨에 局限할 것이 아니지만)에 쯧을 둔 者 더욱히 指導하랴는 者는 좀 더 마음을 公正하게 갓고 童謠를 좀 더 알허야 한다.

尹石重 尹福鎭 氏 等의 童謠가 거의 發表되는 째마다 큼직한 二段拔인 것은 要컨대 우에 말한 바와 가튼 考選者의 無知와 不公平한 마음에 基因함이 만흔 것을 누구가 敢히 否定할 것인가?……

생각건대 二段拔은 가장 잘된 것을 그러케 하는 모양인데 —— 그러타면 어느 한 사람만 늘 — 二段拔로 할 것이 아니라 無名人의 것도 잘된 것은 그러케 할지며 有名人(?)의 것이라도 잘못된(有名人이라고 늘 — 잘 지흘 것이라고 생각하는 者는 封建主義 遺物이다) 것이면은 正當히 一段으로 하는 것이 當然之事가 아닌가? —— 上記 尹石重 尹福鎭 氏 等 作品 二段拔의 것 中에서 一段 資格밧게 안 되는 것도 만헛고 鄭祥奎 君이나 本論의 相對者 申孤松 君의 童謠(其他도 더러 잇스나 一一히 例를 들지는 안는다) 一段의 것 中에도 二段拔하고도 남을 만한 佳作도 만헛스나 事實은 正反對로 되고 말핫나니 이다음부터는 좀 더 注意하기를 特히 新聞 特輯部의 童謠(쑨 아니지만 여긔에는 이러케 말하야 둔다) 考選者에게 우리는 警告한다.

그리고 雜誌 編輯部의 考選者에게도 ——

三. 申 君의 誤謬의 具體的 解剖(B)

그러면 우리는 筆鋒을 달은 方面으로 옴기어 申孤松 君의 童謠觀을 한번 討檢하기로 한다. ― 이리하는 데에는 必然的으로 上記한 申 君의 論文(評論文) 두 가지를 한데 합처서 批判하는 것이 가장 適當한 그리고 明確한 일일 것이다 ―― 그러면 짜라서 引用文의 先後가 박귀이는 수도 잇슬 것이니 이를 미리 諒解하야 주기 바란다.

---

**九峯山人, "批判者를 批判―自己辯解와 申君 童謠觀 評(十一)", 『조선일보』, 1930.3.4.**

五. (1) 童謠는 무엇이냐

(特히 無産者 童謠를 論한) 童謠라는 것은 무엇 ―― 어써한 것이냐.

簡單히 普遍的으로 말하면 童謠라는 것은 어린이의 노래이다.

童謠라는 것은 兒童의 生活 現實에서 늣긴 것을 兒童 獨自의 單純한 感情으로 노래 불르는 것이다 ―― 所謂 神秘的 空想의 노래만이 兒童노래라는 것은 藝術至上主義者의 말 外에 아모것도 아니다. 童謠는 어듸까지든지 現實的 兒童生活을 土臺로 한 現實의 노래이다 ―― 비록 어써한 事物을 보고 어린이다운 空想을 하드라도 그것은 "現實的 空想"이지 決코 "空想的 空想"은 아니다. 그럼으로 童謠는 現實에 立脚하야서만 可能한 것이다. 現實的 生活을 써나서는 童謠고 무에고 잇슬 수 업다.

―― 짤아서 童謠도 全 藝術 部門과 마치 한가지로 經濟 組織의 下層構造를 土臺로 한 上層構造의 一部分임을 이저서는 아니 된다.

×

勿論 兒童은 兒童인 만큼 언제나 現實에 立脚하야 잇는 現實的 生活의 一員이면서도 그들은 늘 ―― 複雜한 現實을 複雜한 그대로 全體에 잇서서 判別하지를 못한다. 그리하야 兒童들은 現實的 生活의 複雜한 여러 가지를

部分部分히 獨立식히어서 제멋대로 생각하게 된다. 그럼으로 이들은 각금 兒童들이 어른으로서는 能히 생각지 못할 純化된 空想을 하게 맨든다…… 하나 그는 空想이라는 것은 무슨 神秘하거나 그러한 일홈을 부칠 空想 卽 "神秘的 空想"이 아니고 兒童 —— 端的 心理 다시 말하면 單純한 마음의 所有者인 兒童임으로써 하게 되는 "어린이다운 空想" —— 現實生活에서 떠나지 못한 —— 인 것이다.

×

兒童의 心理가 單純하고 또한 多分한 空想的이라고 이를 "神秘化"식히랴 하고 그러케 보는 者는 唯心論 中毒者에 不過한다.

이러한 童謠는 必然的으로 辨證法的唯物論(史的唯物論 —— 唯物史觀)의 基礎 우에 서지 안흘 수 업다. 同時에 童謠의 批評도 唯物論的 立場에서만 可能한 것이다. 이것은 또한 童謠의 階級的임을 命令한다. 그러타 —— 童謠도 階級的임이 아니면 안 된다.

×

童謠가 現實的 生活을 土臺로 한 兒童의 感情의 노래라고 할진대 兩階級이 區分되야 잇는 以上 어찌 階級的임을 避할 수 잇슬 것인가? —— 그럼으로 支配者의 子姪들은 必然的으로 그들의 生活을 노래 부를 것이며 被支配者의 子姪들은 必然的으로 그들의 抑壓 當하는 (두 줄 가량 해독불가) 그 空想의 內容은 各各 判異할 것도 두말할 것 업다.

한데 여긔에 한 가지 注意할 것은 無産 兒童들도 空想을 할 것이라는 것이다.

×

아모리 쪼들리는 悲慘한 生活環境에 잇서서 겨우 十四五歲 되는 兒童이 工場이나 農村에서 直接 勞働을 하는 生産勞働者의 一員이 되야 늘- 쓰라린 現實에서 떠나지 못함으로 그들은 空想을 할 餘裕가 업는 것이라고도 생각하기 쉬웁지만 그러나 이것은 誤思이다 —— 하기는 富遊하는 階級의 兒童들보다 空想을 할 機會가 極히 적을 것도 事實이기는 하나 空想을 全然 안는다고는 못할 것이다 —— 勞働하는 大人으로서도 休息時間에는 여러 가지 空想을 하는 것과 마치 한가지로 兒童도 또한 機會 잇는 때마다 空想을 할 것을 누구가 否認할 수 잇스랴? —— 더욱히 兒童은 兒童이다. 어른과는 아모리 하야도 달른 小人이다. 그리고 또 勞働을 하야도 大人보다는 덜 한다 —— 이러한 데서 더구나 兒童인 그들이 엇지 空想을 안흘 것이냐?

兒童은 兒童인 만큼 大人보다는 生活苦를 意識的으로 늣기지는 못할 것이다 —— 이것은 同時에 그들에게 空想의 機會를 大人보다 더 만히 갓게 한다. 瞬間的 空想이야말로 無産兒童의 生活에는 업지 못할 寶物이다 —— 兒童의 生活과 그들의 世界는 모든 것에 잇서서 大人의 世界와는 달른 것이다 —— 同一한 生活條件의 一定한 支配下에서도 兒童의 世界는 어듸가 달르든지 달른 것이다. 이런 것을 생각지 안코 無産者의 兒童이란 無産者의 同一한 生活條件의 一定한 支配下에서 大人과 한가지로 苦痛을 바드니까 그들의 世界도 大人의 世界와 가틀 것이며 따라서 空想이고 무에고 잇슬 수 업는 것이라고 主張한다면 이는 小兒病者 外에 아모것도 아니다.

×

그런데 그 空想이라는 것도 無産兒童의 空想은 必然的으로 生活環境 以外에는 미칠 수가 업나니 그것은 生活苦라는 것이 언제나 그들의 腦髓에서 써날 수 업는 까닭이다. 말하자면 無産兒童의 空想하는 것이란 보다 나흔 生活을 慾求하는 空想 그것일 것이다 —— 좀 더 배불르게 먹엇스면! 좀 더 조흔 옷을 입엇스면! 좀 더 공부를 하얏스면! 좀 더 넘우 고되인 일을 덜 하엿스면! 좀 더 自由로웟스면! 하는 것 等을 그들은 空想할 것이다. 그리하야 例하면 飛行機를 보드라도 富遊 兒童들은 讚歌만 할 것이지만 無産兒童은 "나를 태여다가 밥 주는 나라에 다려다 달라"든지 "나를 신역 덜 고되인 곳으로 태여다 달라"든지 "나를 돈 업서도 공부하는 나라로 다려다 달라"든지 하는 等의 恒常 "바람(希望)"을 慾求하는 노래를 부를 것이다. 그리고 以外에 모든 事物을 보드라도 無産兒童들은 늘— 그것을 生活에 비추어 볼 것이다. 그럼으로 그들의 空想은 生活을 써나지 못한다. 그런데 여긔에 쏘 한 가지 注意할 것은 無産兒童들도 自然을 노래할 수 잇다는 것이다. 例하면 새를 보고 그 새는 곱다든지 나무를 보고 그 나무는 크고 조타든지 납부다든지 쏫을 보고 香氣롭고 곱다든지 그러치 안타든지 —— 여하간 機會 잇는 대로 感興 나는 대로 無産兒童들도 自然을 노래 부를 것이다.

---

**九峯山人, "批判者를 批判 – 自己辯解와 申君 童謠觀 評(十二)", 『조선일보』, 1930.3.5.**

×

하나 아모리 自然을 노래 불른다 하야도 그 趣旨는 勿論 富遊 兒童들의 노래와 달을 것이니 富遊 兒童들은 自然을 노래 불러도 그들의 生活이 富遊한 만큼 그것을 언제나 幻想的으로 神秘化하야서 봄으로 그러케 非現實的의 노래를 불를 것이나 無産兒童은 그들의 生活이 深刻한 現實的 困窮에 빠저 잇는 만큼 自然을 보아도 본 대로 노래하든지 或은 자긔 生活과 견주어 본다든지 하는 어듸까지든지 現實的 노래 —— 空想의 노래라도 現實的 生活을 土臺로 한 現實的 空想의 노래를 불르지 決코 富遊 兒童처럼 虛無孟浪하고 生活條件의 制約을 써난 神秘 幻想的 배불른 노래는 안 불를 것이다.

×

上論을 좀 더 簡約하게 말한다면

(가) 無産兒童도 空想을 할 수 있다는 것(그러나 그 空想은 生活 現實의 制約을 밧는다.) (나) 無産兒童도 自然을 노래할 수 잇다는 것(그러나 自然을 自然 그대로 노래하든지 或은 生活現實과 비유하야 보는 노래를 불르지 決코 富遊階級 兒童들가티 神秘 幻想的 虛無한 노래는 안 불를 것이다 —— 이것도 亦是 生活條件의 制約을 밧기 때문이다.) (다) 要컨

대 無産兒童의 童謠는 現實 고대로의 노래이거나 現實에서 무엇을 慾求하는 進步의 노래이라는 것(말하자면 自然이나 生活을 고대로 노래하는 것은 "現實 고대로의 노래"일 것이고 무엇을 慾求하는 노래는 "進步의 노래"일 것이다.)

等이다 —— 그러나 童謠에 目的意識性을 注入식히자고 한다면 이는 童謠 그것을 죽이자는 말이나 一般이다. 童謠는 兒童 멋대로의 自然發生的 노래에 끄친다 —— 하나 同一한 生活 內의 兒童의 노래는 自然히 同一한 生活圈 內의 兒童들의 感情의 普遍的 表現도 될 것이며 그들의 가슴에도 울릴 것이다. 그런 것을 여긔에 일썬 目的意識性을 强要할 必要는 업다 —— 그것은 個性이 强烈한 兒童의 自由意思를 制約하기 째문에 제멋대로 불러야 할 童謠 그것을 죽이게 되는 까닭이다.

---

**九峯山人, "批判者를 批判 - 自己辯解와 申君 童謠觀 評(十三)", 『조선일보』, 1930.3.6.**

(二) 童謠와 童詩의 形式律에 對하야

이와 가티 童謠는 제멋대로 —— 생각키는 대로 불르는 노래이라 거긔에 어쩌한 定形的 固定的 律이 잇는 것도 아니다 —— 짜라서 文字의 配置가튼 것을 固定하야서는 아니 된다 —— 짜라서 勿論 語句의 配置도 定形律을 쓰든지 自由律을 쓰든지 하는 것은 그 作者의 自由이며 쏘 同一한 作者라도 그 作品의 性質을 쌀하서 律을 부칠 것이지 千篇一律的으로 늘- 쪽가튼 律만 부치어서는 아니 된다 —— 固定的 形律은 째로는 쓸 곳도 잇고 노래 불르기도 조흐나 너무 이것을 濫用하면은 잘못하다가는 童謠를 永永 망치어 바린다.

너무 文字의 配置를 强度로 하야 一定한 定形律을 맨들기 째문에 조흔 童謠를 만히 바린 實例가 果然 얼마나 만흔가? —— 不自然한 定形律은

童謠의 自殺的 行動이다.

×

그러컨만 申孤松 君은 童謠는 반듯이 定形律인 것처럼 생각하야 아래와 가튼 斷案을 내리고서는 幼年 作家를 誘導하는 데에는 自由律의 童詩를 必要로 한다고 부르지젓다. 曰 ——

"……童謠의 定義를
一. 童心의 노래
二. 童語로 불를 것
三. 定形律
四. 詩的 獨創性
이라고 하면 童詩도
一. 童心의 노래
二. 童語로 불를 것
三. 自由律
四. 獨創性(非詩的?)
들이 定義라 할 것이다."(「새해의 童謠運動」) (Q)－(傍點 及 括弧는 筆者)

×

여긔에서 우리는 申 君의 無知가 얼마나 甚한지를 推察할 수 잇다.

要컨대 申 君은 童謠라는 것은 반듯이 定形律的인 것이라고 盲信하얏슴이 誤謬를 犯하게 된 最大 原因인가 한다. 君은 童謠의 定義를 말하면서도 其實 童謠를 몰랏다. 그리고 또 童謠가 무엔지 몰르는 우리 申 君은 詩가 무엔지 짜라서 童詩가 무엔지 왼통 몰랏다. 그는 上引한 童詩의 定義라는 것을 보아도 알겟지만 君의 말슴을 한 번 더듬허 보자 ——

"童謠란 것을 一部 沒理解한 이들이……아주 難澁한 律句를 맨들어……哲學으로 맨들어 바린" 것이다.(同上 (2)－(B)－(點線은 筆者)

이것을 보면 君은 童謠란 定形律이어서는 안 된다는 것을 아는 모양이다. 하나 君은 이것을 몰랏다.

그리하야 "童謠도 定形律이란 것이 兒童의 自由를 制限하얏슴으로"(同上 (2) (Q)) 申 君은 여긔에서 所謂 童詩라는 것을 提唱한다고 하시엇다. 그러면 大體 童謠와 童詩의 區別이 될 것이냐? 우리는 單純히 이에 答한다.

---

**九峯山人, "批判者를 批判－自己辯解와 申君 童謠觀 評(十四)", 『조선일보』, 1930.3.7.**

**童謠의 定義**

(가) 現實的 生活을 土臺로 한 童心的 노래일 것

(나) 自身의 늣김을 거즛업시 노래하는 것임으로 個人的일 것(個性이 表現되지 안흐면 童謠가 아니다.)

(다) 童謠로 쓰고 노래 불를 것

(라) 文字 文句의 配置 —— 따라서 形式律도 作家 個人의 생각과 作品의 性質에 依하야 絶對 自由일 것

(마) 詩的이며 卽感的이나 그 卽感은 다만 一瞬間的이 아니고 恒時的일 것

**童詩의 定義**

全部 同上

하고 보면 童謠와 童詩의 區別이란 事實上 成立되지 못한다 —— 이것을 억지로 區別하랴는 것은 全緣 童謠를 모르는 皮相的 觀察이라 안흘 수 업다.

童謠=童詩=童詩=童話[50]……

---

50 맥락으로 보아 '童話'가 아니라 '童謠'가 맞다.

公式으로 처 보면 이러케 卽 童謠가 童詩이요 童詩가 곳 童謠인 것이다.

童謠도 아동의 노래(詩歌)이요 童詩도 兒童의 노래(詩歌)일진대 "律"만 가지고 定形律이 童謠의 固定律이고 自由律은 童詩의 固定律가티 생각하야 업는 區別을 故意로 無理하게 하랴는 것은 가이없는 愚의 極致이다.

×

申 君은 童謠에도 自由律로 된 것이 만코 童謠라는 것은 "律"이 自由로워야 한다는 것을 잘 알고 말싸지 하면서(註 28) 웨 이러한 誤謬를 犯하얏는가? —— 要컨대 認識錯覺이다.

그리고 또 設令 童詩가 잇다고(잇기는 잇다 —— 그것은 그러나 童謠인 것이다!) 하고 이것이 童謠와 當然히 區別될 것이라고 假定하드라도 그것을 絶對 自由律에만 限定할 것이 아니요 定形律로도 지흘랴면 지흘 수 잇슬 것이 안인가? —— 마치 大人의 詩歌에도 定形律을 쓰는 것이 잇는 것처럼……하나 이것은 童謠와 童詩의 區別이 本來부터 업는 싸닭에 말할 必然도 업지만은 如何間 兒童의 노래라는 데 잇서서 童謠라고 하야도 말이 되고 童詩라고 하야도 말이 되는 以上 이것의 區別은 根本的으로 不可能한 것이다.

그럼으로 幼年作家를 誘導함에도 童謠와 童詩의 區別이 問題가 안이다. 重要한 것은 定形律에서 脫出하는 것이다 —— 固定的 定形律에서만 脫出한다면 그 名稱이야 童謠라 하든지 童詩라 하든지 問題가 안 된다. 그것은 어린이의 노래는 무엇이든지 童謠요 싸라서 童詩인 싸닭이다.

×

그러나 우리는 童謠와 童詩를 同一視하는 一方 "少年詩"라는 것을 主張한다 —— 이제싸지 우리는 往往히 少年과 幼年을 통트러 兒童視하야 童詩(童謠)와 少年詩를 混同視하야 왓지만 吾人은 벌ㅅ서부터 이것의 不當을 切感하얏섯다.

나는 十四五歲싸지를 幼年期로 보고 이때의 어린이를 廣義로 總稱하야 "兒童"이라 하야 이들에 잇서서의 노래를 童謠 "童詩"라 하고 십흐며 十五歲 以上 二十歲 內外싸지를 少年期라 하야 이들을 "成年한 —— 或은 過年한

── 兒童"으로 보고 이들의 노래는 "少年詩"라고 하고 십흐다.(그러나 具體的 論議는 다음으로 미룬다 ── 이는 本論에 目的이 안인 까닭에)

쯧트로 한 말 더 하야 둘 것은 第二章에서도 多少 말한 바이지만 우리는 尹石重 氏의 定形律에서 脫하자는 것이다.

---

## 九峯山人, "批判者를 批判 - 自己辯解와 申君 童謠觀 評(十五)", 『조선일보』, 1930.3.8.

尹 氏의 그 形式은 一見 自由로운 듯하지만 그러타고 童謠를 지으라면 누구나 그 形式을 本뜬다는 것은 너무 남에게 追隨만 하는 것도 갓고 ── 그도 그러케 하야서 無妨하다면 然이어니와 그러치 못하다면 도리혀 害롭기밧게 못할 것이 안인가? 勿論 尹 氏 自身에게 잇서서는 그러한 形式과 律이 適當할지 몰으나 그러타고 그것이 童謠詩人 個人 全體에게도 適當할 수는 到底히 업슬 것이 아닌가?…… 하건만 尹 氏의 形式은 敢然한 勢力으로 朝鮮 童謠界를 風靡하고 잇다. 그리하야 지금 尹石重 式 形式律의 追從者는 쓰리를 물고 내닷는다. 나는 이제까지 發表치 안은 것 中에도 尹 氏式 形式律을 본떠 본 것은 하나도 업지만 (試驗하야서 되면은 한번 지허 보랴 하얏스나 到底히 내 마음에는 맛지 안엇다) 나와 가티 童謠를 처음 짓기 비롯한 ── 말하자면 今日에 잇서서는 조금 묵은 童謠 作家 中에도 尹 式 形式律의 中毒者가 더러 잇스며 지금 새로 出現되는 作家 中에는 더욱 만히 이러한 傾向이 보이나니 이는 모다가 自己의 批判力이 업는 者의 行動이라 안 할 수 업다.

그러면 大體 尹石重 式의 形式律이란 엇더한 것인가? 大概 三四六調를 反覆하야 二句로 一節을 삼고 二節로 一章을 삼은 것이다. 그런데 이러한 形式은 非單 童謠作家만 模倣하는 것이 안이라 民謠 짓는 사람들도 本쓰는 모양이다. 쏜만 안이라 新聞에도 二段拔로 發表되는 것은 거의 이러한 形

式의 것뿐이니 아마 新聞社의 考選者도 그저 이러한 形式의 것이면 모다 잘된 것으로만 아는 모양이다 —— 그도 勿論 잘된 것이면 말할 것도 업지만 이러한 形式의 것 二段拔의 것 中에는 이러한 形式의 것이 아인 一段拔의 것만 못한 것이 만흠을 볼 때에 우리는 考選者의 無智를 더욱 切感하는 바이다.

何必 尹石重 式 形式律의 것만이 傑作이란 法이 어듸 잇는가……

×

尹石重 式 形式律은 우리 童謠界를 지금 危境에 處하게 하고 잇다 —— 우리는 이것을 徹底히 揚止하지 안흐면 안 된다.

하나 이는 尹 氏의 罪는 絶對 안이다 —— 정말 罪는 盲目的 追隨者에게 잇다.

모든 것이 主로 個性的인 童謠에 잇서서 無批判하고 남의 形式律만 模倣하는 것은 童謠 그것의 自殺的 行動이다.

---

### 九峯山人, "批判者를 批判 — 自己辯解와 申君 童謠觀 評(十六)", 『조선일보』, 1930.3.12.

우리는 먼저 無批判한 盲目的 追隨者를 徹底히 埋葬하지 안흐면 안 된다.

勿論 初期에 잇는 사람으로는 어느 程度까지의 模倣도 必要한 것이다.

그러나 多少라도 修養을 한 者가 늘 남의 궁둥이ㅅ 바람에만 놀아난다는 것은 말할 수 업는 野卑한 짓이며 이러한 者는 社會의 害物박게는 못 된다.

×

定形律에서의 脫出! 이것만이 오날의 우리 童謠界를 展進식힐 最大 鍵이다.

申 君의 말하는 童謠, 童詩의 區別 問題는 屢言한 바와 가티 童謠와 詩를 몰르는 者의 自己無識의 暴露이다.

### (三) 그릇된 童謠를 쓰는 者에게 對하야

申 君은 童心에 歸化치 못하는 者는 童謠를 짓지 말고 어린이들의 하는 짓이나 구경하고 잇스라고 말슴하시엇다.(註 2e)

이 말에 勿論 異議를 부칠 수 업슴은 明白한 일이다 —— 그러나 나는 뭇고 십다 —— 反問이다.

"어른으로서 그릇된 童謠를 지흠은 무슨 까닭이냐?" 勿論 君은 이러케 對答하겟지?……

"그는 童心을 把握지 못한 때문이다." 하나

"自己로서는 眞正한 童心을 把握하고서 지흔 것이언만 그것은 結局 그릇된 童謠박게는 못 되얏다면?" 이것은 말할 것도 업시 그者의 認識不足한 所以일 것이다.

×

自己는 참 정말 童心으로 還元하야 가지고 지흔 童謠인 것처럼 생각하는 것이라도 實相은 "그릇된 童謠"박게 못 됨은 結局에 잇서서 그 사람의 童心의 把握이 眞正한 것이 못 된다는 證據이다. 그러나 그 作者는 그 作品을 지흔 때에 確實히 童心으로 歸化하얏섯다고 밋는다면 이 矛盾은 어듸에 基因된 것일까? 뭇지 안하도 이는 認識不足에 基因된 것일 것이다.

그럼에도 不拘하고 申 君은 이 根本問題를 究明치 안코 그저 童心을 把握 못하거든 童謠를 짓지 말라 하얏다.

×

그러나 童謠를 짓는 者로서 누구를 勿論하고 제 딴에는 童心을 把握하지 안햇다고 생각할 者는 업슬 것이다.

한 가지의 童謠라도 짓는 者는 그 作品이야 非童謠가 되든지 안 되든지 間에 各其 個人的으로 제 생각에는 그래도 童心을 把握하얏다고 밋기 때문에 짓는 것이지 그러치 안타고 생각한다면 童謠를 짓지도 안켓지만 지흘 수도 업슬 것이다. 그럼으로 그는 그릇된 自己 童謠를 가지고 第三者의 指摘이 업다면은 참된 童謠로 녁일 것이다.

勿論 事物을 批判할 힘과 認識할 能力이 잇는 者라면 애당초부터 誤謬를

犯하지 안키 爲하야 童謠를 짓지 안켓지만 —— 그릇된 것만 지흐면서도 작고 童謠를 짓는 者는 認識不足한 者임으로 그냥 漠然하게 "童心을 把握 못하거든 童謠를 짓지 말라"고만 하여서는 아모 効果도 업슬 것이 안인가? —— 이러한 者에게는 漠然하게 兒童心理學의 說敎도 童謠의 說明도 아모 効果가 업슬 것이고 다만 必要한 것은 個人個人의 일흠을 들허서 細密하고 徹底하게 檢討하든지 또는 自滅하게(이러한 자는 쑷쑷내 自滅하고 마는 것이다) 그대로 放任하든지 하여야 할 것이다 —— 웨 그러냐 하면 認識不足한 者는 基礎知識이 업는 者이요 基礎知識이 업는 者에게 더구나 心理學 가튼 것 論理學 가튼 것의 說明은 牛耳讀經일 것임으로이다.

더구나 申 君가티 然하게 "童心을 把握 못하거든 童謠를 짓지 말라"고 한댓자 仔細한 說明이 업는 以上 自己로서는 童心을 眞正히 把握하얏다고 밋기 때문에 그릇된 作品을 내놋는 者에게 모기 소리만치라도 울릴 리는 업다.

### 四. 指導者 問題

"어룬은 童謠를 創作하지 말라고 하고 십다. 그것은 往往히 그릇된 童心을 그리어 어린이로서는 到底히 感得할 수 업는 것을 描出하는 것이 만흠으로써……云云" "그러나 絶對로 어룬은 童謠를 짓지 말라는 것은 아니다." (「童心에서부터」)(2)

"指導者가 나와야 한다. 兒童의 指導者에 處한 이들(父母, 敎師, 其他)이 運動에 充分히 理解를 가지고 詩的 運動의 流露를 發見 誘導하야 純眞한 詩人을 내어 놋치 안해서는 안 될 것이다."(「새해의 童謠 運動」)(2)－(Q)

以上의 말은 곳 兒童의 父母나 敎師 其他 兒童指導者 格의 人物은 모다가 童謠詩人이 되어야 한다는 말이다 —— "理解"를 한다는 것은 곳 그것을 "안다"는 것이며 "안다"는 것은 곳 "하랴면 할 수도 잇다"는 것이 된다. 그럼으로 申 君의 말은 우리는 兒童을 敎養하는 者는 全部 童謠詩人이 되든지 直接 作者는 안 되드라도("못 되드라도"가 아니다) 지흐랴면 지흘 수 잇는 資格은 잇서야 한다는 것으로 解釋한다. 申 君도 勿論 이러한 意味에서 말하얏슬 것이다.

## 九峯山人, "批判者를 批判－自己辯解와 申君 童謠觀 評(十七)", 『조선일보』, 1930.3.14.

教育制度는 朝鮮의 것의 教育을 그다지 조화하지 안흠으로 不自然한 唱歌類는 더러 가르키어도 所謂 不穩한 것은 아니라도 童謠의 時間을 挿入하지는 決코 안흘 것인즉 間接으로박게는 가르킬 수 없게 되나 그것도 여러 가지 障害가 됨으로 結局 朝鮮의 學校에서의 童謠教育은 不可能할 것이다 —— 더욱히 學生이 十分八九 以上은 中産階級(沒落하는) 以下의 兒童이요 그中에도 純貧賤階級 兒童이 壓倒的 大多數임으로 童謠도 必然的으로 그들의 生活에 附合되는 것을 가르켜야 할 것인즉 그러케 하랴면 自然히 不平의 소리가 나오게 되면 그것은 저들에게 잇서서 極히 不穩하게 들릴 것임으로 그냥 내버려 둘 理가 업다. 그러타고 不穩치 안흔 것을 가르킬 수 잇스면 가르키는 것이 조타고 할른지도 몰르나 그것은 臆說에 不過하나니 웨 그러냐 하면 童謠라는 것은 自己의 現實的 生活을 土臺로 한 感情의 노래임으로 딴 生活에서 생긴 童謠를 딴 生活에서 사는 者에게 가르친다는 것은 妄發이요 또 被授者도 甘受하고 消化하지 못할 것임으로이다.

×

要約하야서 말하면

(가) 父母는 無教養한 까닭도 잇거니와 教養이 多少 잇드라도 生活의 不安定으로 因하야 餘裕가 업고

(나) 學校에서는 教師에게 設令 童謠를 理解하고 가르칠 만한 知能이 잇드라도 制度가 不許한다는 것 等이다.

×

그러면 申 君이 哀唱한 父母와 教師 等의 童謠指導 云云은 現實에 잇서서는 一空論 外에 아모것도 아니 되고 말핫다 —— 部分的으로는 몰라도 全體 一般的 意味에 잇서서는……

그리고 또 設令 學校에서 容許한다 하야도 全然 學校 맛도 못 보는 兒童

들에게는(朝鮮에서는 이러한 兒童이 더 만흘 것이다) 엇지할 것이냐? 父母가 가르켜야 한다고 할 것이다. 하나 이것에 不可能함은 上論한 바와 갓다.

×

要컨대 나는 이도저도 不可能한 우리들의 現在 處地에 잇서서는 特別히 童謠 及 少年詩 等과 및 廣汎한 意味에서의 兒童藝術의 專門的 指導者가 잇서야 할 것을 提唱하고 십다. 그리하야 이러한 指導者는 各地 及 少年兒童團體에 적어도 一人씀은 잇서서 可能한 範圍, 力及하는 데까지는 모든 兒童大衆에게 藝術的 敎養을 식혀야 할 것이다.(그러나 具體的 方法論은 別稿를 하겟다.)

申 君의 提唱한 말슴은 다음 社會에서 檢討될 줄 안다 —— 當面한 問題에는 아모런 도음도 주지 못하얏다.

(五) 童謠는 짓지 안는 것이냐?

最後로 쏘 몃 마듸 하야 두기로 하자 ——

申 君은 在來에 지흔 童謠가 거의 槪念만에 흘럿슴은 童謠를 짓는 것으로만 생각하고 노래불느지 안는 것으로 알흔 까닭이라고 하얏다.

---

## 九峯山人, "批判者를 批判－自己辯解와 申君 童謠觀 評(十八)", 『조선일보』, 1930.3.15.

이 말도 多少 맛지 안는 말은 아니겟다.

그러나 在來에 지흔 童謠가 槪念으로 만히 흘는 것은 主로 作者의 童心的 把握이 不完全한 때문이엇지 決코 申 君의 말과 가튼 理由에서가 아니엇다.

그리고 童謠는 勿論 노래 불르는 것이 主要한 것이지 짓자는 것이 事實上의 主要한 것이 안임은 두말할 것도 업기는 하다만은 그러타고 짓는다는 것을 全然 無視할 수는 업는 것이다 —— 노래를 불르면 自然히 記錄도 되는 것이니 記錄되는 때에는 이것이 곳 짓는 것이 된다.

×

첫재로 노래부터 불른 後에 둘재로 짓는 것이 順序이기는 하나 記錄的 製作을 全然 無視할 수는 업는 것이다 —— 萬一 우리가 記錄的 製作을 無視한다면 紙上에 發表는 할 必要가 어듸 잇는가? —— 쁜만 아니라 이를 無視하고는 童謠 運動이고 무에고 잇슬 수 업다.

×

한데 또 한 가지는 上引한 바와 가티 申 君은 大人의 童謠 짓는 것도 容認하얏다. 그러면서 君은 "짓는 것" 卽 記錄 製作하는 것을 全然 無視하얏슴은 큰 矛盾이 아니면 안 된다. 왜 그러냐 하면 大人은 어쩌한 感興에서(童心的의) 童謠를 짓기는 하야도 노래는 別로 안 불를 것이다. 勿論 感興이 압흘 선(立)다면 노래를 안 불러도 불른 것이나 一般이지만 如何間 大人은 노래 불르기 전에 感興을 記錄하야 노코 고친 後에야 한번 시험 삼아 노래 불러 볼 것이다 —— 大人에게 잇서서는 노래만 불르는 것은 無味한 것이다.

그럼에도 不拘하고 우리 申 君은 大人도 童謠 지흘 수 잇다면서도 其實은 "짓는 것"을 無視하야 스스로 肯定하고 스스로 否定하는 —— 한 가지를 가지고 —— 矛盾을 犯하얏다.

## 四. 拙稿 「朝鮮 童謠의 史的 考察」에 對하야

우리는 破壞를 爲한 破壞者가 아니며 否認을 爲한 否認者는 더욱 아니다. 그러타고 過去를 無意味하게 되푸리하는 者는 더욱 아니다. 그러나 過去의 有意味한 것을 回顧 參酌하야 現在를 보살피고 未來를 展望한다는 것은 決코 徒勞之事가 아니다.

"破壞는 進步의 前提이다."(大宅壯一)[51]

그러나 우리는 決코 '니히리틱'한 破壞를 進步라고는 아니한다. 그럼으로 有意味한 過去의 回顧 批判은 決코 進步를 爲한 破壞의 障碍物이 아니라

---

51 오야 소이치(大宅壯一, 1900~1970)는 일본의 저널리스트, 논픽션 작가, 평론가이다.

도리혀 建設을 爲한 一手段일 것이다.

×

이러한 見地에서 나는 「朝鮮 童謠의 史的 考察」이라는 論文을 『새벗』 第五卷 第九號(一九二九年 八, 九, 十 合併號)에 第一回分을 썻든 것이엇는데 不幸히도 繼續하지 못하얏다.

그런데 申 君은 이것을 「새해의 童謠 運動」이라는 論文 中에서 過去의 無用한 되푸리라고 簡單히 집어치엇다. 그러면 果然 申 君의 말이 올흔가. 나는 잠ㅅ간 該 論文을 쓴 理由부터 說明하기로 한다.

×

一九二九年 五月頃 내가 在京 時에 때마츰 『종달새』라는 童謠 雜誌 第一號가 나왓섯다. 그런데 나는 그 前부터 늘— 朝鮮 童謠를 歷史的으로 硏究하야 보랴고 하든 中 "機會 來"라고 생각하야 該誌 編輯者와 每月 上記 論文을 續載하기로 約束하고 第三號가 나올 무렵에 第一回分을 써 보내엇다. 그러나 不幸히도 該誌가 廢刊케 되야 該 論文은 豫告만 되고 고만 말하바리엇섯다.

其後 數個月 後인 昨年 十月에야 —— 그도 나는 몰랏섯는데 『종달새』 編輯人 中의 한 사람이든 申順石 氏가 『새벗』 九號를 보내면서 "당신의 論文이 『새벗』에 낫스니 보라"는 편지를 하엿기에 보니까 『종달새』 三號에 날 것이 意外에도 『새벗』에 낫섯다 —— 그리하야 第二回分을 또 써 보내랴고 생각하얏스나 엇지 된 영문도 몰르고 또 그때의 『새벗』의 事情을 대강 아는 나는 또다시 나오기도 어려울 것 가태서 고만두엇다 —— 한편으로는 筆者의 意見도 안 알허보고 또 申 氏가 엇지 된 來歷도 말치 안흔 것을 不맛당하게도 녁인 때문이엇다. 如何間 이리하야 該 論文은 조금 꼬리만 내노타가 말흔 세음이 되얏다. 그나마도 『새벗』이 그냥 나왓스면 그대로 힘썻은 써 볼까 하얏스나 該 號만 나오고서는 永永 끈치어 바리어서 左右間 中止 안흘 수 업게 되얏든 것이엇다.

## 九峯山人, "批判者를 批判－自己辯解와 申君 童謠觀 評(十九)", 『조선일보』, 1930.3.16.

그러면 말이다. 果然 申孤松 君의 말은 矛盾이 업슬까?…… 하기는 君의 말대로 되면 작히나 조흘까만은 그러나 世事는 그러케 單純 容易한 것이 아니다.

申 君의 말은 무엇보다도 現在의 우리들의 經濟生活의 安定을 前提로 한 데서만 可能性이 잇는 것인데 안타까운 일에는 現在의 우리들의 經濟生活가티 不安定한 것이란 다시 업다.

그럼으로 이러한 不安定한 生活에서 눈코 뜰 사이 업시 빨리기에 精神 못 채리는 父母들 —— 더욱히 生活의 不安으로 敎養도 잘못하야 "ㄱㄴㄷ"도 몰르는 父母가 수드륵한 이 朝鮮의 現實에서 父母들을 보고 童謠를 理解하라고 强要하는 것은 움물에 가 숙융 먹으랴는 者와 가튼 노릇이다. 設令 敎養이 잇서서 童謠 가튼 것을 理解할 만한 사람이라도 거의가 生活에 壓倒되어 子女들을 데불고 그들을 가르켜 줄 만한 時間의 餘裕를 가진 사람은 極히 적을 것이다. 그러니 아즉도 知識分子보다 참 無識軍이가 壓倒的 多大數인 朝鮮에서 童謠를 理解하고 그들을 詩人을 맨드르라고 하는 것은 小數 分子만 —— 生活의 餘裕가 잇는 —— 을 觀察한 '부르조아'的 口吻이다.[52]

×

그리고 敎師 云云을 하얏스니 말이지 敎師가 童謠의 理解者가 된다면 이는 多少 조흘 것이며 또 可能性도 잇슬 것이다. (童謠 理解 할) 그러나 設令 理解한댓자 殖民地[53]

---

52 '口吻'은 우리 사전에는 "입술"이란 뜻만을 표시하고 있다. 여기에서는 일본어 '코훈(こうふん)'으로 "말투, 말씨"라는 뜻으로 보아야 하겠다.

53 신문의 편집이 잘못되어 글의 연결이 제대로 되지 않았다.

그리고 該 論文은 "序言"에서도 말하얏든 바와 가티 決코 쓸데업시 過去만을 되푸리하랴 한 것이 아니엇다. 또한 設令 되푸리를 하드라도 文字羅列에 끄치는 그런 無用한 되푸리는 當初부터 생각도 안코 나의 不練한 筆致로나마 나는 朝鮮 童謠의 歷史를 쓰랴 하얏슬 뿐 外라 童謠의 眞價値를 究明하랴 하얏다. 그리고 同時에 未來할 童謠에 對하야 具體的 暗示를 하랴 하얏든 것이다 ―― 지금 該 論文의 豫定 '프로그람'을 적어 노흔 것을 보아도 알겟지만 이것을 우리는 決코 無用한 일로만 볼 것이 아니라고 생각한다.(豫定 '프로그람'은 그러나 煩多를 避키 爲하야 一一히 적지 안는다. 보고 십다면 언제든지 보여 주겟다.)

그럼에도 不拘하고 內情도 잘 알지 못하고서 申 君은 그저 "無用한 되푸리"라는 一言으로써 問題를 치어 바리랴 하얏다 ―― 內情 몰르기는 그래도 例事이지만 該 論文의 序言과 回數 맥인 것으로 짐작하야도 그 一回만에 끄치지 안흘 것을 알엇슬 것인데 그러타면 다만 一回分만을 該 論의 全體처럼 無用하다고 斷言하지는 못할 것이 안인가? ―― 一回分만을 그러케 말하얏는지는 몰르나 申 君의 말은 아모리 하야도 一回分만을「朝鮮 童謠의 史的 考察」全部로 본 모양 갓다.

그리고 一回分만은 果然 無用의 되푸리에 不過하얏는지 몰는다. 그러나 그것은 決코 歷史 硏究上에 잇서서 無用한 되푸리가 아니엇고 또 아프로는 最近 것까지를 考察하야 過去의 誤謬를 淸算하는 一方 未來를 暗示하랴 함이엇는데 論文을 다 씃마치기도 前 一回分만을 가지고 "이것은 오늘에는 쓸데업다"고만 하는 것은 너무나 性急한 盲斷이 안일 수 업다.

그리고 또 申 君은 過去의 되푸리는 有益한 것도 몰 쓸허서 無用한 것이라고 녁이는 것만 가트니 過去를 否認하는 者는 現在와 未來도 否認하는 者이다.

또한 歷史를 認定하는 우리는 過去를 決코 否認만 하지 안나니 眞摯한 過去 歷史의 解剖에서만 現在와 未來를 똑똑히 認識 豫想할 수도 잇는 것이다 ―― 歷史를 否認하는 者는 辨證法的唯物論 그것도 否認하는 者가 안일 수 업다.

要컨대 '푸로레타리아・리애리씀'의 詩를 高唱하는 우리 申 君은(註3) 그러나 精神病者 '니히리스트' 外에 아모것도 아니다.

五. 結論

(一) 나는 以上에서 申 君의 「새해의 童謠 運動」이라는 論文을 主로 하야 君의 論文 두 가지를 可能한 範圍에서 어지간히 細密히 究明하는 同時에 나 個人에게 評한 것을 一一히 解明 反駁하얏다.

(二) 勿論 過去에 잇서서 다른 사람보다 내가 第一 잘못하얏는지 모르겟스나 이는 公正한 讀者 諸氏의 慧眼에 맛기지 나는 아이예 申 君 가튼 不公平하기 짝이 업는 所謂 評論家(?)에게는 맛기기 실타.

---

## 九峯山人, "批判者를 批判－自己辯解와 申君 童謠觀 評(二十)", 『조선일보』, 1930.3.18.

(三) 나는 申 君이 「童心에서부터」란 論文을 發表한 때부터 申 君이 私感情에 拘泥된 사람이라는 것을 漠然히나마 알엇고 또 該 論文이 誤謬되는 點이 만흠으로 그것을 좀 批判하고 십헛스나 病과 餘裕가 업슴으로 고만두엇섯다.(勿論 私憾情이 잇느니라는 생각은 그저 漠然함으로 駁文을 썻더라도 이는 말치 못하얏섯겟지만.)

(四) 그러든 次에 이번 新年의 「새해의 童謠 運動」이라는 論文을 읽고서는 나에게 對한 誤評도 誤評이려니와 거의 論文 全體에 잇서서 넘우나 甚한 濫評을 하얏슬 뿐 外라 該 論에는 私的 感情이 確實히 推察됨으로 鈍筆이나마 그대로 들을 수는 업섯든 것이다. 그리하야 前番의 「童謠에서부터」라는 論文과 아조 몰 쓸허서 이번 이 論文을 執筆하게 된 것이다.

(五) 나는 이 論文도 勿論 許多한 잘못이 잇슬 줄은 안다. 그러나 내 생각에는 그리 틀리는 點이 別로 업슬 것이라고 생각한다.

(六) 그리고 또 나는 이번 이 論文 中에 잇서서 問題만 提出하야 노흔 二三의 提議가 잇나니 其一은 無産者 童謠에 對한 것이요 其二는 少年詩 問題이요 其三은 童謠 及 少年詩의(그리고 모든 兒童少年 藝術의) 指導 問題이다 —— 이것은 모다 벌ㅅ서부터 생각하고 잇슨지는 오래엇스나 實行한 적은 別로 업스며 硏究文을 發表하지 안핫나니 이는 筆者의 不健康과 怠慢의 關係이엇다. 그래도 少年詩는 각금 試驗도 하야 보앗지만 無産者 童謠는 全然 써 보지 안하얏다 하야도 過言이 안일 만큼 別로 試驗하야 보지 안핫다. 그리하고 나는 '부르조아'的 童謠도 別로 안 썻다. 그저 自然을 노래하얏슬 쁜이다 —— 富遊하는 生活을 讚美한 때는 업다 —— 自然에 對한 노래도 無産兒童이 못 불을 것 업슴으로 나는 過去에 잇서서 反動的 行動은 한 째가 업스리라고 밋는다.

---

**九峯山人, "批判者를 批判－自己辯解와 申君 童謠觀 評(卄一)", 『조선일보』, 1930.3.19.**

(七) 事實 나는 無産兒童의 童謠를 絶對 必要하다고 생각하면서도 여긔에 確實한 理論的 信念을 把握치 못하고 몃 가지의 疑問을 가지고 잇섯슴으로 이 까닭에 지금까지 確實한 立場에서 行動을 못하얏섯다.

(八) 無産者와 有産者의 階級 關係를 兒童의 童謠에도 區別할 수 잇슬까? —— 이것이 나의 큰 疑問이엇다. 나는 다만 兒童世界에는 有無産의 關係가 明瞭치 못하리라고 생각하얏섯다 —— 하나 이것도 그저 漠然한 생각쁜이엇다. 그리하야 나는 엇절 수 업시 自然만 노래하야 왓다.

(九) 그러나 나는 及其也 最近에 와서 童謠에 階級性을 不充分은 하나마

理論的으로 把握하게 되얏다 —— 이것의 第一聲이 本論 (二)의 (一)이다. 그러나 本論의 趣旨上 이것의 具體的 硏究 理論은 別도 稿하기를 約束하야 둔다.

(十) 어쩌튼 나는 인제 本論 (二)의 (一)을 一轉期로 삼아서 一九三〇年부터는 明確한 階級的 童謠를 쓸 것이다 —— 아프로도……

(十一) 要컨대 내가 이제까지 童謠의 階級性에 疑問을 가젓섯슴은 兩者를 生活條件의 經濟的 關係에서 보지 안코 生活全體 그것에서 兒童이라는 生活者의 一員을 獨立식히어 特別난 別個體로 觀察하얏든 까닭이엇다.

(十二) 如何間 本論의 根本的 主旨는 이로써 大體로 다 씃마치엇다 —— 提出만 한 問題는 別約하야 둠을 再次 말하야 둔다.

(十三) 끗트로 나와 別 關係가 업는 諸氏의 尊名을 마음대로 引用하야 評을 하얏슴을 諒解하시기 바란다. 그러나 내가 諸氏의 잘못을 惡意를 가지고 評한 것이 아니요 나로써는 어듸까지든지 眞摯한 態度로 評하얏슴으로 評者된 나의 被評者 諸氏의 立場으로서는 조금도 붓그러울 것 업다 —— 이것이 萬一 誤評이라고 仔細한 指摘이 잇서서 首肯할 點이 잇다면은 나는 깨끗이 나의 過誤를 淸算할 것이다. 그러나 내가 어쩌한 個人에게 私的 感情으로 侮辱的 言辭를 안코 또 조금도 躊躇업시 評한 것은 本論 全體가 如實하게 證明할 것이다. 萬一 나의 이 評을 보시고 쓸 데에는 惡感에서 具體的 指摘도 업시 辱說을 하는 分이 잇다면은 나는 그럼 사람에게 一一히 答辯치 안흐랴 하나 具體的 指摘이 잇는 論文이라면 얼마든지 答辯하겟다.(勿論 나의 잘못이 내 생각에도 明瞭하게 되면 正當한 指摘에는 無言의 降服을 하는 수박게는 업고) —— 나의 評에 別特한 大誤가 업다면은 本論에 批判된 諸氏가 맛당히 自己淸算을 하리라고 밋는다.

(十四) 끗트로 한 가지 —— 申 君의 公正하야지기를 우리 童謠界를 爲하야 再三 切望한다…… 批評者라 할진대 當場 목에 칼이 들어오

는 限이 잇드라도 正當히 말하여야 하는 것이다. 그러나 明敏하신 君임으로 이런 것쯤 情算 못할 理는 업슬 줄 밋는 바이다.

◇ 註解

(一) 「새해의 童謠 運動」(申孤松) 第一章 "二十九年의 되푸리" 中

(二) 「새해의 童謠 運動」(申孤松) 第一章 "二十九年의 되푸리"와 「童心에서부터」(申孤松) 第三章 "그릇된 童謠 몃 가지" 參照

(三) 上同의 二 論文을 좀 더 자세히 낡어 보면 알 것이다. 더욱히 「새해의 童謠 運動」 第一章 全部를 잘 낡어 보라.

(四) 「새해의 童謠 運動」(申孤松) 第一章 "二十九年의 되푸리"

(五) 同上

(六) 『新少年』 第七卷 第六號(八月號)

(七) 『종달새』 第一卷 第二號(七月號)

(八) 同上

(九) 『朝鮮日報』 第三一七二號

(一〇) 『新少年』 第七卷 第二(二月號) 及 第五號(六月號)

(一一) 『별나라』 第四卷 第五號(六月號) - 第九號(十月號) - 第十號(十一·二 合月號)

(一二) 『어린이』 第七卷 第九號

(一三) 同上

(一四) 『朝鮮日報』 第三一七三號

(一五) 同報 第三〇四一號

(一六) 同報 第三一四〇號

(一七) 同報 第三三九六號

(一八) 同報 第三二一六號

(一九) 同報 第三〇四一號

(二〇) 同報 第三一五〇號

(二一) 『中外日報』 號 不明

(二二) 『어린이』 第七卷 第八號(九月號)

(二三) 同上 第七卷 第七號(九月號)

(二四) 『朝鮮日報』 第三二三○號(그런데 이것은 一九二九年 中旬頃(?)에 『中外日報』에 낫섯든 것이다.)

## 金成容, "'童心'의 組織化－童謠運動의 出發 途程(一)", 『중외일보』, 1930.2.24.

一 ……序

過去 數年間에 多量으로 製作 産出된 童謠는 그 "多量的"인 外殼의 內部에 質的으로 無限한 虛無를 우리에게 주엇다. 果然 從來의 童謠에서 우리가 童謠를 爲한 童謠가 아니고 少年을 爲한 —— 卽 社會的 性質을 가진 —— 童謠를 보앗는가? 하면 우리는 또다시 그 對答에 躊躇치 안을 수 업다. 極少數의 現實的 傾向을 가진 作品이 잇스나 그것은 極히 初步的 出發의 萌芽에 지나지 못하고 또 그 內容이 未熟한 點에서 아직 우리가 全的으로 肯定할 수 업는 것이다.

이러케 하야 旣成 童謠의 多大數(그것은 實로 壓倒的이다)라 우리가 가질 바가 아니고 우리에게 對立된 部類의 것으로 無意識的이던 意識的이던 陰으로 陽으로 役割을 다하게 되엇고 이러치도 안은 것을 붓과 조히와 눈의 앗가운 浪費에 지나지 못하엿다.

우리는 이러케 旣成 童謠가 無價値한 理由를 찻지 안으면 안 된다.

이러한 濁流 中에서 우리는 "光明한 듯"한 傾向을 보나니 最近에 提起된 "童謠運動"이 그것이다. 卽 理論的 努力으로 申孤松, 尹福鎭, 梁雨庭, 李炳基, 金炳昊, 金思燁 諸君의 理論 發表, 實際的으로 新興童謠作家同盟의 準備, 童謠運動社의 創立活動, 小數의 新傾向을 가진 作品 製作이 그것이다.

그러나 우리는 또다시 失望, 忿怒하지 안을 수 업섯나니 童謠運動의 出發이 너무나 우리의 期待에 反하는 것이오 이러한 情勢가 依然히 繼續되려는 그리고 進展되려는 傾向을 보여 주는 까닭이다.

우리에게 對立되는 部類의 童謠가(全的으로 보면 이것보다 그들의 一切 文化戰線 —— 敎育, 文藝, 映畵 等 —— 이 最히 重大하다) 壓倒的으로 産出되고 所謂 "運動 形態로 出發된다"는 童謠運動이 그릇된 途程을 걷고

잇는 이때에 우리는 엇쩌케 이 情勢를 突破 救出할 것인가?

◇………◇

나는 여긔서 "童謠運動"의 新規定을 試할 必要를 늣기는 바이오 또 그 "批評" 現狀의 混沌은 더구나 이것을 促急한다. 少年運動이 全體的으로 統一 確立 못한 이때에 먼저 文藝運動을 規定한다는 것은 原則上으로는 顚倒된 行爲일는지 몰으나 그러나 그것으로 現下의 少年文藝運動의 現勢를 보아 또한 看過치 못할 事實인 것을 否認치 못할 것이다. 이럼으로 나는 可能한 程度에서 이 일을 試하려는 것이오 나의 全 力量은 別로히 少年運動의 全體的 規定 統一 確立에 集注하고 잇다.

## 二. 童心의 分析

少年文藝에 잇서서 "童心"은 製作 技術上으로 보아 가장 重大한 條件이 되는 것이니 이럼으로 童心의 規定, 定義는 童謠運動의 現象 把握 —— 그리고 그 出發點의 把握 過程에서는 急務가 안일 수 업다.

그러면 現下의 所謂 作家와 評家는 이 童心을 如何히 規定하는가? 都大體 童心의 規定이 잇섯는가?

가장 만히 童謠 理論을 發表한 申孤松 君은 그 論文의 努力을 "童心에서부터" "童心으로서 歸還" "純眞한 童心으로"에 거이 集注하고 "童心" 分析에 對하야는 實로 全혀 看過하엿다.(잇다면 "純眞한 童心"이란 것밧게 업다.) 이러케 그는(申 君뿐 아니라 尹福鎭 君의 混沌된 理論 ——「漫評」[54] —— 等 其他) 童謠運動의 情勢를 解剖하고 그리하야 童謠를 "童心의 노래"로서만 簡單히 處置하야 버리는 誤謬를 犯하고야 말엇다.(그럼으로 그는 製作形式上의 問題를 가지고 허ㅅ努力을 썻다.)

54 윤복진의 「三新聞의 正月 童謠壇 漫評(전9회)」(『조선일보』, 30.2.2~12)을 가리킨다.

## 金成容, "'童心'의 組織化－童謠運動의 出發 途程(二)", 『중외일보』, 1930.2.25.

◇………◇

그러면 童心이런 무엇인가? 우리는 所謂 "純眞한 童心"觀과 尖銳 對立하는 者이다. 이리하야 우리는 童心을 定義하나니 — (童話 運動에서[55]) "童心이라 함은 眞理를 探求하는 마음을 基底로 하는 少年의 美的 錯覺의 世界다." — "少年이 가지는 特殊한 一切의 觀念世界, 卽, 夢幻的인 空想과 아모래나 된 推理에서 出發된 種種의 諸觀念 感情의 立體化된 世界 다시 解明하면 未發達의 少年의 腦裡에 反映되는 時代思潮 거기서 나는 不具 誇大 夢幻化 等等에 依하야 組立된 特殊한 認識의 世界를 가릇치는 것이다."

여긔에 異論이 잇슬 것이라고 생각되나 所謂 主觀的으로 본 "童心의 淸純" 云云은 우리들의 立場으로 客觀할 째에는 如上하게 露現되는 것이다.』

이리하야 우리는 "童心으로 歸還" "童心에서부터" 等等보다 先決하지 안이치 못할 條件을 "童心"의 分村에[56] 두게 되는 것이니 "童心"의 正體를 不知하고 童心으로라던가 童心에서 云云하는 것은 確實히 顚倒된 方法이다.

다시 우리는 이러한 童心이 무엇에 依하야 決定 變遷되는 것인가?를 究明치 안어서는 안 된다.

童心은 그것이 少年을 支配하고 잇는 大人 그리고 家庭 그럼으로 社會 —— 싸라서 社會의 經濟的 政治的 關係에 依하야 直接 間接으로 決定되는 것이오 이럼으로 少年 "意識"의 決定 作用을 階級 關係와 一致치 안을 수 업다. (이러케 決定되는 童心은 少年의 未發達의 頭腦에 蒐集的으로 反映된 것이다.) 이러케 童心의 客觀的 分析 規定이 少年文藝運動의 特殊的

55 '童謠 運動에서'의 오식이다.

56 '分析에'의 오식이다.

提出에서 出發點이 되는 것이니 닷자곳자로 童心에, 童心으로부터 等等의 "童心에서 歸還" "純然한 童心" 等을 力說하야 所謂 "童心의 純粹化"를 高調하는 것은 完全히 "夢幻"에의 屈服이오 우리의 "意識"의 去勢가 되는 것이다.

申孤松 君의 이러한 出發은 必然的으로 童謠 規定에서 또한 小뿔으조아的 定義를 나리우고 말엇다.(「詩壇漫評」[57]에서 보는 申 君과 「童心에서부터」에서 보는 申 君과는 너무나 距離가 멀다.)

"純眞한 童心"은 이 社會에서는 飛去하고 말엇다. 少年은 大人 以外의 社會的 保護의 아래에는 사러 잇슬 수 업다. 다시 말하노니 —— 童心은 社會意識의 未發達한 少年의 頭腦에 夢幻的인 反映이다.

### 三. 童心과 童謠

少年은 社會를 쩌나서는 잇슬 수 업는 것이다. 少年의 意識 行爲는 社會關係에 依하야 決定되는 것이다.

少年文藝는 —— 日本 新興童話作家聯盟을 規定한다 —— 少年性에 잇던 程度의 智的 統制와 藝術的 整理을 줘서 表現하는 文藝이다. 짜라서……… 作家 自身의 智的 道德的 宗教的 科學的 乃至 人生的인 態度를 決定하고 表現할 것을 要求한다.

이리하야 少年文藝를 現社會에서 巧利的이[58] 아닐 수 업다. (中略) 少年自身의 作品만을 要求하는 것은 "童心의 夢幻性"을 肯定하는 것이오. (略)

---

## 金成容, "'童心'의 組織化－童謠運動의 出發 途程(三)", 『중외일보』, 1930.2.26.

童謠는 少年 文藝의 一形態이다. "가장 初期의 少年文藝는 童謠다. 이

---

57 신고송의 「詩壇漫評－旣成詩人, 新興詩人(전4회)」(『조선일보』, 30.1.5~12)을 가리킨다.
58 '功利的이'의 오식이다.

特徵은 韻律的 感覺的 單的 表現으로 그리고 發聲과 動作을 無意識的으로 同伴하야 表現하는 點이 잇다." 짜라서 그것을 文藝라기보담 "音樂的"일 것을 必要로 한다. (童話 運動에서[59]) 이러한 特徵을 가진 童謠는 少年文藝運動 —— 아니 少年運動 —— 에 잇서서 廣汎하고 効果的인 役割을 할 것이다. 童謠가 少年文藝運動의 一形態로서 存在한 것인 以上 그 社會的分析은 여긔서 要치 안는 바이오 다만 "童謠"에 依하야 "童心을 如何히 組織化" 할 것인가? 그리하여 이 組織化한 것은 如何한데 引導할 것인가?에 잇는 것이다. (略)

童謠는 그것이 動的 要素와 韻律的인 單的인 特徵을 가졋슴이 活用上에 만흔 長點이 잇다.

童謠는 取材上의 分類 形式上의 分類 活用上의 分類로서 그것을 參酌하야 우리가 適用하여야 하는 바이니 取材上으로 우리의 途程에서 形式上으로 少年의 心性과 種種의 契機에 應하야 內容上으로 現實的인 것을 그리하야 活用上으로는 닑을 것 듯는 것 노래하는 것으로 分類하야 다시 少年의 未組織 組織의 分別 非常時와 平常時 그 職業別 等等에 □用 作品의 □□를 考慮하야 細密히 活用해야 하는 것이다.

이러케 童謠의 活用은 "童心의 組織化"의 길을 것처야 한다.(童謠 運動에서)』

"大人은 童心을 把握치 못하엿스니 童謠는 大人이 製作치 말고 少年만이 製作하여야 된다" "少年의게 現實을 알여 주는 것은 避할 바이다" 하는 主張을 우리는 쏘 요지음의 評家의게서 본다.

그러나 이것은 全혀 誤謬(評價 未熟)에서 起因한 錯覺이다. (略)

"童謠를 少年만 製作하자" 하는 것은 大人이 童心을 把握치 못하엿다고 하는데 技術上 問題로 一理가 업는 것은 아니로되 그것은 그 反面에 甚大한 弊端을 惹起하는 것이다. 卽 童心의 把握이 그것이다. 大人이 童心을 把握하게 되면 그쁜이다.(勿論 나는 少年의 作品을 全혀 否定하는 者는

59 '童謠 運動에서'의 오식으로 보인다.

아니다. 藝術運動의 大衆과의 交互作用은 必然的으로 少年 自身의 作品까지 要求한다.)

### 四. 結論

以上에 비록 粗雜하나마 記述한 글은 이때까지 내려온 少年文藝理論과 尖銳 對立하는 것이다.

童謠運動은 그 첫 段階의 對象이 童謠生産者, 童謠理論에 잇는 것이니 우리는 쉿침 업는 童謠理論에 力量을 集中하여야 하는 것이오 他方으로 作品의 批評에 努力하여야 한다.(批評의 말이 낫스니 말이지만 現下의 批評 現狀은 極度로 混同된 것이다. 所謂 評家라 하는 것은 "批評의 기준을 把握"치 못하고 해멘다.) 그리고 作家도 作品 行動을 理論的 努力과 合流식혀야 한다.

그리하야 우리의 童謠運動은 集團的 行動에 出하야 運動으로서의 機能을 하여야 한다.

"少年文藝作家의 役割은 少年을 (中略) 健康한 成長을 □하게 하는 데 잇다 —— 이것은 '童心의 組織化'의 길을 것처서야만 可能한 것이오 決코 童心에의 歸還에서만은 可能한 것이 아니다." (쯧)

**昇應順, "朝鮮少年文藝 小考", 『文藝狂』, 제1권 제1호, 1930년 2월호.**

一. 少年 文藝의 社會的 位置

思潮가 時代를 맨기느냐? 時代가 思潮를 맨기느냐? 하는 두 問題가 難兄難弟한 論題가 된 것갓치 時代와 思潮는 써러지지 못할 密接한 關係를 가진 것이다.

조흔 思潮가 時代을 支配할 째에는 그 時代는 조흔 時代가 되는 것이요 낫븐 思潮 — 가령 文弱虛奢에 기우러진 思潮가 時代에 流行할 째는 그 時代는 짜라서 낫븐 時代가 되는 것이다. 그러면 이 重大한 任務와 洪大한 勢力을 가진 思潮?는 어대서부터 생기느냐?

그 根源을 索求할 째는 勿論 一部 사람들의 가슴으로부터 흘너나와 여러 사람에게 共鳴되는 데서 생기는 것이다. 그런대 一部 사람들의 周裸의 思想이 엇던 機關을 것처 世上에 發表되여 여러 世上 사람들야게 共鳴되게까지 되느냐? 가만히 생각해 볼 째 우리는 여러 가지 機關을 發見할 수가 잇다. 文藝, 映畵, 美術……그러나 이 中에 가장 넓은 境域과 큰 勢力을 가진 者는 누구든지 文藝(?)를 指定하는 데에 躊躇히 안을 것이다. 그런즉 짜라서 우리는 文藝를 尊重視 안을 수 업고 文藝 作者에게 큰 企待를 안 가질 수 업다. 짜라서 文藝에 쯧을 둔 者나 쏘는 現下 作家로 生活을 保障하고 잇는 사람들도 조흔 文藝를 지여 내여 조흔 思想이 流行하는 조흔 時代를 맨길여는 理想과 慾望에 더욱더 自己의 趣味를 神聖視하며 自己의 主義, 思想에 만흔 反省과 思索을 안 가질 수 업다.

나는 이만큼 論한 것으로 文藝의 社會上 位置를 證明하엿다고 본다. 그러면 少年文藝의 位置는 엇더한가? 즉 少年文藝는 文藝의 싹이요 썩닙이요 씨다.

그리고 少年文藝 時代는 文藝의 準備時代요 修(이상 24쪽)鍊時代! 조흔 싹이 터야 조흔 나무가 될 것이며 조흔 썩닙이 써야 조흔 풀이 될 것이다.

그리고 準備와 修鍊을 잘하여야 將來에 훌융한 效果를 볼 수 잇슬 것이다.

다시 말하면 後日 조흔 文藝가 그 時代에 輩出케 하랴면 少年文藝의 繁盛과 完全은 期하지 안을 수 업다.

그러타고 少年文藝는 한 準備物인 줄만 解釋해서는 안 된다. 少年文藝도 어른들이 發見하지 못한 여러 가지 社會相을 그려내면서 짜라서 將來를 準備하는 것이다. 少年文藝의 社會的 位置? 그것은 現代 社會의 存在한 文藝의 社會的 位置보다도 一層 더 重且大하며 意義 잇는 것이다.

### 二. 朝鮮 少年文藝의 生長 過程

只今부터 三 四十年 前까지는 朝鮮에는 文藝라는 일홈부터도 잘 몰낫다. 그러나 文藝가 아조 社會에 存在치 안앗든 것은 안이다. 坊々谷々에 書堂 업는 곳이 別노 업섯고 書堂 生徒들은 詩律賦文 等을 힘쓰지 안는 이가 別노 업섯다.

그째 龍門에 올나 出世를 하랴면 諸文에 優秀하여야 되는 理由도 잇섯건만 中에는 相當히 藝術的 高貴한 作品이 世上에 남어 잇게 되엿다.

그러나 少年文藝의 沿革을 溯求할 째에 이곳까지 밋칠 수는 업는 일이고 朝鮮에 처음 言文一致의 學問이 實現되면서 六堂 崔南善 氏가 「바다와 갓치…」 等 童謠를 發表할 째로부터 朝鮮 少年文藝는 第一步를 世上에 踏出하엿다고 본다. 그 뒤 六堂 先生이 發行한 『少年』 雜誌에 方定煥 氏가 題未詳?의 童謠 一篇과 「봄」이라는 小品을 投稿하야 入賞되엿는 것을 본 일이 잇다.

이로 미루어보면 六堂 先生 다음에 가장 먼저 朝鮮 少年文藝에 留意하신 이는 方定煥 氏인 것이 分明하다.

이갓치 微々不振하나마 朝鮮의 少年文藝는 처음으로 어린 싹을 世上에 낫하냇다가 己未運動 以後 朝鮮의 모든 運動이 벌쎄갓치 일어날 째 新聞雜誌도 여러 가지가 朝鮮 社會에 낫하나게 되엿다. 그째 朝鮮의 少年 雜誌가 두 개가 發刊되기 始作하엿스니 하나는 方定煥 氏의 『어린이』요 하나는 申明均 氏의 『新少年』이다. 現今 朝鮮에 少年 雜誌가 퍽 여러 가지 發刊되는 中이지만 가장 歷史가 오라고 功勞가 큰 者는 『어린이』 『新少年』인 것임은 누구나 是認할 것이다. 그럿타. 두 雜誌가 爾來 七個年 동안 朝鮮의 荒漠한 동산을 모든 苦難을 무릅쓰고 걸어오면서 朝鮮 少年文藝運動에(이상 25쪽) 多大한 功獻을 하엿다. 尹石重, 徐德出, 尹福鎭 갓흔 少年 童謠作家들도 이때에 産出하엿다. 童謠界는 確實히 進步되엿다고 본다. 그러나 少年小說 作家가 한 사람도 이럿타 指稱할 사람이 업는 것이 遺憾이다. 억지로라도 將來에 囑望을 두는 사람은『新少年』誌上에 二三의 作品을 發表한 安平原 君과 宋完淳 君 等이다.

### 三. 朝鮮 少年 文壇의 現狀

十餘年 동안 여러 先生이 개척해 온 少年文藝의 길은 只今에 와서 確實히 그 進路를 決定하엿느냐고 보면 그럿치 안타! 前日보다 繁昌해진 것은 事實이다. 依然히 統一되지 못하고 荒雜한 形態에 잇다.

힘 잇는 작품도 각금 차저낼 수 잇스나 아직 迷信的 誘惑的 作品이 橫行한다. 그리고 環境에 支配를 바더 그러한지 너머나 哀想에 기우러진 作品이 만타.

現下 一部의 雜誌 發行者 中 可憎할 만한 頑固가 若干 석긴 모양이다. 그리고 少年文壇도 二三年 前에 比하야 퍽 哀退된[60] 感이 잇다.

가장 讀者 文壇이 찬란하다면 찬란하든『新少年』誌가 微弱해진 後부터 이 境向은 뵈이기 시작하얏다. 어린이 文壇도 前보다 얼마큼 哀退되엿다.『새벗』도 ……『별나라』文壇도 少年 科學 文藝 雜誌라는 그럴듯한 誌名에 比하야 讀者 文壇이 너모나 狹小하다. 그 外의 雜誌는 더 볼 것이 업다.

朝鮮에는 왜? 그러케 훌융한 指導者가 업는지? 훌융한 指導者만 잇스면 相當히 將來를 囑望할 少年들도 잇것만……

朝鮮은 天才를 만히 내는 나라라 指導者 업시 山間 僻村에서 少年 雜誌나 멧 卷 閱歷하고도 훌융한 童謠나 詩를 짓는 天才 少年들을 우리는 만히 보다.

그들의 環境만 조곰 許諾하고 指導者만 잇스면 朝鮮이라고 大詩人, 大文

60 '衰退'의 오식이다. 뒤의 '얼마큼 哀退되엿다.'도 마찬가지다.

豪가 나지 말나는 법도 업슬 것이다. 南應孫, 李東珪 君 갓흔 이가 가장 그 例에 適合하다. 兩 君은 가장 新進이면서도 將來를 企待밧은 少年 詩人이다. 昨年 가을 『새벗』에 「비오는 밤」을 쓴 小說 作家 李影水 君은 그 後 엇지 되엿는지? 近來는 小說 作家가 더욱더 적은 것 갓다.

## 四. 少年文藝의 進出 方向

나갈 길을 定치 못하고 沙漠에 헤매는 朝鮮 少年文藝는 어느 方向을 向하야 進出케 될까?(이상 26쪽)

近來 朝鮮에 가장 깃버할 現狀이 생겨낫스니 그것은 一部 新興少年文藝의 勃興이다. 李明植 君이 自己 發行 雜誌『朝鮮少年』과『中外』,『朝鮮』新聞紙上 等에 數 個의 푸로少年文藝인 小說을 發展한 뒤 成慶麟, 太在福氏 等 熱心家가 뒤를 이여 이러낫다.

一九二九 新年號『中外』紙上에 發表되엿든 成槿城 作「해 쓰기 전」과 一九二九 六月號『朝鮮之光』에 揭載되엿든 李明植 作「工場少年」과 一九二九 七月號『별나라』에 실인 安平原 作「赤白의 繃帶」의의 三個 小說은 近來 稀有의 큰 收穫이다.

朝鮮의 少年文藝 中 小說의 길은 이 세 개의 作品이 가장 먼저 方向을 指定해 노앗다.

文壇에서도 第一 重要한 地位를 가진 作品이 小說이니만치 小說의 길만 決定되면 小品과 詩謠의 進路는 짜러갈 것이라 밋는다. 暫間 이즌 것이 잇스니『新少年』誌 一九二九 一月號 誌上에 발표된 小品「죽인 고양이」다. 小品도 이만 햇스면 묘하다 生覺한다.

첫재 哀想的 作品과 迷信的 封建的 作品 等……少年들의 머리에 害毒을 주는 作品을 排斥하며 또 쓰리야키로 注意하여야 하겟다. 힘 잇고 熱 잇는 노래를 지여야 하겟스며 그 무엇을 暗示하는 것이 잇는 뼈 잇는 니약이를 써야 하겟다. 우리는 只今부터 旣成文壇의 醜態인 論戰을 일삼지 말자! ××니 ××니도 찻지 말자! 다만 엇더한 作品을 쓰든지 熱 잇고 誠 잇고 거짓 업시 쓰기로 하자!

自己 環境 周圍에 짜라 各其 보는 것 듯는 것도 相異할 것이니 作品이

相異할 것은 當然한 일이다.

다만 거짓을 버리기로 하자! 그리고 뼈 업는 作品 哀想的 作品을 버리고 힘 잇고 熱 잇는 作品을 歡迎하며 짓키로 하자!

이것이 朝鮮 少年文藝의 進路라고 믿는다. — 끗 —

(京城 普成高普)

## 鼓頌, "童心의 階級性－組織化와 提携함(一)", 『중외일보』, 1930.3.7.

一. 前言

우리가 最近에 論議해 온 童謠에 對한 諸 問題는 一部 段落을 지우고 이제는 第二段的 當面問題에 들어가고 잇다. 金成容 君의 「童心의 組織化」[61]는 그것의 實로 첫 烽火이엿다. 金 君의 그 一論은 適機의 出現이라 하기보다도 우리에게는 너무나 時期가 느저진 感이 잇다. 金 君의 이 힘잇는 提議로 말미암아 우리 童謠運動(全 少年文學運動)은 '올간나이즈'의 健全한 첫 出發에 들어갓다고 할 수 잇슬 것이다. 金 君의 論에 不滿의 點이 잇다 하여도 우리는 그것을 論難할 것이 아니요 그 意識 全體와 그 論據 全體를 보는 것임으로 그 健全한 出發 道程을 반겨하고 말지안는 바이다.

金 君의 提論이 筆者의 過去의 諸論과 尖銳 對立한다는 것도 筆者는 拒逆치 안는다. 그러나 對立은 되엿스되 이제 必然性으로 出現한 新興運動에의 胎盤이 되엿다는 것만은 自認하고 謝讓치 안는다. 웨 그러냐 하면 다음과 갓흔 몃 가지를 提議하고 淸算하야 混沌된 氣分을 現實的으로 도라오게 햇스며 意識을 恢復케 하엿다.

一. 童心의 單純性을 提示하엿슴

二. 童心의 現實性을 抽出하엿슴

三. 童心의 純粹化를 提唱하엿슴

四. 童謠 運動의 全體를 邪道에서 正路로 誘出하엿슴

五. 童謠의 形式 問題를 解決하엿슴 (童詩 提唱)

六. 幼年作家 啓導를 劃하엿슴

61 金成容의 「童心의 組織化－童謠運動의 出發 途程(전3회)」(『중외일보』, 30.2.24~26)을 가리킨다.

七. 非童謠를 淸算하엿슴

이러케 하야 質的으로 無限한 虛無를 가진 우리의 童謠運動으로 하여금 外殼과 內部에 實力을 주어 엇더한 二段的 血液을 注入하여도 無妨하도록 誘出하여 놋코 오늘 金 君의 出現을 긔다렷든 것이다. 그럼으로 하야 筆者는 初期的 不可避로 少부르的 態度의 非難을 바덧스나 모든 것을 犧牲하고 一翼的 任務를 다하엿다.

이러케 問題가 解決된 다음 筆者의 取할 바 態度는 말할 것도 업시 「詩壇漫評」에서 뵈여준 그것으로 도라가는 것이다.(金 君이 이것을 憂慮해 주엇기로 感謝한다.) 그것을 實證하기 爲하야 當面的 先決問題로(旣成童謠와 對立하는대) 金 君의 「童心의 組織化」와 提携하기 爲하야 이 一文을 抄하는 것이다.

本論에 들어가기 前에 우리는 一言을 費할 것이 잇스니 곳 그것은 임의 解決된 問題를 두고 아즉도 一部 徒流에서 未練을 가지고 잇는 것이다. 宋完淳 君이 「批判者를 批判」(朝鮮)에서 뵈여 주는 實로 卑劣하고 口逆나고 無條理한 自己 辯解는 우리로써 뒤도라볼 必要도 늣기지 안는 것이다. 그가 長遑[62]히 吸吸하는 窮極은 童謠理論의 새로운 啓示도 아니오(末尾에 無産童謠 云云하엿스되 態度가 不鮮明할 뿐 아니라 우리의 先決問題인 階級的 對立을 理論的으로 하지 아니한 以上 無産兒童의 空想이니 自然描寫이니 하고 '템포'를 問題하엿스되 헛된 砂上의 建築밧게 안 된다) 내 童謠가 快作이고 傑作이니 評價를 만히 해 달나는 아니꼬운 哀願에 지나지 안흐며 尹石重 君을 童謠界의 第一者가 될 것을 假定해 놋코 自身의 作品이 尹 君의 作品보다 優越함으로 내가 第一人者란 것을 隱然히 表示하고 잇다. 腰折할 可觀이 아닌가?

위에서 말한 바와 가치 우리의 童謠運動은 小부르的 曖昧性이 잇섯스나 問題는 임의 淸算되엿슴으로 우리는 새로운 機軸 알에 質的 轉換을 하는 것이다.

62 '張皇'의 오식이다.

## 鼓頌, "童心의 階級性－組織化와 提携함(二)", 『중외일보』, 1930.3.8.

### 二. 童心의 現實性

"童心은 純潔無垢한 것이다." "童心은 天眞爛漫하다." "兒童은 天使이다." "兒童은 神聖하다." "兒童은 하나님의 아들이다." "兒童은 어른의 아버지이다."

이것들은 모다 쑤르쪼아的 曖昧한 根據업는 童心觀이요 兒童觀이다. 그들은 이러케 兒童의 存在를 實在 以上으로 偶像化 神秘化해 노앗다. 童心이란 絶對로 純潔無垢(純粹化와 달르다)한 것도 아니고 天眞爛漫한 것도 아니다. 첫재 그들 兒童은 先天的으로 遺傳이라는 것이 그 氣質을 作成하며 둘재 長成 道程에서 無意識的으로나 意識的으로나(敎化와 模倣에 依하야) 現實的 情勢에 有機化 되는 것이며 셋재 더 나아가 社會的 政治的 經濟的 關係에 依하야 組織化 되는 것이다.

"兒童은 天使이다" "兒童은 神聖하다" "兒童은 하나님의 아들이다" "兒童은 어른의 아버지" 이러케 그들은 兒童을 神秘化하야 現實에서 隔離코저 하고 兒童을 偶像化하야 虛空的 存在로 하려는 것이다. 이것은 (中略) 錯覺이다. 그리고 그들의 이 敢行은 兒童을 社會文化에서 隔離케 하야 一種의 玩賞的 無意識物로 造成하는 것이요 現代에 對한 辨證的 考察을 忘却한 것이다. 이제 우리는 "童心은 現實的 社會的 情勢의 反映"이라는 것을 銘心하자.

### 三. 童心의 階級性

前項에서 우리는 童心이 現實生活과 社會的 諸 條件에서 隔離한 神秘的 存在가 아니라는 것을 究明햇다. 거긔 쌀하 童心의 階級性이란 것이 容認될 것은 너무나 쉬운 일이 아닌가. 우리의 兒童이 지금 社會의 保護 以外에서 存在하지 안는 以上 그들의 童心은 우리의 政治的 經濟的 特殊情勢의 反映이 아니라 할 수 업다. 地主에게 不當한 小作料를 쌔앗긴 作人의 아들이 地主의 아들에게 好意를 가질 것은 萬無한 것이며 실 工場 女職工의 아우는 그 工場의 고동소리에 無意識的으로 무슨 勇氣와 또 ××을 가지게 되는 것이며 아버지나 兄님이 青年會나 農民組合에 가는 것을 우리의 兒童은 無意識的으로 거긔에 對한 機能과 任務를 認識하게 되는 것이며 설날이나 秋夕에(平素에라도) 쁘르조아의 아들과 갓흔 고흔 옷을 못 닙어도 우리의 兒童은 漠然한 悲哀도 늣지 안코 거긔에 對한 無意識的 辨證的 考察을 하게 되는 것이다. 그리하야 ××意識이 생기고 푸로的 道德觀念이 생겨서 特殊한 社會意識과 階級意識이 造成되는 것이다. 더 손쉽게 우리의 童謠에서 이 階級意識과 階級意識의 發露를 차저보자.

설날아츰 鄭祥奎

(前略 四行)
작년가을추수째 농사못햇다
아버님의뺨치든 나졺은面長
×
눈나리는겨울날 面長집산에
나무한다지개빼슨 나졺은面長
×
아버님아버님 세배못가요
이러한面長에겐 세배못가요

××階級에서 밧는 屈辱! (中略) 그것은 兒童의 感情에서라도 참을 수 업는 忿怒를 惹起하고 正義感를 喚起케 한다. 아버지의 뺨을 친 傲慢한 面長. 나어린 우리 피오닐의 나무지게를 빼아서 간 無慈悲한 面長에게 歲拜를 가는 것은 兒童 自身에 잇서서도 더업는 自意識의 冒瀆이요 欺瞞인 것을 明確하기 認識할 수 잇슴에야 어이하랴! 이것이 教化와 訓練으로 因하야 생긴 正義感도 아니요 兒童의 숨길 수 업는 正當한 社會的 批判이다. 이러케 ××階級의 不道德으로 하야 兒童의 머리에 이러한 이대오로기가 自然發生 又는 附植[63]되는 것이다. 다음 拙作 한 篇을 들어 말해 보려 한다.

닷돈준장갑

두달이나별르다산 장갑이란다.
울아버지닷돈주고 사주섯단다.

×

날마다밤새도록 봉투바러는
피오닐낸손쑤락 포근하단다.

×

김주사네셋제아들 비단장갑이
새빩안내장갑에 대일수잇나.

×

찬바람이제아모리 몹시불어도
새밝안내장갑은 포근하단다.

---

## 鼓頌, "童心의 階級性－組織化와 提携함(三)", 『중외일보』, 1930.3.9.

어느 階級의 兒童이든지 조흔 것을 살허하지는[64] 안을 것이다. □□□□의 兒童이라도 보다도 조흔 것을 欲求하고 마지안치만은 自然發生的으로 생긴 □□□□과 生活態度의 把握과 生産關係의 認識 等은 消費와 需用의 範圍까지도 規定하며 짤하서 不足한 것에도 滿足이 생기며 光榮과 歡喜까지 생기는 것이다. 닷 돈짜리 무명장갑을 사려고 두 달이나 별럿다. 아버지의 하로의 收入은 食口 모두가 살어가기에도 너무나 不足하든 것이다. 닷 돈이란 큰돈이 아니것만은 이 닷 돈을 엇기에 두 달을 두고 □□□□□□ 헤매엿든 것이다. 우리의 兒童은 이 事實을 잘 앎으로 이

---

63 '扶植'의 오식으로 보인다.

64 '실허하지는'(싫어하지는)의 오식이다.

닷 돈의 價値가 如何히 크다는 것을 잘 짐작하고 그 닷 돈 준 장갑의 價値와 任務(봉투 바르는 손을 포근하게 하는)를 짐작하고 닷 냥짜리 김 주사네 셋재 아들의 비단장갑보다도 훨신 낫다는 것을 自認하는 것이다.

우리는 以上 더 呶呶할 必要도 업시 童心의 階級性이란 것을 容認할 것이다. (全 文學에 잇서서는 階級的 對立이 아주 오랜 過去에 되엿건만은 少年文學에 잇서서는 一部에 이러한 傾向의 作品行動이 업지 안 햇스나 混沌되여 階級的 對立이 되지 못하엿다.) 이것의 必要를 意識하고도 오날까지 等閑해진 것은 무엇보다 遺憾이라 아니 할 수 업다.

## 四. 우리가 要求하는 童謠

以上의 二項에서 童心의 現實性과 階級性을 究明하야 旣成 小뿌르조아 少年文學과 對立을 劃策하엿다. 그리면 以後의 우리가 製作 産出할 童謠는 우리의 이 提議와 合流식히지 아니하면 아니 될 것임으로 이제 우리는 이러한 童謠를 作家에게 要求한다.(이것은 넓히 全 兒童文學에 妥當할 것이다.)

一. 正確한 社會意識과 時代意識을 가진 兒童을 造成하는 대 有爲한 童謠
二. 現實의 生活 또는 社會에 對한 批判의 眼目을 열어 줄 童謠
三. (삭제 됨)
四. 타오르는 正義感을 鼓吹할 童謠
五. 닥치는 날의 建設의 指針이 될 것
六. 쌀하서 가장 健康할것
七. 쌀하서 安價한 感想을 除去한 童謠
八. 歡喜와 光榮과 光明과 感激과 希望을 주고 새로운 祝福을 줄 童謠
九.
一○. [65]
一一. 새로운 뜻 알에의 相互扶助의 觀念을 養成할 童謠

65 이상 □로 표시된 부분과, '三, 九, 一○' 항은 검열로 인해 내용이 삭제된 것이다.

一二. 不純을 驅逐하고 새로운 氣風을 가질 것.

一三. 現實逃避的 頹廢 氣分을 除去한 童謠

一四. 單純한 基本的 情緖로써 以上의 모든 것을 노래한 童謠

一五. 極히 技巧를 單純化한 童謠

以外 實로 多角的인 우리 詩歌의 任務임에 廣汎한 內包와 外延이 잇슬 것이나 筆者의 愚鈍한 頭腦로써는 아즉 이밧게 더 指摘, 蒐集, 考察 못하는 것을 遺憾으로 생각한다.

論調가 混沌感이 잇스나 그것은 諒解해 줄 것이며 이 小論이 조곰이라도 機能이 잇기를 바라며 金成容 君의 健鬪를 바라며 붓을 놋는다.

(三. 二.)

## 月谷洞人(抄譯), "童謠童話와 兒童教育(一)", 『조선일보』, 1930.3.19.

### 엇던 것이 兒童文藝인가요

童謠 또한 童話 이것이 곳 兒童文藝이올시다. 그리고 兒童文藝라고 하는 意味는 모든 文藝와 對하는대 한갓 名稱에 不過합니다만은 其 本質上으로서도 絶對的 相違한 것입니다.

무엇이 다르냐?고 말슴하면 一般的으로 大衆文藝의 材料가 되는 것이 거의 生活上의 苦惱가 안이면 異性間의 戀愛 等 更言하면 成年時代에 存在한 事件을 取擇합니다. 그러나 兒童文藝에 잇서서는 兒童世界와는 關係가 遙遠한 그러한 事件 則 生活上의 苦惱이라든지 戀愛 가튼 것은 題材로 取하는 것을 絶對로 許諾할 수가 업습니다.

×

萬一에 少女小說이나 少年小說이나 또는 少女詩 少年詩 等 이러한 名稱을 붓친 作品 中에 間或 그러한 傾向의 作品이 잇섯다고 하면 그것은 到底히 兒童文藝로는 看做할 수가 업는 것입니다. 업슬 쁜만 안이라 그것은 兒童文藝가 안이고 兒童文藝와 類似한 兒童文藝 以外의 作品인 것입니다. 그러한 作品으로 因緣하야서 貴重한 兒童文藝가 世上에서 誤解를 사게 된다고 하면 兒童文藝運動上에도 만흔 遺憾이 될 것입니다. 짜라서 兒童文藝作家로서도 적지 안흔 不快를 늣기지 안이할 수 업슬 것이올시다.

### 愛好되는 兒童文藝

童謠 또 童話는 兒童文藝인 同時에 兄弟 文藝인 것이올시다. 그러하기 때문에 童謠만은 取하고 童話는 捨하지도 못하고 그와 反對로 童話만은 取하고 童謠는 捨할 수도 업는 것입니다. 그리고 또한 兒童文藝作家 中에서도 童謠에 才能이 잇는 者와 童話에 才能이 잇는 者가 잇는 것입니다. 童謠와 童話가 兄弟 文藝인 것은 確實합니다. 그러하다고 兒童文藝를 製作하는 童謠作家를 童話의 作者로서 才能이 잇다고 말할 수 업는 것이고 또

한 童話作家를 童謠作者로써도 才能이 잇다고 斷言할 수 업는 것임니다.

×

다 가티 兒童文藝를 製作하는 兒童文藝作家들도 이러한 以上에 童謠를 愛護하는 兒童이라고 童話도 愛護한다고 말하기도 어렵고 童話를 愛護하는 兒童을 쏘한 童謠의 愛護者라고도 말할 수가 업는 것임니다. 그러기 때문에 兒童教育上에는 童謠와 童話의 兩方이 다 必要한 것임니다. 그래서 兄弟 文藝라고 말을 하는 것임니다.

萬一에 兒童들 가운데도 童謠도 조와하지 안코 童話 亦是 즐겨하지 안는 兒童이 잇다고 하면 그것은 童謠와 童話가 실혀서 그러는 것이 아닙니다. 童謠 쏘 童話를 알지 못하는 緣故로 童謠와 童話를 조와하지를 못하는 것임니다.

---

**月谷洞人(抄譯), "童謠童話와 兒童教育(二)", 『조선일보』, 1930.3.20.**

兒童文藝의 選擇

兒童文藝인 童謠와 童話가 兒童을 教育함에는 絶對로 必要하고 教育上 有益되는 것은 여긔서 굿하여 내가 賽言할[66] 것까지도 업는 것임니다. 그러나 그 兒童에게 읽히일 作品의 選擇을 父兄 되시는 어른이시나 指導者 되시는 분이 兒童文藝가 아니고 그와 類似한 作品을 그릇 選擇하야서 兒童에게 읽히엿다고 하면 엇더하게 되겟습니까? 그 作品의 影響으로 兒童의 純實한 性情에 弊害를 끼처 주는 것은 明白한 事實일 것이올시다. 그러함으로 兒童을 監督하시는 責任者 되시는 분으로써 가장 크게 注意하실 것은 兒童에게 읽히일 兒童文藝作品의 選擇인 것이올시다.

---

66 '贅言할'의 오식이다.

그러나 現狀으로 말슴하면 父兄 되시는 분이 거의가 貴한 兒童을 爲하야서 그 作品 選擇에 對하야서는 寒心할 만콤 等閑하다느니보다도 無關心하다고 하야도 過言이 아닌 만콤 兒童 自身들의 嗜好에 放任하는 것이 事實이올시다. 그뿐만 안이라 所謂 指導者라시는 분들도 一部 硏究者 以外에는 그 選擇에 넘우나 無智한 것을 嘆息 안이 하랴야 안히 할 수가 업는 것이올시다. 그를 짜라서 兒童文藝가 識者間에서 危險하다는 말을 듯는 것이 그 罪는 父兄에게도 잇스며 指導者에게도 잇는 것이 안이라고는 到底히 말할 수 업습니다. 한 純良한 兒童文藝作家들은 그 責을 질 수는 업는 것이올시다.

**作品 選擇을 要함**

그러면 純良한 兒童文藝作家의 作品이 모다가 兒童을 敎育하는대 有益하다고 말슴하기는 매우 어려운 것이올시다. 웨 그러냐 말슴하면 作家 自身이 有益하다고 생각하는 作品이 兒童敎育上에 果然 有益할는지? 또는 못할는지? 이러하게 疑心할 만한 作品이 全無하다고 斷言할 수가 업는 것이올시다. 함으로써 내가 願하는 바는 父兄 되시는 어른에게는 兒童文藝作品에 對하야 選擇眼을 바라는 同時에 指導者 되시는 분에게는 鑑賞眼을 바라는 것이올시다.

×

文明의 慾氣가 생기거나 그러치 안흐면 一時的 好奇心과 娛樂的 心理로써 甲을 흉내 내다가는 乙을 模倣하는(兒童文藝가 엇더한 것인지 자세히 알지도 못하고) 充實치 못한 그 짜위 作品 等에 考察하야 주시기를 懇切이 바라는 바이올시다. 그리고 또한 眞實한 兒童文藝를 理解하지 못하신 분은 兒童文藝作品이라는 것은 空想的 作品과 乃至 怪奇한 作品이 훌륭한 作品인 同時에 그것이 곳 兒童文藝라고까지 認定하시는 듯한 傾向이 보이는 듯도 합니다. 이것이 卽 내가 말슴코자 하는 兒童文藝의 邪路이고 健實한 兒童文藝는 그러한 것이 안인 것이올시다.

## 月谷洞人(抄譯), "童謠童話와 兒童敎育(三)", 『조선일보』, 1930.3.21.

**自然的의 感動과 歡喜**

그럼 兒童文藝의 意義 卽 兒童文藝의 敎育上 目的이 "美" 그것만 單純히 傳하는데 긋치지 안는 것이올시다. 兒童에게 歡喜와 感動을 與하는 것이 곳 兒童文藝의 目的이올시다. 그러나 그것이 自然으로의 歡喜와 自然的의 感動이 아니여서는 안이 되는 것입니다. 萬若에 그러치 못하고 不自然의 歡喜와 不自然의 感動이라고 할 것 가트면 그것은 도리어 敎育上에 害가 되고 마는 것입니다. 내가 지금 말슴하는 不自然의 感動과 不自然의 歡喜라고 하는 것은 어쩌한 專門的 術語라든지 文句를 利用하야 가지고 兒童의 心理를 無理로 歡喜케 하는 것이며 그 感動을 買코자 하는 手段을 말슴하는 것이올시다.

×

一 篇 作品으로써 歡喜와 感動을 與함에는 짧은 歌詞와 童謠로는 좀 어려울 것이나 童話로는 어려울 것은 조금도 업슬 것임니다. 그러나 作家自身을 따라서 歡喜와 感動을 주는데도 輕重의 二種의 傾向이 잇는 듯이 생각이 드나 그것은 作家 自身의 主觀이고 그 어느 것을 是라 또는 非라고 말할 수는 업는 것입니다. 兩便을 平均하게 주는 것이 勿論 조흘 것입니다. 그러치 못하고 그 어느 一便만 與하는 것은 兒童文藝의 敎育上 不可한 것이올시다. 엇지하야 그러냐고 말슴하면 歡喜로써 兒童의 心理가 빗나게 자라기도 합니다만은 感動으로써 兒童의 마음이 緊張되여 갈 수도 잇는 것이올시다. 그럼으로 이 두 가지는 敎育上에 貴重한 것이며 따라서 兒童文藝의 敎育의 目的도 여기 잇는 것이올시다.

**父兄 및 指導者에게 望함**

大綱 이만큼 말슴하고 붓을 노케 됨에 兒童文藝는 眩術的 作品이 안님을 말슴하랴 합니다. 眞實하고 素朴한 作品인 것이올시다. 무슨 까닭이냐 말

合하면 童心에서 생기인 作品이고 따라서 兒童文藝이니까 그러한 것이올시다. 그러함으로 父兄 되시는 어른이시나 指導者 되시는 분께서는 此點에 就하야 가장 注意하야 주시기를 切望하는 바이올시다. (完)

## 申孤松, "公正한 批判을 바란다-「批判者를 批判」을 보고(一)", 『조선일보』, 1930.3.30.

一個人에게 對한 論評과 反駁으로 貴重한 紙面을 汚損하지는 안켓다고 어느 同志와 私信에서 말한 일이 잇다. 그리면서도 나는 그 말을 背反하고 지금 이 反駁文을 쓰고 잇스니 庸劣한 者이며 違約한 者가 되어 가면서라도 그대로 點過[67]할 수 업기 대문이다.

×

讀者 諸氏는 本紙 本欄에 二十回를 거듭하야 「批判者를 批判」한 宋完淳 君의 實로 纖細하고 親切한 高評을 보앗슬 것이다. 그러나 그 結果 나는 餘地업시 盲目이 되고 눈도 코도 못 쓰게 되엿스며 나의 「童心에서부터」와 「새해의 童謠運動」이란 두 論文도 아주 無用의 잠ㅅ고대가 되고 말앗다.[68]

×

宋 君이여. 君의 글을 본 사람은 抱腹絶倒하엿슬 것이다. 君이여. 알지어다. 世上은 大衆은 보다 좀 더 賢明타 못할까? 내가 君을 惠評하야 君의 입에서 悲鳴의 소리가 나오는 것처럼 君의 推賞罵倒가 容易하게 大衆에게 容認되지 안는 것은 알 것이다. 君이여! 날 업는 長劍을 빼들고 아모리 휘둘러도 그것은 蠻勇박게 안 되엿다. 君이 過信하는 自力의 位置을 不肯함이 엇덜까.

君이여. 나의 過去의 모든 論評이 모다 盲目的이고 錯覺의 所産이고 欺瞞策이고 權威 업는 虛說이라고 하자. 그리면 君의 卓說에는 얼마한 妥當性을 가젓스며 權威를 가젓는가를 물어보자. 또 君의 論의 全體的 '모티브'

---

67 '默過'의 오식이다.

68 구봉산인(九峯山人, 송완순)의 「批判者를 批判-自己辯解와 申君 童謠觀評(전21회)」(『조선일보』, 30.2.19~3.19)과, 신고송의 「童心에서부터-旣成童謠의 錯誤點, 童謠詩人에게 주는 몃 말(전8회)」(『조선일보』, 29.10.20~29), 「새해의 童謠運動-童心純化와 作家誘導(전3회)」(『조선일보』, 30.1.1~3)를 가리킨다.

가 中傷을 爲한 虛構가 아니고 自力을 過信한 英雄主義的 蠻勇이 아니라는 것을 容認하자. 그리면 君의 그 基本的 態度는 얼마나 公正한 것이엿든가.

×

나의 論評이 정말로 君의 말가티 盲目이엿든가. 조금도 社會的 機能을 못 가진 숫짜지의 잠ㅅ고대엿든가. 君이여. "숫짜지 正當하다"라고는 누가 한 말이며 "이제짜지 넘우나 童謠를 童心的에서 迂遠한 것을 써 왓섯다" "非童心的인 것이 더 만핫슴" 이것은 누구가 누구를 말한 것인가. 君은 事實을 正視하면서도 曲論不正論을 敢行한 것이 어듸 原因하느냐 말할 것 업시 그것은 君이 自力을 過하고 名譽慾의 衝動에 못 익닌[69] 自瀆이며 傲慢하고 輕率함에서 나온 것일 것이다.

×

나의 論評은 君의 말과 가티 정말로 公正을 일헛다고 생각지 안는다. 우리는 비록 손바닥 만한 小論일지라도 그 씨치는 바 社會的 機能을 잘 앎으로 小主觀的 偏見과 隻眼的 狹見으로 내어 놋치는 아니햇다. 그 重點의 所在를 如實히 把握하고 그 中心體系를 統括하야 큰 덩어리를 解剖하엿든 것이다. 적어도 그러한 用心이 잇섯든 것이다.

---

**申孤松, "公正한 批判을 바란다－「批判者를 批判」을 보고(二)", 『조선일보』, 1930.4.1.**

그럼으로 하야 우리는 例外를 取치 아니하엿다. 例外라는 것은 絶對로 全人格의 反映이 아니며 全 意識의 所作이 안임으로 이것은 所謂 例外로 偶然에 돌닐 것이지 이것을 들고 云爲의 中心으로 잡을 수 업는 것이다. 내가 宋 君을 "그 詩的 取材와 表現 手法이 端的인 兒童의 心理를 써나

69 '못 닉인'(못 이긴)의 오식이다.

支離하고 迂遠하다"라고 評하얏다고 宋 君은 몸부림을 치며 "全部를 非童謠라고는 못할 것이다"라고 抗拒한다. 事實 그러하다. 그러나 그것은 一般性을 쩌나 例外로 君에게도 「달님」 「쌀」과 가튼 快作이 업다는 것이 아니다. 數三種의 快作이 잇슴으로 君의 全體 作品도 모다 成功한 것이라고는 할 수 업다. 다시 말하면 우리는 小數의 例外를 들어 그것을 全體로 보지 안는다. 내가 諸 童謠作家를 評한 것도 이 全體的 契機를 가지고 嚴論한 中心點을 말한 것이지 極小數의 例外를 들고 말치는 아니하엿다.

×

如此히 進展되는 우리의 論議에 私的 感情을 發見하엿다니 實로 生色스럽지 못한 發見이다. 이것을 發見하엿다고 豪言하는 宋 君이야말로 私感을 품지 안는가 하는 杞憂를 가지게 한다.

누구를 勿論하고 나의 尹石重 君 評을 盲目的 過評이라 하지는 안흘 것이다. 그럼에도 不拘하고 宋 君 혼자가 이것을 보고 激憤하야 나를 評하는 論文의 折半을 尹 君 辱說에 費하엿다. 이것으로 推測하건대 나를 私感에 솔려 잇다고 하는 宋 君이 가장 더 私感에 움직이고 잇지 안는가. 우리는 잘 안다. 宋 君의 根本的 心理인 第一人者가 되지 안코는 안 되겟다는 名譽慾이 尹 君의 무척무척 추겨지는 것을 猜忌 업시 보고 잇슬 理가 업슬 것이다. 金炳昊 君을 自重하라고 命令한 宋 君이여. 그 사이에는 私的 感情이 업섯든가. 君은 念慮 말 일이다. 君과는 一面識 一文交도 업지 안흔가.

×

그런데 君이 말하는 "權威" 잇는 評이니 "權威" 업는 評이니 하는 그 "權威"라는 것은 大體 누구가 賦與하는 것이냐. 君의 小主觀이 認定하는 "權威"와 世上의 輿論이나 衆意로 생기는 "權威"는 좀 그 質에 잇서서 달르다. 君이 이것은 "權威" 잇다고 獨斷한 것도 意外로 世上은 손톱맛치의 權威도 認定치 안흘는지 몰으며 그와 反對로 君이 손톱마치의 "權威"도 업다고 認定한 것이라도 意外로 大絶의 權威가 생길는지 몰은다.

君이여. "過去를 모르는 同時에 未來는 더욱히 모른다. (中略) 過去나 未來를 回想하고 豫想하지는 못한다"고 한 君의 兒童觀과

누나가나를업고 노래불을째
장대로쟁반가튼 달짜달라고
울으면서억척을 부리든째는
내나희가세살이 되는해래요

그러니까내나희 열살된올엔
저달님도열살이 되얏겟지요
그싸닭에저달은 내동무지요
쪽가티열살먹은 동갑네지요

이러한 君이 自認하는 代表的 傑作을 等式으로 作成할 勇氣가 잇느냐. 이러고도 無智 아닌 척하는 宋 君은 이에 무엇으로 答辯하려 하나. 이것을 尹石重 君의 「굽써러진 나막신」과 比較하라고 하엿스나 내가 말할 必要도 업시 君 自身이 明確한 答을 써 노코 잇스니 보아라.

×

또 宋 君이 無産 童謠로써 上乘의 作이라고 自認하며 現實에 立脚한 空想을 取材하엿다는 童謠라고 惡罵한 尹 君의 「굽써러진 나막신」을 對照해 보자.

그러커든나태여다 간난하여도
학교갈수잇는곳에 태여다다오

이것을 現實에 立脚한 空想이라면

굽써러진나막신신고 쏘랑을넘다
덩어리채솔개에게 빼겻습니다

이것은 웨 구박 밧는 부억덕이의 現實에 立脚한 空想이 안 된다는 말이냐. 더욱히 이것은 事實에 갓가운 것임에 엇지하랴.(宋 君은 서울 어느 雜誌社에 게실 때 서울의 한울 위에 솔개가 써도는 것을 보지 못햇는가 보다.

서울은 都會地이나 —— 서울쁜 아니라 —— 큰 山이 周圍에 잇슴으로 솔개가 써도는 것을 흔히 볼 것이다.)

다음 南宮琅 君의 「밤에 부르는노래」를 駄作으로 내어 노핫다. 그러나 階級的 見地에서 보아 아주 取할 곳 업는 것이다. 宋 君이 云謂하는 空想 그것으로 보아서는 「비행긔」에 對等할 作品으로 본다.

---

## 申孤松, "公正한 批判을 바란다－「批判者를 批判」을 보고(完)", 『조선일보』, 1930.4.2.

×

君은 "童謠는 무엇이냐" 하는 대서 空想을 力說하엿다. 無産兒童도 空想을 할 수 잇다는 것이다. 그러타. 空想은 兒童의 生活의 全體라고도 하여왓다. 그러나 宋 君이 그러케 空想을 力說하는 것은 (또 하나 自然을 말한 것도) 君의 過去의 作品을 버리기 실흔 愛着心과 作品을 살리기 爲한 榮譽心의 所作이 아니고 무엇이냐.

그리면 우리 無産階級의 兒童과 空想은 엇더한 關係가 잇느냐. 우리가 階級的 見地에서 童話의 現實과 非現實을 말할 째 現實에 立脚한 非現實은 조타고 한다. 나무가 말을 하고 돌이 말을 하고 소가 말을 한다 해도 이것으로 우리 運動의 功利的 目的을 達할 수 잇는 것이면 얼마든지 非現實이어서도 조타고 한다. 그러하나 이것은 絶對로 現實을 逃避하는 敗北을 말하는 것이 아니요 어듸싸지든지 挑戰的이며 ××的이라야 할 것이다. 그럼으로 主觀的 描寫에 나오는 空想은 所謂 主觀的 空想的 空想이기 쉬우며 頹廢를 招致하고 現實逃避를 말하는 것이요 客觀的 描寫에서 나오는 非現實은 所謂 擬人法에 依하야 奔放하게 功利的 任務를 다할 수 잇는 것이다. 이 意味에서 우리는 「童心의 階級性」(中外報)[70]에서 "우리의 要求하는 童謠"를 制限하얏다. 멋업시 空想에 흘으는 노래는 우리가 要求치 안햇다.

×

宋 君이 말하는 "目的意識性을 注入식히고자 한다면 이는 童謠 그것을 죽이자는 것이다"라는 것도 異說이며 우리가 要求하는 대서는 멀리 써러진 小부르的 見解이다. 우리 童謠에 功利的 目的을 否認하는 者가 잇다면 그는 藝術至上主義로 自滅할 者이다.

×

다음 童詩와 形式律에 對해서 나의 無智를 指摘하엿스나 나는 쉽사리 無智가 되기 실흠으로 別稿「童詩의 展開」라는 대서 詳論하기로 하고 이에는 畧한다.

"그릇된 童謠를 쓰는 者"와 "指導者 問題"에 對하야는 나의 論旨를 宋君이 批判 解剖하는 척하엿스나 그實 나의 論旨의 敷衍을 힘쓴 것이 되엇슴으로 나는 더 할 말 업시 宋 君에게 感謝한다.("童謠는 짓는 것이 아니냐" 하는 대는 우리의 童謠가 功利的 意義를 가젓슴으로 이것만은 宋 君의 말을 是認하고 나의 過誤를 淸算한다.)

宋 君이여. 더 할 말은 잇지만은 人身攻擊에 갓가운 辱說은 하기 실흠으로 그만둔다. 좀 더 自力을 省察하고 自尊心과 自信이 過多하면은 失敗하기 쉽다는 것을 알고 傲慢을 버리라. 君이 추켜 준다고 一時에 天才가 되는 것이 아니고 君이 命令하엿다고 權威를 失케 되는 것이 아니다.「童謠의 階級性의 具體的 理論 硏究」의 發表가 잇기를 우리는 苦待한다. (完)

70 鼓頌의「童心의 階級性－組織化와 提携함(전3회)」(『중외일보』, 30.3.7~9)을 가리킨다.

## 李在杓, "(受信局)少年文士들에게", 『별나라』, 제5권 제2호, 1930년 2-3월 합호.[71]

一九二九年度의 朝鮮 少年文壇을 考察하여 볼 때 自然 寒心하게 生覺이 드럿다. 現在 우리가 이러한 處地에 잇서서 우리가 부르고 우리가 읽고 한 글은 그가[72] 멧 篇이나 써 내엿든가? 그래도 一九二九年度에 發刊된 少年雜誌가 十餘種이나 되엿다. 그러나 그 雜誌 中 우리가 읽고 부를 만한 글을 퉁트러 놋코 보면 別로 만흔 數에 達치 못햇다.

나는 여기서 過去는 무더 바리고 오로지 새로 마즌 一九三○年은 우리들 노써 지나간 해보담도 더― 意味 잇게 보내자고 朝鮮 少年文士들에게 맹서하려 한다.

一. 우리들은 작년보다 더― 速進하여야 할 일

一. 우리들은 작년보다 더― 獨創力을 가저야 할 일

一. 우리들은 작년보다 새 意識을 가지고 글을 쓰고 읽거야 할 일

나는 긴급히 여러 동무에게 세 가지만을 실행하야 주기를 希望한다. (이상 40쪽)

---

71 원문에 '새힘社 李在杓'라 되어 있다. '새힘社'는 경남 진주(晋州)의 소년문사들의 모임이다.

72 '그간'의 오식으로 보인다.

## 白樂道, "압날의 光明을 노래하자!", 『별나라』, 제5권 제2호, 1930년 2-3월 합호.[73]

나는 우리 少年文壇의 作品(童謠, 童話)를 對할 때마다 늘― 이런 것을 늣기게 된다. "외? 압날의 光明을 노래하지 못하는가?" 참혹한 곳에 잇서면서 늘― 어둔 것만 노래하면 光明이 달아오는가? 나는 絶對로 안이라고 對答하고 십다. 이런 말을 하면 哀想的 作家들은 農村에서 거리에서 울고 잇는 우리의 동무들에게 무슨 光明이 잇게는냐고 反駁할는지는 모르겟다. 그러나 우리는 빨간 希望에 살고 날쒸는 새싹에 사는 어린 동무이니만큼 한층 더 必要할 것이다.

보라. 들에서 호미 쥐고 지게 재고 짬 흘니는 農村少年과 工場에서 하로 終日 機械에 매달녀서 짬 흘니는 少年 職工에게 항상 구슬푼 처지만을 노래하여 보아라. 그들 압헤는 눈물만 한숨만이 잇슬 것이다. 우리는 다― 갓치 어두운 속에서 光明을 向하야 노래 부르자. (이상 41쪽)

73 원문에 '金泉 白樂道'라 되어 있다.

## 金順愛, "少女 讀者를 無視－少年雜誌 編輯者에게", 『별나라』, 제5권 제2호, 1930년 2-3월 합호.[74]

朝鮮서 發行하는 少年少女 雜誌는 여러 雜誌를 보와도 少年만을 相對로 한 雜誌여서 少女를 아우덜 相對한 雜誌라고는 到底히 말할 수가 업습니다. 나는 여기서 少女 同志에게 同意를 어드려 하며 짜라서 編輯者 先生께 一考가 게시길 바람니다.(이상 41쪽)

外國과 갓치 少年少女를 區別하야 發行하지 못하는 以上 되도록은 少女 讀物을 全体의 五分之二는 記載하여야 할 것인대 五分之一도 일거 볼 것이 업다는 것은 少女 自身이 生覺할 째 천대 밧고 差別을 當하는 것 갓해서 슬퍼짐니다.

少女讀者는 無視를 當하고 잇습니다. 우리는 뜻을 갓치하야 雜誌 編輯者에게 忠告하노니 少女도 少年과 갓치 똑가튼 見地에서 作品을 만히 실어주시길 바람니다. 『어린이』『별나라』만이라도 來月號에 內容이 多少 달너질 줄을 밋고 이만 긋침니다.(이상 42쪽)

74 원문에 '東萊 金順愛'라 되어 있다.

## 金福童, "創作에 힘쓰자", 『별나라』, 제5권 제2호, 1930년 2-3월 합호.[75]

여러 동무의 갑 잇는 作品은 여러 雜誌를 通하야 헤일 수 업시 일것다. 그리고 評도 일것다. 그러나 우리는 作品을 發表할 때 名譽慾에 만이 끌니지 말자. 또 作品을 評하는 사람들도 또 가튼 짓을 하고 잇다.

나는 말하노니 創作에 힘쓰라. 그리고 評家 自身도 愼重한 態度를 取하시길 바란다. (이상 42쪽)

---

75 원문에 '洪川 金福童'이라 되어 있다. '金春岡(金春崗)'의 본명이다.

**方定煥, "七周年 紀念을 마즈면서", 『어린이』, 통권73호, 1930년 3월호.**

지금 이 책장을 펴신 동무여 당신도 깃버해 주십시요. 오늘이 『어린이』 여덜 살째의 생일 긔렴입니다. 우리 동무들— 각처에서 우리와 가치 책을 읽는 十數萬의 동무들이 한마음가치 이날을 긔렴하는 깃븜은 참말노 엇더케 형용할 수 업시 크고 만습니다.

×

해ㅅ수로 八년 전 그야말노 겨을의 벌판가치 쓸쓸한 조선의 少年少女에게 어린 사람의 잡지라고 『어린이』가 처음 나올 때 돈 안 밧고 그저 준다 하여도 가저가는 사람이 단 十八人밧게 업던 것을 생각하고 오늘 十수만의 독자와 더부러 이 깃븜을 마지하는 것을 생각하면 스사로 감격한 생각이 가슴에 넘치입니다.

×

"애 녀석"·"어린애"·"아해 놈"이라는 말을 업새버리고 "늙은이"·"젊은이"란 말과 가치 『어린이』라는 새말이 생긴 것도 그때부터의 일이요 어린이 보육 어린이의 정신 지도에 류의(이상 2쪽)(留意)하야 여러 가지의 노력이 생기기 시작한 것도 그때부터의 일입니다.

『어린이』! 『어린이』! 『어린이』가 억지의 고집을 쓰고 탄생한 지 八년 동안의 노력— 이날의 깃븜이 엇지 한이 잇겟습닛가.

×

『어린이』 창간호부터 읽고 오리고 하면서 어린이책과 함께 웃고 울고 하면서 어린이와 함께 자라온 독자가 지금은 벌서 유치원 선생님 보통학교 선생님으로 노력하고 잇는 이가 만코 외국에 류학 가거나 청년운동에 활동하고 잇는 이가 수업시 만히 잇습니다.

그리면서 그이들은 아즉까지도 이 『어린이』를 떠러지지 아니하고 동무해 나아가고 잇습니다.

×

우리에게 이날의 깃븜은 오측 두 가지가 잇스니 저마다 못한다고 금하는 노릇을 八년 동안 싸와 지지 안코 올 수 잇섯든 동시에 그 괴로운 거름이 압일에 만흔 도음 될 지식이 된 것이요 또 한 가지는 단 二十명도 못 되는 독자와 함께 거러온 데 비교하야 이제로부터의 압길을 十여萬명의 독자와 힘을 합하야 나아갈 것을 밋는 깃븜입니다.

×

다 가치 『어린이』의 이날을 즐기십시다. 그리하야 한갈가튼 깃븐 마음으로 거름을 마추어 九年째의 새 行進을 시작하십시다. 우리의 동모가 十수만입니다. 『어린이』를 통하야 서로 권고하면서 서로 붓잡아 가면서 마음 든든히 씩씩한 거름 마추어 행진하십시다. ─ (方) ─ (이상 3쪽)

## 崔麟 외, "七周年을 맛는 『어린이』 雜誌에의 선물", 『어린이』, 통권73호, 1930년 3월호.

天道敎 道領 崔麟

우리 사회(社會)에 갑 잇는 노력과 귀중한 시간이 잇섯다고 하면 그는 곳 어린이들을 위하야 이바지(提供)한 노력일 것이며 그것을 위하야 낭비한 시간일 것입니다. 그것은 우리 집이 망하는 것도 흥하는 것도 모도가 장래의 그 주인공이 어린이에게 잇는 까닭입니다.

그동안 어린이들을 중심한 단체(團體)와 서책(刊行物)의 그 수가 적지 안엇스나 그것은 다—『어린이』 잡지의 부산물(副産物)일 뿐만이요 오직 『어린이』만이 모든 어려운 조건 하에서 七年을 하로가치 굿건히 싸워 왓섯고 또는 어린이에 대한 모든 사업은 한 말슴으로 하자면 어린이의 전인격(全人格)을 완성(完成)함에 잇는 줄노 압니다. 그런데 『어린이』 잡지는 아모런 색채를 가지지 안코 모든 주위의 가장 험하고 어려운 경우를 뛰여 너머서(超越) 가장 원만하게 나아가는 점에 잇서서 특히 경의(敬意)를 하며 아울너 어린이들의 장내를 위하야 축복해 마지안습니다.

東亞日報 編輯局長 李光洙

"어린이"이란 말은 개벽사의 발명입니다.

"어린이" 운동은 개벽사가 시작하엿슴니다.

"어린이" 읽는 잡지 중에 『어린이』가 가장 공이 만슴니다.

『어린이』에게 감사합니다.

그런데 『어린이』가 세 살—네 살 말 배호는 아기네에게 들녀줄 이야기도 좀 실어 주엇스면(이상 4쪽) 합니다.

이것은 다른 나라에서도 별노 업는 일이지만은 반드시 생겨야 할 것인 줄 압니다. 읽기는 어른이 하고 어른이 그것을 말 배호는 이에게 들녀줄 만한 그러한 이야기(일종의 새 예술)을 실어 주엇스면 합니다.

同德學校長 趙東植

우리들 어른의 뒤를 따라 모든 일에 주인이 되여 가지고 크게 일할 새 력군들의 천성을 닥게 하고 그들노 하여금 사람 된 본분을 다하게 하는데 가장 어진 선생인『어린이』잡지가 이제 창간 칠 주년 긔렴을 맛게 됨에 잇서 충심으로 이를 축하하며 지나온 칠년 동안 — 리해 못하는 이 사회(社會)에서 온갖 고란과 쌈싸워 나온 그 숫숫한 인내성을 한썻 사례합니다. 동시에 또한 압흐로 더욱 발전의 발전을 더하야 모든 사람으로 하야금 어린 사람의 참으로 귀중함을 알게 하고 어린 사람 자신으로 하야금 자긔 본마음을 일치 말게 하며 우리 사회에 참다운 봄긔운을 보게 하여지이다 하고 빌고 바랍니다.

이 깃거운 칠 주년 긔렴을 당하야 특별히 어린이 여러분에게는 아래의 세 마대를 부탁합니다.

一. 우리 세상은 착한 사람의 세상이요.

一. 매일 하난 일은 규측을 정하야 그대로 할 것이요.

一. 자긔가 할 일은 자긔가 하고 아모쪼록 다른 사람의 손을 빌지 말 것이요.

京城 색동會 趙在浩

나는 요사히 서울서 제일이라는 유치원 구경을 갓섯습니다.

유치원 마당에서는 귀엽고 씩씩한 어린이들이 자미잇게 작난하며 놀고 잇섯습니다. 모래밧헤서 집 짓고 노는 아해 — 건네 뛰고 노는 아해 — 선생님의 치맛자락을 잡고 매달니며 어리광 비슷하게 슬네잡기 하는 아해들 — 모도다 제 마음썻 자미잇게 놀고 잇섯습니다.

그중에서도 유달니 키 크고 몸 퉁퉁하고 눈 크고 머리가 곱실곱실한 어린이…… 몸 생김생김뿐만 아니라 하는 짓싸지도 다른 아해들보담은 뛰(이상 5쪽)여난 아해가 잇섯습니다.

나는 하도 그 어린이가 귀여워서 엽흐로 가서 씨안고 십헛습니다. 그러나 씨안지는 못하고 머리를 어르만지면서 이러한 말을 물엇습니다.

"당신은 나이 몃살입니까!"

"네 일곱 살이여요."

"커서 어른이 되면 무엇을 할엽니까."

"저는요 커-다라케 되면 칼 차고 말 타고 널직한 곳에서 마음대로 도라단이고 십허요."

"그러면 당신은 칼과 말을 제일 조와합니까."

"네 저는 칼과 말을 제일 조와함니다. 그러고요 우리 집에는 옛날 우리 할아버지가 쓰시든 칼이 잇서요. 그리고 우리 아버지가 타시든 말이 잇서요. 그런데 그 칼은 녹이 쓰럿고 그 말은 날마다 마구깐에서 압발을 굴느면서 내가 유치원에서 집으로 도라가기만 하면 고함을 치며 나한테 인사나 하는 드시 고개를 끄덕끄덕하겟지요! 아이 참 내가 얼는 어른이 되여 그 칼을 조흔 숫돌에 갈어 비수가치 맨들어서 이 허리에 차고 쒸고 십허 못 견대는 그 말을 타고 마음썻 이 조선 천지를 도라단이고 십허요."

나는 이 말을 듯고 인제 겨우 일곱 살 된 그 어린이가 한량업시 귀엽고 미듬성 잇고 씩씩하여서 끼여안고 마음썻 그 압길을 축복하고 얼는 잘 자라기를 눈감고 빌엇습니다.

### 少年總聯盟 丁洪敎

조선의 어린 동모들이 캄캄한 밤에 등대도 업는 파도치고 넓은 바다 가운데서 헤매이는 배와 가치도 압길이 막연한 길 가운데서 동으로 서으로 — 남으로 북으로 갈 바를 아지 못하고 방황할 때에 미래는 소년의 조선(未來는 少年의 朝鮮)이라는 표어(標語)와 가치 여러분의 압날을 개척식히기 위하야 외롭고도 우렁차게 소리지르고 나온 『어린이』 잡지가 조선의 어머니나 아버지나 여러분 소년소녀의 한업는 감격 속에서 칠 주년(七週年)이라는 오늘(이상 6쪽)날을 당하고 만 것입니다.

칠 주년! 칠 주년! 이 얼마나 오랜 세월임니까. 이 사이에 "프른 하늘에 빗나는 새ㅅ별과 가치도…" 아모것도 업는 이 짱 우에서 쌮족쌮족 소사나는 우리 오백만 어린이의 참다운 령(靈)을 얼마나 길으며 험악한 길을 얼마나 인도하엿슬 것입니까 —— 이날을 당하야서는 조선의 부모이며 형매는 여러분을 위하야 엇지 감동한 눈물을 흘니며 축하치 아니하오릿가 —— 이 깃거운 날을 마지하야 한 가지 바라는 바는 압흐로 더욱더욱 힘을 쓰는 가운데 우선 먼저 지금의 칠 주년이 칠십 주년이라는 긔렴호가 되기를 바라며 학업(學業) 소년소녀는 물논 더욱이나 노동(勞働) 소년과 농촌(農村) 소년의 교양운동(敎養運動)에 전 힘을 이바지(供)하여 주심을 바랄 뿐임니다.

이외에도 여러분 선생님의 고명하신 말슴이 만엇스나 지면 관게 기타 여러 가지 관게로 이상의 것만 실엇습니다. … (담임 긔자) …

(이상 7쪽)

## 李元壽, "創刊號브터의 讀者의 感想文, 『어린이』, 통권73호, 1930년 3월호.[76]

『어린이』에 대한 감상을 쓰랴니 내 생각은 칠년 전 옛날노 도라감니다. 날마다 쓸쓸히 지내든 몸이 동무에게서 우리 잡지 『어린이』를 어더다 읽고 죽엇든 동무나 맛난 듯이 깃버 날뛰든 칠년 전 봄날이 아즉도 아름답게 곱게 내 머리속에 사라지지 안코 낫하남니다.

"이처럼 조흔 책이 조선에도 잇다. 이처럼 조흔 동무가 나에게도 잇다"고 생각할 때 참으로 깃벗습니다.

그 뜻깁흔 글? 자미잇는 이야기! 슬픈 이야기가? 그 어느 것이나 죄다 나의 어린 마음을 북도다 주고 웃겨 주고 울녀 주엇습니다.

조선의 소년운동이 첫소리를 치고 이러나든 그때에 우리 『어린이』 잡지의 탄생은 우리의게 둘도 업는 양식이엿습니다. 첫 종소리엿습니다.

나는 그때브터 『어린이』를 밋고 귀애하기 시작하야 오날까지 변함업시 읽어 옴니다. 맛치 떠러질내야 떠러질 수 업는 형과 갓치 동모갓치 어머님 갓치.

×

이 책의 글이면 한 자 반 자까지라도 빼지 안코 읽엇습니다. 이다지도 자미잇게 열심히 읽어 온 책은 아마 달니 업슬 것임니다. 글! 그것이 나로 하여곰 안 읽고 말지 못하게 하엿습니다.

(以下 十二行 不得已한 事情으로 略)

깃븜은 또 잇슴니다. 꼿 갓흔 맘으로 갓치 읽는 수만은 우리 독자들이 서로 정을 주고 밧고 하야 그리워하게 되여 아름다운 교제를 맷는 이가 만엇슴니다. 장차 조선에 새 일꾼이 되려는 어린 우리들의 마음과 마음은 이 『어린이』로 하야 맛나도 보지 못한 동무를 그리워하는 것이야말노 나의

---

76 원문에 '馬山 李元壽'라 되어 있다.

가장 깃버하는 일의 한 가지엿습니다.

×

내가 동요를 읽고 또 지어 보기 시작한 것도 『어린이』를 읽은 후브터엿습니다.

보일듯이보일듯이 보이지안는
당옥당옥당옥소리 처량한소리

韓 선생님의 이 노래를 고요히 부르면서 그 눈물겨운 정경을 눈압헤 그리고 나도 노래를 써 보겟다는 생각이 불갓치 일어 그때브터 동요를 지여 보기도 하얏스며 지어 놋코는 혼자 깃버하기도 하엿습니다.

동요를 짓는 것! 그것은 나에게 잇서 참으로 귀한 깃븜이엿습니다. 슬픈 노래이면 울고 십습니다. 울면 울수록 또 울(이상 58쪽)고 십습니다. 그리고 또 웃고 즐거워합니다.

나라가면가는곳이어데이드냐
내어머님가신나라달돗는나라

이 노래는 슬픈 노래입니다. 내 눈물을 자아내는 슬픈 노래입니다.

×

아버님이 도라가시고 눈물의 몸이 되여서브터는 더욱더욱 『어린이』를 열심히 읽어 쓸쓸한 생각을 이저 왓습니다 —— 생각하면 나의 설음 만은 소년 시절은 눈물과 슬픈 노래쁜이엿지만 다만 『어린이』로 하야 그 눈물 그 슯흔 노래는 아름다웟습니다.

장래에 깃븜을 비저낼 거룩한 설음이고 노래엿는지도 모르지요……

참으로 『어린이』는 캄캄한 밤중의 등불이엿습니다. 감사한 일입니다.

×

『어린이』도 이제 여덟 살! 오래동안 알뜰이 길너 오시는 여러 선생님의 크나큰 은혜도 크고 크려니와 우리 "어머님"의 집 개벽사 十週年 긔렴을 당하야 우리는 다― 갓치 깃버 뛰려는 것임니다.

― 1930.3.1. ―

## 徐德出, "創刊號브터의 讀者의 感想文, 『어린이』, 통권73호, 1930년 3월호.[77]

삼월이 오면 나무가지에 새싹이 피여나려고 움이 볼숙볼숙 자리 잡혀지고 양지쪽에는 발서 풀들이 속닙을 피우고 잇슬 것이며 뒷동산에는 할미꼿이 피여날 것임니다. 그리고 치위에 잘 나단이지도 안튼 어린 사람들까지도 길거리로 나단이며 자미잇게 놀고 잇슬 것임니다. 이처럼 나무 몸동이 속에 깁히 파뭇처 잇든 나무가지에 새싹이 돗아나고 짱속에서 굿게 짓눌녀 잇든 풀들이 고개를 들고 소사나려는 칠년 전 삼월이란 달에 『어린이』 잡지가 처음 생겨나고 나는 그때브터 지금까지 바더 본 것이외다. 그러나 세월은 흘넛고 세상의 모든 것은 변하엿습니다. 그때에 보든 어린동무들이 발서 어른들과 갓치 자랏고 거리거리에는 그때 보지 못하든 새로운 것이 만히 생겨낫습니다. 그리고 나와 나의 동무쁜만이 자란 것이 아니라 『어린이』 잡지도 자랏습니다. 칠년 전 그때의 『어린이』보다 아조 싼판으로 변하엿고 아조 충실하게 자라젓습니다. 『어린이』 잡지는 정말노 어머니보다도 아버지보다도 어린 사람들의 심정을 더 잘 살펴 주엇고 힘업는 동무에게 원긔를 독가 주엇다는 것을 나는 오늘에 와서 말슴치 안을 수 업습니다. 혹시나 저와 갓흔 독자가 잇섯스면 더한층 질거운 일이겟습니다만 아모 대도 배운데 업는 저로서는 오즉 『어린이』 잡지로서 만흔 가라침을 바더 온 것임니다. 말슴이 너무나 뒤밧굼이 되엿습니다마는 칠년 전 그때를 나는 그리워할지…… 칠년을(이상 59쪽) 지나 온 지금을 질거워할 지는 모르겟습니다마는

77 원문에 '蔚山 徐德出'이라 되어 있다.

나는 그때를 한번 들녀 보고도 십습니다. 날과 달은 오늘도 흘너감니다. 움이 돗고 새싹이 피여나려는 삼월이 올해도 우리의 눈압헤 차저왓습니다. 저— 압 길까에서는 어린동무들이 놀고 잇습니다. 그러나 삼월노브터 차저오는 봄이며 길까에 놀고 잇는 어린동무들은 모다 그때의 보든 것과는 달습니다. 모다가 변하엿고 새롭습니다. 나의 감상으로서는 무엇보다 모든 것이 변함에서 또는 새로운 가운데서 짤으면 짤고 길다면 긴 칠년을 지낫다는 것쁜입니다.

## 蘇瑢叟, "創刊號브터의 讀者의 感想文, 『어린이』, 통권73호, 1930년 3월호.[78]

지금으로브터 칠년 전 나의 나희가 열세 살이엿고 소학교 삼년급 째 일이외다. "잡지"라는 일홈의 의미좃차 모르고 코물을 흘니며 무미간조한[79] "하도쪼쪼"만을 부르고 단이든 째 일이외다. 옛날이야기라면 밥도 안 먹고 잠조차 안 졸면서 쏫차단이며 듯는 성질이엿습니다. 하로는 우리 동무끼리 이야기 잘한다는 함해(咸海 現在 居昌公普 在職)라는 아해가 우리 보기에는 퍽도 이상한 순국문 만으로 쓴 책 한 권을 가지고 왓습니다. 이 책이 바로 방정환 선생께서 동경서 나오셔서 아동잡지라고는 조선서 처음인 『어린이』 창간호를 발행하든 때임니다. 즉 그 책이 『어린이』 창간호엿습니다. 그 책 첫 페—지의 이야기로서는 「성냥파리 少女」란 가장 애처로운 이야기엿습니다. 나는 그것을 읽으면서 몃 번이나 울엇는지 모름니다. 그 후 칠년이란 기-ㄴ 세월이 지나가고 수만흔 이야기를 읽엇지만 아직껏 나의 마음에 쓰리깁히 박이여 잇는 것은 눈 나리는 밤길거리에서 치움에 썰

78 원문에 '晋州 蘇瑢叟'라 되어 있다.

79 '무미간조한'은 '무미건조(無味乾燥)한'이다. '간조'는 '건조(乾燥)'의 원말이다.

면서 석냥 파는 애처러운 少女 이야기임니다. 나는 그 책에 파는 곳과 그 책이 달달이 두 번씩 나온다는 것을 듯고 곳 사서 읽엇슴니다. 이것이 나의 일생에 잇서서 잡지라고 본 처음이엿고 내가 예술(藝術)이란 것에 마음 깁히 취미를 갓게 된 동긔엿슴니다. 그 후브터 나는 참으로 『어린이』를 가장 만히 사랑하는 아해엿슴니다. 한 달에 두 번식 오는 것을 나는 열 번이라도 서점에 가서 졸느며 기달니엿슴니다. 그때 얼마나 내가 『어린이』를 사랑해 읽엇는지는 그때 『어린이』, 『개벽』, 『신녀성』을 팔든 이곳 화신상회 주인이 이렇케 나를 보고 말한 데 증명이라도 서 줄 줄 암니다. 『어린이』를 가장 일즉이 사러 온 아해도 너뿐이고 일일(一日) 발행호를 사 가지고 간 그 잇틀 만에 또다시 십오일호를 사러 온 아해도 너뿐이다. 이렇케 우스면서 말하엿슴니다. 그러면 왜? 내가 이렇케 『어린이』를 애독하엿나! 여긔에는 현재 교육자들이(이상 60쪽) 생각할 만한 충분한 리유가 잇슴니다. 어린 아해들 마음(童心)에 깁히 새여 들지 못하는 무미간조한 학교 교과서보다도 그때 우리의 마음을 가장 위로하고 어루만저 주는 것이 『어린이』란 아동잡지이기 때문임니다. 이 글를 읽는 여러분도 반드시 이와 가튼 생각을 가젓슬 줄 암니다. 그 후 우리학교 안에서 함해 동무와 내가 주동(主動)이 되여서 『어린이』독자회를 조직하엿슴니다. 이 회가 점점 자라나서 여러가지 형태(形態)는 변하엿슬지언정 조선 사회에 잇서서 적은 모듬이엿스나 지금까지 가장 충실한 일을 하여 왓다는 것만 여러분 긔억하여 주십시요. 이 모듬이 『어린이』독자회로 모엿든 것이 성장한 지금에 잇서서는 "조선을 어써케 하면 가장 잘살게 할까" 하는 문제에 대해서 가장 열심히 연구하고 가장 꾸준히 일하여 간다는 것도 아러 주십시요. 여긔에 한 가지 우스운 일은 그 모듬이 모인 후에 『신소년(新少年)』이란 잡지가 생겻슬 적에 함해 동무는 『신소년』을 보자 하고 나는 『어린이』를 보자 하고 한번 싸와 본 적이 잇슴니다. 지금 생각하면 우스운 일이겟지만 그때는 꽤 열심이 싸왓슴니다. 나종엔 또 서로 타협햇지만…… 또 한 가지 우스운 것은 그 후 내가 방 선생의 『사랑의 선물』을 사 읽엇슬 때 일임니다. 엇지나 자미가 잇든지 할머님의 걱정하시는 것도 안 돌보고 하로밤을 새워 가면서 다— 읽엇습니다. 그래서 어린 내 생각에는 제목(題目)이 "사랑의…… 云云"한 책이면 모다 이렇케 자미잇는 이야기책인 줄 알고 할머님을 졸나서 곳 돈을 어더서 서점에 가 보앗습니다. 가 보니 "사랑의……云云"의 제목 책이 퍽 만히 잇섯습니다. 그래서 곳 『사랑의 눈물』이란 것을 사 가지고 와 읽엇습니다. 읽어 보니 무슨 뜻인지 의미도 모르겟고 아모 자미가 업섯습니다. 그러나 읽어 가니 조금식 뜻을 알게 되기 때문에 씃까지 읽엇습니다. 지금 생각하니 그 책이 영국 문호 '쎅스피아'의 「로미오와 쭈리엣트」란 것을 번역한 것이엿습니다 아버지와 형님이 읽어서 자미잇슬 책이 그때 어린 나의게 아무 자미가 업섯든 것은 정한 리치외다. 이것이 내가 소설(小說)를 읽든 맨 처음이엿습니다. "사랑의……云云"의 제목만 붓텃스면 모다 『사랑의 선물』처럼 자미잇는 이야기인 줄만 안 나의 어린 시대의 순진한 생각이 퍽으나 우습습니다. 여러분 중에도 반드시 이와 가튼 경험이 잇슬 줄 암니다. 칠년 동안을 모—든 고난과 싸우면서 조선의 『어린이』를 위해서 어린이가 이만콤이나 성장한 데 대해서 방 선생과 리정호 형 및 여러 긔자 제씨의게 마음 깁흔 감사를 드리나이다.

一九三〇.一. 마즈막 날 (이상 61쪽)

## 具玉山, "當面問題의 하나인 童謠作曲 一考察", 『동아일보』, 1930.4.2.

朝鮮에 童謠運動이 일어난 後 童謠 音樂이 普及되기는 아마 己未年 以後 東京서 組織한 〈색동會〉의 動機로 方定煥 氏가 日本人 成田爲三[80] 氏의 作曲 몃 個에 歌詞를 부처(「가을 밤」, 「兄弟별」) 그 曲을 當時 朴來玉[81] 氏가 天道敎少年會員들에게 놀애를 가르키며 쏘 鄭淳哲 氏는 『婦人』『어린이』 紙上에 이 몃 曲을 紹介하며 —— 이러케 하는 동안 몃 個의 童謠가 京鄕에 넓히 愛唱되기 始作한 것이 朝鮮 童謠音樂運動의 첫 소리일 것이다. 그리자 차차 外國童謠 音樂이 朝鮮 樂界에 들어와 模倣時代로부터 翻譯時代로 옴겻고 지금은 漠然하나마 初産期의 創作時代로 轉換하얏다.

創作時代로 轉換한 朝鮮의 童謠 作曲을 檢討하야 본다면 여러 가지 錯誤點이 잇다.

童謠 作曲에 對하야 長音階나 短音階의 選擇은 全혀 그 歌詞에 準한 것은 筆者가 論치 안하도 共知하는 바이다. 그러나 初産期인 우리의 作品을 檢討하야 보는 中 特히 音階의 錯誤點에 着眼하는 일이 만타.(이 外 理論上 錯誤도 多數)

이것이 無名作家에게 잇서서는 말할 餘地도 업겟지만 堂堂한 既成 作家의 作品에 이런 矛盾된 作品을 보게 된다. 그러면 童謠 自體가 음산한 悲調일가? 決코 아닐 줄 안다. 童謠 自體가 童心의 流露인 만큼 靜的이 아니고 적어도 躍動하는 動的 存在이다. 그럼으로 恒常 天眞스럽고 自然스럽게 커 가며 자라나는 것일 것이다. 그럼에도 不拘하고 近日에 愛唱하는 童謠를 들어본다면 그 童謠 自體는 兒童의 歡喜와 喜悅의 心情에서 놀애한 童謠이건만 그에 對한 曲은 短音階의 悲調로 '센치멘탈'한 作曲을 만히 듯게

80 나리타 다메조(成田爲三, 1893~1945)는 도쿄음악학교 출신의 작곡가이다.

81 『天道敎會月報』(제135호, 1921.10.15)에 의하면, 성악가이자 바이올린 연주가로 확인된다.

된다. 그 놀애를 愛唱하는 兒童으로 하야 적지 아니한 感傷的 氣分을 釀成케 하며 짤하서 兒童의 成長에 不少한 害毒을 끼치게 될 것이다. 勿論 童謠自體가 兒童의 孤獨의 悲哀로 놀애한 센치멘탈의 童謠일 것 가트면 當然히 그 曲도 歌詞에 準하야 短音階의 悲調로 作曲하야야 할 것이다마는 그러치 안코 童謠 自體는 兒童의 歡喜의 心情에서 나온 것임을 不顧하고 그에 對한 曲은 短音階의 悲調로 作曲하게 된다 함에 對하야 그 曲을 作曲한 作者에게 對한 疑問은 筆者 一人만이 아닐 줄 안다. 卽 이에 對하야 簡單하게 말하자면

作曲家의 詩觀이라고 볼 수밧게 업스며 짤하서 作曲家의 不準備와 無理解의 露出로 觀測할 수밧게 업다. 作曲家가 詩人의 歌謠를 對하야서는 적어도 그 歌謠의 '악센트', '리듬' 思想 感情을 圓滿히 自己의 것으로 만들어 —— 거긔서 흐르는 詩想에 自己 靈感이 衝動함으로 因하야 —— 心琴에서 흘러나리는 '멜로듸'를 愼重하게 戀戀한 憧憬을 刹那刹那로 表하여야 그것이 藝術的 價値가 잇는 산 作品일 것이며 이것이 藝術의 殿堂이며 이것이 藝術을 創造하는 童心의 自然 王國일 것이다.

그러나 或者가 世間의 歡心을 사려고 野卑한 行動으로 아무런 準備도 업시 作曲하야 發表한다 하게 됨은 우리 童謠界에 얼마만한 害毒을 끼치게 되겟느냐. 그리고 그 作者는 當然히 賣名的 手段으로 大衆에게 烙印을 當할 것은 事實일 것이다. 그럼으로 우리 아페 몃 되지 못한 作曲家들은 自重하야 朝鮮 童謠音樂 教育 前途를 爲하야 第一 作曲家의 亂作을 防止하며 짤하서 童心에서부터 나는 조흔 曲을 創作하야 發表하야 주기를 바란다. 이것이 朝鮮 童謠音樂運動에 가장 使命的인 큰 役割일 것이다. (中略)

우리는 언제까지든지 朝鮮的 旋律을 鼓吹하며 漸漸 薄弱하야 쓸어저가는 우리 意識을 把持하자 —— 그리고 우리는 朝鮮 民族인 만큼 부르는 놀애도 朝鮮 旋律이라야만 할 것이며 비록 쏙쏙지 못한 한 篇의 놀애를 草한다 할지라도 우리의 念頭에는 朝鮮이 써나지 아니하여야 할 것이다. 그럼으로 우리는 朝鮮 旋律을 作曲할 音의 材料를 研究하며 아프로 우리의 놀애가 兒童 心情에 適合하도록 朝鮮的 旋律을 作曲하기에 努力하여야

할 것이다.

요사이 兒童들이 愛唱하는 童謠의 大多數는 日本童謠 直譯이다. 外國童謠 輸入은 過渡期에 處하야서는 必然的 事實이나 至今부터 피와 뼈가 相異한 日本童謠나 外國童謠는 排斥하고 鄕土意識을 鼓吹하는 意味下에 우리의 놀애를 부르게 하자. 外國童謠를 無條件으로 排斥하자는 것은 決코 아니다.(「正月 童謠壇 漫評」의 題下에 尹 君[82]이 조흔 意見을 提出하야 주엇슴으로 여긔에 더 만히 論코자 안는다.) 다만 自作 自給 精神下! 上言한 바와 가티 우리의 가슴에는 朝鮮 民族의 特有한 피가 흐르는 까닭에 우리와 旋律 感情이 相異한 外國童謠를 排斥하자는 것이다. 그리하야 우리는 우리 意識에서 生産한 朝鮮的 感情 朝鮮的 旋律을 愛唱하자는 것이다. 그러면 第一步로 이미 우리 아페 輩出한 作曲家 尹克榮 朴泰俊 鄭淳哲 洪永厚 申孤松 李久月 諸氏의 努力에 맛겨 두며 第二步로는 全朝鮮公私立普通學校 音樂 擔任先生들의 努力에 쏘한 맛겨 둔다. 그리고 하로밧비 우리의 아페 充實한 童謠音樂 機關紙가 發刊되기를 企待하고 祝願하기 마지아니하며 이 글을 마친다. (씃)

82 尹福鎭의 「三新聞의 正月 童謠壇 漫評(전9회)」(『조선일보』, 30.2.2~12)을 가리킨다.

## 延皓堂, “永遠의 어린이 안더-슨傳(1)”, 『중외일보』, 1930.4.3.[83]

朝鮮의 어린이들과도 임의 親해젓고 여러 가지 機會에 만히 紹介된 童話界 泰斗 안더-슨 先生의 一生을 紹介하는 것도 의미 업는 일이 안임으로 筆者는 蘆谷[84] 氏의 著書에 據하야 이것을 秒한 것임을 明言해 둡니다. -筆者-

一. 緖言

童話는 어린이의 藝術이오

童話는 어린이의 宗敎요

童話는 어린이의 哲學입니다.

그리고 童話는 어린 넉(魂)의 드나드는 出入口입니다.

어린이는 이 出入口로 드나들며 넓은 世上을 보고 또 宇宙를 보고 또 神秘로운 自然을 본 後에 그 生命에 물들게 되고 그 鼓動을 늣기는 것입니다.

어린이 中 그 엇더한 사람이 童話의 惠澤을 닙지 안엇겟습니까. 퍽 오랜 녯날 人智의 黎明時代로부터 文化가 發達된 오늘날에 닐으기까지 世界 어느 곳을 勿論하고 니르는 곳마다 童話는 어린이들의 고흔 넉을 길너온 것입니다.

童話는 치운 겨울 짜듯한 火爐ㅅ가에 웅승그리고 안즌 니 빠진 할머님의 입에 依하야 숩풀 속에서 톡기와 올뱀이로 벗 삼는 숫 굽는 사나희의 입을 빌어서 쏘는 깁흔 山속으로 즘승들을 쪼처단이는 砲手의 입을 빌어서 쏘는 北歐 ‘퓌욜드’에서 櫓 젓는 배사공의 입을 빌어서 쏘 ‘아메리카’의 ‘푸란데-

83 ‘延皓堂’은 연성흠(延星欽)의 필명이다.

84 아시야 로손(蘆谷蘆村, 1886~1946)은 일본의 구연동화 연구가이자 아동문학 작가이며, 기타하라 하쿠슈(北原白秋), 미키 로후(三木露風)와 같은 시대에 활약한 시인이기도 하다. 안데르센에 관한 저서로 『アンダアゼン(永遠のこども)』(コスモス書院, 1925) 등이 있다.

쇼'에서 植木으로 일삼는 늙은 黑奴의 입을 빌어서 또는 눈 오는 밤 '러시아'에서 馬車를 달니는 驛遞人의 입을 빌어서 또 이 世上 널으는 곳에서마다 나희 만흔 老人의 입을 빌어 어린 聽衆에게 數업시 들녀진 것이 事實이오 이것을 들녀줌으로써 어린 사람들 마음에 빗(光)과 힘(力)과 희망(希望)과 호긔(好奇)의 모험(冒險)을 담어 준 것이 事實입니다.

말은 말을 낫코 니약이는 니약이를 나으며 形態는 形態를 나아 童話의 眷族이 漸漸 擴大됨과 함께 人類가 퍼지는 곳마다 童話도 퍼지고 人種이 交叉되여 쪽가튼 童話가 各各 다른 나라 안에서 各各 다른 나라말로 널니 傳해 도라다니기에 닐은 것입니다.

人類의 文化가 進展됨을 따라 童話의 形態도 또 進展되지 안흘 수 업게 되엿스니 農夫나 獵師나 漁夫 樵夫 等의 입으로 傳해 나려오면서 成長된 童話는 詩人의 붓끗테 依하야 씨워지게 되어 거긔에 큰 變化가 생겻습니다.

野蠻 未開한 民族의 藝術이엿든 스토리에는 새로운 生命이 석기기에 닐으럿스니 詩人의 高遠한 理想 哲人의 深奧한 體驗이 그 속에 슴여들고 微妙한 藝術家의 技巧가 그 形態를 一變식히여 一層 情다운 힘으로써 어린이의 마음을 길너 올 수 잇게 되엿습니다. 이것을 닐커러 사람들은 藝術童話 或은 創作童話라고 합니다.

世界 藝術童話界에 잇서서 最大한 高峰은 한스・크리스챤・안더-손(Hans Christian Andersen)입니다.

안더-슨 以前에 안더-슨 업고 안더-슨 以後에 안더-슨 업다 하야도 過言이 안이니 大體 안더-슨은 엇더한 人物이엿겟습닛가?

## 二. 幼年時代

안더-슨의 生涯는 一奇蹟이엿습니다.

十九世紀 文豪 中에 貧困한 靴工의 아들로 태여나서 안더-슨만치 남달은 傳記와 個性을 가진 이는 듬을 것입니다.

다- 찌그러진 집안에 精神病의 血統을 가지고 九歲에 親父를 死別한 後 十五歲에 無依無托하게 되어 單身으로 放浪하고 十九歲까지 自國語를 正則으로 배우지 못하엿습니다. 온갖 몹된[85] 條件을 具備한 環境 中에서 길니우면서도 天眞한 어린이 틔를 조금도 喪失치 안이하고 健全한 童話作家로서 後世에 그 名聲이 藉藉하게 된 것은 아모리 생각하야도 奇蹟이라 안이 할 수 업습니다.

一八〇五年 四月 五日, 丁抹[86]이란 나라를 形成한 큰 섬(島) 셋 中의 하나인 '퓌엔' 구석 싀골인 '오-덴세'라는 洞里 다- 찌부러저 가는 구두방 한구석에서 呱呱의 聲을 發하엿습니다.

이 구두房 主人(안더-슨의 生父)은 本是 이 가튼 階級의 사람이 안이엿고 그 親父時代까지는 안더-슨家는 그 故鄕에서도 쏩낼 만치 훌륭한 집안이엿섯습니다.

그러나 不幸이 거듭 繼續하야 이 一家를 亡치게 되엿스니 그것은 안더-슨의 祖父가 發狂한 것이엿습니다.

아들 하나를 다리고 외써러진 안더-슨의 祖母는 외아들을 다리고 오-덴세 라는 洞里로 들어와서 生活에 困難하기 때문에 그 아들을 구두방의 일꾼으로 보내게 되습니다.

---

**延皓堂, "永遠의 어린이 안더-슨傳(2)", 『중외일보』, 1930.4.4.**

一八〇四年 나희 二十歲밧게 되지 안은 아들은 娶妻를 하게 되엿스나 艱難한 집 더구나 구두방의 일꾼인 나어린 사람에게 훌륭한 색시가 올 理는 萬無입니다.

新婦는 貧困한 것은 彼此一般이오 家門은 아조 보잘것업는 집에서 드러왓습니다. 그때의 新婚 節次가 얼마나 貧弱햇든지는 이 아래의 이약이를 보아도 能히 짐작할 만합니다.

---

85 '못된'의 오식으로 보인다.

86 '덴마크(Denmark)'의 음역어(音譯語)이다.

新郎은 寢臺를 꼭 사야 할 必要를 늣기기는 하엿스나 새것을 살 餘裕가 업섯기 때문에 쩔쩔매이는 판에 그때 맛침 그 近處 마을에 살든 엇던 伯爵이 죽어서 그 屍體를 언저 노앗든 床이 葬式 지난 뒤에 팔니게 되엿습니다. 新郎은 조와라 하고 그 屍體를 올녀노앗든 床을 사드려다가 修繕하야 使用하얏습니다.

이가티 艱難한 家庭에서 世界 最大의 童話作家 안더-슨은 出生되엿습니다.

新婚한 夫婦(안더-슨의 父母)가 넉넉하지 못한 살림사리 속에서 그 해를 지내고 그 이듬해 四月에는 차듸찬 北海 中 섬나라에도 따듯한 春風이 솔솔 부러오게 되엿습니다.

어린 아기에게 洗禮를 주는 즐거운 날을 當하야 젊은 夫婦는 아기를 다리고 敎會堂으로 갓습니다.

그때 어린 아기는 어듸가 압흐든지 몹시 울어대엿는데 그 울음소리가 敎會堂 天井을 쩨르릉쩨르릉 울니임으로 牧師는 火가 불가티 나서

"아이그 웃지 몹시 울어대는지 정신이 업구나. 맛치 고양이 쏀으로 울어대는 걸."

하엿습니다. 어머니 되는 이는 이 말을 듯고 落心千萬하야 잇슬 때 親族中 한 사람이

"무어 그리 心慮할 것은 업서요. 어린애는 큰 목소리로 잘 울어대야 조타오. 울음소리가 크면 클사록 노래를 잘 불으게 된답듸다."

하고 慰勞준 까닭에 겨우 安心을 하엿다 합니다.

여러 가지 悲慘한 일이 집안에 百出하는 中에도 老婦人은 自己 혼자 손으로 될 수 있는 데까지 외아들은 敎育식힐 생각을 가슴속에 늘 품고 잇섯기 때문에 안더-슨의 親父는 讀書하기를 퍽 조와하얏습니다. 안더-슨의 어머니는 容貌는 험 잡을 곳이 업섯스나 學識은 변변치 못하얏습니다. 夫婦의 情理는 퍽 圓滿하엿습니다. 안더-슨의 아버지는 남과 交際하기를 실혀하는 쑹-한 사람이엿고 얼마만큼 偏屈者이엿기 때문에 틈이 잇슬 때마다 집안에 잔뜩 드러안저서 丁抹의 有名한 詩人 '홀쎄르그'(Holberg)의 喜

劇과 그 當時에 丁抹 國語로 飜譯된『아라비안나이트(千一夜話)』等을 耽讀하얏습니다. 後日 안더-슨의 文學的 方面은 確實히 그 父親의 遺傳을 바든 것임이 틀님업습니다.

어린 아기는 漸漸 長成하야 家族들의 훌륭한 遊戱同伴가 되엿습니다. 아버지는 손수 맨들은 人形을 가지고 作亂을 해 보이며 愛兒와 함끠 滋味잇게 놀기도 하고 日曜日 가튼 때는 野外나 森林 中으로 다리고 나가서 왼終日 놀기도 하얏습니다.

學齡에 닐으자 小學校에 入學을 식히엿습니다. 小學校 入學한 뒤 成績은 퍽 良好하얏습니다.

'안더-슨'의 母親에 對해서는 確實히 알 만한 點이 업스나 그 時代 그러한 階級의ㅅ 사람 中 一典型으로 퍽 無智하고 또 迷信的이라 할 만치 敬虔한 사람이엿든 것은 想像할 수가 잇습니다. 그러나 '안더-슨'의 死後 비로소 처음 發見된 그 아들에게 보낸 便紙를 볼 것 가트면 偉人의 어머니 될 만한 銳敏과 機智가 그 便紙 全幅에 넘처흘너 잇섯다 합니다.

---

### 延皓堂, "永遠의 어린이 안더-슨傳(3)", 『중외일보』, 1930.4.5.

九歲로부터 十五歲에 닐으기까지 어린이 發達에 그中 重要한 時期를 '안더-슨'은 이 어머니 손에 길니우고 그 慈愛 깁흔 품속에 자라낫기 때문에 '안더-슨'의 마음속에 어머니의 感化가 퍽 만히 슴엿슴은 想像하기에 어렵지 안은 일입니다. 모든 偉人들에 잇서서 그 어머니 되는 이의 感化가 가장 重大한 役割을 한 것으로 보아서 '안더-슨'의 어머니도 뛰여난 母性 中의 한 분이엿다는 것을 넉넉히 알 수가 잇습니다.

'안더-슨'의 祖母는 容貌가 퍽 아름답고 또 性質이 安穩한 것은 勿論 누구에게나 親切한 훌륭한 婦人이엿습니다. 이 老婦人은 家庭에 닐어나는 가진 風波와 苦難을 自己 一身上에 지고 닐어서서 잘 참어 가며 살어 나려왓습니다.

老婦人은 째째 自己 祖母의 니야이를 하얏습니다.

老婦人의 이약이에 依하면 그의 祖母는 獨逸 '캇셀' 市에 살은 富豪의 令孃이엿스나 엇던 喜劇 俳優와 눈이 마저서 어듸로인지 다러나 버렷다가 末年에는 悲慘한 生涯에 빠지고 말엇섯다 합니다.

"그러닛가 우리는 祖母님의 罪를 벗겨 드리기 위하야 苦生하지 안으면 안 된다"고 老婦人은 말끗마닥 말하얏습니다. '안더-슨'은 집안에서 누구보다도 이 祖母님을 퍽 조와하얏습니다.

祖母는 그 洞里 瘋癲病院에 가서 그 病院의 庭園을 보삷히는 일을 맛터 보고 잇섯슴으로 안더-슨은 각금각금 病院으로 祖母를 짤아갓섯습니다.

나희 먹은 看護婦들은 안더-슨을 다리고 滋味잇게 놀기도 하며 여러 가지 滋味잇는 독갑이 이약이를 들려주기도 하얏슴으로 안더-슨은 몹시 迷信的 人物이 되엇습니다. 보기에 괴로운 瘋癲病者의 印象도 안더-슨의 幼弱한 마음에는 퍽 걸리엇든 것도 事實이엿슬 것입니다.

以上과 가튼 이약이는 안더-슨 自身의 後年 回想談 속에서 추려내인 것입니다 —— 또 滋味잇는 回想談이 잇스니 一八〇八年으로부터 九年 사이에 西班牙 軍士가 '오-덴세'에 왓든 일이 잇섯는데 그때 엇던 軍士 하나가 안더-슨을 보드니 쓸어안ㅅ고 눈물을 흘리면서 洞里 안으로 춤을 추며 돌아단엿습니다.

이것은 그 軍士가 안더-슨과 가튼 年甲되는 어린 것을 故鄕에 남겨 놋코 왓기 때문에 그것을 생각하고 그리한 것일 것입니다. 이것이 特別히 鮮明하게 안더-슨의 腦裡에 남아 잇섯습니다.

그리고 그때는 여러 가지 古風의 祭祀가 '오-덴세'에 擧行되엇섯는데 四旬節 때에는 水夫들이 洞里 안으로 行列을 지여 도라단이기도 하며 레씻세라는 곳 聖泉으로 宗敎行列을 하든 일도 잇서서 안더-슨은 後年에 닐으러서까지 그때 일을 잘 記懇하고[87] 잇섯습니다. (此項 未完)

---

87 '記憶하고'의 오식이다.

## 延皓堂, "永遠의 어린이 안더-슨傳(4)", 『중외일보』, 1930.4.6.

남이 보기에는 그의 어렷슬 째 生活이 퍽 幸福스러웟든 것 가트나 事實은 그리 幸福된 生活은 決코 아니엿습니다.

家族의 過去가 퍽 榮光스러웟섯다는 것을 잘 알고 잇는 안더-슨의 아버지에게 잇서서는 그때 自己가 살림사리를 잡고 잇든 그 時代에 이르러 極貧民에 갓가운 生活을 하게 된 것이 몹시도 안탑갑고 焦燥하는 장본이 되엿든 것은 두말할 것도 업습니다. 더구나 發狂한 아버지를 모시고 잇게 되니 그 偏屈한 性格의 所有者인 안더-슨의 아버지는 하로 한 時로 조바슴을 아니 하는 때가 업섯습니다. 그래서 그는 몹시 沈鬱한 狀態에 빠지여 聖書만 耽讀하기에 이르럿는데 어느 날은 聖書를 닑다가

"그리스도도 우리와 쪽가튼 사람이 되섯다. 그리나 우리 사람들과는 그 距離가 퍽 머른 양반이다."

하면서 책을 더펏습니다.

몹시 敬虔한 안더-슨의 어머니는 그 男便의 말을 듯고 極端 가는 瀆聖的語辭라 하야 울면서 悔改하기를 懇願하엿습니다.

그때에 나히 어린 안더-슨은 몹시 놀나서 조용한 곳으로 뛰여나가 그 아버지가 救援을 바드시도록 一心으로 祈禱하엿습니다. 그러나 그 아버지의 不愉快한 마음은 漸漸 亢進하야 새로운 世界를 憧憬하기까지에 이르럿습니다.

그때 맛침 獨逸에 戰爭이 일어나게 되엿스니 그것은 나폴레온이 歐羅巴로 橫行하든 때로 丁抹은 佛蘭西와 同盟을 締結하게 되엿섯습니다.

안더-슨의 아버지는 갑자기 戰爭에 나가 보고 시푼 생각이 나서 義勇兵이 되여 入營하엿습니다. 그는 적어도 中尉쯤은 되여서 집에 도라오면 씨부러저 가는 家運도 니르킬 수 잇겟고 여태까지 구두쟁이로 지내든 것보다는 本意 잇는 生活을 해 갈 수 잇스려니 하고 생각하얏든 것니다. 그러나 幸인지 不幸인지 그의 所屬되여 잇든 隊가 겨우 홀스타인이란 곳에까지

進軍하엿슬 때 戰爭이 中止되여 中尉가 되리라고 하든 그의 큰 希望은 사라저 업서지고 다시 오-덴세에 잇는 구두방으로 도라올 수밧게 업시 되엿슴니다.

그때 안더-슨의 아버지는 몹시도 안탓갑게 녁엿든 것이 事實입니다.

가엽슨 구두쟁이는 每事가 다- 이가티 되야 漸漸 失望의 深淵 속에 빠지게 되고 나종에는 그 아버지(안더-슨의 祖父)와 가튼 運命에 빠저드러가게 되엿슴니다. 그는 어느 날 아침 그의 空想하는 英雄인 나폴레온에 대한 말을 입속으로 수업시 지절대다가 寢牀에 쓰러저 버렷슴니다. 그 後로는 이때 자리에 누어 알는 몸이 되니 안더-슨의 어머니는 몹시도 근심이 되야 그 洞里 안에서 第一 點[88] 잘 치는 老婆에게로 안더-슨을 보내엿섯슴니다.

"너의 아버지가 도라가시면 네가 도라가는 길에 너의 아버지 령혼(靈魂)과 맛나게 될 것이다."
하고 대답해 주엇슴니다.

迷信的이요 怮쟁이인 안더-슨은 老婆의 이 가튼 對答을 듯고 몹시 큰 刺戟을 바닷슴니다.

그래서 금방 그 아버지의 혼이 나오는 것 가태서 무서움을 抑制로 참ㅅ고 갓가수로 집으로 도라왓슴니다.

이런 일이 잇슨 지 겨우 三日 만에 그 아버지는 이 世上을 써낫슴니다. 그때 안더-슨은 겨우 十歲엿슴니다.

안더-슨의 詩才는 이때부터 싹트기 시작하엿스니 그때 오-덴세에서 牧師노릇을 하고 잇든 분게프로드라는 사람이 잇섯슴니다. 이 사람은 若干의 敍情詩를 지어 내여 그 方面으로 일홈난 사람으로 一八〇五年에 不歸의 客이 되엿스나 이 詩人의 未亡人을 알게 되여 그 집에 出入하든 關係上 詩라는 것이 滋味잇는 것이라는 것을 생각하기 시작하엿슴니다. 詩人의 未亡人은 때때 그 亡夫의 遺詩를 쓰내여 自己 아페서 안더-슨으로 하야금

88 '占'의 오식이다.

朗讀케 하엿습니다. 안더-슨은 本來부터 목청이 조왓기 때문에 詩를 朗讀하기에는 퍽 適當하야 詩人의 누의까지도 안더-슨의 詩를 朗讀하는 것을 듯기 조와하엇습니다.

이 가튼 關係로 말매아마 안더-슨은 漸次로 詩 짓는 법을 알게 되여 自己도 長成하면 분게프로드와 가튼 人이 되리라고 마음을 먹엇습니다. 얼마 後에 그는 悲劇 一篇을 지엇습니다. 이것은 悲劇 中의 大悲劇으로 劇中人物은 全部 한 사람 남ㅅ지 안코 죽는 것으로 꾸며 노코 그 對話에는 일즉이 그 아버지에게 드른 聖書 가운데의 말을 만히 집어너헛습니다. 분게프로드 未亡人과 그 누의 아페서 처음으로 이 悲劇을 朗讀하자마자 두 婦人은 조곰도 거즛이 업시 衷心으로 안더-슨의 才燥를 稱讚하엿습이다.

그 後 얼마 잇지 아니하야 한스·크리스찬의 일홈이 洞里 안에 퍼지게 되엿습니다. 그러나 洞里 사람들은 분게프로드의 집안 사람들가티 眞心으로 한스를 稱讚하지는 아니하엿습니다. 稱讚커녕 도로혀 놀림감어리를 삼엇습니다. 感情的 少年인 한스는 그 때문에 가슴이 써겨지는 것가티 야속한 생각이 드러서 엇던 때는 밤을 새우고 울기까지 하엿습니다.

그러나 詩 짓기에 滋味를 붓친 한스는 요만한 困難에는 阻害를 밧지 안코 繼續하야 喜劇 一篇이 그 어린 붓끗트로[89] 씨여젓습니다.

---

## 延皓堂, "永遠의 어린이 안더-슨傳(5)", 『중외일보』, 1930.4.7.

그 喜劇은 王子 하나와 少女 하나를 主人公으로 한 것이엿섯는데 한스가 이것을 쓸 때에 第一 困難을 바든 것은 王子와 少女가 自己 생각과 가튼 會話를 할지 안할지 모르는 것이엿습니다. 그래서 여러 가지로 생각한 쓰테 王子가 少女와 對話할 때는 틀림업시 佛蘭西 말이나 獨逸語 가튼 어려운

---

89 '붓쓰트로'(붓끝으로)의 오식이다.

말을 쓰려니 하고 넘겨집허 생각하고 갓가스로 몃 마듸식 드러 두엇든 佛蘭西 말과 獨逸語를 틈틈이 會話 속에다 揷入하엿습니다.

그래서 自己 짠에는 잘된 줄 생각하고 得意滿滿하얏지만은 그 喜劇은 먼저 지은 悲劇 以上으로 評判이 조치 못하엿습니다.

오-덴세에 사는 못된 少年들은 한스가 거리로 지나가기만 하면

"야! 喜劇作家 저긔 가신다."

하고 몹시 놀녀대엿습니다.

한스는 忿한 생각을 참ㅅ지 못하기는 하면서도 野卑한 놈들이 아모것도 모르고 神聖한 藝術을 汚瀆한다고 別로 相對도 삼ㅅ지 안엇습니다. 그러나 한스는 洞里 안의 못된 少年에게만 侮辱을 當한 것이 아니라 小學校長 先生님에게까지 큰 侮辱을 當하엿습니다.

校長 先生님 生辰날, 이날을 祝賀하기 爲하야 한스는 곱게 쏫다발 하나를 맨들고 쏘 여러 날 고심해서 지은 生辰을 祝賀하는 노래 한 篇을 가지고 紛走하게 校長 先生님 택으로 뛰여갓습니다.

노래를 보혀 드리면 틀님업시 校長 先生님이 깃버하시러니 하고 노래를 내여노앗더니 校長 先生님은 뜻밧게 눈살은 찌푸리시면서

"입에서 젓내 나는 어린 것이 되지 못한 흉내는 낼 줄 알어서……"

하고 호령호령하섯습니다.

아! 藝術家에 對한 侮辱 그리고 純眞한 어린이에 對한 侮辱 이 가튼 侮辱을 밧고는 銀絲가티 銳敏한 한스의 感情은 복바처 올럿습니다.

집안 살림을 마터보든 그 아버지를 일흔 한스의 집안은 나날이 生活에 困窮이 切迫하게 되여습니다. 한스는 그 洞里에 사는 貧困한 집안의 어린이들과 가티 工場에 드러가 일을 하게 되엿습니다. 愛情이 만흔 한스의 祖母는 親히 한스를 工場에까지 다리고 가서 工場 主人에게 한스를 付托하고 도라와서는 하나밧게 업는 귀한 孫子가 벌서부터 이가티 勞苦까지 하게 된 것을 몹시 슬퍼하며 쯧업시 嘆息하엿습니다.

## 延皓堂, "永遠의 어린이 안더-슨傳(6)", 『중외일보』, 1930.4.8.

한스는 나면서부터 조흔 聲帶의 所有者이엿기 때문에 집안에 잇슬 때에라도 집안 식구들 모힌 자리에서 노래를 곳잘 불럿습니다.

그리고 工場에 다니게 된 뒤로는 그 工場에서 일하는 獨逸 사람들에게 만흔 稱讚을 바드면서 각금각금 노래를 불럿습니다. 한스는 得意滿面하야 그네들 아페서 노래도 불르며 또 엇던 때는 自己가 愛誦하는 '홀베르그'의 喜劇을 朗讀하야 들려주엇습니다.

익숙지 못한 工場일에 이싸금식 속傷하는 일도 적지 아닛지만은 '한스'에게는 이것이 큰 樂이엿습니다. 그러나 工場 主人은 몹시 冷情한 사람이 되어서 '한스'를 몹시 구는 때가 퍽 만헛습니다. 工場 主人에게 구박을 밧고 '한스'가 울고 집으로 도라오는 일이 非一非再임으로 '한스'를 몹시 貴愛하는 그 어머니는 '한스'를 工場에 보내지 안키로 決心하고 그 代身 自己가 밧게 나아가서 일을 하게 되엿습니다.

劇에 對한 戟烈한[90] 興味는 '한스'가 그 아버지에게서 바든 遺傳인 듯합니다. 아니 그보다도 퍽 오래된 예전 '한스'의 집안을 零落의 구렁으로 빠트린 俳優의 피가 남아 잇든 까닭인지도 모릅니다. '한스'는 일즉부터 演劇에 기픈 興味를 가지고 오-덴세에 이싸금식 오는 演劇團에 마음이 쓸리여 엇던 때는 臨時 俳優로 드러가서 自己 맘것 才操를 부려 본 일까지 잇기 때문에 洞里 사람들은 '한스'를 볼 때마다

"저 애는 演劇俳優가 맛당이야."

하고 말하얏습니다. 어머니가 일하러 나가신 동안 '한스'는 늘 閑暇한 까닭에 아버지가 남겨 노으신 書籍을 손에 자피는 대로 펴 보고 그中에도 '쎅스피어'의 譯書를 耽讀하얏습니다.

---

90 '極烈한'의 오식이다.

## 延皓堂, "永遠의 어린이 안더－슨傳(7)", 『중외일보』, 1930.4.9.

그래서 조히로 人形을 맨드러 가지고 「리－아王」이나 「쎄니스의 商人」 가튼 것을 하면서 自己 혼자 깃버하얏습니다.

그리고 때때 演劇團에 가서 脚本 梗槪를 저근 廣告紙를 어더다가 俳優들의 일홈을 克心으로 외이기도 하얏습니다. 이러케 지내는 동안에 '코펜하－겐'에 가서 "俳優가 되어보겟다!" 생각이 그 어린 가슴속에 사모치게 되엿습니다. 그러나 그 어머니는 演劇 俳優라는 것을 草芥視하야 개나 말보다도 더 賤하게 녀기는 터이엇슴으로 사랑하는 외아들을 俳優로 맨들 생각은 꿈에도 업섯고 裁縫師의 弟子를 맨들려 하얏습니다. 목청 조케 노래 부르고 朗讀에 能熟할 뿐 아니라 別로 工夫는 안햇서도 홀로 낡은 것이 만코 詩 짓는 데도 才操가 잇슴으로 '오－덴세' 마을 안에서는 神童이라고 稱讚들을 하엿습니다.

이 우에서도 말한 바와 가티 '분케프로드' 未亡人 이외에 '한스'를 퍽 貴愛하는 사람이 여러시 잇섯스니 그中에는 '굴드보르그'라는 中佐도 잇섯습니다. 또 이 中佐는 自己와 똑가튼 姓名을 가진 兄弟 詩人과도 親熟하야 그들도 日常 '한스'의 詩才에 큰 興味를 갓고 잇섯습니다.

'한스'의 집안 食口는 겨우 셋이엿지만은 한낫 弱한 女人의 힘에는 몹시 겨웟슴으로 '한스'의 어머니는 中間에 周旋하는 사람이 잇서서 改嫁하게 되엿습니다.

'한스'의 繼父는 子弟 敎育 가튼 데는 勿論 無關心이엿습니다.

'한스'는 前日이나 다름업시 人形을 맨드러 가지고 演劇 흉내를 내면서 지내는 동안에 그의 全 生涯의 運命을 決定하지 아느면 안 될 날이 迫頭해 왓습니다.

洗禮에 잇서서 가장 重大한 儀式인 堅信禮를 바들 날이 왓습니다. 그대[91]

---

91 '그때'의 오식이다.

비로소 '한스'는 長靴를 신어 보앗습니다. 도라가신 아버지가 닙으시든 옷한 폭은 堅信禮를 밧는 날 '한스'를 닙히기 위하야 고처 지여젓습니다.

여태까지 한번도 닙어 보지 못하든 옷을 닙고 새 구두를 신은 '한스'는 깃분 생각에 엇지할 바를 아지 못하엿습니다.

堅信禮의 祈禱는 듯고 잇는 동안에도 옷이 마음에 걸리여 敬虔한 祈禱소리조차 귀로 드러오지 안을 만큼 그의 마음은 무척 깃벗습니다. '한스'는 이 때문에 오래동안 良心에 苛責을 바덧는데 그때의 自己 마음을 表現한 것이 그의 동화 「붉은 구두」입니다.

堅信禮를 마친 뒤에 '한스'는 그 어머니의 所望대로 裁縫師의 弟子로 가게 되엿습니다다.[92]

이때 萬若 '한스'가 어머니의 所望대로 裁縫師의 弟子로 갓든들 世界는 이 最大作家를 닐헛슬 것이오 丁抹에서는 이 最大의 자랑꺼리를 닐헛슬 것입니다. 그리고 그 곱듸 고흔 「天國동산」이나 「적은 人魚」 가튼 훌륭한 니야기가 오늘날까지 傳해 나려오지 못햇슬 것입니다.

그러나 어린 '한스'는 裁縫師의 弟弟子로[93] 가기 실타는 것을 强硬히 主張하얏습니다. 그리고 '코펜하-겐'으로 가게 해 달나고 哀乞하얏습니다.

한스는 名望도 업고 財産도 업는 貧困한 家庭에 태여난 어린 少年이 혼자 苦生을 하야 一代의 名士가 되엿다는 偉人들의 傳記를 그 어머니에게 닑혀 드리고 自己도 그 가튼 길을 밟어야겟다고 主張하면서 여러 해 동안 分分이 생기는 돈을 旅費로 쓰기 위하야 모아 두엇든 것까지 끄내 보혀드렷습니다. 그 돈은 丁抹 돈으로 十三 도르밧게 안 되엿습니다. 그 어머는[94] 自己 아들이것마는 無邪氣한 野心 以外에 이 가튼 着實한 準備가 잇섯슬 줄은 도모지 想像치도 못하엿습니다. 그래서 그 어머니도 마음속으로 깁히 感動이 되엿습니다.

92 '되엿습니다'의 오식이다.

93 '弟子로'의 오식이다.

94 '어머니는'에서 '니'가 탈락된 오식이다.

## 延皓堂, "永遠의 어린이 안더-슨傳(8)", 『중외일보』, 1930.4.10.

迷信을 崇尙하는 한스의 어머니는 그 洞里 안에 잇는 占 잘 치는 老婆를 차저가서 自己 아들의 將來를 무러보앗습니다. 老婆는 占을 치고 나드니

"當身 아들은 훌륭한 人物이 되겟소이다. 이 오-덴세라는 洞里는 當身 아들의 名譽 때문에 빗날 것입니다."

하고 豫言하엿습니다. 이 豫言을 듯고 어머니의 눈에서는 깃분 눈물이 넘처 흘럿습니다.

그 當場에 어머니는 한스의 所請을 들어주엇습니다. 그러나 열다섯 살밧게 되지 안은 少年을 아는 사람조차 하나도 업는 都會地로 홀로 보낸다는 것은 퍽 危險한 일입니다. 그래서 洞里 사람들과 議論한 끗헤 코펜하-겐의 王立劇場에 잇는 勢力 잇는 여배우 某를 차저가면 조흐리라고 말하는 사람이 잇섯습니다. 그러닛가 그 女俳優는 내가 아닛가 紹介狀을 써 주마고 오-덴세에 사는 紳士 한 사람이 나섯습니다. 그래서 한스는 結介狀과 旅費 十三 도르를 품속에 단단히 지니고 오-덴세 동리를 出發하게 되엿습니다.

어머니는 이 不幸한 그러나 前途의 光明 잇는 사랑하는 아들을 다리고 洞里 어구에까지 나오닛가 그곳에는 곱든 毛髮이 늙흠 때문에 하얏케 된 한스의 祖母가 기다리고 게시드니 사랑하는 孫子를 안ㅅ고 짜뜻이 입을 맛추엇습니다. 그러나 그 祖母와 한스는 이것이 두 사람(祖母와 한스)에게 잇서서 마즈막 離別인 줄은 꿈에도 몰랏습니다.

## 延皓堂, "永遠의 어린이 안더-슨傳(9)", 『중외일보』, 1930.4.12.

三. 少年時代

겨우 열다섯 살밧게 안 되는 가엽슨 孤兒 한스는 훌륭한 俳優가 되어

보리라는 希望을 가슴에 품고 홀로 길을 써낫습니다.

한스는 無任乘客으로 '니-보르그'에서 郵船을 타고 '지-랜드'에 上陸하야 하로 낫 하로 밤을 거러서 '코펜하-겐'에 서 잇는 塔을 바라볼 수 잇게 되엿습니다. 그때는 一八一九年 九月 五日(日曜日) 아츰이엿습니다.

手中에 넉넉히 旅費조차 準備하지 못한 한스이것만은 그 當時는 지금과도 달라서 貧民이나 幼兒를 愛護하는 깨끗한 마음을 가진 이가 만헛기 때문에 한스는 上陸한 뒤에도 無賃으로 郵便馬車를 타게 되엿섯기 때문에 消費한 돈은 퍽 적엇습니다. 모도 쓴 돈이 三弗밧게 되지 안엇습니다. 남어지 十弗은 포켓트 속에다 단단히 간직해 너코 爲先 公設旅館에서 짐을 푸럿습니다. 旅館이 作定이 되자 한스는 王立劇場을 차저가서 그 宏大한 建物에 精神을 빼앗긴 듯이 한참이나 멀거니 서서 建物을 바라보앗습니다. 그리고 自己가 훌륭한 俳優가 되야 그 宏大한 建物 속 華麗한 舞臺 우에 서게 될 날이 도라올 것을 생각하고 無限 깃버하엿습니다.

그 이튿날 아츰 한스는 큰 希望과 期待를 가지고 일홈난 女俳優의 집을 訪問하엿습니다. 女俳優는 한참 동안이나 한스로 하야금 돌層階 밧게서 기다리게 하드니 얼마 만에야 집안으로 불러드렷습니다. 그러나 그 女俳優는 한스의 熱烈한 所望을 單 한 대듸[95] 말로 뭉기질러 바리고 마럿습니다.

그 女俳優는 몹시 傲慢하고 冷情한 態度로 한스을 應待하엿습니다. 世上風塵에 물들지 안은 싀골 少年 한스는 쭈뼛쭈뼛하지 아늘 수 업섯습니다. 이 無技巧하고 싀골씩이의 어색한 모양이 一層 그 女子의 歡心을 사지 못한 장본이 되엿슬 뿐 아니라 이번 일에 第一 重大한 紹介狀을 써 준 사람의 일홈을 그 女俳優는 도모지 몰랏든 것에도 큰 原因이 잇섯든 것은 疑心할 餘地가 업습니다. 한스는 大失敗를 하고 쏫겨나듯키 女俳優의 집에서 뛰여 나왓습니다.

最初의 失敗로 落心한 한스는 이번에 劇場 支配人을 차저보고 哀乞을 해 보리라 決心하고 支配人의 집을 차저가서 面會를 求하얏습니다.

95 '한마듸'(한마디)의 오식이다.

그러나 支配人은 빼빼마른 '한스'의 조고만 體軀를 보고 單번에 拒絶을 해 버렷습니다.

"안 돼 안 돼 너 가튼 말라껭이는 俳優가 될 수 업다."

이제는 一縷의 希望조차 斷絶되고 마럿습니다. '한스'는 絶望의 구렁에서 헤매는 몸이 되엿건만 劇에 對한 興味는 던저 버리기가 어려웟습니다.

暗黑한 구렁텅이 속에서 뒹구는 가난뱅이 少年 '한스'는 '코펜하-겐'에서 上演되는 演劇을 求景코자 그날 밤 劇場 안으로 票를 사 가지고 드러갓습니다.

그때 上演된 劇은 「포-ㄹ과 뻬일지니-」라는 것이엿는데 二幕째 戀人 同志가 離別하는 場面에 이르러서는 '한스'는 넘우도 感激이 되여 흙흙 늣겨가며 울엇습니다. 左右 여페 잇든 觀客들은 好奇心과 感心이 쓰러오르는 言調로 '한스'에게 여러 가지 일을 뭇게 되엿습니다.

---

**延皓堂, "永遠의 어린이 안더-슨傳(10)", 『중외일보』, 1930.4.13.**

自信이 굿세인 '한스'는 그때 自己 목청을 생각하엿습니다.

'코펜하-겐'에 온 뒤로는 도모지 노래를 불러 보지 안엇스닛가 망정이지 그동안에라도 누구에게든지 自己의 노래 소리를 들려주엇섯다 할 것 가트면 音樂에 뜻이 잇는 사람은 自己를 써 주엇스려니 하고 생각하엿든 것입니다.

그래서 '한스'는 곳 國立音樂學校 敎授로 有名한 '시보니'라는 사람의 집을 차저갓습니다.

'시보니' 敎授의 집을 차저가서 門을 두드리닛가 젊은 계집 下人이 나왓습니다.

'한스'는 無邪氣한 態度로 自己의 事情 이야기를 저저히 한 뒤에 聲樂家가 되고 십허서 왓다는 말까지 다- 햇습니다.

계집 下人은 '한스'를 몹시 가엽게 생각하야 드른 대로의 全部 이야기를 '시보니' 敎授에게 傳햇습니다. 主人 되는 '시보니' 敎授는 그때 마침 詩人 '박게슨'과 作曲家 '바이예' 其他 여러 親友와 더부러 點心을 먹고 잇섯든 판이엿는데 下人의 傳하는 말을 듯고는 적지 안은 興味를 갓게 되여 '한스'를 불러드려다가 一同의 面前에서 노래를 불으게 하엿습니다. '한스'는 例에 依하야 '홀베르그'의 詩를 노래하엿는데 노래를 불으는 그동안 '한스'는 自己의 悲慘한 處地를 생각하고 눈물까지 흘렷습니다. 그때 '한스'의 노래는 大成功이엿습니다. '박게슨'은 歎服하기를 마지아니하면서

"대단히 有望한 少年이다."

하고 稱讚하얏습니다. 당장에 '시보니' 敎授는 '한스'를 잘 가르치여 한 音樂家가 되도록 하겟다고 約束하엿습니다.

'한스'는 깃붐을 참ㅅ지 못하야 춤을 추다십히 '시보니' 敎授의 집에서 뛰여나왓습니다.

그 이튼날 '바이예' 敎授의 집으로 가기로 相約이 되엿기 때문에 그 집을 차저갓습니다.

'바이예' 敎授는 '한스'의 不幸한 處地를 가엽시 생각하야 親友들에게 돈을 거더서 七十 弗을 맨드러 '한스'에게 주엇습니다. 이 가튼 深厚한 同情 속에서 어린 몸을 쉬이는 한편에 '시보니' 敎授의 집에 가서 音樂 初步부터 工夫하기를 始作하엿습니다.

半年이나 되는 동안을 이가티 音樂 練習하느라고 다― 보내엿지만은 '한스'의 압길에는 幸福의 曙光이 좀처럼 빗최지 아니하엿습니다.

'한스'는 웬 샘인지 갑자기 聲帶에 變調가 생기기 시작하야 그 美聲을 全然 일허바리고 마럿습니다. '시보니' 敎授도 그만 失望이 되여 목소리가 이가티 變하는 데에는 엇지할 수 업스니 '오-덴세'로 도라가거나 그러치 안으면 다른 職業에 從事하는 것이 조흘 것 갓다고 '한스'에게 勸하게까지 되엿습니다. '한스'는 목소리 때문에 또다시 失望의 구렁텅이에 빠지게 되엿스나 그는 그래도 그 구렁텅이에 기여올러 올 만한 勇氣를 가지고 잇섯습

니다.

그는 그때 '오-덴세'에서 自己를 몹시 사랑하여 주든 '굴도르그' 中佐의 兄弟 詩人 '굴드불그'를 생각하엿습니다. 그래서 그 집을 곳 차저갓습니다.

그 詩人은 '오-덴세'에서 少年 하나가 自己를 차저왓다는 말을 듯드니 크게 깃버하면서 마저 주엇습니다. 그리고 여러 가지로 親切히 '한스'의 身上에 對한 일을 무럿습니다. '한스' 少年의 學力을 試驗해 본 結果 不規則하게 글을 배웟기 때문에 아즉 滿足하게 글시를 쓰지도 못하는 것을 알자 卽時 '한스'에게 正則으로 丁抹 國語와 獨逸語를 가르치기 시작하고 또 自己 收入 中 一部를 떼여서 '한스'의 生活費까지 支給하엿습니다. 이가티 廣大한 愛情은 이 世上을 톡톡 텬대도 全然 어더 볼 수 업슬 것입니다. 이뿐만 아니라 '굴드보르그'는 '린드그렌'이란 俳優에게 付託하야 '한스'를 指導하도록 하고 또 엇던가[96] 舞踏家에게[97] 付託하야 그로 하야금 舞踏을 배우도록 하엿습니다.

## 延皓堂, "永遠의 어린이 안더-슨傳(11)", 『중외일보』, 1930.4.14.

'한스'는 이제야 비로소 적은 劇場에 出演할 수가 잇게 되여서 엇지도 깃부든지 펄펄 뛰다십히 하엿습니다. 그러나 別로 月給은 밧지도 못하고 困窮하기는 짝이 업섯습니다.

'한스'는 일변 變해 바린 목소리를 前과 가티 맨들냐고 무진 애를 썻습니다만은 마음먹은 대로 되지는 못하엿습니다.

그는 늘 다- 떠러진 구두를 신ㅅ고 치운 겨울에도 얇은 홋옷을 닙은 채 도라단이지 안을 수 업섯습니다. 더구나 滋養되지 못할 飮食만 먹엇기

96 '엇던'의 오식이다.

97 '舞蹈家에게'의 오식이다. 그 뒤의 '舞踏을'도 '舞蹈를'의 오식이다.

때문에 發育에도 적지 안은 影響이 잇섯습니다.

그럭저럭 나히 十七歲가 되엿지마은 퍽 어린 틔가 잇섯습니다. 더구나 조히로 人形을 맨드러 가지고 作亂하는 것을 보면 더한層 어린애다워 보엿습니다.

이가티 지내는 동안에 '굴드보르그'는 '한스'에게 쪽바른 丁抹語를 가르친 까닭에 '한스'는 詩 짓기에 從事하게 되엿습니다.

그는 悲劇 하나를 써 내여노앗섯는데 그 言辭가 自由放奔한 點에 잇서서 當時의 詩人 '오-렌숙레-겔'과 '린게만'에게 詩才의 認定을 밧게 되엿습니다.

그래서 演劇보다도 오히려 이 方面에 才操가 더한 것가티 보엿습니다. '한스' 自身은 勿論 演劇에 向하야 熱心으로 興味를 傾注하얏지만은 그의 弱한 體軀와 變해 바린 목소리는 그로 하야금 한목 俳優가 되게 못하얏습니다.

그래서 長久한 煩悶과 試練의 날이 거듭 繼續하얏습니다. 그러나 그때 '한스'의 아페 나타나서 그를 暗黑한 구렁에 救해 준 사람이 잇섯스니 그는 그 當時 樞密顧問官으로 잇든 '고린스'라는 사람이엿습니다.

'고린스'는 人格도 高尙하고 事務處理에 敏捷한 사람이엿섯는데 그가 偶然한 關係로 劇場 管理人이 되는 통에 '한스'가 그의 도움을 밧게 되엿습니다.

'고린스'는 '한스'를 한번 보자마자 將來에 有望한 人物이 될 것을 어느 點으로든지 看破하얏습니다. 그래서 皇帝 아페 懇曲한 請을 울니여 許諾을 어더 가지고 '한스·크리스찬·안더-슨'을 給費生으로 學校에 入學케 하얏습니다. 일이 이가티 되야 안-더슨은 그 舞踊과 人形을 바리고 有名한 學者 '마이스링그'의 指導 아래에서 完全한 語學과 文學을 研鑽하게 되엇습니다. 그래서 '스라겔제'의 拉丁語學校[98]에 入學하얏다가 '마이스링그' 教授가 轉任하는 바람에 '한스'도 '마이스링그' 教授와 함께 '헬신골' 學校로 轉學

98 '납정(拉丁/臘丁)'은 라틴(Latin)의 음역어이므로, '拉丁語學校'는 '라틴어학교'를 뜻한다.

을 하엿습니다. 未知의 世界는 '한스'의 압헤 展開되고 그의 天稟의 詩才는 슷업시 喚發되게 되엇습니다.

---

## 延皓堂, "永遠의 어린이 안더-슨傳(12)", 『중외일보』, 1930.4.15.

'한스'는 이제는 붓그러움을 참ㅅ고 '오-덴세'로 도라가거나 그러치 아느면 다른 職業을 求하지 아느면 안 될 處地에 이르럿습니다.

그때 마침 엇던 木手가 어린애 하나를 求하려 하는 모양임으로 '한스'는 그 木手의 弟子로 드러가게 되엿습니다. 큰 希望을 가슴에 품은 채 木手 일을 하게 된 것은 '한스'가 쑴에도 생각지 못한 일이엿습니다. 그러나 求乞을 다니는 것보다는 훨신 낫다는 생각에 熱心으로 일을 하엿지만은 좀처럼 일이 손에 익어지지 안키 때문에 험만 작구 들추어저서 主人에게 핀잔만 밧는 판에 마침 그때 새로 드러온 졂은 木手 하나와 마음이 맛지 안아서 그만 그 집에서 나와 버리고 마럿습니다.

一八二七年에 '한스'는 「죽어 가는 어린애」라는 詩를 짓고 그 外 두서너 가지 作品을 『교-쎈하-분스포스트』, 『푸리-뷘데포스트』 等 여러 雜誌에 發表하야 世上에서 그의 詩才를 認定하기에 일으럿습니다.

自己보다 나희가 무척 어린애들과 한자리에 안저서 幼稚한 語學을 工夫할 째 '한스'는 마음속으로 퍽 붓그러웟슬 것입니다. 그리고 '마이스링그' 敎授는 學者로서는 훌륭한 人物이엿지만은 冷情한 性質을 가진 사람이기 때문에 '안더-슨'을 甚하게 團束하며 몹시 구럿습니다. 그래서 늘 나희 어린 幼兒들 틈에서 붓그럼을 주고 嘲笑의 材料를 삼ㅅ다십히 하엿습니다. 가진 苦生을 모조리 맛본 '한스'는 이 가튼 서름과 苦痛을 當하면서도 잘 참어가면서 學業에 힘을 썻지만은 넘우 甚하게 구는 통에 '한스'는 더 참을 래야 참을 수가 업게까지 되엿습니다.

마츰 그때 敎師 中의 한 사람이 이 事情을 알고 '고펜하-겐'에 갓다가

'고린스' 氏에게 仔細한 니야기를 하엿습니다.

'고린스' 氏는 그 教師의 말을 듯고 念慮하기를 마지아니하든 긔테[99] '한스'를 卽時 서울로 불러올려 가지고 獨先生에게 배우도록 周旋을 하얏습니다.

그래서 一八二八年에는 'EG・미요-렐' 氏의 盡力에 依하야 '고펜하-겐' 大學에 入學하게 되엿습니다.

그 이듬해 '안더-슨'은 『홀무스 水道에서부터 아마-겔의 東便 씃까지의 徒步旅行記』를 出版하얏습니다. 이 冊은 퍽 유-모라스 作品으로 多大한 好評을 바다 三版까지 거듭 發行하게 되엿습니다. 그리고 '쉑스피어' 作品 飜譯者인 '부릅'과 博物學者 '올스데드' 가튼 사람들과도 이 冊 때문에 親交를 멧게 되엿습니다. 그리고 繼續하야 '한스'는 國立劇場에 上演하기 爲하야 脚本 「聖니코라스 塔 우의 사랑」을 내여노앗는데 그 脚本은 韻文體의 喜劇으로 '짜벗드' 教授 監督 아래에 上演되엿습니다. 이 脚本도 結果도 퍽 조왓섯는데 '한스'가 엇더케 하든지 俳優로 舞臺에 한번 나서 보겟다고 생각한 劇場에서 그는 俳優들에게 舞踊을 가르치는 職責을 맛게 되엿습니다. 그해 크리스마스 때에 그의 處女詩集이 出版되엿습니다. 그 詩集에 모아 너은 作品은 擧皆 『푸리-뷘데포스트』 其他 紙上에 發表하야 大好評을 바든 것이엿습니다.

한스는 第二期의 試驗을 밧고 好成績으로 그 時期를 通過하엿습니다. 이가티 되여 불상한 가난뱅이 구두쟁이의 아들은 갓가스로 光明의 날을 마지하기에 니르럿습니다.

"눈물을 머금고 한 조각 팡을 맛본 經驗이 잇는 사람이 아니면 人生을 말하기 어렵다"고 엇던 偉人이 말하엿는데 果然 그 말이 올흔 것입니다. 읏재든지 藝術의 世界에 잇서서는 그럿습니다.

人生의 深奧한 그 속으로 넘나드는 苦痛의 큰 波濤를 헤치고 넘어온 사람의 藝術이 아니면 참으로 사람의 마음을 움지길 힘이 업는 것입니다. 그와 同時에 그 가튼 苦痛과 시달림을 이겨 넘기고도 自矜하지 안는 그

---

99 '끄테'의 오식이다.

사람이래야 사람의 마음을 움지길 수 잇는 藝術을 맨드러 낼 것입니다.

우리는 '한스 · 안더-슨'의 作品을 닑고 그것을 鑑賞하며 乃至 批評까지 합니다. 그러나 이것을 輕忽히 할 수는 到底히 업습니다. 그의 作品을 닑고 鑑賞하며 批評하기 前 '안더-슨'의 童話가 생기도록 맨드른 人生苦에 對하야 먼저 敬虔한 눈물을 흘렷스면 합니다. 그런 뒤에라야 그의 童話 속에 숨겨 잇는 "참 價値"와 "힘"(力)을 알게 될 것이닛가요.

『더러운 집오리 색기』라는 童話는 안더-슨 童話의 傑作 中 傑作입니다. 이 童話는 그의 自敍傳으로 有한 것입니다.

---

**延皓堂, "永遠의 어린이 안더-슨傳(13)", 『중외일보』, 1930.4.18.**

나는 여긔에서 그가 當한 苦痛과 苦痛과 싸홈 싸워 나온 데 對하야 길게 形容詞를 부칠 것 업시 그 代身 이 童話의 槪要를 적는 것이 퍽 適切하다고 생각합니다.

엇던 싀골 냇가에 집오리 한 마리가 알을 품ㅅ고 잇섯습니다. 몃칠 지낸 뒤에 알 속에서 조고만 색기가 그 귀여운 머리를 내여 밀고 울고 잇섯지만은 그中에 오즉 한 개, 제일 큰 알 한 개는 깨지지 안코 그대로 남어 잇섯습니다. 다른 새들은 그 알이 틀림업는 양닭(七面鳥) 알이니 품ㅅ고 잇지 말고 내여버리는 것이 조켓다고 말들을 하엿지만은 그래도 어미 오리는 못들은 체하고 그대로 그 알을 품고 잇섯습니다. 그러자 몃칠 후에 그 알 속에 병아리가 나왓습니다. 그 색기는 다른 색기보다 퍽 크고 생김생김이가 보기 실흔 색기엿습니다. 어미 오리는 너무도 보기 실케 생겻슴으로 몹시 놀라기는 햇스나 헤염을 잘 치는 까닭에 그것도 틀림 업는 제 색기라고 안심을 하엿습니다.

그 이튼날 다른 오리들이 노는 곳으로 다리고 가닛가 다른 오리들은 보기 실흔 색기를 發見하고는 주둥이로 쏘으며 발길로 차서 못살게 구럿습니다. 어미 오리는 이 모양을 보고 화를 버럭 내면서

"아모 잘못도 업는데 웨 그리 못살게 구느냐" 하고 역성을 드닛가

"얼골이 이상스럽게 생겨서 보기 실흐닛가 그럽니다" 하면서 점점 더 못살게 구럿습니다.

그 이튼날 또 연못가에 가닛가 이번에는 오리들쑨만 아니라 닭과 양닭까지 몰려와서 보기 실흔 오리 색기를 못살게 구럿습니다.

그 집 主人의 딸도 이 가엽슨 집오리 색기를 보기 실타고 발길로 차 넘어트렷습니다.

또 가튼 兄弟벌 되는 오리 색기들조차

"에이 보기 실혀. 저런 것은 고양이한테도 물러가지 안어?" 하고 보기 시려햇습니다.

오리 어미도 나종에는 화가 불가티 나서

"어듸로든지 가버려라" 하고 구박을 하게까지 돼ㅅ습니다. 那終에는 그 집 主人의 딸에게 쏫기여 오리 색기는 담을 넘어서 숩숙으로[100] 逃亡해 가닛가 그곳에 모여 잇든 가지各色 새들은 놀라서 날러 다러낫습니다.

오리 색기는 이가티 가는 곳마다 구박當하는 그 까닭은 원악 自己가 보기 실케 생긴 때문이라고 생각하면서 그저 눈을 딱— 감은 채 얼마를 다러나려닛가 눈압페 蓮못 하나가 가로노여 잇섯습니다. 그 蓮못가에 하로밤을 쓸쓸이 지내고 나닛가 그 蓮못에는 오리와 거이들이 쎼를 지어 달려와서 오리 색기를 못살게 구럿습니다. 그런데 그날, 그 蓮못에는 산양군이 몰려와서 銃을 쏘앗기 때문에 오리들이 數업시 銃알에 마저서 죽어 넘어젓습니다. 오리 색기는 숩 속에 숨은 채 숨도 크게 못 쉬고 잇는 판에 커다란 산양개가 길길이 이러선 풀숩을 헤치고 뛰여 도라다니드니 오리 색기를 보고는 그만 다러나버렷습니다. 넘우도 보기 실케 생겻기 때문에 개도 덤비질 못하고 다러난 것입니다.

오리 색기는 그 近處가 조금 조용해진 뒤에야 또다시 다러나기를 始作하엿습니다.

얼마 동안 다러나려닛가 조고만 집 한 채가 눈에 씌엿습니다. 그때는 벌서 해가 기우러저서 四方이 어둡고 바람까지 몹시 부럿기 때문에 오리 색기는 하는 수 업시 그 집 속으로 드러갓습니다.

이 집 속에서는 할머니 한 분이 고양이 한 마리와 닭 한 마리를 다리고 살고

---

100 '숩속으로'의 오식이다.

잇섯습니다.

오리 색기는 얼마 동안 그 집에서 신세를 지고 지내엿스나 고양이와 닭과 意見이 不一하야 또다시 그 집에서 쫘여나오게 되엿습니다.

오리 색기는 또다시 다른 蓮못으로 갓섯지만은 거기서도 오래 부지를 못하엿습니다.

## 延皓堂, "永遠의 어린이 안더—슨傳(14)", 『중외일보』, 1930.4.20.

그러는 동안에 가을이 와서 한울에는 눈과 구름이 뒤덥히게 되고 새들은 悽慘한 목소리로 울어대게 됏습니다.

엇던 날 저녁 저녁놀이 유난스럽게 빗최이는 저녁때 눈이 부시일 만치 곱게 생긴 白鳥 한 쎄가 숩 속에서 나타낫습니다.

그 새들의 날개는 白雲과 가티 희고 목이 몹시 기러서 우렁찬 목소리로 울드니 그 큰 날개를 버리고 저녁 한울 위로 노피 써올라 다러나버렷습니다. 오리 색기는 그 모양을 바라다보고는 무엇이라고 말할 수 업슬 만치 만흔 늣김을 바닷습니다. 오리 색기는 목을 길게 쌔여 그 白鳥의 쎄들이 사러저 업서질 때까지 한울을 치여다 보면서 不知中 소리처 울다가 다시 本精神이 드럿습니다. 그리고 물속으로 드러갓다가 다시 물 위로 써올랏슬 때에는 도모지 제 精神이 업섯습니다.

오리 색기는 그 새들이 무슨 새인지 또 어듸서 날러온 새인지 또 어듸서 날러온 새이며 어듸로 갓는지 도모지 알 수 업섯지만은 그 새가 그리웟서 참을 수가 업섯습니다.

얼마 후에 겨을이 됏습니다. 치위는 나날이 더 酷毒해 가고 蓮못 물은 얼기 始作하야 헤염을 치면 다리에 어름덩이가 부듸치게까지 됏습니다. 어름 틈으로 헤염처 다니다가 那終에는 어름이 어러붓는 통에 다리가 어름과 함께 어러부터습니다.

한 農夫가 지나가다가 이 모양을 보고 어름을 쓰고 오리 색기를 救하야 自己 집으로 다리고 갓습니다. 農夫의 아들들은 몹시 깃버하면서 오리 색기를 다리고 놀려 하엿스나

오리 색기는 또 못살게 굴려는 것인 줄 알고 다러나다가 牛乳桶에 가 빠지기도

하고 '쌔터' 남비를 뒤업기도 하야 大騷動을 니르키다가 結局은 쏘다시 蓮못가로 避해 왓습니다.

온 겨을 동안 가진 苦生을 다-하다가 다시 봄철을 맛게 되엿습니다.

해볏은 따듯하고 종달새가 지저귀기 始作하엿습니다.

오리 색기는 새삼스레 날개 힘이 굿세여진 것을 깨다럿습니다. 물 위에서 헤염을 치면 몸은 前보다 몃 곱절이나 빠르게 쏘 가볍게 되엇습니다.

엇던 날 蓮못 속에서 헤염을 치고 잇노라닛가 건너 便쪽 숩 속에서 白鳥 세 마리가 나왓습니다. 그 前 해 가을에 보든 것과 쪽 가튼 희고 威嚴 잇는 白鳥를 보고 오리 색기는 홀로 가슴이 두근두근하엿습니다.

"저 새가 사는 곳으로 가자. 나는 보기 실흔 오리 색기닛가 자펴서 죽을른지도 모르지만은 오리나 닭에게 쏘들림을 밧다가 죽는 것보다는 훨신 나으렷다."
하고 오리 색기는 혼자 생각하면서 白鳥 아프로 갓가히 가서 머리를 수겻습니다.

그째 갑자기 오리 색기는 물속에 비최이는 自己 모양을 보고 몹시 놀랏습니다.

물속에 비최인 自己 몸둥이는 醜한 오리 색기가 아니고 白鳥와 가티 흰 털을 가진 아름다운 白鳥엿든 것입니다.

그 큰 白鳥들은 새로운 同伴를 보자마자 주둥이로 그 고흔 털을 쓰다듬어 주엇습니다.

그째 그 근처에 어린 兒孩들이 몰려오드니

"애? 어엽분 새가 왓구나. 그中 어리고 그中 어엽부지 안흐냐."
하고 稱讚들을 하엿습니다. 假令 우리에 보금자리에서 낫드라도 白鳥의 알에서 까젓다 할 것 가트면 조금도 붓그러운 것이 업슬 것입니다.

나희 젊은 白鳥는 自己가 여태까지 當해 온 괴로운 經驗을 쓸데업는 것이라고 생각하지 아니하엿습니다. 그러한 經驗이 잇섯기 째문에 참말 自己의 幸福을 알엇습니다.

天才는 이 世上 것이 아닙니다.

天才는 우리의 보금자리에서 태여난 白鳥의 색기임니다.

그는 風俗의 徒가 아니엿기 째문에 苦生을 하고 구박을 밧고 발길에 채움을 바닷습니다.

그러나 那終에는 그 빗을 發揮할 째가 왓습니다.

## 延皓堂, "永遠의 어린이 안더-슨傳(15)", 『중외일보』, 1930.4.21.

四. 文壇의 初期

一八三○年 여름 '안더-슨'은 丁抹의 싀골로 旅行을 갓습니다.

그는 那終에 旅行家로 有名해젓지만은 그가 旅行을 처음 始作할 때는 丁抹 國內旅行으로 비롯하엿습니다. 丁抹은 讀者 諸氏도 임의 아시는 바와 가티 '푸로시야' 北쪽에 突出한 '유드랜드 半島'와 '지-랜드 島'와 '퓌엔 島' 其他 數個의 섬으로 形成되엿습니다. '안더-슨'은 '코펜하-겐'을 出發하야 '퓌엔' 서음으로도[101] 가 보고 '유드랜드' 半島 各地를 漫遊하엿습니다. 그 漫遊의 길로부터 도라와서 그는 敍情詩集 『幼想과 描寫』를 出版하엿습니다.

이 詩集에 對하야 世評이 香그럽지는 못하엿고 또 有力한 批評家 '헬즈'의 酷評을 바닷습니다.

『幼想과 描寫』의 不評과 그 外 여러 가지 事情이 그의 健康을 몹시 害하엿기 때문에 그는 그것을 恢復하기 爲하야 獨逸에서 瑞西에까지 旅行하야 도라오는 길로 旅行記 『할쓰와 삭손 瑞西에 잇서서의 旅行 影繪』[102]를 出版하엿습니다.

同年에 그는 '쑤레다-ㄹ'과 옛날 恩人이엿든 '봐이제' 敎授를 爲하야 '볼다-스콧드'의 『란마-무-아의 새색시』와 『케닐보-스』를 飜譯하엿지만은 그것마자 酷評을 바닷기 때문에 氣運이 무척 주러드럿습니다.

一八三二年에 『丁抹 詩人의 寫繪』[103]와 『年 十二個月』을 出版하엿스나 이것은 그 用語가 不正確하다고 하야 몹시 嘲笑를 바닷습니다. 그래서 文壇에 對한 滋味도 업게 되고 健康도 阻喪되야 不快한 날을 보내고 잇는

101 '섬으로도'의 오식이다.

102 '瑞西'는 스위스(Swiss)의 음역어이고, '影繪'는 "かげえ〔影繪〕"로 "그림자 그림, 그림자놀이"의 뜻이다.

103 '寫繪'는 "うつしえ〔寫し繪〕"로 "베낀 그림" 또는 "붓으로 그린 그림(초상화)"의 뜻이다.

동안에 그를 慰撫해 준 이는 '오에렌수레쎌' '인쎄만' '하이쎌그' '올스테드' '쭈레-' 等 여러 先輩와 知己들이엿습니다.

이 여러 사라들은 '안더-슨'에 對한 世評이 苛酷함에도 不拘하고 '안더-슨'의 天稟을 잘 밋고 잇섯습니다. 그리고 언제든지 그의 愛護者가 되엿습니다. 그리고 그 여러 사람들의 盡力에 依하야 政府 留學生으로 佛蘭西와 伊太利 等 여러 나라에까지 건너가게 맨들은 것은 참으로 '안더-슨'을 失望과 不快의 구멍에서 건저 준 것이라고도 말할 수 잇습니다.

一八三三年 봄 '안더-슨'은 큰 希望을 품고 卽時 巴里로 向하엿습니다. 그곳에서 늙어서 눈이 어둡게까지 된 '하이벨그'와 相逢하얏습니다.

巴里에 到着하자 本國에서 最初로 '안더-슨'에게 온 郵便 하나가 잇섯는데 그것은 發信人조차 아지 못할 新聞 뭉치로 그 新聞紙上에 '안더-슨'을 諷刺한 詩가 揭載되여 잇섯습니다. 巴里에서는 '하이벨그'와 相逢한 以外에 有名한 文人들과 만히 相面하엿지만은 그 豪華스러운 都會는 그의 마음에 그리 큰 印象은 너허 주지 못하얏습니다. 그래서 곳 巴里를 써나서 瑞西로 向하얏는데 巴里에 잇슬 때 사괴인엇던[104] 사람이 '유라' 山谷에서 居處하고 잇스면서 '안더-슨'에게 그곳에 와서 함께 놀자고 熱心으로 請하는 바람에 그 靜寞한 山谷間에 잇는 집을 訪問하얏습니다.

그래서 그곳에서 巴里에 잇슬 때부터 쓰기 시작한 劇詩 「아그넷드와 人魚」를 擱筆하엿습니다. 이것을 擱筆하기까지 '안더-슨'은 참으로 心血을 傾注하엿든 것은 事實입니다.

---

**延皓堂, "永遠의 어린이 안더-슨傳(16)", 『중외일보』, 1930.4.22.**

이 作品까지 文壇에 容納이 되지 못한다면 그만이라고 하는 觀念을 가지

---

104 '사괴이엇던'의 오식이다.

고 마지막으로 文壇에 발을 내여 드듸지 안키로 決心까지 하얏섯습니다. 그러나 그 作品은 '안더-슨'이 歸國할 때까지 出版되지 안엇섯습니다.

그해 가을에 '안더-슨'은 '유라' 山谷을 뒤로 두고 그의 全 生涯에 가장 큰 印象을 준 伊太利로 向하얏습니다.

十四年 前 녯날 單只 홀로 누구 한 사람 아는 이도 업시 '코펜하-겐'의 거리로 漂迫하든 그 생각을 하면서 그는 '심푸론 山'을 넘어서 伊太利로 드러갓섯든 것입니다. 말할 수 업시 偉大한 藝術로써 꾸며진 都會 神의 都邑인 羅馬[105] 그가 多年間 憧憬하든 都會를 親이 目擊해 보게 될 때 그는 몹시도 깃버하엿습니다. '미란' '쩨노아' '푸로렌스' 等 여러 洞里를 지나서 그가 羅馬에 드러갓슬 때에는 有名한 彫刻家 '톨발드슨'을 비롯하야 그곳에 在住하는 故國人은 熱心으로 그를 歡迎해 주엇습니다.

'안더-슨'의 가장 親切한 同情者엿든 '톨발드슨'에 對하야 조금 말해 두고자 합니다. '톨발드슨'은 일홈을 '쎌텔'이라 하는데 本是 '아이스랜드' 사람으로 그 아버지는 배(船)에 彫刻하는 것으로 生涯을 해 가지고 잇섯습니다.

그리고 '쎌텔'은 '아이스랜드'에서 '코펜하-겐'에 까지 航海하는 途中 中間에서 孤孤의[106] 聲을 發하엿습니다.

그것은 一七七〇年 十一月이엿습니다.

그의 出生이 奇蹟的인 그만치 그는 어렷슬 때부터 가진 苦生을 모조리 맛보앗습니다.

'코펜하-겐'에서 彫刻을 배혼 뒤에 그는 羅馬로 가서 쓰러올리게 맨드럿습니다. 그리 結局에는 一大 巨匠으로 그 名聲이 들날리게 되엇습니다.

一九一九年에 그는 一次 '코펜하-쎈'으로 도라와서 盛大한 歡迎을 밧고 다시 그 이듬해에 羅馬로 가서 一八三八年에 이르기까지 그곳에서 살고 一八四一年으로부터 一八四四年까지 羅馬에 잇섯습니다.

그는 '코펜하-쎈'에서 이 世上을 떠낫는데 그의 作品 大多數는 '코펜하-

105 로마(Roma)의 음역어이다.

106 '呱呱의'의 오식이다.

쎈'에 保存되어 實로 '코펜하-ㅇ'의 한 자랑거리가 되엿습니다.

羅馬에 잇슬 때 그의 生活은 퍽 愉快하게 始作되엇섯스나 그러나 愉快한 날이 줄곳 繼續되지는 못하엿섯습니다.

그가 故國으로 보낸 만흔 詩는 別로 여러 사람의 눈에 띄우지도 안엇섯습니다.

新進作家가 輩出하야 文壇의 中心은 變轉되여 가고 잇섯기 때문에 그의 親友들까지 그의 前途를 悲觀하야 그에게 잇든 黃金時代는 다- 지나가 버렷다고 말하는 사람들까지 잇섯습니다.

이와 가티 不愉快한 속에서 날을 보내는 동안에 그의 마음을 쓺흔 구덩이로 처너어 버린 것은 그 母親의 別世하엿다는 訃告이엿습니다. 父親을 死別하고 祖母를 死別한 그는 母親까지 死別하야 天地間에 一點 血肉이란 것이 업서지고 참말 孤獨한 境遇에 빠지고 말엇습니다.

이때 '안더-슨'의 作品은 몹시 悲觀的이엿섯습니다.

그러나 '안더-슨'의 周圍의 아름다운 自然과 豐富한 藝術品이 그의 마음을 漸次로 悲觀의 구덩이에서 건저내어 주엇습니다. 그는 마음의 傷處를 이저바리기 爲하야 힘써 民衆 가운데로 파고 드러가서 그 자미잇는 觀察과 뛰여난 技倆을 가지고 써 노은 것이 그 有名한 『卽興詩』[107]이니 이 『卽興詩人』도 그가 歸國한 뒤에 刊行된 것입니다.

'돌발드슨'는 언제나 '안더-슨'에 對하야 親切한 同情者엿습니다. 이 늙은 先輩는 特히 『아끄넬드와 人魚』를 激賞하엿습니다. 그리고 自己가 壯年이엿슬 때 지내든 多難한 藝術家 生活을 빗취여 보아서 '안더-슨'을 激勵하기에 注力하엿습니다.

'안더-슨'의 羅馬에 滯在햇슬 동안에 '안더-슨' 作品에 對하야 酷評을 내린 '헬쓰'가 羅馬에 왓습니다.

偏狹한 詩人이나 文士는 하지 안는 것이 常例이지만은 그가티 偏狹한 '안더-슨'은 아니엿습니다.

107 '『卽興詩人』'의 오식이다.

'헬쓰'와 純良한 人格의 反映은 '헬쓰'로 하야금 當場에 '안더-슨' 便이 되게 하고 두 사람은 結局 十年知己나 쪽가튼 處地에 이르럿습니다.

그래서 두 사람은 함께 '나포리'로 旅行을 하야 '베스삐오'의 噴火를 求景하고 또 '페-스쏨'과 '아츠라'를 歷訪하야 愉快한 날을 보내게 되엇습니다. 이 '헬쓰'와의 交遊는 '안더-슨'에게 잇서서 가장 愉快한 일이엿습니다.

---

## 延皓堂, "永遠의 어린이 안더-슨傳(17)", 『중외일보』, 1930.4.23.

羅馬에 잇서서 그의 生活과 思想은 각금각금 童話에도 나타나 잇스니 '사이케'는 그 好例라 할 것입니다. 이것은 彫刻를 材料로 하야 써 노흔 그 點이 퍽 滋味잇습니다. '사이케'의 槪要를 이 아래에 적어 보겟습니다.

옛날 옛날 퍽 오랜 옛날 '미케란쎄로'와 '라파에로'가 잇든 그때 젊은 彫刻 한 사람이[108] 잇섯습니다.

그는 純直하고 熱誠이 잇는 學生으로 다른 同伴들이 술 마시고 또는 女子를 相對로 놀기만 하는데도 不拘하고 혼자 진흙을 가지고 工夫에 着手하고 잇섯스나 무엇 하나 滿足하게 맨드러지는 것이 업섯습니다. 그의 同伴 中 한 사람인 '안쩰로'는 이 異常한 同伴를 꼬여 내여 遊蕩의 眞味를 맛보게 하랴고 無限 애를 썻습니다.

"라파엘을 보게그려. 法王도 그를 尊敬하지 안는가. 왼 世界가 그를 尊敬하지 안는가. 그 라파엘도 술이나 돈은 실혀하지 안는다네."
하고 그의 同伴는 꾀이기를 始作하얏습니다. 그러나 젊은 彫刻家는 조금도 그 말에 귀를 기우리지 안엇습니다. 그가 여러 大家의 作品 아페 서 잇슬 때 그의 마음을 움직기는 것은 異常한 힘으로 번쩍이는 빗쌘이엿습니다. 이런 것을 볼 때마다 그는 늘 自己도 또한 이가티 아름답고 崇高한 것을 創造하지 아느면 안

108 '젊은 彫刻家 한 사람이'의 오식이다.

되겟다고 생각하엿습니다.

엇던 때 그는 어느 貴人의 집 뜰에서 王女 하나를 보앗습니다. 그것은 '라파엘'이 그리인 '사이케'의 像과 똑가탓습니다. 젊은 彫刻家의 腦裡에는 王女의 模樣이 한時도 써나지 안케 되엿습니다. 그는 집에 도라오는 길로 그 王女의 姿態를 石膏를 彫刻을 해 보앗습니다. 그 彫刻된 像이 그에게 비로소 滿足을 줄 만하게 되엇습니다. 同侔들은 깃버하엿습니다. 그의 天才는 드듸여 나타나게 되엇습니다.

社會에서는 반드시 그를 認定해 줄 것이라고까지 말하엿습니다.

石膏는 永續性이 업는 것이닛가 '사이케'는 大理石으로 彫刻을 하지 안으면 안 됩니다. 젊은 彫刻家는 그 父親에게서 물려바든 훌륭한 大理石이 한 個 잇섯기 때문에 그는 이 大理石에다 정 쓰틀 대이기 시작하엿습니다.

엇더한 날 젊은 彫刻家의 下宿에 貴人 父女가 차저왓습니다. 그들은 틀림업는 '사이케'의 '모텔'인 王女와 그 아버지엿습니다.

---

## 延皓堂, "永遠의 어린이 안더-슨傳(18)", 『중외일보』, 1930.4.24.

電氣에 感應이나 된 거가티 아모 말도 못하고 잇는 젊은 彫刻家를 向하야 貴人은 그 大理石 像이 되기만 하면 곳 自己가 사 가겟노라고 말하엿습니다.

젊은 彫刻家는 熱心으로 일을 繼續하엿습니다. 그리고 그는 비로소 生命이란 것은 卽 사랑(愛)이란 것을 깨다랏습니다. 다- 맨드러 노흔 '사이케'의 像을 보고 "자네가 맨든 사이케는 前 싸리시야 大家에예게도 써러지지 안을 만하이. 왼 世界에서는 자네를 崇拜하게 될 줄 밋네."
하고 親友 中 한 사람이 말하엿습니다. 그는 그 像을 가지고 貴人의 집으로 갓습니다. 王女는 그 像을 보고 無數히 激賞하엿습니다. 젊은 彫刻家는 王女의 손목을 잇끌어 입을 맛초면서 不知中 自己 마음속의 秘密을 吐破해 버렷습니다. 그러닛가 王女는 激怒하야

"이 밋친광이야 냉큼 나가거라!"
하고 天動가티 호령하엿습니다. 젊은 彫刻家는 半밋치광이가티 石像을 여폐 끼인 채 下宿으로 도라와서 장도리를 드러 그 石像을 깨트려 부시랴고 하엿스나

'안쌔로'가 그것을 붓들어 挽留하엿습니다. 그리고 그를 쓸고 아름다운 '팜파니야'의 少女들이 잇는 '오스테리야'로 向하엿습니다.

그곳에는 甘酒와 滋味나는 '짠스'가 잇섯습니다. 그는 出生 以後 처음으로 이가튼 歡樂境에 드러갓습니다.

그 이튼날 아츰 그가 잠이 깨엿슬 때 그는 痛痕과 絶望의 구렁에 빠저 잇섯습니다.

그는 '사이케' 石像에다 布片을 가리웟습니다. 그리고 다시 몃 번이나 이것을 벗기고 그 아름다운 石像을 보려 하엿스나 도모지 그것을 마음대로 벗길 수가 업섯습니다. 그는 갓가수로 그 石像을 뒤뜰로 옴겨다 노코 그곳에 잇는 우물속에다 집어너코는 흙을 그 우에 더퍼버렷습니다. 그리고 그날부터 重病에 걸려버리고 마럿습니다.

그 近處 寺院에 잇는 '이쓰나쥬스' 兄弟가 와서 그에게 한울님의 道를 들려주엇습니다.

藝術은 사람의 마음을 迷惑케 하는 것이오 참말 平和는 敎堂에 잇스니 모름직이 寺院의 一分子가 되어 善良한 사람이 되라고 勸告하는 通에 드듸여 寺院의 한 사람이 되엇습니다.

그러나 寺院 生活도 그에게 平和를 주지 못햇습니다.

조고마한 寺院 들창으로 아플 바라다 보면 永遠의 都市는 그의 눈 아래에 노여 잇습니다. 썩어 문드러진 神殿 코리숩, 棕櫚 입써러지는 '캄파니야'의 벌판 오렌지와 시트롬의 숩 모든 것이 맑은 空氣 속에 그리여저서 아름다운 幻影이오 아름다운 꿈속 갓헛습니다.

果然 人生은 꿈입니다.

그러나 두어 時間 만에 깨이는 꿈은 아닙니다. 길고 긴 꿈입니다.

엇더한 날 '안쌔로'는 길에서 놀라웁게 變한 親友의 모양을 보고 말하엿습니다.

"아! 자넨가. 자네는 참말 幸福으로 지내나? 한울님의 読物인[109] 天才를 바리고는 幸福될 理가 萬無하이. 자네는 예전에도 꿈을 꾸고 잇더니 여태것 꿈을 꾸고 잇는 모양일세그려."

이가티 이 不幸한 僧侶는 煩悶과 苦惱 씃헤 最後의 慰安을 神에게 엇고 죽어버렷습니다.

---

109 '膳物인'의 오식이다.

그래 그의 屍體는 寺院 墓地에 무처버렷습니다.

기나긴 歲月이 지난 뒤 그의 骸骨은 堀出되어 그 當時 習慣에 依하야 그의 僧位에 따라 洞窟 속 선반 우에 安置되엿습니다. 그리고 그의 손구락에는 念珠가 걸려 잇게 됏습니다.

또 歲月이 지낫습니다. 그의 骸骨은 가닥가닥 나서 땅 우에 헤트러저 떠러젓습니다.

그리고 다른 썩은 뼈들과 함께 한데 석기여 寺院 담 박 밧 싸혀젓습니다. 뜨거운 日光이 그의 骸骨에 내리쪼엿습니다. 누구 하나 그것이 그의 骸骨이란 것을 아는 사람이 업섯습니다. 일즉이 아름다운 幻想을 부듸안ㅅ고 잇든 頭骨 속으로는 도마배암이 出入하엿습니다.

結局에는 그 骸骨은 부서저서 가루가 되여버렷습니다.

예전에 좁듸좁은 거리가 잇든 어썬 洞里에 새 寺院 하나가 建築되엇습니다. 童貞 한 사람이 어느 날 死亡한 까닭에 寺院 뒤뜰에 무덤을 파게 되엇습니다. 그때 땅속에서 아름다운 大理石으로 彫刻한 石像의 등어리가 나타낫습니다. 그 땅을 다— 파고 나니까 훌륭한 '사이케'의 石像이 나왓습니다.

그것은 녯날 有名한 藝術家의 손으로 된 것이라고 鑑定은 되엇스나 그것이 누구의 作品인지 도모지 아지 못하엿습니다. 그것을 알고 잇는 것은 長歲月 동안 이 事件을 보고 잇든 한울 우에서 반짝이는 별뿐입니다.

또 童話 「달 이야기」 속에도 羅馬의 이야기가 만히 드러 잇습니다. 何如間 伊太利의 生活은 '안더-슨'의 文學的 生涯에 一轉機를 지어 주엇다 하야도 過言이 아닙니다.

'안더-슨'이 쓴 作品에는 北歐의 自然이 巧妙하게 描寫되여 잇슴과 同時에 南歐의 自然도 곱게 씨여 잇습니다.

'안더-슨'의 童話를 "北歐 童話" 속에다 넛커나 '안더-슨'을 北歐 作家라고만 생각하는 것은 不合當하다 할 것입니다.

'안더-슨'에게는 北歐的 精神과 함께 希臘 精神이 잇고 羅馬的 精神이 잇슴과 함께 基督敎的 精神이 잇습니다. 그럼으로 그 材料도 또한 北歐에만 局限되여 잇지 안습니다. 이것이 '안더-슨'에게 잇서서 世界的으로 愛好밧는 理由가 되는 것입니다.

'안더-슨'이 언제나 旅行을 하고 잇섯든 것은 그의 習性이 큰 原因이엿슬는지 몰으나 그러나 쏘 한 가지 理由는 그 '고스모포리다니슴'이 그러케 맨들어 노흔 것일 것입니다.

'안더-슨'은 世界의 童話家 世界的 童話家입니다.

---

## 延皓堂, "永遠의 어린이 안더-슨傳(19)", 『중외일보』, 1930.4.25.

### 五. 中年時代

一八三四年에 '안더-슨'은 追懷 기픈 羅馬를 써나서 베니스·뷔헨나·뮤니쓰히 等을 歷遊한 뒤에 丁抹로 도라왓습니다. 그리고 그 이듬해에 그가 羅馬 滯在 中 一大 收獲이엇든 『卽興詩人』을 出版하엿습니다. 『卽興詩人』의 成功은 참으로 굉장햇습니다.

그때까지 참말로 丁抹 文壇에서 忘却되엇든 '안더-슨'은 이 『卽興詩人』 째문에 一躍 文壇의 最高 地位에까지 올러가게 됏습니다.

批評家들은 다토아 그의 作品을 激賞햇습니다. 그때까지 '안더-슨'의 大敵이엿든 사람들도 그제야 '안더-슨'이 타고난 큰 使命을 認定하게까지 됏습니다.

'안더-슨'의 少年 쩍 冷酷하게 굴든 先生 '마이스렁그'까지도 '안더-슨'에게 對하야 그 才能을 아라보지 못하엿든 過失을 謝過햇습니다.

여긔에서 '안더-슨'의 生涯는 一大 轉換을 보엿습니다.

'안더-슨' 自身까지 그때의 感懷를 追想하야

"나는 그때 病人이 日光을 對하는 것 가튼 깃붐을 늣겻다."

고 말햇습니다.

『卽興詩人』의 뒤를 니어 北歐人의 生活을 곱게 描寫한 『O·T』라는 小說이 出刊되고 쏘 그 뒤를 니어서 『늙은 胡弓師』가 出刊되엇는데 以上 二篇은 『卽興詩人』과는 比較도 못 될 것이지마는 好評을 傳하엿든 것만은

事實입니다.

'안더-슨'의 「Eventyr」 卽 不朽의 童話가 비로소 처음 世上에 나오기는 '에드몬드·곳스'에 依하면 一八三五年입니다. 그 깁히(深)에 잇서서나 '페-소스'에 잇서서나 또 '유-모어'에 잇서서나 現代文學 中 이에 미칠 것이 바이 업다고까지 '곳스'도 말햇습니다마는 '안더-슨' 童話의 出現은 틀림업는 文壇의 驚異엿습니다.

'크리스마쓰' 때마다 發行되는 이 童話集은 늙으니에게나 幼年에게나 똑가튼 歡迎을 바덧습니다. 어린이를 世上에는 새로운 光明이 빗최이고 그들 어린이의 마음은 날로 擴大되엇습니다. 이 童話 出現으로 말미암아 到處마다 煖爐 엽헤 때아닌 쏫이 피고 웃음이 이러나 '안더-슨'의 일홈은 그들 입에 오르나렷습니다.

'안더-슨'은 劇 方面에 向해서도 活動을 開始햇습니다. 어렷슬 때부터 人形을 가지고 演劇을 해 보기에 精神이 업든 그이요 그 空想을 實現하고자 十五歲의 少年의 몸으로 혼자 故國 首都를 버서저 나간 그로서는 劇을 斷念할 수는 도모지 업섯든 것입니다.

그는 一八四○年에 비로소 「무랏트」라는 劇詩를 지엇는데 이 劇詩는 「마담·레-쎕-」이라는 이야기에서 材料를 取한 것으로 만흔 期待를 가지고 보게 되엇섯스나 上演하게 되는 當日에 國王이 崩御하기 때문에 上演中止가 된 것은 作者로 하야금 적지 안은 落膽을 시켯습니다.

이 일이 잇슨 지 二個月 뒤 각가스로 이 劇이 上演되어 想像 以上 大成功을 傳햇습니다. 그래서 이 劇은 '코펜하-쎈'뿐만 아니라 '스독호룸'에 잇는 劇場에서까지 上演햇습니다. 그때 '안더-슨'은 '스독호룸'에 가서 瑞典 사람들에게 歡待를 바닷기 때문에 그때 그의 感激은 붓으로 形言하야 쓸 수도 업습니다.

엇던 날 밤 그는 '룬드' 大學生들이 招請하는 晩餐에 參例하엿섯습니다. 大學生들은 純眞한 마음에서 우러나오는 虛飾 업는 演說과 唱歌로 이 珍客을 慰勞햇습니다.

'안더-슨'이 길로 나갓슬 때 한 떼의 兵丁들을 맛낫는데 兵丁들은 이 外來

의 詩人을 보자마자 帽子를 버서 들고 敬意를 表햇습니다.

이 한 가지 일은 多情多感한 '안더-슨'으로 하야금 눈물까지 흘리게 하기에 充分햇습니다.

그러나 이 成功은 그리 오래 繼續되지 못햇습니다. '안더-슨'은 '하이벨그'라는 사람과 不快한 論爭에 빠지지 안을 수 업게 된 데다가 繼續하야 發表된 「무-아의 娘」 其他 여러 가지 劇이 好評을 밧지 못하게 됏습니다.

'안더-슨'은 本是 무섭게 銳敏한 感情을 가진 사람이기 때문에 自己에게 對하야 조고마한 惡評만 잇서도 몹시 슬퍼햇습니다. 그러는 동안에도 그의 마음을 慰安시켜 준 것은 童話 創作이엿습니다.

「달 이야기」라고 하야 普通으로 우리가 닑는 散文詩(정말 題名은 『그림 업는 그림冊』입니다)는 그때 쓴 것입니다.

이것은 그 卽是 獨逸語와 瑞典語로 飜譯되어 非常한 好評을 바닷습니다.

그의 物質的 方面은 엇더햇느냐고 무르시는 분이 게실른지 모르닛가 이제는 暫間 그의 物質的 方面에 對한 것을 말슴코자 합니다.

'안더-슨'은 그만치 일홈난 作家엿스닛가 勿論 收入도 相當하엿스리라고 생각하실 분이 잇슬 것 가트나 事實은 그러치도 못햇습니다.

그는 政府에서 年給으로 一定한 돈을 밧게 되어 비로소 生活의 安定을 엇게 된 것을 깃부게 생각하엿습니다.

"나는 이제는 生活때문에 作品을 抑制로 쓸 必要는 업게 되엇다. 不斷의 日光은 내 마음에 슴여들고 잇다. 나는 心中에 安息과 便함을 늣기고 잇다." 고 그는 말햇습니다.

뛰여난 天才에게 對하야 年金을 支佛하는 것은 藝術을 尊崇하는 西國의 조흔 風俗이라 할 것입니다.

## 延皓堂, “永遠의 어린이 안더-슨傳(20)”, 『중외일보』, 1930.4.26.

그 當時 政府로부터 年金을 밧는 사람으로는 ‘오-렌슈라겔’ ‘뷘텔’ ‘인겐만’ 等이엿습니다. ‘안더-슨’과 根本 敵手이엇든 ‘헬쓰’도 ‘안더-슨’과 同時에 年金을 밧게 되엇습니다.

「달 이야기」를 내여 노튼 해 卽 一八四○年에 ‘안더-슨’은 두 번재 그리운 神의 都會를 向하야 旅行하게 됏습니다.

途中에 ‘뮤니쓰히’에서 만흔 藝術家들과 交際하엿는데 그때 두텁게 사괴인 사람으로는 ‘골네류스’와 ‘셀링그’ 等이엿습니다. ‘골네류스’는 ‘데윳셀똘뚜’ 出生의 畵家로 羅馬 외 ‘뮤니쓰히’와 獨逸 伯林에까지 幾多의 傑作을 남겨 노은 사람입니다.

‘셀링그’는 哲學者로 有名한 사람이니까 그 事蹟은 쓸 必要도 업슬 줄 압니다.

‘안더-슨’이 하이네(Heine)와 알게 된 것도 그 實은 이 旅行엿슬 것입니다. ‘하이네’는 ‘안더-슨’을 처음 대할 때 別사람 가태 보이드라고 那終에 말하엿습니다. ‘하이네’는 서슴지 안코 ‘안더-슨’이 이야기하는 「납(鉛) 병정」의 이야기를 滋味잇게 드르면서 몹시 깃버햇습니다.

‘스윗쓸’의 아름다운 風光에 依하야 마음의 慰安을 바든 뒤 ‘안더-슨’이 再次 羅馬로 차저갓슬 때에는 羅馬는 陰濕한 霖雨에 잠겨 잇섯습니다. ‘지쎌’ 江은 퍽 汎濫되고 疫病은 市民을 威脅하엿습니다. ‘안더-슨’의 健康은 이 不順한 天候를 到底히 막어 낼 才操가 업섯슴으로 모처럼 깃분 마음을 품고 왓든 ‘안더-슨’은 크게 失望햇습니다. 그리고 故鄕에서 到來한 書信에 依하면 그의 作品 「무-아의 娘」은 上演할 수 업게 되고 그의 敵手인 ‘하이벨그’는 諷刺詩를 지어서 그를 酷評한다는 이엇습니다.[110]

그러나 그것은 實際에 잇서서는 그리 큰일이 아닌 것 갓햇지만은 ‘안더-

110 ‘것이엇습니다.’의 오식이다.

슨'은 例의 感情이 突發하야 더욱 더욱 意氣가 沮喪하게 됏습니다.

그래서 그는 羅馬를 써나서 '나포리'를 지나 佛國 汽船을 타고 希獵[111]으로 向하얏습니다.

오랜 藝術의 나라는 이 漂浪 詩人에게 豐富한 感興을 주어 不安과 不快를 一掃케 하얏습니다. '아하수에로스'의 詩 「漂浪의 猶太人」의 이야기 가튼 것은 그가 '아데-네' 滯在 中에 생각해 낸 것입니다. 그의 三十六回 째 되는 誕辰을 '아크로포리스' 우에서 마지한 뒤에 그는 '스밀나'로 갓습니다.

「호-머의 무덤에서」라는 小品은 이 旅行의 遺物입니다.

'스밀나'에서 다시 '콘스탄지노-풀'에 갓슨 째 맛침 '마호멧트' 生誕의 大祝日이 왓섯습니다.

"그 光景은 나를 全혀 千一夜話 속의 사람을 맨드럿다."

고 그는 말햇습니다.

그리고 '싸뉴' 江을 거슬려 올러가서 一八四一年 가을에 그는 '코펜하-겐'으로 도라왓습니다.

이 旅行으로 말매암아 '안더-슨'과 親交를 매즌 사람 중에 有名한 音樂家 '리스트'(LIST)와 '다알벨그'가 잇섯습니다. '안더-슨'은 旅行을 조와할 쑨만 아니라 親舊를 조와하야 이 아래 이야기에도 數업시 나오는 大旅行 째에 잇서서 歐羅巴 中 만흔 藝術家와 親交를 매젓습니다.

그래서 '안더-슨'의 일홈은 丁抹 國內보다도 外國에 널리 퍼젓습니다.

'안더-슨'이 故國의 批評家에 依하야 각금각금 理由 업는 惡評을 닙게 된은[112] 實常은 外國에 잇서서의 嘖嘖한 그의 名聲을 嫉視하는 사람들의 感情이 그中 큰 原因이 되여 잇든 것입니다. 文壇의 裏面에는 각금 그런 일이 만흔 것이 事實입니다.

이 旅行에서 도라온 뒤에도 몹시 甚한 批評이 '안더-슨'에 向하야 들씨워젓습니다.

---

111 '希臘'의 오식이다.

112 '된 것은'의 오식이다.

그러나 이때는 '안더-슨'도 그것을 그리 念頭에도 두지 안케 되엇습니다. 그것은 다른 까닭이 아니엿고 그의 親友인 '돌발드슨'이 그때 '코펜하-겐'에 잇섯슴으로 그는 '돌발드슨'과 '오-렌슈라-겔' 等과 함께 쓰니지 안코 劇場에서 날을 보내엿기 때문입니다.

---

## 延皓堂, "永遠의 어린이 안더-슨傳(21)", 『중외일보』, 1930.4.28.

劇場은 그에게 잇서서 큰 俱樂部엿습니다. 그를 爲하야 貴賓席 一部가 提供되고 그는 그곳에서 藝壇의 名士와 함께 恒常 接觸이 되어 잇섯습니다.

그는 각금각금 '돌발드슨'의 집에 가서 즐겁게 저녁을 보내기도 하고 「醜한 오리색기」 等의 이야기를 들려주어 왼 집안사람들을 깃부게 맨드럿습니다.

그러나 이 親友와도 作別할 때가 왓습니다.

어느 날 두 사람은 함께 쏘다시 伊太利를 訪問하자고 議論을 決定하엿습니다. 그래서 '안더-슨'의 그 집에서 물러나오자마자 '돌발드슨'은 갑작이 急患에 걸렷습니다. '안더-슨'은 다시 불려 드러가서 親友의 아프로 갓스니 때는 이미 느저서 이 大彫刻家는 永久히 눈을 감고 마렷습니다.

一八四三年 '안더-슨'은 다시 巴里로 旅行햇습니다.

그의 不完全한 佛國語를 가지고 그는 만흔 사람들과 交際를 햇습니다. 文豪 '라말틔-ㄴ'(Lamartine), '유꼬'(Hugo), '듀마'(Duma), '발삭'(Balzac), 名優 '라겔'(Rachel) 等은 그가 과괴인[113] 사람 中 重要한 人物입니다. '라말틔-ㄴ'은 特히 굿세인 印象을 '안더-슨'에게 주엇습니다.

그는 北歐 文學에 趣味를 갓고 政治에 기픈 興味를 가젓슬 뿐 아니라 丁抹에 對하야 기픈 知識을 가지고 잇섯든 까닭에 '안더-슨'을 놀래엿습

---

113 '사괴인'의 오식이다.

니다.

서로 作別할 때 '라마틔-ㄴ'은 한 篇의 詩를 지어서 '안더-슨'에게 보내엿는데 그것은 오랜동안 貴重한 紀念品으로 保存되엇습니다.

'알렉샨드 · 듀마'는 '라마티-'과는 또 달럿습니다.

'안더-슨'이 처음 그를 차저갓슬 때는 正午가 훨신 지내엿슴에도 不拘하고 그는 寢床 속에 드러누어서 뒹굴다가 업드려 잇는 채 붓을 잡고 잇드니 '안더-슨'을 보자마자 이러나랴고도 아니하고 고개를 끄덕이여 인사를 하면서

"거기 좀 안즈시오. 나는 지금 뮤-스의 訪問을 밧고 잇소."

하고 말하엿습니다. 그리고 如前히 글을 쓰고 잇섯습니다.

얼마 만에 글을 다- 쓰고 나서도 자리 속에서 나오지 안엇습니다.

'안더-슨'을 名優 '라겔'에게 紹介한 것은 이 '듀마'엿습니다. '라겔'의 일홈은 '에리사'라고 하는데 佛蘭西 一流의 名女優엿습니다.

'라겔'은 一八二一年에 '알사스'의 가난한 猶太 商人의 딸로 태여나서 巴里로 온 뒤에 女優가 되고 一八三八年에 '데아톨 · 푸란세-스'에서 「루 · 호레-스」 中의 '카미-유'를 演出하야 大成功을 한 以來 藝壇의 꼿이 되여 '골네-유' '라신-' '불텔' 等의 主役으로 匹敵할 수 업슬 만한 地位를 確保하고 잇는 터이엇습니다.[114]

'안더-슨'과 맛나슬 때는 아즉 二十三歲의 少女이엿지만은 當代 一流의 女優로 名聲이 嚇嚇하엿습니다.[115] '안더-슨'은 一切로 佛蘭西劇에 對하여는 조고만한 感興도 갓지 못하엿섯지만은 '라겔'의 才操에는 全혀 屈服하고 마럿습니다.

---

114 라쉘(Mademoiselle Rachel, 본명 Elisabeth Félix, 1821~1858)은 프랑스의 여배우이다. '데아톨 · 푸란세-스'는 프랑스의 국립극장인 'Théâtre-Français'를, 「루 · 호레스」는 코르네유(Pierre Corneille)의 작품 「오라스(Harace)」를, '카미-유'는 「오라스」의 작중 인물인 카미유(Camille)를 가리키는 것으로 보인다. '골네-유'와 '라신-', 그리고 '불텔'은 각각 피에르 코르네유(Pierre Corneille), 라신(Jean Racine) 그리고 볼테르(Voltaire, 본명 François-Marie Arouet)를 가리킨다.

115 '赫赫하엿습니다.'의 오식이다.

"라겔은 훌륭한 悲劇의 女神이다. 그러나 다른 사람들은 가엽슨 人生에 不過하다."
하고 그는 말햇습니다. '라겔'은 대단히 깃버하야 '안더-손'을 自己 집으로 請하엿습니다. '라겔'의 房에 '꾀-테'와 '실렐'과 '쑤스피어' 等 여러 文豪의 作品이 퍽 만히 잇섯든 것은 英國劇을 조와하는 '안더-손'으로 하야금 깃분 마음을 喚起시켯습니다. '안더-손'의 이 훌륭한 女優가 佛蘭西의 古典劇에 沒頭하고 잇지 안으면 안 될 境遇에 잇는 것을 몹시 愛惜히 역엿습니다. 그래서
"이 젊은 女子는 라시-ㄴ과 골네이유의 大理石 石塊에서 살어 잇는 大石像을 맨드러 내는 터이다."
하고 말햇습니다.

---

## 延皓堂, "永遠의 어린이 안더-슨傳(22)", 『중외일보』, 1930.4.29.

巴里에서 맛난 여러 사람 中에 쏘 彫刻家 '다뷔드'(David)라는 사람이 잇섯습니다.

사람은 亡友 '돌발드손'과 여러 가지 點에 잇서서 類似한 點이 만흔 사람으로 特히 '안더-슨'에게 기픈 印象을 주엇습니다. '다뷔드'는 '안더-슨'을 爲하야 胸像을 맨드럿습니다.

'피아니스트'요 쏘 作曲家인 '칼크부렌넬'도 쏘한 巴里에서 사괴인 사람이 엇습니다.

'안더-슨'은 어렷슬 때 音樂家가 되리라고 마음을 먹엇다가 中途에 咽喉를 버리여 그 마음먹엇든 것을 도리키엿든 그만치 音樂에 對해서도 기픈 執念이 잇섯기 때문에 恒常 音樂家의 世界에 接近하기를 조와햇습니다.

文士들과 交際할 때에는 誤解나 不平을 품은 일이 잇섯스나 音樂家에 對해서는 한번도 그런 일을 當해 본 적이 업섯습니다.

巴里를 써나기 조금 前 '안더-슨'은 엇던 藝術家의 會合에서 尊敬할 만한 老婦人과 만낫습니다. 그는 일즉이 그가 지은 作品 「무랏트」의 材料를 取한 Le Epavcs의 作者인 '마담·레이보-'엿습니다.

'안더-슨'은 크게 깃버하야 「무랏트」에 關한 苦心談을 들려주엇습니다. 老婦人도 크게 깃버하야 여러 가지로 '안더-슨'의 便宜를 도와주고 쏘 그의 서투른 佛蘭西 말을 바르게 가르처 주엇습니다. 旅行家인 '안더-슨'은 쏘 語學을 조와하야 旅行하는 동안에도 쓰니지 안코 外國語를 工夫햇습니다.

巴里를 써나서 '안더-슨'은 獨逸로 向햇습니다. '센드·쏘-아' 近處에는 詩人 '푸라이리그라-트'가 살고 잇섯습니다. 이 사람은 民主主義의 詩人으로 主義 째문에 故國에서 追放을 바든 사람인데 '가믹소'의 詩를 愛誦하는 點에 잇서서 '안더-슨'과 一致하엿습니다.

'안더-슨'은 일즉이 맛나 보지 못한 동무로 그동안 맛나고자 생각한 사람이기 째문에 '안더-슨'은 그대로 지나치기가 어려웟섯습니다.

'안더-슨'이 '푸라이리그라-트'의 書齋에 드러가닛가 그째 그는 맛침 冊床머리에 依支하야 무엇을 쓰고 잇섯는데 갑자기 손님이 차저와서 防害될가 念慮하는 氣色으로 눈을 드러 異常한 눈치로 '안더-슨'을 바라보앗습니다.

'안더-슨'은

"우리는 우리와 共通되는 親友 하나를 뫼시고 잇스니 그는 다른 사람이 아니라 가믹소이외다."

하고 말햇습니다. 그러닛가 '프라이리그라-트'는 뛰어 이러나면서

"아— 그러면 당신은 안더-슨 氏입니다그려."

하고 '안더-슨' 아프로 달려드러 두 팔로 껴안엇습니다. 歐羅巴 詩人의 赤裸裸한 友情의 態度가 滋味잇지 안습닛가. '프라이리그라-트'는 繼續하야

"센트·쏘아에는 당신의 親友가 만습니다. 그中의 한 사람을 당신께 紹介함니다."

하고 그 안해를 '안더-슨'에게 紹介햇습니다. 그리고 아래와 가튼 이야기를

햇습니다.

'안더-슨'이 쓴 小說 「Only a fiddler」로 말매암아 夫妻의 關係를 맷게 되엿는데 두 사람이 서로 아지 못햇슬 때 이 小說에 非常한 興味를 늑기여 便紙질을 한 것이 始初가 되어 두 사람 사이에 親密한 交際가 엉클리어 那終에는 따듯한 사랑이 되고 즐거운 家庭을 이루게 된 것이라 햇습니다.

뜻밧게 이 가튼 告白을 들은 '안더-슨'의 깃븜은 여간이 아니엿습니다.

'안더-슨'이 이 家庭에 잇슬 동안 百年知己와 가튼 待接을 바든 것도 無理는 아닙니다.

獨逸에 잇슬 동안 그는 훌륭한 童話를 만히 썻습니다. 그中에 뛰여나는 것은 「적은 人魚 색시」와 「도야지 기르는 사람」이엿습니다. 多大한 藝術的 收穫과 多大한 새론 親友를 엇고 '안더-슨'은 一八四三年에 '코펜하-겐'으로 도라왓습니다.

### 六. 光榮의 老年

글자 한 자 모르는 시골소년이 모든 希望이 끄너지어 '코펜하-쎈'의 街頭에서 헤매이고 잇든 그때로부터 二十五年이 지낸 뒤엿습니다.

世界는 變하엿습니다.

'안더-슨'은 모든 사람에게 "丁抹에 잇서서 特出한 사람" 中 한 사람으로 指目을 밧게 되엿습니다.

---

## 延皓堂, "永遠의 어린이 안더-슨傳(23)", 『중외일보』, 1930.4.30.

伯林에 滯在하는 동안 '코펜하-쎈'에서 깃분 消息이 傳達되엇스니 그것은 丁抹 國王과 王后 두 분의 北海 '퀴욜'島 漫遊 隨行員에 任命된 것입니다.

無依無托의 可憐한 處地에 잇든 一貧 少年은 二十午年 後에 帝王의 一行인 貴賓이 되엇습니다.

그래서 '안더-슨'은 作定된 日字 안에 獨逸을 뒤로 두고 '코펜하-센'으로 돌아왓습니다.

이 故國 訪問이야말로 '안더-슨' 自身이 쓴 空想으로 充滿된 童話 그것과 가탯습니다.

녀름 宮殿의 華麗한 舞踏會[116]의 幕이 다치여지자 저녁 해에 번쩍이는 섬 사이를 쒸여뚤고 곱게 쑤민 遊覽船이 내여달립니다. 배는 北海의 거츠른 海邊을 끼고 얼마를 나아가다가 孤寂한 '할릭스'島에 이르럿습니다. '할릭스'는 北海의 孤島로 波濤가 거츠러저도 사람이나 家畜이나 다— 함께 지붕꼭닥이 헛간으로 避難을 하지 안흐면 안 될 만큼 潮水에 부닷기는 적은 섬입니다. 엇던 째에는 섬 우에 잇는 것이 全部 씻겨 나려가고 甚至於 墓地까지 쓸려 나려가지만은 얼마 안 되는 小數의 住民들은 그래도 이 쓸쓸한 섬에 달라부터서 가여운 生活을 繼續하고 잇섯습니다. 國王의 一行이 그 섬 우에 上陸하엿슬 째에는 섬 속에 男子 한 사람만 남겨노코 女子와 어린 애들이 歡迎하러 나왓습니다. 歡迎塔에 거러 노은 쏫은 일부러 '퀴욜'島에까지 가서 가저온 것이오 그 섬 안에 오직 하나밧게 업는 보잘것업는 花壇 우의 薔薇는 王后를 爲하야 그 通路에 撒布되엿습니다. 이가티 別다른 趣味가 잇는 旅行을 마치고 一行은 '코펜한-센'으로 도라왓습니다. '안더-슨'은 國王 前에 불리여서 童話 朗讀의 所請을 바닷습니다.

宮殿을 써나 나오게 될 째 國王은 '안더-슨'의 生活狀態를 듯고 年金을 바다 보랴느냐는 下問이 잇지 '안더-슨'이 임이 이러저러한 年金을 밧고 잇다고 言上하엿습니다.

그러니까 國王은

"그것쯤이야 너무 적지 안은가."

하고 말슴하엿습니다.

'안더-슨'은

"저는 그 外에도 原稿料를 바드닛가 關係업습니다."

116 '舞蹈會'의 오식이다.

하고 말햇습니다.

'안더-슨'의 親舊들은 그의 慾心 업는 態度를 嘲笑햇습니다.

그 이듬해 國王은 親히 '안더-슨'의 年金을 增額햇습니다. 그래서 '안더-슨'은 그때부터 生活에 苦難을 밧지 안케 되엿슴은 勿論 훌륭한 生活을 해 가게 됏습니다.

巴里에서 도라온 뒤 特筆할 만한 것은 女優 '쩬니・린드'와 交際한 것입니다.

'안더-슨'의 女子 親舊 中에 가장 深刻한 交際를 한 사람은 女流作家 '푸레데리카・쁘레-멜'과 以上에 말한 '린드'엿습니다. '안더-슨'이 '린드'를 처음 알기는 그때로부터 三年 前이엿는데 처음에는 그리 큰 注意도 하지 안엇섯지만은 두 번째에 —— 一八四三年 가을 —— 처음으로 '린드'가 '마이엘삐-아'의 「아리스」를 노래할 때 그것을 듯고 '안더-슨'은 그 妙音에 感動이 되어 그 後부터 密接한 交際를 하기 始作햇든 것입니다.

'안더-슨'은 '린드'를 賞讚하는 데 잇서서는 엇던 境遇를 勿論하고 남에게 뒤지지 안으려 햇습니다.

'린드'는 一八二○年에 出生하야 그때 二十四歲엿지만은 聲樂家로서의 地位는 임이 定評이 잇섯습니다.

그 이듬해 一八四四年 가을 '안더-슨'은 다시 北獨逸를 차저가서 '멘델쏜'의 손님이 되엿습니다.

'안더-슨'은 이가티 만흔 文人들과 交際햇지만은 오직 한번 辭讓하면서 訪問하기 시려한 사람이 잇섯스니 그는 文豪 '꾀-테'엿습니다.

'꾀-테'의 名聲은 當時 歐羅巴를 壓倒할 만한 觀이 잇섯스나 '꾀-테'는 좀 傲慢한 사람이엿기 때문에 一八三年에 獨逸을 尋訪하엿슬 때에도 그때 아즉 나의 어렷든 '안더-슨'은 空然히 㤼을 지버먹고 '봐이말' 巡禮를 避햇습니다. 그동안 自己의 일홈이 獨逸 안에 좀 더 알여지게 되거든 이 文豪를 차저가 보리라고 생각햇든 것입니다. 그러나 그 날은 쉽게 오지 안엇습니다.

그의 作品은 獨逸語로 飜譯되어 여러 곳에서마다 낡혀지기에 이르렷스나 大 '꾀-테'는 이미 이 世上에는 잇지 안엇습니다.

'안더-슨'은 이 文豪의 古蹟에 敬意를 表하기 爲하야 '봐이말'로 向햇습니다.

'봐이말' 太公은 그 말을 듯고 크게 깃버하야 '엘텔스불그'에서 擧行되는 自己 生日祝賀會에 '안더-슨'을 招待햇습니다. '봐이말'은 全혀 '안더-슨'에게 向하야 解放되엿습니다.

'안더-슨'은 이때 비로소 그 「납(鉛)덩이 兵丁」이란 이야기를 獨逸語로 讀朗햇습니다.

---

**延皓堂, "永遠의 어린이 안더-슨傳(24)", 『중외일보』, 1930.5.2.**

'봐이말'을 하직한 뒤 그는 '라이뿌지쓰히'에서 '슈-만'의 客이 되엿다가 다시 伯林으로 向하야 일즉이 世上을 떠난 '카밋소'의 家族을 尋訪햇습니다. 前에 獨逸을 訪問햇슬 때 아조 어린애엿든 故人의 아들이 軍服을 닙은 훌륭한 靑年이 되엿습니다.

'안더-슨'이 獨逸에서 巡遊하고 잇는 동안에 '안더-슨'의 親友 中 한 사람이엇든 '부라이텐불푸'伯 '곤라드'가 世上을 떠낫습니다. 이 사람은 '슈레스뷔쓰히, 홀스다인' 侯國의 總理大臣을 지낸 사람으로 각금각금 '안더-슨'을 '부라이텐쌜뚜' 城으로 招請하야 懇談하든 터이엿습니다.

一八四五年 가을 '안더-슨'은 또다시 大陸의 旅程에 올랏습니다. 途中에 故鄕인 '오-덴세'를 訪問하야 두어 時間 잇섯는데 마치 낫 서투른 他國에 간 것보다도 더 쓸쓸한 생각이 낫섯다 합니다. 가난한 구두쟁이의 아들로 嘲笑의 材料이엇든 小喜劇作家 어린 '한스'에 쓰듸쓴 눈물을 먹음게 한 '오-덴세'는 錦衣還鄕한 '안더-슨'에게 對해서 그리 따스한 感懷를 줄 만한 故鄕이 되지 못햇습니다.

眞珠와 가튼 短篇 傑作 「성냥파리 少女」는 이때에 쓴 것입니다.

그 後에 '안더-슨'은 '올덴불그'로 가서 '모젠'의 客이 되엿습니다. '모젠'의 愛兒는 이 童話家에게 情이 드러서 서로 作別할 째에는 몹시 슯허하야 自己의 작란거리인 「납 兵丁」을 紀念으로 '안더-슨'에게 주엇습니다.

이 「납 兵丁」이 '안더-슨'의 書齋에 오래동안 保存되엿든 것은 말할 餘地조차 업습니다.

그는 다시 伯林으로 갓습니다.

前에 伯林에 왓슬 째 '안더-슨'은 自己의 일홈이 '그림'(Grimm) 兄弟에게 알녀지지 못햇섯기 째문에 크게 失望을 햇섯습니다. 그러나 이번에는 '그림' 兄弟도 '안더-슨'을 마저드려 厚待햇습니다.

---

## 延皓堂, "永遠의 어린이 안더-슨傳(25)", 『중외일보』, 1930.5.3.

그는 變함업시 歡迎이 세찬 통에 괴로워햇지마는 異常하게도 '크리스마쓰' 날 밤에는 아모 데도 招待를 밧지 안코 旅館 一室에서 쓸쓸이 지내게 되엿습니다. 그것은 '안더-슨'의 親友들이 '안더-슨'을 招請한댓자 招請 바든 곳이 만어서 오지 못할 줄 미리 짐작하고 아조 招待도 하지 안엇든 까닭이엿습니다. 그러나 '크리스마쓰' 날 저녁의 이 孤寂은 大晦日의 깃붐으로 補充되엿습니다. 大晦日에는 그째 마침 伯林에 와서 잇든 그의 女子 親友인 '쩬니-・린드'가 '안더-슨'만을 特別히 招待햇습니다. '린드'는 '안더-슨'을 爲하야 일부러 '크리스마쓰 추리'를 맨드러 놋코 곱게 莊飾하야 번쩍이는 초불 미테서 '안더-슨' '린드' 또 그의 從者 "세 사람의 北國 어린이"는 아조 和樂하게 談話하면서 그해를 지내엿습니다. 伯林 滯在 中 '안더-슨'은 '푸로시아' 國王의 招待를 바다서 午餐에 參例하고 自作童話를 朗讀하야 赤鷺勳章을 바닷습니다.

伯林을 써나서 '봐이말'과 '라이프지쓰히' 等을 거치여 '쏘레스덴'에 이르러 宮庭의 厚待를 밧고 '섀헤미아'에서 '뼥엔나'로 向하야 '쏘퓌아' 太公夫人

과 皇太后 아페서 童話를 하엿습니다.

---

**延皓堂, "永遠의 어린이 안더-슨傳(26)", 『중외일보』, 1930.5.5.**

七. 안더-슨의 性行

'안더-슨'은 키가 훨신 크고 모양 업시 큰 手足의 所有者로 北歐의 農民을 想像케 하는 사람입니다.

목에는 목도리를 두르고 世上 일은 도모지 드르랴고도 하지 안코 오직 植物과 動物의 말소리를 드르랴고 하는 꿈꾸는 사람 가튼 눈초리를 하고 거러 다니는 사람입니다.

이가치 外觀은 볼 것이 업는 사람이지만은 말소리가 퍽 고와서 듯는 사람으로 하야금 感興을 니르키게 합니다.

그리고 그 性格에 잇서서는 그 말소리 以上으로 고은 곳이 만습니다.

'곳스'의 記錄에 依하면

> 性格에 잇서서는 안더-슨은 사람 中 非難할 點이 업는 한 사람이다. 어렷슬 때부터 몹시 苦生한 탓인지 젊엇슬 때에는 거의 痼癖이 잇고 어릿어릿하는 貌樣이 보엿스나 나히가 만허지는데 따라서 沈默하는 動物의 늑기기 쉬운 귀여움으로 變해 버렷다. 그의 容貌로 본다면 世上의 쓰라림을 免하기 위하야 發하는 哀訴어린 이와 가튼 信賴心, 周圍 사람들의 同情 우에 卽時 그 自身을 집어던지는 밋분 情의 기픈 點이 잇섯다. 그의 사람 됨됨이는 어듸에든지 뼈가 업서 보이고 키 큰 몸둥이와 긴팔의 所有者로 얼뜬 보면 파란 눈 노란머리의 丁抹 農民을 想像케 한다.

그리고 一八四六年 봄 세 번째 羅馬를 訪問하엿스나 넘우도 現代化한데 失望이 되어 卽時 神都를 써나 '나포리'로 가서 그곳에서 幾多의 傑出한 글을 지엇습니다.

'안더-슨'은 '스곳트'의 愛讀者로서 일즉부터 그 作品을 飜譯한 일이 잇섯기 때문에 이 英國 文豪에게 招待를 바다서 깃분 마음으로 그 招待에 應햇습니다. 俊敏한 英詩人과 쌔 업는 어린이 가튼 童話作家와의 對照는 퍽 妙하엿섯다고 함니다.

이 以後의 '안더-슨'에 對하야서는 特別히 記錄할 만한 일이 적습니다. 그는 丁抹의 자랑거리로 또 世界 어린이의 동모로 이르는 곳에서마다 厚待를 밧고 極히 幸福스런 生活을 해갓습니다.

一八七二年 '안더-슨'은 그 親友의 한 사람인 '멜기올'이라는 實業家의 집에서 묵고 잇섯스나 그때부터 身病에 걸리어 몸이 虛弱해 갓습니다.

그 이듬해 봄에 療養次로 瑞西로 向하야 山紫水明한 곳을 차저 閑寂히 지내는 동안에 小康을 어더 다시 本國으로 도라왓습니다.

一八七四年 봄 '안더-슨'의 七十回 生日은 마치 國祭日 다름업시 盛大하게 祝賀되엿습니다. 이때 그의 童話는 벌서 十五個 國語로 飜譯되여 잇섯습니다.

---

### 延皓堂, "永遠의 어린이 안더-슨傳(26)", 『중외일보』, 1930.5.6.

그 후에 얼마 안 잇다가 그의 身病이 漸漸 昂進의 조짐을 보여 七十五年 봄에는 아조 所望이 업슬 地境에 이르럿슴으로 그의 親友 '멜기올'은 이것을 크게 念慮하야 '코-펜하-겐' 郊外 '로리그헷드'라는 곳에 잇는 自己 別莊으로 다리고 가서 療養에 盡力햇지만은 그의 健康은 날로 衰盡하야 드듸어 一八七五年 八月 四日 午前 十一時 '멜기올' 夫人이 暫間 엽흘 떠난 동안에 잠든 것과 가티 平和한 顏色으로 世上을 떠낫습니다.

葬禮 當日부터 首都의 店鋪는 葬禮 마치는 때까지 休業하고 늙은이나 젊은이나 다- 가티 이 國民的 文豪의 죽엄을 哀悼하엿슬 뿐 아니라 國王 皇后 皇太子는 一齊히 그의 棺 뒤에 짜라 나섯고 王后는 親히 棺 우에다

花環을 언지엇습니다.

그러나 오직 一分間 그를 觀察하면 이 印象을 持續하기는 퍽 어렵게 된다. '아-치'形의 눈썹 아래에 얼마큼 깁히 드러간 눈은 神秘的 그리고 變化하는 表情이 充滿하야 째때 冥想 속에서 사라지면서도 全혀 얼골에서는 사라지기 어려운 一種의 Exaltation은 外面은 決코 아름답지 못한 容貌에 獨特한 '챠-ㅁ'을 준다. '안더-슨'의 얼골에서 번쩍이는 純潔한 少女 가튼 無邪氣함과 '쎄리가시-'와는 말로 나타내기 어려운 獨自한 性格을 거긔에 준다. 그가 敏捷하게 태여낫슴에도 不拘하고 그는 全혀 世上이라는 것에 더럽혀지지 안코 그뿐 아니라 全혀 世上의 어둔 方面을 모르고 지낸 것 가태 보인다.

그의 性癖 中에도 가장 顯著한 것은 쓸데업는 것까지 重要하게 모아두는 버릇입니다.

말하자면 一種의 蒐集癖인데 그의 蒐集은 別로 이러타 할 만한 것을 蒐集하는 것이 아니라 여러 가지 하잘것업는 記念物을 퍽 珍重하게 모아두는 것입니다. 이 사람 저 사람이 어더 온 돌이나 어느 山에서 썝은 풀이나 이 가튼 쓸데업는 것을 모아 두엇섯습니다.

그는 무엇이든지 업새바리기를 시려햇습니다. 참으로 그는 글시 쓴 조희를 찌저버리는 것을 몹시 시려햇습니다.

그럼으로 다른 사람에게서 온 便紙는 大槪 너어 두엇습니다. 집을 옴길 째에는 이런 귀찬은 짐이 퍽 만허서 몹시 괴로웟습니다. 그가 죽은 뒤에 그 遺物 中 處理하기에 第一 困難햇든 것은 無數한 便紙엿습니다. 그中에 그에게 그리 利益지 못한 詰責의 便紙와 露骨로 그의 缺點을 痛罵한 便紙들도 만히 잇섯습니다.

그의 自信이 굿세인 것은 또 놀라울 만하니 엇던 사람이든지 그와 談話를 건늬인 사람이면 그가 자긔의 偉大함을 말하는 것을 듯지 못한 사람은 하나도 업습니다.

엇던 곳 女王이 便紙를 보냇다든가 어느 곳 兒孩가

"저긔 偉大한 한스·안더-슨이 간다."

하고 소리를 칫다든가 하는 等의 이야기는 쓴일 째가 업섯습니다. 勿論 그 相對가 女王이거나 어린 兒孩거나 그 사이에 아모런 區別도 세우지 안엇습니다. 엇던 째는 그 親友에게 向하야

"나는 現代 文壇에 잇서서 最大의 人物 中 하나인 것은 事實이다. 그러나 이것은 나를 讚揚하기만 할 것이 아니라 榮光을 神에게 돌려야 할 것이다."
라고까지 말햇습니다.

그러나 가엽게도 自己의 評判이 낫버지게 되면 그의 悄然해 하는 貌樣은 붓으로 쓸 수도 업슬 만합니다. 얼마 동안은 누가 아모런 소리도 慰勞하랴 해도 慰勞가 되지 못햇습니다. 어느 째 諾威[117]의 詩人 '뻴하-펜'이 '코-펜하-겐'에 와서 '안더-슨'과 함께 '카페-'에 간 일이 잇섯습니다. 두 사람은 무엇인지 雜談을 하고 잇다가 그곳에 갑시 몹시 싼 雜誌가 잇는 것을 보고 '안더-슨'은 無心히 그것을 드려다보앗습니다.

---

### 延皓堂, "永遠의 어린이 안더-슨傳(27)", 『중외일보』, 1930.5.8.

갑작이 그는 顔色이 變해 버렷습니다. '뻴하-펜'은 '안더-슨'의 顔色을 보고 놀라서 눈이 둥그래 잇스려닛가 '안더-슨'은 쩔리는 손구락으로 그 雜誌 한쪽을 지펏습니다. 그곳을 드려다보닛가 엇던 無名의 男子 하나가 '안더-슨'의 容貌를 評하야 辱說을 써 노은 것이 잇섯습니다.

'뻴하-펜'은 그것을 보고

"當身가티 歐羅巴 中에 일홈이 난 량반이 이가티 우수운 사람에게 辱을 먹엇다고 憤慨해서야 되겟습닛가."
하고 말하니까 '안더-슨'은 두 눈에 눈물이 잔뜩 고여 가지고

"녜……그러치만……"

---

117 '노르웨이(Norway)'의 음역어이다.

하고 중얼거렷습니다.

이 가튼 일은 全혀 '안더-슨'의 어린애다운 點에서 생긴 일입니다. '안더-슨'은 죽을 째까지 어린이엿습니다.

이것은 거즛말 가튼 이야기이지만은『Spectator』誌 記事에 依하면

> 어느 째 '안더-슨'은 손구락에 가시가 박이여 房 속에서 뒹굴면서 아푸다고 소리를 질럿다. 마츰 그째는 點心 먹을 時間이엿섯는데 '안더-슨'은 손구락에서 빼인 가시를 들고 여러 사람 압헤 내여보이면서 마치 大事件이나 이러낫든 것가티 뒤써드는 통에 한 사람도 點心을 먹지 못햇다. 그러는 동안에 그는 그 가시를 이러버렷는데 或時 잘못해서 가시를 먹지를 안엇는가 가시가 배속에 들어갓스면 얼마나 아풀가 하고 파라케 질려서 無數히 걱정을 햇다. 큰 童話作家는 亦是 큰 어린이엿든 것이다.

'안더-슨'은 終生토록 娶妻치 안엇습니다. 그리고 그는 世界의 모-든 어린이를 自己 아들과 가티 생각하고 잇섯든 싸닭에 조금도 孤寂함을 늣기지 안엇습니다.

일즉이 엇던 싀골 處女가 그의 忠實한 助手가 되리라 생각하고 戀文을 보내엿스나 그는 그것을 親切하게 물리친 일까지 잇섯습니다. 그러나 또 그는 美少年을 사랑햇다는 말도 잇습니다. 어린이를 사랑하는 極端이 或은 거긔에 나타나서 그리되엿든 것인지도 모를 일입니다.

그는 손님을 사랑하야 그의 집을 訪問하는 사람에게는 마음것 歡待를 햇슬 쑨 아니라 모든 知名의 人士와 交際하기를 즐겨햇습니다. 間隔 업는 開放된 마음 그것이 童話의 마음입니다. 實로 그의 初期 作品을 罵倒하든 '헬즈'까지도 각금각금 그와 面對해서는 昨日의 大敵이 오늘날의 十年知己와 가튼 늑김이 잇기에 이르럿습니다.

이것이 '안더-슨'의 넓고 큰 마음의 힘입니다.

**延皓堂, "永遠의 어린이 안더-슨傳(28)", 『중외일보』, 1930.5.10.**

八. 안더-슨 論

童話作家로서의 안더-슨의 優越性

藝術童話라는 말(Kunst MarChen)[118]은 '하우으'(Hauff)에게서 始作되엿스나 무릇 口碑童話를 가르처 藝術的 創作童話라고까지 말한다면 藝術童話는 반드시 '하우으' 때에 始作되엿다고는 못할 것입니다.

歐羅巴에 잇서서 藝術童話의 鼻祖는 '페로-'(Charles Peraul)[119]라고 할른지오.

'페로-'는 一六二八年에 巴里에서 出生한 사람으로 總理大臣 '콜베-ㄹ'의 祕書官을 지내엿고 學士會員이엿습니다.

그가 지은 八篇의 童話(一六九六年에 出版된 『Histories on contes du temps passe』[120]에 드러 잇는)는 童話 文學史上에 니즐 수 업는 寶玉입니다.

'페로-'의 다음으로 '쏘-노아'夫人 '쒸-ㄹ'夫人 等의 閨秀作家가 잇습니다.

그리고 '하우프'는 '안더-슨'보다 三年 前에 出生하야 '안더-슨'이 童話의 世界에 나오든 一八三五年보다 압서기 十年 一八二五年에 그의 童話 『Marhen Almanach』[121]를 내여노앗습니다.

이가티 헤여본다면 藝術童話家로서의 '안더-슨'에게는 이미 만흔 先輩가 잇습니다.

'안더-슨' 以後에 잇서서는 特出한 만흔 藝術童話 作家가 잇서서 그中에

118 'Kunstmärchen'의 오식이다.

119 'Charles Perrault'의 오식이다.

120 '옛날이야기'라는 뜻으로, '『Histoires ou contes du temps passé』'의 오식이다.

121 Wilhelm Hauff의 『동화연감』(Märchen-Almanach)을 가리킨다.

'꽈일드'(Oscar Wilde)
'라-게레로프'(Largerlof)
'스트린드쌘그'(Strindberg)
'메-텔링그'(Maeterlinck)
'푸랑스'(Anatole France)
'소로구브'(Sologuv)

等 여러 作家가 다- 훌륭한 童話를 지여 내여 童話史上에 不朽의 作品을 남겨노앗습니다.

그러나 이 모든 作家의 作品을 가지고 '안더-슨'에게 比較할 때 아- 거긔에는 이 무슨 相異입니까. 群峯을 壓倒하고 멀리 놉게 솟은 巨嶽과 가티 比較할 수 업는 卓越을 우리는 거긔에서 發見할 수 잇습니다. 그래서 우리들은 쉬웁게 驚異의 魔術에 걸리어 저절로 '안더-슨' 讚仰 外에 다른 道理가 업게 되지마는 이 相異에 依하야 짜라오는 所以를 冷靜히 硏究 考察하면 우리는 將來의 藝術童話의 가야할 길을 指示밧기에 이르를 것입니다.

'페로-'는 엇잿든지 藝術童話의 開祖인 만큼 童話史上에 嚴然히 서 잇는 高峰입니다. 그 作品은 空想이 豐富한 點과 構想이 妙한 點에 잇서서 容易히 模倣할 수 업는 點이 잇습니다.

口碑童話의 世界에서만 살기에 버릇이 된 人類는 '페로-'에 依하야 일즉이 經驗치 못한 새것을 엇게 된 것입니다.

太陽의 周圍에 만흔 遊星이 雲集해 잇는 것과 갓치 偉人의 뒤에는 만흔 追隨者가 짜릅니다.

'쏘-노아' 夫人을 비롯하야 '세귤' 夫人 '쏘-몬' 夫人[122] 其他 만흔 佛蘭西 作家가 '페로-'의 先蹤을 밟은 사람들로 한 사람도 '페로-' 以上으로 뛰여난

122 마리-카트린 돌느와(Marie-Catherine D'Aulnoy, 1650~1705), 세귀르 부인(Sophie Rostopchine, Comtesse de Ségur, 1799~1874), 보몽 부인(Jeanne Marie Le Prince Beaumont, Madame de Beaumont, 1711~1780)을 가리킨다.

이는 업슴니다.

그 모든 作家의 作品은 繁冗한 技巧와 不健全한 空想의 弊에 떠러저서 '페로-'를 멀리 떠나면 떠날사록 童話로서의 墜落을 쓰러오고 마럿슴니다.

---

**延皓堂, "永遠의 어린이 안더-슨傳(29)", 『중외일보』, 1930.5.11.**

童話에 잇서서 가장 必要한 要素인 平明 簡單 直截 等을 이 모든 作家는 全혀 모르는 것 갓슴니다.

그 原因의 하나로는 浮華 驕奢가 極甚햇든 '루이' 十四世를 中心으로 하야 이 가튼 假作文學이 생겻다고 하는 것도 손곱ㅅ을 수 잇만은[123] 그 大多數는 '페로-'의 模倣이기 째문입니다. 模倣은 天才를 나치 못합니다.

"弟子는 그 스승에게 떠러지지 안슴니다."

童話에 잇서서 特히 그러함을 늣기지 안을 수 업슴니다.

호랑이를 그려 놋코 고양이에 比較하는 것이 佛蘭西 作家의 童話입니다.

'한우쯔'[124]가 出生함에 이르러 藝術童話의 世界에는 새로운 光明이 나타낫스나 이 天才 靑年은 童話를 짓기 겨우 三年 동안에 지나지 못하고 二十五歲를 一期로 하야 長逝햇슴니다. 그 後에 나타난 사람이 '안더-슨'입니다.

'안더-슨'이 出現됨에 이르러 童話의 意義는 一變햇슴니다. 그때짜지의 童話는 Idle tales of tradition엿고 Old wive's fables엿스며 佛蘭西 諸作家의 藝術作品이란 것짜지가 講談에 毛髮이 생긴 것 가튼 '이스파니야' 作家의 通俗小說 Entrete niamento 型을 模倣한 데 지나지 안엇섯스나 '안더-슨'은 이 가튼 童話의 槪念을 破壞하고 童話에 一層 深高한 藝術的

---

123 '잇지만은'의 오식이다.

124 '하우쯔'(하우프)의 오식이다.

及 教育的 意義를 슴여 너헛슴니다.

'안더-슨' 以前의 童話가 歐羅巴의 어린이에게 준 것은 誤樂이엿슴니다. '안더-슨'은 그러치 안코 어린이들에게 思想을 주엇슴니다. 무릇 歐羅巴의 數多한 文藝的 作品 中에도 '안더-슨'의 童話만치 깁고 넓게 思想的 感化물[125] 밋치게 한 것은 그 類例가 듬읍니다. 人性의 尊貴 사랑의 힘 信仰의 勝利는 '안더-슨'에 依하야 極度로 高潮되엿슴니다. 弱者는 써바치게 되고 붓그럼 當한 사람 侮辱 바든 사람은 尊貴하게 되고 숨은 사람은 들추어지고 失望에 빠진 사람은 希望을 엇게 되엿슴니다. 놉흔 意味에 잇서서의 '쩨모쓰라시-' 이것이 '안더-슨'의 精神입니다.

童話는 教育的이 아니면 안 됩니다. 教育的이란 것은 教訓的이란 意味가 안입니다. 人生에 對하야 그 무엇을 暗示하는 想像的 背景을 가지고 지어진 것을 말하는 것입니다.

童話에 잇서서는 藝術至上主義는 잇슬 것이 못 됨니다. 그러닛가 藝術至上主義者는 童話作家가 될 수 업슴니다.

아모리 童話的 空想의 要素를 만히 가지고 잇는 作家라도 藝術至上主義者는 童話作家가 못 된다는 말입니다.

佛蘭西의 諸 作家는 意識的으로 藝術至上主義를 取햇는지 쏘는 그러치 안은지 仔細히는 모르겟지만은 驕奢가 極度에 達한 '루이' 王室의 宮廷은 그 가튼 雰圍氣의 濃厚한 點이 잇섯슬 것입니다.

佛蘭西 諸 作家의 作品에 思想的 教育的 要素가 缺乏한 所以는 여긔에 잇스리라고 생각합니다.

'라·포-츠'의 「女神보다도 아름답게」와 가튼 作品은 全혀 美의 女神을 讚仰한 것입니다.

이와 가튼 童話의 平野에 突然히 '안더-슨'과 가튼 思想的 一大 高峰이 出現한 것은 確實히 文藝史上의 驚異라고 할 것입니다.

그런데 思想的이라고 하는 것은 '안더-슨' 童話의 特長 中 一面에 不過

---

125 '感化를'의 오식이다.

합니다. '안더-슨' 以後의 童話는 엇던 사람의 作이든지 다- 思想的으로 얼마만한 價値를 갓지 안은 것이 업스나 그러나 '안데-슨'에게 比한다면 이것저것 할 것 업시 어느 곳엔지 不足하다는 늣김을 줍니다. '와일드'의 것이거나 '스트린드벨으'의 것이거나 '푸랑스'의 것이거나 '라쎄례-으'의 것이거나 누구의 것을 勿論하고 '안더-슨'의 것과 比較하야 論評코저 한다면 누구나 좀 不足하다는 늣김을 갓게 될 것입니다. 여긔에 이 모든 作家와 '안더-슨'과의 다른 그 무엇이 잇는 것입니다. 그런데 우리는 이 相異를 "童心"에 關係 잇는 것으로 봅니다.

所謂 藝術童話가 어린이들 世上에서 漸漸 大人의 世上으로 向하야 옴겨가고 잇는 實際와 綜合해 가지고 생각할 때 더욱 그러타는 생각이 듭니다.

---

**延皓堂, "永遠의 어린이 안더-슨傳(30)", 『중외일보』, 1930.5.13.**

이 우에 적은 모든 作家는 거의 다 偉大한 藝術家이지마는 偉大한 童話作家라고는 할 수 업습니다. 그 作家들에 잇서서 어린이가 主人公으로 얼마나 적게 取扱되엿는지 그것을 보고 '안더-슨'에 잇서서는 얼마나 만흔 어린이가 作品 속에 取扱되엿는지 그것을 比較해 볼 때는 미리 半짐작이 나설 것입니다. 그뿐만 아니라 '안더-슨'에게 잇서서는 전나무나 쥐나 개고리나 白鳥나 꾀고리나 支那皇帝나 煙筒掃除夫나 벌거버슨 님금이나 무엇을 勿論하고 어린이化 해 잇슴과 反對로 다른 童話作家에 잇서서는 어린이면서도 짝닥 잘못하면 어른이 되려고 애를 쓰는 것이 보입니다.

'와일드'가 取扱한 病으로 衰弱해진 神經衰弱的 어린이 '라-쎄-으'에게 잇는 陰鬱한 傳說的 空氣는 '스린드베르그'가 取扱한 敗殘한 老人 이들의 世界에서 눈을 돌리여 '안더-슨'의 맑은 空氣 希望과 信念이 充滿된 마음 活氣潑剌한 어린이의 性格描寫를 볼 때는 우리의 마음까지 爽快해집니다. 여긔에서 童話作家로서 '안더-슨'이 本質的으로 以上 모든 作家보다 卓越

하다는 것을 보여 주는 것입니다.

'안더-슨' 以前의 作家가 '안더-슨'과 比較도 되지 못하는 것과 가티 '안더-슨' 以後의 作家도 '안더-슨' 압헤서는 거의 그 빗츨 일코 맙니다.

'안더-슨'은 樂天主義者가 안입니다. 그를 늘 우슴 웃는 藝術家라고는 말할 수 업습니다.

그는 다— 찌부러진 집에서 길리우고 그 血統으로 말하자면 하라버지나 아버지가 精神病으로 이 世上을 써낫기 째문에 일즉이 아버지를 여읜 孤兒로 十五歲 째에 故鄕을 써나 잘 곳이 업서서 放浪하야 十八歲에 이르기까지 正則의 教育도 밧지 못햇습니다. 그는 普通으로 말하자면 精神缺格者나 不良少年될 素質을 充分히 가지고 잇섯습니다. 그가티 왼갓 못된 條件을 갓추어 가지고 보잘것업는 生活狀態에 빠지여 그는 쓰라린 눈물을 數업시 흘렷습니다. 親友에게 우슴을 사고 개에게 쏫기여 단지 혼자 依支할 곳이 업시 도라다니다가 어느 날은 갑자기 훌륭한 白鳥가 된 自己를 發見햇습니다. 「醜한 집오리 색기」라는 童話는 참으로 그의 自敍傳입니다. 그 가튼 慘酷한 구렁 속에서 솟아 이러나 光榮의 最高峰에 오른 그에게는 아모리 큰 괴롬이 다닥치드라도 絶望하지 안는 信仰이 잇습니다. 人類 運命에 對한 神의 사랑에 對한 信賴가 잇습니다. 淺薄한 樂天主義나 헐갑세 悲觀說은 그에게는 아모 關聯이 업습니다.

그에게 잇는 것이라고는 눈물의 大海를 지남에 빠저 죽지 안은 굿세인 魂입니다. 일곱 번이나 불 속에 너어 鍛鍊한 白金과 가튼 마음입니다.

그러나 그의 큰 性格은 그가 各樣各色의 괴롬 속에 파무처 잇스면서 어린이와 가튼 純眞한 마음을 일치 안엇습니다.

이것이 그의 童話에 잇서서 永久히 消滅되지 안는 童心의 閃光이 되어 나타나 잇습니다.

'안더-슨'이 지난 過去의 모든 童話家보다 超越的 地位를 保持하고 잇는 理由는 그의 性格에 잇습니다. 기픈 思想과 보드러운 童心…………다시 밧구어 말하면 深刻한 生活體驗에서 어든 徹底한 人道主義와 아모러한 苦難을 當하드라도 消失하지 안는 어린이의 마음과 이 두 가지가 '안더-슨'으로 하야금 童話界의 高峰이 되게 한 큰 힘입니다. 童話作家 되기는 쉬웁다. 그러나 또 童話作家 되기는 몹시 어렵습니다.

---

**延皓堂, "永遠의 어린이 안더-슨傳(31)", 『중외일보』, 1930.5.19.**

九. 안더-슨 童話 槪說

'안더-슨' 童話의 特長에 對해서는 이 우에서도 몃 번이나 말슴햇고 일즉이 筆者가 꾸민 『世界名作童話寶玉集』[126]에도 '안더-슨'의 童話 몃 篇이 드러 잇고 新聞紙 或은 小年雜誌 誌上에 紹介한 적이 여러 번 잇섯지만은 좀 더 具體的으로 作品 몃 篇을 추리여 그 特長을 말한 뒤에 이 全篇을 맛추려 합니다.

'안더-슨' 童話는 그 內容에 잇서서 極히 多種多面이요 兼하야 長篇과 短篇이 서로 交錯되야 참으로 百花爛漫한 花園에 드러가 잇는 感이 잇습니다. '또-노아'나 '페로-'의 童話 가튼 것은 거이 '페아리-텔'에 屬하고 '하우프'의 童話는 거이 傳奇的 材料를 主로 하엿슴과 反對로 '안더-슨'에 잇서서는 純粹한 藝術的 作品도 잇고 口碑를 材料로 삼은 것도 잇고 寓話에 屬한 것도 잇스며 散文詩도 잇고 自然 描寫를 主로 삼은 小品 가튼 것도 잇스며 또 少年小說 가튼 것도 잇서서 多種多樣 千資萬態이여서 그 取材를 自由로 한 點은 驚嘆할밧게 다른 理道가 업습니다.

그리고 「달이야기」의 諸篇과 「어린 석냥파리 處女」와 「납 兵丁」 等 적은 眞珠 가튼 短篇 傑作도 잇고 「눈(雪) 女王」 가튼 몹시 雄大한 長篇도 잇습니다. 長篇童話 가튼 것은 普通 作家로서는 념두도 못 낼 것인데 設令 이것을 試驗해 본다손 치드래도 小說인지 무엇인지 알 수 업는 것이 되여 바리고 마는 것이 常例입니다.

---

126 연성흠 편(延星欽 編) 『世界名作童話寶玉集』(以文堂, 1929)을 가리킨다.

長篇童話에 成功한 作家는 '하우ᄯ' '와일드' '라쎄레-프' 等이 잇스나 '안더-슨'은 長篇에 잇서서도 以上 여러 作家보다 뛰여날 ᄲᅮᆫ 아니라 以上 여러 作家로서도 잘 이룩해 노치 못한 短篇童話에 잇서서 寸鐵殺人的 妙味ᄭᆞ지 發揮해 노은 것이 事實입니다.

'안더-슨'의 長篇童話 傑作을 말할 ᄯᅢ 普通으로 「눈 女王」과 「적은 人魚색시」를 例擧합니다.

「눈 女王」은 몹시 길 ᄲᅮᆫ만 아니라 ᄯᅩ 作者의 思想을 極端으로 露骨化시켯스며 理智至上 科學萬能의 思想을 排擊하고 愛의 至上과 信仰의 勝利를 高潮하기에 注力한 作品입니다. 이제 그 梗槪를 써 보겟습니다.

第一章

녯날 어느 곳에 한 요괴(妖怪)가 잇섯습니다. 어느 날 그는 너무 심심하야 거울(鏡) 하나를 맨드럿습니다. 이 거울은 이상한 힘(力)을 지니고 잇기 ᄯᅢ문에 무엇이나 이 거울에 비추어 보면 도모지 만족(滿足)한 모양으로 보이지 아니하얏습니다. 퍽 아름다운 경치ᄭᆞ지도 이 거울에 비치여 보면 몹시 흉측스럽게 보엿습니다.

아모리 고은 얼골이라도 이 거울에 비최여 보면 아조 못생긴 얼골로 보엿습니다. 조고만 험집이라도 얼골에 잇스면 얼골이 왼통 험집투성이로 보엿습니다. 그리고 ᄯᅩ 착하고 경건(敬虔)한 사상이 사람의 마음속에 이러나면 거울 우에는 반듯이 주름살이 잇는 얼골로 보엿습니다. 요괴는 이것을 보고 퍽 깃버햇습니다. 이 요괴는 학생들을 수십 명이나 다리고 잇섯는데 그 학생들은 이 놀라운 거울 이야기를 처처에 전햇습니다.

그리고 이 거울을 가지고 나와서 뭇 사람 뭇 것을 비추어 보아 만물(萬物)의 정톄는 다- 이와 가튼 것이라고 설명햇습니다. 나종에는 ᄯᅡᆼ 우에서 비추어 볼 것이 하나도 남지 안엇슴으로 그들은 한울 우의 나를 비추어 보려고 애를 쓰기 시작햇습니다. 그들은 거울을 가지고 한울을 향하야 열심히 올러갓습니다. 그러나 한울 ᄭᅩᆨ닥이에ᄭᆞ지 올러가기 전에 거울은 아래로 ᄯᅥ러저서 몃 천만 조각으로 가루가 되엿습니다. 여긔에 놀라울 만한 변화(變化)가 ᄯᅡᆼ 우에서 이러나게 됏습니다. 가루가 되다시피 ᄭᆡ여진 거울 조각은 먼저 성한 채로 잇든 거울과 ᄯᅩᆨ가튼 성질(性質)을 가지고 잇섯기 ᄯᅢ문에 그것이 날려서 사람의 눈에 드러가면 그 사람은 만물의 정체(正體)를 볼 수 업게 됩니다.

## 延皓堂, "永遠의 어린이 안더-슨傳(32)", 『중외일보』, 1930.5.20.

그 가루가 사람의 마음속으로 드러가면 갑자기 그 마음이 어름덩이가티 싸늘해집니다. 이것으로 안경(眼鏡)알을 맨드러 씨인 안경을 쓰면 무엇이든지 바로 보히지 안케 됩니다. 요괴는 이 변화를 보고 머리를 내여저으면서 웃고 깃버햇습니다.

第二章

엇던 동리에 '카이'라는 소년과 '껠다'라는 소녀가 잇섯습니다. 두 아해는 그 집이 서로 부터 잇서서 형제와 가티 의조케 지냇습니다.

두 아해의 집 들창은 서로 맛부터 잇다시피 되어 여름이 되면 이 집 들창으로부터 저 집 들창에까지 널판을 가로질러 노코 그 우에다 장미꼿 분을 주윽 느러노아서 마치 '아-치'를 보는 것과 갓햇습니다.

겨울이 되여 꼿이픠 마르게 되면 지독한 치위와 찬서리 때문에 두 집 들창은 굿게 닷치여 잇게 되지만은 두 아해는 동전 한 픈을 난로에 쬐여 가지고 그것을 들창에다 대여 동그런 구멍이 나면 서로 내여다보앗습니다.

어느 날 두 아해는 '껠다'의 할머니한테 눈(雪) 여왕(女王)의 이야기를 들엇습니다. 눈 여왕은 밤중만 되면 동리 안으로 날러단입니다. 그리고 집집의 들창에서서 방 속을 드려다봅니다. 그때 눈 여왕의 입에서 나오는 입김이 얼어서 서리가 되는 것입니다.

그날 저녁 '카이'가 들창으로 밧글 내여다보랴닛가 큰 눈(雪) 조각이 화초분 우에 써러저서 점점 크게 되다가 드듸어 눈 녀왕이 되는 것을 보고 놀라서 방구석으로 피해 다러낫습니다.

얼마 후에 겨을도 지나고 봄이 되여 장미꼿이 피기 시작할 때 두 아해는 들창 우에 거러안저서 노래를 부르고 잇섯는데 그때 '카이'가 갑자기

"아이그머니 가슴이야! 무엇인지 눈 속으로 드러갓다!"

하고 부르지젓습니다.

'껠다'는 걱정이 되어서 '카이'의 눈 속을 자세히 보앗지만은 아모것도 보이지 안엇습니다. 그래서 아마 눈에서 나온 것이로구나 생각하고 아푼 것을 니저버렷지만은 정말 나온 것은 아니엿습니다.

이 우에서도 이야기한 것과 가티 요귀의 깨여진 거울 조각이 그의 마음과

눈으로 드러가 박인 것이엿습니다.

귀여운 소년 '카이'는 이때부터 그 성질이 변하야 아조 란폭(亂暴)하고 마음새 고약한 아희가 되어버렷습니다. 남이 조타는 일은 한사코 하랴 하지 안코 남이 왼쪽으로 가라고 하면 바른쪽으로 가는 낫분 아해가 되여 버렷습니다.

'쎌다'는 몹시 걱정이 돼서 마음을 고치도록 늘 권고햇지만은 '카이'는 점점 낫버갈 쁜이엿습니다.

겨을 어느 날 '카이'는 '썰매'를 타고 아해들이 수업시 모여서 어름 지치는 곳으로 갓지만은 그때 큰 "썰매" 하나가 어듸로부터인지 달려와서 운동장 둘레로 놀고 잇섯습니다.

---

## 延皓堂, "永遠의 어린이 안더-슨傳(33)", 『중외일보』, 1930.5.21.

아해들은 늘 동리 사람들의 큰 "썰매" 뒤에다 자기들의 "썰매"를 매여달고 끌려단인 일이 잇섯슴으로 '카이'는 즉시 자기 "매"를 그 큰 "썰매" 뒤에다 매여다렷습니다. 그런데 그 "썰매"는 눈 여왕의 것이엿습니다. 눈 깜짝할 동안에 동리 밧글 나서드니 멀리멀리 다러낫습니다. '카이'는 몸을 빼치랴고 햇스나 도모지 몸을 빼칠 수가 업섯습니다. 여왕은 '카이'를 끌고 한울로 노피노피 날러 올러갓습니다.

第三章

'카이'가 도라오지 못햇슬 때 '쎌다'는 열마나 슯허햇겟습닛가? 누구 하나 '카이'의 간 곳을 아는 사람은 업섯습니다. 엇잿든지 큰 "썰매"에 끌려간 줄은 다-아지만은 그 간 곳은 도모지 몰낫습니다. 사람들은 '카이'가 기픈 개천에 써러저 죽엇다고 말햇습니다. '쎌다'도 그 말을 미덧습니다. 쓸쓸한 겨을날을 '쎌다' 혼자 한숨 쉬며 지내게 됏습니다.

드듸여 봄이 됏습니다. '쎌다'는 '카이' 생각을 하고 '카이'의 일을 해(日光)와 제비(燕)에게 이야기햇습니다.

그들 해와 제비는 '카이'가 죽지 안은 것을 말해 주엇습니다. '쎌다'는 '카이'가 죽지 안엇다는 말을 듯고 굿게 마음을 도슬러 먹고 '카이'를 차지러 나가랴 햇습니다.

'쎌다'는 하얀색 구두를 신고 나섯습니다.

강물 압헤 이르러 '쎌다'는 구두를 강물 속에 던지고 구두 대신 '카이'를 돌려보내 달라고 말햇지만은 강물은 모른 체하고 잇섯습니다. 그뿐 아니라 구두를 언저 가지고 다러나는 배조차 아모 소리 업시 그대로 흘러나려 갓습니다.

'쎌다'는 배를 탓습니다. 배는 고은 쏫이 피인 들 가운데를 지나서 엇던 나라에 이르럿습니다. 그 언덕에 집 한 채가 서 잇고 들창 미테 나무병정이 서 잇섯습니다. '쎌다'는 그 병정을 산 사람인 줄 알고 큰 소리로 살려달라고 소리첫습니다. 그러닛가 그 집 속에서 로파 하나가 나와서 '쎌다'를 구해 주엇습니다.

그 노파는 요술쟁이엿는데 '쎌다'의 곱게 생긴 것을 보고 자긔의 시녀(侍女)를 삼으려 햇습니다. 요술 할멈은 '쎌다'가 '카이' 생각을 하지 못하도록 요술을 써서 지난 일을 생각지 못하게 맨들고 왼 나라 안에 잇는 장미나무는 모다 짱속에 무더 버렷습니다. 그러나 오즉 자긔 모자에 그려 잇는 장미쏫 그림 하나만 남겨 노앗는데 그것도 남겨 노코 시퍼서 남겨 논 게 아니라 니저바린 짜닭이엇습니다.

'쎌다'는 얼마 만에 장미쏫 그림을 보고 장미 생각이 나고 연다러서 집 생각 할머니 생각 쏘 '카이' 생각이 나서 뒤뜰에 나아가 흠신 울엇습니다. 그러니까 그 눈물이 짱속에 무친 장미나무에까지 슴여드러 가서 장미나무는 다시 짱 우으로 소사올랏습니다. 그래서 '쎌다'는 '카이'의 일을 장미나무에게 무르니까 장미나무는 짱속에 '카이'가 잇지 안은 것을 보니 죽지는 안은 것이라고 말햇습니다.

'쎌다'는 왼 나라 안에 잇는 쏫에게 일일이 '카이'의 소식을 무르닛가 쏫들은 제각기 자기네들이 생각하고 잇는 옛날이야기들만 하고 '카이'에 대한 이야기는 조곰도 이야기해 두지 안엇습니다.

'쎌다'는 어느 날 그 나라를 빠저 도망하야 다른 곳에 와 보닛가 짠 나라는 벌서 가을이 되여 싸늘한 바람이 솔솔 불고 잇섯습니다.

---

## 延皓堂, "永遠의 어린이 안더－슨傳(34)", 『중외일보』, 1930.5.22.

第四章

'쎌다'는 가마귀와 맛낫습니다. 그래서 '카이'의 일을 물엇습니다. 그러닛가 가마귀는 이 나라 여왕의 사위가 된 사람이 잇는데 그 사람이 '카이'가 아닌가 하고 그 사위님 이야기를 햇습니다. '셸다'는 즉시 그것이 '카이'인 것이 틀림업다 생각하고 엇더케 해야 그 사위님과 맛나게 될 수 잇슬가 하고 궁리궁리햇습니다. 그런데 그 가마귀에게 정혼(定婚)해 노은 가마귀가 잇섯습니다. 그 색시 가마귀가 대궐 근처에서 살고 잇는 관계로 서로 의론한 끄테 두 가마귀가 힘을 합하야 '셸다'를 대궐 안으로 드러가게 해 주엇습니다.

'셸다'는 사위님의 침실(寢室)로 가 보앗지만은 그것은 '카이'가 아니엿습니다. 그러나 왕녀는 '셸다'에게 자세한 사정 이야기를 듯고 몹시 동정하야 여러 가지로 위로해 주엇습니다. 그러나 '셸다'는 '카이'를 맛나지 못하야 애를 쓰는 판이라 대궐 안에 편안이 드러 업드려 잇슬 수는 도모지 업섯습니다. 즉시 왕녀의 허락을 마타 가지고 대궐을 떠나 나왓습니다. 왕녀와 사위님은 '셸다'에게 고흔 옷을 이피고 조고만 황금마차와 구두를 주엇습니다. 가마귀도 퍽 멀리까지 따라 나와서 배웅을 해 주엇습니다.

第五章

마차는 캄캄한 큰 숩속으로 드러갓습니다. 그러나 황금마차는 번쩍어리여 길을 발켯습니다. 가엽게도 마차가 산적(山賊)의 눈에 씌엿습니다. 그들은 "야! 금 봐라 금이다 금……" 하고 소리치면서 몰려와서 마부와 또 호위병(護衛兵)을 죽이고 '셸다'는 잡아가지고 자긔네들이 사는 집으로 도라왓습니다. 그 집으로 끌려갓슬 때 그 집에 잇든 로파가 '셸다'를 잡아먹으랴고 하는 것을 그 집 딸이 보고 '셸다'를 살려 가지고 옷을 벗긴 뒤에 다른 옷을 니피고 자긔의 작난 동무를 맨드러 햇습니다. '셸다'는 산적의 딸에게 끌리여 산적의 대궐로 드러가서 뭇는 대로 자긔가 먼 길을 홀로 떠나 나온 까닭을 이야기햇습니다. 그러닛가 그 딸은 '셸다'를 퍽 가엽시 생각하야 별별 말로 위로햇습니다. 그날 밤 '셸다'는 산적의 딸과 함께 잠을 자는데 산적의 딸이 기르는 비둘기가 천정 한 구퉁이에서 '카이'의 이야기를 해 주엇습니다. 그리고 눈 여왕에게 끌려간 것이라고 가르처 주엇습니다.

'셸다'는 놀라운 마음을 금할 수가 업서서 가슴을 두근거리면서 눈 여왕이 어듸 잇느냐고 물으닛가 비둘기는 필시 '라푸랜드'로 갓슬 터이니 사슴에게 물어보라고 말햇습니다. 그래서 '셸다'는 사슴에게 물어본 끄테 눈 여왕은 여름이 되면 '라푸랜드'에 온다는 말과 그는 늘 북극(北極)에 갓가운 '스핏스벰쏀'에 잇다는 것을 알앗습니다.

이튼날 아침에 '셸다'는 산적의 딸에게 어제 밤 비둘기와 사슴에게 들은 이야기를 모조리 다— 하고 '카이'를 차지러 가 보겟다고 말하닛가 산적의 딸은 아모

말 업시 얼마 동안 안[127] 무슨 생각인지 하고 잇섯습니다. 산적의 쌀이 사슴에게

"라푸랜드에 갈 수 잇느냐."

고 물으닛가 사슴은 본시 '라푸랜드' 태생이기 때문에 넉넉히 갈 수 잇다고 말햇습니다. 그래서 산적들이 다― 나가고 그 어머니가 술이 취해서 잠자는 대낫 그 틈을 타서 '쎌다'를 사슴의 등 우에다 태이여 내보냇습니다. '쎌다'는 엇지도 깃부든지 엇지 할 줄을 몰으면서 산적의 쌀과 작별하고 귀운 잇게 사슴을 타고 '라푸랜드'로 향햇습니다.

---

## 延皓堂, "永遠의 어린이 안더―슨傳(35)", 『중외일보』, 1930.5.23.

第六章

쓸쓸하게 혼자 려행을 계속하야 '라푸랜드'에 이르럿슬 때에는 '쎌다'는 심한 치위 때문에 말도 잘 못할 지경에 이르럿습니다. 사슴은 엇던 '라푸랜드' 사람의 집을 차저가서 '쎌다'가 눈 여왕을 차저러 온 리유를 이야기한 뒤에 여왕이 잇는 곳을 가르처 달라고 청하닛가 '라푸랜드' 사람은 눈 여왕이 지금은 이곳에 잇지 안코 좀 더 북쪽인 '퓐랜드'에 가야 맛나리라고 말하면서 마른 생선에다 '퓐랜드' 사람에게 보내는 편지를 써서 그것을 '쎌다'에게 내여 주엇습니다. 그래서 '쎌다'와 사슴은 다시 '퓐랜드'를 향하야 길을 써낫습니다. 멧칠 후에야 사슴과 '쎌다'는 '퓐랜드'에 이르럿습니다.(이 句節에 北極地方의 自然的 景致를 자미잇게 썻습니다.)

그래서 사슴은 '퓐랜드' 여자와 맛나서 '쎌다'의 사정을 이약이하고 '쎌다'를 위하야 눈 녀왕과 맛나볼 방법을 가르처 달라고 청햇습니다. 그러니까 그 여자는 알에와 가티 말햇습니다.

"카이는 벌서부터 눈 녀왕 압헤서 만족하게 지내고 잇소이다. 소원하는 것을 다― 되기 때문에 이 세상 가운데 여긔가티 조흔 곳은 다시 업스리라고 생각하고 잇습니다. 그것은 다른 까닭이 아니라 부서진 거울 조각이 카이의 가슴 속과 눈 속에 드러간 때문이랍니다. 그 짓을 빼여내기 전에는 카이는 전가티 착한

---

127 '얼마동안'에 '안'이 불필요하게 들어간 오식이다.

사람이 될 수 업슬 것입니다."

그래서 사슴은 엇더케 해야 그 거울 조각을 빼여내겟느냐고 물으니까 그 여자는 또 아래와 가티 이야기햇습니다.

"쎌다는 훌륭한 힘(力)을 가지고 잇습니다. 그 힘을 쎌다의 마음속에 잇습니다. 그 힘으로 눈 여왕을 익여야지 그러치 안으면 도저이 안 됩니다."

그리고 눈 여왕의 대궐로 가는 길을 가르처 주면서 여러 가지로 주의를 시켜 주엇습니다.

그래서 '쎌다'는 다시 사슴과 함께 눈 여왕의 성 아페 이르러 사슴은 밧게 세워두고 자긔 혼자 성 안으로 뛰여드럿습니다. 태산 가튼 눈쎔이 마치 큰 괴물(怪物) 가튼 산 눈이 한울에서 써러저 나리지를 안코 땅 우으로 굴러나왓습니다. 이것은 여왕의 호위병인데 구름가티 모여서 손에는 창들을 들고 '쎌다'는 신령님께 긔도를 드리면서 내여 뛰닛가 그 입김이 '쎌다'의 호위병이 되여 눈 군사를 막우 죽엿습니다.

第七章

눈 여왕의 성은 왼통 눈으로 되엿는데 그 길이가 수 마일이나 되는 큰 방이 백이나 넘어 잇서서 보기에 놀라웁기 그지업섯습니다. 그리고 그 방 속에 찬란한 비치 끗이지 안코 번득이엿습니다. 퍽 크고 몹시 싸늘하고 그리고 속이 텅 비인 대궐이엿습니다. 이 텅 비인 눈쎵이집 맨 가운데 큰 연못이 잇습니다. 말이 연못이지 그것은 여름쎵이가[128] 모여 잇는 곳이엿습니다. 눈 여왕은 그것을 리지의 거울(理智의 鏡)이라 하야 집안에 잇슬 때는 언제든지 이 연못 맨 가운데에 잇섯습니다. '카이'는 여왕이 입을 맛초기만 하면 마음속까지 싸늘해지고 새파랏케 질녀서 이 연못 가운데에서 놀고 잇섯습니다. 그리고 어름쎵이를 모아 가지고 글자 모양을 맨들고 잇섯스나 도모지 그 모양이 잘되지 안앗습니다. 그 글자는 영원(永遠)이라는 두 자엿습니다. 눈 여왕은 만약 '카이'가 영원이란 두 자를 어름쎵이로 맨들기만 하면 용서해서 내보내 주마고 말햇습니다. '카이'는 전심전력으로 그 두 글자를 맨들랴고 애를 썻지만은 도모지 되지 안엇습니다.

눈 여왕은 '에드나'와 '뻬스뻬오'의 산고개를 물드리기 위하야 대궐을 써나 나갓습니다.

그때 마침 '쎌다'가 이 성안으로 드러왓습니다. 살을 어여낼 것 가튼 찬바람은

128 '어름쎵이가'의 오식이다.

'셸다'의 입에서 나오는 기도 때문에 봄눈 슬 듯 슬어저 버렷습니다. '셸다'는 큰 방 속에 잇는 '카이'를 발견햇습니다.

그래서 엇지도 반갑고 깁부든지 '카이'를 얼싸안앗스나 '카이'는 마치 얼빠진 사람가티 아모 정신이 업섯습니다. '셸다'는 '카이'를 부등켜안고 뜨거운 눈물을 흘렷습니다. 그러닛가 그 눈물이 '카이'의 가슴속에까지 슴여들어 가서 그 거울 깨진 조각이 씻겨 나려가 버렷습니다.

그제야 '카이'는 다시 근본과 가티 이 세상 사람이 되여 비로소 '셸다'를 알아보게 되얏습니다. 그리고 영원(永遠)이라는 두 글자까지도 알게 되얏슴니다. '셸다'는 '카이'에게 지금까지 지낸 이야기를 다ㅡ 하고 둘이서 즉시 고국으로 도라오는 길에 산적의 딸과 왕녀와도 맛나보고 본국에 도라와서 행복스런 살림을 해 갓습니다.

---

## 延皓堂, "永遠의 어린이 안더-슨傳(36)", 『중외일보』, 1930.5.24.

×

이 童話는 그 着想에 잇서서 優越할 쑨 아니라 그 構造가 몹시 劇的이여서 變化가 만코 또 그 場面이 壯大한 點에 잇서서 匹敵할 것이 바이 업는 名作입니다. 그리고 그 主人公인 '셸다'가 엇던 場面에 잇서서든지 온갖 興味를 支配하는 位置에 잇서서 讀者의 同情이 '셸다'에게로 向하야 集中되는 것은 새롭게 作者의 手腕이 非凡한 것을 表示하는 것이라 할 것입니다.

「적은 人魚색시」는 그 感情이 緊張하야 純一한 것과 그 藝術味가 豐富한 點에 잇서서 「눈 女王」 보다 낫기는 할지언정 못하지 안은 傑作입니다.

「적은 人魚색시」의 梗槪를 대강 이 아래에 적겟습니다.

×

인어(人魚) 손녀(孫女)로 색시 여섯이 바다속에 잇섯습니다. 이 인어색시들은 나히 열다섯 살이 돼야 바다 위로 써올라서 놀 수 잇섯습니다. 그 맨 끄테 색시는 몹시 어렷슬 때부터 그 언니들이 바다 위 쌍 이야기를 하는 것을 듯고는 짱이란 곳은 얼마나 훌륭한 곳인가 하야 늘 짱 위를 그리워햇습니다.

얼른 나히 열다섯 살이 되어서 바다 위로 써올라 화려한 동리와 큰 산을 보앗스면 하고 열다섯 살 되는 해가 오기를 기다리고 잇섯습니다.

얼마 후에 나히 열다섯 살이 되여 비로소 바다 위로 써올러 오게 되엿습니다. 바다 위로 올러왓다가 우연이 배 들창으로 내여다 보는 짱 우의 엇던 왕자 하나를 보자마자 그 왕자를 그리워하기 시작햇습니다.

그런데 그날 밤에 폭풍우(暴風雨)가 이러나서 왕자를 태운 배가 사나운 물결 속에 파무치여 어퍼저 버린 째문에 인어색시는 몹시 놀라서 정신 일코 물에 싸진 왕자를 구해 가지고 바다가로 쓸고 갓스나 사람이 갓가이 오는 기척이 잇슴으로 바다 뒤에 숨어서서 동정을 살피고 잇스려닛가 그째 왕자는 갓가수로 정신을 차렷지만은 자기가 인어색시의 구함을 바든 줄은 꿈에도 모르는 모양이엿습니다. 그 후부터 인어색시는 왕자가 보고 시퍼서 밤이면 늘 대궐 갓가이 가서 왕자의 모양을 물래몰래 담 넘머로 넘겨다 보앗습니다.

그러나 왕자는 사람이오 색시는 인어인지라 혼인 가튼 것은 도저히 못할 것입니다. 이것을 째다른 인어색시는 하로 한시 고통으로 지내지 안는 째가 업시 몹시몹시 슬퍼햇습니다.

그래서 자기도 사람이 돼 보앗스면 조켓다고 늘 늙은 할머니를 졸라대엿습니다. 그러닛가 인어 할머니는

"사람은 죽은 뒤에 영생(永生)을 어들 수가 잇스나 그 짱 우에서는 오륙십 년밧게는 더 살지 못한다. 그러나 인어는 죽으면 곳 물거품이 되여 버리지만은 그 목숨은 삼백 년 동안이나 게속할 수가 잇다. 그러닛가 사람이 되느니보다 인어대로 잇는 것이 조타."

고 말햇습니다. 그러나 인어색시는 단 하로라도 사람이 되여 보고 죽엇스면 유한(遺恨)이 업겟다고 생각하야 요술할멈을 차저가서 의론을 한 끗헤 허락을 밧고 그 대신 인어색시의 혀바닥을 요술할멈이 가저가기로 약속이 됏습니다. 그래서 인어색시는 벙어리가 됏습니다. 인어색시는 단단이 결심을 하고 바다 우에 써서 대궐 아페까지 갓가이 갓스나 요술할멈이 먹인 약 째문에 그만 정신을 일코 바다가에 쓸어저 버렷습니다. 얼마 만에 눈을 써 보닛가 벼개머리에 그리워하는 왕자가 잇섯습니다.

그래서 왕자는 인어색시를 다리고 대궐로 갓습니다. 왕자는 인어색시를 몹시 사랑햇습니다. 그러나 벙어리가 되기 째문에 자기가 엇던 리유로 벙어리가 되엿

다는 것을 말할 수가 업섯습니다. 그 후부터 인어색시는 왕자 여페서 행복스런 날을 보내고 잇섯스나 왕자는 본시부터 인어색시와 혼인할 생각까지는 업섯슴으로 얼마 후에 다른 다른 나라 왕녀를 색시로 다려오게 됏습니다. 인어색시는 몹시 낙담이 됏습니다. 그러나 왕자에게 자긔 마음속에 품은 생각을 말할 수 업슴으로 왕자는 인어 색시의 마음을 털끗 만치도 몰랏습니다. 그러는 동안에 외국에서 왕녀가 와서 왕자와 함믜 배를 타고 여행을 하게 됏습니다. 가엽슨 인어는 아조 실망이 되여 죽을 날을 기다리게 되엿습니다.

그때 인어색시의 언니들은 가엽슨 자기 동생을 살리기 위하야 요술할멈을 차저가서 의론한 쯔테 요술할멈은 날카로운 칼 하나를 내여 주면서

"이 칼로 왕자의 가슴을 찔러서 그 가슴에서 흘러나리는 붉은 피가 인어색시의 발에 무드면 다시 그 색시는 인어가 될 수 잇스리라."

---

## 延皓堂, "永遠의 어린이 안더-슨傳(37)", 『중외일보』, 1930.5.27.

고 말해 주엇습니다. 그래서 인어색시의 언니들은 배에 갓가이 니르러 칼을 동생에게 주엇습니다. 인어색시는 그 칼로 잠들어 잇는 왕자의 가슴을 찔으려 햇지만은 갑작이 마음을 도리켜 먹고 칼을 바다속에 집어던지자마자 자기도 바다속에 다 몸을 던젓습니다.

그래서 허공(虛空)의 어린이가 되여 버렷습니다. 허공의 어린이는 다시 삼백년이 지내야 한울로 올러갈 수가 잇게 됩니다. 그러나 사람의 집으로 날러 드러가서 착한 아해를 만히 보면 한울님은 그 기한을 짧게 해 준다. 巧妙하게 教訓을 너엇습니다.

×

이야기의 中心思想은 基督教的 抑情主義 自己 犧牲精神입니다. 쪽가티 人魚를 가지고 쑤민 '와일드'의 傑作童話 「Fisherman and his soul」과 比較하면 '와일드'의 것은 戀愛가 終局에 勝利하는 것을 썻슴과 反對로 '안더-슨'의 것은 戀愛의 힘이 굿세이다는 것을 말하엿스면서도 抑情主義를 말한

點에 울림이 잇습니다. 이것을 더 一層 童話的으로 쓴 것은 「天國의 뜰(庭)」입니다. 「天國의 뜰」은 「눈女王」이나 「적은 人魚색기」가티 長篇은 아니나 그 構想의 雄大한 點으로는 「눈女王」에 匹敵할 만하고 愛情 墮落의 危懼를 表示한 훌륭한 童話입니다.

이제 이 아레에 「天國의 뜰」의 梗概를 써 보겟습니다.[129]

---

## 延皓堂, "永遠의 어린이 안더-슨傳(38)", 『중외일보』, 1930.5.30.

왕자 하나가 잇섯는데 늘 그 할머니에게 텬국(天國) 이야기를 듯고 꼭 한번 가보리라고 생각햇습니다. 할머니가 말슴한 텬국이라는 그곳에는 맛잇는 과자(菓子)로 된 고흔 꼿이 잇고 그 꼿 속에는 달듸단 술이 잇스며 또 꼿에는 역사(歷史)와 지리(地理)와 산술(算術) 등 여러 가지가 씨여 잇서서 그 꼿을 먹기만 하면 조금도 수고로움 업시 그 모든 것을 긔억(記憶)하게 된다는 것이엿습니다. 왕자는 그 할머니 말슴을 정말로 밋고 지내게 됏는데 점점 나히 먹어 갈수록 텬국이란 곳은 더 조흔 곳이거니 하고 생각햇습니다.

열일곱 살 째 숩속으로 놀러갓다가 지독한 비를 맛나서 사면이 캄캄해지는 바람에 정신을 일어바리여 어느 틈엔지 바람의 신(神)의 집으로 쓸려 들어갓습니다.

거긔에서 왕자는 동풍(東風) 서풍 남풍 북풍 든 네 사람이 보고 듯고 와서 하는 이야기를 들엇습니다.

동풍은 중국(中國) 이야기를 하고 북풍은 북빙양(北氷洋) 이야기를 하고 남풍은 '아푸리카' 이야기를 햇는데 그 이야기가 엇더케 자미잇고 유익(有益)하게 씨엿는지 모릅니다.

그리고 동풍은 천국의 뜰(庭) 이야기를 햇기 째문에 왕자는 갑작이 가 보고 시픈 생각이 나서 보고 십다고 말하닛가 동풍은 곳 왕자와 함씌 가기를 승낙하

---

129 편집상의 오류로, '이야기의 中心 思想은'에서 '써 보겟습니다.'까지가 37회의 앞부분에 놓여 있어 앞뒤가 뒤바뀌었으므로 바로잡았다.

고 이튼날 아침에 동풍은 왕자를 날개 우에 태우고 공중으로 노피 날러 드듸여 천국 뜰에까지 이르럿습니다. 그곳에는 공주가 잇서서 왕자를 비상히 환영(歡迎)하야 그 아름다운 방과 훌륭히 꿈여 논 뜰로 왕자를 안내해 가지고 크게 환대햇습니다.

그리고 춤이 시작되엿는데 그때 공주는 왕자에게 향하야

"내가 춤추기를 맛춘 뒤에 손짓을 하면서 자— 함씌 가시지요 해야 할 텐데 그때 당신은 나를 짜라와서는 결단코 안 됩니다. 당신이 조곰이라도 내 몸에 손을 대이거나 하시면 그때에는 당신의 몸은 아조 망하고 맙니다."

하고 말해 들려주엇습니다.

왕자는 단단히 결심을 하고 그까짓 것쯤은 염려업다고 □ 미덧습니다. 얼마 안 잇다가 춤이 씃나고 저녁나절이 되엿슬 째 공주는 왕자에게 향하야 함께 가시지요 하고 말햇습니다. 왕자는 그 목소리를 들을 째 참을 수가 업서서 그 뒤를 쏘차섯습니다.

그는 여러 번 마음을 돌리여 돌처서랴 햇지만은 더 견대여 백이지를 못하고 비슬비슬 쏘처가서 엇던 나무 미테서 잠이 들어 잇는 공주의 뺨에 입을 마추엇습니다. 그째 갑작이 세상이 문어지는 것 가튼 소리가 일어나더니 한울나라는 왼통 부서저 써러지고 왕자도 쌍 우에 내리써러젓습니다.

×

以上 諸篇 以外에 長篇으로는 「어름(氷)공주」, 「못 속 임군의 쌀」 等이 잇습니다.

「어름공주」는 場所를 瑞西 山中에서 取햇는데 '루데이-'라는 少年이 어름공주째문에 그 목숨을 빼앗기는 것을 썻습니다. 그래서 그것은 夢幻的 이야기이지만은 「못 속 임군의 쌀」은 애급(埃及)의 王女가 잘못하야 蓮못 속에 빠저서 못 속의 임군에게 붓들리엇다가 그 사이에서 出生된 쌀을 쏫 속에다 너어서 蓮못 밧게 내여다 노닛가 날즘생이 그 어린애를 보고 山賊의 城으로 옴겨 갓습니다. 그 쌀이 成人이 되어 여러 가지 苦難을 當하고 나종에 훌륭한 사람이 되어 그 어머니와 맛난다고 하는 것이 그 줄거리인데 그 속에 基督敎와 異敎와의 다름을 써 너은 것이 잇습니다. 兩者가 다— 傑作이라 할 것은 못 됩니다. 우리는 다시 短篇의 傑作을 보랴 합니다.

短篇의 傑作으로 가장 널리 世上에 알려진 것은 「성냥파리 小女」 「天使의 이야기」의 둘(?)이라고 할는지요. 어렷슬 때부터 苦難 속에서 길리워 온 '안더-슨'에 잇서서는 무릇 不幸한 사람 弱한 사람 虐待 밧는 사람에게 對한 곱다란 同情이 넘치여 잇는데 以上 두 篇이 그의 조흔 例證일 것입니다.

어리고 가엽슨 성냥파리 處女는 팔든 성냥이 너무 만이 남앗기 때문에 집에도 도라가지 못하고 어둡고 몹시 치운 섯달 금음날 밤에 길거리로 헤매이게 됏습니다. 少女는 남의 밧갓 틈바구니 진 곳에 드러가서 바람을 避하면서 성냥 한 개피를 쓰내여 그것을 돌에다 그엇습니다. 當場에 그 少女의 눈아페는 깨끗한 방과 후듯한 긔운이 써도는 것 가탓습니다. 그 다음에 쏘다시 성냥 한 개피를 그으닛가 굉장이 음식을 잘 차려 노은 모양이 보엿습니다. 다음에 쏘 한 개피를 그으닛가 훌륭이 꿈여 노은 '크리쓰마스 추리'가 보이고 쏘 한 개피를 그으닛가 도라가신 少女의 祖母님이 보엿습니다. 少女는 한 번 더 도라가신 그 祖母님을 보랴고 남어지 성냥 한 뭉텅이를 통채로 그으닛가 갑작이 눈아피 밝아지면서 祖母님의 모양이 몹시 아름답게 보엿습니다. 그때 少女는 "할머니 저를 다려가 주서요" 하고 부르짓자마자 祖母님은 인정스럽게 두 팔을 버리며 少女를 씨여안고 天國으로 갓슴니다. 그날 밤 그 少女의 魂은 天國에 가 잇섯습니다. 그 少女의 차듸찬 屍體는 그 이튼날 여러 사람에게 發見되엿지마는 아모도 그 少女의 幸福을 아지는 못햇습니다.

---

**延皓堂, "永遠의 어린이 안더-슨傳(39)", 『중외일보』, 1930.5.31.**

이 가튼 悲痛한 材料를 取扱하고 '데모크락틱'한 同情에 넘치인 筆致로써 그러나 童話的 '판다시이'를 自由로 驅使한 作品은 다른 作家에 잇서서는 別로 업슬 것입니다. 이 點에 잇서서 '안더-슨'의 童話가 참으로 그의 貴重한 體驗에서 생긴 만치 閑人의 閑文字와는 全然이 그 出發點을 달리 하엿다는 것을 넉넉히 알 수 잇습니다.

「天國의 이야기」에 잇서서는 貧困한 어린이 대신 虛弱한 어린이가 取扱되엇습니다.

착한 어린이가 죽엇슬 때 天使 와서 그 어린이를 안고 그 어린이 生前에 조와하든 곳으로 날러 도라단이면서 쏫을 싸서 모으고 추려서 쏫다발을 맨들어 가지고 天國으로 가지고 갓습니다. 그곳에서는 쏫이 더 곱게 피입니다. 그 일을 이야기하면서 天使 하나가 어린 사람 하나를 안고 날러 도라단이면서 쏫을 싸고 잇섯습니다.

"인제 이만하면 넉넉하지요."

하고 어린 사람이 말하닛가 天使는 머리를 끄덱이면서도 한울로는 날너 올러가지 안코 조고맛고 좁다란 길거리 위로 도라단이다가 엇던 쓰레기통 속에 더러운 헌겁 조각과 몬지 속에 싸인 화초분 속에 말러 배트러저 잇는 풀을 주어서 그 쏫다발 속에다 석것습니다.

그리고 그 쏫의 신세 이야기를 어린 사람에게 들녀주엇습니다.

건너편 좁다란 길엽흐로 낫듸나진 집웅 속 방에 가엽슨 病兒가 잇섯습니다. 그 아해는 나면서부터 病충이가 되여서 퍽 자란 뒤에까지 집항이에 의지하야 방 속으로 거닐 뿐이엿습니다. 여름 동안 몃칠間은 햇빗치 겨우 半時間쯤은 그 방 한쪽을 빗최엿슴으로 그는 그 볏 쪼이는 곳에 나와서 밧갓 世上을 몹시도 憧憬햇습니다.

이웃집 兒孩는 山에서 파란 닙 달린 나무를 썩어다가 그 少年에게 주엇습니다. 病든 少年은 그것을 머리 우에 벌녀 노코 自己 몸이 숩속에 드러누어 잇는 것가티 생각햇습니다.

엇던 봄날에 이웃집 兒孩는 들에서 풀을 싸다 주엇습니다. 病든 少年은 그것을 분에다 심어서 해볏 쬐이는 들창 아페 내여노코 몹시 귀엽게 길넛습니다. 그 풀은 漸漸 자라서 해마다 고은 쏫이 피엿습니다.

그 쏫은 病든 少年에게는 훌륭한 花園이엿고 地上에 잇서서의 第一 훌륭한 寶貝엿습니다.

少年은 熱心으로 그 花草에 물을 주고 얼마 안 되는 해볏이나마 만이 쪼이도록 햇습니다.

그래서 밤에 잠잘 째에 그 쏫에 對한 꿈을 꾸다가 그대로 곱게 숨이 지여

버렷슴니다.

少年이 죽은 뒤에는 꼿도 바림을 當하야 말러 배트러저서 나종에는 몬지와 함끠 밧게 내여버림을 바닷슴니다.

보잘것업는 꼿이지만도 다른 고은 꼿보다도 몃 갑절 참된 幸福을 사람에게 끼처 준 꼿이기 때문에 이 다른 꼿과 함께 꼿다발 속에 넛는 것입니다.[130]

---

130 「永遠의 어린이 안더-슨傳」 39회 이후에 1930년 6월 1일부터 4일까지 신문을 확인할 수 없어 언제 끝을 맺었는지 정확하게 알 수가 없다.

## 梁雨庭, "童謠와 童詩의 區別(一)", 『조선일보』, 1930.4.4.

一. 前言

童謠 童詩의 分離와 合同 —— 우리는 爲先 이 問題의 解決을 要求한다. 沈默을 직혀 오든 朝鮮의 童謠 論戰이 三〇年에 들어와 비롯오 입을 열게 되엿나니 우리들은 이곳에서 發聲하게 된 벙어리의 깁붐과 쪽가튼 歡喜를 늣겻섯다.

新年 劈頭에 申孤松 氏의 「새해의 童謠運動」을 비롯하야 宋完淳 氏의 「批判者를 批判」[131]이라는 論文에 니르기까지 우리들은 『朝鮮』 『中外』의 兩 紙上에서 童謠 童詩의 分離와 合同 그리고 푸로童謠의 童心 問題에 對하야 討議하야 왓스나 아직도 그의 解決을 보지 못하엿나니 新春의 童謠 童詩 論壇은 이 두 問題의 解決을 要求하게 되엿섯다. "푸로童謠의 童心問題"는 後日로 미루우고 于先 여기서는 童謠 童詩의 分離와 合同에 對하야 一言을 費코저 한다.

二. 論爭의 經過

그러하면 順序를 쌀하 童謠 童詩의 分離와 合同에 對하야서 提出된 理論 —— 卽 諸氏의 論爭 經過를 살피여보고 다음에 本論으로 드러가기로 하자.(但 立論이 不適確하고 無體系한 論文은 削하기로 한다.)

첫재 申 氏의 「새해의 童謠運動」(『朝報』 —— 一月 三日)에는 무어라고 하엿든가? 그는 다음과 가티 말하엿나니

"童謠와 童詩는 異名同體이라는 見解가 잇다. 그러나 筆者(申 氏)는 이것을 取코저 아니한다." 하고 또 다음과 가튼 定義를 規定하면서

童謠 童詩의 分離를 提議하엿다.

---

131 申孤松의 「새해의 童謠運動 - 童心 純化와 作家 誘導(전3회)」(『조선일보』, 30.1.1~3)와 宋完淳의 「批判者를 批判 - 自己辯解와 申君 童謠觀評(전21회)」(『조선일보』, 30.2.19~3.19)을 가리킨다.

卽 童謠의 定義를

一. 童心의 노래

二. 童語로 부를 것

三. 定形律

四. 詩的 獨創性

이라고 하고 童詩의 定義는

一. 童心의 노래

二. 童謠로 부를 것

三. 自由律

四. 獨創性

들이라고 하엿다.

그리고 申 氏는 「童謠와 童詩」(『朝報』 ── 二月 七日)[132]에서 다음과 가튼 뜻으로 말하엿다.

"童謠와 童詩는 廣汎한 意味에서 卽

**詩의 本質**로서는 쪽 가튼 '노래'임에 틀림이 업스나 名詞的 槪念에 制限된 '폼'으로서의 童詩와 童謠는 嚴然히 現象的으로 區分되어 잇다"고 하엿다.

그 다음에 宋 氏는 「童謠와 童詩의 形式律에 對하야」(『朝報』 ── 三月 六日)[133]에서

"童謠와 童詩의 區別이 本來부터 업는 까닭에 말할 必要도 업다"는

**絶對 斷岸**을 내리면서 童謠 童詩의 區分을 否認하엿다.

그러면 正말 童謠와 童詩는 區別이 업는 것인가? 나는 左右로 머리를 흔들면서 이에 答하기 위하여 붓대를 本論으로 옴기기로 한다.

### 三. 本論

132 申孤松의 「童謠와 童詩」(『조선일보』, 30.2.7)를 가리킨다.

133 九峰山人의 「批判者를 批判 - 自己辯解와 申君童謠觀評(十三)」(『조선일보』, 30.3.6)에 "(二) 童謠와 童詩의 形式律에 對하야"에 대한 내용이 있는데 이를 가리킨다.

A. 童謠 童詩의 字義

童謠 童詩의 字義를 말하기 前에 먼저 詩와 謠의 區別을 考察하자.

謠란 大體 무엇이며 詩란 大體 엇던 것이뇨?

**謠와 詩가** "노래"라는 名詞 안에 包含되어 잇다는 것은 누구나 否定할 者 업슬 것이다.

卽 謠도 "노래"이며 詩도 "노래"임에는 틀림 업는 事實이지만 謠는 "불으는 노래"이요 詩는 "읇흐는 노래"이라는 區別이 잇다는 것을 우리들은 認識하여야 할 것이다.

다시 좀 더 具體的으로 말하자면 謠는 불을 수 잇는 노래 卽 "唱"이 附隨하는 노래이요 詩는 읇흐는 노래 卽 "吟"이 附隨하는 노래일 것이다.

**그러하면** 童謠의 字義는 "불을 수 잇는 아희들의 노래"가 될 것이요 童詩의 字義는 "읇흘 수 잇는 아희들의 노래"가 되어야만 할 것이다.

B. 詩, 謠와 律

謠에는 唱이 附隨하는 것이라고는 우에서도 말한 바와 갓거니와 唱에는 반다시 曲調가 隨行하는 것이요 曲調에는 定形의 音律이 아니고는 아니 되는 것이다.

卽 불으는 데는 定形의 音律이 絶對 必要하다는 것이니 더 簡單히 말하자면 童謠나 民謠(불으는 노래)는 언제든지 律의 定形을 要求한다는 것이다.

**그 다음에** 詩에는 "吟"이 附隨한다는 것도 "字義"에서 말한 바와 갓거니와 읇흐는 데는 반다시 定形의 音律을 要求하는 것이 안이니 不定形의 音律이라도 能히 읇흘 수가 잇다는 것이다.

要컨대 謠는 반다시 定形의 音律을 要求한다는 것이요 詩는 不定形의 音律이라도 無關하다는 것이다.

C. 曲調의 定形律[134]

우리들은 以上에서 童謠와 童詩를 唱과 吟으로 區別하엿고 짜라서 定形의 音律과

134 원문에 'S. 曲調의 定形律'로 되어 있으나, 순서상 'S'가 아니라 'C'가 맞다.

**不定形의** 音律로서 區別하엿다.

그러나 여긔에서 또 한 가지 問題가 잇스니 그것은 詩란 반듯이 不定形의 音律로서 制作된 것만이 안이다. 다시 말하면 詩에도 定形의 音律을 使用할 수가 잇는 것이니 그러면 定形의 音律을 使用한 詩와 謠는 엇더케 區分하여야 할 것인가?

只今부터 우리들은 그것을 究明하자.

나는 "詩, 謠와 律"에서 曲調에는 반듯이 定形의 音律이 隨行한다고 하엿다. 그러나 이와 反對로 定形의 音律에는

**必히 曲調**의 隨行을 要하는 것이 아니니 定形의 音律에는 曲調의 附隨하는 것과 附隨치 안는 것이 잇다.

다시 말하자면 唱할 수 잇는 定形音律이 잇고 唱할 수 업는 定形音律이 잇다는 것이다.

그러한즉 同一한 定形音律이라도 唱할 수 잇는 것은 謠가 될지언정 唱할 수 업는 것은 謠가 안인 노래이니 우리들은 이것을 詩라고 云謂할 수밧게 업는 것이다.

---

**梁雨庭, "童謠와 童詩의 區別(二)", 『조선일보』, 1930.4.5.**

D. 童謠 童詩의 區別表

그러면 우리들은 以上의 論旨를 綜合하여 童謠, 童詩의 區別表를 作成하여 우리들의 認識을 明瞭히 하자.

아히들 노래
- 童謠 …… 唱 …… 曲調 …… 定形音律
- 童詩 …… 吟
  - 不定形律
  - 定形音律(不隨曲調)

이를 顚倒식히면

| 定形律 | 曲調附隨 …… 唱 …… 謠 |
| --- | --- |
| | 曲調不隨 …… 吟 …… 詩 |

E. 童謠, 童詩의 實例

다음으로 우리들은 童謠, 童詩의 區別에 對하야 加一層 明瞭히 認識하기 爲하여 各其 實例를 들어 보기로 하자.

여긔에 이러한 "아희들 노래"가 하나 잇스니

八月에도 보름날엔
　　　　달이밝건만
우리누나 工場에선
　　　　밤일을하네
공장누나 저녁밥을
　　　　날러다두고
휘ㅅ파람 불며불며
　　　　도라오누나
　　　　(尹石重 君「휘파람」)

**이것이** 곳 동요이다. 그것은 曲調가 隨行하는 定形音律이기 때문이니 卽 唱할 수 잇는 "아희들 노래"인 까닭이다.

아버지가
광이로
쫏스니
해가 산넘으로
쏙—써러지네
　　　　(申孤松 氏「써러진 해」)

또

내가담위에
올라가서
고함을첫드니
삼백마리
갈가마귀 떼선이
날러갓습니다
(申孤松 氏「갈가마귀」)

또

저—벌판 보리밧위로
불김가티
아랑아랑 타올느는
아지랑이를 봐라
봄이안인가
×
여긔서짝-짝짝
저긔서짝 짝
어름녹아 깨지는
소래들어봐라
봄소식이 안인가
×
안방에서 내외하든
누나를봐라
싹 안돗는 옷밧헤
무엇을 찾는듯이 헤매지안나
그래도 봄이안인가
(吳波松 氏「봄이 안인가」)

以上의 三 篇을 우리들은 童詩라고 하겟다. 그것은 不定形音律로서 된

"아히들 노래"이기 때문이니 단지 吟할 수밧게 업는 것인 까닭이다. 그러면 다음에 曲調가 짤치 안는 定形音律의 노래를 차저보자.

고무공장 굴둑연긔는
남녀직공 분주하게
일하시며 한숨을모아
뭉게뭉게 내보내요

×

아침마다 볼볼볼볼볼
이집저집 나는내는
돈이업서 한숨을하며
조밥하는 내람니다

×

십벌것고 커다란집에
종일토록 나는내는
우리들이 공부를하며
속삭이는 내람니다

(南洋草 氏「굴둑 연긔」)

또

우리아버지 저녁에
나혀구 놀때는
등에다 올려노코
『우리우리 귀동이』
엉금엉금 기면서
말이 됨니다

(洪鍾旭 氏「말」)

以上 三 篇은 모다가 제各其 特色을 가진 定形音律로 되엿지만 曲調가 짤치 안는 노래이니 우리 들은 이것을 童詩라고 命名하여야만 올흘 것이다.

## 梁雨庭, "童謠와 童詩의 區別(三)", 『조선일보』, 1930.4.6.

F. 童謠 童詩의 定義[135]

우리들은 以上에서 童謠 童詩는 形式上으로 嚴然히 區分되여 잇다는 것을 알엇다.

그러면 여긔에다 童謠 童詩의 定義를 나려 보기로 하자.

◇ 童詩[136]의 定義

一. 童心의 노래

二. 童語로 불을 것

三. 曲調가 附隨하는 定形律

四. 謠的(唱的) 要素를 가진 것

◇ 童詩의 定義

一. 童心의 노래

二. 童語로 불을 것

三. 不定形音律 卽 自由律 或은 曲調不隨하는 定形音律

四. 詩的 要素를 가질 것

그러면 다음으로 以上의 理論을 土臺로 삼어 童謠 童詩의 合同을 主張한 宋 氏의 論文을 抹殺하자.

### 五. 宋 氏 論 批判

宋完淳 氏는 우리 童謠 詩壇의 輝星이다 —— 그의 優秀한 作品들을 보아 나는 그러케 녁여 왓다 —— 그러나 그가 아직도 童謠란 무엇이며 童詩란 엇더한 것이라는 것을 몰으는 데는 놀나지 안흘 수 업섯든 것이다.

그는 "童謠와 童詩의 形式律에 對하야"[137]라는 論題를 걸고 나서서 무어

135 원문에 '下童謠 童詩의 定義'로 되어 있으나 '下'는 'F'의 오식이다.

136 '童詩'라 되어 있으나 내용과 문맥으로 보아 '童謠'가 맞다.

라고 말하엿든가.

去三月 六日, 七日 兩日間 二百餘行의 紙面을 빌어 『朝報』 紙上에 張皇하게 써벌엿스나 이 長文을 通하여 우리들은 何等의 理論的 價値잇는 一句一字를 發見하지 못하고 徒勞의 後悔를 하게만 되여섯다.

그는 단지

"童謠와 童詩의 區別이란 事實上 成立지 못한다."

"童謠 = 童詩 = 童詩 = 童謠 ="

"卽 童謠가 童詩이요 童詩가 童謠인 것이다."

"어린이의 노래는 무엇이든지 童詩요 짜라서 童謠인 까닭이다."

"童謠와 童詩의 區別이 本來부터 업는 까때에 말할 必要도 업다."

等等 이러케 그는 二日間이나 同一한 헛소리를 反覆하여 왓다.

그리고 그는 "申 君의 無智를 推察하겻다"고 하면서

"업는 區別을 故意로 無理하게 하랴는 것은 愚의 極致이라"고 嘲笑하엿다.

俗談에 "제 얼골에 똥칠한 자가 남의 얼골 똥 보고 웃는다"는 말은 들엇서도 "제 얼골에 똥칠한 者가 남의 맑은 얼골 보고 웃는다"는 말은 못 들엇드니 이제 그의 標本的 人物로서 宋完淳 氏를 求景하게 되엿다.

그것은 腰折할 宋 氏의 골개[138] 喜劇이다.

그러나 怒하지 마시오. 나의 이 拙論의 "本論"을 두 번 세 番 읽어 주세요. 그리하야 내 말이 올커든 衷心으로 克服하세요 —— 進步는 鬪爭에서 —— 賢明한 우리 宋 君은 이 말을 아시렷다 —— 우리 論壇의 成長을 爲하여서 나는 本意 업는 이 말을 부처 親愛한 宋 君을 자극코저 하는 게다.

事實인즉 宋 氏의 論文을 抹殺하려고 붓대를 들고 現場으로 臨檢하니 발서 宋 氏의 論文은 自殺하고 말어섯다 —— 웨 그런고 하니 우에서도

137 구봉산인(九峯山人)의 「批判者를 批判－自己辯解와 申君 童謠觀評(13~14)」(『조선일보』, 30.3.6~7)을 가리킨다. 2회에 걸쳐 연재되었는데 소제목이 "(二) 童謠와 童詩의 形式律에 對하야"이다.

138 '골계'의 오식이다. "익살을 부리는 가운데 어떤 교훈을 주는 일"이란 뜻의 "골계(滑稽)"다.

말한 바와 가티

**그 論文**은 童謠 = 童詩 = 童謠 類의 理由 업는 말만으로 虛構하여 終始하고 말엇스니 이것이 엇지하야 生命이 붓터 잇는 論文일 것이랴. 異議가 잇거든 理由를 말하라.

덥허노코 童謠 卽 童詩이요 本來부터 區別이 업다는 等의 不可思議의 文句만 陳列하여 노코 大膽한 判決을 言渡하여서는 못쓴다는 것이다.

보라. 文學의 創世記부터 胎生한 童詩는 —— 宋 君의 理由 업는 死刑言渡에 抑鬱한 高喊을 질으지 안는가?

**大人**의 노래에도 詩와 謠의 區別이 잇듯이 兒童의 노래에도 童詩와 童謠의 區別이 잇는 게다. 童謠와 童詩는 "아히들 노래"라는 廣汎한 意味로서는 同一한 "노래"임에 틀님업스나 그것을 構成한 形式上으로 보아서는 儼然한 區別이 잇다는 것을 두 번 말하여 둔다. 三月 十日

## 頭流山人, "童話運動의 意義－少年文藝運動의 新展開(一)", 『중외일보』, 1930.4.8.[139]

一. 첫말

最近에 新聞紙上을 通하야 提起되는 童話 —— 童謠運動은 그것이 비록 散漫한 出發이엿지만 從來의 封建的 乃至 쑤루조아적 —— 享樂的 痲醉的 —— 童話 童謠의 揚棄 克服과 新興少年文藝運動의 提起 展開를 意味하는 것이다.

그러나 우리는 더― 깁히 들어가 그 出發點을 俱體的으로 分析할 째에 內虛外張한 그리고 粗雜한 形跡을 볼 수 잇다. 다시 말하면 이러케 提起된 童謠童話運動은 그 出發點의 統制上 및 意識上 現勢로 보아 混亂 粗雜한 實質을 內包하고 잇는 것이니 童話運動은 少年運動과 藝術運動의 一部門인데 不拘하고 거기서 遊離하야(그것은 本體的 運動의 統一的 未確立에 原因을 둔 것이다) 獨立的으로 出發한 것과 이럼으로―내―가서 全 客觀的 情勢로 因하야 —— 童話運動 出發의 意識上 內容이 混亂 幼稚한 것이다.

이러한 現狀을 보는 우리는 그 克服 再展開를 爲한 努力이 잇서야 할 것이다. 그 努力이란 즉 全體的 統制의 確立과 粗雜한 童話觀의 批判 克服이 아니면 안 되는 것인데 "統制確立"이란 問題는 이러한 紙上 展開만으로는 不可能할 것이니 他方으로 敢行하는 바이오. 여기서는 이러한데서 可能한 問題 卽 現下의 童話 理論을 批評하야 童話運動의 意義를 析明하려 한다.

二. 童話 考究의 前提

一切의 事物을 考察하는 데는 반듯이 一定한 法則에 依하지 안어서는 안 된다. 如何한 法則에 依하야 무엇으로부터(端初) 어느 것을 對象으로 무엇을 가장 基礎的인 決定 本體로 하야 考察하는 一定한 統一的인 方法이

139 '頭流山人'은 김성용(金成容)의 필명이다.

잇서야 할 것이다. "科學은 現象 形態의 外覺上 混沌에서 本質的 法則을 發見하는 것이다." —— 現象과 本質의 辨證法的 統一 —— 이럼으로 童話 考究에 잇서서도 그 硏究의 端初 對象 —— 基礎的 條件 —— 의 確固한 把握 適用의 必要한 것인데 最近의 童話觀의 規定은 이러한 點을 거의 忘却하고 헤맨다. 全혀 反動的인 少年文藝觀에 對하야는 勿論이지만 多少 傾向이 뵈이는 童話觀도 亦是 方法論的으로 錯誤된 卽 顚倒된 出發로 一貫되엿다.

去一月(?)『東亞』紙에 揭載된 金完東 君의 所論 「新童話運動을 爲한 童話의 敎育的 考察」[140]이 그러하고 前月에 『朝鮮日報』 紙上에 發表된 月谷洞人의 「童話 童謠와 兒童敎育」[141]이란 우리와 全혀 反對 되는 所論이 또한 그 甚한 一例일 것이니 나는 以下에 兩論을 俎上에 놋코 分析하련다.

童話運動(以下 少年文藝運動과 同意)의 新展開를 爲하여서는 그 運動의 本質的 基礎條件인 社會的 分析으로부터 出發하여야 할 것이니 이리하려면 必然的으로 社會와 少年의 關係 文藝와 社會 文藝와 少年의 關係의 析明이 絶對 必要하다.

童話運動도 一個의 社會의 上部構造이다. 下層構造 —— 物質的 基盤 —— (그리고 그 集中的 表現인 政治)에 依하야 決定되는 童話運動은 必히 社會的 基礎條件에 依據하야 그 動向이 規定되는 것이며 또 規定해야 한다.

社會의 政治的 經濟的 —— 階級的 —— 條件에 依하야 決定되는 少年生活과 關聯 遂行되는 童話運動을 엇지하야 社會的 事實과 分離하야 考察할 수 잇을가?

基礎的 條件을 이러케 解明 規定한 後에라야 童話運動은 다시 그 自體의

140 정확한 수록일자는 「新童話運動을 爲한 童話의 敎育的 考察」(『동아일보』, 30.2.16~22)이다.

141 정확한 수록일자는 「童謠 童話와 兒童敎育 - 抄譯」(『조선일보』, 30.3.19~21)이다.

進出 途程을 爲하야 自體 內에 關聯된 少年生活의 諸 條件을 把握하야 할 것이다. 卽 童心 童話 少年의 生理的 考察 —— 特殊性 —— 은 副次的 問題이다.

金完東 君의 一. 嬰兒期 二. 幼年期 三. 少年期의 內的 條件의 考察을 先決하고 童話의 決定的인 意義를 副次的으로 考察 —— 其實 漠然한 羅列 —— 한 것은 漸間 그 內容의 如何는 참고라도 先後의 顚倒된 點에서 方法論的으로 크다-란 誤謬를 犯햇스며 이럼으로 童話의 考察에서 技術的 問題를 重視하고 가장 重視하여야 할 內容 問題를 輕視하는 自體潼着에[142] 陷入하고 말엇다.

月谷洞人의 所論은 根本的으로 背反된 것이니 童話를 虛空에서 무지개 잡는 것과 가튼 方法으로 考察하려 하엿다. 그러한 方法의 結果는 그 意圖 如何를 勿論하고 新興童話運動에 잇서 反動的인 役割을 하는 것이다.

### 三. 童話의 社會的 考察

月谷洞人은 "兒童文學에 잇서서는 兒童世界와는 關係가 遙遠한 그러한 事件 卽 生活相의 苦情이라든지 戀愛 가튼 것은 題材로 取하는 것을 絶對로 許諾할 수가 업습니다."

그리하야 作品에 現實的 傾向을 加味한 것은 "到底히 兒童文藝로는 看取할 수가 업는 것이"오 "似而非"한 "兒童文藝 以外의" "貴重한 兒童文藝를 汚損"하는 것이라고 그의 抄譯에서 말하엿다.

그리하야 大衆文藝와는 "本質的으로서도 絶對的 相違한 것임니다"라고 하야 一般文藝에 잇서서는 現實的 取材를 承認하고 少年文藝에 잇서서는 前記와 갓치 頑强히 拒否한다. 이것은 月谷洞人의 抄譯에 現出된 少年文藝觀이지만 單히 一個의 童話觀이 아니라 從來 —— 또 現在 —— 大部의[143] 少年文藝觀이 그러하다.

142 '自體撞着에'의 오식이다.

143 '大部分'의 '分'이 탈락된 오식으로 보인다.

**頭流山人, "童話運動의 意義－少年文藝運動의 新展開(二)", 『중외일보』, 1930.4.9.**

◇

所謂 "兒童과 關係가 遙遠한 事件인 生活上 苦惱"란 무슨 잠고대냐? 엇지하야 "生活上 苦惱"가 兒童과 遙遠한 事件인가? 區區히 解說할 必要조차 업다. 現實을 直視하라. 決定的으로 分裂한 兩大 基本階級의 少年生活의 間隔을 보다 兒童에 對한 支配階級의 經濟上 ×× 政治上 ×× 文化的 ××와 痲醉는 엇지하야 兒童과 關係가 遙遠한 事件인가? 全혀 "노-"일 것이니 오히려 어느 程度까지의 密接한 關係가 잇는 것이다.

그러면 벌서 前記 非現實的 捕影的 少年文藝觀은 벌서 그 破綻에 到達한 것이니 왜? 그런고 하면 關係가 遙遠한 事件임으로 取材치 안는다는 것이라 하엿슴으로 關係가 接近한 同時에는 取材하여야 할 것이 안인가?

觀念論의 破滅이다. 물러가거라. 그러한 "幻想을 支配階級의 兒童文藝는 될지언정 新興 無産階級의 少年文藝로는 絶對로 相容할 수 업다." 所謂 貴重한 兒童文藝란 것은 "純實한 性情에 延合"한 것이 아니다. "現實的"인 "效果的"인 少年文藝를 가르켜 말해야 할 것이다.

一般文藝(無産階級文藝)와 本質的으로 相違한 것이 아니라 "本質的"으로 同一한 것이다. 그 取材의 程度, 限界, 方法 等의 相違는 잇다 하더래도 本質的으로는 그 意義가 同 — 한[144] 目的意識의 遂行에 잇는 것이다.

現社會組織을 ××하고 그러함으로써 少年問題를 解決하려면 强力的인 "準備", "試鍊"이 필요한 것이니 더구나 저들의 一切 文化, 宗教까지도 動員하야 그 道具로 轉化 强用하고 잇는 尖銳, 激化한 이때에 그러한 非現實的 隱退的인 少年文藝는 敗北, 合流, 隱蔽밧게 아모것도 아니 되는 것이다.

144 '同一한'의 오식이다.

月谷洞人의 抄譯은 다시 "敎育上 利益" 되게 "兒童의 純實한 性情에 弊害"를 주지 말기 爲하야 兒童文藝를 選擇하여야 한다고 하고 "兒童에게 歡喜와 感激을 應하는 것이 곳 兒童文藝의 目的이올시다. 그러나 그것이 自然으로의 歡喜와 自然的의 感動이 안이여서도 안 되는 것임니다"라고 選擇推薦하엿고 또 定義하엿다.

現社會에는 超越된 利益, 歡喜, 感動이란 업는 것이오. 階級的으로 分離相分되고 잇는 것이다. 大體 敎育上으로 무엇에 "利益"되여 무엇을 爲하야 歡喜하며 무엇에 무엇을 爲하야 "感動" 되게 한단 말이냐? 이러케 漠然한 非現實的 觀念的 考察은 有害無益한 것이다.(階級狀態의 隱葬 — 欺瞞) 所謂 兒童의 "純實한 性情"인 童心 그대로의 作品을 짓자는 것은 "敎育"이라 하는데 包含되엿는 組織的 現實性을 是認하면서 純實한 童心이라 하는 非組織的인 夢幻的 現實性을 是認하는 錯亂의 暴露다.

---

## 頭流山人, "童話運動의 意義－少年文藝運動의 新展開(三)", 『중외일보』, 1930.4.10.

다음으로 兒童에게 歡喜와 感動을 "自然的"으로 與한다는 것은 萬若 無產階級 童話運動을 云云하야 말하는 것이라 하더래도 極度의 柔弱한 屈辱的인 主張이니 究極 反動的 役割을 아니 할 수 업는 것이요. 그러지 안코 公公然한 無條件한 主張이라면 新兒童運動에 對한 한 個의 反動的 根據가 되는 것이다.

階級的 歡喜, 階級的 感動을 與한다는 것은 容認할 어느 점이 잇다 하더래도 그것을 "自然的"으로 與한다는 것은 안 될 말이다. 自然的으로라는 것은 "順應"의 代用句라고 볼 수 잇는 것이니 尖端的 現實에 確乎 銳立치 못하고 順應追隨하는 歡喜 感動을 與하라는 것이 되고 만다. 兒童을 社會的으로 敎育 訓練하기 爲하야 "푸르칼드"[145]의 一部門으로 提起되야 强烈한

文化戰線의 一隅에 登場하는 兒童文藝는 社會的 事實을 藝術的 手段을 通하야 兒童의 特殊性을 參酌하고 利用하야 우리의 이데올로기―를 注入하야 우리의 ×線에 引導하야 鬪爭的으로 組織化하는 것이 그 最히 重大한 任務일 것이다.

◇

이제 한 가지 析明 克服하지 안어서는 안 될 主張이 잇스니 그것은 童話의 現實性을 是認하면서도 依然히 또 誤謬를 犯하고 잇는 金完東 君의 "文學이 社會의 反映임과 갓치 童話는 兒童 生活의 反映이다"라는 主張이다.

文學은 社會의 反映이라면 容認할 點이지만 少年文藝 "兒童生活만의 反映"이 아닐 것이니 그것은 社會的 諸 條件에 依하야 提起됨이 더― 重大한 것이다.

이럼으로 少年文藝의 意義는 少年生活만 보는 卽 社會的으로 더 큰 目的에서 遊離된 것이 아니고 社會的 要求에 應하야 兒童을 通하야 提起된 것이다.

또 金完東 君은 "兒童이 追求하는 世上을 童話로서 그려 내는 것이다" 하엿고 또 童心 把握을 極力 主張하엿다.

그러나 "兒童이 追求하는 世上"은 반듯이 正當한 "世上"이 아닐 것이다. 그것은 夢幻的인 性質을 가지지 안을 수 업다 —— 勿論 童心도 —— 그럼으로 兒童의 欲求에만 追隨한다는 것은 危險千萬이다. 全的으로 激烈한 尖銳的 情勢로 因하야 그러할 쑨더러 우리 無産階級運動의 進路에서 반듯이 우리의 意識을 滲透, 結晶, 高揚식히지 안어서는 안 되는 것이다. 童心把握이란 이러한 目的의 流行을 爲한 副次的인 問題이다.

各國 無産階級 童話運動은 그 最大의 任務를 無産階級의 主體인 ×의 思想的 政治的 影響의 確保 擴大에 둔다고 한다.

---

145 김기진(金基鎭)의 「支配階級 敎化, 被支配階級 敎化」(『開闢』, 1924년 1월호)에서 "부르주아 컬트, 프롤레타리아 컬트"라는 말을 "지배계급 교화, 피지배계급 교화"라는 말로 번역하였는데, 여기서 '푸르칼드'는 "프롤레타리아 컬트"이며 "프롤레타리아 문화"의 의미이다.

四. 新興 童話運動의 提起

具體的으로 深刻하게 考察한 바는 업섯지만 現下 筆者가 生覺고 잇는 몃 가지 童話運動의 新展開를 爲한 方略을 所感的으로 적어서 諸 同志의 參考에 供하려 한다.

나는 序言에서 童話運動의 出發點이 非統制的이엿다는 것을 指摘하엿고 새로운 統制의 確立이 必要하다는 것을 말하엿스며 또 意識上으로 粗雜한 出發이엿다는 것까지 指摘하엿다. 모-든 運動의 初步期의 前例로 보아오히려 當然하다 할 수 잇는 것이나 우리는 이제 그것의 새로운 段階에 轉換할 必要를 認識한 以上 그 新段階의 具體的 進路를 밝히지 안어서는 안 되겟다. 이럼으로 童話運動의 意識的 展開 方道의 規定이 刻下의 우리의 任務일 것이다.

---

## 頭流山人, "童話運動의 意義－少年文藝運動의 新展開(四)", 『중외일보』, 1930.4.11.

그러나 여긔서 알어 둘 일은 이러한 "紙上展開"로서 그리고 現下의 暗黑的 情勢의 압헤서 童話運動의 完全無缺 合法的인 展開를 바라는 것은 空想일 것이다.

一. 少年文藝運動은 少年運動의 一部門이며 한편으로 文藝運動의 一部門이다. 그 重要한 使命을 敎化的 任務로 하는 少年運動과 "아지", "푸로"의 行爲로서의 文學運動의 一部門으로서 "푸로칼드" 戰線에 出馬한 少年文藝運動은 그 任務가 重大하며 그 遂行을 爲하여서는 客觀的 條件은 勿論이지만 運動 內部의 諸 條件上 容易한 일이 아니다.

첫재, 少年運動과 藝術運動의 統一的 確立과 相互間의 密接한 有機的 連結이 크다란 前提가 된다.

둘재, 少年文藝運動 自體의 運動 形態로서의 具體的 計劃的 動作 卽

少年運動과 藝術運動의 指導下에 少年文藝運動의 集團 結成(鬪爭을 通하야 結成)

셋재, 集團의 目下의 任務는 小뿔으조아的 粗雜한 童話 勢力의 克服에 잇다.(從來의 方法과 가튼 紙上展開式만으로 하여서는 안 된다.)

二. 現下 集團의 未成 力量의 微弱 分散된 情勢下에 잇서서는 外面的인 組織運動의 火盖로써 理論的 鬪爭을 力行하여야 하겟다. 그러나 이것은 前記 統制的 進出과 밋 諸 契機와 結付하야 遂行해야 하나의 實踐的으로 少年大衆의 속에 박혀서 諸 契機를 有效하게 利用하야 鬪爭的으로 總力을 激發 組織化해야 한다.

三. 最後로 注意할 것은 少年文藝運動은 그 自體만을 爲한 運動이 안니요 보다 더 큰 社會的 使命의 遂行에 그 任務가 存在한 것이니 그 運動은 반듯이 社會運動 —— 그리고 少年運動 —— 과 交互作用을 가지고 總體的으로 展開하야 할 것이다.

이러케 時代에 作用되야 이러난 少年文藝運動은 時代에 作用하는 運動이 안이여서는 안 되겟다.

## 五. 結論

辛酸한 私情에 억매여서 學的 態度로 究明치 못하고 執筆하게 된 째문에 草稿 그대로라 하여도 過言이 안일 것이다. 一個의 小覺書로서 少年運動과 藝術運動 諸 同志의게 提供하는 바이니 不備하나마 參酌하여 주심을 바라며 擱筆한다.

四. 一. 於 端川

## 海草, "(文壇探照燈)韓祐鉉 동무의 「고향의 봄」은 李元壽 氏의 原作", 『동아일보』, 1930.4.11.[146]

나는 지난 三月 十九日附(第三千四百十五號) 『東亞日報』 紙上 五面 五段 兒童欄에서 第一 첫자리로 韓 동무의 「고향의 봄」[147]은 잘 읽엇습니다.

그러나 씃까지 다— 읽고 나니까 前日에 어대서 읽은 노래 가탓습니다. 그래서 여러 번 읽어 보고 읽어 보고 하다가 긔어코 『어린이』 雜誌 大正 十五年[148] 四月號 六十二 頁에 發表된 入選 童謠欄에서 馬山 李元壽 氏의 創作임을 알앗습니다. 그런데

나의살든고향은 쏫피는산골 복송아쏫살구쏫 아기진달래 울읏붉읏쏫대궐 차리인동리 그속에서놀든때가 그립습니다

한 것까지는 고대로 벗기어 노코 다음으로 原作에는

쏫동리새동리 나의녯고향 파—란들남쪽에서 바람이불면 냇가에수양버들 춤추는동리 그속에서놀든때가 그립습니다

한 것을 두어줄 고치어서

쏫동리는새동리 나의녯고향 쏫피는동산에서 바람이불면 내가수양버들 춤추는동리 그속에서놀든때가 그립습니다

라 하야 노핫습니다.

---

146 원문에 '高陽 東幕 海草'라 되어 있다.

147 「고향의 봄」(韓祐鉉)의 원문은 다음과 같다. "나의살든고향은/쏫피는산골/복송아쏫살구쏫/아기진달래/울읏붉읏쏫대궐/차리인동리/그속에서놀든때가/그립습니다/쏫동리는새동리/나의녯고향/쏫피는동산에서/바람이불면/냇가의수양버들/춤추는동리/그속에서놀든때가/그립습니다//" (『동아일보』, 30.3.19)

148 '大正 十五年'은 1926년이다.

이것이 決코 나의 틀림업시 對照해 본 結果입니다. 나도 아즉 習作期에 잇서서 별로히 童謠라는 것을 專門的으로 硏究도 못하는 비록 어리석은 少年일망정 韓 동무와 가티 남의 創作을 썝아다 쓰는 것은 나의 良心上에 잇서서 퍽 不快함을 늣기는 바입니다. 韓 동무여! 쯔트로 비노니 今後부터는 될 수 인는 대로 創作에 힘써서 조흔 글을 다시 紙上에 빗나게 하십시요. 이것이 無識한 어린 筆者의 바라는 바입니다.

## 九峰學人, "個人으로 個人에게-君이야말로 '公正한 批判'을(一)", 『중외일보』, 1930.4.12.[149]

一

敬畏하는 申孤松 君!

君이 나에게 答辯한 「公正한 批判을 바란다」[150]라는 評文은 感謝히 再三 拜讀하얏다.

그리하야 아즉도 君에게 不服하는 點이 잇슴으로써 이 一文을 또다시 草하는 바이다.

君은 어써한 個人만을 相對로 하야서 論議를 하는 것을 헛되이 嫌忌하는 모양이라(註1) 이 拙文이 君 한 사람에게만 —— 君 한 사람만 相對로 하야 草하는 것을 甚히 不快하게 녁일른지 몰른다.

그러나 君이 社會는 如何히 하야서 成立되고 社會生活上의 個人의 地位가 어써한 것이라는 것을 알지 못하기 째문에 이러한 말을 한 것이 안인가 한다.

우리는 個人主義라는 것을 徹底히 排擊한다. 그러나 그러타고서 個人의 地位를 無視하는 것은 아니다.

그럼으로 個人을 —— 單 한 사람만은 相對로 하야 그의 學說이나 理論에 對하야 論戰을 할 수가 잇는 것이며 또 하여야 하는 것이다.

萬一 그것이 個人의 일 個人의 짓이라고 이것이고 저것이고 모다 서로 傍觀만 한다면은 생각하야 보라 —— 이 社會는 이제로부터 不遠한 將來에 반듯이 滅亡하고 말 것이다.

不正에 對한 辛剌한 鬪爭! 이것이 社會上에 存在하기 째문에만이 社會

---

149 '九峰學人'은 송완순(宋完淳)의 필명이다.

150 申孤松의 「公正한 批判을 바란다-'批判者를 批判'을 보고(전3회)」(『조선일보』, 30.3.30~4.2)를 가리킨다.

는 오날까지 持續되엇스며 압흐로도 持續될 것이다.

그러기 때문에 우리는 徹底한 個人的인 無政府主義를 排斥하는 同時에 너무 個人을 無視하는 盲目的 客觀 萬能主義도 排斥하지 아니치 못하는 것이다.

二

萬一 '맑스'나 '엥겔스'가 우리 申 君 가탓다면은 '바크닌'이나 '풀톤'과 論戰 分離도 안 햇슬 뿐 아니라 '아담・스미스'나 '리카드'의 學說에 아모런 異議도 부치지 못하고 더군다나 저 有名한 『資本論』을 맨들지 안핫슬 것이며 '레닌'도 '카우츠키이'나 '배룬슈타인'이나 '쁘레하노ㅂ' 等의 改良主義者 及 '로싸・록센불그'나 '트롯키이'[151] 等의 極左派와의 激烈한 論戰도 안햇슬 것이다. 웨 그러냐 하면 이들의 그 學說이나 理論이 비록 客觀的 反映에서 認識된 것임에 不過할지라도 그 學說 理論은 依然히 個人의 思惟를 通하야 表現되는 것임으로 그것은 그 個人의 學說 理論이라 할 수 잇기 때문에 個人에게는 一切 相關을 안는다면은 그 學說 理論도 個人의 것임으로 아모런 말할 必要가 업슬 것이기 때문이다.

쏘한 申孤松 君과 가티 생각한다면 우리는 社會라는 것도 否認하고 '맑시슴'이라는 術語부터도 否認하여야 한다.

그리고 人間끼리 서로 죽이고 잡아먹고 靑年男女가 白晝에 발가벗고 路上에서 無恥하게도 亂淫亂舞하드라도 내어바리어 두어야 한다.

오로지 모든 것을 그대로 傍觀하고 남이야 죽든 말든 나만 조흐면 고만일 것이다.

—— 될 대로 되야라!

---

151 마르크스(Karl Heinrich Marx, 1818~1883), 엥겔스(Friedrich Engels, 1820~1895), 바쿠닌(Mikhail Aleksandrovich Bakunin, 1814~1876), 프루동(Pierre Joseph Proudhon, 1809~1865), 아담 스미스(Adam Smith, 1723~1790), 리카도(David Ricardo, 1772~1823), 레닌(Vladimir Ilich Ul·ya·nov Lenin, 1870~1924), 카우츠키(Karl Johann Kautsky, 1854~1938), 베른슈타인(Eduard Bernstein, 1850~1932), 플레하노프(Georgy Valentinovich Plekhanov, 1857~1918), 룩셈부르크(Rosa Luxemburg, 1871~1919), 트로츠키(Leon Trotsky, 1879~1940) 등을 가리킨다.

이것이 申 君의 思想인가 한다. 그리하야 君은 個人을 相對로 하야 論戰하기를 極力 迴避하랴 하기 때문에 現今 拔扈하면서[152] 잇는 모든 不正에 對하야도 (너무나) 傍觀만으로써 滿足하랴 하는 모양이다.

그러나 君은 個人 相對를 各認[153] 排斥하는 君은 헛되히 個人을 相對로 論議를 하고 잇다 —— 君의 「詩壇 一尖言」[154](『朝鮮日報』 第三三一三號~第三三一四號)은 單純히 個人만 相對로 한 것이엇고 또 이보다 먼저 同志 梁雨庭 君에 대한 駁文[155](『朝鮮日報』)도 單純히 一個人만을 相對로 한 論戰이 안히엇든가?

우리는 바라노니 君이 그다지 個人 相對를 실혀 하거든 도모지 論戰이고 무에고 집어치우기 바란다.

個人으로 構成된 社會에서는 비록 客觀的 見地에서 論議 —— 쑨이 안이지만 —— 를 하드라도 그것은 結局 만흔 個人을 相對로 하는 것이 되며 또 어쩌한 사람의 學說이나 理論에 對한 論議를 하는 데에 잇서서는 더욱히 그 한 사람만 —— 그의 社會에 미치는 影響은 第二로 하고 —— 을 相對로 하는 것이 되는 터임으로 申 君 갓다면은 도모지 할 것이라고는 업게 된다.

---

## 九峰學人, "個人으로 個人에게－君이야말로 '公正한 批判'을(二)", 『중외일보』, 1930.4.13.

三

敬畏하는 申 君!

---

152 '跋扈하면서'의 오식이다.

153 '否認'의 오식으로 보인다.

154 고송(鼓頌)의 「詩壇 一尖言(上, 下)」(『조선일보』, 30.3.28~29)을 가리킨다.

155 신고송(申孤松)의 「現實逃避를 排擊함－梁 君의 認識誤謬를 摘發(전2회)」(『조선일보』, 30.2.13~14)을 가리킨다.

그러나 우리는 君가티 個人을 盲目的으로 否認치 안코 도로혀 個人의 일에까지 細密한 注意를 하는 者임으로써 이에 다시 君에게 答辯을 하는 것이니 조금만 참고 보아 주면은 多幸이겟다.

'레닌'은 어써한 조고만 疑惑點이라도 잇스면 容恕 업서[156] 徹底히 追究하얏다. 그리고 自己 생각이 客觀的 實踐上에 잇서서 '맑시슴'과 背馳가 되지 안흐면 어더한 非難 攻擊이 잇서도 勇敢히 싸웟다.

그와 마치 한가지로 우리들도 어써한 個人의 조고만 잘못이라도 그것이 不正한 것이고 또 自己 생각에 맛지 안흐면은 어듸까지든지 싸와서 自己가 지든 익이든지 하여야 한다 —— 조고만 것이라고 홀보는 데에서 그로 말미암아 往往히 큰일을 헛되히 맨드는 수가 잇는 것을 君은 몰르는가?

그럼으로 그것이 自己 생각에는 올흔 것이라면 얼마든지 쌧대일 수가 잇고(비록 나종에는 克服 當하는 限이 잇슬지라도) 또 그럼으로써 自己에게 對한 他人의 批評의 不服할 點을 能히 말할 수도 잇는 것이다.

萬一 個人의 일이라고 自己 생각에 그러치 안흔 것도 그냥 바리어 둔다면 이 世上에서 社會를 組織하고 서로 얽히어 살지도 말어야 한다.

이 얼마나 甚한 厭世病者의 노릇이냐!

四

敬畏하는 申 君!

以上과 가튼 意味에서 나는 個人으로써 君 個人에게 또 몃 마듸 簡單히 苦衷을 費코자 하는 바이다.

그러타고 우리는 이러한 일도 決코 無用한 일이 안임은 勿論 新年紙를 조곰도 虛用하고 더러피는 일이라고는 생각지 안는다.

156 '容恕 업시'의 오식이다.

## 九峰學人, "個人으로 個人에게—君이야말로 '公正한 批判'을(三)", 『중외일보』, 1930.4.14.

社會生活上의 一員인 個人이 서로 論議를 하야 그 속에 잇는 이 不正한 것을 徹底히 揚棄하는 것은 社會에 利는 되야도 害 되지는 決코 안흘 것이다.

願컨대 申 君은 아모쪼록 個人끼리라도 서로 그 意思나 理論을 細密히 討論하야 쯧쯧내에는 "正"히 勝利하도록 共同히 힘쓰지 안흐면 안히다.

五

敬畏하는 申孤松 君!

그러나 나는 여긔에서 또 다시 長惶[157]히 말치 안켓다.

君이 아모러한 말슴을 하시드라도 아즉까지도 나는 「批判者를 批判」이라는 拙稿에서 한 말을 밋는 者이라 여긔에 그것을 되푸리한다는 것은 無味한 노릇인 同時에 그럼으로써 君의 여러 말(이제까지 한 말만)은 비록 余의 拙論 以後의 것이라도 該 拙論이 언제나 能히 答辯을 하야 줄 것이다.

그러니 너무 感情的 色眼을 가지고 읽으시지 말고 좀 더 精密히 該論을 읽어 보신 後 正當한 말슴을 하시기 바란다.

그러치 안코 쯧쯧내 感情的으로 卑劣한 辱說을 하며 덤빈다면 나는 아모 말도 하지 안켓다.

理論은 辱說이 안인 것이다.

비록 反動派에 對하야서도 理論으로 싸울 것은 어듸까지든지 理論으로 싸워야지 더러운 辱으로만 "들바수어"댄다는 것은 나는 理論的 鬪爭을 할 줄 몰른다는 것을 自己가 廣告하는 것에 不過한 것이다.

더욱히 申 君과 나는 비록 未知間이라 할지라도 가튼 젊은 同志間이다. 君도 '프로'藝術에 뜻 잇는 分이며 나도 역시 그러한 사람이다. 君이 "藝盟

157 '張皇'의 오식이다.

員"이라면 더욱 우리는 가튼 同志로써 對하여야 한다.("藝盟員"이 안힌지는 몰르나)

六

敬畏하는 申 君!

그럼에도 不拘하고 君은 첫 번부터 더러운 辱說, 侮蔑, 嘟揄[158]로써 理論이 안힌 辱論 —— 理論上의 態度에서 보면 確實히 "異論"이 안힐 수 업는 말슴으로 나에게 感情的 挑戰을 宣言하얏다.

요사히 所謂 '프로레타리아' 云云하며 能히 理論으로 싸울 것도 함부로 辱說을 하야 도로혀 彼等으로부터 그 以上의 辱을 어더먹고 民衆의 反感까지 사는 辱說 第一主義者가 橫行亂舞하는 터이라 君도 이에 물들흔지는 몰르나 如何間 君의 말슴은 너무나 巧妙한 辱說로서 一貫하얏다고 하야도 過言이 안힐 것이다.

君의 말슴은 그야말로 明快한 맛이 돌면서도 그 明快한 巧辯妙語 中에는 적지 안흔 感情의 暗鬼들이 伏在하야 잇다.

이에 나는 君의 그 辱說 몃 가지를 檢討하야 君의 今後의 行動에 조고마치의 도음이라도 주게 된다면 幸此한일까.

---

## 九峰學人, "個人으로 個人에게－君이야말로 '公正한 批判'을(四)", 『중외일보』, 1930.4.15.

七

敬畏하는 申孤松 君!

(A) 君은 第一着으로 『中外日報』 紙上에서 지내가는 말처럼 나에게 辱을 퍼부어 주시엇다. (註2) 그까짓 것쯤의 辱은 君에게 잇서서는 아모러치

158 '揶揄'의 오식이다.

도 안흔 平凡한 말슴인지 몰르나 우리들 辱 못하는 凡人으로서는 너무나 卑陋하기 짝이 업는 辱說로박게는 생각치지 안핫다.

君아 그대가 工夫 얼마나 하얏는지는 몰르나 겨우 배흔 것이 人身의 侮辱하는 것쑨이란 말이냐?

理論戰上 —— 쑨이 안히다 —— 에 잇서서는 正當한 理論으로 싸울 것이다. 적어도 論爭일진대 冷靜沈着하고 公正嚴酷한 學究的 態度를 가저라 —— 感情的으로 헛되히 興奮亂罵하는 것은 絶對로 理論上의 態度가 아니다.

(B) 君은 拙論 「批判자를 批判」이란 글을 읽고서 口逆을 참을 수 업섯다고 放言하시엇다.(註3) —— 吐寫나[159] 안흐시엇스면 萬幸이다. 萬若 나 째문에 口逆吐寫를 하얏다면 매우 未安한 일이다. 謝過한다.

한데 君이 口逆하신 理由는 ——

(가) 내가 「批判者를 批判」이란 글 쓴 것이 모다 過去의 解決된 問題에 未練을 가지고서 "實로 卑劣하고 口逆나고 無條理한 자기 辯解"한 것과

(나) 나의 "童謠가 快作이니 傑作이니…아니꼬운 哀願"을 한 것과

(다) 尹石重 氏보다 내가 내 童謠가 나흠으로 第一人者라고 "腰折할"(君의 허리나 안 닷치엇는지 念慮된다) 陰謀를 "隱然히 表示"하얏다는 것이다.(註4)

君의 理解力에 우리는 于先 大驚嘆한다. 요러케 事實을 故意로 歪曲하야 巧妙한 詭辯으로써 攻擊을 하기에만 吸吸한[160] 君의 그 점잔흔 말슴에는 조흔 意味에서가 안인 敬意를 表하고 십다.

八

敬畏하는 申 君!

君은 나의 該 拙論을 다 精神(비록 君의 筆才만치 쓰지는 못하얏슬지라

---

159 '吐瀉나'의 오식이다.

160 '汲汲한'의 오식이다.

도!)을 듸리어 읽어 보고 이 따위 말슴을 하시엇는가? 그러타면 나는 여긔에서 여러 말 안켓다. 웨 그러냐 하면 君이 만일 該 拙論을 조고마치라도 精讀하얏다면 그 따위 더러운 辱은 못하얏슬 쁜 안니라 肯定할 點도 반듯이 잇섯슬 것임에도 不拘하고 더군다나 事實을 歪曲하야 노앗스니 그러한 것은 必然코 感情的 色眼鏡을 쓰고 보앗든지 또는 全然 該 拙論을 첫 번부터 치지 안흔 것으로 對하얏든지 그러치도 안흐면 아조 몰랏든지 하얏슬 것임으로 그러한 사람에게는 아모리 呶呶하야도 회계가 업슬 것인 때문이다.

그도 몰라서 그랫다면 알도록 하야 주어야겟지만 君은 그러한 小學生도 안될 것이다. 반듯이 나의 該 拙論을 첫 번부터 輕視하얏거나 感情을 품고 對하얏기 때문에 以上의 말을 한 것일 것이다.

九

그럼으로 그러한 感情에만 날뛰는 君에게 나는 말을 길게 안는 것이 도로혀 君을 爲하야서나 나를 爲하야서나 조흘 것이다. 그리하야 이제 짤막하게 答하노니 또 다시 알고 십프거든 口逆은 날 터이지만 拙稿「批判者를 批判」을 한 번 더 읽기 바란다.

---

**九峰學人, "個人으로 個人에게－君이야말로 '公正한 批判'을(五)", 『중외일보』, 1930.4.16.**

(가) 君은 君이 말한 것이면 모다 "解決된 問題"라고 하는 모양이나 君 하나만의 童謠界가 아닌 만큼 君이 말한 것 中에도 아즉 解決되지 안흔 것이 만타. 나는 그것을 解決 지으랴고 말한 것에 不過한 것이다. 君이 말한 여러 가지가 어듸서 어쩌케 解決되엿는지 알고 시프다. 그러타면 나는 말치 안켓다. 그러나 解決이 되엿다고 假定하드라도 내 생각에 억으러지는 것이라면 비록 내 생각이 誤謬이라 할지라도 그것은 내게 잇서서만은 解決되지 안흔 것임으로 能히 나로서는 問題 삼을 수 잇는 것이다.

(나) 나의 童謠가 快作이니 傑作이니 하고 어듸서 哀願하얏는지 當者인 나도 몰르는 일인 것을 君은 아는 모양이니 그 天才에 나는 다만 驚嘆한다.

(다) 나는 拙作 「달님」이 尹石重 氏 作 「굽 써러진 나막신」보다 낫다고 하얏지 내 것 全部가 尹 氏 것 全部보다 낫다고는 안 한다. 그럼으로 더군다나 第一人者로 自稱하는 暗示조차 한 記憶은 안 난다 —— 나는 거의 天痴인 만큼 君과 가티 모다 自己것이면 "正…"이라고 할 蠻勇은 업다. 君과 가티 사람을 깐보는 誇大妄想症은 아즉까지 發生치 안핫다. 나는 平素에도 스스로 自己를 낫(低)게 보는 버릇이 잇슬 쑨 아니라 尹 氏 가튼 분은 아모리 하야도 童謠를 나보다 헐신 잘 지흐심으로 나는 尹 氏보다 全體的 意味에서 童謠를 더 잘 짓느니라고 헛된 妄信은 안는다. 그러타고 나는 尹 氏를 머리 우에 올려노코 보지도 안는다. 나는 다만 할 말을 率直히 하얏슬 뿐이다.

敬畏하는 申 君!

그리고 君은 나의 該 拙論을 "小主觀的 偏見과 雙眼的 狹見"[161]에 不過한 英雄主義的 蠻勇者의 글이엇고 君의 것은 그러치 안흔 "中心體系"를 把握하고 쓴 것이라 하시엇다(註5) —— 君의 글이 可否間 體系를 捕促하랴고 한 것인 것을 나는 否認하는 者가 안이다.

그러타고 나의 글도 童謠上의 童謠的 體系에서는 버서나지 안엇슬 것을 나는 밋는 바이다. 그의 그 말도 決코 童謠上의 囈言은 안이엇슬 것이다.

어쩌한 主義的 體系는 안 세웟슬지라도 童謠上에 잇서서 나의 小見도 決코 君의 말가티 그러케 小主觀만은 안히엇다.

또 君의 글을 反駁하자면은 自然히 그러케 안히 쓸 수 업섯나니 君이 어쩌한 體系를 明白히 하기는 「童謠의 階級性」[162]에서 처음이엇고 (『東亞

---

161 '隻眼的 狹見'의 오식이다. 신고송의 글에도 '隻眼的'이라 하였고 맥락상으로 보아도 오식이다.

162 고송(鼓頌)의 「童心의 階級性－組織化와 提携함(전3회)」(『중외일보』, 30.3.7~9)을 가리킨다.

日報』가튼데 달흔 것이 이보다 먼저 낫섯는지는 몰르나 나는 該報는 보지 안흐니까 몰르겟다만은) 其 以前 내가 拙評한 兩 論文에는 明白하지 안핫섯다. 하기는 在來의 童謠와 밋 兒童神秘觀을 排擊하고 新興童謠를 내노차고 하지 안흔 바 안히나 그것은 當然한 말임으로 그것까지 引用할 必要는 업섯든 것이다. 다만 나는 君의 誤謬 되는 點만을 말하랴 하얏지 正當한 말까지 批評 否定하랴 한 것은 안히엇다. 그럼으로 自然히 該論이 主義主張에는 미치지 안코 말핫든 것이다. 君의 그 主義主張은 내 小見과 別 相違가 업섯슴으로 그것을 故意로 써집어내랴고 하지는 안핫다. 勿論 지금에는 全然 내의 意見과 갓다고는 못하겟스나 그 當時까지의 君의 態度는 不明하든 그만큼 나는 그때에 잇서서는 君의 不明한 主義主張에서 別로 誤謬를 차즐 수 업섯든 것이다 —— 다만 不足한 것이 잇섯다면 主張이 不明한 것뿐이엇다.

(그리고 附言을 몃 마듸 하야 둔다만은 君은 君의 그 主義主張이 君으로 因하야 비로소 지금에야 처음 問題된 것가티 녁이는 모양이나 참말론 問題가 發端하기는 一九二六. 七年頃 方向轉換이 問題되든 때에부터이엇슴을 알어라. 나도 當時 漠然하게나마 極히 조고마치 말한 일이 잇섯다.(註6) 그러나 나는 其後에 아모런 實地 作品上에 잇서서 '프로레타리아' 童謠를 안 썻 —— 다는이보다도 못 썻다 —— 섯다. 그것은 全 藝術運動의 '프로레타리아'的이어야 함은 認定하면서도 —— 더구나 兒童藝術(少年藝術까지 合처서) '프로레타리아'的이어야 할 것을 認定하고 달흔 作品에는 實地 行動까지 하면서도 (事情이 事情인 만큼 露骨的으로 眞正한 '프로'的 行動은 하고 시퍼도 못하고 可能한 範圍 內에서만 하얏스나) 단지 童謠에서 뿐만은 어림업는 忘想을 가지고 (그러나 神秘 짜위의 냄새 나는 생각은 하지 안핫섯다) 實地 行動을 躊躇하얏섯든 것임은 이미 「批判者를 批判」에서 말한 바이다. 그리고 더러 '프로'的으로 지은 것도 童謠가 되지 못하는 것 가타서 發表치 안핫든 것이다 —— 몃 가지 發表한 것이 잇기는 잇섯지만 그것은 不過 五種 內外(?)임으로 全體的 意味에서는 된 것도 업는 것이다.)

一○

敬畏하는 申孤松 君!

君은 내가 尹石重 氏와 金炳昊 氏를 말하얏다고 大憤慨하시엇다.(註7) 그러나

(A)[163] 尹 氏의 評을 달흔 사람보다 더 細密히 한 것은 尹 氏를 모다들 무슨 超人이나가티 녁이고 君부터도 尹 氏는 되지 안케 崇拜하는 것 가타서 果然 그러한가를 말하고자 한 것엇지[164] 무슨 내가 尹 氏보다 낫다는 말을 하자 한 것은 아니엇다. 더구나 尹 氏를 故意로 非難하랴 한 卑劣한 생각은 안핫나니 그러케 君의 말가티 尹 氏를 다만 攻擊을 하고 시펏다면 나는 길게 말도 안코 "尹石重 氏는 낫브다"는 數言으로써 簡單히 말해 바리엇슬 것이다. 그것은 該論이 如實히 說明하고 잇지 안흐냐.

---

**九峰學人, "個人으로 個人에게－君이야말로 '公正한 批判'을(六)", 『중외일보』, 1930.4.17.**

(B) 君의 말슴처럼 設令 金炳昊 氏에게 私的 感情을 平時 가지고 잇섯다고 하자. 그러트라도 그 사람을 批評 —— 더구나 行動 全體가 안힌 童謠上에 잇서서만 —— 하는데 잇서서까지 私的 感情의 奴隷가 되지는 못하는 것이 不幸(?)한 나의 想理이다. 君가티 勇敢하지는 못한 나는 더군다나 貴重한 남의 新聞紙上에서 破廉恥하게도 私的 感情에 拘泥되야 人身을 單純히 非理論的으로 攻擊하지는 못한다. 나는 그것이 올코 글르고 間에 할 말만 忌憚업시 率直히 하는 者에 不過할 섇이다.

또 設令 感情에 조치 못하드라도 나는 決코 君처럼 正을 否라고 하는

163 원문에 'b'로 되어 있으나 아래 순서로 볼 때 'A'라야 맞다.

164 '것이엇지'의 오식으로 보인다.

者는 아니다.

그리고 君의 炯眼에는 金 氏와 나의 사이가 납분 듯이 뵈엿는지 몰르나 金 氏와 나는 原稿 相關으로 通信을 하야 氏의 原稿를 請한 때는 잇서도 感情이 傷한 때는 업다. 뿐 안히라 氏는 가튼 同志로서 지금은 비록 通信을 하지 안흐나 나는 氏를 敬獻히 생각하고 잇는 사람이다. 그러하고 正否의 批判을 못할 것은 업지 안흔 것이다.

또 君의 말에 依하면 "一面識 一文交"도 업는 딴 남끼리는 서로 理論上의 論議도 不可한 모양이다.(註8) 그러면 딴 남의 알지 못하는 사람의 말은 비록 올흔 말이라도 더서는 안히 될 것이다.

그러니까 우리는 아모런 主義도 가지지 말고 自己말만 自己가 빗고 지내어야 할 것이다 —— 남을 批判 못할진대 남의 말을 올흔 것이라도 들허서는 안히 된다.

그러키 때문에 '맑스'가 "一面識, 一文交"도 업시 自己보다 먼저ㅅ 사람인 '아담 스미스'를 批判한 것은 絶對로 잘못이다!

君이 尹 氏나, 金 氏와, 얼마나 交分이 두터운지 몰르나, 交分만 잇다고 함부로 庇護하랴는 君의 그 人情 만흔 마음에는 저윽히 同情한다. 그러나

——

君이 아모리 諸氏와 親하야 共同戰線을 치고 나를 攻擊한대도 그 따위 野卑한 劣動에는 조곰 두려웁지 안타. 그러니 내가 批判한 分 中에 君이 親分이 잇는 사람으로 宋完淳이 共同 攻擊戰에 同意하는 分이 잇거든 얼마든지 하야 보라.

그러나 한말 하야 둘 것은 君은 나와 "一面識 一文交"도 업는 사람이니까 내가 무슨 말을 하든지 잠잣코 잇서야 한다.

웨 그러냐 하면 나는 아모 交分도 업는 딴 남이라도 그의 글른 行動은 올타고[165] 하고 올흔 行動은 올타고 거침업시 말하야 君처럼 쓸데업는 庇護하기를 즐겨하지 안는 君에 依하면 卑劣한 者이니까 君이 만일 나의 卑劣

165 맥락상으로 보아 '그르다고'의 오식이다.

한 行動을 이러니저러니 "一面識 一文交"도 업는 사람에게 한다며는 君도 亦是 나와 가튼 卑劣한 者가 되고 말 것인 때문이다.

君하고 나하고는 "一面識 一文交"도 업스니 아모 말이나 알지 못하는 사람에게도 하는 나임으로 내가 設令 알지 못하는 君에게 무슨 말을 하드라도 아모 말도 말 것이다 —— 君까지 나처럼 卑劣한 者가 되는 것은 卑劣한 나로서도 참아 보기 싹해 한는 말이다.

十一

敬畏하는 申 君!

내가 兒童은 過去를 回想하고 未來를 豫想치 못한다는 말을 君은 誤解하시엇스나 그것은 君 一流의 曲解에 不過하얏나니 그것은 이러한 理由에서 잇다.

나는 兒童이 過去를 回想하고 未來를 豫想치 못하는 것이란 말을 "絶對"한 것으로 斷言은 안엇다. 兒童도 過去에 아조 몹시 刺戟을 바든 일은 각금 回想도 하고 또 父母兄弟들이 각금 그 兒童에게 지내간 말을 하야 들리어 주면 兒童은 그것을 그대로 밋는다. 그러나 그것은 瞬間瞬間에 나타날 쑨(無意識的으로!)이지 그러한 者이니까. 君이 만일 나의 卑劣한 行動을 이러니저러니 "一面識 一文交"도 업는 사람에게 한다며는 君도 역시 나와 가튼 卑劣한 者가 되고 말 것인 때문이다.

君하고 나하고는 "一面識 一文交"도 업스니 한 것으로 因하야 生活에 何等의 影響을 미치지 안흘 것이다.

大人은 過去의 일로 因하야 生活上의 變化가 미치는 바가 만타. 그러나 兒童은 그러치 안타. 間或 녯날의 몹시 刺戟되든 일이 언듯 생각나서 그 瞬間에는 種種의 늣김을 갓게 되지만 그때만 지내면 울든 아이도 금방 웃게 되고 웃든 아이도 금방 울게 되고……하는 것이다.

그럼으로 兒童도 過去를 回想한다고 하겟지만 그것도 現在의 어쩌한 境遇에서 無意識中 언듯 "내가 이전 어는 때는 이러한 때에 이러한 일이 잇서지" 하는 生覺이 나는 것이지 現在에 아모런 特別한 境遇도 안 當하고 平凡한 平時에 過去의 일이 生覺키지는 안흘 것이다. 그리고 때때로 어른들이

自己(兒童)의 過去를 말하면 그것을 兒童이 꼭 미들 것이라는 것은 旣述한 바이다.

勿論 兒童도 二三個月까지의 일은 平時에도 더러 生覺한다.

---

## 九峰學人, "個人으로 個人에게－君이야말로 '公正한 批判'을(七)", 『중외일보』, 1930.4.19.

—— 더욱히 十歲 넘은 兒童은 一年 內의 일은 大槪 알고 或은 二三年 內의 일도 어지간한 것은 回想할 수 잇슬 것이다.

그러나 그것은 意識的으로 回想하지 못하고 現在의 어떠한 刺戟을 밧는 瞬間에 지내지 못하는 것임으로 그것은 過去를 回想한다느니보다도 過去의 일을 現在라는 것 째문에 언듯 생각하게 되는 말하자면 瞬間的 "늣김"이라고 할 수 잇다.

내가 兒童은 過去를 回想 못하고 未來를 豫測 못한다는 것은 그것을 "意識的으로" "意識하지 못한다"는 것이엇지 "意識的으로 瞬間的 늣김을 못한다"는 것은 안이엇다.

未來에 對해서도 "너는 크면 어떠케 되리라"든지 "무엇이 되어야 한다"고 어른이 말하면 그러케 미들 것이다. 그러나 그것을 노래 불느도록 늣기는 것은 어떠한 '모멘트'에 잇서서 쑨인 것이다. "늣기"는 것과 "意識"하는 것은 다른 것이다.

그럼으로 "回想"은 卽 "意識的"임을 意味하는 것임으로 "늣기"는 兒童을 "回想"치 못하는 兒童이라고 하얏다고 그것이 誤解될 것은 업다.

다만 내 잘못은 "回想"은 못하고 "늣기"기는 할 것이라는 仔細한 說明을 이즌 것쑨이엇다.

十二

敬畏하는 申 君!

그리고 君이 내가 兒童은 過去를 回想치 못하고 未來를 豫想 못한다는 말을 하얏다고 拙作 「달님」이란 童謠를 나의 말과 矛盾되는 것이라고 한 것은 그러나 좀 덜 생각한 말이 아닐까?

設令 兒童이 過去를 回想 못함은 勿論 瞬間的으로 "回想"도 못한다는 意味의 말을 햇다고 하자.

그러트라도 나는 拙作 「달님」에 잇서서 그것을 兒童 혼자만이 回想이나 回感한 것 가티 노래하지는 안치 안엇는가? —— "누님"이라는 사람이 "네가 어려서 저 달을 보고 따 달라고 하얏단다"라고 말하야 비로소 열 살 먹은 "나"라는 어린애가 제가 세 살 먹엇슬 때의 한 일을 알흔 것처럼 —— 다시 말하면 "누님"을 通하야 過去의 自己의 한 일을 回感한 것처럼 노래하얏지 제 스스로 回想이나 回感한 것가티 노래하지도 안엇다. 萬一 제 스스로 回想이나 回感을 한 것가티 지엇슬 것 가트면 一章의 끄테 行을 "대요"라고 하지 안코 "습니다" 라든지 "지요"라든지 하는 決定的 肯定詞를 썻슬 것이다 —— 우리는 다만 글ㅅ字 한 자만이라도 注意하야 쓰지 안흐면 全文의 內容이 확 틀리는 것을 알어야 한다. 童謠 가튼 것은 片文이므로 더욱 그러타.

그럼으로 批評家라 할진대 詩나 童謠 가튼데 잇서서는 더욱 注意하야 글ㅅ字 한 字 헛되히 보아서는 안히 된다.

달흔 글은 글 字 몃 자 들어서는 괜찬흐나 詩나 童謠 가튼 短行文에 잇서서는 비록 點 한 점이라도 홀보아서는 안 되는 것이다.

十三

敬畏하는 申 君!

그럼으로 나는 尹石重 氏의 「굽 써러진 나막신」보다 내 拙作이 內容에 잇서서 낫다고 한 것이다.

尹 氏의 該 童謠가 事實이라면, 問題는 업스나 나는 아모리 하야도 事實일 것 갓지 안타.

君의 말처럼 都會에도 소리개가 잇기는 잇다. 그러나 병아리는 차가는 例가 잇는지 몰으지만은 아모리 적어도 사람에게서 고기를 빼앗는다는 말은 事實이 잇슬 듯십지도 안타.

나의 사는 곳은 農村 中에도 相當히 기픈 두메 村구석이다.

그리하야 각금 소리개가 병아리를 차가는 例는 더러 잇다.

지금 이 拙文을 쓸 때에도 소리개가 빙-빙 돌며 날고 잇다.

그러나 이제까지 사람 ── 비록 어린 아해라도 ── 손에서 무엇을 빼어 갓다는 말은 못 들엇다. 안히 소리개는 병아리 外에는 큰 닭도 못 차간다.

차갈 긔운도 업는 것 갓고 ── 안히 긔운이야 잇겟지만 마음도 안 먹는 것 갓고 또 이러한 두메에도 녯날보다 人口가 만하서 不幸한 소리개는 병아리조차 인제는 마음대로 못 차간다.

그러니 아모리 사람이 적어도 農村보다는 複雜하고 만흔 都會에서 사람 고기를 빼앗어 갓다는 것을 君은 밋는가?

君 設令 尹 氏 것이 空想的의 것이라 하야도 나의 「달님」도 空想 ── 이라느니보다도 나의 말과 矛盾되니까 내 것이 잘못이라고 하시엇다. 그러케 생각하면은 그뿐이다.

그러나 尹 氏 것은 어듸까지든지 空想을 노래한 것이 안니엇다. 그러나 그것은 現實에 잇슬 수 업슴으로 空想도 안니고 虛無孟浪한 "奇蹟的 幻想"인 것이다.

더욱히 나의 「달님」은 "누나"한테 듯고서 비로소 알흔 것을 늣김대로 노래한 것에 不過하얏다는 것은 曾言한 바이니 다시금 좀 더 分析하야 보고 말하기 바란다. 또 拙作 「비생긔」[166]와도 어썬 것이 現實的인가 再考하야 보라.

나는 나흔 것을 낫다고 하는 것이지 무슨 自尊心이나 건방지어서 그러는 것은 안니다.

平時에도 自信 업고 올흔 말이면 언제든지 비록 나에게 不利 ── 한 것이라도 고개 숙이는 나이다.

自誇나 自廣告를 나는 미워하는 사람이다. 그럼으로 나에게 自尊心과 自信이 過다는[167] 것은 나더러 죽으라는 말보다 저 지독한 暴言이다.

---

166 송완순의 작품 「비행기」(『조선일보』, 30.2.11)의 오식이다.

勿論 自尊心이나 自信이 잇슬 때에는 잇서야 하는 것이다. 그러므로 나는 「달님」을 그러케 몹시 自信잇는 作品으로는 못 보나 尹 氏의 前揭 作品보다는 낫다고 한 것이다.

이것은 君은 내가 '돈키호-테' 流의 過信者 가티 모라부치엇스니 참 반가운 노릇이다(!)

그러나 나는 남이야 —— 아니 君이야 무에라고 惡罵하든지 第二世 '돈키호-테'가 되면서라도 「달님」이 「굽 써러진 나막신」보다는 낫다고 생각할 것이다.

잘 웃는 申 君이여! "抱腹絶倒" 하고 —— 하도록 마음껏 웃어주렴으나 ——

그러면 나는 君의 눈에는 虛勇刀를 내두르면서 '돈키호-테'式 行進을 하는 것 가튼 行動을 繼續하리라.

十四

敬畏하는 申 君!

君은 또 나의 「비행긔」를 南宮琅 氏의 「밤에 불르는 노래」와 갓다고 하얏다.(註9)

나는 다만 君의 理解力의 銳敏 —— 을 지내서 過敏 —— 한 데에 놀랠 쑨이다.

그러나 여긔서 또 말할 것은 업다. 君의 말이 事實인지 안힌지는 實地 作品 그것이 證明할 터이니까…….

最後로 君은 내가 君의 "指導者 問題"와 "그릇된 童謠"를 쓰는 者에 對한 意見을 反駁한 것을 도로혀 君의 말의 具體的 辨證에 不過한다고 하얏다.(註)

事實 그러냐? 그것은 그러나 나의 「批判者를 批判」이란 拙論 中의 該節과 申 君의 말슴을 對比하야 보면 잘 알 것임으로 여긔에 또 다시 말치 안는다.

---

167 '過하다는'의 오식이다.

다만 申 君의 말은 올 世上에서 問題될 말이지 지금 當面한 現實(資本主義 社會)에서는 問題될 수 업는 것이라는 것을 附言해 둘 뿐이다.

---

**九峰學人, "個人으로 個人에게-君이야말로 '公正한 批判'을(八)", 『중외일보』, 1930.4.20.**

十五

敬畏하는 申孤松 君!

그러면 이만 둔다.

願컨대 나에게만 自尊心과 虛譽心과 自負心이 만타 말고 君도 스스로 君 自身을 反省함이 어써할까?

입에 못 담을 卑劣한 慢罵로서만 萬事休라고 ── 問題 다 되얏다고 생각한다면 君은 邪道로 밋그러지는 者가 되지 안을 수 업슬 것이다.

나도 君의 말대로 더욱 自重하겟다. 그러나 君도 彼此의 處地를 생각하야 주기 바란다.

가튼 同志로서 ── 君은 나 가튼 "卑劣한 者"가 君 가튼 人格者를 敢히 同志라고 하면 상을 찌푸릴지 모르나 나는 同志가티 밋고 사랑하는 사람은 업다 ── 남에게도 그러케 못할 터인데 그것이 무슨 더러운 辱說인가.

要컨대 理論鬪爭은 辱說鬪爭이 아니라는 것을 알아 주기 바란다. 君이야말로 좀 더 "公正한 批判"을 하야 주기 바란다.

◇ 註解

(一) 「公正한 批判을 바란다」(『朝鮮日報』 第三千三百十五號 ── 第三千三百十八號) 第一回分 參照

(二) 「童謠의 階級性」(『中外日報』 第一一四四號 ── 第一一四六號) 第一回分 參照

(三) 同上

(四) 同上

(五) 「公正한 批判을 바란다」 第一回分 參照

(六) 「空想的 理論의 克服」(『中外日報』 一九二八年 一月 二十九日부터 四回까지)

(七) 「公正한 批判을 바란다」 第二回分 參照

(八) 同上

(九) 同上

—— 一九三〇. 四. 五日 稿

(追記) 本文 中에 한 가지 덜 말한 것이 잇다. 그것은 申 君이 「새해의 童謠運動」에 잇서서 個人의 全體를 評한 것이지 部分을 評한 것이 안히라고 하얏스나 全體를 評하얏드라도 적어도 全體의 半쯤은 그다지 납븐 作品 —— 이라는 것도 童心的인 데서만 말이다 —— 은 안히엇는데 나는 全部가 못쓸 터서 남보다 하얏고 尹福鎭 氏는 事實 나만치도 童心的 作品을 못 내어노핫슴에도 不拘하고 氏에게는 "快作도 잇섯다"(나의 作品은 "快作"까지는 못 되지만)라는 朦朧한 말이나마 한 것은 矛盾이 안힐까. 君아 좀 더 事實대로 사나희다웁게 말해 주기 바란다. 君의 눈에는 이 말이 또 哀願가티 보일 터이지만 그것은 君의 自由이다. 그러나 事實이라면 故意로 歪曲되지 안흘 것이다. (끗)

## 金炳昊, "四月의 少年誌 童謠(一)", 『조선일보』, 1930.4.23.

내가 여긔에서 取扱하랴는 童謠는 四月號『별나라』『新少年』『少年世界』의 세 가지 少年 雜誌의ㅅ 것이다. 『朝鮮日報』『中外日報』『東亞日報』其他에 실린 童謠가 만히 잇지만 그것들은 넘어도 廣汎함으로 이 세 雜誌의 것을 取하는 것이다. 이번에 이 세 雜誌에는 우리 童謠界에서 가지고 잇는 童謠詩人의 全體的 動員이라고 할 만치 旺盛한 것이 잇섯다. 大體로 보아 新興童謠(階級意識的의 것과 勞農的의 것들)의 進展을 意味할 무엇이 잇섯다는 것이 우리로서 대단히 질거워할 것이오 이것이 時代的 過程이라고 볼 수도 잇는 것이다. 벌서 純童心 그것만의 것과 自然詩的의 것들은 時代遲 되엇다는 것이 適切할 것이다. 그러면 順序를 쌀아 그 作品 個個에 들어가 此等 新興童謠를 批判하야 보자.

×

**「印刷機械」 흥섭** (『별나라』)

인쇄긔계는 어제도 오늘도 봄이 와서 쏫이 피어도 새가 울어도 돌아들 간다. 옵바는 그 긔계 압헤서 기름 무든 옷과 흰 얼골을 가지고 저녁밥이 식어바릴 째까지 긔계들 쌀아 일을 한다는 것이다. 取材가 좃코 表現形式이 單純化되어 더 말할 餘地도 업는 산 童謠다. 單只 하나 기름 무든 해진 옷에 얼골 희다우 —— 이것이 좀 어색한 것 갓다. 엇지 읽으면 기름이 옷에 뭇고 해진 옷을 입엇슬지라도 얼골만은 희다는 것가티 感受되어 버리기도 쉽다. 嚴 君, 기름 무든 해진 옷에 창백한 얼골 —— 이러한 意味의 것이라면 좀 더 適切하지 안흘가 한다.

**「비오는거리」 흥섭** (『新少年』)

多少의 哀調를 씌운 感이 잇다. 그런 것 만콤 읽는 사람으로 하야금 感激에 북밧칠 만한 굿센 影響을 줄 수 잇는 것이다. 다만 哀調를 위한 哀調에 씃치지 안흘 만한 效果를 이 作者는 씃 구절에 잇서서 充分하게 나타내고 잇다. 비가 와도 쑤르조아들은 그들의 모-든 享樂과 搾取網을 펼처 볼 양으로 왓다갓다 하는 것이 이 적은 童謠에 여일하게 나타나 잇는 것이다.

쏘하나 질거워할 것은 嚴 君의 多少 槪念的에 흘으기 쉬운 그것에서 具體的으로 進展되어 잇는 것이다.

**「불칼」 孫楓山** (『별나라』)

> 하날에 불칼이 번적인다
> 무섭게 무섭게 번적인다
> 일하는 동무는 째리지말고
> 노는놈 상투나 배여가거라

얼마나 痛快한 童謠이냐! 얼마나 무게 잇는 諷刺이냐! 노는 놈 상투 ―― 상투를 진인 놈은 封建的 歷史性을 이제것 가지고 나오는 兩班 행세하는 第一 可憎한 쑤르조와일 것이다. 孫 君! 이 뒤에는 燕尾服 입은 놈의 넥타이를 잘라 줄 童謠를 써 다구. 이런 童謠라야 우리가 읽고 불으고 늣길 수 잇는 童謠일 것이다. 邁進해 나가기를 바란다.

**「불붓는지게」 朴古京** (『별나라』)

엇던 나무군 아희가 나무를 지고 팔너 山을 넘어 가노라니까 뒤에서 어린 동모가 급히 뛰어오며 여보소 불늣소 하기에 돌아보니 그곳에는 놀고 잇는 어룬이 네다섯 웃고 잇드라는 것 ―― 一種의 公憤性을 띈 興奮을 늣기게 하는 것이다. 同 作品의 「밤엿장사 여보소」와 가티 單純化 되어 잇지 못한 것이 遺憾이다.

**「밤엿장사, 여보소」 朴古京** (『少年世界』)

內容과 形式에 잇서 아울러 成功한 作品이라고 볼 수 잇다. 그러나 第二節 四行에 가서 나를 나를이란 나를 거듭한 것의 意義를 나는 알어 낼 수가 업다. 이것을 두 번 거듭한다고 내라는게 强하야질 것 갓지도 안코 나란 것을 강하게 한다고 이 童謠의 價値가 올라갈 리도 업슬 듯하다. 말하자면 形式에 拘束되어 달은 適合한 말이 업섯든 것의 逃避的 作品 行動이라고나 하야 둘가?

차라리 나를 어서라는 意味의 말로 表現하엿드면 한다.

**「종달새」 宋學淳**[168] (『新少年』)

엇지나 平凡 以下의 抽象物이냐! 종달새 제 혼자는 금북을 두다리든지 보리밧이 파랏타고 질겨 하든지 몰으겟다만은 보는 兒童의 눈에도 쏙 이가티 빗칠 리야 잇겟는가 말이지. 아마 이 作者하고 종달새 하고의 단둘이의 삼고대라고나 볼가!

機械에 너허서 맛처 내는 것 가튼 形式, 內容, 이에서 더 무슨 바랄 것이 업다.

---

## 金炳昊, "四月의 少年誌 童謠(二)", 『조선일보』, 1930.4.25.

**「어머니눈물」 鄭祥奎** (『별나라』)

讀者欄 中에서 第一 나흔 듯해서 뽑아 내엇다. 그러나 鄭 君의 作品으로는 拙作에 갓가운 感을 준다. 눈물을 흘리는 사람은 弱한 者이라고 나는 굳이 鄭 君에게 부탁삼아 말하야 왓든 것이다. 눈물을 取扱하지 말라고도 忠告하얏든 것이다. 눈물이 우리에게 굿센 힘을 준다는 것은 空想이 아니면 아니 된다. 勿論 아모 意識 업는 어머님이야 現實苦에 빠저 눈물을 흘릴는지도 몰으지만 또 그것을 보고 주먹을 쥐며 굿센 힘을 기르워 보겟다는 決心만은 容許되겟지만은

**「新少年」 韓晶東** (『新少年』)

나는 이 童謠를 읽고 一種의 이 作者의 以前에 보여 주지 못하든 새 늣김을 어덧다. 붉은 피가 틔는 朝鮮의 新少年을 불러 준 것 갓다. 무엇인지는 몰으나 未來에 希望을 붓처 줄 만한 무엇을 暗示한 것도 갓다. 그러나 이것도 다만 한 개 民族主義的 過去를 되푸리하는 平凡한 그것박게는 아모것도

168 '宋完淳'의 오식이다.

차자낼 수 업다 白衣! 이 소리가 우리는 듯기 실타고 할 수밧게 업다. 白衣를 입든 時代는 지내갓다. 오늘날의 現實的 朝鮮 兒童은 대개 黑色 服裝을 하고 잇지 안흔가. 白衣를 着服하는 것은 經濟的으로 보아서도 滋味스럽지 못한 것이다. 過去의 몽롱한 觀念으로는 今日의 兒童層에다 效果 줄 수 잇는 童謠를 創作할 수 업슬 것이다.

**「봄노래」 韓晶東** (『新少年』)

이것은 보담 더 無氣力한 高踏派的 非現實의 藝術至上品이다. 닭의 다리 줄거니 배배 돌라고 솔개에게 부탁할 兒童은 朝鮮에는 업슬 것이요 世界에도 드물 것이다. 쌀으조아 색기라도 제집 닭을 솔개에게 몰려 주고자 自願은 안할 것이다. 이 얼마나 妄想的 虛無이랴!

**「어름장」 春步** (『新少年』)

諷刺味가 잇서서 조키는 하나 도련님이 애기 업은 것은 좀 不自然하다. 아니 어름에 빠진 것은 좀 殘忍하다.

**「잉크병」 芳華山**[169] (『新少年』)

이것은 그저 그런 平凡한 作品 — 그러나 어린애가 잉크병 깨틀인 언니에게 중얼대는 氣分만은 잘 나타나 잇다.

**「봄노래」 洪銀村**[170] (『新少年』)

쏙 가튼 소리 쏙가튼 形式 — 創作이라 붓칠 수 업는 過去에 千萬 번 되푸리한 소리다

**「무장수의노래」 崔仁俊** (『新少年』)

조타. 무드렁무드렁 웨치면서 號訴하는 格으로 썻는데 썩 보드랍게 잘 내려갓다. 內容에 잇서서도 淸新한 맛이 잇다. 조흔 未來가 囑望된다.

**「옵바써나는밤」 鄭祥奎** (『新少年』)

「어머님 눈물」보다도 훨신 조흔 作品이다. 이것에 이 作者의 참 것이 나와 잇다. 北間島로 써나가는 옵바를 그의 누의동생이 눈물지며 보내면서

---

169 이주홍(李周洪)은 필명이다.

170 '洪銀杓'의 오식이다.

말하는 것이 조선 짜에 또다시 돌아올 옵바에게 그날을 期約하는 이 얼마나 애처러운 離別이며 意味 깁흔 밤이랴. 鄭 君의 兄이 只今 北間島에 가서 우리의 일을 爲해 英雄的 戰× 中에 잇는 것을 나는 잘 안다.

**「학교가그리워」 李東珪** (『新少年』)

학교에 못 가는 어린이의 설음을 잘 노래하엿다. 신문지를 찌고 학교에 가는 흉내를 내고 글이 쓰고 십허 가로 긋고 치긋고 읽고 체조가 하고 십허 압흐로 압흐로 소리치는 少年이 (우리의 現實에 잇는) 눈압헤 歷歷히 잘도 보인다. 조흔 想 조흔 形式이다.

李聖洪의 비 마즌 문패는 童謠가 아님으로 評은 안 하나 이 作家의 少年詩에는 조흔 傾向과 呼吸이 보인다. 取材方面이 現實에 立脚되어 未來에 조흔 것을 나흘 줄 밋는다.

**「버들피리」 朴正祚** (『新少年』)

平凡한 것이다.

**「나물캐러」 孫桔湘** (『新少年』)

봄이 새봄이 돌아왓스니 우중충한 골방에 들어 잇지 말고 굶주린 배를 안고 울지만 말고 바구니 끼고 칼 한 자루 들고 봄 들로 나오너라. 나물 캐러 나오너라 동모들아 새 希望에 새봄과 가티 살아가며 싸우자는 불으지즘이다. 〈새힘社〉의 동무인 만큼 題材와 作品行動이 무리를 뛰여넘는 것이 잇다. 孫 君은 지금 勞働夜學을 獻身的으로 支持하고 잇다.

**「개고리 잠」 尹石花** (『新少年』)

自然詩的 單純한 平凡한 것이다.

---

## 金炳昊, "四月의 少年誌 童謠(三)", 『조선일보』, 1930.4.26.

**「봄비」 成慶麟** (『新少年』)

어느 어린 女工의 노래라 하얏는대 좀 不自然한 빗치 보힌다. 옵바가 우산을 공장에까지 갓다 주는데 무엇이 붓그러워 바들가 말가 하나. 옵바와 둘이 가티 밧치고 가면 그만이지. 그러나 어린이들의 純眞한 맛이 보여서 조타.

**「공장의 엄마」 李在杓**(『新少年』)

공장에 나가시는 엄마가 밥을 굶어 오늘 아침엔 열이 나고 병드러 누엇다. 공장에 싸이렌은 엄마 출근시간을 알으켜 주겟지만은 우리 엄마는 못 간다. 그 병이 또 어적게 베틀에 올나 안자 베짜다 닷친 것만큼 工場이 나흔 病일 것이다. 五錢짜리 고약조차 못 사 붓처 주는 아들의 마음 어디다 비하랴. 工場主 감독이 겁도 나고 해직될가 념려도 되지만 우리 어머님은 병드러 못 간다. 어린애는 외친다. 얼마나 適實한 體驗에서 생겨 나온 조흔 童謠이냐. 李 君은 날마다 재갈을 저 날려 살아가는 努力 少年이다.

이래 노코 나니 내가 取扱하랴고 한 作品은 다 것처 왓는가 한다. × 君아 하고 作者 自身에게 對話하는 것처럼 한 것은 내가 그들에게 그럿케 불으리만치 感動된 것이 잇섯기 때문이다. 이런 것들을 가지고 엇던 評者然하는 評者의 말 —— 私事感情 云云은 決코 업섯든 것을 宣言하야 둔다. 너무도 童謠에 對한 卑劣한 評言이 混亂되어 잇섯는지라 이런 붓을 들기도 그런 雜類들과 석겨지기 실허하는 마음으로 不肯하는 배 잇섯스되 우리는 올흔 길을 開拓하여야겟다는 覺悟가 붓을 안이 들지 못하게 하엿다. 그리고 또 이번 달에는 前에 못 보든 童謠作品이 (그中에도 新興的의) 만히 나타나서 이러틋 장황한 平凡 評이 되고 말엇다. 妄言多謝.

## 九峰學人, "童詩抹殺論(一)", 『중외일보』, 1930.4.26.

一. 小序

梁雨庭 君의 親切하신 말슴은 반가히 拜讀하얏다.(『朝鮮日報』, 「童謠와 童詩의 區別」)[171]

그러나 나는 君의 親切하신 말에 좀처럼 首肯할 수가 업서서 이에 다시 君의 말슴처럼 "얼골에 똥칠"을 하고 君이 "腰折"하다 不具客이 되시드라도 또 몃 마듸 안흘 수 업서서 이 붓을 들엇다.

君이야 내가 "腰折"을 하시든지 내가 盧出騎士 '돈키 · 호-테'가 되든지 間에 나는 내 것이 아즉까지는 正當하다고 밋는 以上 君의 不具되는 것이나 내가 "얼골에 똥칠"을 스스로 하는 者가 되거나 이 말을 하지 안흘 수 업는 것이다. 이 問題가 兩人 中에 어쩌한 者가 익이고 지든지 긋까지 討論하는 것이 正當한 일일까 한다.

우리는 社會를 爲하야 個人을 犧牲할 覺悟를 한다.

그러나 勿論 긋긋내 내 말이 社會에 對한 異端이라면 나는 君 等에게 無言의 降服을 하겟지만 그러치 안타면 나 혼자서만이라도 君 等과 싸울 것이다.

그런데 먼저 한 말 하야 둘 것은 理論으로 싸우는데 헛되히 侮辱이나 哪喩的[172] 言辭는 될 수 잇스면 避해 주기 바란다.

아모리 되지 못한 것이라도 野卑한 小人間的 態度를 가지고 對하지 말 것이다.

理論은 辱論이 안힌 것이다!

二. 本論의 討議

(1) 詩과 謠(吟과 唱)

171 梁雨庭의 「童謠와 童詩의 區別(전3회)」(『조선일보』, 30.4.4~6)을 가리킨다.
172 '揶揄的'의 오식이다.

詩란 무엇이냐?

그것은 "읇흐는 노래"이다 —— 吟意

謠란 무엇이냐?

그것은 "불르는 노래"이다 —— 唱意

그럼으로 童詩라는 것은 "아희들의 읇흐는 노래"이요 童謠라는 것은 "아희들의 불르는 노래"일 것이다.

그러나 아해들은 읇흘 줄을 알 것이냐?

읇흐는 것(吟)은 意識的임을 前提로 한다.

불르는 것(唱)은 無意識的임을 前提한다.

勿論 意識잇는 者라고 불르지 못한다는 것은 아니다 —— 돌이어 意識잇는 者의 "唱"의 意識的 修養에 依하야 불르는 것이 비로소 音樂的 形態를 完全히 構成할 수가 잇는 것이다.

그리고 無意識한 者이라도 읇흘 수가 잇는 것이다. 그러나 읇흐는 데에는 적어도 音聲의 修養만이라도 "工夫"를 하여야 한다.

唱 —— 불르는 것은 工夫를 안 해도 可能하다.

그러나 吟 —— 읇흐는 것은 공부를 안흐면 안 된다.

그러타고 이 唱과 吟을 分離하야 생각할 것은 아니다 —— 分離 獨立되지를 안는다.

불르는 것을 主로 하는 데에도 消極的 意味의 吟이 必然的으로 包含되는 것이며 읇흐는 것을 主로 하는 데에도 消極的 意味의 唱이 必然的으로 包含되지 안이치 못하는 것이다.

唱과 吟은 이러케 互相 連結된 것이다.

以上과 가티 唱은 불르는 것을 意味함이고 吟은 읇흐는 것을 意味함이며 —— 前者는 無意識的이고 後者는 意識的임으로 兒童에게는 詩가 잇슬 수 업다.

## 九峰學人, "童詩抹殺論(二)", 『중외일보』, 1930.4.27.

(2) 兒童과 詩

兒童이란 一般的으로 無意識함으로 노래 불를 줄은 알라도 읇흘 줄은 몰른다. 이러한 兒童에게 詩가 잇슬 수 업다.

勿論 兒童도 詩가 업는 것은 안이다. 그러나 兒童의 詩라는 것은 謠 —— 卽 童謠인 것이다. 謠 中에 잇는 것이다.

어른에 잇서서는 詩가 모든 노래의 代表이지만 兒童에게 잇서서는 謠가 모든 노래의 代表인 것이다.

勿論 童謠 —— 라느니보다도 兒童 童謠上에 잇서서 詩가 區別되지 안는 것은 안이다 —— 童詩도 잇기는 잇는 것이다.

그러나 그것은 다만 大人이 兒童藝術을 問題삼기 때문에만 童詩가 問題되는 것이다.

兒童 自身에게 잇서서는 童謠 童詩를 區別하지도 못하고 또 되지도 안는 것이다.

兒童은 다만 童謠 한가지로써 充分한 것이다.

萬若 大人이 兒童藝術에 關與치 안코 兒童들만에게 내어바리어 둔다면은 兒童들은 別個의 詩와 謠를 各各 區別 生産치 못할 것이다. 웨 그러냐 하면 兒童이란 詩와 謠를 意識的 理論的으로 區分하지 못함으로

要컨대 童詩와 童謠를 區別하는 것은 兒童 自身의 일이 안이라 純全히 意識잇는 大人의 觀念的 理論 問題에 不過한다

그러고 보면 정작 兒童藝術의 主人公인 兒童 自身에게 잇서서는 잇스나 업스나 下等 無關한 것을 역부로 童謠 童詩를 區別하라는 것은 確實히 矛盾이다.

(3) 兒童과 兒童 藝術

元來 藝術이란 것은 —— 달흔 모든 것도 그러치만 —— 意識的이어야만 비로소 完全하게 되는 것이다.

그럼으로 兒童藝術도 兒童이 無意識하다고 그대로 둔다면 眞正한 藝術이 못 될 것이다.

無意識한 兒童의 藝術 作品도 大人이 兒童의 見地에서 意識的으로 藝術化식히지 안흐면 眞正한 兒童藝術作品이 못 된다.

原則에 잇서서는 兒童性에 智的 統制와 藝術的 整理를 意識的으로 賦與하야 兒童을 對象으로 하야 大人이(意識 잇는!) 表現하는 것이래야만 眞正한 兒童藝術이 될 수 잇는 것이다.

無意識的 素朴 그대로의 藝術은 眞正한 藝術的 價値가 업는 것이다.

그럼으로 兒童藝術도 —— 無意識한 兒童을 對象으로 한 —— 意識的이 안히면 안 된다.

짜라서 兒童藝術이 意識的임으로 童詩가 意識이 잇는 데서만 問題된다고 하드라도 當然히 兒童藝術上에 잇서야 한다고도 생각되기 쉬운 일이다.

그러나 問題는 그러케 簡單한 것이 안히다.

兒童藝術이 아모리 意識的으로 統制하어야만 眞正한 藝術이 될 수 잇다고 하드라도 그것은 그러나 兒童이라는 對象이 잇서서만 存在할 수 잇는 것이다.

兒童이 업다면 兒童藝術이 存在할 수 업슬 것은 小學校 一年生도 알 일이다.

그러면 이러케 兒童이라는 實在가 잇서서만 成立되는 兒童藝術은 그의 主人公인 兒童에 依해서만 決定된다.

---

**九峰學人, "童詩抹殺論(三)", 『중외일보』, 1930.4.29.**

(여기에 注意할 것은 兒童에 依해서만 決定된다니까 兒童을 社會에서 獨立식히여 가지고 말하는 것이 아니라 社會生活의 如何가 兒童이란 生活者를 通하야 兒童藝術의 如何를 決定한다는 말이다.)

그럼으로 兒童藝術 中에 兒童에게 何等 必要도 업고 또 兒童 自身에 잇서서 그것이 잇스나 업스나(도로혀 업는 것이 나흘 것이면)無害無益한 것이면은 煩多를 避키 爲하야 차라리 업시 해 바리는 것이 조흘 것이다.

더구나 童詩 가튼 것은 兒童 自身이 要求 안는 것을 大人만이 區別하랴면은 理論으로는 될지 몰나도 事實에 잇서서는 區別 안 되는 것이다.

(4) 童詩의 必要한 때(存在할 곳)

그러나 童詩가 꼭 必要한 때가 잇다 —— 그것도 大人에게 잇서서 만이다.

卽 大人이 어린 때를 그리워하고 回想하기 爲하야 녯날의 童心에로 도라가서 童心的 노래에다가 大人의 詩의 形式을 부치어 大人만이 읇흐려 할 때이다 —— 이러한 때에는 大人으로서 참아 어린 아해들의 童謠를 부를 수가 업스니까 —— 라느니보다도 불으기가 실흐니까 그 童謠를 多少 詩의 內容과 形式으로 밧구어 써 가지고 읇흐는 것이 所謂 童詩일 것이다.

그럼으로 童詩는 大人에 잇서서만 必要한 말하자면 "大人의 兒童의 노래"이지 "兒童의 노래"는 안이다. 兒童의 眞正한 童詩라 할진대 그것은 童謠가 안힐 수 업다.

兒童에게 童詩・童謠의 區別을 認識하게 한댓자 그것은 徒勞일 뿐 안이라 도로혀 危險한 것이다

(5) 言語와 形式

童謠와 童詩를 形式律에 잇서서 區別하라는 것도 誤謬에 不過하니 웨 그러냐 하면 內容이 區別(兒童 自身에 잇서서!) 안치는 것을 形式에 잇서서만 區別하라는 것은 "形式이 內容을 決定한다"는 形式主義的 觀察이 안힐 수 업는 것이다.

또한 이 形式的 區別은 그럼으로써 理論的 基礎가 甚히 薄弱할 쑨 안이라 成立不可能의 臆測에 不過한 것이다.

우리는 아래에 이것을 細密하게 簡明할 것이다.

言語에는 自然的으로 高低長短이 잇다.

이 高低長短은 卽 曲調(語調)인 것이다. 曲調라는 것은 音附를 하야 曲

譜를 製作하여야만 비로소 생기는 것이 안이라 言語의 天然的 音調인 것이다.

그러나 天然的 言語 曲調 그대로는 單純한 言語 曲調 그것에 지나지 못한다.

이 言語의 曲調를 短縮식히어 거긔에 音符의 階調를 製作(卽 曲譜 製作)하야서 비로소 單純한 言語의 曲調는 音樂的 唱의 曲調를 形成하게 되는 것이다.

그럼으로 言語라 할진대 그것 모다 音樂的 唱이 될 수 잇는 것이다.

짤하서 읇흐기 爲한 詩도 거긔에 曲譜를 부치어 音樂化식히면은 能히 唱이 될 수 잇다.

要는 그것을 音樂化 식히고 안 식히는 데에 잇는 것이지 決코 不可能한 것은 아니다.

모든 言語에는 音調(曲調, 語調)가 잇는 것이요 더구나 詩는 이 音調를 强度로 表現한 것일진대 謠에만 曲譜를 부치어서 노래 불를 수 잇다는 것은 어린애 말이다.

萬一 달흔 데에는 曲譜를 부칠 수 업다면은 謠에도 曲附를 못할 것이다. 웨 그러냐 하면 謠라는 것도 言語로서 成立되는 것임으로 그 謠의 母體인 言語에 曲附할 수 업는데 謠에만 曲附가 된다는 것은 曲調 그것을 言語로부터 分離하는 것임으로……

言語=曲調=音律=形式……

좀 더 仔細히 한다면

言語=音=調=律=形式(式)……이런 것이다.

이리하여 言語는 音을 낫코 音은 調(音調·曲調)를 낫코 調는 律(音律·調律)을 낫코 律은 形式을 낫는 것이다.

## 九峰學人, "童詩抹殺論(四)", 『중외일보』, 1930.5.1.

그럼으로 形式이란 것은 言語에 依하야만 決定되는 것임으로 엇더한 노래에든지 固定的 形式은 업는 것이다. 語音에는 高低長短이 잇는 만큼 그 形式도 이에 짜라서 或은 自由로워야 하고 或은 定形(勿論 그러타고 不自由로워서는 안 된다)이어야 한다. 卽 다시 말하면 言音에 짜라서 自由 形式도 잇고 定形 形式도 잇서야 한다.

그럼으로 불르는 노래에도 定形만이 絶對 必要한 것이 안이다.

헛되히 글자만 마치어서 音律을 一定하게 하랴다가 不自然한 노래를 맨든 例가 얼마나 만흔지 몰른다.

(6) 吾人의 主張

여긔에서 우리는 이러케 생각한다.

詩나 謠를 形式만으로 區別할 수는 업는 것이다. 詩에도 定形 形式律과 自由 形式律이 잇고 謠 亦是 그런 것이다. 그럼으로 形式律은 言語와 音調의 傷치 안는 限에서 規定하고 全然 自然 그대로 驅使를 잘하면 고만이다.

짜라서 詩와 謠를 다만 吟과 唱과 또는 定形 形式과 自由 形式에서 區別하는 것 안히라 그 內容에 잇서서 區別하여야 한다. 卽 (가) 詩는 意識的 理智的이며 多分한 追求的 未來的인데 反하야 (나) 謠는 無意識的 感情的이며 多分한 卽興的 現在的이어야 한다. 그러나 勿論 彼此가 獨立한 別個가 아님은 勿論이다.

詩 中에도 謠 要素가 잇는 것이고 謠 中에도 詩 要素가 잇는 것이다.

그러고 보면 無意識한 兒童에게 잇서서 童詩라는 것이 "絶對 必要"한 것인지 아닌지 또는 兒童이 詩와 謠를 區別할 수 잇슬는지 업슬는지는 自明한 事實임으로 더 말할 必要가 업다.

또한 設使 吟과, 唱 定形 形式律과 自由 形式律만으로 詩와 謠를 區別할 수 잇다고(假定) 하드래도 兒童 自身에게 잇서서는 이것이 問題가 아니다. 童謠 하나만으로서 充分한 것은 屢言한 바이다 —— 더구나 이 밧븐 時代

에 處한 '프로레타리아' 兒童에게 잇서서.

그러키 때문에 우리는 童詩를 必要로 하지 안흠으로써 兒童을 二期로 分하야 理性에 接近하면서 잇는 純粹한 兒童 第一期에서 거의 完全히 脫脚[173]하야 意識도 점점 確實하야 가는 過程에 잇는 第二期의 兒童을 "少年"이라고 하야 이들에게는 "少年詩"가 必要하다는 것을 力說하는 바이다. 이들에게는 童謠보다도 多小 意識的 理智的인(그러나 感情에서 全然 脫脚 못한!) 詩를 作曲하야 노래 불리어야 더 나흘 것이다. 詩라도 읇흐느니보다 불르는 것이 더 有效할 것이다.

**(7) 實例 몃 가지**

그러면 여긔에서 區區히 말치 안코 實例 몃 가지를 들처 보자.

(a) 不定形律(自由律)의 童謠

三月三질날　鄭芝鎔 氏 作

중 중 때때 중
우리 애기 까까 머리

질라라비 훨 훨
제비색기 훨 훨

쑥 뜨더다가
개피 떡 맨들어

호 호 잠듸려 노코
냥 냥 잘도 먹엇다

중 중 때때 중
우리애기 상제로 사갑소
(『朝鮮童謠選集』 一九二八年版)

---

173 '脫却'의 오식이다.

이것은 童詩가 안히다. 안히 童詩로서의 童謠, 童謠로서의 童詩이다. 한데 童謠이면서도 定形律이 못 된다. 그러면서도 曲譜를 부칠 수 잇고 노래할 수도 잇다 —— 定形論者 諸君의 感想은 如何오?

이쁜만 안히라 鄭 氏 童謠는 모다 自由 形式律이다. 그러면 定形 形式論者는 鄭 氏 것은 모다 童詩라고 할 터이나(하지 안흐면 自己矛盾이다) 鄭氏의 것은 모다 童謠(그도 完全한!)인 것이 事實이다.

---

**九峰學人, "童詩抹殺論(五)", 『중외일보』, 1930.5.2.**

(B) 또 한 가지

솔개 金五月 作

솔개가
우리동리
한울을
작고도오.
우리병아리
걱정하면
돌다가도
그저가오.
(『中外日報』 第一一六七號)

이 분은 申孤松 尹福鎭 梁雨庭 諸氏가 憂慮함에도 不拘하고 典型的 "破格者"이다 —— 하면서도 十歲 以下의 兒童에게 가장 適當한 童謠(思想問題는 第二로 하고 말이다)를 쓴다.

이 外에도 在來 古謠 中에도 自由 形式律의 童謠가 만코 또 그것들은 모다 曲譜도 업건만은 兒童의 입에서 만히 불리면 잇다. 曲譜 업시 불리는 것은 結局에 잇서서 그 童謠를 表現한 말(言語) 그것부터가 曲調 잇는 것이라는 것을 證左하는 것에 不過한다.

인경쌩!
바라쌩!
삼경전에
고쑤마떳다

이런 것은 알지 못할 노래이나 如何間 童謠라는 일홈을 가진 歌謠이다.

쑨 안이라 겨울에 어린애들이 陽地에 모혀서 "어—춰라 벙거지……" 하는 것이라든지 (이에 비슷하게 鄭烈模 氏가 自由 形式律로 지흔 「날대가리무첨지」라는 童謠가 잇스니(新少年社版 『少年童謠選集』을 보라) "달강달강 서울달강 밤한톨을 주어다가……" 하는 「달강 노래」라든지 等을 보면 글자의 쏙쏙 맛는 것은 別로 업다.

그리고 요사이 글자나 行數를 쏙쏙 마치어 지흔 童謠 中에 非童謠가 얼마나 만흔지는 賢明한 定形律(定形 形式)論者 諸君이 더 잘 알흐라.

보라 —— 尹福鎭 氏를
보라 —— 南宮琅 氏를
보라 —— 高長煥 氏를
보라 —— 劉道順 氏를
보라 —— 某某某某를
그리고는 過去의 宋完淳이를 보라.

(8) 曲譜의 必要와 不必要

要컨대 吾人은 두 가지의 律이 隨時로 必要하다는 것을 또 다시 再言하는 바이다.

定形 形式論者는 글字와 行數만 마즈면 足也라고 하는 모양이나 同一치 안은 글字에 同一한 長短과 高低의 音律이 잇는 것이다 —— 다시 말하면 글字는 두 자면 두 자 세 자면 세 자식처럼 쏙갓지 안코 두 자에 세 자(或은

네 字) 세 字에 네 字(或은 다섯 字)식처럼 서로 틀리드래도 高低長短이 同一한 것이 잇다 —— 그럼으로 數字 行數의 固定的 配置(卽 定形 形式的 配置)는 不可能한 것이다.

---

**九峰學人, "童詩抹殺論(六)", 『중외일보』, 1930.5.3.**

또한 定形 形式論者는 音調에는 꼭 曲譜(이것을 彼等은 "曲調"와 同和하는 모양임에 注意하라)가 잇서야 한다는 것 가트니 반듯이 그런 것도 안히다.

어쩌한 一定한 作曲의 曲譜가 업드라도 불르고 시픈 것이면은 제 마음대로 무슨 노래든지 불를 수 잇나니 이는 曾說한 바와 가티 言語에는 自然的 音律이 잇는 짜닭에 不過한다.

그럼으로 曲譜가 必要한 것은 그 노래를 音樂的으로 統一 하랴는 것에 지내지 못하는 것이지 불르는 自由를 妨害하려 함은 안힐 것이다. 도로혀 固定的 曲譜에 依하랴 하기 째문에 잘못하야 그 노래가 機械化 되는 수도 잇는 것이다.

一定한 曲譜도 必要하다

그러나 曲譜 업시 제 마음 내키는 대로 혀 도라가는 대로 멋대로 불르는 것도 必要하다. 도로혀 더 必要할지도 몰른다.

웨 그러냐 하면 여러 입에서 멋대로 各各 달리 불리우는 속에서야말로 一定하고도 自由로운 統一된 曲譜가 製作될지도 몰르니까…….

三. 小結

우리는 以上에 잇서서 童詩의 成立不可能한 것을 充分히 證說하얏다.

百이 百 말하고 千이 千 말한다 하드라도 우리는 以上의 몃 말로써 正確히 答할 수가 잇다.

萬若 定形 形式律로서 童謠와 童詩를 區別하랴면은 諸君은 무엇보다도

먼저 "形式만이 모든 藝術의 決定的 要素이다" "內容은 形式에서만 決定되지 內容이 形式을 決定하는 것이 안히다"라는 小'부르조아'的 形式萬能主義者가 안히 되면 안 된다.

그리하야 씃씃내에는 "人間의 思惟(精神)가 物質的 條件을 決定한다"는 唯心論을 是認치 안흐면 안 된다.

웨 그러냐 하면 內容에 잇서서는 童謠이나 童詩이나 쪽가튼에도 不拘하고 形式上에 잇서서만 두 가지를 區別하야 及其也에는 形式 그것을 가지고 童謠와 童詩의 內容을 決定하라는 것이 그들의 主見이니까…….

바라노니 定形 形式律論者 乃至는 童詩論者 諸君은 于先 內容부터 다른 ── (童謠와) ── 童詩를 보여 주기 바란다.

諸君의 所謂 童詩라는 것을 이제까지 屢次 보기는 햇스나 그것은 童謠의 內容과 조금도 달흠업고 다만 文學과 語句의 配置 等 다만 形式뿐이 다른 것들이엇다.

그리고 內容이 좀 다른 것은 童謠도 못 되고 "少年詩" 類에 屬할 뿐이엇다.

그러치 안코 內容은 同一한데 形式만 다르다고 童詩를 哀唱한다면 우리는 어쩌한 말에든지 首肯치 못할 것이다.

實地 업는 理論은 五臟 엄는 사람과 가튼으로 ──

그럼으로 우리는 以後에 잇서서 어쩌한 童詩論者가 무슨 말슴을 하든지 다만 謹聽할 것이다.

어쩌한 實地 內容에 잇서서 童謠와 다른 童詩를 보혀 주지 안는 以上 그 童詩論은 열이면 열 百이면 百 모다가 空論에 不過할 것임으로 우에 한 말로서 언제나 辯駁할 수 잇슬 것이다.

萬一 實地 內容에 잇서서 童謠와 달른 童詩를 보혀 준다면(그러면서도 兒童이 理解할 수 잇는) 吾人은 깨씃이 이 持論을 抛棄하기에 躊躇치 안흐리라 ── (完)

## 金泳俌, "머리말", 『꽃다운 선물』, 三光書林, 1930.4.

나는 이제 새삼스러히 兒童의 生活과 童話의 關係가 엇더한 것임을 여러 말 하고자 하지 안읍니다. 우리가 어렷슬 째에 읽은 書籍으로브터 밧은 感激이 얼마나 우리의 全 生涯를 通하야 그의 모든 感情生活의 基礎가 되며 人格生活의 良母가 되는지를 우리의 實地體驗上 肯定치 아니치 못할 것임을 생각할 째 우리는 어린이의 읽는 書冊의 一페-지 一페-지에 全혀 危懼不安에 갓가운 念을 禁할 수 업습니다.

우리 朝鮮에도 모든 어린이에 대한 運動이 졈々 그 눈을 쓰게 되자 이째까지 無慘히 放置되엿든 兒童의 靈的 發育에 대한 用意에 만흔 注目을 하게 된 것은 매우 깃거운 일이라 생각합니다. 그에 짜라 兒童에게 自然과 人生의 眞面을 보는 눈과 美와 善의 生活을 憧憬하는 純情을 부어 쥬고쟈 兒童에 關한 讀物이 盛히 出刊되는 中임니다.

그러나 此等 兒童의 讀物 가온대는 天眞爛漫한 그들의 弱한 胃에 그 內容이 넘우 藝術的으로 다라나 非道德的이 된 甘味의 毒果와 넘어 敎訓的으로 다라나 非藝(이상 1쪽)術的이 된 苦味의 藥水가 되고 만 것이 만흔 것은 큰 遺憾이라 생각합니다.

나는 이 모든 点으로 보아 特히 幼稚園에 收容될 時期에 잇는 兒童에게 가쟝 健全하고 가쟝 趣味 잇다고 밋는 短篇童話 童謠를 選擇 編輯하야 朝鮮말 속에서 사는 여러 어린 동무와 밋 그의 保育을 맛흔 保姆의 職에 잇는 여러분은 勿論 一般 家庭에 계신 큰 사람에게까지 이 변々치 못한 小冊를 드리게 된 것을 滿足히 생각하는 바이외다.

긋흐로 時間의 餘裕가 乏足하고 冊肆의 督促에 몰니여 充分히 原稿를 整頓치 못한 것을 여러 讀者께 謝過함니다.

丙寅 晩春

봄비를 窓外에 드르며

壽松幼稚園 一室에서

金 泳 俌 識 (이상 2쪽)

## 崔靑谷, "少年文藝에 對하야", 『조선일보』, 1930.5.4.

朝鮮의 少年文藝를 말한다면 實로 大部分의 似而非 少年文藝作家가 橫行하야 오히려 少年文藝의 使命을 無視한 것과 發展機關에 當한 者의 少年을 爲한 少年文藝에 對하야 無關心하고 잇는 것이다. 그리고 似而非 少年文藝作家들과 批評家들의 亂舞다.

그럼으로 우리는 — 아니 — 少年 自身이나 그 家庭은 오로지 少年 自身의 利益과 權利를 主張하는 文藝를 要求하게 되는 것이나 今日에 잇서서는 何等의 光輝 잇는 目標가 發見되지 못햇다.

그럼으로 나로서의 主張은 少年과 그 家庭을 本位로 하야 少年文藝家의 總集合을 불으짓는 바이다. 少年文藝 製作에 對한 確乎한 方面을 規定하며 妄論的 作家 及 批評家의 一大 淸算을 斷行한 다음에 權威 잇는 少年文藝運動이 비로서 展開되어야 할 것이다.

特히 우리가 注意치 안흐면 안 될 것은 少年雜誌 經營者들의 行動이다. 事實 朝鮮의 "少年雜誌"는 그 數量이 만타고 할 수 잇다. 그것은 大部分 執筆者가 갓고 또는 內容이 비슷비슷한 것이니 엇지타 主張이 갓다면 왜 이리 分立을 固執하느냐 말이다.

이것만으로도 無用하지 안는가 할 수가 잇다.

여긔에서 말하고 십흔 것은 적지 안타만은 단지 "少年文藝를 爲한 權威 잇는 最高 機關"이 必要하다고만 불으짓고 全 問題의 解決은 그 다음에 잇다고 하면서 끗친다.

## 韓晶東, "「四月의 少年誌 童謠」를 닑고", 『조선일보』, 1930.5.6.

未知의 友人 金炳昊 君의 꾸준한 活動을 感謝히 생각한다. 따라서 『朝鮮日報』에 發表된 「四月의 少年誌 童謠」[174]를 고맙게 닑엇다.

이제 나는 金 君의 評에 對하야 辯明을 쓰랴거나 反駁을 하랴거나 하지 안코 오직 拙作 童謠에 對한 解說을 公開하야 一般으로 하야곰 金 君의 無識된 評에 속지 안토록 하고자 하는 바이다.

**「新少年」**(自評)

이 노래는 童謠와는 距離가 멀다. 다시 말하면 童謠가 아니라고 해도 過言이 아니다. 本來 내가 이 노래를 發表코저 할 째에 新少年社 責任者인 李周洪 君에도 말해 둔 바가 잇다. "엇더튼 兒童에게 불리우기 爲한 것이라면 童謠라고 해도 無妨하겟지오" 라고

그런데 이제 金 君의 評을 보자. "未來의 希望을 暗示하엿다고", "民族主義的 過去를 되푸리하엿다고", "白衣少年이라고 하엿다고", 平凡한 그것박게 아모것도 업다고 하여 노코는 "白衣의 少年"이라 한 것을 흰옷을 입으라는 말로 알고는 흰옷 時代는 지나갓느니 흰옷은 經濟的으로 보아 滋味가 업스니 現實 朝鮮 兒童은 黑服을 입으니 白衣禮讚이 틀렷다는 等 좀 無識함을 나타내엿다. "白衣!" 이 말은 朝鮮을 부르는 象徵 代名詞이다. 黑衣를 입어도 朝鮮 사람이야 變할 理가 잇슬까? 이제 갓가운 例를 들어보면 "왜(倭) 새캄안 것"이라는 말이 우리 地方에서 傳하고 잇다. 맛찬가지로 白衣少年이라면 朝鮮少年이란 말이다. 그러기에 나는 이 짜위 評은 그야 남을 評하기 爲해서의 評이오 아모 利益도 업다고 한다.

**「봄노리」**(解說)

이 童謠에 對한 金 君의 評은 妄言에도 甚한 妄言이다. 反駁할 아모 價值

---

174 金炳昊의 「四月의 少年誌 童謠(전3회)」(『조선일보』, 30.4.23~26)를 가리킨다.

가 업다.

이 童謠는 鄕土味가 담뿍 실린 참 藝術品이란 것을 몬저 말해 두고 이제 부터 解說을 하련다.

西鮮 地方 特히 江西에는 다음과 가튼 童謠가 녜로부터 口傳되어 잇다. 나도 어렷슬 때 입이 달토록 불은 것이다. 지금도 부르고 잇다. 봄날 언덕에 문들네 쏫치 피엿다 지면 고 쏫대만이 웃둑허니 굴둑가티 남아 잇는 것을 흔히 본다. 쏫을 사랑하든 어린이들이라 그 쏫대를 사랑함도 그럴듯하거니와 또 하나는 퍽 재미가 나니까 그 쏫대가 잇는 곳을 한사하고 차자단닌다.
(계속)

---

**韓晶東, "「四月의 少年誌 童謠」를 닑고(承前)", 『조선일보』, 1930.5.11.**

그래 그 쏫대를 썩거 밋동을 조금 짜개서 입에 물고는
"물레박퀴 채박퀴 쌀쌀 말려라"
하고 노래를 부른다. 그리며 과연 그 쏫대는 쌀쌀 말려서 맛치 물레박퀴처럼 된다. 문들레 쏫치 진 뒤에는 이것을 唯一한 재미로 벌로 들로 해지는 줄도 모르고 차자 노는 것이다.

그리고 이른 봄날 陽地짝 햇볏에서 암닭이 병아리를 품을 때면 空中에는 솔개가 써서 아레의 무엇을 차자 돌아단니는 것을 흔히 본다. 들에서 놀든 어린이들이 이것을 볼 때에는
"닭의 다리 줄거니 뺑뺑 돌아라"
하고 合唱(或은 혼자면 獨唱도 한다.)을 하면 과연 솔개는 다른 곳으로 날아가지를 안코 그 어린이들이 잇는 近方을 빙빙 돌고 잇군 한다. 자 — 그 얼마나 재미스럽을 것이며 긔특한 것이냐. 어린 사람들이 空中에 나는

솔개를 任意대로 또는 재미잇게 돌게 한다는 것이 — 여긔에서 그 어린이들의 無恨한 純眞性을 엿볼 수 잇는 것이오 그들 마음속에 가득 찬 意氣揚揚한 得意性을 차자낼 수가 잇다. 또는 兒童心理的 幻想도 볼 수 잇다.

또 느진 봄 흔히 채소밧 가에는 "작두풀"(草名)이 난다. 그 풀뿌리들은 손으로 만지면 빩애진다. 빩안 것을 조와하는 것이 어린이들의 通有性이라 그런지 그 풀뿌리를 캐서 손으로 작구 훌트면서 "외양간에 불이야 작두간에 불이야" 하며 노래를 부른다. 그리면 그 뿌리가 빩애진다. 한 뿌리가 다 빨개지면 또 다른 뿌리를 캐서 훌트면서 논다.(이것은 치우 女子들이 잘한다.)

자— 그러면 어린이들의 「봄노리」가 예서 더 재미스럽고 天眞스러움이 또 어듸 잇을 것이랴! 내 故鄕의 것이오 또 내가 부르든 것이오 하고 놀든 것이라. 넘우도 過히 칭찬하는지 모르거니와 極致의 藝術이라고 하고 십다.

이러틋 在來의 것을 모두아서 노래 한 篇 만드러 노흔 것이 즉 「봄노리」이다. 누가 非現實的이오 藝術至上品이오 虛無妄想的이라 하랴. 더구나 金 君의 "닭의 다리를 줄거니 뱅뱅 돌라고 솔개에게 부탁할 兒童은 朝鮮에는 업슬 것이오 世界에도 드물 것이다"라고 한 말에 니르러서는 무에라고 評하는이보다 오즉 모르는 사람의 悲哀를 늣기게 된다. 그리고 "뿌르조아 색기라도 제집 닭을 솔개에게 물려주고자 自願은 안 할 것이다"란 말은 童謠를 評하는 사람으로 넘우도 兒童心理에 無識하다고 안 할 수 업다. 나는 最近 엇던 날 이러한 일을 目睹한 일이 잇다.

엇던 집 마누라가 여섯 살 된 그 아들을 다리고 어듸를 가다가 불 붓는 것을 보앗다. 그 아희는 저것이 무엇이냐 무럿다. 어머니는 집에 불 붓는 것이라고 대답하엿다. 그 아희는 아, 참 조타. 우리도 어서 집에 도라가서 집에 불 부처 노차고 하엿다. 얼는 생각하면 그 아희를 "바보"라고 할 것이다. 그러나 이것이 참된 兒童心理이다. 純眞無垢하다. 그 아희에게 무엇을 나무라며 무엇을 책망할 것이냐.

여기에서 붓을 던지거니와 金 君에게 한마듸 부탁할 것은 우리 童謠界의 참된 評者가 되랴거든 爲先 童心이란? 童謠란?을 잘 研究해 가진 뒤에 評을 爲한 評을 쓰지 말고 評다운 評을 써 주기를 바란다. (씃)

## 鼓頌, "童謠運動의 當面問題는?(一)", 『중외일보』, 1930.5.14.[175]

宋完淳 君이여!

우리 童謠運動의 當面한 問題가 個人과 個人의 感情的 論爭이 안임으로 君의 「個人으로 個人에게」[176]에 對한 이 答辯도 즐겨서 쓰는 것이 안임을 前言해 둔다.

그러면 웨 君의 나에게 對한 批判이나 나의 君에게 對한 答辯이 當面한 問題가 아닌 것을 明敏한 君은 잘 알 것이다. 君이 個人을 尊重하는 意味에서 씃까지 나에게 反駁하나마 우리는 新興童謠運動이 아즉 理論 樹立의 途程에 잇슴으로 長久히 個人과 個人 사이의 小부르的 言爭을 써리는 것이다. 그리면서도 答辯을 쓰는 理由는 君이 나를 克服됨을 憂慮하야 論爭을 回避하는 者라고 曲解할까 하는 것이다. 쏘 우리의 이 論爭이 小부르的이란 것을 내가 알면서 潔白히 默하여 버리지 안는 것을 나는 限업시 不快히 생각한다.

나는 「童心의 階級性」[177]에 잇서 나의 過去의 諸論의 態度가 小부르的이엿슴으로 批難을 바닷다고 明言하엿다. 이 理由로 아즉까지 나의 論을 批難하는 이가 잇다면 나는 그것을 모다 燒却하여 버릴 것을 서슴지 안는다. 그러치만은 宋 君의 批判의 基準이 그것이 안이엿슴으로 하야 宋 君에게는 몹시 傷心이 될는지 몰으나 씃까지 나는 나를 正當하엿다고 立言하겟다.

宋 君이여!

君의 再反駁에 나는 詳細히 答辯을 試하겟는대 그 먼저 부탁은 君이나 나이나 우리의 當面的 任務가 이러한 個人과 個人의 私的에 갓가운 論爭이 아닌 것을 切實이 늣기자! 겨우 胎生한 "푸로 童謠運動"의 基盤을 整栽하고

---

175 '鼓頌'은 신고송(申孤松, 申鼓頌)이다.

176 九峰學人의 「個人으로 個人에게 – 君이야말로 '公正한 批判'을(전8회)」(『중외일보』, 30.4.12~20)을 가리킨다.

177 鼓頌의 「童心의 階級性 – 組織化와 提携함(전3회)」(『중외일보』, 30.3.7~9)을 가리킨다.

進展을 圖謀치 안흐면 안 될 것을 늣기자! 그런다면은 나는 潔白히 "好事輩는 自滅하라!" 하는 題目을 燒却하고 同志로써 손을 잡겟다. 나는 君이 이것을 不肯치 안허리라고 미드면서 나의 本意가 아인 君에게는 귀 거슬리는 辱說이 될 答辯에 들어가자!

×

宋 君이여!

내가 一個人에게 對한 論說을 回避한 理由는 우리의 當面의 問題가 안임으로써 쁜만 안이라 君 一流의 自己 辨解法을 憑藉하야 辯解하자면 君의 小主觀의 偏見과 傲慢無道한 自尊心과 輕妄한 名譽慾과 委節한 曲解에는 淸雅한 우리로서 敢히 相對할 써리가 되지 안헛다는 것이다. 個人을 相對하는대도 그 意識과 思想을 살펴 하는 것이며 相對치 안해도 自滅할 것인가도 생각하며 相對하야 撲滅치 안 해도 別 害毒을 주지 안흐리라고 보이면 敢히 長廣舌을 云云할 必要도 업는 것이다. 이것을 省察하지 안코 먹업시 個人 個人을 모라 相對한다면 그는 好事輩이며 賣名兒에 지나지 안는다. 쁜 아니라 지금의 新聞紙와 雜誌의 紙面이 不足할 것이다. 君의 나에게 對한 批判的 態度가 君은 "不正에 對한 辛辣한 鬪爭"이라고 보는 模樣이나 나로써는 그러케만 認定할 수 업다.

君은 越見的 天品으로 '맑스'와 '엔겔스' 對 '바구닌' '프루돈'의 論戰 分離와 '眞正 맑시스트'인 '레닌' 對 '正統派 맑시스트'인 '카우츠키' '修正派 맑시스트'인 '벨룬수타인' '反쌜쉐뷔키'인 '푸레하놉'의 論爭을 君과 나 사이의 論爭에 比較하엿다.[178] 個人 對 個人의 意義에서 君은 다 갓치 볼 것이나(形態만으로) 그 動機와 心理와 態度로 보아 나는 個人 對 個人의 論評을 回避하는 바이다. 君이여 보라! '레닌'이 名譽慾에 驅使되엿든가. '카우츠키'나

178 마르크스(Karl Marx, 1818~1883), 엥겔스(Friedrich Engels, 1820~1895), 바쿠닌(Mikhail Aleksandrovich Bakunin, 1814~1876), 프루동(Pierre Joseph Proudhon, 1809~1865), 레닌(Vladimir Ilich Ul·ya·nov Lenin, 1870~1924), 카우츠키(Karl Johann Kautsky, 1854~1938), 베른슈타인(Eduard Bernstein, 1850~1932), 플레하노프(Georgy Valentinovich Plekhanov, 1857~1918) 등을 가리킨다.

'벨룬슈타인'이 好事輩이엿든가.

"우리는 엇더한 個人의 조고만 잘못이라도 그것이 不正한 것이고 또 自己 생각과 맛지 안흐면 어듸까지든지 싸와서 自己가 익이든지 지든지 하여야 한다"(「個人으로 個人에게」)고 君은 說破하시엿다. 그리면 나의 不正을 指摘한 君의 正當하다는 君의 主觀은 누구가 正이라고 認定하고 證明햇든가.

"비록 나종에는 克服되는 限이 잇슬지라도" 君은 어듸까지 싸혼다. 君이여! 克服되지 안흘 것을 알고 싸왓다면 奇特하려니와 克服될 것을 알고 싸혼다면 그것은 好事漢의 할 일이요 名譽虫의 할 일이다.

君은 君의 「批判者를 批判」[179]에서 한 말을 어듸까지 正當하다고 보니 多幸이다. 君의 것을 君이 認定해 주지 안흐면 어느 뉘가 그것을 認定하고 讚嘆하랴! 君이여 君의 心臟이 破裂할지 몰으나 나는 君의 그 批判에 不肯하는 것이 만타.

---

## 鼓頌, "童謠運動의 當面問題는?(二)", 『중외일보』, 1930.5.18.

×

나의 論이라면 어느 것이든지 感情的 辱說로 보는 君은 넘우나 親切하다. 나의 工夫에까지 用心하고 나의 今後의 行動에까지 關心하시는 君이야 넘우나 好事輩이다.(君의 이 憂慮로 나는 善良한 百姓이 되는 줄 알어라.) 君은 至極히 硏究하고 磨瓚한 結果 나의 將來에까지 憂慮해 주시니 衷心으로 感謝를 마지안는다. 나는 君이 잘 아다십이 辱說을 硏究하야 지금은 辱에 아주 能爛하다. 君과 가티 一流의 學說을 硏究하지 못햇슴으로 "愚의 極致"(君의 學說인가)를 演出하고 恒事가티 "認識의 錯誤"(요것도 君의 學說이

---

179 九峰山人의 「批判者를 批判 - 自己辯解와 申 君 童謠觀 評(전21회)」(『조선일보』, 30.2.19~3.19)을 가리킨다.

다)를 犯하며 '트롯키이' 갓흔 이의 일홈도 '트로츠키'라고 보앗는가 보다.

나의 말이라면 모다 辱說로 아는 君이여! 나는 君의 다음과 갓흔 몃 말을 學說이라고 理論이라고는 볼 수 업다.

"돈키호-테 流의 妄想이다."(「批判者를 批判」) "너무나 甚한 無知의 自己 暴露가 아니고 무엇이냐."(「批判者를 批判」)

나의 論은 무엇이든지 妄想으로 보고 無知의 囈語로 보는 君이여! 우리 陣營 內에 君과 갓흔 好事輩, 名譽虫이 잇서서 自說을 成立식히기 爲해 虛構의 험집을 지으며 無條件 抹殺을 圖함으로 彼等에게서 批判이 생기는 것인 줄 알아라. 내가 童詩와 童謠를 區別햇다고 "愚의 極慠", "認識의 錯誤"라고 虛構 反駁하엿다. 君의 이 斷定으로 하야 前이나 이 뒤에나 우리 運動에 愚의 極致가 無數히 생길 것을 君은 期待하고 잇겟지. 君과 갓흔 高嚴한 이를 辱說한 나의 罪目은 至重至大하야 處罰의 날을 긔다리고 잇스나 아모 理由 업시 君을 侮辱한 것이 안인 것을 君은 잘 알 것이다.

×

내가 君의 態度를 評한 것을 君은 "事實을 故意로 歪曲하야 巧妙한 詭辯으로써 攻擊하엿다"고 하며 「批判者를 批判」을 再讀하라고 하엿다. 君이여! 再讀하야 그리고 三讀四讀하야 나는 다시 다음의 몃 가지를 어덧다. 致致한 自尊心과 傍若無人의 態度와 好事輩의 虛構와 過信한 自力을 土臺로 하야(間或 잇는 首肯할 點도 君의 이 態度로써는 살리기 어렵다) 錯雜한 異說이 重疊되여 잇는 것밧게는 차즐 것이 더 업다.

"解決된 問題" 云云도 君 一流의 自己 辯解를 빈다면 絶對로 完全無缺하게 解決되엿다는 것이 아니라 지금의 現象의 推移를 보아 解決에 갓갑고 거이 段落된 것이라고 본다. 이럼에도 不拘하고 이것만 가지고 論爭하는 것이 當面한 問題라고 볼 수 업다.

君이여! 君이 具體的 言辭로 "나의 童謠가 快作이니 第一人者로 認定해 주십사" 하고 哀願하엿다는 것이 아니라 君의 態度로 밀우어 보건대 그러하다는 것이다.

君은 尹石重 氏에게는 故意로 攻擊한 것이 아니고 私感에 拘泥된 것이 아니며 金炳昊 氏에게는 同志로서 敬虔히 對하고 잇다는 것을 君의 再反駁에서 알엇다. 그러면 내가 「公正한 批判을 바란다」[180]에서 말한 것은 私感에 拘泥된 나의 根性을 糊塗하는 方策이든 貌樣이다. 君은 나를 君에게도 私感이 잇는가 보다 하고 「批判者를 批判」에서 말햇다. 一面識 一文交도 업섯스며 論交조차 업섯든 사이에 어이 私感이 잇슬가 보냐 —— 하는 뜻 아래 「公正한 批判을 바란다」에서 "一面識 一文交" 云云하엿든 것임을 君은 常套的 曲解術로 長廣舌을 弄하엿다.

×

내가 다시 辱說로 答辯한다면 君은 高嚴함으로 卑劣한 나와 相對치 안하리라고 짐작하는 同時에 나도 君과의 이 論爭이 決코 當面한 問題가 안임으로 다시 云謂치는 안켓다.

君이여! 君은 넘우나 卑劣한 대까지 遠慮하고 잇고나. 우리는 絶對로 君이 생각하는 만치의 卑劣한 人間이 아니다. 君이 정말로 正當하고 勇氣잇다면 "尹 氏나 金 氏와 共同戰線을 치고 나를 攻擊한다 해도"까지는 憂慮하지는 안햇슬 것이다. 尹 氏나 金 氏가 君과 가튼 庸劣한 者이엿드면 지금까지 默過하지는 안 햇슬 것이다. 그러나 그들은 名譽虫이 아니요 好事輩가 아니고 따로히 當面한 急先務가 잇슴을 알음으로 當事者인 나에게만 맛겨 두는 것이다. 萬若 그들이 君을 自滅치 안흘 것으로 보고 더 以上 害毒이 跋扈할 것이라고 보앗다면 그들은 지금까지 아모 말업시 잇지는 안 햇슬 것이다. 宋完淳 君쯤이야 問題써리가 되지 안흠으로 될 대로 傍觀하고 잇는 것이다.

×

君의 問題된 兒童觀, "兒童은 過去를 回想하지 못하고 未來를 豫想하지 못한다" 云云에 不備한 곳이 잇섯슴을 君은 自省하엿다고 하니 다시 더 할 말 업시 「달님」이란 君의 童謠도 優秀의 作이라고 認定한다. 그리고

---

180 申孤松의 「公正한 批判을 바란다—『批判者를 批判』을 보고(전3회)」(『조선일보』, 30. 3.30~4.2)를 가리킨다.

尹 氏의 最大의 劣作인 「굽써러진나막신」과 君의 「달님」과는 懸隔한 相違가 잇슴을 容認한다.

×

君이여!

君이 認定한 "君"을 君은 良心으로써 認定한 것인가? 一時의 糊塗策인가? 勿論 君은 正當한 良心의 認定이라 하겟지.

"나는 平素에도 스스로 自己를 낫(低) 보는 버릇이 잇슬 쑨 아니라" "自誇나 自廣告를 미워한다" 요러케 君은 君 自身을 禮讚하며 一時를 糊塗한 것이다. 君이 나에게 주는 兩論에 取한 態度로 보아 나는 到底히 이것을 容認치 못하겟다. 요러케 自己를 끗까지 辯解하려는 것이 곳 自誇요 自廣告이다. 愚鈍한 나의 頭腦로는 더 以上 善意로 解釋할 수 업다.

×

君이여!

더 길게 하는 것은 徒勞이다. 莫說하는 것이 君으로써 속 싀원하리라. 過去에 잇서 나는 나를 批判한 사람에게는 敬意를 表하지 아니한 적은 업다.(梁雨庭 君의 反駁에 對한 答, 李炳基 君에 對한 答, 金成容 君에 對한 態度를 보라.) 그러나 未安하지마는 君에게는 웬 일인지 敬意를 表할 수 업다. 그것을 어듸 緣由되는가를 君이여 아는가. 그들의 評的 態度는 絶對로 傲慢한 自尊心의 發作이 아니엿든 것이다.

君이여!

好事輩가 할 作亂은 이것으로 끗막자! 君이나 나이나 우리의 當面的 任務가 어듸 잇느냐는 것을 알자! 이제 겨우 樹立된 푸로童謠運動의 展開를 爲하야 힘을 써야 될 것을 늣기자! 君이 다시 나를 批難하랴거든 나의 過去의 諸論은 小부르的 態度가 만헛다고나 批難해라. 그러치 안코 다시 이 好事輩의 할 일을 손 쥔다면 나는 君의 그 本能的 慾望을 充足해 주는 意義 알에서 다시는 反駁도 答辯도 하지 안켓다.

그러나 君이여! 君은 싸홀 것을 즐기지는 안흘 것이라고 나는 밋으며 붓을 놋는다. (完)

四. 二一

## 張善明, "少年文藝의 理論과 實踐(一)", 『조선일보』, 1930.5.16.

一. 序論

現下 朝鮮少年文藝는 制作되는 量으로 보아 相當히 産出되어 잇고 이에 對한 評家도 不少하다. 그러나 多作되는 文藝 全體가 無産少年의 生活向上에 잇서서 얼마나 큰 役割을 하고 잇느냐 하는 質問이 잇다면 作家나 評家로서 이럿타 할 만한 確然한 答辯을 할 수 업는 것이 現在 少年文藝運動의 現狀이다.

웨 그러냐 하면 少年文藝運動이 存在의 意義를 가젓다 하면 그 文藝自體가 必然的으로 朝鮮의 現實性을 含有치 안흐면 안 될 것임에도 不拘하고 現下 制作되는 文藝 全體를 보아 多數가 社會的 現實性을 把持치 못하기 째문이다.

◁——▷

그러치 안흔가. 文藝란 그것이 어느 社會 어느 째를 莫論하고 그 社會的 現實性을 具存치 아니하엿스면 社會的으로 아모런 價値가 업슬 뿐만 아니라 文藝의 本質性에 잇서서도 無價値하다는 것은 確然한 定義가 아닌가? 그러면 두말할 것 업시 朝鮮의 모든 現實과 二重으로 呻吟하는 朝鮮의 勤勞民衆 또는 經濟的 必然性에 의한 兒童教育難과 發育成長期임에 不拘하고 過重한 勞働에 시달리는 無産少年의 社會的 地位가 엇더하며 그들의 要求가 무엇이겟느냐? 말할 것도 업시 集團意識이 薄弱한 少年들로 하여금 意識的으로 集團的 組織을 爲하고 鬪爭을 爲한 社會的 訓練과 自益을 戰取하는데 한 가지 武器로서의 文藝 各 部門의 活動일 것이다.

◁——▷

이러한 環境에 處하여 잇는 朝鮮 少年의 處地 또 그것의 正射的 反映인 文藝運動이 齷齪한 現實社會에 鬪爭的 뿌리를 박지 못하고(全部는 아니다) 社會와 生活을 써나 神秘力에 依한 迷信的 作品과 公主니 王后이니 하는 英雄主義的 乃至 個人主義的 見地에 立脚한 反動的 作品이 橫行하니

大體 무슨 싸닭인가.

이것의 原因은 簡單하다. 첫재는 所謂 指導者라는 人物이 擧皆가 宗教團體에 所屬人物이기 때문이오. 둘재는 少年文藝 指導理論에 잇서서 統一되지 못한 탓이라고밧게는 더 볼 수 업다. 그리하여 나는 少年文藝運動에 對하야 奮鬪하시는 同志 諸氏에게 多少나마 參考가 되는 同時에 少年文藝指導理論의 統一을 提案하려고 猥濫히도 拙劣한 붓을 들어 本議를 試하려는 것이다.

### 二. 少年文藝運動의 意義

獨逸 '카-ㄹ 리브크네힛'[181]은 "未來는 青年의 것이다"라고 말하엿다. 우리는 구태여 '카-ㄹ 리브크네힛'의 말을 빌지 안 해도 現下 朝鮮의 文化的向上과 歷史的 事實이 青年의 偉力을 기다리고 잇다. 그러면 未來는 青年의 것이란 말에 그 青年은 現在의 少年을 意味하는 것이되 現在의 青年이 朝鮮의 民衆을 爲하여 全 世界 '푸로레타리아'를 爲하여 勇敢히 싸우는 鬪士랄 것 가트면 現在의 少年은 將次 青年의 뒤를 니어 鬪爭을 繼承할 鬪士가 아니고 무엇이며 現下에도 勞働爭議나 同盟罷業 가튼 데서 少年의 參加를 볼 수 잇지 안흔가? 그러기 때문에 少年運動은 重要한 課業 中에 하나가 아니면 안 된다. 以上에서 말한 것은 少年 實踐運動의 意義라고 하겟스나 내가 말하려는 少年文藝運動의 意義도 亦是 그러하다. 한 社會와 그 時代의 反映이 藝術이라면 社會 成員의 一部인 少年層의 生活의 反映으로서 少年의 藝術이 업슬 수 업다.

---

**張善明, "少年文藝의 理論과 實踐(二)", 『조선일보』, 1930.5.17.**

181 리프크네히트(Karl Liebknecht, 1871~1919)를 가리킨다. 독일의 혁명가, 정치가이다.

그러면 이러한 意味로 보아 無産階級 解放運動과 合流되는 少年實踐運動의 闘爭 그것의 一武器인 文藝 다시 말하면 少年層을 社會的으로 敎養식히며 더 나아가 組織을 强化 結成식히는데 助長力을 가진 文藝運動을 엇지 無視할 수 잇스랴. 그러기 때문에 少年文藝로서 少年들의 生活을 描寫하고 社會를 解剖하고 感情을 노래하여 階級意識을 鼓吹식히는 것이 少年文藝運動의 本質인 同時에 意義가 잇는 것이다.

三. 過去 少年文藝運動의 回顧

少年文藝運動이 現今까지에 이르도록 엇더한 過程을 밟어 왓는지 이에 對하야 한번 過去를 回顧하여 봄도 決斷코 無理는 아닐가 한다.

少年文藝運動이 일어나기는 只今으로부터 十一年 前 卽 一九一九年부터이다. 나는 簡單明確하게 하기 爲하여 過去 少年文藝運動을 三期로 난호아 考察코저 한다.

一. 發芽期

나는 一九一九年으로부터 一九二二年 前半까지를 少年文藝運動의 發芽期로 본다.

가튼 人間으로서 同等의 待遇를 밧지 못하고 살어 오든 朝鮮 民族의 下層階級은 己未運動을 契機로 하고 自體를 覺醒함에 딸아 封建遺習에서 解放되지 못한 父母로부터 "在下者는 有口無言"이란 無理한 쇠 실을 버서버리고 "나도" 하며 그 存在를 認定케 된 것이 少年運動의 濫觴이다. 그리고 그때 第一戶[182]을 發한 者로는 晉州의 少年團體이다. 그리고 다음 京城 〈天道敎少年會〉를 비롯하야 少年運動의 必要을 늣긴 人士들은 都鄙를 勿論하고 地方을 다토와 가며 少年團體를 組織하고 無産兒童의 敎養機關 가튼 것을 設立하엿다.

◁——▷

父老에게 눌리우고 짓밟혀서 不自由에 呻吟하든 少年들이 그 自由로운 成長을 부르짓게 되니 그들 自身으로부터 노래가 나오고 過去의 悲痛한

182 '第一戶'는 '第一聲'의 오식으로 보인다.

生活을 幼稚하나마 서로 이약이을 하지 안흘 수 업섯다.

그리고 各 少年會에서는 指導者 되는 사람이 童話도 하여 주고 無秩序한 어린이들의 군소리 가튼 노래를 組織 잇게 어린이들이 비위에 맛도록 童謠를 불러 주고 지어 주게 되엇다.

이와 가티 文藝運動의 初步인 만치 그때의 文藝運動은 單純하엿다. 秩序 업시 노는 少年으로서 秩序 잇게 놀게 하고 友愛와 勤勉을 助長식히며 學校 教科書라도 充實히 工夫하라는 訓戒下에 少年文藝運動을 하엿다고 본다.

---

**張善明, "少年文藝의 理論과 實踐(三)", 『조선일보』, 1930.5.18.**

二. 自然生長期

이와 가티 幼稚하게 거러 오든 少年文藝運動은 一九二三年 初期부터 大端한 成長을 보게 되엇다.

同年 四月에 『어린이』를 비롯하야 『半島少年』 『少年世界』 『어린 벗』 『새벗』 『별나라』 『新少年』 『朝鮮少年』[183] 以外에 數十餘 種의 少年 雜誌를 刊行하기 始作하엿다.

그러나 이것이 自然生長期인 만치 量으로는 莫大하엿지만은 實로는 甚히 微弱하엿다.

少年實踐運動이 組織的 結成이 업섯느니만치 文藝運動에 잇서도 統一的 力量을 集中할 수 업섯다. 말하자면 雜誌 經營上 事情도 事情이려니와 讀物의 精神을 볼 것 가트면 多種多様이엇다. 엇던 것은 基督教 宣傳 엇

---

183 언급된 각 잡지의 창간일월은 다음과 같다. 『어린이』(1923.3), 『半島少年』(1924.12), 『少年世界』(1929.12), 『어린벗』(1924.6), 『새벗』(1925.11), 『별나라』(1926.6), 『新少年』(1923.10), 『朝鮮少年』(義州: 1927.9).

던 것은 人乃天主義 宣傳 엇던 것은 精神修養을 目的한 것 참으로 多樣이엿다.

◁———▷

아모러나 以上에 數多한 讀物을 通하여 少年의 自由와 社會進出을 부르지젓스며 情緖運動과 敎化運動에 全力한 것만은 事實이다. 그러나 實踐運動 乃至 文藝運動에 잇서서 女性運動이나 衡平運動과 가티 積極的 進出을 보지 못하엿다. 왜 그러냐 하면 그때 現象으로 보아 可憎한 封建的 思想의 殘滓는 少年들에게 無理한 抑壓을 하엿스며 積極的 進出을 肯定치 안엇기 때문이다.

그리고 一九二三年으로부터 一九二六年 末까지 十餘種의 雜誌와 三新聞의 學藝欄을 通하여 少年文藝作品 卽 童詩 童話 童劇 이 모든 것은 多量으로 産出되엿다. 그러나 歷史的 必然에 依한 階級性을 忘却하고 少年의 社會的 地位를 無視하엿다. 露骨的으로 말하자면 單純히 父者階級에서의 解放과 學校 補充機關에 不過하엿다는 말이다. 簡單하나마 이것이 自然生長에 잇서서의 少年文藝運動의 傾向이엿다.

三. **轉換期**

自然에서 생기고 自然에서 자라든 少年文藝運動은 一九二六年 末葉부터는 變動이 닐어낫다. 從來에 잇서서 敎養運動과 情緖運動에 멈첫는 少年文藝運動은 內容으로나 形式으로나 功績의 塔을 문허트릴 만한 커다란 不平不滿을 늣기엿다. 왜 그러냐 하면 朝鮮이라고 世界思潮에 合流치 안흘 수 업섯기 때문이다. 階級과 階級의 戰線과 鬪爭은 急速度로 切迫하엿고 大 資本의 侵略과 勞働力 搾取는 無産階級으로 하여금 在來의 局部的이든 經濟鬪爭으로부터 政治鬪爭에로 步武를 轉換케 하엿다. 이에 쌀아 少年運動까지 方向轉換을 부르지젓다. 그러면 이것이 엇던 人爲的 事實이겟는가? 絶對로 아니다.

◁———▷

朝鮮 少年의 八九割은 勞農階級 아들들이다. 그들은 封建的 家庭에서 完全한 解放도 되기 前에 工場에서 或은 農터에서 過重한 勞役과 剩餘價値

를 搾取케 되엇다. 그러면 이와 가튼 不利한 處地에 處하여 잇는 少年大衆의 要求가 무엇이 잇겟느냐. 父老階級에 對한 反抗보다도 아니! 家庭的 解放보다도 當面의 빵이 急務이엇다. 하로 終日 피땀을 흘리면서 勞働을 하고도 배불리 먹을 것을 구하지 못하고 굶주려 썰든 그들에게는 情緖運動보다도 한 개의 빵이 必要치 안흘 수 업섯다. 그리하여 그들은 굶주린 배를 채우기 爲하여 酷甚한 勞役을 하엿스며 生活維持의 必然的 條件인 經濟鬪爭을 直接間接으로 하엿스며 더 나아가 政治的 意識을 昂揚하엿다. 이와 가티 方向을 轉換한 少年文藝運動 在來의 自然生長期的 運動을 바리고 目的意識的 運動으로 現下에까지 展開되어 온 것이다. 그러나 한 가지 니저서 안 될 것이 잇다. 그것은 다른 것이 아니라 轉換期에 잇서서 歷史的 使命을 無視하고 發展過程을 否認하는 反動輩들의 敢行이다. 그의 代辯者로 말하면 崔青谷 君 以外 數人이엇다.

---

**張善明, "少年文藝의 理論과 實踐(四)", 『조선일보』, 1930.5.19.**

**四. 現實社會와 少年文藝運動의 任務**

**一. 少年의 社會的 地位**

現實 少年의 社會的 地位를 論하기 前에 現實社會의 世界情勢와 이에 一環인 朝鮮의 모든 制度을 簡單히 論及하는 것이 順序일 듯하다.

누구나 다 아는 바이지만 經濟的 土臺에서 發展하는 帝國主義 國家들은 重要 工業과 密接한 關係를 가지고 잇는 金融資本에 依하여 支配되고 잇고 짜라서 生産手段의 모든 것은 小數 資本階級이 獨占하고 잇다. 또 그리고 極度로 發達된 帝國主義 諸 國家에 잇서서 生産過剩의 處置는 甚히 困難하게 되어 잇다. 그리하여 隣近한 쑬조아 國家들의 輸出入은 高價인 關稅의 障壁으로 因하여 不可能하기 때문에 遠方에 잇는 未開墾地 卽 弱小民族 國家들의 商品市場을 獨占하려고 왼갓 策動을 다- 하고 잇다. 그러면 이러한 社會的 現象은 무엇을 招來하고 잇는가.

◁──▷

한 번 더— 되푸리하여 보자. 帝國主義 國家들의 急速한 技術의 發展은 世界的 强度로 發展되고 販賣市場 及 原料市場의 爭奪權은 極度로 尖銳化됨에 따라 結果는 不可避的으로 世界의 兩分割을 爲한 戰爭을 招來하고 잇는 것이 現下 資本主義 社會의 現象이며 이에 따라 生産手段을 빼앗긴 失業 勞働群은 勞働市場에서 헤매이게 되는 것이 또한 特徵이다.

그러면 朝鮮이란 이 짱덩어리는 엇더한 氛圍氣에 싸여 잇스며 엇더한 過程을 밟고 잇는가?

勿論 이에 對한 答은 筆者의 主見을 기다릴 것도 업시 勤勞大衆의 現實的 生活이 잘 啓示하고 잇는 것이니까 말치 안허도 잘 알 줄 안다. 그러나 槪要나마 論及하자면 이러하다.

◁──▷

朝鮮이란 짱덩어리는 資本主義的 發展의 第一步도 것기 前에 大資本的 侵掠의 犧牲物이 되어서 産業의 正當한 獨自 發展의 機會를 完全히 喪失하고 말엇다.

一九二七年度의 總督府 統計에 依하면 朝鮮의 工場數는 四二三八 個所이요 二六五・八五三千圓의 資金과 三三七・二四九千圓의 生産額을 算하고 從事者는 八〇三七五人에 不過하다. 그리고 住民의 八一 %가 農業이요 生産物의 七二 %다[184] 農産物이다.

◁──▷

勿論 이것만 보드래도 朝鮮人의 生活向上의 左右는 農業經濟에 依存될 것은 事實이다.

그러면 全人口의 八割을 차지한 農民의 土地와 生活은 如何한 形便에 잇는가?

近代의 所謂 資本主義의 威力은 土地의 兼倂 乃至 獨占이란 結果를 招

184 '七二 %가'의 오식이다.

來하엿다. 資本經濟의 發達로 因한 自足經濟의 崩壞 農業土地가 無限한 利潤의 對象化 農村의 中堅이든 中農階級의 沒落의 必然的 現象은 農民의 生活을 悲慘 以上의 程度를 超越하엿다. 보라. 朝鮮의 全 土地 四分一 以上은 大資本家에게 吸收되엇스며 現在 典執되어 잇는 것까지 合하면 朝鮮의 가장 優良한 土地의 三分之一 以上이 그들의 手中에 드러갓스며 土地를 일코 家屋을 일은 農民은 飢餓의 못 익이여 異域으로 流浪의 길을 밟지 안는가? 이만하면 朝鮮의 現實을 알 수 잇는 同時에 經濟的으로 少年이 엇더한 地位에 잇스며 社會的 地位도 엇더하다는 것을 알 수 잇슬 것이다.

그러나 筆者는 좀 仔細히 論키 爲하야 少年의 社會地位에 關聯되는 各部門的 枝葉問題을 簡單簡單히 論及하려 한다.[185]

185 이 글은 내용으로 볼 때 완결되지 않은 것으로 보이나, 『조선일보』에는 4회 이후 더 이상 확인되지 않는다.

## 世界的 童話作家 안데르센 紀念祭－今年이 誕生 百廿五週年, 『조선일보』, 1930.5.25.

丁抹의 世界的 童話作家로 朝鮮에도 만흔 讀者를가진 '안데르센'의 誕生 百二十五週年을 紀念하기 爲하야 그의 出生地인 丁抹 '오덴세' 市에서는 今般 '안데르센' 博物館을 新築하고 來七月 十一日부터 十三日까지 三日間 紀念祭를 擧行ㅎ나다는데 同舘 內에는 '안데르센' 展覽會를 開催한다는 바 이에 對하야 丁抹 안데르센 協會長 '애취・스텐・홀베크' 氏는 世界各國 著名한 新聞 雜誌에 다음과 가튼 感想文을 發表하얏고 同 紀念館에서는 各國 新聞 雜誌를 蒐集 陳列하기 爲하야 努力한다고 한다.

## 안데르센協會長 에취, 스텐, 흘베크, "'에취・씨・안데르센'의 世界文學上의 地位"[186]

'한스・크리스챤・안데르센'은 一八〇五年 四月 二日에 丁抹國 '오덴세' 市에서 出生하얏습니다. 그가 貧巷의 陋屋에서 처음 햇빗을 본 지가 今年에 百二十五年이 됨으로 그의 出生地에서는 紀念祭를 行하랴고 하는데 觀光客의 便宜를 顧慮하야 日字를 七月 달로 定하얏습니다. 卽 一九三〇年 七月 十一日로부터 十三日까지 三日 間에 그의 出生地에서는 저 童話作家를 爲하야 할 수 잇는 모든 것을 行하랴고 하는데 이것은 "自己의 偉大한

186 이 글은 다음과 같은 매체에도 소개되어 있다. 내용은 동일한데 자구상 약간의 차이가 있을 뿐이다.
안데르센協會長 에취 시텐 흘베크, "'에취・씨・안데르센'의 世界文學上의 地位－誕生 百二十五週年을 當하야", 『매일신보』, 1930.6.1.
안데르센協會長 에취, 스틴, 홀베크의 「안데르센의 世界文學上 地位」, 『新小說』, 제2권 제3호, 1930년 6월호, 52~53쪽.

아들"을 正當히 紀念하자는 趣意에 지나지 아니함니다.

그는 그의 世界的 名聲으로 偉大하며 그에게 이 名聲을 갓게 한 그의 著述로 偉大함니다. 世界에 어느 著述家의 이름이 '안데르센'의 그것과 가티 널리 알리어졋겟슴니까. 그의 이름만이 널리 알리어졋슬 뿐아니라 그의 著述의 一部 卽 童話들이 또한 널리 알리어졋슴니다. 日本 가튼 나라에도 만흔 出版이 잇고 그中에는 經濟上으로나 美術上으로나 만흔 犧牲을 들인 挿畵한 出版物도 잇스며 印度 가튼 나라에서도 어머니들이 그의 어린 아들들을 爲하야 "어머니의 이야기"를 들리어준다고 함니다.

어느 나라나 그 나라의 童話作家가 잇서 그中에는 相當히 尊敬을 밧는 이들이 만슴니다마는 우리 '안데르센'은 오랜 예전부터 全 世界 童話作家 中에 王 노릇을 하엿슴니다. 그럼으로 그는 特別한 個性의 所有者임을 알 것이니 이에 對하야는 若干 說明을 할 必要가 잇슴니다.

'안데르센'은 참 偉大한 藝術家이엇슴니다. 저녁밥 뒤에 사랑하는 어린애기들에게 자미잇는 녯이야기를 들리어주는 어머니의 語句에 가장 適切한 語句로 적어 놋는 이 偉大한 技巧를 그는 實로 一句의 苟且함이 업슬 만치 完璧의 域에까지 進展식엿슴니다. 普通으로 特히 文學上 經驗이 업는 이들에게는 말대로 적어 놋는다는 것이 아주 單純한 것임니다마는 實地로 한번 試驗하야 보면 想像하든 바와는 짠판임을 알 것임니다. 그런데 이 技巧가 '에취 · 씨 · 안데르센'에 잇서서는 우갈 수 업는 絶頂에 達하엿슴니다.

게다가 그의 童話의 篇마다 넘처흐르는 그 特有한 詩味를 더하얏슴니다. 그가 諧謔을 弄할 적이나 眞摯와 偉大를 말할 적이나 恒常 人生과 萬象에 對한 謹嚴이며 깁흔 同情과 理解가 번적임을 보지 안슴니까.

또 그것은 매우 아름답슴니다. 그 能力이 能히 어린이들을 질겁게 하며 恍惚케 하는 同時에 어른들도 能히 敎訓하며 질겁게 하고 心醉케 합니다. 同一한 이야기 同一한 動機가 두 가지 讀者에게 同一한 製作으로 提示되엇다고 보면 볼 수도 잇나니 어린이들이 『조고만 전나무』 或은 『보기 실흔 오리색기』의 運命을 同情으로 더부러 쌀아가고 그 가운데서 『전나무』나 『오리색기』 以外에 아모것도 보지 아니하는 한便에는 어른들은 그 『전나무』가 胡桃껍질 속에 잇는 사람 自身의 神話요 『보기 실흔 오리색기』는 理想化한 自敍傳임을 了會할 것입니다.

그리하야 마츰내 그 童話들은 永遠한 目的으로부터 最高의 理想 그 價値의 存在에 對한 變함업는 信仰을 向하야 나아감니다.

이 모든 것이 ── 나도 아지 못하겟슴니다마는 ── 아마 그 天才의 가장 깁흔 秘密 그것에 結合되어 그의 冒險的 陣地에 世界意識의 驚嘆할 中心 地位를 付托한 것입니다.

그의 記憶은 그의 出生地에 놉흔 榮譽로 기리 保存되어 잇슴니다.

## 李鍾麟, "續刊辭", 『새벗』, 복간호, 1930년 5월호.

全朝鮮 少年少女의 情드른 벗(情友) 사랑한 벗(愛友) 두려운 벗(畏友) 친한 벗(親友)이 되여셔 螢窓雪屋 江榭山亭 어대를 가든지 떠러질 수 업든 『새벗』 春風秋雨 花辰楓候 언으 때든지 이즐 수 업든 『새벗』 鬪花吹葱 무엇을 하든지 꼭 가치 하든 『새벗』 家庭에셔 걱정 드를 젹이면 간곡히 위로하여 쥬고 學課에셔 어려운 問題를 만나면 친절히 가라쳐 쥬든 『새벗』.

아々 ― 처음 만나는 새벗이면셔도 情드른 벗 오래〳〵 情드른 벗이면셔도 갈사록 새벗이든 『새벗』이 갑작히 半年 동안이나 소식조차 끈처젓다. 三十萬 讀者 여러분이 그 얼마나 섭々하고 답々하엿슬 것이며 오작이나 보고 십고 안탑가웟슬 것인가. 그러나 그동안 『새벗』의 얼골은 여러분과 격조하엿지만은 『새벗』의 精神은 한 時(이상 2쪽)間이라도 여러분의 머리속에를 떠나지 아니하고 늘이〳〵 躍動하엿습니다. 그리하야 오날에야 오래〳〵 그리웁든 여러분의 녯 情을 다시금 잇게 되엿습니다.

여러분. 여러분은 廣蹈를[187] 하여 보왓지요. 압흐로 발 가옷이나 두어 발 되는 넓이를 쒸자면 반다시 셔너 거름이나 대엇 거름의 뒷거름질을 치지 아니함닛가. 여러분은 山에를 올나가 보왓지요. 엇던 山峰이 웃둑 솟지 아니하엿습든닛가. 『새벗』의 그동안 뒤거름질 치고 잘녹진 것은 勿論 여러가지 事情도 잇섯지요만은 압흐로 장차 가이업는 東海 바다를 쒸랴는 한울치다 밧는 金剛山이 되랴는 準備엿든 것임니다.

그리하야 여러분이 쒸여 건너지 못할 깁흔 물이면 나루배가 되여드리고 여러분이 올나가지 못할 놉흔 山이면 사다리가 되여 드리랴고 함니다. 늙고 별드른 우리 父母들의 새로운 希望 새로운 期待는 오즉 우리 少年少女들임니다. 여러분은 언제든지 압흐로만 나아가고 위로만 올나가야 함니다. 그

187 '廣跳를'의 오식이다. '廣跳'는 "멀리뛰기"를 이른다.

리하야 저 東海 바다보다 더 넓은 胸量者가 되고 저 金剛山보다 더 놉흔 人格者가 되여 쥬셔요.(이상 3쪽)

## 丁洪敎, "續刊에 臨하야—附 어린이날을 當하야", 『새벗』, 복간호, 1930년 5월호.

五月 —— 치움이라는 일홈 밋헤서 자긔들의 기운을 발휘(發揮)치 못하고 누른 빗(黃色) 법질을 벗지 못하고 잇든 삼쳔리(三千里)에 짱에도 오월(五月)의 새 기운으로 풀은(靑) 빗이 휩싸고 돌 때 다시금 우리의 륙백만(六百萬) 소년 대중(少年大衆) 휩싸고 도는 광영(光榮)을 발견(發見)하게 되니 이는 곳 『새벗』의 속간(續刊)이라는 일홈이외다.

지나간 해에 잇서서 『새벗』이라는 이 일홈이 우리들이며 여러분들의 기대(期待)에 써 부합(符合)하엿다고는 할 수 업슬지연정 적어도 우리들 어린 사람 운동(運動)의 한 모퉁이에 서서 엄연(儼然)한 지도덕(指導的) 임무(任務)를 다-하여 왓음은 여러분 압헤 우리들은 가장 자랑하는 바입니다.

그러나 한번 흥하며 한번 망하며 쏘한 한번 망하며 한번 흥하는 것은 이 세상에 력사(歷史)가 갓다쥬는 면치 못할 경로(經路)라 하겟습니다. 여긔 싸라서 『새벗』이 이와 가치 정간(停刊으로써 속간이라는 일홈을 어듬도 면하지 못할 사실일 것입니다. 더욱이나 우리들의 형편으로 잇서서는…………

그리하야 이제 륙백만 어린이 대중과 한(이상 12쪽)가지로 그 성쇠(盛衰)를 가치 하기 위하야 도라오는 압날에 빗남을 약속(約束)하고 나오는 『새벗』이 지나간 날의 일을 생각하야 미래(未來)의 찬란을 굿게 약속하며 힘차게 다러나랴고 하는 바입니다.

됴션의 소년운동이 그 가진 바 운동의 력사가 아직 깁다고 하지는 못함을 싸라서 오날에 잇서 운동의 효과(效果)도 그다지 만치 못하면 오늘날싸지 이 현상(現狀) 유지하며 내려오는 것입니다.

여긔에 잇서서 참다운 운동을 위하는 여러분일 것 갓흐면 소소한 과거의 그 엇더한 것을 벌이고 서로서로 손목을 맛잡고 한거름 한거름식 나아가서 압흐로 올 일을 꾀하여야 할 것임니다. 여러분 『새벗』의 압날은 여긔에 잇는 것임니다.

때는 五月 —— 우리들 륙백만 소년소녀의 "날"은 여러분의 우렁찬 무보(武步)를 기다리고 잇는 것임니다 —— 어린이날 ——

가두(街頭)에 웨치는 날은 오지 안슴이가?

우리들의 權利 主張하는 날은 오지를 안슴니가?

전 됴선의 어느 곳을 물논하고 흐르는 우리 소년 대즁의 그 발자옥은 압날의 광명(光明)을 바라보고 다름질하는 무보(武步)의 발자옥이며 여러분의 가슴속에서 웨치는 그 쥬장은 장래(將來)를 점치는 졍신(精神)의 뭉치이외다.

우렁찬 발길을 져자꺼리에서 졈치는 "어린이"의 五月 ——

우래 찬 소래로 소생(蘇生)을 웨치는 『새벗』의 五月 ——

우리는 반드시 륙백만 소년 대즁의 힘과 졍신을 움직이는 광영(光榮)의 五月 날 아레 서서 장차 도라오랴는 광명(光明)을 바라보고 웨치는 바임니다.

됴선 소년소녀이여. 그러고 부모님네은!

五月의 이 "어린이"날은 왓나이다.

소생을 웨치는 『새벗』의 五月도 왓나이다.(이상 13쪽)

## 宋完淳, "朝鮮 童謠의 史的 考察(二)", 『새벗』, 복간호, 1930년 5월호.[188]

民謠와 童謠 (前承)

여긔에 나는 전에는 民謠와 童謠의 區別이 確然하지 못하얏다는 것을 더욱 明白히 證明하기 爲하야 여러분이 가장 잘 아는 아래의 몃 가지를 또 다시 例擧하야 보겟다.

◇ 달

달아달아 밝은달아
리태백이 놀든달아
저긔저긔 저달속에
게수나무 백혓스니
옥독긔로 찍어내고
금독긔로 다듬어서
초가삼간 집을지고 (이상 80쪽)
량친부모 모서다가
천년만년 살고지고

◇ 자장가(子守歌)[189]

자장자장 잘도잔다
우리아기 잘도잔다
銀子童아 金子童아

---

188 九峯山人(송완순)의 「批判者를 批判-自己辯解와 申君 童謠觀 評(十八)」(『조선일보』, 30.3.15)에 이 글이 발표된 그간의 사정이 밝혀져 있다. "이러한 見地에서 나는 「朝鮮 童謠의 史的 考察」이라는 論文을 『새벗』 第五卷 第九號(一九二九年 八, 九, 十 合併號)에 第一回分을 썻든 것이엇는데 不幸히도 繼續하지 못하얏다"라 하였으므로, 『새벗』(1929년 8-9-10월 합호)에 제1회가 수록되었음을 알 수 있다.

189 '子守歌'는 일본어 "こもりうた〔子守歌〕"로 "자장가"란 뜻이다.

壽命長壽 富貴童아
銀을주면 너를살까
金을주면 너를살까
나라에는 忠臣童이
父母에겐 孝子童이
兄弟에겐 友愛童이
一家親戚 和睦童이
洞內坊內 有信童아
泰山가티 굿세여라
河海가티 깁고기퍼
有名天下 하야보자
두리둥々 잘도잔다 (이상 81쪽)
우리아기 잘도잔다

### ◇ 달강달강

달강〳〵 서울달강
서울길로 가다가서
밤한톨을 줏어다가
살강미테 무덧더니 (실감[190]=부억에다 글읏 가튼 것 어퍼 노랴고 만들어 노흔 것)
머리감은 새앙쥐가
들락날락 다까먹고
밤한톨을 남겻더라
옹솟에다 삶을까나
가마솟에 삶을까나
함박으로 건질까나
조리로다 건질까나
할아버지는 껍질주고
할머니는 번듸기주고 (번듸기=밤 속 껍질)
알맹이는 너랑나랑
달궁달궁 먹자구나 (이상 82쪽)

---

190 '살강'의 오식이다.

이 세 가지는 언듯 보아 純動謠 가트다. 하나 이것은 어린이들만이 불르는 것이 안히고 어른들도 만히 불르니 特히 「자장가」와 「달강달강」은 어린 아해를 볼 때에나 또는 어린 아해를 데불고 戱弄할 때에 여자들이 흔히 불르고 도로여 어린이들은 안이 불르는 數가 더 만타. 하기는 「자장가」 가튼 것은 그 말이 어려운 点이 만하서 純全한 童謠라고 하기는 어려웁다. 그럼으로 이런 노래는 兒童들이 그리 질겨 불르지 안는 것이라고 생각할지도 몰르나 그 文句의 易難은 如何間 「자장가」는 十五六歲 된 少女들도 아해 볼 때 더러 불르니 또한 이것을 아조 童謠의 圈內에서 度外視할 수도 업는 것이다. 그리고 「달강달강」은 「자장가」보다 그 意味는 어려워 어른도 자세히 알지는 못하지만 어린 아해 손을 잡고 左右로 흔들며 戱弄할 때는 無意識的으로 불르고 十五六歲 少年少女도 無意識的으로 불른다. 또 가장 兒童들이 一般的으로 만히 불르는 「달」도 그 內容은 純全한 童謠가 안히고 空想 詩人의 노래인 것 갓건만 그래도 어린이는 이것이 저의들의 노래인 것가티 녁이어 無意識中에 불으며 또 成熟한 婦女들도 불으나니 그 實例는 오날에 잇서서도 非一非再하게 發見할 수 잇는 것이다.

그러면 우리는 以上의 세 가지의 노래=卽 「달」, 「자장가」, 「달강달강」을 一種의 民謠로 見做할 수박게는 업겟다. 하나 어는 모로 보든지 이것을 또한 民謠라고만 斷言하기도 어려웁다. 웨 그러냐 하면 그 內容이나 文句나 또는 불으는 사람들이 大小가 混合되는 만큼 그것이 純民謠나 안히면 純童謠의 性質의 것이 안힐 것임으로써이다.

勿論 童謠라고 어른이 못 부를 바 업스며 또 民謠라고 種類에 딸하서는 어린이도 못 부를 바 업는 것이지만 그러나 童謠와 民謠의 區別은 언제나 分明하여야 할 것임에도 不拘하(이상 83쪽)고 在來에도 特히 李朝時代에는 이와 가티 混同된 노래가 不知其數이어서 지금 李朝 때 불으든 노래이니라고 생각되는 것을 보면 大槪가 거의 民謠인진 童謠인지 몰를 것뿐이다. ― 李朝 末부터는 그리고 그 前부터도 童謠다운 童謠가 全無한 것이 안히라 잇기는 더러 잇섯서도 거의는 太半이 意味不明의 노래이엇다는 것이다.

그러면 確實한 民謠는 어쩐 것이며 確實한 童謠는 어쩐 것인가? ― 나는

民謠와 童謠의 例를 들어 서로 比較하야 보고 다시 이 民謠와 童謠 두 가지를 意味不明의 右에 例擧한 노래에 比較하야서 李朝時代의 노래 거의는 모다 意味 不分明한 것이엇다는 것을 決定的으로 的確히 立證하고 다음의 問題로 推移하고자 한다.

◇ **이팔청춘 (二八青春)**

이팔은 청춘에 소년몸되야서
문명의 학문을 닥가를봅시다

세월이 가기는 흘으는물갓고
사람이 늙이는 바람결갓도다

진나라 始皇도 막을수업섯고
한나라 武帝도 어쩔수잇섯나

千金을 주어도 세월은못사네 (이상 84쪽)
못사는 세월을 허송을할싸나

놀지를 마라요 놀지를마라요
젊어서 青春에 놀지를마라요

(以下 略—筆者)

◇ **아리랑**

아리랑 고개다 정거장짓고
電汽車 오기만 기대린다

아리랑 아리랑 아라리요
아리랑 씌어라 놀다가세

龍眼예지 唐대초는
정든님 공경으로 다나간다

아리랑 아리랑 아라리요
아리랑 쒸어라 놀다가세

電汽車는 간다고 왼고등틀고 (이상 85쪽)
정든님 잡고서 락루하네

아리랑 아리랑 아라리요
아리랑 쒸어라 놀다가세

(中略—筆者)

인제 가면은 언제오나
오마는 한이나 일러주소

아리랑 아리랑 아라리요
아리랑 쒸어라 놀다가세

萬頃滄波 둥둥뜬 배야
거긔좀 닷주어라 말무러보자

아리랑 아리랑 아라리요
아리랑 쒸어라 놀다가세

흘으는 세월은 덧도업다 (이상 86쪽)
도라간 이봄이 다시온다

아리랑 아리랑 아라리요
아리랑 쒸어라 놀다가세

아리랑 아리랑 아라리요
아리랑 얼시고 아라리야

◇ 새타령

온갓새가 날하든다
온갓새가 날하든다

남풍조차 떨처나니
구만리장텬 대붕새
문왕이 나게시니
긔산됴양에 봉황새
무한긔우 기흔회포
울고남은 공작새
소상적벽 칠월야에
알연장명 백학이
글ㅅ자를 뉘전하리

(以下 略—筆者) (이상 87쪽)

◇ 토끼화상

토끼화상을 그린다
토끼화상을 그린다

화공을 불러라
화공을 불럿소

토끼화상을 그린다
李謫仙 鳳凰台에
鳳그리든 환쟁이

南國天子 凌虛台에
日月그리든 환쟁이

燕昭王의 黃金台에
말그리든 환쟁이

桐庭琉璃 靑黃硯 (이상 88쪽)
錦水秋波 거북 硯滴

烏賊魚(오징어)불러 먹을갈아
兩頭畵筆 담북줄어

白凌雪花 簡紙上에
이리저리 그린다
(以下 略—筆者)

◇ 濟州道 民謠

朝天대에 큰아기들 망건쓰기로 다나가고
新村댁에 큰아기들 양대쓰기로 다나가고
別島대에 큰아기들 탕건쓰기로 다나가고
城안대에 큰아기들 帽子쓰기로 다나가고
김령대에 큰아기들 푸나무지기로 다나가고
뒷개(後浦)대에 큰아기들 潛水잘하기로 다나가고
咸德대에 큰아기들 멸치장사로 다나간다

以上의 것은 모다가 民謠의 一種이다. —— 적어도 「二八青春」이나 「아리랑」이나 「새타령」 「토끼화상」 等은 全國的으로 불리는 代表的 民謠라고 할 수 잇다. — 그 노래를 누가 햇는지도 몰으고 또 이것이 李朝時代의 民謠이라고는 確實히 斷言하겟스나 — 「二八(이상 89쪽)青春」, 「아리랑」은 晩近에[191] 생긴 것 갓다. — 어쩌튼 이 「二八青春」이나 「아리랑」이나 「새타령」, 「토끼화상」이 民間에서 流行하는 "타령調"의 民謠임에는 틀림업는 것이다. 그러면 나는 여긔에 民謠란 이러한 것이라는 것만을 例擧만 하고 그 說明과 解釋은 讀者諸氏에게 밀우고서 童謠의 例를 들혀 보겟다.(以上에 例擧한 民謠가 지금의 情勢에도 的合하다고 생각하야서는 큰 잘못이다. — 지금 새로 映畵小曲으로서의 새 「아리랑」 가튼 노래가 잇스나 지금은 그러한 되지 못한 것 부를 때가 안이다. — 하기는 지금들 한참 이런 流行歌와 雜歌에 모다들 醉하얏지만 우리 어린 사람으로서는 눈도 거들써보아서는 안 된다. 以上의 노래를 例擧하기에 筆者로서는 퍽 躊躇하얏스나 만흔 民衆이 불으는 代表될 만한 싼 民謠가 아즉도 업기 때문에 쓴 맛을 늣기면

191 '輓近에'의 오식이다.

서 不得已 例擧한 것이니 諒解하기 바란다.)

◇ 별　　(劉道順 氏 作)

밤이면 별은별은 눈쓰는애기
서리찬 달나라의 길을가노라
기럭이 기럭기럭 설게울어서
한잠도 못일우는 은구슬애기

낫이면 별은별은 잠자는애기
한밤을 짬박짬박 새워발켜서
햇님의 조흔세상 구경못하고 (이상 90쪽)
천년에 또만년을 꿈만꿀애기

◇ 산애서온새　(鄭芝溶 氏 作)

새삼넝쿨 싹이튼 담우에
산에서 온 새가 울음운다

한에ㅅ 새는 파랑치마 입고
산에ㅅ 새는 빩앙모자 쓰고

눈에 아린아린 보고 지고
발벗고 간 눈이 보고 지고

짜신 봄날 일흔아츰 부터
산에서 온 새가 울음운다

◇ 별　　(韓晶東 氏 作)

수양버들난쓰테
반짝이는별
못가를비치워서
머구리도울어요. (이상 91쪽)
바람에시달이는

쏫님가튼별
간들간들노라서
쎄칠것도가태요

별나라가섯다는
나의어머님
게신곳은어느별
만질것도갓건만.

여긔에서 여러분은 나의 區々한 說明을 要치 안하도 在來 歌謠가 얼마나 不分明하며 以上의 「달」「자장가」「달강달강」 이것이 얼마나 無正體의 怪物임을 잘 알 수 잇슬 것이다.

그런데 우리는 이 세 가지의 童謠의 引用으로 말미암아 새로운 發見을 쏘 한 가지 할 수가 잇스니 그것은 卽 맨 먼저 내가 李朝時代의 純童謠로 例擧하얏든 그것도 이 三氏의 童謠에 比하면 그 價値가 얼마나 低廉한 것이라는 것을 알 수 잇다는 것이다. — 要컨대 李朝時代의 純動謠라는 것은 그 內容 如何를 말함이 안히라 그 노래를 불르는 사람이 兒童들만이라는 意味에서 純童謠라고 한 것이다. 그럼으로 그 價値를 測量하야 보면 似而非童謠라고 할 수박게는 업다. 果然 兒童들이 맨 먼저 例擧한 것 가튼 노래를 지금도 農前鄙地에 가면 흔히 불르는 것을 볼 수 잇스나 그러타고 해서 그것을 眞正한 童謠라고 할 수는 업나니 그것은 위에 引(이상 92쪽)用한 三氏의 참말 童謠가 雄辯으로서 如實히 證明하는 바이다. 다시 詳言하자면 在來의 童謠에는 眞實한 兒童의 感情과 情緖가 조곰도 움직이지 못한 名實만의 童謠이엇다 — 이 얼마나 가이어운 일인가?

여긔에서 우리는 쏘다시 이러한 結論을 發見할 수 잇다.

"在來에도 兒童 獨自의 童謠가 더러 잇섯스나 그것은 眞正한 童謠가 못되얏고 다만 兒童들만이 불럿기 쌔문에 童謠이엇지 그實은 似而非 童謠이엇다."

(此章 完) (續)

○ ○

좀 더 쓰고 시펏스나 여러 가지 引用하는 바람에 意外로 枚數가 超過되야 遺感이지만 이번은 이로 二回分을 마치고 다음으로는 三回分을 쓰기로 한다.

一回分 쓸 째는 客窓에 잇섯슴으로 공연히 奔起하고 쏘 더구나 病中에 잇섯기 째문에 參考書도 不備하얏서서 매우 內容이 整頓되지 못하얏다. 그러나 參考材料에도 李朝 以前의 것은 더욱 업서서 奔忙과 病中에나마 그만큼이라도 쓰게 된 것을 筆者는 多幸히 녁이는 바이다.

어쩌튼 인제는 病도 좀 鎭靜이 되고 쏘 故鄕에서 多少 奔忙도 좀 덜하며 參考材料도 더 엇게 되얏슴으로 二回分부터는 어지간히 細密한 考察을 한 퍽이다.[192] — 아래로도 새로운 史實이 發見되면 될사록 임의 쓴 글이라도 補充하야 가며 이 拙文이나마 完全한 "朝鮮童謠史"가 되도록 힘쓸 것이다. (이상 93쪽)

하니싸 조곰이라도 童謠에 參考될 만한 材料가 잇스면 여러분께서 좀 빌여주시기 바란다. 그것은 나의 이 글을 完了식히기 爲하야서가 안히라 우리 童謠史를 完了식히겟다는 마음로써 —— 拙筆이기는 하나 이 글의 完壁을[193] 도아주실 만한 材料를 보내 주신다는 것은 어는 모로 보든지 有益할 것이다. 그러면 그 보내섯든 材料는 모다 參考한 뒤에 틀림업시 返送하야 들일 것이다 —— 보내시랴면 住所는 "大田郡 鎭岑面 內洞里 一○三番地" 筆者한테로 —— 그러면 다음에 쏘 맛나겟기로 이번은 이만 둔다.
—— 一九二九.七.一四 (이상 94쪽)

---

192 '편이다'의 오식이다.

193 '完璧을'의 오식이다.

## 宋九峰, "童謠의 自然生長性 及 目的意識性(一)", 『중외일보』, 1930.6.14.[194]

一

過去에 잇서서(現在에 잇서서도) 兒童의 存在는 넘우나 神秘化된 反動的의 것이엇다.

卽 兒童은 所謂 "天使"라는 別名下에서 觀念上으로 넘우나 非現實的 存在이엇다. 그러나 無識한 만흔 父母네는 自己의 子女를 "天使"는 姑捨하고 도로혀 그 存在를 돌아보지 안엇섯다.

그리다가 人間이 차차 發達되어 資本主義의 爛熟期의 오날에 잇서서는 모든 '쁘르조아' 知識分子가 兒童問題를 일으키어 비로소 世人은 兒童을 차차 重要視하게 되는 同時에 封建社會에서 悲慘히도 玩具 노릇을 하든 兒童은 一躍 地上의 "天使"가 되게 된 것이다.

'쁘르조아' 知識分子가 兒童問題를 일으킨 것은 正當한 일이엇다. 쏘는 歷史的 必然이엇다.

하나 彼等은 兒童을 慘境에서 救出한 대신 그의 存在를 넘우나 社會로부터 隔離化시키엇다.

그럼으로 封建時代의 地上 兒童이 資本主義로 因하야 도로혀 天上으로 反動的 飛去를 한 세음이 되엿다.

그리하야 오늘 資本主義 時代에 잇서서의 兒童은 絶對不可侵의 神域에서 社會生活과는 分離되야 잇는 神聖한 存在가 되고 말엇다.

事實은 兒童도 現實社會의 大人生活의 一部를 占領하고 잇는 어듸까지

---

194 '宋九峰'과 '九峰學人'은 송완순(宋完淳)의 필명이다. 구봉학인(九峰學人)의 「童謠의 自然生長性 及 目的意識性 再論(一)」(『중외일보』, 30.6.29)의 첫머리에 "나는 『中外日報』 六月 紙上에서 『童謠의 自然生長性 及 目的意識性』에 對하야 拙論을 發表하다가 第六回分부터 突然 停止를 當하게 되얏다"라고 한 것으로 보아 5회까지 연재한 것으로 보이나, 현재 1회분만 찾을 수 있다.

든지 現實에서 分離되는 存在이지만은 그러나 '뿌르조아'的 空想觀念은 어듸까지든지 兒童을 實在化식히랴고는 안는다.

彼等은 生存競爭으로 戰戰兢兢하는 現實社會를 兒童에게 보혀 주어서는 너무나 안타까운 일이라 한다.

天眞爛漫한 兒童은 다만 더러운(!) 社會와는 아모 關係도 업시 하나님의 점지하신 '에덴' 동山에서 서로서로 無限한 空想에 醉하야 웃고 지내면은 고만이다 —— 그는 兒童은 人間의 子女가 안이라 神의 子女인 때문이다. 그러키 때문에 그들은 "天使"이다 —— 깨끗한 "天使"는 이 現實社會의 生活者로서의 父母를 갓고 또 地上의 植物을 먹고 地上에서 살드라도 決코 現實的 存在는 안이라 한다.

兒童이 무슨 음식을 가지고 獨차지나 或은 더 만히 먹고 가지랴는 것은 훌륭한 一種의 삶을 위한 生存競爭이다.

그러나 '부르조아지 –'는 이것을 天眞스런 "天使" 或은 "天神"으로서의 兒童의 無邪氣한 "그러나 우리의 말하는 '無邪氣'와는 全然 달흔!" 것이라고 보며 그러치도 안흔 者는 이러한 葛藤을 하나님을 외우면서 宗敎的으로 和解식히랴 한다.

한데, 宗敎的 和解는 兩者 中의 一人에게나 或은 第三者에게의 屈服을 前提로 하는 데에서만 "그 일의 正否는 如何間!" 可能한 것이다.

그럼으로 어려서부터 이러한 宗敎的 阿片에 中毒이 된 兒童은 커서도 그저 아모러한 데에서든지 그것의 올코 글흔 것은 第二問題로 하고 于先 어쩌한 일에나 머리를 恭遜히 숙이지 안치 못한다.

그리고 비록 當然히 反抗할 데에도 宗敎라는 怪物에 얽매이어서 주먹 하나 휘두르지 못하는 者가 허고 만타.

다만 順愚한 羊! 그것에 끌리고 만다.

"너는 不正의 ××에 ××× 죽어도 定義의 주먹일지언정 不正에 對하야 휘둘러서는 안 된다. 다만 順하게 죽어라. 그것이 勝利이며, 榮光이며, 殉敎인 것이다."

이것이 '뿌르죠아지 –'가 兒童에게 가르키는 가장 발흔(!) 길인 것이다.

그러면 오날의 尖銳化하고 激化된 계급 싸홈의 渦中에서 '쁘르죠아지―'가 焦燥히 兒童의 宗教的 教化運動을 일으키어 녯날에 斥不顧하든 "예수·그리스도" "釋迦牟尼" "孔子" "孟子" ―― 그리고 누구누구의 成人, 偉人이란 모든 이들을 쓰집어내어 가지고 누구는 어쩌코 누구는 어쩌니 누구를 배화라 미더라 하는 그 裏面의 暗影을 우리는 잘 알 수가 잇는 것이다.

## 九峰學人, "童謠의 自然生長性 及 目的意識性 再論(一)", 『중외일보』, 1930.6.29.

一. 小序

나는 『中外日報』 六月 紙上에서 「童謠의 自然生長性 及 目的意識性」에 對하야 拙論을 發表하다가 第六回分부터 突然 停止를 當하게 되얏다. 어써한 짜닭으로 그리 되얏는지는 筆者로서도 자세히 알 수 업스나 停止 理由가 編輯人의 故意에 잇지 안핫든 것만은 推察할 수 잇겟다. 卽 編輯人으로서도 할 수 업는 달흔 事情이 잇섯는 듯하다.

그러나 이러한 不祥事가 잇서서 編輯人이나 讀者 諸氏에게 迷惑을 씨친 것은 現在의 우리 事情을 斟酌치 안코 너무 過하게 —— 그러나 우리게 잇서서는 도로혀 不足하얏슬 것이다 —— 未擧를 하얏슴에 因한 것일 것일진대 罪悚하기 짝이 업다.

그러나 나로서는 하고 시픈 말을 참으며 간신간신히 現下 檢閱制度에 들허맛게 쓰랴고 한 것이엇슴에도 不拘하고 이러한 일을 當하고 보니 果然 나만 잘못이엇다고는 못하실 줄 밋는다.

如何間 나는 이에 다시 該 拙論의 續篇을 쓰랴 한다.

웨 쓰랴 하느냐?

該論의 發表된 部分에만도 童謠의 自然生長性과 目的意識性은 어지간히 明白히 되얏다고 생각은 하나 그것은 다만 原則的 槪論에 不過하얏지 具體的 實證論은 되지 못한다.

實로 停止된 部分이 半 以上으로 바야흐로 實證的 討議에 들허가랴다가 이 모양이 된 것이다.

그래서 나는 이제 童謠의 自然生長性 及 目的意識性的 作品의 實證的 具體論을 述하랴 하는 바이다.

前番 停止된 該論에서는 論述上의 만흔 反覆과 活字上의 만흔 誤植 또 중간 중간의 抹殺 等으로 뒤숭숭하얏스나 이번은 이 모든 것에 注意하야

될 수 잇스면 削除 가튼 것도 안 되게크름 쓰랴 한다.

合法的 紙面에다 씀으로 할 말을 다 못함은 當然한 일인즉 讀者는 設或 滿足히 되지 안는 點이 잇드라도 눌러서 深思 諒解해 주시기 바란다.

## 二. 大人藝術과 兒童藝術의 差異點

大人藝術과 兒童藝術은 어쩌한 點이 달르냐?

이것은 前番에도 究明하얏스나 이제 또다시 簡單하게 말할 必要가 잇다.

(A) 첫재 무엇보다도 大人藝術과 兒童藝術은 그 內容 方面에 잇서서 달르다. 大人藝術은 그 取材를 現實에 求하야 어듸까지든지 現實을 內容으로 하는데 反하야 兒童藝術은 그 取材를 現實과 空想의 兩 方面에 求하야 그것을 內容으로 한다.

그러키 때문에 兒童藝術에 잇서서는 動植物은 勿論 甚至於 無生物까지 人間과 가튼 活動을 한다.

그러타고 이것을 非現實的의 것이라는 單純한 理由로 排斥할 것은 안이다.

要는 그 空想이 生活現實과 얼마나한 關係가 잇는가? 하는 데 잇는 것이다. 卽 다시 말하면 모든 天下萬物을 人間처럼 活動식히드라도 그것이 生活現實에 잇는 寫實과 꼭 들어만 맛게 쓰면은 고만이다.

그럼으로 '푸로레타리아' 兒童藝術에 잇서서도 非現實의 것을 쓰드라도 그것이 現在生活上에 잇서서 '푸로레타리아' 兒童이 맛보는 事實처럼 現實이라는 實在에 基礎만 두면 조흔 것이다.

그러나 이러한 空想은 生活現實의 事實에 基礎를 두는 以上 決코 單純한 非現實的 空想이 안히라 어듸까지든지 "現實的 空想"인 것이다.

勿論 現實만을 取材하면 더욱 조흐나 그러치 못하는 境遇에는 空想的의 것을 現實化식히어도 조타는 말이다.

이와 가티 그 取材야 如何한 것을 골르든지 그것이 一定한 現實的 生活과 同時에 一定한 意識을 內容으로만 하면 조흔 것이다.

그럼으로 '푸로레타리아' 兒童藝術은 어쩌한 것을 取材하든지 一定한 '푸로레타리아'의 生活을 基礎로 하야 一定한 '푸로레타리아'的 意識만 內容에

담으면은 되는 것이다.

그러나 그 內容은 勿論 大人藝術보다 初步的이고 單純한 것이 안히면 안 된다.

(B) 그 다음으로 大人藝術과 兒童藝術은 그 技術에 잇서서는 다 가티 洗練된 것이 안히면 안 되고 그 形式에 잇서서도 다 가티 鍊磨될사록 조흔 것이나 大人藝術의 形式과 技術은 複雜한 것이고 兒童藝術의 形式과 技術은 單純한 것이 안히면 안 된다.

大人藝術에도 形式과 技術이 單純한 것이 잇지만은 그것은 大人을 對象으로 하는 藝術인 만큼 兒童藝術처럼 單純한 것은 아모리 하야도 못 된다.

以上과 가튼 差異는 그 藝術 對象面이 달흔 째문에 그 根因이라 하겟다.

그러나 兒童藝術이고 大人藝術이고 間에 그것이 한 階級의 制約을 밧는 以上 —— 그리고 한 階級의 意識은 단 한 가지뿐인 以上 그 作品에 注入되는 意識은 다 가티 똑가튼 것이 안히면 안 된다 —— 그 意識 注入의 特殊性은 各各 달흔 것일지나 一定한 全體的 階級意識上에 立脚되기는 다 가튼 거이 안히면 안 된다는 말이다.

---

## 九峰學人, "童謠의 自然生長性 及 目的意識性 再論(二)", 『중외일보』, 1930.6.30.

### 三. 自然生長性的 童謠(勞農 童謠)

우에 말한 兒童藝術에는 現實的 方面과 空想的 方面이 잇는 것이라는 事實은 여긔에 잇서서 더욱 顯著한 것이다.

自然生長的 童謠라는 것은 別稱 "勞農童謠"라 하야 兒童 自身이 불른 童謠를 云함임은 前番의 機會에 말한 바이어니와 兒童藝術의 以上에 말한 兩 方面을 우리는 兒童 自身의 勞農童謠에서 더욱 明確히 窺知할 수가 잇는 것이다.

兒童은 一般的으로 無意識하다 —— 理智보다 感情이 더 만흔 人間의 未成品이다.

어른으로서는 아모러치도 안흔 일에라도 울고 웃고 怒하고 실혀하고 하는 것이 一般的으로 兒童의 特性이다.

彼等은 모든 事物을 感情이라는 官能을 通하야 瞬間的으로 "喜怒哀樂愛惡慾"의 모든 感情을 無限히 反覆한다.

그리하야 그 感情은 不絶히 變化無雙한 것인 때문에 兒童에게는 적어도 一生을 通한 "永遠"이라는 것이 업다.

짜하서 그들에게 잇서서는 때를 쌀하 境遇를 쌀하 怨讎가 莫逆間이 될 수도 잇고 울음이 瞬息間에 웃음으로 變할 수도 잇다.

마치 『沈淸傳』의 "뺑덕어미" 가튼 것이 一般的 兒童心理의 本質이라고나 할까? 어쩌튼 어른으로서 보면 "變덕쟁이"에 該當한 것이 兒童의 根本的 心理라 할 수 잇슬 것이다.

쌀하서 兒童은 空想에 달리기 쉬운 것이다.

어쩌한 事實에 對하야 그것을 理智的으로 判別하기 前에 번개불가티 반짝한다마는 感情으로 直線的 斷案을 내리기 때문에 그것이 往往히 空想이 되기 쉬웁다.

섇만 안히라 兒童은 事物에 對한 經驗이 업슴으로써 저의 몰르는 事件에 對하야 여러 가지의 되지도 못한 空想을 한다.

그리고 무엇이든지 쓴힘업시 알고 시퍼 하는 兒童의 追求心은 어쩌한 조고만 事物에라도 掛念을 하게 한다. 그리하야 그것을 제 마음 제 생각 제멋대로 事實과 正反對 되는 斷案과 解釋을 내릴 때 벌ㅅ서 그 兒童은 空想을 한 것이 된다.

假令 여긔에 한 개의 "차돌"이 잇다고 하자.

그러면 兒童은 그것을 어쩌케 생할[195] 것이냐?

한 兒童은 그 "차돌"을 "새알"에 比하고 한 兒童은 "사탕"에 比하고 한

195 '생각할'의 오식이다.

아동은 "아기 불알"에 比하고 한 兒童은 "방울"에 比하고…… 가지가색의[196] 斷案과 解釋을 할 것이다.

그리고 다시 그것을 어듸다 쓸 것인가 하는 用道에 對하야 쏘다시 제각기의 생각을 하게 된다면 한 兒童은 "공긔"에 쓰겟다 하고 한 兒童은 "사탕"이라고 입에다 너코 동굴동굴 굴리며 달흔 아희의 애타는 것을 보고 십다고 하고 한 兒童은 "地主"나 "工場主"나 面長 等等의 저이들에게 귀치안케 하는 미운 놈 復讎하는 데 쓴다고 하고 한 兒童은 "팔매"를 처 보고 십다고 하고…… 等等의 그 生活現實에 쌀하서 달른 생각을 갓게 될 것이다.

그럼으로 그 모든 생각이 비록 實現이 못 되드라도 生活에 基礎를 둔 것인 만큼 "現實的 空想"이고 "空想을 爲한 空想"은 決코 안힌 것이다.

그리고 '부르조아' 兒童은 물으나 적어도 '푸로레타리아' 兒童이라 할진대 그들의 空想은 더욱 密接히 生活에 關係를 맷지 안히치 못한다.

'프로레타리아' 兒童의 空想은 自己가 生活하는 現實的 階級圈 外에까지 더 나아가지는 못하는 것이다.

그러타고 '프로레타리아' 兒童이 노래 불른 것은 모다 '프로레타리아' 童謠라는 것은 안히다 —— 그것은 도로혀 往往히 非'프로레타리아'的이 될 수도 잇는 것이다.

그러나 兒童은 그것을 意識的으로 어쩌한 一定한 意圖下에서 大人들처럼 "製作"하는 것이 안히라 고때 잠ㅅ간 늣긴 것을 고 자리에서 노래 불르는 것임으로 그 늣기는 場所와 境遇에 쌀하서 '프로레타리아' 兒童도 '부르조아' 兒童과 가튼 노래를 無意識中에 불르게 되는 것이니까 이것을 그러타고 그저 否라고만 하야서는 안히 된다.

要는 指導者 及 批評家가 그것의 階級的이고 안힘을 잘 分析 批判하야 選擇 善用하고 안 하는데 잇는 것이다.

그러치 안코 첫 번부터 "너는 프로레타리아 兒童이니 프로레타리아 兒謠를 지허라!" 한댓자 되는 것이 안히다.

---

196 '가지각색의'의 오식이다.

兒童은 "짓는 것"이 안히라 "불르는 것"임으로 더구나 모든 觀念 乃至 心理까지 甚히 不確實 不精密한 터에 그 作品의 '이데오로기'的 內容을 解剖吟味할 能力이 업는 것이다.

---

## 九峰學人, "童謠의 自然生長性 及 目的意識性 再論(三)", 『중외일보』, 1930.7.1.

그저 兒童에게 잇서서는 모든 것이 直感 直覺的이어야 한다.

(中略)

그럼으로 그것은 "自然生長的 目的意識性"이라고 할 수 잇다. 그러나 이렇진대 차라리 그냥 "自然生長性"이라는 것이 조흘 것이다.

그러나 非투쟁的 —— 非전투的의 것이라도 그것이 '프로레타리아'의 生活의 어쩌한 部分이든지 그러한 것이라면 그것은 '프로레타리아' 童謠라고 할 수 잇다.

**밤ㅅ길** (鄭祥奎 作)

공장에서 밤늣도록 일다하고선
휘ㅅ파람 불며불며 집오는길은
꼬불꼬불 외줄기 산길입니다.

빈변도 짤랑짤랑 짤랑거리며
꼬불꼬불 산고개넘어설째엔
파ㅡ란 찬달이 우서줍니다

(『별나라』 第五卷 第五號 附錄 6 p)

이것은 傑作이 안히다.

그리고 아모런 전투性도 업다.

그러나 '푸로레타리아' 兒童이 自己生活을 노래 불른 어듸까지든지 훌륭한 '푸로레타리아' 童謠이다.

'부르조아'的 「반달」이나 「봄 편지」 열 번 불르느니보다 非전투的이나마 이러한 노래를 단한번이라도 불르는 것이 '푸로레타리아' 兒童에게는 얼마나 有益할지 몰른다.

비 (米村 健 作)

비야비야인제조타
고만오너라
아버지는날마다
골래고잇다
비야비야인제조타
고만오너라
안그러면
쌀이라도가저오너라

비야비야너는
독개비냐뱀이냐
우리의아버지가
일못하신다

(『少年戰旗』 第一卷 第八號)

이것은 非전투的일 쑨 안히라 게다가 空想的 性質까지 잇는 童謠이다.

生活이라는 現實 째문에 말 가튼 것을 한댓자 不可能한 "비"더러 오지 말라는 그 空想! 이런 空想 —— 卽 生活 째문에 하게 되는 이러한 空想이야말로 참된 '프로레타리아'的 空想이 안힐가?

以上에 論한 바에 依하야 우리는 이러한 結論에 達할 수가 잇게 되얏다.

(A) 전투的의 것

(B) 非전투的의 것

그리고 다시 ——

(A) 現實的의 것

(B) 非現實的의 것

따라서 '푸로레타리아' 藝術도 ――

(A) 自然을 노래할 수 잇고

(B) 空想的의 것도 노래할 수가 잇다.

그러나 이것들은 모다 獨立된 것이 안히라 互相結合된 것으로 空想的이면서도 전투的일 수도 잇고 現實的이면서도 非전투的일 수도 잇는 것이다.

그리고 이것이 兒童 自身이 內的으로 불르는 노래 ―― 卽 自己 感情을 가지고 自己의 노래를 自身이 불르는 것이라고 大人은 결코 지허서는 안된다는 것은 안히다.

그리고 가장 重要한 것은(以上에서 曾言한 바와 가티) 이러한 모든 自然生長的 童謠를 '푸로레타리아' 兒童의 一定한 目的을 爲하야 選擇 善用하는 것은 全혀(라고 해도 可할 것이다) 指導者 批評家에게 잇다.

다시 말하면 自然生長的 童謠를 全體的 階級性에 具體的으로 聯結식히어 '푸로레타리아'의 勝利를 爲하야 善用하고 못하는 것은 指導者 批評家의 任務일 것이다.

自然生長的 童謠라고 方法 如何에 依하야 目的意識的 行動에 利用 못할 리는 업슬 것이다.

### 四. 目的意識的 童謠(階級童謠)

우리는 이것을 가르처 "階級童謠"라고 하얏다.

그러타고 自然生長的 童謠는 "階級童謠"가 아니고 또 이 "階級童謠"는 "勞農童謠"는 "勞農童謠"가 아니라는 것이 아니다.[197]

다만 前者는 無意識한 '푸로레타리아' 兒童 自身의 自然發生的으로 부르는 노래를 別稱 "勞農童謠"라고 부르기 쉬웁게 일홈 지흔 것이요 後者는 意識 잇는 大人이 兒童을 對象으로 하야 어쩌한 一定한 階級的 主義의

197 "그러타고 自然生長的 童謠는 '階級童謠'가 아니고 또 이 '階級童謠'는 '勞農童謠'가 아니라는 것이 아니다."의 오식이다. '勞農童謠는'이 불필요하게 더 들어간 것으로 보인다.

立場에서 兒童을 一定한 階級的 目的투쟁에까지 動員식히기 爲한 말하자면 目的意識下에서 製作하는 노래임으로 우리는 이것을 쉬웁게 부르기 爲하야 "階級童謠"라 하는 것이지 前後者가 모다 "階級童謠"이며 同時에 "勞農童謠"임을 否定하랴는 데서 出發된 歪曲的 分離 獨立을 식히려는 것은 아니다.

도로혀 이 두 가지의 童謠는 區別하기 쉬웁도록 하기 爲하야 각각 달른 名稱은 부치엇슬지라도 結局에 잇서서는 한 階級의 全體性에 互相連繫되야 다 가튼 役割을 하기 때문에만 똑가티 '푸로레타리아' 童謠일 수가 잇는 것이다.

그러면 "階級童謠"란 어쩌한 것이랴?

이에 對하야는 前番에 말한 바이어니와 우리는 于先 "階級童謠"에 잇서서 그것이 첫재로 目的意識的이 안이면 안 된다는 것을 要求한다 —— 반듯이 그러치 안이 하야서는 안 된다. 이것은 '푸로레타리아' 藝術 全體에 必然的으로 賦與된 根本的인 同時에 가장 重大한 使命의 하나이다.

짜라서 이 使命은 作品 內容의 '아지프로'的임을 必要로 한다.

無意識한 兒童을 童謠 가튼 短行文을 가지고 '프로레타리아' 싸홈의 全線에까지 動員식힘에는 무엇보다도 그 內容이 '아지프로'를 主로 한 것이 안이면 안 된다.

勿論 大人으로서도 兒童 自身의 노래 가튼 自然生長的 童謠를 지흐면 못 쓴다는 것은 안이다.

---

## 九峰學人, "童謠의 自然生長性 及 目的意識性 再論(四)", 『중외일보』, 1930.7.2.

그러나 大人의 것은 아모리 自然生長的 童謠라 하드라도 거긔에는 于先 目的意識이 일하지 안이치 못한다.

假令 大人이 兒童 自身의 自然生長的의 어써한 童謠를 하나 짓는다고 하자.

그러면 그 大人은 먼저 兒童이 事物을 어써케 보고 어써케 理解하고 어써게 노래 불르며 또 그것이 '푸로레타리아'的이 됨에는 어써케 하지 안흐면 안 될짜 하는 等의 于先 兒童의 모든 것에 對한 理智的 解釋이 必要하며 그 다음으로는 그것에 階級性을 어써케 注入식힐짜 하는 一定한 目的意識이 必要한 것이다.

大人이 '푸로레타리아' 兒童에로 歸還되야 가지고 兒童의 立場에서 노래 불른다면 그러한 手苦스런 일이 必要치 안치만 大人이 兒童에로 還元되기는 到底히 어려운 것이다.

그럼으로 大人의 自然生長的 노래는 于先 一定한 目的이 先行條件인 째문에 거긔에는 兒童 自身의 自然生長的 童謠보다 좀 더 統一된 內容이 必要하며 또 兒童 自身의 것보다 헐신 整齊된 투쟁性이 필요한 것이다. 싸라서 大人의 自然生長的 童謠는 兒童 自身의 그것과는 特히 달를 것이며 (갓다고 別일은 업겟지만) 그럼으로 도로혀 그대로 目的意識的 童謠라는 것이 나흘 것이다.(그러나 大人도 兒童 自身의 自然生長的 童謠와 가튼 것을 지허서는 안 된다는 것이 안이다 —— 이것은 임의 말한 바이다.)

그러타 —— 大人의 童謠는 비록 自然生長的의 것이드라도 于先 目的意識이 先行條件인 만큼 目的意識的 童謠라는 便이 妥當할 것이다. 大人이 兒童을 對象으로 하는 藝術이라면 어써한 것에든지 于先 目的이 先行치 안흘 수 업는 것이다.

뿐만 안이라 藝術은 一定한 目的이 잇서서 그것이 그 目的을 遂行하는 데서만 價値가 잇는 것이다.

그럼으로 우리는 大人의 "階級童謠"에 잇서서 이러케 區別한다.

(A) 전투的의 것

(B) 非전투的의 것

그러나 여긔에는 一定한 目的意識이 일하고 잇는 만콤 非전투的의 것도 半分의 '아지·프로'性이 아조 업다고 하드라도 그것이 '프로레타리아'의 어써한 部分이든지를 爲하야 一定한 意識下에서 製作된 것이면 그 作品의 目的은 達할 수가 잇스며 그것은 同時에 目的意識的 '프로레타리아' 童謠라 할 수 잇는 것이다.

要는 그것이 '프로레타리아'의 勝利를 爲하야 얼마나한 目的 遂行의 可能性이 잇느냐 하는 데에 잇는 것이다. (中略)

"물되려 주겟다"는 것이 비록 自然發生的으로 울어난 感情이라 할지라도 그 속에는 一般的 '푸로레타리아'의 어써한 目的이 움직이고 잇지 안흔가? 그럼으로 더구나 이것은 大人이 目的意識을 먼저 가지고 지흔 것인 째문에 다만 自然發生的 感情의 表現이기는 하지만은 目的意識的 童謠라 할 수 잇다.

그리고 (A)에 比하야는 直接으로 非戰투的인 것 가트나 憎惡하야 復讎하겟다는 마음부터 多分한 전투덕임으로 아조 非戰투的이라고는 못한다.

## 五. 小結

다만 우리는 混亂을 避키 爲하는 同時에 兒童 自身의 往往히 非'푸로레타리아'的 遂行을 爲하야 効用할 수 잇는 童謠와를 分別 抽出키 爲하야는 以上의 分類가 必要하리라고 생각한 까닭에 말을 하게 된 것이다.

大人 兒童을 勿論하고 自然生長的 童謠를 짓든지 目的意識的 童謠를 짓든지 그것은 關係 업다.

그러나 大人은 그것이 '푸로레타리아'의 勝利를 爲한 武器로써 좀 더 有效하게 쓰일 童謠를 지흘 目的만은 이저서는 안 된다. 그리하야 그러케 製作하기에 힘쓰는 것이 더욱 조켓다.

어써튼 우리는 '푸로레타리아'의 勝利를 爲하야 有益한 것 —— 그러치 안코라도 '푸로레타리아'에게 害만 안 씨치는 것이면 모다 '푸로레타리아' 兒童의 것을 맨들어 조흘 것이다. (中略)

이에 우리도 이러케 結論할 수가 잇슬 것이다.

'푸로레타리아'의 勝利에 조곰이라도 도음이 되는 것은 勿論 —— 그러치 안흔 것일지언정 '부르조아'에게 有益하지 안흔 同時에 '프로레타리아'에게는 無害無益한 것이면 모다 '프로레타리아' 것으로 맨들 수 잇다 —— 그러케 해도 조흘 것이다.

(또다시 말하거니와)어쩌한 童謠든지 그것을 '프로레타리아' 兒童에게 害 안 되도록 効用하고 안는 것은 指導者 批評家의 任務이다.

兒童은 無意識한 만큼 그대로 放任해 두면 生活關係를 떠나서 '부르조아'的 童謠에 끌리기가 쉬음으로 指導者·批評家의 任務는 이런 것을 防止식히고 그들을 階級전선에까지 잇끌고 나오기 爲하야 일하는 데 잇는 것이다.

## 編輯局, "별나라 出世記", 『별나라』, 제5권 제5호, 1930년 6월호.[198]

一

우리들의 잡지 『별나라』가 한 권의 冊이 되여서 여러 동무의 손으로 들어갈 때까지의 이약이를 간단히 적어보면 이러함니다.

우리 『별나라』는 다른 "잡지"와 달는 것은 퍽— 여러 가지 잇슴니다.

그 중에도

첫재는 이 『별나라』를 내여놋는 것이 조금도 "돈"(卽 利益)을 생각지 아니하는 것이오며 더욱히 밋저 가면서도 긔를 써 가면서 하는 것은 『별나라』를 "雜誌"로 생각을 하는 것이 아니라 여러분의 참된 동무로 생각하는 까닭임니다.

이러고 우리 별나라社는 비록 조그마하지만 印刷部가 獨立이 되여(이상 24쪽) 잇슴니다. 다른 雜誌는 편집만 하면 다른 印刷所로 넘기지만 우리들 『별나라』는 우리들이 손수 "글"을 쓰고 또 글을 모화 오고 또 손수 印刷를 하고 製本하고 또 發送을 하고 配達을 하고 함니다!

이런 까닭에 책 모양이 정하지 못함니다. 얼마든지 어엽부게 맨드러 놋코는 십지만은 엇저는 수가 업슴니다. 그 대신에 힘을 쓰는 것이 아모조록 조흔 內容으로 꿈여 놋차는 것임니다.

編 輯

다른 雜誌와 달나서 글을 모흐는 데에는 힘이 덜— 듬니다. 어늬 先生이시든지 『별나라』에 내겟다고 하시면 다른 데에 쓰시든 것도 그만두시고 우리 雜誌에 것을 먼저 써 주심니다.

이것이 우리 『별나라』를 미더 주시는 까닭임니다.

이렇게 한 달 『별나라』 원고지로 한 四(이상 25쪽)五百枚式이나 모화서 놈니다.

---

198 본문에 글쓴이가 밝혀져 있지 않으나, 목차에 '편집국'이라 밝혀져 있다.

### 檢　閱

이러케 모흔 原稿를 대개는 初旬 頃에 총독부 경무국으로 提出을 합니다. 그러면 한 一週日 동안이나 或 느지면 二週日만에야 許可가 나옵니다.

### 印　刷

나오자마자 印刷部로 넘기면 印刷部에서 다른 일을 다 제처 놋코 곳 시작합니다. 한편에서 文撰을 하고 製版을 하고 校正을 보고 機械가 돌고 製本을 하고 아조 한 四五六日間은 퍽― 야단이 남니다.

### 發　送

이러고 나면 겨우 된 冊을 百五十 군데나 되는 支社와 書店으로 百部 二百部 제일 적어야 五十部式을 뭉처 보냄니다.

그리고 二千이나 넘은 個人 讀者에게도 보냄니다. 이럿케 야단이 나도 地方에서는 날마다 왜? 안 보내는냐는 편지가 와서 싸힘니다.

이것은 아조 간단한 『별나라』의 出世記임니다. 그러나― 오즉 깃분 것이 이 冊 한 卷式이 여러분의 가슴에 가 안길 째에 여러분의 빗나는 두 눈임니다.(이상 26쪽)

## 洪銀星, "少年文藝 時感을 쓰기 前에", 『소년세계』, 제2권 제6호, 1930년 6월호.

여러분이 아시는 바와 갓치 나는 종종 소년문예에 對하야 여러 번 비평(批評)을 한 일이 잇섯습니다. 그런데 그때마다 여러분의 열열한 원조(援助)와 편달(鞭撻)은 저윽이 필자로 하야금 유쾌한 적이 한두 번이 아니엿습니다.

그것은 여러분이 열열이 닑어 주시는 것뿐만 아니라 그것이 여러분에게 "참 그럴가!" 그 작품은 그럿치 안흔데 하는 감상을 가지고 격정 또는 서면으로 무르시는 일이 잇섯습니다.

그리하야 나는 수삼 차를 번거로움을 무릅쓰고 사무(事務) 여가에 억지로 십여 권 되는 소년잡지를 통독(通讀)하여 신문지 문예란(文藝欄)에 평을 드렷든 것입니다.

물론 평이라는 것이 어느 주관적 관찰(主觀的 觀察) 밋헤서 움즉이는 것임으로 얼마즘 틀인 곳도 잇섯슬 것은 이 필자부터도 시인(是認)하는 것입니다. 그러나 그것이 나의 주관(主觀)이요 주장(主張)이엿슴으로 엇지할 수 업는 필연에 일이라고 할 수 잇습니다. 그런데 그때에는 소년잡지가 『少年朝鮮』 『새벗』 『新少年』 『별나라』 『무궁화』 『어린이』 『아희생활』 『朝鮮少年』 『少年界』 『少女界』 등 여러 가지가 잇섯습니다.

그래서 그런지는 몰으지만은 그때쯤은 소년잡지가 실노히 전성시대(全盛時代)이엿습니다. 그러나 그때는 질(質)에 잇서서는 아무것도 아닌 것은 그때 평(評)을 보아도 잘 알 수 잇는 것입니다. 엇쩌튼 그때는 평이라는 것이 잇서서 소년 잡에게[199] 도음이 되엿스면 되엿지 해가 되엿다고는 할 수가 없섯습니다.(이상 9쪽)

그 후 나는 내 생활의 복잡과 아울너 소년잡지게(少年雜誌界)도 칠령팔

199 '소년잡지에게'의 오식이다.

락(七零八落)으로 잘 시장(市場)에 나오지 못하엿습니다.

이제 회고하건대 비록 한 삼년이라는 사이에 업서지고 혹은 유야무야한 잡지가 『무궁화』 『少年朝鮮』 『半島少年』 『少年界』 『少女界』 『少年朝鮮』 『少年時代』 『새벗』 등 여러 잡지가 침톄라는 운명에서 허덕어리고 잇섯습니다.(『새벗』은 최근 다시 속간하얏슴)

또한 이와 딸아서 소년문예를 비평하든 신고송(申孤松) 연성흠(延星欽) 제씨도 감감한 가운데 잇고 각기 자긔네의 특장(特長)인 곳 혹은 동요 혹은 동화로만 갈니게 되엿습니다. 말하자면 소년문예의 비평은 거의 이년 동안이란 장구한 시일을 침묵 속에 잇섯든 것입니다.

그래서 꼭 그런지는 몰으나 지금에 소년문예게를 둘너본다면 거의 소년잡지가 몃 종(이삼 개)에 지나지 안는 극소수(極少數)의 것이 남아 잇습니다. 이것은 물론 경제덕 관게로 인하야 그런 것이라고 하겟스나 또한 몃 개의 소년잡지가 잇는 데도 불고하고 평이 업섯다는 것은 너머 평가(評家)의 무책임이라고 할 수 잇습니다.

이에 나는 다시 한 가지 생각한 것이 잇게 되엿습니다. 그것은 소년문예에 대하야 되도록 그의 발전을 길너 주기 위하야 적극덕(積極的) 평을 쓰려고 합니다.

그것을 함에는 쓰염쓰염하거나 소극덕 평이 잇서는 아무런 효과(効果)가 업스리라는 것입니다. 그리하야 되도록 적극뎍 평을 하야 건전한 발전을 기대할 수 잇도록 압흐로 로력하기를 이곳에 말해 둡니다.

그러니 되도록은 그 긔록이 한때 훡 닑고 남아지지 안는 편으로 보아서 또는 평이라고 알기 쉬웁도록 하기 위하야 "우리글"로 쓰렴니다. 전에 것은 엄정한 의미에 잇서서는 한문을 잘 몰으는 사람이면 닑기가 어려울 정도의 것이어서 실상은 지도층(指導層)에서 만히 닑은 줄 생각합니다.

다음 달부터 바로 이곳 이 장소에 여러분 동무의 작품을 평하야 드리기로 하고 이 붓을 잠간 멈추기로 합니다.

— 一九三〇.五.十日 — (이상 10쪽)

## 李孤月, "創作에 힘쓰자—새빗社 鄭祥奎 君에게", 『소년세계』, 제2권 제6호, 1930년 6월호.[200]

동요 **나무장사**

가랑닙 보슬보슬나리는밤
조고만 나무장사 나무사라고
외치고 다니는게 가련합니다
짠아희동무들은 다잠자는데
불상한 이동무는 나무사라고
외치는 그소리에 눈물남니다[201]

이 童謠는 『별나라』 昨年(一九二九年) 十月호에 發表된 鄭祥奎 君의 創作童謠이다. 鄭祥奎 君은 우리 童謠界에 잇서서 將來가 囑望되는 이 가운데 한 사람인 것만큼 君의 作品 行動은 童謠를 愛好하는 이들의 注視거리가 되는 동시에 그 創作的 價値는 恒常 童謠界의 問題가 되는 것이다. 그리하야 筆者도 童謠를 愛好하는 한 사람으로 鄭祥奎 君의 童謠 創作에 恒常 期待와 注意를 하고 잇섯다. 그런데 筆者가 처음 『별나라』에 실닌 君의 作品을 낡고서 적지 아니한 疑心이 생겻다. 그것은 꼭 어듸선가 한번 낡은 듯한 感이 잇섯기 째문이엿다. 그러나 筆者는 鄭 君을 의심치 안엇다. 설마 鄭 君이야 그런 일을 하얏스랴 이럿케 생각하고 거기에 對하야 不少한 疑惑을 두면서 괴짝 속에 너어두엇든 묵은 少年雜誌 讀者童謠欄을 훌터보기 始作하다가 筆者는 그 作品의 出處와 原作者를 發見하엿다. 筆者는 이제 여기에 숨김업시 指摘하랴 한다.

鄭 君의 問題의 作品 「나무장사」는 일즉이 『新少年』 誌 再昨年 一九二八年 三月號에 亦是 鄭 君의 謠題와 갓흔 것으로 安邊 金光允 씨 作品으로

200 원문에 '글벗社 李孤月'이라 되어 있다.
201 띄어쓰기는 원문대로 하되, 줄바꿈은 동요의 율격에 맞게 고쳤다.

發表된 것이다. 이것은 틀임업시 鄭 君이 金 君 作品을 模作한 것이라 하겟다. 안이 模作이라는 것보담 竊窃이라[202] 하야도 過言이 안닐 만치 그 作品이 同一하게 되엿다.

여기는 한 큰 證據가 잇는 것이다. 그것은 發表時日 先後를 부아도 確然한 것이 안인가? 鄭 君의 作品은 金 君의 것보담 近 一年이나 뒤저서 발표되엿스니 이것만으로 그 증거가 充分하고도 남을 것이다. 讀者 諸兄은 말하는 나를 얼마나 疑心하랴. 나는 이제(이상 50쪽) 그 事實을 辨白하기 위하야 問題의 鄭 君의 作品을 여기에 紹介하니 讀者 諸兄도 말하는 나를 가히 의심치 말라.

『新少年』에 실인 金光允 君의 것

(原文) **나무장사**

싸락눈 부슬〳〵나리는날에
조고만나부장사 하나가와서
구슬픈목소래로나 무사라고
외치고다니는게 가련함니다
싼동무 아희들은 즐거워것만
불상한 이동무는 이치운때에
구슬피 벌벌떨며 나무사라고
외치는소소리에 눈물을짐니다[203]

누구든지 이것을 가지고 模作이라고 하기는 좀 곤란할 것입니다. 이것이 年幼未達한 少年이 한 일 갓흐면 筆者가 좀 酷評을 하엿 지[204] 모르나 그래도 우리 童謠界에 가장 촉망이 잇다는 鄭 君으로서야 그— 엇지 取할 바 行爲이랴. 筆者는 차라리 서슴지 안코 竊窃이라고[205] 絶言한다. 鄭 君이여

202 '剽窃이라'의 오식이다.

203 띄어쓰기는 원문대로 하되, 줄바꿈은 동요의 율격에 맞게 고쳤다.

204 '하엿을지'의 오식이다.

生覺하라. 지금 鄭 君 自身이 童謠界에 如何한 地位를 점령하고 잇다는 것을 생각하야 보고 이후는 그런 일이 업도록 友情으로 忠告하는 바니 筆者에게 反感이나 사지 말엇스면 幸으로 알겟노라. (쯧) (이상 51쪽)

205 '剽窃이라고'의 오식이다.

## 붉은샘, "'푸로'의 아들이여 落心 마라", 『소년세계』, 제2권 제6호, 1930년 6월호.[206]

배우고 십흐면서도 배우지 못하고 좀 더 알고 십흐면서도 알 길이 바이 업는 "포로"의[207] 아들들이여! 우리는 늘 煩惱와 苦悶으로 지내 오며 조흔 期會가 닥치기만 바랏스나 不幸한 우리의게는 오날까지 엇더한 조흔 期會가 닥치질 안엇섯다.

그러나 동무여! 落心 마라. 우리가 苦待하든 期會는 도라왓다! 우리가 希望하든 曙光은 빗취엿스니 그것은 卽 우리 六百萬 少年少女들을 위하야 탄생한 『少年世界』일다. 이제부터는 前에 번뢰와 고민하든 날근 정신을 깨끗이 싯처 바리고 새로운 希望과 정신으로 귀중한 『少年世界』를 펼처 들고 그 가운데 실여 잇는 여러 先生들의 寶玉 갓흔 글발을 닑어 보자. 포로의[208] 아들들이여. 업다고 落心 마라? 못 배운다고 落心말고 하로라도 速히 『少年世界』를 펼처 들자! 그리하야 時代의 落伍者가 되지 말고 참다운 人格者가 되여 三千里에 피여나는 거륵한 無窮花가 되자! (이상 51쪽)

---

206 원문에 '安邊支社 붉은샘'이라고 되어 있다.

207 "'푸로'의"의 오식이다.

208 '푸로의'의 오식이다.

## 九峰學人, "'푸로레' 童謠論(一)", 『조선일보』, 1930.7.5.[209]

一

우리는 于先 童謠를 論하기 前에 兒童의 區別에서부터 始作하자.

이제까지 우리는 兒童의 分別에 對하야 어떠한 確實한 界線을 짓지 못하고 있는 것 같다.

事實에 있어서도 兒童이란 꼭 몇 살까지라고 區分하기가 매우 어려운 까닭도 있었겠지만 그렇다고 이를 有耶無耶하게 둘 수는 없는 것이다.

그런데 지금까지 兒童에 對한 區別 年齡을 보면 區區無定하다.

이제 吾人은 '러시아'의 區別에 基하야 아래와 가티 年齡上에 있어서의 兒童을 規定하야 보려 한다.

(1) 兒童의 一般的 準年齡은 十八歲로 하야 十九・二十歲까지를 普遍的 意味의 兒童이라 하고

(2) 다시 이것을 두 가지로 大別하야

(A) 八歲에서부터 十四歲(乃至는 十五・六歲)까지를 眞正한 意味의 兒童으로 하고

(B) 十四歲에서부터 十八歲(乃至는 十九・二十歲)까지를 成長된 ―― 말하자면 "過年 兒童"으로 함.

이리하야 吾人은 自八歲 至十四歲까지의 兒童을 "幼年的 兒童"이라 하고 自十四歲 至十八歲까지의 兒童을 "少年的(青年期에 直面한) 兒童"이라고 하는 것이다.

다시 말하면 "幼年的 兒童"은 幼年性(自一歲 至八歲)에서 完全히 脫却치 못한 眞正한 意味의 "兒童的 兒童"이요 "少年的 兒童"은 幼年性에서 完全히 脫却하야 바야흐로 青年期에 入하랴는 말하자면 "兒童性"을 次次로 써나며

---

209 '九峰學人'은 송완순(宋完淳)의 필명이다.

잇는 "非兒童的 兒童"인 것이다.

우리는 이것을 그러나 一般的으로 普通 "兒童"이라만 하야 왓다.

勿論 十八歲(乃至 十九・廿歲)까지를 普遍的으로 그냥 "兒童"이라고만 불러 두어도 조타 하나 그러타고 이것을 實際上 論理上에 있어서 決코 混同하야서는 안 된다 —— 되지도 않는 것이다. 우리는 普遍的 一般 "兒童"을 그 特殊的 具體性에 依據하야 實際上 論理上에 있어서 理論的으로 確實히 區別하여야 한다 —— 勿論 獨立된 것으로서가 아니라 互相 關聯되는 辨證法的 觀察下에서만 可能한 것으로서…….

二

딸아서 우리는 藝術運動上에 잇서서도 —— 아니 藝術上에 잇서서는 더욱 明確히 이 "兒童"을 區別하여야 한다.

그리하여야만 "幼年的 兒童"을 爲한 藝術作品과 "少年的 兒童"을 爲한 藝術作品이 製作될 수 있는 것이기 째문이다.

그러치 안코 두 가지 範疇의 兒童에게 一定하게 들어맞도록 藝術作品을 製作할 수는 到底히 엄는 것이다 —— 設令 그것이 可能하다 하드라도 그것은 平面的으로밖에는 들어맞지 못할 것이다.

웨 그러냐 하면 이 두 가지 範疇의 兒童은 各其 그 具體的 特殊性을 가지고 있슴으로 이들 중의 어느 層에든지 참말로 꼭 드러맞게 쓰랴면은 한 가지의 作品에 두 가지의 各異한 特殊的 範疇를 具體的으로 "骨格的" 深刻한 內面描寫를 못할 것인 째문이다.

---

### 九峰學人, "'푸로레' 童謠論(二)", 『조선일보』, 1930.7.6.

두 가지의 各異한 特殊性을 가진 範疇를 한 가지의 作品이 함께 描寫하랴면 그것은 必然的으로 皮相的 平面描寫박게는 못 된다.

딸아서 그것은 두 가지 範疇 中 엇던 便에도 붓지 못하는 混血兒的 "似而

非 兒童藝術作品"이 될 수박게는 업다.

이러한 意味에서 우리는 兒童의 詩歌上에 잇서서도 "幼年的 兒童의 詩"와 "少年的 兒童의 詩"를 事實上 區別하는 바이다. 卽 "幼年的 兒童"은 眞正한 意味의 "兒童的 兒童"임으로 그냥 "兒童"이라 하야 이들에게는 "童謠"라는 詩歌가 必要한 것이고 "少年的 兒童"은 成長한 過年의 "兒童的 兒童"임으로 普通 意味의 "兒童" 字를 빼고서 그냥 "少年"이라 하야 이들에게는 "少年詩"라는 詩歌가 必然하다는 것을 우리는 確實히 區分하여야 한다.

그러타고 "兒童"은 "少年詩"를 노래 불르지 못한다는 것은 아니다. 또 "少年"이 "童謠"를 노래 불르지 못한다는 것도 아니다. 그것은 自己의 自由이다.

하나 "兒童"이 "少年詩"는 製作하지 못하고 "少年"이 "童謠"는 製作하지 못할 것이다. 웨 그러냐 하면 "兒童"과 "少年"은 그 生活現實이 各異한 째문이다.

그럼으로 그냥 노래 불른다는 것과 製作한다는 것을 混思하야서는 아니된다.

그리고 設使 "兒童"이 "少年詩"를 "少年"이 "童謠"를 노래 불르드라도 그 노래의 眞味는 알지 못할 것이다 —— 다만 無意識的으로 불르는 것에 不過할 것이다. 그것은 그들의 生活 그것부터가 各異한 까닭이다. 따라서 서로 各異한 生活에서 울어난 노래임으로 恒常 즐기어 불르지 않을 것도 두말할 것 업다.

四

以上에서 우리는 "童謠"와 "少年詩"를 어지간히 闡明하얏다. 한데 여긔에 한 말 더할 것은 "童謠"와 "童詩"에 對한 區別 問題이다. 그러나 우리는 當初부터 童謠와 童詩라는 것을 區別치 안는다. 勿論 名稱上의 區別은 될 것이나 內容에 잇서서는 全然 同一한 것임으로 구태여 이것을 區別할 것은 업다.

或者는 童謠는 定型律的 詩歌이고 童詩는 自由律的 詩歌라 하야 그 形式律을 가지고서 理論的으로 이를 區別한다.

그러나 이것을 애써 區別하라는 것은 어른의 意識的 理論上의 態度이지 童謠의 主人公인 兒童의 態度는 決코 아니다.

兒童은 無意識한 未成人間이다.

그들은 노래를 불르면은 그냥 생각나는 대로 불르지 어썬 것이 童謠이고 어썬 것이 童詩라는 것을 意識하지 못한다 —— 다만 感情대로 노래 불럿스면 그뿐이다.

---

**九峰學人, "'푸로레' 童謠論(三)", 『조선일보』, 1930.7.8.**

그리하야 兒童 自身은 事實上으로 童謠 童詩를 區別하지 안코 또 하지도 못한다.

自己가 노래 불른 것이면 그에게 잇서서는 모다가 "詩"이며 同時에 "謠"인 것이다.

試驗 삼아 諸君은 두 兒童에게 對하야 한 兒童에게는 "童謠"를 지흐라 하고 한 兒童에게는 "童詩"를 지흐라 하야 두 가지의 內容을 對照하야 보라. 內容뿐 아니라 形式도 別로 差異 있게 쓰지를 못할 것이다. 그들은 童謠와 童詩를 意識的으로 區別하지 못하기 때문이다. 그러면은 自然히 "童謠"와 "童詩"가 다만 意識的 理論上의 觀念的 區別에 不過한 것을 잘 알 수 잇슬 것이다.

그러면 그들에게 童謠와 童詩의 差異點을 說明하야 이것의 意識的 區別을 强要할 것이냐? 아니다. 絶對로 아니다!

萬一에 兒童에게 童謠와 童詩의 意識的 區別을 强要하고 또한 이를 解得케 하야 애써 區別을 하랴면은 그는 童謠의 生産을 妨害하는 것이며 또한 童謠를 自滅케 하는 結果에 빠지고 말 것이다. 結局에 觀念論者의 일이다.

五

그럼으로 吾人의 이제 論하고자 하는 本文은 "童謠論"인 同時에 "童詩論"인 것을 讀者 諸氏는 理解하실 줄 밋는다.

그러면 童謠란 무엇인가?

在來에 童謠라 하면 두말할 것도 업시 누구나 모다 神秘한 것 非現實的 幻想的의 것으로 녁이어 왓다. 그리하야 虛無孟浪한 "허풍선이"의 構想的 內容의 것만이 眞正한 童謠라고 녁이어 왓다.

神秘的 幻想的 象牙塔 속의 惡臭 나는 童謠! 하나님 便所를 저윽히 憧憬하는 童謠! 이러한 것만이 眞正한 童謠라고 持論하얏다.

이는 主로 兒童 自身을 非現實的, 神秘한 別個의 天童(仙童)이요 짜라서 그 生活을 우리들 一般的 生活의 論外의ㅅ 것으로 녁인 째문이엇다.

이제짜지의 觀念上의 兒童은 넘우나 神秘스러운 存在이엇다.

하나 이러한 觀念은 今日에 잇서서 '푸로레타리아-트'의 擡頭와 함께 實證的 社會科學의 發達로 因하야 餘地업는 論破를 아니 當할 수 업게 되얏다.

그리하야 인제는 兒童들도 赤裸裸한 現實的 生活者의 一員으로서 階級的 生活鬪爭의 戰中에짜지 登場하게 되얏다 —— 第二世 主人公이 될 新社會의 人物로서의 兒童들은 이 激浪의 싸홈 가운데에서만 現在의 自己를 發見하고 將來의 社會에서 役割을 다하기 爲하야 心身을 무쇠와 가티 鍛鍊할 수 잇슬 것이다.

---

**九峰學人, "'푸로레' 童謠論(三)", 『조선일보』, 1930.7.9.**

그럼으로 우리는 藝術上에 잇서서도 階級的 生活鬪爭의 現實에서 生產된 것을 읽히고 들리고 보히어 주어야 한다.

天上의 兒童 藝術에서 地上의 兒童藝術에로…….

우리는 兒童을 一定한 生活(勿論 個別的 特殊性이 잇는) 鬪爭上의 全體的 一員으로 보며 事實도 또한 그러하다.

따라서 兒童藝術도 階級的 兒童生活 鬪爭의 一機體(一武器)로서만 認定할 수 잇는 것이다.

그럼으로 "童謠"는 階級鬪爭의 一員으로서 童大衆의 前進을 爲한 行進曲이 아니 될 수 업다. 그러면 階級的 兒童의 行進曲으로서의 "童謠"는 어써한 것이냐?

上論한 바와 가티 오날의 兒童은 階級鬪爭上의 現實生活의 一定한 支配를 밧는 全體的 一員에 不過한 것이다.

그러나 우리는 全體的 一員이라고 兒童에만 賦與된 特殊性을 忘却하야서는 안 된다.

우리는 一般的 普遍的 全體性의 平均 觀察下에서 一定한 生活層의 個個의 特殊性을 具體的으로 把握하여야만 한다.

全體性의 樹立 업시 特殊性의 把握은 不可能하며 特殊性의 把握 업시 全體性의 確立 進展은 絶對 不可能한 것이다.

그럼으로 우리는 大人生活과 兒童生活을 그 各個의 特殊性에 잇서서 具體的으로 分析 認識하여야 한다.

이러케 그 特殊性을 把握한 後에라야 비로소 大人生活과 兒童生活이 어써한 關係에서 互相 關聯되느냐 하는 全體性을 辨證法的으로 認識 把握할 수 잇는 것이다.

한 階級의 兒童生活은 그 階級 全體性에서만 決定된다. 그러나 한 階級內의 大人生活의 全體性과 兒童生活의 全體性은 儼然히 區別되는 것이다. 勿論 兒童生活은 그 階級形成(構成)의 根本이 되는 大人生活에서 써날 수 업는 同時에 大人生活의 全體性에 依하야 左右되는 것이지만 그럼에도 不拘하고 兒童生活 全體의 特殊性은 大人生活 全體 互相間의 個個의 特殊한 것보다는 헐신 特異한 것이다. 卽 大人生活의 全體性과 兒童生活의 全體性

은 한 階級 內에서도 마치 獨立한 것처럼 보이는 것이다.

(가) 年齡 (나) 生活 (다) 意識

이 세 가지가 大人生活層과 兒童生活層의 가장 顯著한 差異點이다.

이리하야 兒童生活의 全體性과 大人生活의 全體性은 各異한 것이다. 그러나 이 두 가지의 全體性은 獨立한 것으로 보아서는 아니 된다.

特히 兒童生活은 大人生活의 一部的 追隨體이니 兒童生活은 大人生活의 如何에서만 決定되는 것이다. 따라서 그 全體이라는 것도 大人生活의 全體性 如何에서만 決定된다. 그럼으로 兒童生活의 全體性은 大人生活의 全體性에서 조곰도 分離 獨立할 수 업는 것이다.

兒童生活의 全體性에 大人生活의 全體性은 不斷히 作用한다. 그러나 兒童生活이 大人生活에 直接 作用은 하지 못한다.

兒童生活 自體는 언제나 自動的 能動的의 것이다. 그것은 兒童生活을 構成하고 잇는 그 成員으로서의 兒童이 自動的 能動的인 때문이다. 勿論 兒童도 一般的 全體的 社會生活의 經濟條件에 依하야 階級的으로 그 生活의 自由를 拘束을 밧는다 —— 따라서 그들의 自由에는 어쩌한 一定한 限界가 잇다. 決코 "無限大"하거나 "曠漠無邊"한 것은 아니다.

---

## 九峰學人, "'푸로레' 童謠論(四)", 『조선일보』, 1930.7.10.

하나 兒童의 自由條件은 大人보다 훨신 有利하다.

아모리 生活難에 들복기드라도 그 苦難의 직접 影響을 밧는 것은 大人이고 兒童은 다만 間接的인 影響밧게는 못 밧는다.

쏘한 周圍環境의 直接的 影響을 感受하는 것도 업는 것은 아니나 그러트라도 兒童은 大人가티 그것을 理性的(理智的)으로 意識的 判斷을 내리지 못한다 —— 이것이야말로 兒童의 兒童다운 곳이다.

六

兒童으로서 直接 肉體的 勞働을 하야 生産者의 一員으로서 오날의 現實의 쓰라린 苦楚를 切實히 늣기어 '부르죠아' 社會를 極度로 嫌惡하는 兒童勞働者가 잇다고 하자.

그러면 그는 自己가 그러케 苦楚 當하는 根本的 原因이 무엇이며 엇지하여야 이러한 社會에서 解放될 것인가 하는 그 因果關係와 現實과 未來의 解剖 測量을 意識的으로 認識 把握할 수 잇슬 것인가?

勿論 그들은 그 原因과 未來의 如何를 알고 시퍼 하기는 할 것이다. 그러나 그것은 언제든지 "알고 시퍼 하는" 데에 끈칠 뿐이다. 그것은 兒童에게 잇서서는 理性보다 感情이 더 만흔 때문이다.

萬一에 兒童에게 完全한 理性的 意識이 잇서서 事物을 判斷하고 料理하는 方法을 알게 된다면(假定하야 말이다) 그것은 兒童이 아니다.

짜라서 兒童은 먼 過去를 感悔 깁게 回想하지 못하고 먼 未來를 豫想 測量하지 못한다.

兒童은 다만 目前에 展開되는 現象을 理智的으로 批判치 안코 感情으로 멋대로 斷案하야 버린다 —— 한번 斷定한 것은 그에게 잇서서는 絶對로 正當한 것이다 —— 設令 "돌"을 보고 "쇠"라고 하얏드라도 自己가 그러케 생각하면은 그에게 잇서서 "돌"을 보고 "쇠"라고 하얏드라도 자기가 그러케 생각하면은 그에게 잇서서 "돌"은 "쇠"로 觀念化 하야 버리고 마는 것이다.

感情은 理性보다 幼稚하고 荒唐無稽한 것이다. 그러나 그만큼 또한 感情이란 거짓 업는 本能的 發露이며 짜라서 理性보다 觀念上의 拘束을 덜 밧는다.

그럼으로 感情的 人間으로서의 兒童의 思想은 理性的 人間으로서의 大人의 思想보다 그 觀念上에 잇서서 훨신 自由롭다.

싸라서 兒童은 獨斷性이 만타. 이는 또한 兒童이란 單純한 것이라는 것을 말하는 것이 된다.

兒童은 複雜한 現實 生活을 하면서도 複雜한 것을 理智的으로 意識 批判하지 못한다.

다만 複雜한 全體의 片片을 獨立한 것으로 녁이어 그냥 單純하게 생각하야 바린다.

그럼으로 兒童(勿論 '프로레타리아'의)은 複雜한 現狀의 全體的 不平가튼 것도 그것을 全體的으로 思惟하지 못하고 다만 部分的으로 떼어서 單純하게 생각하야 버린다.

이것은 勿論 全體의 一部로서 事實이나 理論上으로 辨證法的 互相 關聯이 잇서서 統一되는 것인 것은 말할 必要도 업스나 兒童 自身의 思惟에는 다만 一獨立的 存在로박게 反映되지 안흘 것이다.

그러키 때문에 兒童의 詩로서의 童謠도 必然的으로 獨立한 存在를 노래한 內容에서만 成立될 수 잇다. 卽 童謠의 純碎化이다.

그러나 獨立한 存在를 노래한 것 가튼 것이라도 其實 그 內容은 分析解剖하야 보면 全體의 一部分에 不過한 것일 것이니 그것을 獨立한 것으로 思惟하는 것은 兒童의 單純한 觀念上에 잇서만이다.

그럼으로 童謠批評家는 이 獨立한 存在의 노래(童謠) 가튼 中에서 全體와의 互相關聯性(交互關係)을 抽出하야 그것을 辨證法的으로 統一식히지 안흐면 안 된다.

七

上述한 바에 依하야 兒童 及 生活心理의 大人 及 生活心理보다 헐신 單純(純粹)한 것이라는 것이 어지간히 明白하야졌다.

大人의 生活과 아울러 그 心理는 理性的이면서 共同的인데 反하야 兒童의 生活과 心理는 感性的이면서 極히 個人的이다.

兒童은 感性的(感情的)인 때문에 喜怒哀樂愛惡欲의 七情이 가장 銳敏하야서 그 境遇를 짜라 이 七情이 卽時卽時에 直發的으로 現出된다 —— 그것이 自己에게 利로운지 害로운지 等을 分別하야 생각할 餘暇도 업시 그저 어쩌한 情狀에 當하면 卽時 感情을 나타내인다.

그러나 그만큼 쏘한 그 感情은 一瞬間的인 것이다.

大人은 어쩌한 사람을 미워하면 언제나 그 사람을 실혀한다 하나 兒童은 그러치 안타.

그러나 '프로레타리아' 兒童은 '쑤르조아' 兒童만은 늘— 미워할 것이다 —— 쏘한 '쑤르' 大人도. 그러타고 그 "미움"은 根據 업는 單純한 "感情的 미움"이지 決코 쑤리 잇는 理性的의 "恒時的 미움"은 아닐 것이다.

'쑤르조아'는 甚至於 철몰르는 兒童까지도 쥐어짠다. 쏘한 그러케 안흘래야 안흘 수가 업는 것이다.

따라서 '쑤르조아' 兒童도 '푸로레타리아' 兒童의 直接 或은 間接 搾取者로서 登場하지 안흘 수 업는 것이다.

여긔에서 兩 階級 兒童 必然的으로 모든 것에 잇서서 對立 안흘 수 업게 된다.

따라서 經濟條件의 反映에 不過하는 思想感情도 自然發生的으로 對立함을 不免한다.

---

**九峰學人, "'푸로레' 童謠論(五)", 『조선일보』, 1930.7.11.**

'푸로레타리아' 兒童은 '부르조아' 兒童의 飽滿한 生活에서 울어나는 蔑視에 對하야 오날의 支配者들이 '부르조아' 兒童만 爲하는데 對하야 其他 모든 生活關係(階級關係)의 自己에 不利한데 對하야 理智的으로가 아니라 感情的으로 野卑한 嫉妬가 아닌 自然發生的 憎惡와 不平과 憤怒의 마음을 품게 된다.

한데 이러한 生活關係의 不公平 不平等이 잇는 限에는 互相間의 感情도 언제나 對立되지 아니치 못하는 것이다.

그럼으로 '프로레타리아' 兒童은 '부르조아' 兒童을 恒時的으로 憎惡할 것이다.

勿論 한 가지의 미움만 잇스면 그때뿐에 쯔치겟지만 이 미움이 업서지면 저 미움이 또 생기고 저 미움이 업서지면 또 다른 미움이 생기고…… 이러케 瞬間瞬間의 미움과 對立되는 感情이 不絶히 나타남으로…… 한 미움이 업서젓다가도 다음 미움이 생기게 되고 한 感情이 업서젓다가도 또 달은 感情이 생기게 되야 이러한 感情의 對立은 瞬間的이면서도 꼬리를 이어서 時時로 發生함으로 언제나 繼續되는 恒時的의 것이라 할 수 잇다.

"理性的 對立"이 아닌 "感情的 對立" —— "理性的 恒時 對立"이 아닌 "感情的 恒時 對立" —— 다시 말하면 "瞬間的 恒時 對立"이란 말이다.

그런데 한 가지 注意할 것은 萬一 '부르조아' 兒童이라도 自己에게 利로운 듯하게만 하면 '프로레타리아' 兒童은 그 '부르조아' 兒童에게 好感을 가질 것이라는 것이다.

例하면 어쩌한 '부르조아지-'가 '프로레타리아-트'를 몹시 괴로웁게 군다고 하자.

그러면 '프로레타리아'는 勿論 그 '부르조아'를 憎惡할 것은 두말할 것도 업다.

그러나 이는 다만 大人間의 일이고 그 '부르조아'의 兒童은 저의 父兄들의 關係에는 相關업시 저의 父兄이 괴로웁게 구는 '프로레타리아'의 子女인 兒童에게 好感을 준다고 하면 그 '프로' 兒童은 어쩌케 할 것인가?

自己 父母를 괴로웁게 굶으로 相對 되는 '부르조아'를 勿論 憎惡할 것은 말할 것도 업다. 그러나 그 '부르조아'를 憎惡한다고 自己에게 有利하게 하는(理性的으로 解剖하면 有利할 것도 업지만은 感性的으로만 언뜻 보면 有利하게 생각될 것이다) 그 '부루조아'의 子女까지도 憎惡하지는 안흘 것이다.

'부루조아' 大人이 '프로레타리아' 大人을 이리저리 괴로웁게 굴드라도 그의 子女는 '프로레타리아' 子女에게 菓子도 주고 떡도 주고 가티 놀기도 한다. 보라 그러면 '푸로레타리아' 兒童은 '부루조아' 大人을 미워함에도 不拘하고 그의 子女에게는 好感을 가질 것이다.

그것은 主로 兒童의 心理이란 것이 理性的 發達을 하지 못하야 그 階級對立關係를 理智的, 意識的으로 批判 認識치 못하고 그저 自己에게 有利하게 생각하는 것이면 모든 것을 조케 보고 생각하는 唯我的, 利己的인 싸닭이다.

◇

그러나 가튼 '프로레타리아' 兒童이라도 그의 感情을 傷하게 하면 그에게 잇서서 그 兒童은 敵이 되고 만다.

假令 여긔에 '프로레타리아'의 한 兒童이 잇서서 그의 긔운이나 才質이 달흔 兒童보다 쒸어난다. 그런데 그 兒童은 이러한 自己의 힘이나 才質을 밋고서 一般의 가튼 '프로레타리아' 兒童에게 傲慢하게 한다고 하자.

그러면 一般의 '프로레타리아'임에도 不拘하고 그 兒童을 반듯이 敵對視할 것이다.

쏘 한 가지 ——

한 '프로레타리아' 兒童이 엇지다 생긴 菓子나 썩(餠)을 먹는데 달흔 '프로레타리아' 兒童이 그것을 좀 달라고 하야도 아니 준다 —— 째마츰 '부르조아' 兒童이 亦是 菓子나 썩을 먹다가 이 光景을 보고서 저의 것을 나누어 그 兒童에게 준다고 假定하자.

그러면 그 兒童은 가튼 '프로레타리아'의 菓子나 썩을 안 준 兒童은 卽時 미워할 것이고 菓子나 썩을 自己에게 준 '부르조아' 兒童은 卽時 조케 생각을 하야 好感을 가질 것이다.

이것을 우리는 拙劣한 것이라고 叱責할 것인가? 아니다. 絶對로 아니다!

이것은 오로지 無邪氣한 兒童心理의 當然한 結果인 것이다.

## 九峰學人, "'프로레' 童謠論(六)", 『조선일보』, 1930.7.12.

그러나 이러한 惡感이나 好感도 瞬間的임을 알어야 한다.

設使 첫 번에는 好感을 주엇드라도 나종에는 惡感을 주면 첫 번에는 "벗"이든 것이 나종에는 "敵"으로서 나타나 보이고 생각키는 것이 兒童만이 가질 수 잇는 單純한 心理인 것이다.

그럼으로 아모리 '부르조아' 兒童이 一時的으로 好感을 주엇다 하야도 씃씃내는 그들의 敵으로서 登場되는 것이요 —— '프로레타리아' 兒童이 가튼 '프로레타리아' 兒童에게 一時的으로 惡感을 주엇다 하야도 씃씃내는 가튼 同志로서 登場될 것이다.

이는 그들의 生活條件이 必然的으로 決定하는 것이다. 그 까닭에 이것을 憂慮할 必要는 업다. '프로레타리아' 兒童('부르조아' 兒童도)의 個性的 特殊心理는 極히 個人的 利己的이면서도 그 全體的 一般的 抽象的 平均心理에 잇서서는 生活條件의 一般的 全體性의 根本的 制約으로 因하야 大體로 一定한 것이다.

그럼으로 이 個人的 利己主義者로서의 兒童은 그러나 그 利己主義라는 것이 理性的 科學的 根據가 업시 純全한 感性的인 것임으로써 理性을 가진 大人의 指導 如何에 依하야 終局에 잇서서는 一團으로 結合될 可能性이 必然的으로 잇는 것이다. 그러나 그러타고 우리는 童謠 —— 兒童 自身이 노래하고 짓는 —— 에 "目的意識性"을 强要하야서는 안이 된다.

屢言한 바와 가티 兒童의 心理는 個人的인 同時에 自然發生的인 것이다.

그들을 一團으로 結合식히는 것은 指導者의 일이지 兒童 自身의 일은 아니다.

兒童 自身은 언제나 拘束 업는(事實에 잇서서는 拘束이 잇는 것이나 그들 自身의 생각은 이것을 깨닷지 못한다) 생각을 제멋대로 한다.

그들은 자긔 생각에 不利한 것은 비록 事實上에 잇서서는 올흔 일이라도

極力 廻避한다. 조금도 拘束을 밧기 실허하는 것이 兒童의 心理이다.

◇

그럼으로 그들에게 童謠의 目的意識性을 强要하면 그들은 童謠를 生産치 못할 것이다.

그리고 또한 甘受치도 안흘 것이며 하지도 못할 것이다 —— (童謠만이 아니지만 우선 여긔에는 童謠에만 局限하야 둔다.)

本來 目的意識性이라는 것은 意識的 理智上의 問題이다 —— 組織理論上의 問題이다.

그런데 兒童의 生活과 心理는 旣述한 바와 가티 感情的 自然發生的 無意識的이다.

짜라서 兒童은 自己의 生活과 心理가 結局에 잇서서는 一定한 生活과 心理의 全體性에 連結되야 一般的으로 同一한 均衡의 支配를 밧는 것을 意識的으로 理解하지를 못하야 自己라는 것을 언제나 唯我的 利已的 個人的으로밧게 思惟하지 못한다. 그리고 이 個人的 思惟도 엇더한 意識的 企圖下에서 事物의 利害 判斷을 理智的으로 考察하는 것이 아니라 다만 眼目에 씌이는 것만을 瞬間的 無意識한 感情으로서만 보기 때문에 兒童의 利已的 個人的 唯我主義에는 그러나 조고마치의 危險性도 업는 것이다.

그럼으로 兒童의 個人的 心理는 指導者가 잘 指導하면은 能히 一體로 結合할 수 잇는 것이다.

兒童을 指導한다고 그들의 特殊的 個性까지도 制約하는 것은 兒童의 全 條件(兒童으로서의)을 抹殺하는 것 外에 아모것도 아니다.

그리지 안어도 兒童의 個人主義에는 一定한 限界가 잇다 —— 그것은 決코 "絶對"한 것이 아니니 그 "限界"는 卽 生活環境의 現實이 規決하는 制約에 因한 限界이다.

그럼으로 兒童의 個人主義는 이 限界 內에서만 可能한 것이다.

이러한 限界 잇는 兒童의 個人主義에 또 다시 거긔에다가 어써한 制約을 加한다면 엇지 이를 兒童이라 할 수 잇슬 것인가?

兒童은 感情的(非理智的) 個人主義者이기 때문에만 眞實로 兒童인 것이다!

이러함으로 兒童의 自身의 詩歌인 童謠에 잇서서도 엇더한 目的意識이 업는 自然發生的의 極히 個性的의 노래를 불른다.

七

童謠는 個人의 노래이다.

짜라서 童謠에는 "나"라는 個人의 性格이 恒常 表現되어야 한다.

"나"라는 個性을 無視하고서는 童謠가 成立되지 못한다.

"나"를 가장 잘 表現하야 "나"를 가장 잘 노래한 것이래야만 비로소 完全한 童謠가 되는 것이다.

그러나 "나"라는 個人은 언제나 全體의 一部로서의 "나"이지 決코 全體에서 獨立한 "나"는 아니다.

그럼으로 極히 個人的의 노래라도 그 根本的 基底에 잇서서는 全體性上의 一部의 노래에 不過하며 짤아서 그 노래는 結局 全體性에 附合되지 안히치 못하는 것이다.

---

## 九峰學人, "'푸로레' 童謠論(七)", 『조선일보』, 1930.7.13.

이러한 意味에서 우리는 童謠가 極度의 個人主義的 노래라고 이것을 反對할 것이 아니다.

그럼으로 우리는 '프로레타리아' 兒童이 自身의 個性을 表現한 童謠(其他 모든 兒童藝術도)를 分析 批判하야서써 거긔에서 一般的 全體性에 一定하게 關聯되는 交互關係(互相關聯)性을 抽出하여야 한다.

個性의 表現 속에는 반듯이 自己階級의 全體的 一定한 均衡에 互相 關聯되는 一般性이 必然的으로 內包되야 잇는 것이다. 그것은 一定한 階級의 必然性이 그러케 되지 아니치 못하게 하는 것이다 —— 이것이 卽 生活의

必然的 制約이라는 것이다.

그럼으로 一階級의 兒童의 個人主義的인 童謠는 그 階級에 屬한 兒童全體에 一般的으로 反響하지 아니치 못하는 것이다. 그것은 그 現實生活이 互相 聯絡되는 一定한 —— 同一한 生活者의 노래이기 때문이다.

'쑈르조아' 兒童의 個人主義的 童謠는 가튼 生活者로서의 '쑈르조아' 兒童 全體에 迎合될 것이며 '푸로레타리아' 兒童의 個人主義的 童謠는 가튼 生活者로서의 '푸로레타리아' 兒童 全體에 迎合될 것이다 —— 그리되는 것이 必然이다.

그럼으로 童謠의 意識 指導者와 批評家는 이러한 個人主義的 童謠ㅅ 속에서 一般的 全體性에 關聯되는 均衡性을 抽出하야 이것을 理論的으로 目的意識性에 統一하여야 한다.

아모리 個人主義的인 童謠이라도 그 가운데에는 반듯이 全體的 一般均衡에 辨證法的으로 統一될 수 잇는 —— 아니 統一되어지고 또 되지 안흘 수 업는 어써한 性質이 潛均하야 잇는 것이다. 兒童 自身은 그것을 意識하지 못하지만은 理論上 成立될 수 잇는 目的意識性이 個人主義的 童謠에도 반듯이 잇는 것이다.

우리들의 生活이 强烈한 目的意識的 투쟁 過程에 處하야 잇는 만큼 비록 兒童 自身은 이것을 意識치 못하고 제멋대로 個人的으로 불르느니라고만 생각하는 意識 中에도 其實은 必然的으로 目的意識性이 含有되야 잇다. 다만 兒童은 無意識함으로 그 目的意識性을 意識的으로 "認識 遂行"하지 못할 쑨이다.

卽 目的意識性의 "無認識 遂行"이라고나 할까? 如何튼 兒童은 自身의 藝術作品 中에 目的意識性을 含有하지 아니치 못하면서도 그것을 意識的으로 認識하지는 못한다.

그럼으로 그 目的意識性은 意識的으로 遂行하는 目的意識性보다 좀 不完全한 듯한 感도 업지 안치만 그러나 目的意識性이 無意識的으로 注入된 作品 中에서라도 指導者와 批評家가 一定한 均衡的 互相關聯性을 抽出하야 그것을 意識的 目的意識性에까지 連結식히는 데에서 그 目的意識性은 完全한 것이 될 것이다 —— 兒童藝術의 目的意識性을 意識的 統一에까지 昻揚식히는 것은 純全한 指導者와 批評家만의 任務이다.

---

**九峰學人, "'푸로레' 童謠論(八)", 『조선일보』, 1930.7.15.**

兒童이 안인 大人이 兒童藝術運動에 關與하야 첫 번부터 兒童藝術의 目的意識性을 認識하고 이 目的意識性에 附合되도록 意識으로 作品을 製作하면은 問題는 그다지 複雜하지는 안흘 것이겟다. 그러나 兒童에게 目的意識性의 意識的 認識을 强要하는 것은 絶對 不可能한 것임은 旣述한 바이다.

八

우리 童謠는 여긔 —— 이리 하는 데에서만 비로소 全體運動의 一部門으로서 政治투쟁의 任務를 遂行할 수 잇는 것이다. 여긔에서 童謠도 政治투쟁의 一部分이 된다. 웨냐? —— 그것은 多言을 要치 안트라도 우리 生活투쟁 全體가 지금 政治투쟁의 階級에 處하야 잇슴으로…….

하나 이것은 童謠의 藝術的 價値를 죽이는 것은 아니다. 도로혀 政治的으로 進展되기 때문에 藝術로서의 童謠는 그 價値가 더 高尙化되고 明瞭하야지는 것이다.

廣汎한 意味에서 童謠가 政治투쟁의 一翼이기 때문에만 '프로레타리아' 的이 될 수 잇는 것이다.

하나 그 "政治的"이라는 것은 意識의 政綱化를 意味하는 것이 아니라 藝術的 투쟁으로서 政治的 任務를 遂行한다는 말이다.

그리고 目的意識的이 아닌 同時에 아모리 하야도 政治투쟁에까지 抑揚식히지 못할 '프로레타리아' 童謠도 잇는 것을 이저서는 안 된다. 卽 自然發

生的 그대로의 童謠이다 —— 이것은 뒤에서 말하겟지만 어쩌튼 非目的意識的 童謠 아모리 理論的으로 政治투쟁에 附合식히랴 하야도 안 되는 '프로' 童謠가 잇는 것이니 그것은 卽 '프로' 兒童으로서 自然 가튼 것을 노래할 때에 흔히 發見된다.

그러나 그러트라도 '부르조아' 兒童과는 어듸든지 닮은 點이 잇슬 것이니 指導者 批評家는 이 點에 極히 注意하야 '부르' 童謠와 달은 點을 抽出하야서 그것을 '프로레타리아'의 一般的 水準에까지 發展식히어야 한다. 그럼으로 政治的 要素는 稀薄할지 몰으나 그러타고 그것을 似而非 '프로' 童謠라 하야서는 아니 된다.

---

## 九峰學人, "'푸로레' 童謠論(九)", 『조선일보』, 1930.7.16.

政治的 意識은 大人의 意識問題임으로 大人이 童謠를 지을 때에는 政治的의 그러나 童心에서 떠나지 안흔 것을 애초부터 意識하고 지어야 한다.

그러나 兒童은 그 童謠가 政治的인 것이 될지 안 될지 意識 못하고 感想대로 노래 부르면 고만이다.

그럼으로 오날의 우리 生活은 一般的으로 政治투쟁까지 進展되얏슴으로 그 童謠도 必然的으로 政治的 要素가 담기어질 터이지만 아니 그런 것도 잇는 것이다. 그러키 때문에 우리는 '프로레타리아' 兒童이 불는 것이면 모다 '들로'[210] 童謠라고 하야도 조타.

그리고 아모리 非政治的의 것이라도 '프로' 兒童은 그 生活의 制約으로 말미아마 自然히 '프로'的에서 더 나가지 못하는 '부르' 兒童들과는 全然 달은 意味의 童謠를 불을 것은 여러 번 말한 바이어니와 設令 非政治的

---

210 '프로'의 오식이다.

의 것이라도 '프로레타리아'의 一般的 現實生活에 準하야 理論的 分析을 하야 보하서 그것의 '푸로'的이 안인지 그런지를 判別할 것도 曾說한 바이다.

何必 非政治的의 것만이 非'프로'的인 것은 아니다. 勿論 大人藝術에 잇서서는 그러치만 兒童藝術에 잇서서는 그러치 안타.

그럼으로 兒童藝術에 잇서서는 目的意識的 作品과 自然發生的 作品의 二種으로 난호아 (一) 目的意識的 作品은 大人 兒童藝術家가 製作하고, (二) 自然發生的 作品은 兒童 自身이 製作할 것이라고 吾人은 생각한다.

兒童藝術에 잇서서는 넘우 政治狂이 되어서는 아니 된다.(大人藝術도 그러타.)

그것은 政治 그것이 아인 까닭이다.

九

'푸로레타리아' 童謠는 以上과 가틈으로 "民族的"(純粹한)이 못 된다.

'푸로레타리아' 童謠인 限에 잇서서는 純粹한 民族的이 못 된다. 萬一 純粹한 民族的 童謠가 잇는 것이라면 그것은 '푸피 · 부르조아'[211]的인 限에서만 可能한 것이다.

웨냐?……

'푸로레타리아-트' '부루조아지-'는 設令 다 가튼 同族 間이라 하야도 階級的 利害關係에 잇서서 全然 水火不相容의 對立的 存在이다 —— 가튼 同族 가튼 民族이면서도 '푸로레타리아-트'와 '부르조아지-'는 싸홈을 하지 아니치 못한다 —— 同族 間의 反目이다!…… 民族主義者는 눈물 흘릴지 몰으나 事實임에야 엇지할 수 업는 노릇이다. 이것은 生産關係上에 잇서서의 不可避의 事實인 것이다.

그럼으로 '프로레타리아-트'는 外國의 異民族 '프로레타리아-트'와의 提携, 團結, 親密은 할 수 잇서도 同族인 '부르조아지-'와는 絶對로 協調할

211 '푸티 · 부르조아'(프티 부르주아, petit bourgeois)의 오식이다.

수 업는 것이다. 짤아서 되지도 안는 것이다.

---

## 九峰學人, "'푸로레' 童謠論(十)", 『조선일보』, 1930.7.17.

'뿌르조아지-'도 亦是 外國의 異民族 '뿌르조아지'와는 微笑를 相換하야도 自民族 가튼 同族 中의 '프로레타리아-트'에게는 依例히 상을 찌프리고 對하지 안흘 수 업는 것이다 —— 그것은 '프로레타리아-트'는 비록 同族이라 하드라도 自己의 —— '뿌르조아지-'의 —— 唯一한 對立的 存在이기 때문이다.

따라서 이 때문에 비록 無意識的으로나마 自國 '뿌르조아지-' 兒童과 '프로레타리아-트'의 兒童은 互相 對立하지 안흘 수 업는 것이다.

그럼으로 朝鮮의 '프로레타리아-트' 兒童은 朝鮮의 '뿌르조아지-' 兒童과 儼然히 對立된다 —— 妥協은 絶對 不可能한 것이다.(勿論 臨時的 辨證法的 妥協은 可能하다.)

同時에 兩 階級 兒童의 童謠는 判異하지 안흘 수 업다.

朝鮮 '프로레타리아' 兒童의 童謠가 日本이나 中國이나 獨逸이나 露西亞 等等의 '프로레타리아' 兒童의 心琴은 울리어도 가튼 同族인 朝鮮 '뿌르조아' 兒童의 心琴은 울리지 못할 것이다.

그러타고 우리는 各個의 "特殊性"을 無視함은 아니다.

各國 '푸로레타리아' 運動에는 各自의 特殊性이 반듯이 잇는 것이다.

하나 그것은 一般的, 普遍的, 全體的, 國際性을 떠나서 獨立한 存在로 잇는 것이 아니다. 그 特殊性은 不斷히 全體的, 國際에 辨證法的으로 統一되는 것이다.

이 全體性을 無視하야 朝鮮民族은 朝鮮民族만을 爲하여야 한다고 公然히 喊띠하는 者들을 볼 때 우리는 噴飯을 禁치 못한다.

朝鮮人 된 者는 '푸로레타리아-트'이고 '쁘르조아지-'이고 서로서로 사랑하지 안흐면 안 된다!

外國의 '푸로레타리아-트'와는 生活의 特殊性이 各異함으로 絶對로 握手할 수 업다! 한 나라의 '푸로레타리아-트'와 特殊性이 달름으로 서로 反目하고 嫉視하고 그리하야 戰爭을 하야도 조타!

여러분 그러나 이것은 "階級的 民族意識論"(이 얼마나 달고도 쓴 말슴이여!)者 鄭蘆風 先生의 말슴이다. 先生이 直接 이러한 戰爭 云云의 말슴은 안 하섯스나 그의 말슴은 이 말을 하고도 남을 만하지 안슴니까?

한데 이 鄭 先生의 말슴에 귀가 솔곳하든지 尹福鎭 氏도 無條理는 하게나마 朝鮮을 너무 過히 사랑하시는 말슴을 하시엇다.

---

## 九峰學人, "'푸로레' 童謠論(十一)", 『조선일보』, 1930.7.18.

하나 여긔에서는 고만둔다. 더욱히 鄭 氏의 것은 童謠를 論한 것이 아닐 뿐 아니라 (間接으로는 多少 關係도 잇스나) 先輩諸彦의 이에 대한 論議가 잇고 또 尹 氏의 것은 아즉 具體的으로 理論的 體系가 成立되지 안핫스며 設令 成立이 되얏다 하야도 이것의 具體的 論議를 여긔에서 張皇히 할 바 아니다. 다만 여긔에서는 우리들의 主張만 말하얏스면 고만이지 누구를 길게 反駁하랴는 것이 趣旨가 아니니까…….

九

그러면 나아가서 ——

以上에 論한 바에 依하야 明白한 것과 가티 우리 童謠는 現實生活을 土臺로 한 生活感情의 言語的 表現이다.

言語的 表現이라고 그냥 普通 意味의 言語的 表現으로 알아서는 안 된다.

生活感情을 言語를 通하야 詩的 音律的 乃至는 音樂的으로 表現하는 것이 童謠이다. 그러면 우리는 童謠에 "自然"과 "空想"을 노래 불를 수도 잇다는 것을 알게 될 것이다.

童謠가 感情의 表現이라 할진대 童謠도 "自然"과 "空想"을 노래할 수 잇는 것이다. 하나 그 空想이라는 것은 무슨 神秘的이나 幻想的의 空想을 爲한 空想═空想만의 空想은 아니다. 그리고 이러한 空想만의 空想이라는 것은 事實上 잇슬 수 업는 것이다.

◇

感情이 生活이라는 現實的 存在에 依據하야서만 잇슬 수 잇는 것이라면 그 感情을 通하야 發生하는 空想이라는 것도 現實的 生活에서 써날 수 업는 것이다. 卽 "現實的 空想"이다.

人間은 生活者이다. 그럼으로 人間이라는 生活者의 精神的 產物로서의 自身에 對한 늣김과 空想은 生活의 制約을 아니 바들 수 업는 것이다 ── 짜라서 거긔에는 어쩌한 一定한 限界가 잇다.

한데 이 自然에 對한 늣김과 空想이라는 것은 時間的으로 精神上의 餘裕가 잇서야만 비로소 發現되는 것이다 ── 그리고 이 精神上의 餘裕는 生活上의 餘裕를 前提로 한다. 이 짜닭에 生活上의 餘裕가 업는 者에게는 自然에 對할 機會와 空想할 機會가 極히 稀少하다.

그럼으로 오날에 잇서서 生活에 餘裕가 잇는 '쑤르조아지-'들은 自然에 對한 機會와 空想할 機會가 許多하야 彼等의 藝術도 大槪는 象牙塔을 向하게 되는 것이다.

그러나 살어가기에 눈코 뜰 새가 업서서 精神의 疲勞를 休息할 時間이 極히 적은 '푸로레타리아-트'는 自然에 對할 機會와 空想할 時間이 別로 업다. 그리하야 '푸로레타리아' 藝術도 쏘한 生活現實만을 보지 안흘 수 업는 것이다 ── '푸로레타리아·리아리씀' 藝術.

이에 反하야 '푸로레타리아' 兒童은 大人보다 自然에 對할 機會와 空想할 餘裕가 充分은 못하드라도 좀 더 만히 賦與되얏슬 쑨 아니라 그들의 單純한 感情은 이것을 純化하기에 매우 適切한 賜物이다.

## 九峰學人, "'푸로레' 童謠論(十二)", 『조선일보』, 1930.7.19.

그럼으로 兒童의 自然에 對한 思惟와 空想에는 조금도 거짓이 업는 것이다 —— 보는 그것만을 가장 率直히 空想하야 버리는 때문이다.

萬一 童謠는 生活現實的이어야 한다고 自然에 對한 늣김과 空想을 排斥한다면 그는 童謠를 몰르는 者에 不過할 것이다.

웨 그러냐 하면 設令 童謠가 自然을 노래한 것이나 或은 空想的의 것이라도 그 自然에 對한 늣김과 空想이라는 것이 現實的 生活의 産物인 以上에는 그것은 儼然히 現實의 一部分이 될 수 잇기 때문이다.

生活을 土臺로 한 限에서는 自然에 對한 늣김도 空想도 絶對로 虛無한 것이 아니다.

'쑤르조아' 兒童은 生活과 同時에 精神上의 餘裕가 充分히 잇슴으로 너무나 誇大妄想病的의 虛無한 自然에 對한 늣김과 空想을 할지도 몰른다.

그러나 '프로레타리아' 兒童은 아모리 大人보다 自然에 對한 機會와 空意할 機會가 만트라도 '쑤르조아' 兒童과 가티 만흔 時間의 餘裕가 업는 만큼 그 自然에 對한 늣김과 空想은 언제나 虛無孟浪하게 흘을 念慮는 조금도 업는 것이다.

瞬間瞬間의 自然에 對할 機會와 空想은 人間生活에 업지 못할 寶物이다. 自然에 對한 機會와 空想 업는 人間에게는 웃음이 업는 것이다. 짜라서 거긔에는 樂이 업스며 乾燥한 것이다.

그럼으로 오늘의 우리 '프로레타리아'에게는 이 自然에 對한 機會와 空想이 업기 때문에 웃음과 樂이 업다. 또한 이럼으로써 우리는 웃음과 樂을 차즈랴고 —— 보다 더 나흔 生活을 하야 보랴고 니를 악물고 惡戰苦鬪하는 것이 아니냐.

그럼으로 大人보다는 自然에 對한 機會와 空想할 機會가 만흔 우리 '프로레타리아' 兒童의 그것을 우리는 될 수 잇스면 培養하야 주어야 한다.

더욱이 兒童은 感情的 人間임으로써 그들에게서 自然에 對한 늣김과 空想을 剝奪하야 바리면 兒童으로서의 生活範圍가 몹시 좁아지는 것이다. 兒童의 自由러히 呼吸할 世界가 縮小되는 것이다.

이리하야 '프로레타리아' 兒童들도 自然과 空想의 童謠를 노래 불을 수 잇다는 것은 明確하야젓다.

---

## 九峰學人, "'프로레' 童謠論(十三)", 『조선일보』, 1930.7.20.

'프로레타리' 童謠는 그러나 '프로레타리아'的일 것은 두말할 것 업다.

ᄯᅡ라서 그 空想은 보다 더 나흔 生活을 欲求하는 現段階에 잇서서는 "向上"을 意味한 空想이 아닐 수 업는 것이다. 自然을 노래 불으는데 잇서서도 '부르조아' 童謠와는 달은 것이다.

'프로레타리아' 兒童은 모든 生活現實에서처럼 그 自然과 空想에 잇서서도 언제나 向上을 欲求하는 마음을 가지고 잇다. 보다 더 잘살어 보앗스면 —— 하는 것부터도 向上에 對한 憧憬이다.

ᄯᅩ한 ᄯᅡ라서 '프로레타리아' 兒童에게도 눈물이 잇다. 한숨이 잇다. 웃음이 잇다. 그리고 落望과 希望이 잇다.

하나 '프로레타리아' 兒童의 그 눈물 그 한숨 그 웃음 그 落望 그 希望은 '부르조아' 兒童과 가티 現實을 滿足하는 者들의 그것은 아닐 것이다.

'프로레타리아' 兒童은 그들의 生活을 通하야 不絶히 現實의 不公平한 맛을 봄으로써 或은 울고 或은 한숨지우고 或은 웃고 或은 落望하고 或은 希望하는 것이다.

卽 不平에서 울어나는 感情作用인 것이다 —— 現實에 대한 不平의 呼訴인 것이다.

그럼으로 '프로레타리아' 兒童의 悲哀 속에서는 어ᄯᅥ한 向上的 무엇을 차저낼 수 잇슬 것이다. '프로레타리아' 兒童은 決코 갑업는 廉價의 哀傷을 爲한 哀傷을 하지 안흘 것이다.

一〇

或者는 '프로레타리아' 兒童의 童謠에는 다만 싸홈적 內容만을 注文하여야 하지 눈물 가튼 것을 노래하야서는 아니 된다고 한다.

그러나 七情이 잇는 人間 더욱이 感動하기 쉬운 人間으로서의 兒童에게서 눈물을 어찌 못 나오게 할 수 잇슬 것인가. 도로혀 우리 兒童은 現在에 잇서서 가장 不幸한 處地에 잇기 때문에 더욱 눈물이 만흔 것이다. '프로레타리아'가 아니면 맛볼 수 업는 쓰라린 애닯음이 잇는 것이다.

하나 그 애닯음은 生活에서부터 오는 것이다. 그럼으로 그들은 그 애닯음을 업새기 爲하야 生活의 向上을 바라지 아니치 못한다. 이 짜닭에 어쩌한 意味에 잇서서는 한번 마음썻 울어 보는 것도 決코 無用한 것은 아니다.

울 것은 실컷 울자!

한숨이 나거든 실컷 짱이 써지도록 쉬자!

하나 그것을 다만 그것만을 위한 것에 쓰티지 말어야 한다. 우리는 거긔에서 向上的 무엇을 찻지 안흐면 안 된다.

짤아서 우리는 울거나 웃거나 모든 것의 可否를 認識하고 行하지 안흐면 안 된다.

◇

그러나 兒童은 슯흠과 웃음 가튼 것을 그러케 하야도 아모런 害가 업시 도로혀 利益이 되는가 안 되는가 하는 利害를 認識하지 못한다. 그들은 다만 利가 되거나 害가 되거나 于先 行動부터 하야 놋는다.

그럼으로 兒童은 울어서 害될 데에 우는 수도 잇고 웃어서 利 될 데에 웃지 안는 수도 잇는 것이다.

그러나 그것은 如何間 우리 '프로레타리아' 兒童의 모든 것에서 그것이 비록 盲目的이라 할지라도 그 속에는 반듯이 向上的 무엇이 잇슬 것이니까 우리는 그것을 抽出하여야 한다.

兒童의 無意識한 感情의 發露인 눈물에서 웃음에서 落望에서 希望에서 우리는 向上的 무엇을 쓰집어내어야 한다.

이것도 역시 指導者 批評家의 任務이다.

---

### 九峰學人, "'푸로레' 童謠論(十四)", 『조선일보』, 1930.7.22.

十一

우리는 모든 것을 노래하여야 한다.

生活을 自然을 人生을 그리고 모든 現實을 늣긴 대로 본 대로 모든 空想이 생각키는 대로 感興나는 대로…….

그리하야 울음을 한숨을 웃음을 즐거움을 미움을 사랑을 慾望을 希望을 落望을 憤怒를 싸홈을…….

무릇 우리들은 '프로레타리아'的 洞察下에서 社會上의 모든 것을 "어린이"的으로 노래하지 안흐면 안 된다 —— 局限된 表現만을 强要하는 것은 童謠의 生産을 不可能케 하는 것에 不過하다.

오날의 '푸로레타리아'에게는 廉價의 喜怒哀樂이 잇슬 수 업다 —— 오즉 生活을 爲한 싸홈박게는…….

하나 兒童은 그러치 안타는 것은 旣述한 바와 갓다.

그럼으로 우리는 이 結論에 達하야 兒童藝術指導者, 批評家의 任務가 가장 重且大하다는 것을 더욱 痛切히 늣기는 바이다.

또 다시 되푸리하거니와 ——

童謠(모든 兒童藝術도)의 指導者 批評家는 童謠의 모든 個性의 自然發生的 感情의 表現 속에서 全體에의 互相關聯性을 抽出하야 그것을 辨證法的으로 目的意識性에 統一식히어 一般的 全體性的 政治투쟁의 一翼에까지 進展식히어야 한다 —— 童謠를 政治鬪爭의 一翼을 맨드는 것은 純全히 意識 잇는 指導者 批評家만에 賦與된 任務이다.

이러하는 데에서만 우리 '프로레타리아' 兒童藝術과 함께 童謠는 全 '프로레타리아'運動의 一環으로 될 수 잇스며 싸라서 發達 向上될 것이다.

(追說) 本篇에 잇서서 더욱 細密히 考察할 것이 잇스나 于先 여긔에는 "槪論"으로써 滿足하랴 한다. 部分部分의 具體的 論議는 압흐로 獨立한 題目下에서 (勿論, 本論의 具體的 一部分的 展開로서) 차즘차즘 硏究하야 가기로 한다. 如何間 本論은 "槪論"으로서는 어지간히 細密(?)하게 되얏스리라고는 생각하나 或 未備한 點이 잇슬지도 몰르겟다. 그러나 未備한 點이라도 한 가지 한 가지式 獨立한 題目下에 좀 더 具體的으로 正訂하고 考察할 豫定이니까 모든 것은 後日을 豫約하야 둔다. 그럼으로 本文이 나의 童謠論 全體로 알아서는 안 된다. 다만 이것은 將次 具體的으로 展開식힐 나의 童謠論의 槪括的 序論으로 알아주면 조켓다. 압흐로 本論이 完全한 具體的 童謠論으로서 씃마리를 지을 수 잇슬지 업슬지는 아즉 自己로서도 斷言치 못하겟다. 마음이야 勿論 단단히 먹엇지만 —— 如何間 同志 諸氏의 만흔 鞭撻과 訓示를 저윽히 빌어 마지안는다. (筆者)

## 紫霞生, "輓近의 少年小說 及 童話의 傾向(一)", 『朝鮮』, 제14권 제7호(통권153호), 1930년 7월호.

一

最近 二三年 前만 해도 朝鮮文藝 特히 小說, 脚本, 童話 等 作品에 '푸로'니 '부루'니 하야 評家는 作家 보고 "意識이 좀 分明해야 한다"고 酷評하고 讀者는 '푸로'의 作品이 안이면 애初에 上梓치 말나 하고 作者는 構想이나 技巧가 모자라 그런 것이 안이라 環境의 事情이 許諾치 안이 한다 하고 亦 藝術은 藝術이야지 文藝도 藝術인 以上 그곳에 무삼 '푸로'니 '부루'니 하고 區別할 것이 잇슬랴 하야 푸로々 쓰라 푸로래야 낡는다 푸로로 쓰지만 싹는 데가 잇지 안이하냐 너는 모르는냐 하는 푸로 싸홈이 한참 왁자하더니 一九三〇年式인지 이지음 와서는 푸로 소리가 잠잠하야젓다.

그것은 作者도 創作 衝動으로 쏘는 밥버리로 쓰기는 쓰더라도 心力을 다 하야 쓴 作品이 活字化 못할 바에야 아수운 대로 꿩 代身에 닭 쓰는 세음으로 두루뭉술한 實寫的 近 푸로 作品을 내논는다. 勿論 푸로도 부루도 안이다. 말하면 階級文學, 鄕土文學이란 意味로 發表하는 것이다. 그리하야 그 取才는 大概 農村의 貧窮, 工場의 同盟罷業에서 가저다가 小作人, 職工, 女工, 漁夫, 鑛夫, 雇傭人, 被支配, 被搾取 階級의 生活上 悲慘한 情景을 如實히 實寫한 것이 만흔 故로 其 作品 中에서 엇썬 思想을 鼓吹하야 讀者로 하야금 그 環境에서 버서나라는 暗示, 주먹을 불끈 쥐고 부루루 썰게 하는 煽動的, 沈痛的 作用은 어더볼 수가 없다 하더라도 有産階級, 支配階級을 咀呪하는 엇썬 意識을 吟味할 수 잇는 것은 만타. 換言하면 直接 行動을 讚美 煽動 助長하는 波瀾曲折의 소룡도리가 빙々 도는 場面은 적다 하더라도 無産者의 生活이 無識階級이 알고 잇는 八字所關이란 그 째문이 안이라 엇썬 階級 째문에 그렇게 된다고 指導的 敎導的인 悲哀 咀呪 同情의 心懷를 자아내게 하는(이상 53쪽) 계급의식을 暗々裏에 自覺케 하는 刺戟劑의 것이 만탄 말이다. 이 아래 그 傾向을 少年讀物인 少年小說

及 童話 等의 內容에 依하야 檢討하야 보기로 하자.

二

웨 文藝의 傾向을 말하면 갓튼 갑세 何必 少年讀物에만 限하얏느냐 할넌지 모르겟다. 그것은 作者나 發行者나 評家나 모다 엇썬 意味로 一般的讀者를 相對로 하는 作品에도 그럿치만 그보다 少年을 相對로 하는 讀物에 特別히 階級意識을 敎養하랴고 그 方面에 主力을 다하는 까닭이다. 이 文藝運動이 思想運動의 一役割인 것은 무를 必要도 업다. 저 學生, 靑年, 女性, 農民, 勞働 各 部署에서 엇썬 運動을 進行하야 보앗나. 大槪는 蹉跌이 생겨서 失敗에 歸하고 만다. 그것은 建築과 갓튼 工事이엿기 때문이다. 이런 쓴 經驗을 맛볼 적마다 適切히 感覺되는 것은 그 基礎工事의 不完全한 데서 생긴 缺陷인 것을 直覺하게 되는 關係이다. 이곳에서 엇썬 運動이던지 基礎工事가 되는 少年運動이 무엇보다 必要하다는 結論을 엇게 된 것이다. 그리하야 思想運動上에 少年運動이 重要視하게 된 것이다. 이 少年運動이 일기는 아마 只今으로부터 約 七八年 前의 일인가 십흔데 그 첫소리는 〈天道教少年會〉에서 부튼상 십다. 선손(先手) 잘 쓰는 天道教에서 이 少年運動을 이르키자 耶蘇教에서도 思想運動者 側에서도 少年聯盟이니 少年同盟이니 하야 少年教養運動에 힘쓴 結果 輓近에는 제법 어린이날이란 少年運動紀念日을 五月 第一 日曜日로 定하고 그 紀念 祝賀를 盛大히 擧行함으로 京鄕을 勿論하고 그날의 그 名節답운 氣分은 녯날 四月八日 五月端午 遊興 氣分과는 아주 싼판이다. 이 運動이 이만침 터잡되야 將來할 學生, 靑年, 女性, 農民, 勞働 各 運動의 밋바지 되는 基礎인 만치 그 傾向을 輕視할 수 잇겟느냐 말이다.

假令 이 少年運動이 當局의 教育方針과 背馳되는 方面으로 다라나지 안을 것 갓트면 問題도 될 것이 업스나 오리색기는 자라면 싼 어미닭을 바리고 물로 가랴 한다. 더구나 學校 訓育과 相反되는 이 社會的 教化는 맛치 너는 오리다 닭이 안이다 빨리 물로 가라 指示함과 갓다. 참말로 어려서 배홈은 將次 行하려 함이다. 只今 生活을 엇써케 하면 向上케 하야 좀더 幸福스러운 生活을 할 수가 잇겟느냐가 배홈의 目的이다. 이 배홈의

程度에 짜라 멀니는 埃及, 愛蘭의 史的 敎訓이며 印度, 比律賓의[212] 劇的 光景이며 갓갑게는 이웃인 中國, 露西亞 革命思想이 直接間接으로 쏙갓튼 處地에 잇는 吾人에게 온갓 悲憤과 懊惱를 더하게 한다. 이 悲憤에서 이 懊惱에서 헤매는 朝鮮 사람으로서 배호지 안코 草木과 갓치 나고 썩고 한다면 몰나도 배호고 남과 갓치 生活하랴 하는 限에 잇서서는 이 煩惱 이 悲憤이 生存鬪爭上 一大 癌 안이랄 수 업다. 그러니 이 悲憤과 懊(이상 54쪽)惱를 退治하는 것이 우리의 任務인 同時에 이 懊惱를 물니치고 悲憤을 풀 運動은 成人들의 任務라 하더라도 엇재서 이 懊惱가 이 悲憤이 우리들 周圍를 싸고 도는냐는 그 짜닭과 그 緣由를 어린이들이 어려쓸 째부터 알게 하자. 그것이 내 子女로 하야금 나보다 낫게 살게 할 愛情이며 當面 運動의 基礎이다 하는 것이다. 자― 보시요. 只今 思想運動者가 반다시 敎育勅語를 遵奉치 안는 外國敎育을 밧든 外地 留學生쓴만이 안이라 官公立 學校敎育 바든 者들이 大部分인 外에 그들이 十數年 前인 少年 時代에는 少年運動이란 말조차 꿈에도 보도 듯도 못하든 少年이엿스나 己未年間의 少年이 十年 後인 今日에 와서는 學生, 靑年, 勞農, 女性 各 運動의 牛耳를 잡고 잇는 것이 안인가. 只今의 少年이 以後 十年 後에 가서는 思想運動의 '리-다'가 될 것을 推想할 째에 엇지 이 問題 卽 只今의 思想 傾向을 一笑에 附할 問題라고만 볼 수가 잇스랴.

三

그 傾向이 엇써한가. 그 運動이라야 當局이 監視하고 그 敎養讀物이라야 當局이 嚴密히 檢閱한 것들인데 空然한대 머리 버서질 헛걱정이 안이냐 할넌지 모르겟다. 그 運動 監視의 寬嚴 程度는 나의 알 바가 안이다. 아지도 못한다. 그러나 그 敎養用 少年讀物은 比較的 남보다 닑을 機會도 만코 쏘 作者 以外의 世間 사람들이 一般的으로 닑지 못할 것도 닑을 機會가 잇는 故로 주저너무나마 이것을 써 본 것이다.

212 '埃及'은 이집트(Egypt), '愛蘭'은 아일랜드(Ireland), '比律賓'은 필리핀(Philippines)의 음역어이다.

그러면 少年讀物로는 엇써한 것이 잇는가. 童話集, 童謠集, 月刊 少年雜誌 等을 말할 것이다. 單行本으로 刊行된 童話童謠集은 約 六十餘 種이나 되니 그 內容의 槪要을 一々히 紹介함은 容易한 일이 안이다. 그 容易치 안이하다기보다 紹介할지라도 그리 神通할 것도 업슬 것이다. 그래서 그것은 여기에 避하고 月刊雜誌에 揭載된 少年小說과 童話의 槪要만 紹介하야 볼가 한다. 月刊雜誌도 數年 前만 해도 十餘 種이나 되더니 今年 一月 以後로 繼續 發行되는 雜誌는 『어린이』, 『新少年』, 『별나라』, 『少年世界』 四誌가 잇슬 뿐이다. 이 四誌 外에도 멧 달에 한번식 發行하는 雜誌도 업지 안이하나 이 四誌에 記載된 少年小說 童話만 査讀하얏다. 一月號부터 四月號까지에 이 四誌에 실인 것을 査讀하야 보니 大槪 左記와 갓튼 內容을 가진 種類의 것이 二十二篇에 達한다 ── 勿論 此外에도 十餘篇이 잇섯스나 問題 되지 안는 것이기로 約함 ── 이 二十二篇의 少年小說, 童話를 分類하야 보면 貧窮의 悲哀를 쓴 것이 八篇, 有産階級을 咀呪한 것이 四篇, 階級意識을 鼓吹한 것이 二篇, 排他思想을 發露케 한 것이 二篇, 自己意識을 覺醒케 한 것이 二篇, 自立의 精神을 讚揚한 것이 三篇, 寬容의 美德을 賞讚한 것이 一篇이엿다. 이 四誌도 勿論 原稿 檢閱을 바다 發行한 雜誌인 故로 其 作品의 內容이 不穩하다는 것은 안이다. 그 作者의 意識이 那邊에 잇나 하는 것을 吟味하고 指摘하랴 함에 지나지 안이하니 그 槪要를 極히 簡單히 抄하야 그 刺戟 作用을 말할가 한다. ― 未完 ― (이상 55쪽)

---

**紫霞生, "輓近 少年小說 及 童話의 傾向(二)", 『朝鮮』, 통권156호, 1930년 10월호.**

◇ **貧窮의 悲哀【四】**

**「아버지와 어머니」** 이 小說은 『新少年』 一月, 二月, 三月號에 連載한 小說인데 그 槪要는 이러하다.

壽男 아버지는 日本으로 돈버리 간 지가 十年짜나 되야도 도라오지 안엇다. 그런데 그 地方에서는 再昨年 昨年 겹처 旱災 水災 째문에 멧 百名식 굴머 죽엇다. 또 滿洲로 日本으로 遊離하야 간 사람이 만엇다. 더구나 어머니만 밋고 살든 壽男 々妹는 또 어머니짜지 일엇다. 그것은 돈버리 간다든 어머니가 간 지가 두 달이 되야도 오지 안엇다. 그래서 壽男 々妹는 定處 업시 어머니를 차저 써낫다. 그리다가 乃終에 어느 아희 보는 아희로 잇섯다.

壽男 아버지는 日本 가서 어느 礦山에서 버리하다가 다리를 닷치고 自暴自棄 씃헤 窃盜질 하다가 엇지々々하야 故鄕으로 도라왓다. 오래간만에 도라와 보니 妻子는 간데업다. 알고 보니 엇던 놈이 自己 妻를 꾀여서 팔어먹은 것이엿다. 그놈의 집에 放火하야 復讐하랴고 밤중에 그 집에 侵入하얏드니 意外에 그 寃讐의 집에 自己의 사랑하는 아들쌀이 자고 잇섯다. 그래서 壽男 아버지는 火放하랴든 復讐心을 바리고 그의 머섬 노릇을 하며 그 아들쌀을 아들쌀이라 부르지 안이하면서도 그지업시 사랑하얏다. 壽男 아버지는 偶然히 병들어 죽게 될 째에 비로소 壽男 々妹보고(네 아버지는 내다) 하고 由來를 말하얏다. 그러나 그 집에 온 理由만은 말치 아니하얏다. 아버지를 일흔 두 男妹는 또다시 어머니를 차자 定處업시 放浪의 길을 써낫다.

아버지 돈버리 간 사이에 饑年이 겹들어서 못살게 되야 어머니는 어린 男妹를 버리고 새로 男便을 어더 갓다. 壽男 々妹는 갓흔 머섬(이상 84쪽)사리 아범으로 알엇든 아버지조차 죽은 후에 또 流浪의 길을 써낫다. 씃々내 가난의 悲哀를 말할 쑨이다. 가난의 압헤는 어머니의 사랑도 간데업다는 말이다.

**「무지개 나라로」** 이 童話는『新少年』二月, 三月號에 連載한 童話인데 그 梗槪는 이러하다.

順玉이는 가난한 집 아히로 營養不足으로 알는다. 엇던 부자집 마나님이 불상하다고 養女로 다려가랴 하얏스나 順玉은 父母를 여히기 실타고 부자집 養女로 가지 안엇다. 順玉이가 알는다는 말을 들은 그 부자집 마나님은 菓子를 사다 주엇다. 그러나 順玉이는 저와 갓치 菓子도 못 먹고 배골는 동무 恩順, 順愛, 春姬가 생각나서 못 먹겟다고 먹지 안엇다. 그리고 아버지 보고서 "勞働者가 가난치 안흔 나라가 어대 잇슬싸? 勞働者의 아들쌀이 배부르게 먹고 아름다운 옷을 입고 살 수가 잇는 나라가 어느 곳에 잇슬까?" 하고 물엇다. 아버지는 勞働者의 아들딸도 잘 살 곳은 "무지개 나라"이니라 하고 말하얏다. 順玉은 "무지개 나라"로 가기를 憧憬하야 마참내 무지개 나라로 가고 말엇다.

順玉은 營養不足으로 알타가 죽고 말엇다. 부자집의 溫情도 실타 하고 勞働者의 子女도 잘살 수 잇다는 무지개 나라로 가고 말엇다. 現實에서 그 가난과 싸워서 니기지 못하고 憧憬하든 未知數의 무지개의 나라로 손쉽게 가고 만다.

**「北行列車」** 이 小說은 『新少年』 三月號에 揭載된 것인데 그 梗槪는 이러하다.

鍾九가 親兄弟갓치 사랑하든 浩鎭은 北行列車로 써낫다. 鍾九와 浩鎭이가 서로 알게 된 것은 三南地方이 二年이나 旱水害로 사람들은 모다 飢寒에 울엇다. 鍾九도 칙뿌리를 캐서 멧칠에 한번식 먹엇스나 그 배곱흔 설음은 굴머본 사람 外에는 모를 것이다. 鍾九의 아버지가 未墾地 起耕 工事場에 가서 자개(貝)를 줍다가 불상한 어린아희를 더리고 온 일이 잇스니 그 아희가 卽 浩鎭이엿다. 浩鎭과 鍾九는 親兄弟갓치 지내다가 하로는 돈버리 가노라고 北行列車를 탄 것이다.

이 小說은 北滿으로 써나가는 少年을 그린 것이다. 自己 鄕土에서 돈버리가 변々치 못한 少年의 힘으로 물설고 산 선 北方으로 가면 果然 돈버리하야 가난을 退治할 힘이 생길넌지 疑問이다.(이상 85쪽)

**「福男의 죽엄」** 이 小說은 『新少年』 三月號에 揭載된 小說인데 그 梗槪는 이러하다.

福男은 咸鏡道 어느 山村 가난한 집의 어미 업는 아희엿다. 홀아비 손에서 자라나서 아홉 살 째부터 邑內 普通學校에 通學하얏섯다. 어미 업는 아희라 三冬雪寒에도 홋옷에 맨발 벗고 고개 너머서 邑內 學校에 단엿다. 하로는 多情한 英植에게서 갑시 싼 自働式 鉛筆 한 개를 어더 가지고 너무 반가워서 그것을 아버지에게 뵈여 드리고 깁븜에 눈보래치는 날도 先生과 동무들의 말니는 것도 듯지 안이하고 집으로 가다가 그 鉛筆 쥔 채로 눈보라에 파무처 죽엇다.

이 小說에서는 咸鏡道 아희들의 生活의 一部를 엿볼 수가 잇다. 自働式 鉛筆 한 개를 貴重히 역여 미칠 드시 歡喜하는 것과 先生과 동무의 말도 듯지 안이하고 제 固執대로 눈보라를 무릅쓰고 가다가 生命을 犧牲하는 것 갓흔 愚直한 性格은 咸鏡道 地方에서만 볼 수 잇는 것이다. 그러나 鉛筆 한 개에 죽을지 살지를 分揀치 못하고 눈보라 치는 치운 날에 날뛴 것은 너무나 愚直한 無價値한 犧牲談이다.

**「청어 뼉다귀」** 이 小說은 『新少年』 四月號에 揭載된 小說인데 그 梗槪는 이러하다.

> 順得의 아버지는 金 富者의 小作人이다. 昨年 水災에 파무친 논 서말지기를 잘 갈지 안이하얏다고 金 地主가 順得의 집에 차자 왓다. 順得의 아버지는 몃칠 前에 젓먹이를 죽이고 또 마누라가 알코 먹을 것은 업고 하야 일이 前과 갓치 잘되지 안엇다. 地主가 왓다고 반게곡게로 점심을 지어 대접하얏다. 順得이도 밥 달나고 졸낫다. 손님이 남기거든 먹으라고 어머니는 달냇다. 그러나 金 富者는 한술도 남기지 안엇다. 구어 노흔 청어도 뼉다귀만 남겻다. 順得은 울다가 落望한 끗헤 그 청어 뼉다귀를 씹어보다가 그 뼈가 목에 걸엿다. 그런데 順得이 아버지는 마참내 金 富者한데서 논을 떼우고 말엇다. 順得이가 청어 뼉다귀가 목에 걸여서 애쓰는 것을 보고 분김에 順得을 몹시 따렷다. 그리다가 順得이내 세 식구는 한데 뭉처서 니를 갈며 주먹을 쥐고 벌々 떨엇다.

이 이야기는 손님 밥이 남거든 먹으라고 하는 어머니의 말에 문틈으로 손님의 숫가락을 헤다가 마지막 숫가락을 보고 안 남긴(이상 86쪽)다 하고 울더라 하는 이야기와 비슷한 이야기나 소작인의 至誠之供을 밧고도 시침딱 떼고 논 떼바리는 地主도 너무나 沒人情하다. 그리고 청어 뼉다귀 씹다가 목에 걸여 우는 順得의 悲絶慘絶한 饑饉의 苦도 目不忍見의 悲劇이다. 이 地主의 沒人情과 小作人의 悲慘한 生活上[213]을 말한 것이다.

---

213 '生活相'의 오식이다.

「**어린 피눈물**」 이 小說은 『新少年』 四月號에 揭載된 것인데 그 梗概는 이러하다.

> 어머니 病看護하든 男妹는 어머니가 殞命하랴는 것을 보고 누의 동생(妹)은 어머니의 病室을 직히고 옵바는 醫師 다리려 갓다. 그러나 醫師는 前日의 藥갑 안 가지고 왓다고 藥 안 지어주든 醫師인지라 또 밤中에 往診 請하라 왓다고 집에 업다고 핑게 하얏다. 그래서 옵바는 病院 문을 몹시 두다려서 琉璃窓을 쎄트렷다고 警察에 붓잡히여 갓다. 그 누의는 혼자서 殞命한 어머니의 목을 흔드러 보다가 목노아 울엇다. 어린 피눈물은 하얀 흰 옷깃을 적시엇다.

이 小說은 가난한 사람은 藥 살 돈도 업서서 非命橫死하고 醫師는 現金主義로 仁術을 가지고도 돈 업는 사람에게 無慈悲하고 不親切하다는 이야긴데 가난한 사람은 醫師의 侮辱을 當하고도 警察에 붓잡히여서 어머니의 殞命하는 것도 못보고 어린 누의는 殞命한 어머니의 屍體를 부두켜안꼬 피눈물을 흘니는 徹天의 寃恨을 품은 가난의 설흔 이야기다.

「**흑구루마**」 이 小說은 『**별나라**』 四月號에 揭載된 小說인데 그 梗概는 이러하다.

> 日給 六十錢에 土役하든 아버지는 흑구루마에 치여서 피투성이 되야 泰鎬의 아버지에게 업혀 왓다. 그 아들도 알는 아버지와 굼주린 동생의 정상이 불상하야 나 어린 약한 몸으로 아버지 代身으로 서투른 土役을 하러 갓다. 그래서 泰鎬의 아버지가 남겨준 點心으로 요기하고 일을 부즈런히 할 량으로 지게에 큰 돌을 지고 네루를 건너다가 지게 진 채로 흑구루마에 치엿다. 그 흑구루마에 父子가 다치이게 된 것이다.

이 小說은 勞働者의 悲哀를 말하야 아버지의 運命을 아들이 물여가지고 똑갓튼 길을 것게 되니 웨― 설지 안이하랴? 아버지가 피투성이가 되야 오고 또 아들이 피투성이가 되야 오게 되니 게서 더한 不幸 더한 서름이 어듸에 또 잇슬가?!

「**봄!봄!봄!**」 이 小說은 『어린이』 四月號에 揭載되얏든 小說인데 그 梗

槪는 이러하다.

처음 철이 들어서 봄맛을 알게 된 해 봄에 꼿 썩그러 갓다가 다리를 닷처 알엇고 또 다음해 봄에는 절눅거리며 이 마을 형님(이상 87쪽)네와 아버지들이 호미를 버리고 밧헤서 뛰여나와 읍내로 내달어낫다. 그러나 그들 중에는 피를 흘니고 반죽엄이 된 사람이 만헛다. 그 속에 아버지와 형님이 씨엿다. 그 다음해에는 집까지 잽혀서 일본으로 돈버리 간 형은 一年이나 消息이 업섯다. 고향이라고 안저서 굴머 죽을 수가 업서서 定處업시 流浪의 길을 써낫다. 봄은 一生에 눈물만 주엇다.

이 小說은 가난한 農民의 子弟에게는 봄이 봄 갓지 안이하다. 봄날에 이러난 身邊慘事를 말한 것인데 첫봄에는 다리를 닷친 것과 다음에는 아버지와 형님이 騷擾 통에 負傷하야 一家가 悲途에 빠진 것과 그 다음 봄에는 流浪의 길을 써낫다는 것으로 農民에게는 春來不似春이란 가난의 설음을 말한 것이다.

以上 七篇의 小說과 一篇의 童話를 닑고서 果然 엇더한 感想이 생길가. 「아버지와 어머니」에서 가난의 압헤는 母子의 愛情도 업다. 어미와 아버지를 일흔 아히는 流浪의 길을 써난다는 것이라던지 「무지개 나라」에서 勞働者의 子女가 잘살 수 잇다는 무지개 나라를 憧憬하다가 죽는 것이라던지 「北行列車」에서 北行車로 돈버리 써나는 少年의 放浪이라던지 「봄!봄!봄!」에서 騷擾 통에 아버지와 형이 반죽임이 되야 一家가 悲運에 빠지고서 그 이듬해에는 流浪의 길을 써나는 것이던지 어느 것이던지 鄕土와 生命을 바리기를 廢履갓치 한다. 鄕土에 愛着心이 업고 未知數의 國外를 理想鄕으로 아는 것이 果然 우리 少年들에게 반드시 읽혀야 할 讀物일가. 그리고 「福男의 죽엄」에서 가지고 십던 것을 가진 깁븜에 집으로 달여가다가 눈보라에 파뭇처 죽는 것이라던지 「청어 뼉다귀」에서 地主의 沒人情한 것과 小作人의 子女의 饑饉相이라던지 「어린 피눈물」에서 醫師의 無慈悲한 것과 無産者의 非命橫死라던지 「흑구루마」에서 父子가 다 갓흔 運命에 싸저 勞働者의 生活에는 曙光이 영々 업다는 것이라던지를 닑을 째에 거저 가난

을 咀呪하고 哀訴할 뿐이다. 그 가난에서 局面을 展開하랴는 努力이 보이지 안이하니 우리 少年에게는 絶望的 悲觀만 가르치는 外에 潑々한 進取的 氣像까지 耽毒되지 안이할가 念慮된다.(이상 88쪽)

---

**紫霞生, "輓近 少年小說 及 童話의 傾向(三)", 『朝鮮』, 통권157호, 1930년 11월호.**

▷ 有產階級 咀呪

「무서운 돈」 이 童話는 『新少年』 一月號에 揭載된 것인데 그 槪要는 이러하다.

> 돈만 아는 늙은이 金昌奉은 金庫에 千圓을 너허 두엇다. 그것을 안 그의 아들은 覆面 侵入하야 그 돈을 盜用하랴 하얏다. 金昌奉은 强盜인줄노 알고 覆面强盜를 打殺하얏다. 殺人한 昌奉도 興奮된 끗헤 卒倒하얏다가 蘇生치 못하얏다. 그래서 돈만 아는 昌奉은 아들도 自己 生命도 그 무서운 돈의게 빼앗겻다.

이 童話는 守錢奴가 子息도 일가도 동리사람도 모른다 하고 돈만 모흐다가 아들이 아비 돈 盜賊하랴고 强盜로 變하게 되고 그 盜賊을 打殺하고서 興奮된 끗헤 卒倒되야 自己生命까지 일헛다. 그 돈 째문에 父子가 俱沒되얏다는 守錢奴를 打罵[214]한 이야기다. 돈 째문에 父子傷誼하는 것도 그리 찬성할 일은 못 된다만은 父死後出給이란 證書 써 주고 돈 어더 쓰는 子息이 만흔 오늘날 相續 成金만 바라고 自立精神이 업슬 뿐 外라 覆面强盜로 變하야 아비의 돈을 盜賊하랴는 아들도 만 번 죽어도 싼 죽엄이다.

「돈!돈!돈!」 이 童話는 『少年世界』 二月號에 揭載된 것인데 그 梗槪는

---

214 '唾罵'의 오식이다.

이러하다.

> 욕심쟁이 령감이 돈만 알고 돈만 모흐는 짜닭에 동내 사람들 욕심쟁이—— 하고 불넛다. 그 욕심쟁이 령감은 그럿케 모흔 돈이지만 돈 귀신은 욕심쟁이 령감을 미워하야 쇠뭉치로 령감을 싸리며 돈을 가난한 사람에게 논와주라고 명령하얏다. 그러나 그 욕심쟁이는 조금 논와주는 체하고 만흔 돈을 남겨 두엇더니 돈 귀신이 이번에는 大怒—— 하야 그 욕심쟁이 령감을 붓(이상 76쪽)들어 가는 수밧게 업다고 하고 어대인지 다리고 갓담니다.

이 童話는 돈만 아는 욕심쟁이 령감을 동리 사람들이 미워햇더니 그것을 돈 귀신이 알게 되야 돈 귀신이 욕심쟁이 보고 모흔 돈을 散財하라 하얏다. 그런데 그 욕심쟁이가 미련을 부리다가 그 귀신한테 어듼지 쓸여갓다는 이야기다. 너무 刻薄하게 돈만 모흐는 사람은 미움 바들 것이다. 그리고 人心이 天心이라 神罰도 잇슬넌지 모르겟다. 그러나 돈 귀신이 幽靈界로 더리고 가서 그 욕심쟁이는 人間 社會에서 업서젓다는 말로써 돈 가진 사람을 第一 惡德人物로 말한 것이다.

**「異常한 眼鏡」** 이 童話는 『少年世界』 二月號에 揭載된 것인데 그 梗概는 이러하다.

> 孝善이는 工場에서 다리를 닷치고 달포나 알타가 도라간 아버지께서 異常한 眼鏡을 물너 가젓다. 그 眼鏡은 異常하게도 모든 物件의 來歷을 잘 비춰 주는 眼鏡이라. 孝善이가 하로는 여러 아희들 중에서 洋靴 신은 아희의 來歷과 그 洋靴의 來歷을 비춰 보앗다. 그 아희는 부자집 아희이고 그 洋靴는 가난한 사람이 빗에 쫄여서 판 소의 가죽으로 만든 洋靴이다. — 가난한 사람이 빗에 쫄여서 소를 판다. 그 소는 屠獸場에서 잡히는 소의 悲鳴이 歷々히 비친다. 이런 眼鏡은 孝善이만 가진 것이 아니라 가난한 사람들이나 眞理를 아는 사람들은 모다 가지는 眼鏡이다. 이 眼鏡을 가진 사람들은 불상한 사람들과는 굿센 握手를 하지만 잘 먹고 호화로운 살님을 하는 사람들과는 언제던지 싸울 준비를 한담니다.

이 童話는 가난한 사람의 한미천인 農牛는 可憐하게도 主人의 빗에 팔여

가고 殘忍하게도 屠獸場에서 죽게 되야 그 고기와 가죽도 또한 돈 가진 사람들을 살지게 하며 사치하게 한다. 그럼으로 가난한 사람의 눈에는 돈 잇는 사람이 모다 언짠케 뵈이고 따라서 無產階級끼리는 親善하고 십지만 有產階級과는 鬪爭할 準備를 하고 잇다고 階級思想을 鼓吹하야 有產階級을 憎惡하는 咀呪의 말이다.

**「入學 못해」** 이 小說은 『별나라』 三月號에 揭載된 小說인데 그 梗概는 이러하다.(이상 77쪽)

엇쩐 農村 少年이 邑 普通學校 五學年 補缺試驗을 치르려 갓섯다. 그런데 結局은 落第되고 말엇다. 그러나 놀납고 憤한 노릇이 하나 잇스니 그것은 自己와 한 班에서 工夫하던 富者집 아들 福吉이는 才操라던지 學力이라던지가 自己만 못하지만 無試驗으로 入學된 것이다. 福吉이는 富者의 아들이라 入學이 되고 自己는 가난한 집 아들이기 때문에 入學식히지 아니하는 것이다. 그날은 山에 가서 실컨 울엇다. 그리고 先生님에게 夜學 講習所에다 五六學年 程度의 學級을 두워 달나는 告白이엿다.

이 小說은 農村 普通學校가 업는 곳에서 夜學 講習所에 다니다가 邑內 普通學校에 다니려고 補缺試驗을 보앗다. 그러나 今日의 教育制度가 義務教育이 안인 特殊教育制인 以上 授業料가 問題가 안 될 수가 업다. 그 問題로 入學 못한 兒童이 才能은 自己만 못하지만 財產이 自己보다 나흔 兒童이 入學된 것을 보고 平日에 優秀한 成績으로 將來를 期待하얏던 바 財產不足으로 所望을 達치 못한 悲觀으로 남 안 보는 곳에서 울엇다는 것은 그 情景이 그럼직하다. 萬一에 富者 아들이 無試驗으로 入學한 事實이 업섯던들 그 아희는 그리 울며 가난을 恨歎하고 有產階級을 咀呪치 아니하얏슬 것이다.

以上 三篇의 童話와 一篇의 小說에서 돈 가진 사람 卽 有產階級을 咀呪한 것을 볼 때에 우리 社會에서 흔히 보는 現實에 갓짜운 이야기다. 그러나 이것을 닑을 때에 隱然히 階級 對 階級思想이 煥發[215]하야 돈만 아는 놈은 그와 갓치 神罰을 닙고 敗家亡身하는 법이고 돈 업는 우리는 八字所關이

아니다. 돈만 아는 富者 놈 때문에 우리가 가난하야진다. 그러니 우리끼리 握手하야 鬪爭하자 하는 結局은 階級意識을 闡明하야 鬪爭意識을 敎導한 것이다.

「무서운 돈」에서 父子가 돈 때문에 俱沒하고 돈 때문에 一家가 滅亡하얏다는 것이라던지 「돈!돈!」에서 돈만 모흐려던 욕심쟁이가 洞里 사람의 미움을 밧다가 돈 귀신한테까지 罰바다 가난한 사람에게 分財하지 아니 한 탓스로 귀신한테 잡혀갓다는 돈 때문에 亡身하얏다 한 것이라던지, 「異常한 眼鏡」에서 가난한 사람의 눈에는 돈 잇는 사람들의 하는 일이 모다 殘忍하게 뵈이고 또 奢侈한 生活노 보인다. 그래서 가난한 사람끼리는 서로 握手하야도 돈 잇는 사람과는 싸울 準備를 하고 잇다 한 것이라든지 「入學 못해」에서 돈 잇는 놈은 才操가 잇던지 업던지 工夫할 수가 잇지만 돈 업는 사람은 才操가 잇서도 工夫할래야 가르처 주는 곳이 업다고 現制(이상 78쪽)度의 不公平한 것을 말한 것이라던지 어느 것을 勿論하고 無産者가 有産者를 咀呪하야 隱然히 階級意識을 鼓吹한 것이다.

▷ **階級意識**

**「다 가튼 일꾼인 선생」** 이 小說은 『少年世界』 一月號에 掲載된 것인데 그 梗槪는 이러하다.

英九는 私立學校를 卒業하고 自己 洞內 夜學校 先生이 되야 한글과 算術을 가르치고 "사람은 兩班이나 富者가 別다른 사람이 아니라 그것은 別달리 알고 눌니우고 박차이면서 그들을 떠밧드는 가난뱅이 상놈들이 어리석은 까닭이다. 우리들은 굿세게 손잡아 나가야 한다. 우리들은 모다 세상을 알어야 한다" 하고 가르첫다. 이럿케 우리를 깨워주던 英九도 이 동내를 떠나고야 말앗다. 그가 떠나지 아니하고서는 안이 될 사정이 잇서서.

215 '煥發'은 "才氣煥發"(재주와 슬기가 불 일어나듯이 나타남)과 같이 쓰이나 따로 쓰이지는 않는다. 다만 일본어 단어에 "빛나게 나타남"의 의미로 "煥發(かんぱつ)"가 있다.

이 小說은 夜學講師로 잇던 英九가 兩班, 富者가 別다른 사람이 아니다. 우리 가난한 사람 賤한 사람들이 써바처 주기 째문이다. 우리도 세상일을 째닷고 因襲에서 傳統에서 버서나자 하고 兩班階級 支配階級을 打破하라고 階級意識을 敎養하다가 그만 居住制限을 當하고 그 동리를 써나고 말엇다. 그 써나간 先生이고 同志이던 英九를 思慕하야 쓴 이야기다. 이 짤막한 이야기는 只今 思想運動線上에 선 主義者들이 歸農運動, 한글運動 等 散兵術 假面下에 思想敎養에 注力하야 因襲과 傳統의 習性을 破壞하고 新思潮를 注射하는 한 方便인 그 潛行 運動相을 如實히 그린 場面이다. 눌니우고 박채우는 우리들이 어리석으니 우리부터 어리석은 일을 하지 말자 하는 激動으로 衝動식켜 階級意識을 顯著히 鼓舞식킨 이야기다.

**「적은 쥐의 生命」** 이 童話는 『少年世界』 三月號에 揭載된 것인데 그 梗槪는 이러하다.

> 고양이와 쥐가 한 집에서 살면서 서로 親密히 지냇다. 어느 가을에 서로 越冬準備를 相議한 結果 둘이 合力하야 꿀 한 항아리를 어더다 마루 밋헤 貯藏해 두엇다. 겨을이 오면 먹기로 하고… 그랫더니 고양이가 쥐를 속이고 自己 一家의 간난애기 이름 지어 주러 간다고 핑게하고 나가서는 혼자서 모다 먹어버렷다. 그리자 겨을이 오니 쥐가 고양이보고 꿀 먹으러 가자고 하야 가티 갓더니 잇(이상 79쪽)는 줄 아렷던 꿀이 간데업는지라. 고양이 보고 그 緣由를 물엇더니 고양이 便에서 도리혀 高壓的으로 잔소리 말어라 무어라 싼소리 하면 너까지 잡어먹는다고 을너댓다. 그래서 쥐는 하도 忿하야 信義가 업는 놈이라고 수중을 하얏다. 그랫더니 고양이가 쥐의 멱살을 물어 제첫다. 그래서 쥐는 그 現場에서 간신이 逃亡하야 제 동무들한테로 갓다. 그리고 쥐들의 힘을 合하야 고양이와 싸워서 勝利하얏다.

이 童話는 强者와 弱者와의 親善은 對等的이 아니고 어느 째던지 破綻이 오고야 만다. 또 弱者도 合力하면 强者와 싸워도 이길 수 잇다 하는 말이니 無産階級 被支配階級의 利害가 有産階級 支配階級의 그것과는 언제던지 相反한다고 諷刺한 것으로 볼 수도 잇스며 弱小民族의 利害가 强大民族의 利害와 相容할 수가 업다고 諷刺한 것으로 볼 수가 잇다. 쥐도 힘을 合하야 고양이와 싸워도 이겻스니 더구나 사람이리요. 아모리 弱者라도 無産者라도 團結하야 協力만 하면 强者 有産者를 征服할 수 잇다는 말이다.

右 一篇의 小說과 一篇의 童話에서 그 有産階級을 咀呪한 「異常한 眼鏡」과 「入學 못해」와 갓치 階級意識을 朦朧히 遠曲하게 알인 것보다 明確히 兩班, 富者, 强者를 咀呪하야 그 階級과는 相容兩立치 못할 것을 말하야. 「다—가튼 일꾼인 先生」에서 兩班과 富者에게 눌니우지 말어라 써밧치지 말어라 너이가 몰나서 써바치기 째문에 그것들이 썻덕대는니라 한 것이라던지 「적은 쥐의 生命」에서 고양이는 橫暴하고 無信義한 놈이다. 强者도 고양이와 갓다. 弱者라도 合力하면 强者를 익일 수가 잇다. 쥐 동무가 合力하야 고양이를 익엿다 한 것으로 보아 階級意識을 明白히 鼓吹한 것이다. 貧窮의 悲哀를 말한 小說 及 童話 有産階級을 咀呪한 小說 童話가 어느 것이 階級意識을 敎養하기 爲한 資料가 안인 것이 안이나 이 두 篇과 갓치 明瞭하게 表現한 利害不相容을 말한 것이 업다. 貧窮의 悲哀를 말할 째에도 나의 努力이 不足한 탓이라거나 나의 活動이 不及하얏다고 反省한 것은 全然히 볼 수가 업고 돈 가진 사람 째문에 내가 못살게 되얏다 하는 怨尤뿐이며 有産階級을 咀呪할 째에도 나의 誠意 잇는 忠告로 그를 反省케 한다거나 改悛케 한다거나 하야 友誼를 뵈인 것보다 그가 돈 째문에 滅亡하고 被禍하얏다 하야 人의 不幸을 幸으로 아는 醜惡한 心理를 忌憚업시 말하얏스며 이 階級意識 兩篇에서 너무나 露骨的이며 너무나 大膽하게 努力도 업시 積功도 업시 一躍에 兩班, 富者, (이상 80쪽) 强者의 地位를 打倒하려하며 奪還하랴 하야 感受性이 豊富한 少年들의 敵愾心만 挑發하얏다.

▷ **排他思想**

**「어린 英雄」** 이 童話는 『별나라』 二月, 三月, 四月號에 連載한 童話인데, 그 梗槪는 이러하다.

漢江 下流 忠淸道 짜에 둑겁골이란 살기 조흔 村이 잇섯다. 엇썬 가을날에 가마 타고 온 사람이 잇섯다. 순진한 村사람들은 그 사람을 마저서 歡待하고

그 사람의 말에 順從하야 村 壯丁을 쏘바서 要處를 守直식혓다. 그런데 하로는 그 대감이라 自處하는 가마 타고 온 사람이 村民을 불너 세우고 "오날부터 너이들은 나의 부하다. 곡식도 집도 내 허락이 업시는 손을 대지 못한다" 하고 威風을 뵈이노라고 平素에 말 듯지 안튼 金 書房의 목을 버혀 여러 사람을 찍음 못하게 하얏다. 그 村사람들은 짱을 치며 한탄하고 늙은이 어린이가 배곱하 울부로지젓스나 째는 느젓다. 十年 前에 村사람들 압헤서 不汗黨의 손에 죽은 金 書房의 아들 金一貫이는 나이 열세 살인데 그 아버지의 원수를 갑흘 兼 동내 가난뱅이들 원수 갑기로 決心하고 그 동내에서 빠저나갈 궁리를 하고 잇섯다. 金一貫이는 그 거북골에서 써나랴고 하다가 不汗黨 령감한테 붓잡혀 갓다. 不汗黨 령감은 동내 사람들의 써드는 바람에 一貫을 노아 보냇다. 그래서 一貫은 거북골 萬歲를 부르며 길을 써낫다.

이 童話는 속모를 사람을 外表만 보고 歡待할 것이 아니다. 不汗黨이 假面 쓴 것을 모르고 大監 待接을 하다가 온 洞里가 亡하얏다. 그 十年間 苦生한 洞內 사람의 鬱憤이야 엇지 다 말할 수가 잇스랴. 아비 怨讐 洞內 怨讐 갑흐려는 一貫이 外勢의 應援 어들여 脫出을 꾀하다가 그 怨讐 不汗黨한테 부잡혓다. 그러나 온 洞內 사람의 騷擾로 一貫이는 釋放되야 初志를 貫徹코저 外勢의 應援 어들려고 길을 써낫다는 童話인지라. 그 下回가 엇지 되얏는지 아지 못하겟다. 大概는 外勢의 應援으로 그 不汗黨을 放逐하야 復讐한 것으로 끗을 막지나 아니 하얏는지 아지 못하겠다. 勿論 復讐心이 업스면 無腸公子이다. 外來者를 無條件 崇拜하다가는 依例히 이 거북골 꼴이 되고 만다. 그러나 그 洞內 사람의 結束으로 그 不汗黨을 쏘차바리지 못하고 外勢의 應援 어들려 洞內 밧그로 나가는(이상 81쪽) 것이 맛치 新羅가 唐兵을 불나다 麗濟를 統一한 思想의 餘流인 것 갓다. 이 童話에서도 自力의 偉大를 認識치 못하고 外勢만 過信하는 短點이 뵈인다. 以夷制夷하랴는 外交術은 그리 贊成할 바가 아니다. 自力으로 엇지 못한 것은 結局에 그 外勢의 支配를 밧고야 말 것이다. 朝鮮의 事大思想이 그 그릇된 政治思想에서 胚胎된 것이 아니냐. 只今의 少年까지 事大思想을 把持하여야 하면 언제나 自主自立할 날이 올 것이냐 不汗黨 復讐하랴는 勇士가 나서고 洞內 사람이 騷擾를 이르킨 것만은 그 苦悶相을 말한 것이라 할가. 엇잿던 復讐心 卽 排他思想이 烈々히 熾盛한 것만은 볼 수가 잇스나 自主精神을 쏙바루 把握한 것 갓치는 안타.

「사라오신 아버지들」 이 小說은 『少年世界』 二月號에 揭載된 것인데 그 梗槪는 이러하다.

馬山서 東南으로 한 百 里 가면 燈臺 달닌 섬이 잇는데 그곳 漁村은 뒤에 들이 잇고 압헤는 바다가 잇서서 景致 조코 살기 조흔 漁村이다. 그러나 그 村은 石川이라는 日本 사람이 온 뒤로 그가 살금〳〵 獨占的 漁場을 만들고 말엇다. 數十 隻이나 되는 漁船도 모다 이 石川의 所有다. 그 村 사람은 모다 石川의 雇傭사리 하는 漁父로서 고기잡이 하는 사람이나 고기 팔너 가는 사람이나 石川의 雇傭이 안인 사람이 업다. 그래서 섯달 그뭄에 만히 잡힌 魴魚를 下關으로 팔너 보내는데 한 三百 마리나 실는 發動機船에다 五百 마리나 실어보냇다. 그런 無理한 關係로 航海 中에 遭難하야 船員 五名은 간신히 關釜連絡船의 救助를 바다 生命은 救濟 되얏스나 빈손으로 故鄕에 도라오게 되얏다. 그들이 고향에 도라온 뒤의 눈물 나는 이야기는 마음이 압허서 쓰지 못하겟다.

이 小說은 한 漁村이 發動船 使用하는 日本人 石川의 獨占이 되야 從來의 原住民는 失業하고 糊口問題가 迫頭하니 本意가 안인 그 石川의 雇傭人이 되얏다. 石川과 對抗하야 漁業하자니 그 設備에 짜를 수가 업고 雇傭사리 하지 마자니 糊口之策이 업다. 목에 使者밥 처매고 고기잡이한다던지 고기 팔너 간다던지 하는 것이 내 일이 아니라 石川의 일을 하야 주는 것이다. 이러한 苦生이 八字所關이 아니라 石川이란 日本 사람이 오기 때문에 그놈이 어름〳〵하는 바람에 속여 너머가 漁場을 쌧긴 때문이다. 온 洞里가 石川이 때문에 못살게 되얏다고 石川을 呾呪하기 始作하얏다. 그 서른 事情과 抑鬱한 情景은 마음이 압하서 말이 안 나온다. 한 無智를 새삼스러히 깨닷는 同時에 排他思想을 鼓吹한 小說이다.(이상 82쪽)

以上 「어린 英雄」에서 不汗黨 大監을 放逐하랴는 것이던지, 「살아오신 아버지들」에서 石川이 때문에 못살게 되얏다고 石川을 怨尤한 것이 모다

農村, 漁村의 原始生活의 領域을 버서나지 못한 淳朴한 原始民들이 사람이면 모다 自己들과 갓튼 줄 알고 外來者를 歡迎하얏다가 外來者의 狡猾한 手段에 生活 土臺를 그 外來者에게 쌧기고 그 사람의 奴隷 노릇 쏘는 雇傭사리를 하면서 生活의 不安을 直面하고서야 비로소 自己들의 無智를 깨닷고 外來者를 排斥하랴 하는 農漁村의 苦悶相을 말한 것이다.

▷ 自己意識 覺醒

**「자미 업는 이야기」** 이 小說은 『별나라』 二月號에 揭載된 小說인데 그 梗槪는 이러하다.

> 아버지 도라간 뒤로 갑작이 가산이 졸아서 밥 굶기를 잇는 사람이 밥 먹기보다 더 흔히 하얏다. 어머니 보고 밥 주우〰 하고 억지를 써서 어머니의 눈물도 만히 짜냇다. 학교가 放學이 되니 放學 동안이나마 배불리 밥 어더먹으리라 하야 日本 사람집 아이보기로 갓다. 그 집에 잇슨 지 사흘 만에 온다간다 말 업시 그 집을 도망하야 어머니한테로 도라왓다. 그 理由는 어머니가 보고 십허서 먹는 것이 맛업고 쏘 배곱흐든 김이라 억지로 먹으면 속이 느슬〰하야 그 집에 잇고 십지 아니하다. 그 집 主人 內外는 怜悧한 쏭가라고 귀여워하나 逃亡하야 도라오고 마럿다. 어머니는 다시 가라고 쑤중하얏스나 그 말은 듯지 아니하고 그날 밤부터 어머니 젓을 만지며 어머니 품에 안켜서 잣다.

이 小說은 普通學校 단니는 어린아희가 밥을 굶다가 日本집 아이보기로 가서 하로 셋기씩 쌀밥을 배불니 먹엇스나 집에서 밥 못 자실 어머니가 생각나고 쏘 飮食이 習性에 맛지 안는 탓도 잇겟지만 밤낫 아희를 업으니 消化가 不良하야 속이 느슬〰해지며 굼더라도 어머니와 갓치 굼고 三旬九食을 하더라도 속 편한 굴무며 먹으며 하는 自己 집 죽이 낫다는 생각으로 온다간다 말 업시 자기 집으로 도라갓다. 굼더라도 어머이 젓 만지며 자는 것이 幸福스럽지 하로 셋끼 먹는 것만이 幸福이 아니라 한 卽 사람은 밥만이 第一이 안이라 精神 慰安이 第一意的이라 한 自己意識을 分明히 한 小說이다.(이상 83쪽)

**「人血注射」** 이 小說은『별나라』三月號에 揭載된 小說인데 그 概要는 이러하다.

> 貧血症에 걸려 生命이 危險한 刹那에 擔任先生의 血液注射로 蘇生되고 또 그 先生 집에서 療養하고 잇스며 通學하던 耶蘇敎 學校 生徒가 自己 意識이 發達됨에 짜라 그 恩師의 講義하는 耶蘇敎理에 懷疑하든 남어지에 드듸여 恩師를 써나 짠길로 가노라고 恩師에게 自己 背恩의 罪를 主의 일홈으로 赦하야 줍시사 한 片紙이다.

이 小說은 情誼上으로 恩義上으로 그 先生의 膝下를 써나서는 안 되겟고 써나고 십지 아니하지만 思想上으로는 敎會 牧師들이 쏘차 보낸 어느 先生을 思慕하게 되고 矛盾 만흔 耶蘇敎理는 無産者의 意見으로는 點頭하지 못할 點이 만하 自己의 思想 衝動上 할 수 업시 恩師의 膝下를 써나지 아니치 못하겟다고 書面으로 作別을 告하고 自己 思想을 實現할 耶蘇敎와 짠 社會로 가고 만 말이다.

以上 두 小說 「자미업는 이야기」에서 가난에 못 이기여 배불니 밥 먹는 것이 所願이엿기 째문에 하로 셋기 밥버리하야 보앗스나 生活習性이 짠 家庭에서 感情에 맛지 안는 밥은 먹어도 맛 업다. 그리고 밥만이 人生々活의 全部가 아니다. 精神慰安이 잇서야지 이 慰安 업는 밥은 鐵窓의 콩밥과 다를 것이 업다. 이 慰安만 잇스면 몃칠에 한 끼식 먹어도 그것이 낫다 하야 굼는 어머니 품으로 도로 왓다는 것이라 한 것이던지, 또 「人血注射」에서 自己 生命을 살려 주시고 또 養育하야 주시는 父母만 못하지 아니한 恩師를 耶蘇思想과 無産者의 階級思想과 背馳되는 點이 만타고 自己思想을 實現식키려고 自己意識을 表現하야 보랴고 그의 膝下를 써나고 만 것이라 한 것이던지 確實히 無意識的으로 口腹問題에 헤매는 그런 俗輩를 超越하야 精神的 意識的으로 新生를 開拓하랴는 局面 展開로 볼 수가 잇다. 卑近한 周圍事情 卽 環境의 支配에 饑饉의 悲哀만 울며불며 하는 無産少年으로 하야금 얼마나 만흔 힘을 주는가 갓튼 貧窮의 悲哀를 하소연하는 小說이라도 이 두 小說만은 貧寒의 悲哀를 말하면서도 生氣잇는 新生의 指導를

뵈이는 意味深長한 小說이다.

▷ **自立精神** (이상 84쪽)

**「눈물의 入學」** 이 小說은 『어린이』 一月號에 揭載되얏던 것인데 그 梗概는 이러하다.

貴男이는 元山 淸津旅館 使喚으로 잇섯다. 서울 苦學 갈 생각을 가지고 主人한테 車費를 어드려다가 죽도록 어더 마젓다. 그래서 元山서 서울까지 걸어 올나왓다. 貴男은 自己를 어리석은 가난뱅이 아들이라고 때리고 차고 하던 淸津旅館 主人 아들 乙龍과 갓치 어느 高普校 入學試驗을 보앗다. 奇蹟이라 할 만치 천하고 가난한 貴男은 첫재로 及第되얏다. 그러나 곱게 자라고 호긔잇게 자란 乙龍은 가엽게도 落第하얏다. 貴男은 乙龍의 일이 가엽고 自己가 入學된 것이 너무나 반겨워서 눈물이 핑 도랏다.

이 小說은 少年 貴男이가 가난하야 旅館집 使喚으로 잇스면서 向上熱이 烈々하야 苦學할 決心으로 서울 갈 旅費를 旅館집 主人에게 請하얏스나 종으로 알고 부리는 그 主人이 同情할 이가 잇는가. 乙龍과 말다툼한다고 건방지다고 無數히 어더만 마젓다. 貴男의 돈 업는 서름이야 더 말해 무얼 하리. 그러나 將來性 잇는 貴男은 旅費 어더 가지고 平安히 車 타고 서울 가자는 것이 잘못이라 생각하고 徒步로 서울까지 無錢旅行으로 떠낫다. 그만한 勇敢, 堅忍, 果斷性 잇는 貴男이라 入學될 것은 틀임이 업다. 우리는 民族的으로 無産者이다. 貴男이와 갓튼 處地에 잇는 少年은 三百萬 少年의 八割이나 된다. 貴男과 갓치 自立精神으로 어듸까지던지 奮鬪向上할 意氣가 우리 少年의 第一 몬저 알어야 할 必修 意義인가 한다.

**「希望의 꼿」** 이 小說은 『어린이』 二月號에 揭載된 것인데 그 內容은 이러하다.

秀吉은 木工쟁이 아들노 普通學校 四學年 때부터 乾電池로 電氣試驗工夫를 始作하야 親切한 先生의 指導下에 普校 六學年을 卒業하자마자 電氣調節器를 發明하고 乾電池 製造工이 되야 아버지 때보다 넉넉한 살림을 하게 되얏다.

이 小說은 自手로 成家한 少年의 이약기다. 우리 青少年은 虛榮心에 써서 祖上 傳來의 家財를 虛費하며 高等敎育을 밧고도 理想을 實現 못하야 高等遊民이 되든 사람이 만타. 그리고 傳來의 家業을 改良 擴張하는 것이 아니라 도리혀 家業을 바리고 外華만 번들을한 紳士的 職業만 求하는 弊가 잇는데 이 秀吉은 工業家의 子弟인 만치 手工器械를 發明하야 家業을 興旺케 한 것은 確實히 自立自助者라 하지 안을 者가 업슬 것이다. 少年들이나 青年들이 政治思想 文藝運動에만 沒頭하며 崎嶇를 歎息하지만 말고 이런 着實한 科學方(이상 85쪽)面은 硏究 또 發明하는 것이 亦是 朝鮮을 爲하고 民族을 爲하며 社會를 爲하는 模範的 篤志家라 할 것이다.

**「希望의 少年」** 이 小說은 『少年世界』 四月號에 揭載된 小說인데 그 梗槪는 이러하다.

> 一男은 普通學校를 卒業하고 웃 學校로 못 갓스나 講義錄으로 工夫하며 發動機 會社에 들어가 착실히 勤務한 結果 今日에는 一家가 어렵지 안케 生活하게 되고 一家 집에서 언잔어하면서 쒸여주던 빗도 다 갑게 되얏다. 그리고 會社의 信任을 바다 機械에 關한 重大한 使命을 띄고 名譽로운 外國 出張까지 가게 되얏다.

이 小說은 忠實하게 勤勞한 結果 高貴한 經驗인 산 技能을 學得하고 그 天性이 正直 忠勤하야 會社의 信任을 바더 그 工場의 責任幹部가 되고 機械의 注文이라던지 機械 改良點 視察하기 爲하야 外國으로 派遣하는 榮譽를 어덧다. 無産少年으로 忠勤한 勞役으로 成家한 立志傳이다. 기름에 저른 工務服을 닙고 機械 기름투성이가 되여진 땀 흘리며 일하는 工場을 가기부터 실혀하며 設使 가서 勤務하더라도 大槪는 勤續하지 못하고 中途辭退하는 少年이 만흔데 이 一男은 꾸준히 忠勤한 結果로 技術家로서 一家를 일우고 立身揚名하게 되얏스니 엇지 少年의 龜範이 안이라 하랴.

### ▷ 寬容의 美德

**「참된 友情」** 이 小說은 『어린이』 四月號에 揭載된 것인데 그 梗槪는 이러하다.

鎭洙는 慶孝가 도적한 雜誌와 갓튼 雜誌를 웃 冊肆에서 삿다. 도적 마즌 아래 冊肆 主人은 鎭洙가 도적하얏다고 鎭洙의 冊을 빼아섯다. 鎭洙는 도적의 累名[216]을 쓰고도 동모를 爲하야 辨明치 아니하얏다. 그랫더니 鎭洙가 훔친 것이 안인 것을 안 그 冊肆 主人은 그 雜誌를 先生에게 보내고 自己의 輕擧를 謝過하얏다. 그래서 鎭洙의 헷걸은 버서젓다. 慶孝는 鎭洙의 友情에 感激하야 울며 謝過하엿고 鎭洙를 도적이라고 놀니던 동모들도 鎭洙의 너그러운 心事에 感服하야 前과 갓치 尊敬하게 되얏다.

이 小說은 동무의 헷걸을 쓰고도 辨明치 아니하고 그 쌘인가 다른 동무에게 도적놈이라는 累名으로 놀림을 밧고 運動選手權의 停止를(이상 86쪽) 當하고 하얏스나 동무를 爲하야 自忍自重하야 事必歸正하기를 기다렷다. 그 雜誌가 가튼 雜誌이나 自己 冊肆에 陳列하얏던 雜誌가 안인 것을 안 冊肆 主人의 陳謝로 鎭洙의 靑天白日 가튼 그 操行과 光風霽月 갓튼 그 氣像에 모다 感服하게 되얏다. 잇는 中傷 업는 中傷으로 서로 헐고 서로 뜯는 이 世態에 보기 드문 寬容性을 가진 少年이다.

以上 自立精神의 三篇 小說과 寬容의 美德인 一篇의 小說은 少年 課外讀物노 누구던지 必讀할 만한 小說이다. 「눈물의 入學」에서 그 堅忍不拔한 果敢性이라던지 「希望의 꼿」에서 少年 發明家의 이야기라던지 「希望의 少年」에서 忠勤立身한 이야기는 우리 少年들의 感銘하여야 할 活敎訓인가 한다. 그것이 一身一家에 긋치는 일이지 무얼 全 社會 全 民族에 얼마만한 影響을 줄 것이냐 하리라. 그러나 우리 少年들이 저마다 이 三篇의 主人公인 少年과 갓치 貴男, 秀吉, 一男이 된다면 우리 朝鮮은 光明이 잇는 社會가 될 것이며 우리의 悲觀的 生活은 樂觀的 生活이 되리라 밋는다. 그리고 「참된 友情」에서 그 寬容性은 너무나 修身 訓話 갓트나 우리 社會에서 互相 中傷 誹謗 打倒하는 오늘날 우리는 그러한 君子風을 少年時代로부터

216 '陋名'의 오식이다.

涵養하야 傳來한 爭黨的 弊習을 除去할 工夫가 必要하다 한다.

五

우리의 環境이 沈鬱하니 만치 우리의 生活이 不安하니만치 그 이야기며 그 노래며 그 詩가 悲憤 慷慨 怨嗟의 哀調가 떠날 수가 업다. 그것이 참말노 自己의 心懷를 이야기에 노래에 詩에 吐露한 것이니 文藝에 哀調가 만탄 소리를 말고 우리의 環境의 雰氣를 正視하고 生活의 眞相을 測定하야 보아라. 貧窮타령을 조아서 하는 것이 아니다. 너나 할 것 업시 다 갓튼 境遇에 處하니 自然 그 타령이 나올밧게 잇나 한다. 그러나 우리 少年指導者로서 쏘 少年運動者로서 一考할 必要가 잇다. 어느 程度까지 階級意識을 闡明하는 데는 卑近한 生活苦를 題材로 하야 體驗에 비춰 感覺케 하는 것이 思想運動의 捷徑일넌지 모르겟스나 그러나 天眞爛漫한 樂天氣分에서 사는 少年들에게 이런 哀調의 讀物만 주면 그것은 움돗는 새싹을 북돗는 것이 아니라 도리혀 서리쌀 내리는 것과 다름(이상 87쪽)이 업지 아니한가. 애初에 해 볼 생각도 이러설 생각도 못하고 悲觀落膽하야 自暴自棄하는 弊는 무엇으로 匡救할가. 이 雜誌들은 課外讀物노 趣味가 珍々한[217] 것으로써 不知中에 常識이 늘고 學校 教科書의 補充資料가 되야 兒童으로 하야금 潑々한 氣像과 崇高한 德性과 周密한 觀察力과 純粹한 民族性을 涵養케 하여야 할 터인데 이 雜誌들은 思想運動의 一部인 少年運動의 武器로서 思想教養讀本으로 編輯하기 때문에 破壞性, 反抗性, 敵愾心, 爭鬪氣分을 助長하야 粗暴한 獰惡한 人物이 되게 하니 意志薄弱한 그들이 果然 勇敢한 革命家가 되야 觸處에서 熱血男兒가 튀여 나올 것인가. 文弱의 弊로 찌그러지고 삭아진 우리 民族은 이런 哀調 悲曲만 부르면 더 찌그러지고 삭아 빠저서 서랴든 허리가 도로 납작하야지지나 안을가 한다.

勿驚하라. 二十二篇 中에 自立精神이라고 볼 것 三篇과 寬容의 美德이라고 볼 것 一篇 外에는 모다 貧窮悲哀로서 咀呪 怨嗟 排他의 含淚聲뿐이다. 우리의 從來의 民謠 歌詞 詩文이 哀調 怨聲이 안인 것이 업는데 最近

217 '津々한'(津津한)의 오식이다.

것은 그보다 더 絶望的 哀怨聲이 더 만타. 그것을 가로대 環境의 代辯이라 하며 階級意識 教養 資料라 한다. 子女를 사랑하는 父兄들이 兒童 課外讀物 撰擇에 留意할 것은 두말할 것도 업거니와 作家 評家라던지 또는 指導者들이 좀 더 思想合流에만 汲々하야 思想軍 編成에만 沒頭치 말고 그 天眞性을 尊重하야 健全한 圓滑한 人格陶冶에 着眼하야 年來의 沒趣味한 敵愾心 鬪爭性 挑發의 用力을 趣味 方面으로 轉換하얏스면 한다. 나의 觀察이 그릇된 無用의 老婆心이 일넌지는 모르겟스나 輓近의 少年小說 童話의 傾向은 少年運動 教養用 階級意識 助長에만 注力하는 觀이 잇다. 이 汚論을 幸히 一讀한 분이 잇서서 高評을 주시면 그 好誼를 感謝하며 更論할 要가 잇스면 그때에 再稿하기로 하고 尤先 擱筆한다. (終) (이상 88쪽)

## 嚴興燮 외, "여름방학 紙上座談會", 『신소년』, 1930년 8월호.[218]

| 여름 방학 | 紙上座談會 | 出席 諸 先生 | 嚴興燮, 孫楓山, 金炳昊, 申孤松, 李久月, 늘샘, 梁昌俊, 李周洪 (無順) |
|---|---|---|---|

周洪. 참 이러케 더운데 일부러 와 주서서 고맙습니다. 미리도 말슴드렷섯습니다만 이러케 청한 것은 우리 少年들의 여름방학에 대해서 유익한 말슴을 들여줍시사고 한 것입니다. 아모쪼록 조흔 말슴을 만히 들여주시기 바람니다.

昌俊. 글세요. 먼저도 이약이를 드렷습니다만 少年 學生들의 방학을 임박해서 雜誌社면 雜誌社 少年會면 少年會 엇잿던 그 指導機關에 잇서서 미리부터 그것을 잘 지도하는 것은 퍽 유익한 일이라고 생각햇습니다.

周洪. 네, 그럿습니다. 누나 업시[219] 방학을 지내본 일이지만 그게야말로 잘하면 조흔 쌔이고 못하면 원통한 쌔입듸다. 그럼으로 지금 원하는 말(이상 14쪽)슴은 방학을 엇더케 지낼가 하는 것 즉 방학을 엇더케 리용할가 하는 것입니다. 자— 金 선생부터 말슴하실가요?

炳昊. 네, 저는 또 직접으로 少年들을 갓가히 하는 인연을 가지고 잇는 만큼 절실하게 늣기는 것도 만습니다. 에— 방학이라고 공중 놀 것이 아니라 통신부를 보아서 성적이 조치 못한 것은 그동안 잘 공부해서 채워야 할 것이고 그런 뒤에는 課外讀物을 만히 읽어야 할 것입니다. 그리고 雜誌 中에도 『별나라』 『新少年』 또 일본서 나는 『少年××』 갓흔 제일 조흔 것이니 그런 것을 꼭꼭 보아야 할 것은 물론

218 이 글은 비평문이라 하기는 어려우나 당대 『신소년』 편집, 발행과 관련하여 관련자들의 모습을 엿볼 수 있어 수록하였다. '늘샘'은 탁상수(卓相銖)의 필명이다.

219 '누구나 업시'(누구나 할 것 없이)의 오식으로 보인다.

이지만 또 각각 취미를 따라 습자 그림 동요 이런 것을 연습하고 또 소먹이 풀매기 신부럼도 해야 하고 때로는 등산 헴질 갓흔 것으로 몸을 건강케 하는 것들이겟죠.

興燮. 대개 그런 것이 조켓지요. 그리고 四十日이나 되는 긴— 방학 동안에 무슨 큰일을 할가 하고 꾀하여 보는 것도 조켓지요.

楓山. 그러치요. 앗가 金 선생 말맛다나 첫재 여가가 만흘 때이니까 課外讀物을 만히 읽어야 할 것입니다. 즉 학교에서 배호지 못한 것을 듯고 보는 것.

久月. 첫재 몸을 건강하게 할 것. "나로서는 본시 몸이 약한 사람이 되여서 일상 그것밧게 불워운 게 업습되다." 뜻 가튼 동모들이 모혀서 토론회 독서회를 짜고 농촌에서는 풀베기 논매기 어촌에서는 배 부리(이상 15쪽)기 그믈짜기 고기 팔기 과실장수 갓흔 것을 하는 게 조흘 것입니다.

늘샘. 우리도 일즉부터 경험해 봣습니다만 海水浴 散步 讀書會 討論會 童話童謠會 갓흔 것이 제일 조트군요.

孤松. 무엇보담도 농촌 소년들은 아버지를 짤아 논도 매고 김도 매고 해야지요. 벼님의[220] 이슬을 털치면서 「얼널널 상사뒤」 부르는 자미, 그러고 나면 싯거믄 꽁보리 밥덩이도 꿀맛가치 그저 몸이 그 자리에서 무럭무럭 커는 것 갓지요.

昌俊. 그게야 참 우리 싀골 少年들이 아니면 못 보는 자미겟지요. 도회지에서 몬지 속이나 빙수 가가에서 할낭~ 하는 걸 비하면 참 행복이라고도 하겟지요.

周洪. 참 모두들 평범한 듯하면서도 새로운 말슴을 만히 드렷습니다.[221] 그러며 다음엔 여름이 조흔 것 즉 다른 철에보다 여름에 조흔 것을 말슴해 주셧스면 합니다.

---

220 '벼닙의'의 오식으로 보인다.

221 '드렷습니다.'의 오식이다.

孤松. 첫재 무엇보담도 얼골이 검어지닛가 조하요. 웬 얼골이 뼉다귀가치 하이얀 사람들을 보면 엇전지 미덥지 못해서… 집 업는 사람들을 위해서도 아마 이 여름철이 그중 나을 걸요.

興燮. 사나희라도 마음대로 빨내하기 조코 한데서라도 아모 데라도 궁글 수 잇스닛가 조치요.

늘샘. 맨발 벗고 함부로 다녀도 별탈 업는 게 조치만 비바람 부는 날 학교(이상 16쪽)에 가지 안케 된 것도 여간 도음이 아닐 걸요.

楓山. 여름철에 조흔 것으로는 登山하고 水浴하는 것이 衛生으로나 運動으로나 조치요. 즉 다른 철에 잇서서는 그리 쉬운 일이 아니닛가.

久月. 孤松 씨 말슴과 가치 가난뱅이 살기가 수울한 것이 무엇보담도 고마운 일이지요. 불 못 땐 방에도 잘 수 잇고……. 그러치만 불일 하는 아저씨들이사 가엽지.

炳昊. 그러치요. 그리고 꼿밧헤 새로 핀 나발꼿 해바라기 봉선화 등 이슬 먹음은 것 한낫에 더울 때 그늘 밋헤서 책보는 것 석양바람에 소등에 안저서 풀피리 부는 것 밤엔 물에 채워 둔 수박 깨여 먹는 것 비 내리는 밤 먼 곳에서 퉁수소리 들여 오는 것 이런 것이야말로 싀골 少年이 아니면 또 여름철이 아니면 못 어더 보는 자미지요.

周洪. 왜, 梁 선생은 아모 말이 업서요? 그리면 다음으로는 여름에 조치 못한 것을 또 들어볼가요?

昌俊. 네, 조치 못한 것 말슴입닛가? 글세요. 도회지에서는 별로히 그런 줄 몰나도 농가에서는 대체 걱정투성이지요. 날이 감을기도 쉽고 또 걸핏하면 수해가 저서 걱정되게 하는 일도 만흐닛가 모처럼 집안에서만 잇게 된 少年들까지도 걱정이 안 되겟서요?

久月. 무엇보담도 빈대 벼룩 모긔 갓흔 버러지 또 이들이 묘개하는[222] 여러 가지 傳染病이 돌아다(이상 17쪽)니기 쉬운 것이 무섭지요.

炳昊. 그러치요. 제일 그런 버러지들이 구찬해요. 그리고 숨통이 맥히도록

---

222 '매개하는'의 오식으로 보인다.

더운 것 옷이 젓도록 땀 흘느는 것 논에 풀 맬 때 나락닙사귀 낫 찔느는 것도 여간 실흔 일이 안닙듸다그려.

楓山. 대체로 우리 少年들은 衛生 觀念이 적습니다. 낫잠 자는 것 파리를 예사로 아는 것 갓흔 것은 하로밧비 고처야 할 것입니다.

늘샘. 다른 철과 달너서 걸핏하면 뱃병 잘 나는 것이 탈입듸다. 吐瀉 곽난 갓흔 것은 그중에도 아주 위험한 병이닛가요.

興燮. 아이구 내야 제일 귀치안은 것은 잇는 자식들의 발에 양말 쏘랑 냄새 나는 것 비오는 날 맨발에 개똥 밟히는 것 이웃집에서 꼭 갓흔 레코-트로 날마다 유성긔 트는 것 방학에는 논다닛가 공중 노는 줄 알고 부모님들이 연필 한 자루도 사 줄 줄 모르는 것 외나 수박을 보면 돈은 업고 침만 삼켜지는 것……. 그런 건 차라리 모두 안 봣스면 좃켓습듸다. 웬 놈의 수박은 그러케도 만흔 지 꼭 빗장수 놈의 골통수 갓흔 게…….

孤松. 흥 또 슬믓이 수박이 잡숫고 십흔 게로군요. 하하, 그래 어대 한터 우루어 봅시다그려…[223] 그런데 나는 마즈막으로 우리 少年들에게 부탁해 둘 것은 첫재 낫잠을 안 자고 과일 빙수 아이스크림 갓흔 것을 먹지 말고 놀지 말 것 등입니다. 왜 그러냐 하면 이 모든 것은 우리 少年으로 하여곰 게(이상 18쪽)을니 식히고 먹기를 조화하는 부잣집 자식과 갓흔 습관을 길느며 한업시 허영과 식욕만 느리는 것입으로[224] 하여서 지금도 나는 그러한 소년을 보면 그 자리에서 곳 말니닛가요.

周洪. 이처럼 더운데 모두들 참 재미난 이약이를 만히 들여주서서 감사합니다. 이 모든 실익이 잇는 말슴은 염방 방학 동안에 잇는 본밧고 실행할 여러 학생들에게 반드시 큰 도음이 잇스리라고 생각합니다. 그러면 오늘의 좌담회는 이것으로 마치겟습니다. 그런데 이러케 공

223 '어디 함께 어우러져 봅시다그려…'의 뜻으로 보인다.

224 '것임으로'의 오식이다.

교로히 모힌 김에 더 이약이할 것이 잇습니다. 그것은— 곳 닥어오는 十月이 우리 『新少年』의 일곱 햇재 돌 달이 아닙닛가. 즉 七週年 紀念 特別號를 내겟는데 그때에는 잇는 힘이라고는 탈탈 털어서라도 좀 굉장히 꾸며 보랴고 하고 잇습니다. 그러닛가 거게 대해서 모다 조흔 의견을 듯게 말슴해 주시고 또 가치 의론하기로 합시다. 오늘은 이왕 느젓스니 내종 해거럼에나 가실 요량을 하시고 자— 더운데 위선 저 나무 밋흐로나 가서 조용히 이약이하기로 하십시다. (쯧) (文責在速記者) (이상 19쪽)

## 社說, "兒童讀物을 選擇하자", 『매일신보』, 1930.8.22.

兒童教育에 잇서서 學校의 教壇에서 先生이 授與하는 教科書에 依한 智識만에 兒童이 滿足지 안는 時代가 왓다. 複雜한 社會相과 이에 做出된 多端한 文化의 交流가 兒童의 熱々한 求智慾을 利用하야 그들의 單純한 頭腦에 一大 刺戟을 준 것은 事實이려니와 在來 注入的 教育이 現今 指導的 教育으로 轉換하는 過程에 반듯이 隨伴할 現狀이다. 諸 外國의 出版界를 보아 그 傾向을 넉々히 짐작할 수 잇다. 이러한 風潮가 普通教育이 아즉 普及지 못한 朝鮮에도 어느듯 미처 와서 今日에는 少年少女를 相對로 한 雜誌와 出版物이 그 數가 相當히 만하젓다. 或은 漫畵로 或은 童話로 或은 傳記 奇譚으로 兒童心理를 捕捉하야 多讀케 하랴는 出版業者의 努力이 보인다. 그러나 一般으로 보면 純眞한 兒童에게 이러한 雜誌나 이러한 單行本을 읽히어 조흘가 할 만한 空疎 醜雜한 內容을 가진 讀物이 만히 보인다. 萎微不振하는[225] 朝鮮 出版界에 兒童讀物만 充實한 內容과 優雅한 形式을 가추어 가지라 함이 돌이어 事情 모르는 無理한 請求인지 알 수 업스나 우리는 第二世 國民인 兒童教育에 特殊한 使命을 가지고 잇슴을 意識하는 만콤 여긔에 深甚한 注意와 多大한 努力을 가지지 안흘 수 업는 것이다. 干爲[226] 兒童을 相對로 한 出版物을 보자. 그 大部分이 西洋 이야기의 飜譯物이다. 그 內容이 朝鮮 兒童의 固有한 情緒에 符合되는지도 保障하기 어려운 일이려니와 더욱히 譯者 自身도 理解가 될는지 疑訝하지 안흘 수 업는 難解의 文句로 表現코자 正確을 일흔 것은 兒童으로 하야금 着味하야 읽게 할 수도 업슬 뿐 아니라 비록 好奇心에 읽기는 하얏다 할지라도 兒童讀者로 하야금 모르고서 넘어간다는 粗漏한 頭腦를 맨들 우려가 업지 안타. 習慣은 第二의 天性이다. 緻密한 頭腦를 粗疎로 放逐

225 '萎靡不振하는'의 오식이다. "萎靡"는 "시들고 느른해 짐"이란 뜻이다.
226 '于先'의 오식으로 보인다.

하는 것은 큰 罪惡이 될 것이다. 現今 우리의 社會에 어느 方面을 勿論하고 한 權威를 發見하기는 매우 어려운 노릇이나 兒童敎育을 理解하고 兒童心理를 把握하야 情緖 方面이나 知識 方面에 指導하고 啓發할 何等의 能力이 업는 아즉도 兒童時代를 未免한 靑少年의 一時의 好奇心과 名譽慾에 驅使되어 어쩌한 先生 稱號 알에서 飜譯되고 剽窃된 讀物을 情操조차 맛지 안는 朝鮮 少年에게 읽힌다는 것은 朝鮮 兒童을 그릇침이 여긔에 甚한 者 업슬 것이다. 여긔에는 良心 잇는 出版業者의 猛省할 바려니와 더욱이 敎育者와 家庭에서 特別히 注意할 바이다. 吾人은 朝鮮에 兒童讀物이 업는 것보다 疏漏한 것이나마 若干 잇다는 것이 낫다 하는 自慰로 今日의 兒童讀物이 주는 兒童 弊害를 그대로 볼 수는 업다. 決코 讀物이量으로써 만타 하야 兒童敎育에 最善을 다할 것이 아니라 質로써 이에 臨하여야 될 것이다. 兒童의 將來를 爲하야는 그들 讀物 選擇에 對하야는 家庭과 敎育者의 嚴重한 監督이 必要하다고 생각한다. 兒童 自身에게 그대로 맛긴다는 것은 매우 危險한 것을 우리는 알아야 한다.

## 金炳昊, "最近 童謠 評", 『音樂과 詩』, 창간호, 1930년 8월호.

一. 前言

내가 四月 童謠 評을 發表한 뒤에 自稱 예술의 極致品 製作者(卽 藝術至上主義者) 韓晶東이가 참으로 아히들 잠고대에도 갓가운 구역질나는 깃둑깃둑한 雜言을 히롱함이 잇섯다.[227] 韓晶東이는 우리 新興童謠作家도[228] 안이요 또 그 雜言이 論議할 만한 對象까지도 되지 못할 것이엿음으로 그저 默殺하여 버리려 햇스나 여러 同志들의 勸告에 못이겨 「藝術至上主義者의 正體」란 韓에 주는 反駁文을 썻든 것이다. 그래서 ×日報에다 보내엇드니 ××××反動 新聞인 ××日報에서는 그 反駁文을 색이코트하고 말엇는지라. 期會 보와 한 번 더 붓을 들야든 次에 마침 同志 申孤松 君을 만나 여러 가지 文壇事를 이야기하는 다음에 韓에 對한 意見도 말한 다음 六月 童謠 合評을 둘이서 썻든 것이다. 그 合評 中에서도 韓이 귀 뚤힌 者이면 넉넉히 알어들을 만하도록 말하야 두엇든 것이다. 그러나 그 評文 亦 여러 사람이 보와 줄 수 잇도록 ××日報에다 申 君의 손으로 보내엿드니 □지적으로 反動하랴는 ××日報에서는 그 合評文까지도 亦是 색이코트하고 말엇든 것이다. 그러나 나는 그를 默殺하여 버리는 것도(그는 우리 同志가 되여질 餘望이 업슴으로) 相關업으리라고 밋는다. 이 六月 童謠 評의 붓을 드니 그 싸위 것들까지도 다시 생각이 나서 이곳에서 또 한 번 더 굿세게 藝術至上主義的 童謠 撲滅에 밋치여 볼가 한다. 그러나 이번의 童謠도 亦是 新興的의 것이 進展 潑剌한 맛을 더하야 갈 뿐인 데야 엇지 그런 것들(韓晶東 等 밋 個人)에게 對한 우리의 勝利가 안인랴!

---

227 韓晶東의 「『四月의 少年誌 童謠』를 낡고(전2회)」(『조선일보』, 30.5.6~11)를 가리킨다. 한정동의 이 글은 金炳昊의 「四月의 少年誌 童謠(전3회)」(『조선일보』, 30.4.23~26)에 대한 반론이었다.

228 '新興童謠'란 계급의식을 바탕으로 한 동요를 말한다.

二. 童謠 評『별나라』의 分

◎ 初夏行進曲 우리『별나라』同人 合作品인 것만콤 新興童謠의 갈 길을 표시하야 준 것의 하나이라고 본다. 無慈悲×××들은 커가는 少年들 까지도 몰아붙여서 그들의 연약한 에넬기—까지도 ××하고야 말아든 것이다. 그러나 이미 世紀는 그 올은 길을 걷기 始作한지라.

그들 少年職工들은 ××하(이상 36쪽)는 힘과 ××하면서 이겨낼 勇氣를 가젓는지라 연기 없는 연통을 뒤에다 두고 맑게 개인 初夏의 거리 우로 우렁찬 ××行列을 지여 行車하고야 말앗든 것이다. 이 얼마나 壯快한 일이냐. 이 뒤에도 더 만이 合作品이 生産 進展되기를 바랜다.

◎ 비밀상자 雨庭(梁昌俊)

梁 君의 童謠를 오래간만에 對하게 된다. 以前의 그것보담 □足的 進展(이데오로기—에 잇어서)을 보여주는 것은 한갓 길거워 안이할 수 업다. 이것은 ×××××인 옵바가 비밀을 직혀오든 아모도 차저낼 수 업는 그 상자를 ×××× 교묘하게도 차저내여 갓을 때 믇에 게신 옵바에게 어서 이 말을 傳하야 들이야 되겟다. 비바람이 치부는 이 밤중에라도 달여가 옵바를 救하겟다는 나어린 누이동생의 勇敢한 決心을 나타내어 잇는 一步前進한 조흔 童謠다. 着想과 取材方式에 잇어서 敢히 달은 作家의 미치지 못할 무엇이 잇다.

◎ 우는 꼴 보기 실혀 鼓頌

申 君의 童謠는 單純化되여 잇는 것이 그의 特性일 것이다. 그리고 皮肉的 諷刺美가 잇는 것도 特性이다. 지개 지고 나무하러 가는 나를 괜이 욕하고 가는 미운 놈 아들놈을 (이하 4 자 해독 불가) 주고(이하 6여 자 해독 불가) 샛기의 연약한 그가 우는 꼴이(이하 10여 자 해독 불가) 다가는 소똥에 코가 닷코(이하 20여 자 해독 불가) □□味를 늣기게 된다.

◎ 아아 누나의 얼굴 다시 볼 수 업슬가 海剛

늘 말하는 해강의 多少 抽象的으로(로-맨틱한) 흘으기 쉬운 難澁한 그것에서 具體的 敍事詩 形式을 取하여진 이번의 것은 조흔 傾向을 보여 준다고 본다. 그러나 좀 더 單純化하여저야 하겟고 兒童生活 童心에 接近되어지기를 바란다. 말하자면 이런 것은 中學生 程度가 안이면 讀解할 수 업슬 것 갓다.

◎ 脫走 一萬里　朴世永, 孫楓山, 嚴興燮

連作 敍事詩의 첫 試驗인 것만큼만은 興味를 가지고 보앗다. 그러나 다 ― 읽고 머리속에 남는 것이라고는 別다른 것이 안이라 題目과 갓치 脫走 一萬里를 한 것밧게는 別다른 것이 업다. 그러나 고리쇠의 意識的 進展과 ××生活로 들어가는 過程만은 認識할 수 잇다. 朝鮮 兒童과 臺灣 兒童들이 結合된 것은 처음 보는(作品上에서) 것의 하나이다. 이와 갓튼 試作도 거듭하야 가는 동안에 조흔 將來를 촉망할 수도 잇을 것이다.

◎ 池壽龍의 「일군의 노래」는　일하는 사람의 希望과 길이움이 如一하게 잘 나타나 잇고

◎ 金光允의 「파랑새」는　너무 病的 쎈치멘탈한 氣分의 것이다. 어미새 죽은 것을 □이래 쌀아 죽는 파랑새는 時代□□ 動物이 안인가 한다.

◎ 朴古京의 「동생의 깃때」도　어린아희의 한갓 작(이상 37쪽)란하는 것을 그려낸 것밧게는 아모것도 업다. 무엇을 暗示할야는 形式의 童謠도 時代遲다. 卽接의 아지푸로的의 것이라야지.

◎ 李在杓의 「夜學」은　勞働少年들의 배우려는 熱誠의 길이 나타나 잇다. 李 君은 晉州邑에서 한 三 마장이나 먼 夜學校 指導者로서 밤마다 늣도록 그들을 가르치며 낫이면 재갈 실는 勤勞少年이다. 피오니-ㄹ들의 몸우에 祝福 잇으라.

### 三. 『新少年』分

◎ 녀름밤　嚴興燮

幼年童謠인 것만콤 이것에서 이데오로기―를 問題 삼을 수는 업지마는 녀름밤의 로맥틱한 情景만은 잘 늣길 수 잇다.

◎ 망아지　雨庭

現下의 客觀的 情勢로는 인테리겐차나 소뿌르的 色彩를 가진 것들은 걸핏하면 買收 당하기 쉬운 일이다. 이 동요는 兒童 中에서 ×××× 석동이와

놀지 말자고들 맹서해 놋코는 양과자로 꾀우는 판에 그만 망아지가 되여서 미운 놈 아들 석동이를 태워줘찌 째문에 동모들에게도 일너주어야 하고 어머님께 말하야 매도 맛처야 할 것이라는 것이다. 單純化 되여 잇는 조흔 童謠다.

◎ 피리부는 동무 업스니　鄭翼北

이것저것을 羅列하는 것으로는 詩가 안 된다. 너무 感覺的으로 기우러젓고 形式도 散漫하다. 그런데 衰滅당해 가는 農村의 恨歎만은 엿볼 수 잇다.

◎ 먹방 속의 父子　李聖洪

래일이란 우리의 그날을 압헤 두고 병들어 누어 잇는 아버지에게 조개고약 한 개를 어든 그 아들은 먹방 속에서 □白(貧困과 ××의)을 거듭하는 것이다. 우리에게 來日이란 希望의 날이 잇기 째문에 모-든 억울함을 이기고 나가자는 생각이다. 그러나 너무 좀 장황하기는 하다.

◎ 孫桔湘의 써드는 아희의 노래

×××하는 階級은 일을 부즈런히 하야도 살 수가 업다. 가난하기는 매일반이다. 흘버서 가며 굼주려 가며 일년 동안 지은 농사가 거름갑 무슨 갑으로 쌧기고 마는데 하물며 가무름까지 들고 보니 량식쌀 한 치도 지주가 ××다 버리고 나니 살길 차저 써나지 안을 수 업다는 것이다. 이런 取材內容은 발서 여러 번 불너진 듯하다. 새롭은 맛이 업다. 더 좀 深刻味가 잇는 것 淸新한 것으로 飛躍하라.

◎ 朴正祚의 누나는 굴 캐러　한 번 더 읽게 하는 무엇이 잇다. 新聞엣 것은 안이지만 조흔 것이 나어질 것을 촉망(이상 38쪽) 한다.

◎ 왁새 덕새　韓晶東

이것도 韓晶東의 自稱 鄕土味가 담북 실인 藝術의 極致品인가 보다. 藝術의 極致品이 안이라 魔術의 極致品이라도 우리는 이것들(傳來되여온 것이고 안이고 간에)을 過去의 ××藝術과 한가지로 埋□掃退하고야 말 것이다. 웬 쏘 이 사람의 童謠에는 불이 그리 잘 붓는지 몰나. 消防隊를 불러서 물베락을 줄 수밧게는 업겟군. ― 沒落하여 가는 ×××와 한가지로 自滅의 길을 하로라도 쌜니 하여라.

◎ 睦一信의 개고리 우는 밤　센치맨탈한 아모 바랄 것 업는 取할 곳 업는 것이다. 自然詩的의 것까지도 업다.

◎ 아가야 울지 마라　朴奇龍

運命論的 根據를 가젓기 때문 새것이 못 된다.

四. 『새벗』의 것들

◎ 少年工의 노래　宋完淳

宋 君이 요지음 와서 푸로 童謠를 써 볼여 하는 形態는 보인다. 그러나 모도다 失敗하고는 말엇는 것을 엇지 하랴. 『中外日報』에 發表하엿든 「돌맹이」가 그랫고 이 「少年工의 노래」도 그러하다. 少年工이 그럿게 연弱하다가 죽어 가는 것으로는 도로혀 少年工을 中傷하는 것박게는 안 된다. 비단옷 입은 놈들이야말노 휘청휘청하도록 톱×버리면 곳 잡바지×을 것가치도 虛弱함에 反하야 少年職工들은 勞働함으로써 굵다란 팔다리 힘센 身體의 所有者일 것이다. ××××××들 씀이야 네댓 달나들어야 잘 당직할 수도 잇다. 그러나 스뭇 절에 가서 비단옷과 고기 살진 아희들이 우리들의 것을 하여서 그러치 하고 多少의 暗示的 表示는 잇지만 그리 새롭지도 못한 것이다.

◎ 분푸리　南宮琅

이것도 ×××××의 살진 것 최 참봉이 아버지 때린 것이 잇으나 亦是 宋完淳 君과 가튼 傾向의 것이다. 多少 挑戰的 效果를 엿보여 주는 데 取할 것이 잇다.(살이 쩌도 뱃살 쩟고) 압바를 때려도 압바가 기운이 모자래 그런 것이 안이라는 데까지 아지푸로的 進展이 잇서지기를 바란다. 南 君의 各 新聞紙上에 너저분한 것을 함부로 發表하는 것은 도리혀 童謠作家的 威信을 내루트리는 것인 줄 알어야 된다.

◎ 玄東炎 뒤집 우산은　그럴 듯도 하지만 신쟁이 영감집으로 누나가 비 오는데 남의 집 심부럼하고 잇는 누나가 무슨 돈으로 신을 사러 갈 수가 잇는가 말이야. 뒤집 심부럼하다가 뒤비트린 우산이면 집에나 돌아와 엇쩌케 할 일이지 이대를 가기는 무얼 하러 가드란 말인고. 너무 空想的

이요 주(이상 39쪽) (한줄 해독 불가)허무러진 우산을 곳처 줄가 한 것도 되지 못햇다.

◇ 申善于의 모심으기도 抽象的 아모 感興을 못주는 것이다.

◎ 싸우러가는 개미　孫桔湘

동모를 일흔 개미가 동모의 報復으로 용감스럽게 쌈터로 간다는 것. 무엇을 검잡을나다 못 잡은 것 갓튼 서운함을 남겨 준다. 더 具體的으로 더 深刻하게 한거름 더 나아가라.

◎ 金光允의 봄비　平凡한 스케치요 늘 하는 소리고 바랄 것 업다.

◎ 朴鳳澤의 할아버지 생각　죽은 사람을 追憶하는 時代遲한 몃 千萬번 해 오든 소리.

◎ 高文洙의 적은 갈매기　말할 아모것도 못 되는 헛 조희만 버린 것이다.

### 五.『少年世界』分

◎ 우리 누나　朴仁範

貴公女의 할 소리다. 아무것도 바랄 것도 取할 것도 업다. 싸치샛기를 무엇이 허무럿는지도 알 수 업고 죽엇는지도 살앗는지도 몰으겟다. 그리 쉽게 울 수 잇는 누나는 눈물산에 □□씬 貴公女밧게는 안 된다.

◎ 큰비 나린 날　李久月

李 君의 散文詩다. 그리 新奇롭지도 前進한지도 몰으겟다. 요지음의 李君의 童謠들은 거진 다 ××를 當하는 모양인데 더 큰 飛躍을 바래오든 次이것은 多少 期待에 어그러진 것이다. 第四節짜지는 아모것도 업섯스나 第三節 二行으로써 모다를 살녀 낸 感이 잇다. 그러나 이런 것들은 것싯하면 抽象的으로 되기 쉽고 閑漫하여지기도 쉽다. 엇잿든 李 君의 새 飛躍과 進出을 期待하자.

◎ 첫녀름　崔壽煥

그저 늘 갓흔 清新味 업는 平々凡々한 것.

◎ 학교길에서　東炎

누군가 몬저 이런 內容의 童謠를 發表한 것을 읽은 記憶이 꼭 잇다. 누구라도 좀 일너 주게나. 아모 新奇롭잔은 것이지만은 모도들 獨創的 作品을 내여 놓토록 힘써 주기를 바란다.

◎ 懷抱　鄭運波

무슨 잠고댄 줄 몰을네라. 崔壽煥 君의게 보낸다 햇스나 이런 것을 밧는 이도 感興을 못 늣길 것이다. 무슨 소린지?(이상 40쪽)

『少年世界』의 童謠들은 모도가 우리 童謠界에서 레벨 以下 無節操한 것들이 만타.

이것은 編者가 童謠에 理解가 업는 까닭인가 한다. 늘 보와 오지만 하나도 씰 것이 업섯다.

◎ 金光允의 흐르는 江물　그저 그런 것 더 무엇 바랄 것 차저낼 것이 잇서야지.

◎ 金樂煥의 울아버지 미워는　多少 取할 만한 자미스러운 것이다. 그럿치 잘못하는 아버지면 미워만 할 게 안이라 곳처 주어야지

◎ 工場 누나에게　孫桔湘

싸우러 가는 개미보담 훨신 좃타. 孫 君은 童謠보담 少年詩나 散文을 쓰는 게 나흘 것 갓다. 이것은 썩 잘되엿는대 敍事詩的 效果를 充分하게 담어 부엇단 말이야. 詩로써 成功된 것이다. 더 前進하기를 勸한다.

以上으로 六月의 童謠 評을 通하야서의 童謠는 씃치 낫다. 韓晶東과 『少年世界』에 作者와 其他 二三을 빼여놋코는 모도가 新興的 氣分을 씌고 잇는 것이다. 우리 新興童謠作家 ××의 勝케 될 것이다. (이하 10자 정도 해독 불가) 一步前進－ 하야(이하 5자 정도 해독 불가)

一九三〇. 六. 二九 (이상 41쪽)

## 柳白鷺, "少年文學과 리아리즘-푸로 少年文學運動(一)", 『중외일보』, 1930.9.18.

一

朝鮮에 잇서서 少年文學運動은 이미 提唱되고 그의 指導者 사이에 運動의 當面的 問題에 對하여 問題가 論議된 지도 이미 오래엿다. 그러나 過去에 잇서서 少年文學運動의 實際는 푸로레타리아의 現實의 正確한 基礎 우에 立脚한 것이 아니요 오직 廣汎한 民族運動의 胎內에서 生長한 少年運動의 基礎 우에 노힌 것이엿다. 그것은 뿌르조아文學運動의 胎內에서 提唱되고 自然으로 成長하여 왓든 것이다.

그리하여 現今에 그 運動의 成果로 對處에 少年會가 率先하야 組織되고 少年運動 그 속에 內包한 少年文學運動은 理論을 通하야 組織으로 —— 그의 指導 先驅者들 사이에서 少年雜誌, 純文藝 雜誌가 京鄕을 莫論하고 誕生되엿다. 그런대 現在 發刊되고 잇는 少年雜誌의 內包한 性質을 大別하야 보면 다음과 갓다.

一. 少年의 心身을 感化시키기 爲한 人情味, 同情心 及 等ㅅ 다위의 內容을 가진 所謂 神話나 寓話, 童話나 成功談 가튼 것과 愛國心을 鼓舞시키는 愛國美談, 武勇談 가튼 케케묵은 것을 모하 논 修養(?)本位의 것 —— 이오.

二. 少年의 興味를 高揚시키기 위한 文藝ㅅ 다위를 실은 興味本位의 것 —— 이오. 이것을 다시 二別 하야 보면 이러하다.

A. 文藝一切

B. 趣味一切

그리하야 그 前者에 該當하는 것으로는 『어린이』와 『新少年』이 그것으로 過去에 잇서서 이와 가튼 길을 同一하게 밟아 나려왓스며 그 後者에 該當하는 것은 그 數가 許多하야 一一이 枚擧할 결을도 업거니와 大體로 記憶에 올으는 대로 例를 들면 지금은 休刊되어 업스나 若干 濃厚한 푸로레타리아의 色彩를 띠이고 果敢하게 鬪爭하여 오든 『朝鮮少年』(A)가 그것이엿고 現今 現著한 發展을 示하고 잇는 『별나라』(A)가 亦是 그것이요 그 外에도 『아희생활』, 『새벗』, 『少年朝鮮』, 『半島少年』, 『少年世界』 ―― (모두 B) 그리고 地方 雜誌로 『少年文藝』 ―― (A)가 그러하엿다.

그러나 이 몃 個를 곱히는 少年雜誌를 五百萬의 朝鮮 少年大衆에 비처 볼 때 아직도 少年文學運動이 微弱함과 아울러 少年文壇이 쓸쓸한 가을의 늣김을 嘆息치 안흘 수 업다. 더욱히 一步를 더 나아가 世界的 푸로레타리아-트의 現實 우에 樹立치 안흐면 안 될 푸로少年文學運動을 考察함에 잇서서랴 ――

大槪 朝鮮 안에서 發行 되는 雜誌는 有頭無尾의 格으로 그 創刊號로부터 二三號까지는 活氣가 잇고 꾀 發展되여 나아감즉 하다가도 二三號가 지나가 四五號에 잡히면 한풀 썩기고 마는 것이 例事다. 엇던 外國에 遊學 갓다 돌아온 文士는 朝鮮의 雜誌를 갈오되 三號 雜誌라고까지 酷評하엿다. 허나 이 酷評이 酷評 아닌 現實임에야 엇더하랴

雜誌 經營 事業 ―― 그 裡面에는 九角的 許多한 難關과 苦心이 숨어 잇슬 것이다. 或은 資本難 或은 經營難 或은 記小難 或은 原稿難 或은 檢閱難 或은 무슨 難 무슨 難 하야 이처럼 끔직스런 難ㅅ字가 反復되는 事業은 別로 드물 것이다. 쉬울 듯하면서도 困難한 것은 이것이다. 더욱 現在 朝鮮과 가튼 情勢에 잇서서는 어려운 일이다.

---

**柳白鷺, "少年文學과 리아리즘-푸로 少年文學運動(二)", 『중외일보』, 1930.9.23.**

그러나 文學運動을 닐으키려는 者 ―― 이 意義 깁흔 事業에 一身을 獻하고 스스로 이에 當하려 하는 者로서 이만한 困難은 能히 한숨에 물리칠 만한 努力의 準備가 업서서는 안 될 것이다. 싸홈이 업는 者는 勝利를 차지할 수가 업다. 恒常 困難ㅅ 속에서 부닥치면서도 크다란 발자국을 남기어

노코 果敢하게 鬪爭을 繼續하는 者ㅅ뿐이 最後의 地域 차지할 바를 □□할 것이며 勝利의 旗ㅅ 발을 휘날릴 것이다. 그러나 十分의 自身도 準備도 업시 주제넘게 이 事業에 손을 대엿다가 코를 닷치고 失敗에 傷하는 수가 만타.

더욱히 二三號 —— 그 甚한 것에 至하면 創刊號를 내여놋고 休刊, 廢刊된 것이 그 갓가운 例를 少年雜誌에 차저도 알 것이어니와 京鄕을 合하면 現今까지 約 五六十은 버스리라고 推斷하야도 過言은 안일 것이다.

二

一般的으로 少年文學이라고 稱하는 槪念 속에 內包되여 잇는 許多한 文學形式 —— 童話, 寓話, 少年少女小說, 童謠, 童詩, 兒童少年劇, 短文, 作文 따위는 쓰르조아 文學의 胎內에서 그 現實을 內包하야 作品이 生産되여 왓섯다. 過去에 잇서서의 少年文學運動은 쓰르조아的 現實의 土臺를 基礎로 한 쓰르조아 少年文學運動이 잇든 만큼 그 少年文學은 두서너 푼짜리도 못 되는 外國童話 또는 寓話의 日譯에서의 重譯 — 그리고 立志小說, 쎈티 뻔한 두어 줄 童謠 따위로 오직 쓰르조아 社會의 寄生蟲인 ×××× 와 無名有名의 쓰르文士의 自己陶醉的 榮譽慾과 쩌나리스트 시×× 속에서 씨어저서 少年大衆의 愛國心을 鼓舞식히고 그들의 이대올로기이의 卑劣하고 低級한 部分의 滿足을 채워 주며 意識을 痲醉식히고 少年大衆의 生活組織의 內包에까지 侵犯하고 잇섯다.

그러나 우리들은 그들 쓰르조아的 現實을 內包한 少年文學과 尖銳하게 對立하야 — 푸로레타리아文學 陣營 內에서도 보다 더 急迫한 現實의 追求에 相應하야 푸로레타리아 現實의 基點 우에 노힌 眞正한 意味로 푸로레타리아 少年文學을 樹立하야 쓰리를 그들에게 志向하고 果敢하게 鬪爭을 始作하지 안흐면 안 되겟다. 그리하야 푸로레타리아 少年文學運動의 課題는 푸로文學 陣營 內에 提起하엿 왓다.

同志들의 이 問題에 對하야 뒤를 니어 論議하고 檢討함이 잇기를 밋는다. 그리고 나는 이 問題에 對하야 그 斷片的인 "少年文學과 리아리즘" 問題를 여긔에 提出하고저 한다.

三

一九二七年부터 一九二九年에 亘하야 少年文學運動은 長足의 進步를 達하얏다. 그 運動의 本質은 쑤르조아 文學運動의 基點 우에 잇섯슬 망정 그 內部에 잇서는 끈히지 안코 對立이 잇서 왓고 恒常 果敢한 鬪爭이 繼續되여 왓다.

今年 —— 一九三○年의 初頭로부터는 發展은 보다 더 一層 ××的 發展을 必要로 하고 잇다.

우리들이 現實의 追求에 依據하야 必然的으로 解決을 急迫하고 잇는 새로운 問題는 少年文學에 잇서서의 푸로레타리아 리아리씀이다. 하나 그것은 리아리씀이라고 하는 形式的인 問題로부터 그 解決으로의 努力을 急務로 하고 잇는 것이 아니라 보다 더 原則的 根本的인 말하자면 "再出發"을 急迫하고 잇다.

우리들은 그 汚面을 맑게 싯처버리고 새로 再出發하지 안흐면 안 된다. 희고 맑게 싯은 얼골 —— 그것이 우리들의 眞實한 意味의 리아리씀이다. 싯기워 나린 때 —— 우리들은 먼저 그것을 例擧함으로써 이 小論으로 들어가기로 하자 ——

"少年은 하얀 天使의 아들이다", "少年의 童心殿堂은 사랑과 純眞의 樂園이다", "少年은 天眞爛漫하다", "少年의 가질 수 잇는 나라는 神秘의 仙境과도 갓다", "少年은 별나라에서 보낸 使者이다" —— 그리고 다시 "少年은 寶玉이다", "少年은 成人(어른)의 縮刷版은 아니다" "少年의 大人의 아버지다" —— 그리하야 마츰내 神秘의 天使(?)가 되여 버린 少年. 이 짜위 캐캐묵은 槪念들은 모다 푸로레타리아 少年文學 發展期에 잇서서의 두텁고 쌈앗코 그리고 더러운 때다.

## 柳白鷺, "少年文學과 리아리즘-푸로 少年文學運動(三)", 『중외일보』, 1930.9.24.

우리들은 먼저 —— 少年은 成(어른)의 縮刷版이다. 결코 少年은 하얀 天使의 아들의 아닌 것을 斷言한다. 그러나 少年은 寶玉이다. 거긔에 몰음직히 未來에 對한 希望과 굿굿한 期待가 숨어 잇슴으로이다. 少年의 現實과 成人의 現實과를 天堂과 地獄인 것처럼 隔離식히여 別個의 것으로써 信仰하여 오든 것이 쁘루조아 少年文學의 近況이엿다. 쁘루조아的 觀念은 美를 絶對觀念 우에 모신 것처럼 亦是 少年에 잇서서도 그 觀念을 어김업시 發揮하야 少年을 구름 우에 天使로 맨들고 무지개와 가티 녁이고 仙人으로 놉히 모시엿다.

四

그러나 푸로레타리아 少年의 現實은 決斷코 經濟的 政治的 生活로부터 流離되여 잇지는 안타. 그들 少年을 經濟的 政治的 生活 —— 卽 現實로부터 離脫식히고 非現實的인 — 實生活과 沒交涉을 식히려고 애쓰는 쌔르조아的 觀念은 다시 이를 超人間인 仙人, 天使로 모시(?)엿다.

쌔르조아流로 모신 것이 아니라 現實生活 — 卽 그들의 鬪爭 속에서 쌔아스려고 한 것이다.

그러나 齷齪한 現實은 工場에서 農村에서 少年들은 아즉 채 말으지도 안흔 피를 搾取당하고 잇는 것이다. 農民의 아들인 그들은 어머니의 젓곡지에서 쩌러지면서 눅쓰른 광이와 호미 ㅅ자루를 매고 아버지 어머니를 짜라 논으로 밧흐로 —— 김매러 나가야만 되엿스며 工場 勞働者의 아들인 그들은 "보다 헐한 賃金"으로 "보다 만흔 利潤"을 위하는 資本主義的 生產手段에 안키어서 할 수 업시 손에 함마 — 를 드럿스며 그리함으로서야만 가장 低下한 生活을 維持하여 나갈 수 잇섯다. 푸로레타리아 少年은 그 現實을 써나서 存在할 수 업는 것이며 그 自身이 生活의 旗ㅅ발이엿다. 그리고 學校에서는 가난의 屈辱을 바드며 絶對專制의 회ㅅ차리를 어더맛는다. 營養도 업는 호미밥(胡米飯)도 모자라서 못 가지고 가는 點心時間에는 少年은 푸른 하늘ㅅ속에 밥알은 그릴 것이지만 아무리 틀린다손 치드래도 蒼空에 天女의 그림은 그리지 안흘 것이다.

푸로레타리아 少年의 現實 —— 資本主義的 生産이 支配的인 社會에 잇서서의 少年의 現實 그것은 大人과 全혀 相異치 안흔 現實이다. "少年는 成人(어른)의 縮刷版은 아니다"라고 한 것은 쁘르조아的 觀念에서 울어나오는 것으로 現實에 빗추어 얼토당토 업는 말이다. 幻夢을 懷抱하는 少年은 小쁘르조아의 生活環境ㅅ 속에 잇는 것이다. 勞働者 農民의 少年은 幻夢을 許치 안는다. 나의 어렴풋한 少年時代의 追憶이 조흔 一篇의 "走馬燈"的 夢幻劇이엿다고 하드래도 夢幻的 現實은 少年의 現實生活ㅅ 속에는 업다. 그것은 大人의 夢幻에 不過한 것이다.

"少年에게는 階級이 업다."

라고 豪語하는 것은 漢學者 耶蘇敎 牧師나 或은 變態的인 性慾者의 奇怪惘測한 實로 變態인 "童話文學"의 愛讀者이다.

## 五

少年文學에 잇서서의 리아리즘이 問題가 될 째에는 特히 少年의 現實이 科學的으로 細密하게 考究될 必要가 잇다. 왜 그러냐 하면 說明치 안허도 짐작하려니와 大人(어른)이 쓰는 少年의 文學이기 째문이다.

이 크다란 問題만 손쉽게 解決된다면 그 뒤는 아무것도 업다. 왜 그러냐 하면 우리들은 實로 確固한 原則을 把握하고 잇기 째문이다. 그 原則은 "푸로레타리아 少年文學이라는 것은 少年 그 自身을 푸로레타리아 成員으로 煉磨하기 위한 糧"이라는 것이다. 이 原則은 同一한 字數로 가튼 內容을 좀 더 的確하게 보다 더 輝瀾한 形象文字를 使用하야 表現할 수는 잇지마는 ——

## 柳白鷺, "少年文學과 리아리즘－푸로 少年文學運動(四)", 『중외일보』, 1930.9.25.

少年의 現實은 맑스主義的 方法에 依하야 뿐으로 理解 되는 것과 가티 푸로레타리아 少年의 環境은 맑스主義的으로 少年을 成育식히고 또한 少年은 그 自體가 맑스主義이지마는 그러나 쁘르조아 敎化는 體系를 가지 못한 少年을 ××的으로 휘썩고 感化식혀 왓다. 이 쁘르조아의 使用한 方法이라고 하는 것은 實로 쁘르조아 리아리슴이다. 허나 그들은 거긔서 完全히 少年의 心理를 把握하고 잇다. 少年의 心理에 물고 느러저 잇다. "죽어도 놋치 안겟다" 하는 執拗한 마음이다.

그러나 푸로레타리아의 少年은 그럿케 뿌르조아가 물고 느러저 잇는 만큼 물고 느러저 잇다고 생각하면 틀린다. 벌서 그 따위 敎化로는 물고 느러저 잇슬 수 업게 되엿다. 그것은 지나간 녯날의 일이엿다. 뿌르조아가 現實로써 提出한 現實은 푸로레타리아 少年에게는 現實은 아닌 것이다. 이것은 뿌르조아 現實과 푸로레타리아 現實이 틀리이닛가 —— 아니 틀린다는 것보다 이 兩者는 尖銳하게 對立하여 잇기 때문이다. "旗ㅅ대"라고 하는 抽象的 槪念ㅅ 속에도 푸로레타리아의 少年은 뿌르조아의 少年과 全혀 正反對의 具體性을 分與하고 잇다.

여긔에 잇다. 푸로레타리아 少年文學의 使命을 百 파-센트로 다하기 위하야 우리들이 具體化를 急迫하고 잇는 푸로레타리아·리아리씀의 核心의 存在하는 中心은 ——

나는 여긔에 그 核心을 抽出하엿다. 그러나 全汎에 亘하야 提起되여 오는 諸 問題를 分析은 하고 잇스나 枚數에 束縛되야 後 期會로 미루어 둔다.

다만 여긔에는 그 代表的이라고도 할 만한 童話에 잇서서의 리아리씀에 關한 問題를 記錄하여 보고저 한다.

少年文學ㅅ 속에서 主로 하야 感情의 뷔타민을 注入식히는 使命을 씌인 形式은 童話라고 하는 것이다. 그러면 童話라고 하는 것은 엇더한 本質과

內容을 把握한 것이며 同時에 엇더케 理解되고 잇는가? —— 여긔에 알기 쉬운 것 갓가운 例를 擧하여 보자.

"資本主義의 高度의 組織化가 完成된 後 社會主義的 建設은 될 수 잇다"고 한 '쑤하-린'을 攻擊하기 爲하야 "그와 가튼 것은 童話的이다"라고 '스타-린'이 그것도 쏘한 最近에 童話라고 하는 말을 冒瀆하고 잇다.[229] 하나 여긔서는 冗談으로써 그것을 붓잡어 낸 것으로 '스타-린'을 冒瀆하는 것과 가튼 意味는 아니지만 이럿케 童話는 正히 非科學的 架空으로서 非現實과 同意語로 驅使되고 잇다. 이와 가튼 것으로 맨들어진 것은 童話가 쑤르조아 階級의 하얀 손에서 짜어지기 始作하여서부터이엿다. 그들은 少年을 現實로부터 追放하야 非科學的 架空에 보냄으로써 푸로레타리아의 鬪爭力을 消滅식히고저 하엿스며 非現實的 樂園으로 幽幽하게 追放함으로써 未來에 잇서서 푸로레타리아의 戰鬪力을 ××식히려고 하엿기 째문이엿다.

그러나 우리들은 少年의 自由한 空想的 感情의 形象化를 文學에 잇서서 表現한다 하드래도 斷然코 架空이거나 非現實的 空想이여서는 안 된다. 工場의 煙突이 憤慨하야 "쑤로조아를 위하야 이제부터는 決斷코 煙氣를 吐하지 안흐리라!"고 하야 憤懣을 하얏다고 하야도 조타. 家畜이 "主人을 위하야 搾取를 當할 수 업다"고 同盟罷業을 하여도 조타. 蜂群이 大衆行動을 하야 猛虎를 넘어트렷다거나 蚊大軍이 示威行列을 하야 獅子를 죽여도 조타. 或은 ×旗를 타고 世界 漫遊를 하엿다고 하야도 조흔 것이다.

쑤로조아的 童話가 非科學的 架空임에 反하야 그것은 우리들의 科學과 全然 矛盾하는 것 업시 一時 非現實로 보혀도 感情의 奔走로부터 베-루를

---

229 부하린(Nikolay Ivanovich Bukharin, 1888~1938)은 소련의 정치가, 철학자, 경제학자이다. 스탈린과 대립하여 농업 집단화 강행에 반대하다 숙청당하였다. 저서에 『사적 유물론(史的唯物論)』, 『제국주의와 자본 축적』 등이 있다. 스탈린(Iosif Vissarionovich Dzhugashvili Stalin, 1879~1953)은 소련의 정치가이다. 시월 혁명 때에 레닌(Lenin)을 도왔으며 레닌이 죽은 후 권력투쟁에서 승리하였다. 독재적인 방법으로 사회주의 건설을 지도하고 헌법을 제정하였다.

除去하면 거긔에 現實이 리알에 控居하고 잇다. 想像ㅅ 가운데서 生起인 事件은 現實의 問題에 부듸칠 때 瞬間에 實踐的 具體로서 躍出한다. 오직 이뿐만 아니라 道德과 感情에 잇서서도 亦是 그러한 것이다.

이와 가튼 觀點으로부터 童話는 考察하여 보면 리아리쯤과 童話와의 사이에 물과 기름을 늣길 것은 업다. 이와 가튼 意味에 잇서의 童話뿐이 가장 高度로 發展한 少年文學의 形式이 될 수 잇는 것이다. 勿論 푸로레타 少年文學은 모든 部門에 잇서서 이와 가티 하지 안흐면 안 될 것이다. 그리고 여긔에서 말한 少年의 感情은 우리들이 새로히 푸로레타리아 또는 貧農의 少年이 가지고 온 感情을 指示함이다. 케케묵은 쁘르조아的 感情ㅅ 속에 푸로레타리아的 解釋을 붓친다 해도 그것은 붓첫다고 생각해도 實은 붓칠 수 잇는 性質의 것이 아니다.

七

現在 朝鮮에는 六百萬 少年大衆을 가지고 잇다. 그 七十 파-센트 卽 四百二十萬이란 엄청난 農民少年을 抱擁하고 잇다. 그리고 그 속에서 다시 九十三 파-센트 卽 三百九十萬이 "土地"를 가지지 못한 貧農少年이다. 다 齷齪한 數字를 보아도 새삼스럽게 푸로레타리아 文學 陣營 內에 少年文學運動이 提起되여 그 解決을 急迫하고 잇슴을 늣길 수가 잇다. 特히 우리들이 注意하지 안흐면 안 될 것은 貧農階級에 處한 少年大衆은 그 大槪가 한글도 쓰더보지 못하는 文盲들이며 그 남어지 農民階級에 屬하는 少年은 간신히 書堂 或은 學校에 단일 만한 餘裕가 잇서서 한글도 쓰더본다는 것이다.

이 問題에 부드처서 우리들은 캄캄한 失望을 늣겨서는 안 될 것이다. 무엇보다도 急先務인 文盲退治運動을 崛起할 것이며 거긔서부터 우리는 果敢한 鬪爭을 繼續하지 안흐면 안 될 것이다.

푸로레타리아 少年의 리아리슴의 具體化는 以上의 意味로부터 事實 困難하다. 難關에 부듸치기 쉽다. 그러나 어듸까지든지 우리들은 "悲觀的"이여서는 안 된다. 前進을 鼓舞하는 "積極的"이여야 할 것이다. 우리들은 가시밧 덩쿨 속에서 째운 얼골을 찝프릴 때도 잇스리라. 그러나 그 때문에 우리들은 出發 前 周到히 考究하고 檢討하지 안흐면 안 될 것이다. 文學 속에서 少年文學의 價値가 高價로 評價되지 안흐면 안 될 것은 이러한 難關을 突破하는 것으로써 처음 現實性을 가저오는 것이다.

---

## 柳白鷺, "少年文學과 리아리즘-푸로 少年文學運動(五)", 『중외일보』, 1930.9.26.

九

우리들의 이대올로기-는 그 描寫 部門의 藝術의 題材와 聯關하야 아래와 가티 結語하여 왓섯다.

"참으로 大衆에게 理解되고 귀여움을 밧은 文學 — 그들의 心身을 高揚식히는 藝術을 나어라."

"大衆의 思想的 感情的 意志의 結合點을 描寫할 것"

"우리들의 文學을 大衆ㅅ 속에 侵透식혀라."

"푸로레타리아의 上層部分 발서 놀랠 만한 文化水準을 獲得한 一部의 讀者에게 向한 高級的 意識을 目標로 한 作品과 함께 比較的 初步的인 單純한 '테-마'를 內容 삼은 低級한 意識을 對象한 作品을 나허라."

"산 勞働者, 農民大衆을 適確하게 描寫하여라."

過去의 運動에 잇서서 푸로레타리아 文學의 方向을 明瞭히 指示하여 온 結語는 極히 嚴密하고 正確하엿다. 그러나 아직도 그에 對한 切實한 理解가 不充分하엿든 것은 朝鮮 푸로文學 陣營 內에서 具體的으로 嚴正하게 그것이 檢討 批判되지 못한 것이 갓가운 原因이엿스며 朝鮮푸로레타리아 藝術家들이 이 課題를 少毫[230]히 녁이고 等閑視하엿든 탓도 잇스리라고 밋는다.

---

230 '小毫'의 오식이다.

허나 이 結語는 藝術運動 過程에 잇서서 嬰兒期인 —— 初步的인 勞働者 農民의 大衆的 鬪爭이 描出되든 當時에 잇서서는 適切한 結語라고 말하지 안흘 수 업는 것이라 그로부터 朝鮮프로 作家는 "참으로 大衆에게 理解되고 그들의 心身을 高揚식히는 文學" —— 이라고 하는 正當한 軌道 우에 "산 大衆을 描寫하는 대" 全 努力을 擧하여 왓다. 그런데 그 努力ㅅ 속에는 스스로 作家의 프로레타리아的인 題材의 選擇이 잇고 스스로 그 題材의 社會主義的인 觀察 取扱法이 새로 나허지기 始作하엿섯다. 그것은 우리들이 揭揚한 "산 勞働者 農民을 描寫하여라"라고 하는 一般的인 規定이 正確하엿든 것의 立證이며 이 結語로부터 오는 우리들의 發展이 偉大하엿다고는 하겟스나 그러나 革命點에 到達한 藝術運動에 잇서서 우리들은 勞働者 農民의 戰鬪的 大衆鬪爭의 急速한 成長으로부터 쒸써러지면 안 될 것이다. 우리들은 一步를 더 나아서 그 題材의 嚴密한 選擇과 그 觀察 取扱方法에 잇서서 意識的인 ××的인 努力과 恒常 新時代로의 飛躍 —— 의 準備가 업서서는 안 될 것이다. 엇더케 우리들은 意識的인 新時代로의 飛躍을 試하지 안흐면 안 될 것인가? 그것은 새삼스럽게 말치 안허도 알 것이어니와 題材의 嚴密한 選擇과 그 觀察方法에 잇서서도 "쏠쇄빅키化"[231] —— 卽 엇더한 任務를 우리들의 藝術이 課하여 잇는가를 明確하게 肥握하지 못하고는 運動의 明確한 規準을 肥握[232]할 수는 업슬 것이다.

이리하야 우리 文學 陣營 內에는 "프로文學의 大衆化"와 함께 "藝術運動의 쏠쇄빅키化"가 解決을 急迫하고 잇는 緊急한 當面的 課程의 하나로 提起되엿다.

이리하야 납프(日本프로레타리아 作家同盟)은 그 第二回 大會에서 "藝

231 '볼셰비키(Bolsheviki)'로 소련공산당의 전신인 러시아사회민주노동당에서 레닌(V.Lenin)을 중심으로 한 다수파(多數派)를 뜻하는 말이다. 마르토프(Y.O.Martov) 중심의 소수파(少數派)를 뜻하는 멘셰비키(Mensheviki)가 부르주아민주주의혁명을 당면과제로 삼아 민주적 투쟁방식을 강조하였다면, 볼셰비키는 무산계급에 의한 폭력적 정권탈취와 체제변혁을 위하여 혁명적 전략전술을 주장하였다.

232 '把握'의 오식이다.

術運動의 쏠쇄빅키化"의 方針을 確立하엿다. 그것과 同時에 우리들의 藝術에 取扱한 題材의 選擇의 規准도 그 運動의 具體的 方針에 以下와 가티 整理 되기에 이른 것이다.

一. 前衛의 活動을 理解식히고 그 곳에 注目을 喚起하는 作品

二. 社會民主主義의 本質의 여러 方面으로부터 하는 暴露

三. 프로레타리아 히로리씀의 正當한 現實化

四. 所謂 맛센 스트라이키를 描寫한 作品

五. 大工場 內部의 反動勢力 卽 反對派 刷新同盟의 組織을 描出한 것

六. 農民鬪爭의 現實을 勞働者의 鬪爭에 結符식히지 안흐면 안 될 것을 切實히 늣기게 하는 作品

七. 農民 漁民 等의 大衆的 鬪爭의 意義를 明白하게 한 作品

八. 쁘르조아××, 經濟過程의 現象(例하면 恐怖, 軍縮會 會議, 産業 合理化, 金解禁, 保安××擴張, ××事件, 私鐵×× 等)을 맑스主義的으로 把握하야 그것과 프로레타리아-트의 鬪爭을 結符식히는 作品

九. 戰爭, 反×× 반 쏘베-트의 鬪爭을 內容 삼은 것

十. 殖民地, 半殖民地 프로레타리아-트와 國內 프로레타리아-트와의 連結을 明確히 指示한 作品 —— 프로레타리아-트의 國際的 連帶心을 喚起시키는 作品

以上의 結語는 國內의 勞働者 農民이 現在의 國內的 國際的 狀勢에 잇서서 解決을 急迫하고 잇는 프로藝術運動의 當面的 課題와 "藝術運動의 볼쉬베키化"의 方向을 極히 明確하게 指示한 것이리라고 하겟다. (계속)

## 韓龍水, "(文壇探照燈)問題의 童謠－金麗水의 「가을」", 『동아일보』, 1930.9.17.[233]

나는 今年 八月 二十日 發行의 『어린이』(八卷 第七號)에서 金麗水의 名義로 發表된

가을

가을바람 우수수 부러오면은
나무나무 입사귀 써러집니다
우리압뜰 마당의 오동나무도
입사귀를 왼뜰에 써러놈니다
우리옵바 학교서 도라오면은
갈퀴차자 락엽을 글거몹니다
오동입새 왼종일 글고글거도
작고작고 한업시 써러집니다

은 지금부터 六年 前 鎭南浦 私立 三崇學校에서 發行한 兒童雜誌 『三崇』(一九二五年 發行)第二號 第七六頁의 것 車光祚 作

落葉

가을바람우수수
부러오면은
나무나무입사귀
써러짐니다

우리마당압뜰의
오동나무도
입사귀를온뜰에

233 원문에 '南浦 韓龍水'라 되어 있다.

떨궈놉니다

나는나는學校서
도라만오면
갑지차자落葉을
글거몹니다

終日토록오동입
글거모와도
작고작고한업시
써러집니다

와 신통이도 갓흔 것을 發見하고 놀나지 안을 수 업섯다. 同時에 疑訝千萬이엇다.

첫재 前記 두 사람 사이에 詩想이 偶然的으로 꼭 갓핫다 하자. 말의 한 句節 한 句節까지야 그러케도 가틀가? 둘재 이 글을 쓰는 나는 三崇學校에 因緣이 깁흔 만큼 『三崇』誌에 對한 것도 잘 안다. 當時의 『三崇』에 싯는 글은 學校의 先生님을 除하고 全部가 學生의 習作品이다. 더구나 그 習作品은 全數가 作文時間에 지은 것을 擔任先生이 多少 加筆하야 싯게 하는 것이엇섯다. 그럼으로 學生들이 어듸서 借作을 하거나 剽窃을 하거나 한 일이 업슬 것은 當時의 某 先生이 保證한다고 한다. 그러나 一便 金麗水를 보자. 나는 지금의 金麗水는 내가 아는 朴八陽인 金麗水가 아니라고 한다. 朴八陽 金麗水는 朝鮮의 文壇的 地位로나 또는 藝術上 人格으로 보아 남의 것을 제 것이라거나 剽窃할 사람이 아님을 밋기 대문이다.

## 麗水, "(文壇探照燈)'剽窃' 嫌疑의 眞相－童謠 「가을」에 對하야", 『동아일보』, 1930.9.23.[234]

九月 十七日付『東亞日報』文壇探照燈欄에 揭載된 南浦 韓龍水 氏의 「問題의 童謠, 金麗水의 가을」[235]이라는 一文을 읽고 簡略히 알에의 數個條의 事實을 들어 韓龍水 氏의 疑惑을 풀어들이랴 합니다.

一. 拙作 童謠 「가을」은 지금으로부터 七年 前인 一九二四年에『東亞日報』學藝欄에 發表된 일이 잇섯습니다. 今般에 調査한 結果 그것은 一九二四年(卽 大正 十三年) 九月 十五日附『東亞日報』第一四七九號 第四面 第六段에 金麗水라는 이름으로 發表되엿든 것입니다.

二. 車光祚 氏의 「落葉」의 發表는 一九二五年이라 하섯스니 그 翌年이겟습니다.

三. 今年『어린이』八月號에 揭載된 「가을」은 前記 一九二四年 拙作의 再發表에 지나지 안습니다.

四. 再發表의 可否問題는 韓龍水 氏가 말슴하시는 剽竊 問題와는 全然 別個의 問題가 될 줄 압니다.

五. 作文時間에 지엇다고 일즉이 記憶하야 두엇든 他作의 童謠를 쓰는 수가 업스리라고는 保證할 수 업습니다. 그러나 그 少年이 잘못인 줄 아지 못하고 한 일을 가지고 여긔에서 내가 그 少年의 道德的 良心을 云云하려는 것은 決斷코 아닙니다.

六. 拙作이 비록 一時나마 쓸데업는 問題거리가 되게 된 것은 어린이社

234 金麗水의 「가을바람 落葉」(『동아일보』, 24.9.15)의 원문은 다음과 같다. "가을바람 우수々 부러오면은/나무나무 입사귀 써러짐니다/우리마당 압뜰에 오동나무도/입사귀를 왼뜰에 써러놈니다//우리옵바 학교서 오기만하면/갈퀴차저 락엽을 글거몸니다/오동입새 종일을 글고글거도/작고작고 한업시 써러짐니다//"

235 한용수의 「(文壇探照燈)問題의 童謠－金麗水의 「가을」」(『동아일보』, 30.9.17)을 가리킨다.

에 對하야 매우 未安한 일이며 再發表의 責任은 비록 這間에 如何한 事情이 潛在하야 잇다 하드라도 發表者인 내가 勿論 지지 아니하면 아니 될 줄 압니다.

七. 쯔트로 나의 藝術上 人格을 尊重하고 信賴하야 주시어 이 金麗水는 必是 朴八陽이 아닌 다른 金麗水라고까지 善意로 解釋하야 주신 南浦 韓龍水 氏에게 敬意를 表합니다.

八. 不健康 所致로 길게 쓰지 못하고 넘우 簡略히 적어 대단 失禮가 됨 용서하시기 바라오며 나의 潔白을 證明하기 爲하야 한 少年의 名譽스럽지 못한 일을 不得已 들추어낸 것을 슬퍼합니다. 以上

## 金泰午, "藝術教育의 理論과 實際(一)", 『조선일보』, 1930.9.23.

머리말

兒童은 —— 遊戱……民衆은 —— 勞働……이 相互的 關係는 가장 意味深長하다. 兒童에 잇서서 遊戱는 웨 必要하며 民衆에 잇서서 勞働은 웨 업서서는 아니 되는가? 皮相的으로 觀察하면 그 身體를 强壯하게 함으로 貴重하고 勞働은 民衆에게 衣食을 供給함으로 업서서는 아니 된다.

勞働은 "일"이요 遊戱가 아님은 勿論이다. 그러나 遊戱가 藝術的임과 가티 勞働도 遊戱的으로 遂行하고 쏘한 藝術的으로 淨化하지 안흠은 아니다. '패스탈롯치'와 '나톨푸'[236]는 勞働의 遊戱化……藝術化를 가장 힘 잇게 主唱하엿다.

"實로 그들(어린이)은 不斷히 遊戱的 生活을 繼續한다. 마치 水中의 魚와도 가티 가볍고 自由스럽게 —— 空中에 뜬 종달새와도 가티 즐겁게 뛰논다. 그들은 苦痛을 苦痛으로 생각지 안는다." 이 '패스탈롯치'의 말은 勞働의 遊戱化 —— 藝術化를 暗示함으로써 世上에 알려진 지 오래엿다.

………◇………

'라스킨', '모리스'[237] 等의 藝術教育論은 機械的 作業을 藝術的 作業으로 하게 하여서 그 生産을 만케 할 쑨만 아니라 勞動者의 氣品을 向上식혀야 한다는 것을 主張하고 쏘 社會主者 '소－렐'의 思想은 勞働의 藝術化 ——

---

236 나토르프(Paul Natorp, 1854~1924)는 독일의 철학자, 교육학자이며 『사회교육학(Sozialpädagogik)』(1899)과 같은 저서가 있다.

237 러스킨(John Ruskin, 1819~1900)은 영국의 미술 평론가이자 사회 사상가이다. 고딕 형식을 옹호하는 『건축의 칠등(七燈)』을 발표하여 미술 평론가로서 문명(文名)을 확립하였고, 예술이 민중의 사회적 힘의 표현이라는 예술 철학에서 사회 문제로 눈을 돌려 당시의 기계 문명이나 공리주의 사상을 비판하였다. 저서에 『참깨와 백합』, 『근대 화가론』 따위가 있다. 모리스(William Morris, 1834~1896)는 영국의 시인이자 공예가이다. 중세를 예찬하고, 문학에서는 탐미주의적 경향을 취하여 점차 19세기 문명에 대한 비판적 태도를 보였다. 작품에 「제이슨의 생애와 죽음」, 「지상 낙원」 따위가 있다.

宗敎化를 說破하고 勞動者는 단지 個人的 生産者로부터 社會的 人格으로 自己를 쑤미고 "偉大"를 目標로 나아갈 覺悟를 세우지 안흐면 아니 된다는 것을 勸告하엿다.

以上에 論述한 바와 가티 遊戱가 兒童에게 必要하고 勞働이 民衆에게 업서서는 안 된다는 것은 말하자면 遊戱와 勞働이 生理的 物質的으로 利得한다는 데만 긋치지 안코 더 나아가서 藝術的 陶冶의 資料로써 尊貴하며 그들이 "人間"으로써 向上하는 대 업지 안이치 못할 것이라는데 歸結되고 만다. 그럼으로 이 意味에 잇서서 遊戱는 "어른"에게도 必要할 쁜만이 아니라 勞働은 萬人에게 업서서는 아니 된다는 것이다.

藝術敎育論의 歷史는 '풀라토-' 以來의 일이다. 풀라토-는 '愛理美'의 말에 依하야 人間 陶冶의 一面인 藝術敎育의 意味 깁흔 重要한 說明을 하엿고 '나톨푸'는 이 點으로부터 푸라토-를 祖述하고 이 點에 合致되는 것이 만음을 또한 '패스탈롯치'를 稱揚하엿다.

新人文主義者로써 궤테, 실러, 렛칭[238] 等은 亦是 人間陶冶를 爲해서는 藝術敎育을 가장 必要로 認證한 사람들이다. 經濟的 立國의 必要上 藝術敎育을 尊重하라고 提唱한 實用主義者는 獨逸에 잇서서는 리히트왈크, 콘라드, 란게[239] 等은 들 수 잇다.

먼저 말한 라스킨, 모리스 等은 얼마만큼 이들과 가튼 主張을 한 적도 잇섯다. 그러나 藝術敎育의 本旨는 어대까지 第二義的으로 되어서는 아니 된다. 單只 經濟的으로 社會的으로 — 國家的으로만 藝術敎育의 必要를 考察하는 時代는 임이 지난 지 오래엇고 吾人은 經濟的, 社會的, 國家的 活動 範圍에 잇서서 自己에게 준 勞働에 從事하면서 한거름 더 나아가 國

---

238 괴테(Johann Wolfgang von Goethe, 1749~1832), 실러(Johann Christoph Friedrich von Schiller, 1759~1805), 레싱(Gotthold Ephraim Lessing, 1729~1781)을 가리킨다.

239 리히트바르크(Alfred Lichtwark, 1852~1914), 랑게(Friedrich Albert Lange, 1828~1875)를 가리킨다.

境을 超越한 一個의 人間이 되기 爲한 努力을 함으로써 비롯오 知識的, 道德的, 藝術的 文化價値의 創造者가 될 수 잇는 것이다. 그리하야 여긔에 人間 陶冶의 一面으로써의 藝術教育의 必要를 高論하지 안흐면 아니 될 有力한 理由가 存在한 것이다.

………◇………

序言이 넘어 길어진 것 갓다. 그만하고 本論으로 드러가려 한다. 그런데 「藝術教育의 理論과 實際」에 잇서서 먼저 藝術이란 무엇이며 또는 教育이란 무엇인가?……를 簡單히 究明하고 그 다음 理論과 實際……遊戱와 藝術教育의 順序로 論述한 後 끗을 매즈려 한다.

---

## 金泰午, "藝術教育의 理論과 實際(二)", 『조선일보』, 1930.9.24.

### 一. 藝術이란 무엇인가

美를 創造하는 것 或은 美의 創造함을 입은 것 이것이 藝術이다. 그러면 美란 무엇인가를 풀지 안으면 藝術이란 무엇인가를 알기 어려울 것이다. 말하자면 美란 무엇인가? 하는 것이 藝術을 아는 데에 가장 先決을 要하는 問題일 것이다.

아름다운 것을 보고 美를 感할 때 美的 教養이 적은 사람이 보는 觀點과 美的 教養이 만흔 사람의 觀點이 크게 差異가 잇는 것이다.

前者의 美的 判斷은 實利的 또는 實感的으로 빠지기 쉽고 後者의 美的 判斷은 實感的이면서도 보다 假象的이다. 짜아서 아름다움을 늣겨 깨달은 快感도 以上과 가티 서로 틀릴 것이다.

………◇………

美的 教養의 적은 사람이 어떤 아름다운 建物을 본다고 하면 그들이 그 建物로부터 바든 美感은 이 기동(柱)은 大理石이라던지 花崗石이라던지 하는 實質的 方面으로 關係하고 그것을 自己의 物件으로 햇스면 조켓다는

慾望을 가지게 한다.

그러나 美的 敎養이 만흔 사람은 大理石이라던지 花崗石이란 것에는 全緣 無關心이오 단지 建物 그것으로부터 바든 全體로써의 印象의 美를 發見하는 것이다. 한갓 뛰어난 美感은 自己만 그러케 생각하고 他人은 그러케 생각지 못하리라고 하는 것은 잘못이다. 지금 어느 音樂家의 演奏를 듯고 잇다고 하자. 假令 바이올린의 활(弓)이 움직인 것 音의 强弱 技術 曲에 對한 氣分의 理解 그윽히 흘러나오는 '리즘'에 "아— 조타 아름답다"고 늣기는 때는 實로 견딜 수 업는 맘이 생긴다.

그러나 이 맘이란 自己自身 쁜만이 아니라 一般的으로 누구가 듯던지 맘이 조코 아름답지 안으면 아니 된다. 말하자면 누구던지 다 가튼 맘성이 되지 안으면 아니 된다. 美가 美로 늣기는 것은 實로 이때이다. 여긔에 잇서서 美는 客觀的이오 個人的이 안임을 알 수 잇다. 美的 敎養이 만흔 사람이란 이 客觀的 美感을 確實이 잇는 사람을 가르처 말한 것이다.

그러나 美感은 客觀的에만 끈치지 안코 그것이 主觀的인데 잇서서 自由의 快感이 主觀的으로 統一해지기 때문에 自由의 快感이 생기게 되는 것이다.

그럼으로 自由의 快感이 이러나지 안은 美感은 極히 初步的임으로 單一感情에 갓가운 것이다. 그리하야 美的 敎養이 적은 사람의 美感이 淺薄한 理由는 그것이 單一 感情의 集中이어서 主觀的으로 잘— 統一되지 안는 데에 結局이 되고 만다.

---

**金泰午, "藝術敎育의 理論과 實際(三)", 『조선일보』, 1930.9.25.**

美感의 芽生은＝生活感情 遊戲運動 戀愛感情 社會的 感情 等等의 中

에서도 求할 수 잇는 것이다. 이것은 發生的 心理的 說明이나 누구던지 否定할 수 업는 事實이라고 생각한다.

香氣로운 내음새를 맛던지 맛잇는 것을 맛보던지 그 感覺 中에 엇던지 快美를 感하게 된다. 또는 社會的 感情이라고 稱할 만한 例를 들면 同情의 感情 中에도 美感의 要素는 맛볼 수 잇다. 이러틋 簡單한 것이 次第로 發達하여 가면 거긔에 美感이 客觀的 要素를 多分 包含한 것가티 敎養해 지는 것이다.

寫眞이 藝術이 아니라고 하는 것은 그것에 다만 잇는 그대로여서 嚴密한 意味에서 美를 表現한다고 하는 것을 생각하지 안는 까닭이다. 勿論 寫眞에도 寫眞師의 直觀이라던지 景致의 撰擇이라던지 포-즈의 取하는 方法이라던지 風景의 보는 法이라던지 現象의 技巧라던지가 寫眞師의 求할려고 하는 調和라고 하는 것에 多少 藝術的 무엇이 잇기는 하나 그것만으로서는 아즉 참다운 意味에 잇서서의 美를 나태낼 수 업는 까닭이다.

寫眞과 가티 自然을 한 것 힘을 드려서 寫生한다는 것으로써는 美를 表現한 것은 못 된다. 거긔에는 個性도 업고 理想도 업다. 또 산(生) 것과 가티 생각이 되는 蠟人形을 볼 때 그것이 우리에게 美的 直觀을 니르키지는 못한다. 日本의 岸田劉生[240] 氏의 말을 빌리자면

"要컨데 寫實은 길(道)이오 目的은 아니다. 目的은 寫實 以上의 것에 잇다. 말하자면 審美에 잇는 것이다. 寫實의 道는 美術에 잇서서 樞要한 大道는 될지언정 또 結局 그것은 要컨대 가장 깁흔 길임으로 根本的으로 그 길(道)을 經過한 後라야 맛볼 수 잇는 것이다." 너머나 實際에 갓가웁게 되면 實際 그것에 限한 늣김뿐이지 決코 美的 情熱을 깨닷지 못하고 實로 심심하기 짝이 업다. 蠟人形 亦是 그러하다.

---

240 기시다 류세이(岸田劉生, 1891~1929)는 다이쇼(大正)~쇼와(昭和) 초기에 활동한 일본의 서양화가이다.

'나톨푸'는 美 乃至 美感은 內的 構成으로써 全然 個人의 것이 아니고 主觀的의 것도 아니오 客觀的이 아니어서는 안 된다. 그럼으로 '나톨푸'의 美의 說明은 美의 極致에 對한 說明으로써 美의 發達에 對한 說明은 적다. 또 美 乃至 美感을 넘어 理想的으로 치우치는 嫌忌가 적지 안타. 그러나 어쨋든 그의 說明은 大體로 正當한 것이라고 承認하지 안흘 수 업다.

………◇………

다시금 나톨푸의 말을 빌자면……

美의 世界는 새로운 客觀的 世界가 아니어서는 아니 된다. 그런데 客觀的 世界라고 할지라도 單只 自然의 世界여서는 안 된다. 그러한 客觀과 自然을 超越한 새로운 客觀의 世界 새로운 自然의 世界가 아니어서는 아니 된다.

自然 그것만을 박힌 寫眞으로 말한다면 嚴密한 意味에 잇서서 藝術이 아니라 하는 것은 이 째문이다. 왜? 그러냐 하면 寫眞은 單只 自然 그대로를 直寫한데 不過한 까닭이다. 美의 世界는 어듸까지든지 假象的 世界가 될 것이다. 實感的 要素를 加하지 안흔 世界를 要한다.

또 美의 世界는 自然 그것을 對象으로한 眞理의 世界와는 다르다. 곳 理論的 目的을 가지지 안흠이다. 意志로부터 나오는 道德의 世界도 아니다. 그리고 實踐的 目的을 가진 것도 아니다.

◇

그럼으로 美의 世界는 自由의 世界가 아니어서는 아니 된다. 웨 그러냐 하면 이것은 一般 法則으로써 創造함을 밧기 째문이다. 實感的 잇는 그대로의 經驗 法則이 아니고 이런 것을 材料로 한 —— 또는 이런 것을 超越하지 안흐면 아니 될 高尙한 美的 法則으로부터 나오는 까닭이다.

그리고 眞理의 世界는 自然 그것을 對象하여 悟性의 認識에 依하야 擴大되는 것이다. 道德의 世界는 慾望에 對立한 意味에 잇서서 實踐的 認識에 依하야 實現하게 된다. 그러기 째문에 美의 世界는 感情의 世界이다.

이 美의 感情이 直觀的 美的 判斷 美的 認識이라고 할 단지 快 不快의 感情이라고만 볼 수 업다. 快 不快는 美的 感情의 材料이고 快 不快가 對立

하여 快라고 하는 것에 依하야 不快라고 하는 것이 征服해 버린다. 美的 法則의 結果로서 表現되는 것이 美의 感情이라고 보는 것이 올타.

………◇………

그럼으로 美的 感情이란 것은 '짠타지'(Phantasie)라고 稱하여 單只 快不快의 感情으로부터 區別해 잇다. 어썬 '짠타지' 卽 어느 美의 感情은 다만 快 不快의 感情이 아닌 同時에 쏘는 局限된 生活感情이라고도 볼 수 업다. 다시 말하면 個人的 感情이 아니다. 그것은 表面的의 客觀으로부터 된 것이 아니고 참으로 새로운 客觀으로부터 如何한 境遇에 몃 사람이 되엿든간에 妥當한 超個人的 感情으로부터 成立된 것이어야 한다. 故로 心理的 法則으로부터 이 美의 感情이 나타난다는 것보다도 論理的 倫理的 美的 法則에 依하야 그것이 構成된 것이라고 볼 수 잇다.

'테오똘 립푸스'[241]의 感情移入說은 美가 어써케 하여 發生되는 것인가? 이것을 明白히 하려고 하는 說이엇스나 '나톨푸'의 立場으로부터 考察하면 單只 心理 說明에 지나지 안는다는 批難은 不可避다. 그쑨만 아니라 무슨 아름다운 客觀이 外界에 잇서서 거긔에 우리들의 그것과 比等한 美的感情이 移入할 째에 相互 共鳴해서 비로소 美感이 생긴다고 한다. 그러나 이것은 外界로부터 美的 影響이라고 하는 것에 치우치기 째문에 美的 態度가 內的이오 創造的이라고 하는 것으로 생각키운다.

---

**金泰午, "藝術敎育의 理論과 實際(四)", 『조선일보』, 1930.9.26.**

241 테오도어 립스(Theodor Lipps, 1851~1914)는 독일의 심리학자이자 철학자이다. 립스의 대표적인 학설이 감정이입설(感情移入說, Einfühlung, empathy)이다. 대표적인 저서로는 『심리학 원론(Leitfaden der Psychologie)』(1903), 『미학(美學)(Ästhetik)』(2권, 1903~1906), 『철학과 실재(Philosophie und Wirklichkeit)』(1907) 등이 있다.

藝術家나 鑑賞家일지라도 가튼 性質의 創造的 精神을 燃燒하지 안흐면 美를 發見할 수 업다. 오직 藝術家와 普通人의 틀린 點은 創造的 精神을 燃燒하는 程度의 差異뿐이다.

要컨대 自然美를 發見한다던지 人工美를 發見한다는 것은 임이 말한 바와 가티 實利的 實感的 個人的의 要素로부터 脫出하여 어썬 假象的 客觀的의 것에 美의 感情 卽 '짠타지'를 發見할 수 잇다는 것이다. 그래도 그 發見은 受動的으로 될 수 업고 他動的 쏘는 內的으로 構成되는 것이다.

## 二. 教育이란 무엇인가?

美 及 藝術의 意義는 大體로 以上에 잇서서 明白하여젓다. 여긔에 잇서서는 教育이란 무엇을 意味함인가를 究明하기로 하자……. 自然科學, 文化科學이라고 하는 經驗科學 外에 先驗科學이 잇다. 이것은 意識의 統一性이라고 하는 것을 根據로 한 "업서서는 안 된다" 하는 規範 쏘는 法則을 세운 것으로써 數學과 論理學의 法則은 이 意識의 統一性으로부터 생기는 것이다.

………◇………

文化科學은 — 이 超經驗的 法則에 빗최어 內界의 意識의 內容으로써 表示되는 自己의 對象을 價值的으로 批判하고 自然科學은 — 外界의 自然의 性質로써 意識이 나타나는 自己의 對象 間에 沒價值的 法則을 세워서 假說을 말하여 普通的의 理論을 追求한다.

나톨푸는 이 意識의 統一性은 結局 意志의 統一性이라고 考察하고 쏘 教育은 意志의 陶冶를 가지고 그의 中心任務라고 해서 教育의 理想은 意識의 最後의 統一性 卽 意志의 統一性을 意味하엿다. 그리고 衝動 意志 理性 意志 이 세 가지야말로 거긔에 達하는 段階로 認定하엿다. 그 衝動은 盲目的 意志요 오로지 不統一 散漫한 現象이다.

………◇………

이 衝動을 意識의 統一性에 依하야 一定의 準則下에 取捨選擇하면서 統制하여 가면 第二의 意志가 確立하여진다. 繼續하여 第二의 意志가 理性

意志에 依하야 統制하게 된다면 結局 行事한 그의 矩를 踰하지 못한다. 칸트는…… "너의 意志에 依한 너 行爲의 準則이 普通的 準則이 됨과 가티 行動해라"는 말과 가튼 意義가 되고 만다. 칸트의 너의 意志는 나톨푸의 第二의 意志에 相當하고 普通的 法則이란 最後의 理想意志를 意味한 것이다. 그럼으로 지금 말한 意識의 統一性 意志의 統一性은 얼마던지 나아간다고 하드라도 制限이 잇지는 안타. 다만 그 以上 統一을 求하며 超經驗的으로 超時間的으로 無限이 連續하는 것이다.

나톨푸는 以上과 가튼 主意說로부터 敎育을 說하고 理想을 定하엿스나 知的 及 美的 敎育을 決코 無視하지는 안헛다. 오로지 意志의 敎育 그것이 敎育의 中心이라고 考究하엿든 것이다. 그러나 "純粹 概念文化의 理想主義"에 對向한 批評은 나톨푸도 또 달게 바들 것이다.

'오이켄'을 祖元으로 하여 一步 나아가 '켯셀라'[242]는 —— "나톨푸가 代表하고 잇는 新칸트學派 의 形式的 理想主義의 敎育說은 歷史的 內容 及 心理的 內容을 看過하고 쌀아서 生氣잇는 現實의 代身 構成한 陰影을 求하는 것이다"라고 하엿다.

오이켄에 依하면 우리들의 精神에는 自然界와 精神界의 兩者가 잇서서 하나는 必然에 기우리고 또 하나는 自由에 기울러서 兩者는 不斷히 싸흠을 계속한다. 그리하여 그 爭鬪生活을 精神生活이라고 해서 여긔에 現實이 잇고 活動이 잇는 것이다.

精神生活은 統一的 獨立的으로 이 싸흠을 無限히 계속하여 서서히 自然界를 征服해 간다. 또 精神生活은 一方에 잇서서는 理性的 生活이나 他方

---

242 오이켄(Rudolf Christoph Eucken, 1846~1926)은 독일의 철학자이다. 생의 철학의 대표자로, 신이상주의의 입장에 서서 현대 문명을 비판하였다. 1908년에 노벨 문학상을 받았다. 저서에 『정신적 생활 내용을 위한 투쟁』, 『대사상가의 인생관』 따위가 있다.

카시러(Ernst Cassirer, 1874~1945)는 독일의 철학자이다. 신칸트학파 중 마르부르크 학파에 속하였으며, 문화 현상 전반을 통하여 인간의 역사적 전체상을 파악하고자 하였다. 저서에 『상징 형식의 철학』, 『인식 문제』 따위가 있다. 본문의 '켯셀라', '켓셀'은 '카시러'로 보인다.

에 잇서서는 歷史的, 心理的 生活이다. 文化는 實로 此 理性的 歷史的 心理的 生活의 所産이다. 왜 그러냐 하면 精神生活이 自然界를 征服하면 거긔에 人格의 自由가 實現되고 그로 말미암아 永遠의 價値가 잇는 宗敎 道德 藝術 科學 等이 産出되는 것이다.

켓셀과는 여긔에 一步 나아가 精神生活을 理性意志가 超經驗的으로 規範을 뵈이면서 經驗界를 統制한다고 본다는 것보다도 理性意志는 經驗界를 綜合하여 보지 안흐면 안 된다고 하엿다. 그리하여 精神生活은 槪念的으로만 보아서도 안 되고 經驗的으로만 보아서도 아니 된다. 그럼으로 精神生活은 一般 觀念의 命令한 것과 經驗的 自然的 自我의 命한 것이 서로 抗爭하여 合致된 것이라고 볼 수 밧게 업다. 要컨대 그것은 必然의 傾向과 自由의 要求와의 抗爭이다.

大槪 一般 觀念의 命令은 萬人 共通한 것이나 말하자면 槪念은 一般的이면서도 各 個人에게는 다 각기 歷史的 心理的의 天地가 存在해 잇다는 것을 注意하지 안으면 아니 된다. 故로 敎育의 目的도 오즉 觀念으로만 規定한다던지 或은 經驗的으로만 規定한다는 것은 큰 잘못이다. 여긔에 잇서서 敎育의 目的은 觀念界와 經驗界와의 奮鬪生活의 繼續 中에 잇서 조금 더 참된 人格을 實現하며 文化價値의 創造하는 대 잇다고 看做할 수 잇다.

'헬쎌린'[243]은 敎育의 一般的 目的에 對하야 다음 가티 말햇다.

> 우리의 心中에는 本能的 無法則이란 것과 他律性이란 것과 自律性이란 것이 서로 對立하여 싸우고 잇다. 이 三者 中 自律性의 生活을 보내고 나면 거긔에 참말 滿足과 幸福이 나타난다. 그러나 오히려 다음과 가튼 것을 確信한 사람이야말로 참 滿足, 참 幸福을 맛볼 수 잇는 것이다.

---

243 폴 헤베를린(Paul Heberlin, 1878~1960)으로 보인다. 헤베를린은 스위스 베른대학과 바젤대학의 교수로 재직한 철학자, 심리학자, 교육학자이다.

## 金泰午, "藝術教育의 理論과 實際(五)", 『조선일보』, 1930.9.27.

사람은 自己의 自律 中에 他人의 自律 權利를 承認할 뿐 아니라 歷史的으로 發達해 온 社會生活로부터 養分을 吸收한 것이 아니어서는 사람의 本質은 內容이 업는 것을 배운 것이다. 社會生活을 自己 가온데 活潑하게 움직이게 하는 것이 사람의 努力해야 할 일이다.

여긔에 잇서서 教育은 兒童 學生으로써 그 方向으로 나아가게 하는 陶冶가 아니어서는 아니 된다.

이것을 遂行하기 爲해서는 먼저 兒童에게 가장 넓은 意味에 잇서서의 道德的 欲求를 滿足식혀야 한다. 그리고 兒童의 實踐的 遂行은 道德的 知識的 藝術的 精神的 一切의 遂行이 아니어서는 아니 된다. 또 以上의 것은 先驗的 規定에 依하야 活動하는데 自己의 使命을 늣기는 것과 가티 兒童 學生을 指導해야 될 것이다.

………◇………

教育이란 무엇인가? 하는 問題에 잇서서 우리는 大體로 究明하엿다. 그런데 藝術教育은 教育의 藝術的 方面을 取扱한 것임은 呶呶할 必要가 업다. 아모리 적은 아희라도 "아모조록 조흔 일을 해 보겟다! 참된 일을 해 보겟다! 아름다운 일을 해 보겟다!" 하는 自然的 要求는 疑心업는 事實이다. 조흔 일을 해 보겟다 하는 要求의 連續的 發展은 教育의 道德的 方面과 큰 關係를 갓고, 참된 일을 해 보겟다 하는 要求 그것은 教育의 知識的 方面에 關係를 갓고, 아름다운 일을 해 보겟다 하는 要求는 教育의 藝術的 方面과 큰 關係를 가저서, 그의 第三者가 藝術教育의 問題를 니르키게 된다. 말하자면 先驗的 規定에 依하야 藝術的 遂行을 하게 하는 대에는 어써케 하면 조흘가 하는 問題에 歸着하고 만다.

## 三. 藝術教育의 理論

### 一. 科學과 藝術, 藝術敎育

科學은 實로 原因 結果의 關係를 敍述 說明한 것이나 藝術은 原因 結果의 關係를 써나서 美的 '쌘타시'를 表現하기에 努力하는 것이다. 용소슴치는 怒濤의 大洋을 바라볼 째에 科學者는 大洋의 물로써 結晶된 소금(鹽)을 보이고 電流로써 分解하여 瓦斯를 보이고 물질의 運動을 計算한 公式을 보이기도 한다. 거긔에는 바다의 表現과 海水의 表現은 업다. 출렁출렁하며 太陽 光線에 反射되어 躍動하는 紺碧의 勇姿도 夕陽에 粉紅빗 노을에 빗최이는 白帆 姿態도 아니다. 모든 것은 全然 그 自身의 모양 그대로 써저 버린다.

………◇………

一旦 科學者의 態度를 버리고 注意해 본다면 그 雄壯하고 氣勢 조흔 나붓기는 물결이 岩角에 부듯치며 怒號하는 양이 集中할 째 엇지하여 거긔에 最高의 表現을 提供할 機會를 주지 아니할가 또 發見하지 아니할가? 바위에 부드친 물거품이 次次 써저 가는 양을 바라볼 째 潮風의 心地에 조흔 '리뜸'을 드를 째에 畵家는 그 海波의 不可思議를 畵幅에 옴기고 音樂家는 바람에 솔가지(松枝)에서 새어나오는 소리에 醉하여 그윽한 밤에 作曲을 하는 것이다. 卽 藝術家는 一瞬間의 經驗 中에 深刻하게 確實히 自己를 살게 하고 事實 그 自身의 잇는 그대로의 姿態를 잘 把握하기에 힘쓰는 것이다.

………◇………

科學은 因果關係를 求하는 것임으로써 全 宇宙를 包括하는 知識體系로써 永遠無限히 進步하고 잇는 것이다. 科學者는 恒常 이 知識體系의 建設에 努力하고 잇다. 그것은 科學에 잇서서는 한 번 取扱하여 解決된 問題는 藝術에 잇서서와 가튼 題材가 늘 새로운 取扱을 할 수 업게 된다. '쎄타골라스'의 定理는 몃 해라도 '쎄타골라스'의 定理로써 不變한다마든 나의 繪畫는 '라쌔엘' 以後 몃 번이나 다른 畵家에 依하여 그려진 것일 것이다.

戀愛의 달콤한 맛과 아름다운 맛과 쓴맛은 몃 번이나 여러 사람의 詩人으로 말미암아 反覆되여 되푸리하고 되푸리하엿다. 實로 藝術은 永久히 새로운 活動이오 努力이오 創造이다. 어쩌한 藝術적 作品이라 할지라도 그 自身으로 完成한 藝術로써 다른 如何한 藝術的 作品에 對해서는 客觀的으로 關係해 잇지는 아니한다. 胸像을 보고 腕과 脛이 업슴을 보고 웃는다든지 戱曲을 읽고 最後의 幕 다음에 무엇이 니러날가? 기웃거리는 愚鈍한 사람과는 問題가 아니 된다.

………◇………

'뮨스타-쎌히'[244]는 以上 論述한 科學과 藝術과의 相違의 特徵을 보이면서 말햇다.

"科學者가 解剖한 것을 藝術家는 解釋한다. 科學者가 諸要素를 探究한 것을 藝術家는 法則의 方向으로 움즉인 것을 藝術家는 거긔에 價値를 붓친다. 科學者가 說明한 것을 藝術家는 鑑賞한다. 그리고 兩者는 언제나 우리에게 客觀世界에 對한 理解를 주고 眞理를 提供한다"고 하엿다. 이러케 본다면

"人生은 結局에 잇서서는 眞善美 三者를 目的으로 한 活動과 受樂 그것이다."

그래서 科學과 藝術은 다 가티 우리들의 客觀世界에 對한 理解를 주고 眞理를 제공함으로써 兩者는 反對의 位置에 서서 反對의 作用을 하면서 人生의 活動과 受樂에 集中한 點에 잇서서는 歸一하고 만다. 被敎育者도 어느 程度까지 科學者도 되고 同時에 藝術家가 되지 안흐면 아니 된다. 藝術敎育의 價値는 第一로 여긔에서 보지 안흐면 아니 된다.

## 二. 藝術의 사회적 效果와 藝術敎育

藝術은 人間의 만흔 活動 가운데 比較的 僅少한 材料를 使用하야 比較的 高尙한 價値를 맨들어 내는 特徵을 가지고 잇다. 藝術的 天才가 自己의 作物에 對해서 世人보다 優越할 때에는 다른 如何한 方面의 天才보다 一層 高價일 것이다. 이것은 藝術 獨特의 資格으로써 當然性을 가지엇다.

---

244 뮌스터베르크(Hugo Münsterberg, 1863~1916)를 가리키는 것으로 보인다.

"藝術家는 自然의 支配者인 同時에 그의 奴隷다"라고 한 '쐬테'의 말은 藝術作品의 尊貴함을 잘 說明하엿다.

---

## 金泰午, "藝術敎育의 理論과 實際(六)", 『조선일보』, 1930.9.28.

………◇………

自然 그대로 模倣한 것이 아니고 自然을 自己의 內心에 한 번 흡신 바다드려서 그 다음 個性의 自由發動을 根柢로 한 自己 本來의 力에 依하야 再現함으로써 內的 必然性이 되어서의 發表요 또한 表現이 되는 것이다.

그럼으로 거긔에는 內部的 自己 忠實의 精神이 잇고 努力이 잇지 안흐면 아니 된다. 이러트시 藝術的 作品은 努力의 結晶이오 쌀아서 客觀的으로는 人格의 具象化한 것이다. 그러나 藝術的 作品의 價值를 알기 爲해서 藝術이 무엇인가를 理解식히고 그 價值를 認識케 한다. 그리하야 그 製作品을 鑑賞할 만한 國民이 되지 안흐면 아니 된다.

獨逸에 잇서서 藝術이 熾烈함과 同時에 科學의 進步 發展이 隆盛한 理由는 實로 獨逸人이 國民의 思想 及 感情에 밋치지 안코 藝術의 社會的 效果를 認識하고 다른 國民보다도 一層 만히 藝術을 日常生活의 實際的 活動에 利用하는 點이다.

………◇………

'알푸레드 · 리트왈크'[245]는 經濟上의 發展은 크게 國民의 藝術心의 優劣에 잇다고 생각하고 將來의 産業發展은 次代 國民에게 注意 깁흔 藝術敎育을 施行할 決心의 有無와 實行 與否로 決定되리라고 說破하엿다. 그리고

---

245 알프레드 리히트바르크(Alfred Lichtwark, 1852~1914)는 독일의 역사가, 박물관 큐레이터, 예술 교육가이다. 함부르크 미술관(Kunsthalle Hamburg)은 리히트바르크가 1886년에 관장으로 부임하면서 비약적인 성장을 했다고 알려져 있다.

美術 工藝品이 進步되지 못한 것은 國民間에 美術家的 天才가 缺乏인 것이 아니라 一般 國民의 藝術的 陶冶의 水平線이 나진(低) 까닭이라고 미덧다.
'콘라드 · 린케'는 "獨逸은 有爲한 藝術家가 잇스나 貧困의 理由로 創作에 從事하지 못한 者가 不少하다. 偉大한 作品도 國內에서 認定치 못하고 드듸어 外國에 흘러나가서 認證케 되고 賞讚을 밧고 그런 후에 國人은 意外의 驚異와 그 價値를 알게 되엇다"는 意味로써 말한 일이 잇다. 이 兩者의 意見은 藝術의 社會的 效果 經濟的 效果의 偉大함을 確認하고 藝術敎育의 施行의 必要를 力說하얏다.

三. 敎育과 藝術敎育

或者는 藝術至上主義를 提唱하고 藝術 卽 敎育이라고 看破하고 或者는 藝術을 道德에 從屬할 것이라고 認識하고 藝術을 恒常 敎訓的으로 解釋하려고 한다.

前者에 잇서서 생각해 보면 敎育의 材料가 文化財임은 明白한 事實이나 文化財는 —— 知識的 藝術的 論理的이다. 單只 藝術的 材料뿐만은 아니다. 그리면 兒童 學生으로써 美的 鑑賞 及 表現에 局限된 것은 眞正한 敎育이 아니다. 敎育은 藝術的으로든지 知識的으로든지 論理的으로든지 個性을 發揮하여 훌륭한 人格이 되는 것과 가티 自己 決定을 하지 안흐면 아니 된다.

………◇………

藝術的에만 自己 決定을 하지 안흐면 아니 된다면 더 바랄 것도 업다. 이러케 생각하면 卽 藝術이 아님을 判明하게 된다. 다만 敎育의 目的 아울러 手段의 一面이 藝術的이오 이 一面이 藝術敎育을 意味하게 되고 그 다른 知識的 方面이나 論理的 方面도 亦是 必要하다는 것은 더 呶呶할 必要조차 업다.

그리고 藝術을 道德의 從僕과 가티 보는 것도 正當치 못한 見解나 藝術은 美的 啞타시—를 表現한 것임으로 이 藝術的 活動의 際에는 自己 目的으로써 製作을 爲한 製作이 됨으로 다른 如何한 目的이 업게 된다. 卽 藝術에는 藝術 固有의 目的이 잇는 것이다.

그러나 藝術은 藝術 固有의 目的에 쌀아서 自然히 道德에 關係되는 것은 否定할 수 업다. 임의 말한 바와 가티 藝術은 自己에게 忠實한 精神과 努力에 依하야 自己의 속으로 바다 드린 自然을 內的 必然性으로 發表되는 것임으로 藝術은 客觀化한 藝術家의 人格임은 더 말할 必要가 업다. 여긔에 잇서서 道德的 價値는 藝術에 潛在的으로 存在한 것이라고 생각한다.

나톨푸는 美的 構成의 性質을 論하여 "美的 對象은 '잇는 것' 이것의 嚴格한 要求下에 서지 못한다. 道德的 批判의 吟味를 맛지 안흔 것과 마찬가지다 그것은 實로 道德的 基準下에 선(立) 것을 自己에게 禁한다.

'잇슬 것'이 法則에 싸를지라도 固有의 道德的 目的과 달리한 —— 目的 卽 美的 構成下의 要求에 依하야 이것을 棄却하는 自由를 保留하는 것이다"라고 말햇다.

故로 藝術이 萬若 確然히 道德을 目的으로 햇다면 藝術은 道德의 手段에 不過할 것이오 嚴密한 意味에 잇서서 藝術의 本質을 喪失하게 된다. 卽 藝術은 道德의 從僕이 아니다. 쌀하서 敎育에는 藝術敎育의 方面도 잇고 道德敎育의 方面도 잇지 안흐면 아니 된다.

道德과 藝術의 關係가 密接하다는 것을 認證하는 藝術敎育主義者의 思想을 여긔에 分析한다면 —— '푸라토-'는 美와 善은 神秘的 統一이라고 提唱하고 '샤푸쎌라'는 美는 善의 特徵이오 藝術家는 道德家의 特徵이라고 說破하고 '라스킨 · 모리스'도 여긔에 近似히 論述하고 壯年 以後의 '실라-'는 創作이라든가 鑑賞의 問題보다

---

## 金泰午, "藝術敎育의 理論과 實際(七)", 『조선일보』, 1930.9.30.

오히려 道德的 理性的 態度의 훌륭한 것 卽 完全한 人間性이란 것을 目的으로써 論하고 人間의 道德的 價値는 嚴格한 道德的 行爲의 量에 依하

야 定하지 안코 努力과 熱意가 天性 自然히 나와서 잘 道德과 合致되는 點에 잇다고 하고 '헬쌀트'는 美的 精神이라고 한 것을 自己의 倫理學에 引入하여 教育의 最高의 創造로 한 世界의 美的 表現과 가튼 것을 云云하엿다. 最後에 '나톨푸'는 "藝術은 遊戱와 同時에 그래도 眞面目의 遊戱가 아니여서는 안 된다. 遊戱는 兒童의 生命이오 兒童은 遊戱에 依하야 創造的 能力을 發揮해 가고 藝術家는 큰 아희로써 眞面目의 遊戱를 하고 잇는 것이다. 自然과 理性을 調和식힌다"고 해서 누구보다도 넓고 깁흔 見地에서 藝術과 道德의 關係를 論하엿다.

이와 가티 여러 가지로 볼 수 잇스나 教育에는 知識的 方面도 잇고 道德的 方面도 잇고 藝術 方面도 잇서야만 한다. 教育의 —— "普遍性 及 價値世界의 全體性은 周到한 藝術教育을 要求한다"고 하는 '켓셀라-'의 말을 깁히 생각하면 自然 그것을 對象으로 한 理論的 認識과 道德을 對象으로만 倫理的 認識과 美的 認識의 力에 依하야 結合 統一하여서 언제든지 人間性의 完成에 不可缺할 것임을 承認하게 된다.

### 四. 藝術教育의 實際

#### 【一】 形式的 藝術教育

'켓셀라-'는 形式的 美的 教育이 넘우나 忽諸[246]에 附하고 特히 手工에 依한 教育이 가장 輕視해진 것을 遺憾으로 생각하엿다. 眼과 耳의 關係하는 限의 美的 教育이 아니고 이 手工에 依한 美的 教育도 가장 緊要하다.

모든 感覺 中에 觸覺의 完成이라고 한 것은 吾人의 身體 精神의 完成을 爲한 重大한 基礎가 되어서 이 觸角의 完成에는 手工이 가장 重要한 基礎가 되는 것이다. '페스탈롯치'는 身體의 熟練 中 手의 動作이 敏活하다는 것을 가장 必要로 한 것은 큰 理由가 잇다. 이것을 一層 明確히 하기 爲하야 民族 發達의 蹤迹을 살펴보자.

太古人은 風과 嵐에 具備하기 째문에 手足의 活動을 앗기지 안헛다. 그

246 '忽諸'는 "홀저(忽諸)하다"의 어근인데, "홀저하다"는 "급작스럽고 소홀하다"는 뜻이다.

런 避難所를 맨들기 爲해서는 크게 手足의 活動을 奬勵하지 안흐면 아니 되게 되엇다. 그리하여 처음 目的을 達하게 된다. 此岸으로부터 彼岸에 건너간다고 하는 太古人의 欲求는 그 手足을 움직이게 하고저ㅅ게 하엿다. 그것은 畢竟에 渡場의 小舟가 되고 大洋에 뜬 巨船이 되엇다. 藝術도 또 그런 것으로부터 생기게 된다. "知識은 하기 爲하야 알여진 것이오 藝術은 알기 爲하야 난 것이다." 手足을 움직인다는 것은 知識을 낫(生)는 대도 藝術을 낫는대도 가장 必要하다.

**【二】描寫的 藝術教育**

描寫的 藝術教育은 眼의 關係되는 藝術教育으로써 眼은 裝飾美에 對하든지 自然美에 對하든지 그것들의 잇는 그대로를 忠實이 보게 되지 안흐면 아니 된다. 그리고 아름다운 것의 鑑賞을 確實히 할 것이다. 鑑賞은 理解로부터 비롯하야 理解는 觀察로부터 비롯하고 觀察은 눈으로부터 始作된다. 繪畵를 그린다 하더래도 色彩의 如何한 것을 알지 안흐면 훌륭한 作品이 못 된다. 色彩의 如何는 眼의 健全한 熟練의 重大한 關係를 가지고 잇다.

………◇………

以上은 主로 形式的 藝術教育의 中心이 되는 繪畵에 對하야 陳述하엿스나 말하자면 兒童의 內心으로부터 용소슴치는 藝術心 創作力을 十分 움직여서 이것을 새로운 努力으로 兒童을 指導하지 안흐면 아니 된다. 그래도 適當한 教師와 指導者를 要求한다. 實技에 長한 藝術家요 同時에 優秀한 教育家의 充實한 指導가 잇지 안흐면 아니 된다.

**【三】文藝와 藝術教育**

文藝와 藝術教育과의 關係도 또 注意할 問題다. 國語 教授에 잇서서 國民文學의 情緒를 兒童에게 理解식히고 純眞한 心情을 陶冶하기 爲하야 教科書에 잇서서도 새로운 形式을 取하야 文學的 要素를 만히 添加하여야 한다. 英美獨佛 各國에서도 이 點에 非常한 用意를 가지고 그 實行에 努力하고 잇다. 元來 文學이란 것은 言語를 媒介로 한 思想의 表現임으로 筆者인 사람의 生活이 眞實되고 意味深長하면 하니만큼 힘이 强하고 훌륭한 作品을 生産한다. 그리고 그 훌륭한 作品이 藝術品으로써 表現되는 것이다.

………◇………

'쎄-다-'는 文學을 난호아 調和잇는 統一과 內在的 感化力과의 二 要素에 分하여 잇스나 이 兩者가 筆者와 讀者와의 思想과 思想과의 □渡를 하고 잇다고 보는 것이 宜當하다. 그러면 文藝의 妙味는 形言할 수 업는 무엇이 存在해 잇서 鑑賞 翫味에 依하야 엇는다. 如何히 細密하게 嚼碎한다 허더래도 理論으로써는 解釋하기 어려운 點이 만타. 그럼으로 文藝 教授上에 잇서서는 兒童의 情操를 움직이게 하고 鑑賞에 注意하야 生産的, 個性的 活動의 餘地와 文藝 鑑賞的 評價의 機會를 만히 주지 안흐면 아니 된다. 그리고 兒童 內心의 思想 感情을 十分 藝術的으로 發表하지 안흐면 안 된다.

'핫켄겐히'는 發表의 重要한 것을 말하는 방볍 "話方"[247]을 說하엿다. 말하는 方法은 吾人의 思想 感情을 十分 잇는 그대로 가장 깁게 쏘는 가장 强하게 나타냄으로 이 方面을 適當히 指導하지 안흐면 아니 된다고 하엿다. 以上의 外에 兒童의 課外讀物의 改善 아울러 選擇 —— 俗惡한 讀物 及 '필림'의 排斥에 對한 問題가 잇스나 여긔서는 畧하기로 한다.

---

## 金泰午, "藝術教育의 理論과 實際(八)", 『조선일보』, 1930.10.1.

**【四】 其他의 藝術教育**

教科 以外에 音樂이라든지 體操라든가 舞踊도 잇스나 亦是 藝術教育의 見地로부터 利用하지 안흐면 아니 된다. 音樂은 耳에 關係되는 藝術이나 쏘 그것이 律動的으로 肉身을 움직이는 點으로 생각하면 體操 舞踊 遊戲

247 "はなしかた〔話(し)方〕"는 "이야기하는 방식, 태도 또는 말투"라는 뜻의 일본어이다.

等에 關係하는 것이 깁다. 卽 身體의 運動을 美的으로 한 點에 잇서서 貴重한 것이다.

**【五】 兒童劇과 藝術敎育**

以上 藝術敎育의 實際的 方面으로써 手工과 文藝와 音樂에 對하야 述하엿다. 그런데 音樂과 手工과 圖畵와 綴字法 舞踊을 合한 所謂 綜合藝術의 兒童劇에 對하여 말해 보고저 한다. 兒童劇은 學校 內 或은 家庭에 잇서서 하는 것인데 兒童의 年齡(劇을 하는 兒童이든지 劇을 보는 兒童이든지) 幼稚園時代의 兒童으로부터 小學校 六年生ᄭᅡ지 制限을 해 두자.

………◇………

'ᄲᅡ를릿크'의 遊戱에 關한 說明을 引用하면 "일은 사람이 自己의 注意를 어느 作業에 모아서 그의 움직이는 그 以外의 어느 目的 ᄯᅢ문에 하는 一切의 움직이는 總稱인데 이 움직임은 抑壓이라든지 緊張이라든지 集中 禁制라고 하는 心的 作用이 包含해 잇다. 그러나 遊戱는 그것과는 反對로 自由요 自然的이오 自發的으로 움직이는 것을 指稱한 것인데 움직이는 것 ᄯᅢ문에 浪費하는 일이다."

實로 遊戱는 自由요 自然이오 自發的이오 自己 發展的이오 自己 報酬的이다.

假令 兒童의 生活을 생각해 보자! 아가씨들은 어머니도 되고 貴婦人도 되고 어엽분 색씨가 되기도 한다. 어린 도련님들은 亦是 손곱작란과 그와 가튼 흉내를 내기도 한다. 말하자면 병정노름 의사노름 動物흉내 숨박쏙질 모든 노는 짓거리가 거짓 업는 眞實 그것이다. 이것은 兒童生活에 잇서서 가장 업지 못할 學問인 것이다. 우리들의 눈으로 본다면 그것은 한 훌륭한 劇을 演出하고 잇는 것이다.

………◇………

'캬-서'는 "劇的 本能은 모든 사람의 內在한 普遍的 本能이다"고 말햇스나 兒童에 잇서서 더욱 그러타. 그것에 依하야 他人의 感情과 經驗을 스스로 體驗하는 것이다. 거긔에 여러 가지 "노름"이 되어진다.

단지 얼풋 듯는다든지 본다든지 이야기한다든지 或은 읽는다든지 한 것만큼은 滿足하지 못한다. 스스로가 어든 그것을 멧츨 동안 行爲로 나타내야 한다. 그래야만 實感이 굿고 全身的 內部的의 것이 表現되어 또 兒童自身에 生活과 感受해 진다. 이 欲求를 舞臺上에 滿足을 식히면 얼마나 깃거운인가 學校면 友人 或은 先生이 가티 하고 家庭이면 友人 또는 父母兄弟 姉妹와 親戚의 아희들과 어린이 다 가티 하면 얼마나 아름다운 演劇이 되겟는가………

【六】 遊戲와 藝術教育

(一) 遊戲와 藝術의 關係

詩人 '실러ㅡ'는 遊戲 運動와 藝術 運動을 거의 同一하다고 생각하고 遊戲는 藝術의 一種이오 藝術은 遊戲의 發達한 것이라고 보고 "遊戲하고 잇는 그때야말로 眞實한 人間이라"고 遊戲의 價値를 重大視하엿다.

'실러ㅡ' 外에 '스팬서ㅡ' '쓸-스'도 亦是 藝術은 遊戲가 發達된 것이라고 力說하엿다. '나톨푸'는 "藝術은 遊戲다 그래도 참다운 遊戲를 말함이다. 그것은 意識된 欲求된 虛僞일 것이다. 疑心업시 一種의 眞實 그것이다"라고 말하엿다.

(二) 遊戲의 價値

大體 遊戲의 價値는 얼마나한 것인가 하는 反問이 잇스리라. 人間生活의 價値가 非常히 多種多樣인 것과 가티 그 價値도 또한 雜多하다. 生理的으로나 心理的으로나 社會的으로나 道德的으로나 宗教的으로나 實로 여러 가지로 貢獻하고 잇서서 그 외 分量과 程度는 그 尺度를 到底히 測量키 不能하다. 오늘날과 가티 참말 重過한 일이 만허 各人의 煩惱가 甚하니만큼 世間에 잇서서 吾人은 그것 때문에 慰藉 休養 更新 이런 것을 强要한다. 그리하여 이 欲求를 가장 힘 잇게 擴充해 주는 것은 遊戲요 짤하서 藝術이다. 遊戲의 價値는 이뿐만이 아니라 感官의 活動이 銳敏해지고 知覺力과 判斷力이 練磨되는 것이다. 이러한 것은 前述의 生理的 心理的 貢獻 中에 包含되어 잇는 것이다.

………◇………

劇은 遊戲 가온대 잇서서도 藝術的으로 非常히 進步된 것임으로 藝術教

育上 特히 注意하지 안흐면 아니 될 것의 하나이다. 兒童은 劇을 演出함으로 劇의 作意에 包含된 敎訓으로부터 多少의 利益을 엇는 것이다. 그것보다도 더 큰 人間生活의 價値를 알 것이다. 卽 여러 가지 人物로 扮裝하여 成人의 行爲를 模擬하고 또 그 人物의 맘에 同化하려고 하는 努力을 하는 사이에 어느덧 알지 못한 사이에 한사람으로써의 일과 本能 責任 過失을 直覺하는 것이다. 그리고 複雜한 世態의 辛酸한 生活上 人間生活의 機械에 接觸하게 된다. 學校에 잇서서도 遊戲는 上述한 것과 가티 利益을 주고 그뿐만 아니라 學校作業의 機械化 單調化하는 傾向을 救濟하여 極히 愉快無邪氣한 中에 일의 目的을 達하게 된다.

---

## 金泰午, "藝術敎育의 理論과 實際(九)", 『조선일보』, 1930.10.2.

(21줄 가량 해독이 어렵거나 불가) 藝術家는 希臘 (해독 불가) 는 男性美 (해독 불가) 아스' 女性美 (해독 불가) 크시텔레스' 等 (해독 불가) 데어스」는 「웨 希臘 (해독 불가) 게 사람의 몸을 맛치 (해독 불가) 하고 무를 때에 (해독 불가) 사람의 몸처럼 (4자 정도 해독 불가) 美를 가초운 것은 업□□고까지 말한 사람이엇다. 建築家로는 '팔테온'의 建築을 完成한 '밀톤' 科學者로는 '헬도드토스', '튜실리피데스', 劇作家로는 悲劇의 '소포클레스', '에울리피네스' 喜劇의 '아리스토빠네스' 等이 輩出되엇다. 遊戲와 藝術과의 關係는 以上에 잇서서 알여지리라고 밋는다.

……◇……

**(四) 遊戲와 自由敎育**

敎育은 敎育의 主觀的 活動性과 客觀的 活動性과를 協同한 것이라고 한 解釋으로부터 判斷하여 '몬탯소리'가 敎師란 言語를 시려하고 만히는 指導者라는 名稱을 使用한 것은 재미스러운 일이다. 指導者는 兒童에게 刺戟을 준 것으로써 그의 刺戟을 바더서 反應한 兒童의 心的 活動을 썩기지 안코 自由로히 旺盛하게 하는 意味에 不過한 것이다.

이것은 卽 敎授보다도 學習 自由學習의 必要를 認識한 것임으로써 敎師로부터 刺激을 바든 兒童이 自己의 自發性 創造性을 움직인 것이 아니어서는 敎授는 아모것도 안 되고 敎育의 效果도 全혀 所用이 업게 되는 것이다. 거긔에 兒童의 刺戟을 준다는 指導者는 먼저 自由스런 遊戱로부터 出發하여 自發性 創造性을 旺盛하게 하지 안흐면 아니 된다.

……◇……

'듀위'는 (1) 好奇心 (2) 暗示性 (3) 秩序性의 세 가지를 思惟作用의 基礎的 要素로 重要視 하나 特히 好奇心과 暗示性은 創造性 活動의 出發點인 것을 明言하엿다. 쏘― '로이스'도 創造性에 對하야 有利한 意見을 發表햇스나 '엘렌 케이'와 가튼 敎育方法으로써 創造性의 重要함을 極力 主張하엿다.

그러면 어쩌케 하면 創造性을 伸張할 수 잇겟는가? 먼저 말한 것과 가티 兒童의 自由스런 遊戱를 提供하여야 한다는 것을 再三力說하고 십다. 作業을 奬勵함과 個性을 尊貴케 하는대도 同時에 必要하게 된다. '몬탯소리'가 幼稚園運動을 니르키게 된 것도 以上의 條件을 實行하기 爲한 目的에 不過하다. 最近 傾向에 잇서서 自由와 遊戱와 作業을 尊重하는 主義 個人性을 尊重하는 主義 等이 敎育의 方法으로써 一般이 要求하는 것은 當然 以上의 當然이다.

### 結論

아즉도 未備한 點이 만흐나 넘우 支離함으로 다음 機會로 미루고 쯧을 매즈려 한다 —— 아름다운 三千里 槿域에 태어사서 녯날에는 남부끄럽지 안흔 文明과 藝術의 쏫이 피엇건만 오늘날에 와서는 일본말 한마디라도 더 가르치기에 눈이 벌겻코 純眞스럽기가 天使와 가튼 어린이들을 兵丁다르듯 쏘는 "긔만"的 敎育을 식히는 朝鮮의 敎育界를 도라볼 째에 엇지 뜻잇는 者로써 寒心할 바 아니랴!

그럼으로 우리는 現下 朝鮮의 客觀的 情勢와 特殊事情을 把握 認識하고

自由를 어들 수 잇는 範圍 안에서 童謠 童話 自由畵 音樂 兒童劇 映畵 等 —— 等 藝術敎育을 니르켜서 至今 우리네가 밧고 잇는 病身敎育으로부터 藝術敎育 自由敎育으로 改善치 안흐면 아니 될 것이다.

……◇……

거듭 말하거니와 兒童은 藝術的 本能이 잇스니 그들의 日常生活이 이미 戱曲的이라 自由로운 舞臺에서 自由롭게 演劇을 하면서 뛰노는 것이 얼마나 尊貴한 것이며 兒童生活을 美化케 한 것인가? 말도 잘 견우지 못하는 도령님들이 나무토막을 가지고 싸혓다 허무럿다 하는 것이라든지 人形 가튼 아가씨들이 장독대 겻헤서 "속곱작란"을 하는 것이 그것이 그냥 작란이 아니라 將來에 자라서 家庭生活을 하려는 演劇을 하고 잇는 것이다.

그뿐이랴! 어리엇슬 적에 陽地 바른 곳에 안저 하늘을 처다보며 병아리처럼 혼자서 종알거리는 것이 音樂이 되고 숫거멍으로 壁에다가 란초를 치든 것이 커서는 美術이 되고 마루에서 뛰엄박질하고 색금직기하든 것이 자라서 舞蹈가 되는 것이다. 그리고 달 밝은 가을밤에 銀杏나무 미테서 "까치잡기", "숨박꼭질" 하는 것이 커지면 演劇이 되고 그 그림자를 박힌 것이 곳 活動寫眞 "映畵"가 되는 것이다.

……◇……

그런데 兒童生活에 잇서서 크게 有益한 兒童劇이나 少年映畵가 우리들의 손으로 무게 잇는 作品을 製作해 내지 못함은 實로 크나큰 遺憾이다. 前述한 바와 가티 우리의 處地와 環境이 이처럼 切迫한이 만큼 藝術敎育 自由敎育의 必要를 늣겨진다. 녯날 希臘의 '아테네'와 '스파르타'의 敎育制度를 잘― 取捨選擇하여 우리의 現實이 要求하는 바 藝術敎育을 實施하여야 될 것이다.

이것은 決코 한때의 流行으로나 맘이 들뜬 藝術家들의 작란이나 消日꺼리로 할 것이 아니라 적어도 참다운 指導者(敎育家)의 손으로 愼重하게 硏究하지 안흐면 아니 될 重大한 問題인 同時에 時急히 이 運動에 着手하여야만 될 것이다. 附言…… 이 論文은 日本의 小林澄兄, 大多和顯 兩氏의

『藝術敎育論』[248]과 또 小林 氏 著『最近敎育思想批判』에서 參照 또는 抄譯한 것도 잇슴을 말해 둔다. (完)

248 小林澄兄, 大多和顯 共著, 『藝術敎育論』(內外出版株式會社, 1923)은 '內外敎育叢書 제9권'으로 간행되었다.

## 金炳昊, "最近 童謠 評(一)", 『중외일보』, 1930.9.26.

一. 前言

이곳에 評할 童謠는 主로 少年雜誌 七八月號 中의 것이다. 이제로부터 우리 新興童謠들은 完全한 勝利의 길을 向하야 邁進하기를 始作하엿다. 우리는 이로부터 그것의 形式問題와 藝術的 價値論에까지 進展함으로써 建設期에 들어서지 안으면 안 된다. 同志들아. 自重하라. 그러고 一步 더 前進하라.

二. 『新少年』 七月號 分

◇ 嚴興燮 君의 「앵도 두 개」는 ― 아모리 幼年童謠이기로니 우리는 目的意識 업는 것은 우리 童謠로 認容할 수 업다. 먼첨 號의 「녀름밤」과 이것은 完全한 自然詩的 藝術品밧게는 아모것도 안 된다.

◇ 旅人草[249] 君의 「호박쏫」 多分의 感覺性을 씐 藝術品이다. 부역 나간 웨아저씨를 마지하러 비단초롱을 뱅뱅 돌이면 나간다는 것에 自然生長的의 兒童의 純情을 엿볼 수 있다.

◇ 金炳昊의 「비온 뒤」도 自然生長的 田園詩다. 이 뒤에는 이런 것을 안 쓰리라고 내 혼자 赤面하며[250] 웨 이런 것을 썻든가 하며 후회한다.

◇ 申孤松의 「검은 얼골」은 조흔 氣分으로 나가다가 크라이막쓰에 達할 지음에 下略이 되여 버린 것은 앗가운 일이다. 검은 얼골의 所有者는 未來의 社會를 戰取 建設할 피오니-ㄹ이다. 노란 얼골 흰 얼골로 방구석에 누어서 알키만 하는 놈들을 잘 웃어 주엇다.

◇ 朴麟浩(朴轍) 君의 「수염과 배」는 참 조타. 痛快한 諷刺味가 잇고 表現도 單純化 되엿다. 이 동무의 童謠로는 처음 보는 것이로되 조흔 將來

249 '旅人草'는 이주홍(李周洪)의 필명이다.

250 '적면(赤面)하다'는 "부끄럽거나 성이 나서 얼굴을 붉히다"라는 뜻이다.

가 囑望된다.

◇ 韓晶東 君의 「이상한 달나라」는 未安한 말슴이지만 藝術品으로도 愚劣할 것이다. 韓晶東 君의 童謠는 詩에 잇서서의 金岸曙의 그것과 가티 無感覺, 無能力한 過去로 退步하는 細工이다.

◇ 李周洪 君(發表名 芳華山)의 「수박」 대단히 조타. 意識을 가지고 잇는 피오니-ㄹ는 自然의 現狀 우박 썰어지는 것만 보와도 부르조와에게 對한 敵愾心이 조발되는 것이다.

◇ 梁雨庭 君의 「山에서 불은 노래」는 散文詩的 敍事品이다. 그 內在되여 잇는 事實과 感情이 農村兒童의 生活狀態와 그것의 指導者의 困難을 實質的으로 描寫하얏기 째문에 實感을 줄 수 잇는 우리의 詩다.

◇ 李聖洪 君의 「暴風雨 넘으로」는 實感을 주기 위하야 一部分 큰 活字를 쓰고…… 點? 等을 쓴 것은 暴風雨의 現狀을 表現하는 方法이라 볼 수 잇스되 너무나 散漫하고 無節操하야 暴風雨의 그것과 가티 것츨고 싯그린다.

◇ 車紅伊 君의 「採鑛夫」는 놀나올 만한 實感과 描寫로부터 相當한 效果를 얻을 수 잇는 좋은 詩다. 부즈런에 딸은는 가난 업다는 말을 엿던 놈이 하엿느냐고 하는 끝조짐에는 熟達한 詩人의 手法이 엿보인다.

---

**金炳昊, "最近 童謠 評(二)", 『중외일보』, 1930.9.27.**

三. 『별나라』 七月號 分

◇ 申孤松의 「바다의노래」는 바다의 壯嚴한 氣分을 힘차게 노래한 것이다. 戰鬪的 前衛的의ㅅ 것은 못 된다.

◇ 韓晶東 君의 「바다와 바위」 千萬 번 달여드는 급한 물결을 비웃는 듯 혼자 서서 나종까지 싸와 익이고라고 한 곳에서 個人主義的 英雄主義的 超人間的 藝術至上主義者의 正體를 엿볼 수 잇다. 그 內在되여 잇는 語句

와 形式도 묵은 것이다.

◇ 金炳昊의 「바다의 아버지」는 漁村 勞働者의 搾取당하고 잇는 形態를 暴露한 것밧게는 안 된다.

◇ 嚴興燮 君의 「서울의 거리」는 서울의 거리의 싯거러운 것 混亂한 것 世紀末的의 氣分밧게 안 준다. 嚴 君의 동요가 차…… 아지푸로的 效果를 消失하여 가는 것은 큰 변통이다. 自重하라.

◇ 李久月 君의 「조심하서요」는 電信工夫에게 對한 同情心밧게 안 된다. 機械에 殺傷當한 것은 被殺傷者의 一時的 過失에 不過한 것이다. 社會主義 社會에 잇서서도 機械文明은 더 잘 發達되여 질 것이요 但之 設備가 完成되여 過失됨이 적어지게는 할 수 잇슬 다름이다.

◇ 少年文藝團體 作品은 하나도 출여낼 것이 업다. 〈새힘社〉 동무들의 것이 좀 나엇스나 요지음 와서는 그들의 것도 볼 수 업스며 弱해진 것 갓다.

### 四. 『별나라』 八月號分[251]

◇ 「멧둑이 방아」 朴世永 君의 童謠는 取材는 조흐나 體가 材를 容치 못하는 感이 잇다. 첫 절에서 풍년들기를 祝福하는 것 가튼 것이 二節에 가서는 배나무를 갈가 먹고 우리 집을 못살게 하느냐고 한 것은 좀 어색한 것이다. 좀 더 端的으로 率直하게 되여지기를 바란다. 말과 表現方式에 잇서서는 남에게 뒤지지 안을 만한 技能을 가지엿다.

◇ 尹石重 君의 「낫선집 한 채」는 原始生活이 機械生活에 搾取當하는 것을 말한 것인데 무엇 새로운 發見도 안이고 우리 感情을 노래한 것도 못 된다. 社會主義 社會에서도 機械文明은 더 잘 發達되여야 한다.

◇ 申孤松 君의 「미력과 장승」 더 말할 것 업는 成功된 作品이다. 그 比喩法이 익숙하여서 모-든 것이 整然하게 發劃하게 잘 나타나 잇다.

◇ 朴轍 君의 「부처」도 申 君 것과 가튼 取材 가튼 感情을 노래한 것이다. 이 作品의 原稿를 본 일이 잇는데 四節로서 되여 잇든 것이 二節로만으로

251 원문에 '四. 별 八月號分'으로 되어 있다.

略 되여진 것을 앗가워한다. 그러고 불으고자 한 感情만은 이것만으로도 充分한 것이다.

◇ 木古京 君의 「저꼴을 보라」는 自己 짠은 퍽 美妙한[252] 것을 發現하려 한 것 가트나 아모것도 所得하지 못하엿다. 이 作者의 新聞紙上 等에 亂作亂發表하는 것들도 보잘것업다.

◇ 玄東炎 君의 「벅국새 우름」 뻑국뻑국 우는 것은 밥과 국을 걱정 안하려면 농사하라고 운다는 것은 奇拔하다. 그러나 일해도 밥과 국을 걱정하는 사람이 만흔 것을 이 作者는 意識 못하얏다.

◇ 金鍾起, 李龍燮 合作의 「얼골 노란 동무」는 얼골 노란보담 얼골 검은 동무라 햇스면 조켓다. 노란 것은 病者를 意味함이요 검은 것은 勞働少年을 象徵하엿기 때문이다. 그로 全體로 보와 아모 늣길 것이 업다. 合作하야 본 試驗은 조흐나.

### 五. 『音樂과 詩』에서

◇ 李向破(周洪) 君의 「편싸홈노리」는 잘된 童謠라고 본다. 率直明快하야 잘 불너질 수 잇는 것이다. 널리 農村少女의게 宣傳되기를 바란다.

◇ 孫楓山 君의 「거머리」도 單純化되여 잇는 得意의 것이다. 부자집 논에서 놀고먹는 거머리는 불으조아의 使命이요 모 심으는 아버지 피를 빠는 거머리는 搾取者를 意味한 것이다. 널이 불너저야 할 것이다.

◇ 李久月 君의 「새 흣는 노래」는 李 君의 作으로 첫 손구락을 쏩을 만한 것이다. 우리 童謠 中의 佳作 中의 하나이다.

◇ 梁雨庭 君의 「알롱아달롱아」는 조흔 民謠다. 무엇보다도 리름이[253] 조코 形式의 整制가 잘 되엿다.

◇ 申孤松 君의 「고초장」은 別다른 것은 업다. 貧民兒童의 배곱하서 고초장 먹은 것을 同情한에 불과하다.

---

252 '微妙한'의 오식이다.

253 '리듬이'의 오식이다.

## 金炳昊, "最近 童謠 評(三)", 『중외일보』, 1930.9.28.

六. 『新少年』 八月號 것들

◇ 金炳昊의 「모숨기」 이것은 나의 得意의 作이다. 平凡할넌지 몰으겟지만 내가 불을나코 한 것만은 다— 남김업시 表現할 수 잇섯다.

◇ 申孤松 君의 「잠자는 거지」는 거지에 對한 同情이다. 그러나 弱한 者가 弱한 者를 도으는 말하자면 無産階級의 道德이라 할 수 섯다는 것을 늣기게 한다.

◇ 嚴興燮 君의 「다섯가닥 電信줄」은 퍽 이름이 조타. 形式의 조흔 技巧를 보이여 준다. 그 밧게는 아모것도 업다. 아지푸로的의ㅅ 것은 못 된다. 嚴 君의 요사히의 童謠에 不滿을 늣기는 것들이다. 自重을 빈다. 우리의 동요를 써 다구.

◇ 李周洪 君(發表名 芳華山)의 「폭풍우」는 썩 잘되엿다. 簡單한 몃 마듸에서 더 만흔 效果를 엿보여 준다. 精進해 주기를 바란다.

◇ 늘샘 君의 「어머님! 아버지는 웨?」는 卓 君의 새 出發의 첫소리라고 본다. 未久에 조흔 詩作이 展開될 줄 밋는다. 이 少年詩도 예전에 卓 君의게서 보지 못하든 새 맛을 본다. 하나둘 동무들이 한 가닥 길로 모혀든 것을 깃버한다.

◇ 鄭祥奎 君의 「그리운 형님」은 그럴 듯하나 좀 感傷的이다. 퍽 거리김 업시 불너지기는 하엿지만은—

◇ 李聖洪 君의 「約束」은 써나는 동무 사이에 서로 約束을 하자는 것인데 풀을 뜻어 주느니 하는 것은 不自然 非 피오니-ㄹ的이다. 그것은 묵은 觀念의 묵은 작란일 것이다.

『어린이』에

◇ 韓晶東 君의 「여름밤」이라는 게 잇는데 이것은 여름밤이 아니라 四時밤이다. 늘 하는 無官能한 平凡 以上의 소리 묵은 形式 —— 發表慾을 채우

려는 手細工品이다. 그러게 童謠란 게 쉽살스러운 것은 못 될 것이다.

또 許日秀란 사람의 「녯기와장」이라는 게 잇는데 그것은 日語讀本(普校) 卷六의 「古い瓦」란 것의 僞造物이다. 붓그럼을 몰으는 者의 한갓 작란이다.

## 七. 後言

『새벗』『少年世界』는 안 나는 모양이고 『朝鮮』『中外』에[254] 직둑걱둑한 것들이 活字의 탈을 씨고 나오기는 하나 하나 取할 것 업섯다. 『별나라』와 『新少年』에 나타나는 作品이 우리의 것이요 우리 童謠人들이다. 嚴興燮 孫楓山 梁昌俊 李久月 李周洪 申孤松 朴世永 等을 세일 수 잇고 若干의 新興 氣分을 엿보여 주는 이로 鄭祥奎 늘샘 李聖洪 朴麟浩(朴轍) 朴古京 尹石重 宋完淳 南宮浪 等이다. 아직것 反動의 立場에서 발버둥치고 잇는 韓晶東 君은 金岸曙의 그것과도 갓튼 것을 우리는 철저적 撲滅的 抗議를 거듭할 것이다. 大衆의 問題지 個人의 問題가 안이요 全體의 問題지 部分의 問題가 안이다. (完)

---

254 '『조선』'과 '『중외』'는 '『조선일보』'와 '『중외일보』'를 가리킨다.

**李元珪, "八九月 合併號", 『소년세계』, 제2권 제7호, 1930년 8-9월 합호.**

八九月 合併號를 發行하면서 百萬 讀者 諸氏께. 創刊 以後로부터 지난 六月號까지 아모 써리씸이 업시 發行되여 百萬 讀者 諸氏께 熱熱한 환영을 밧든 本誌는 七月 一日로부터 在來 經營主를 써나는 同時에 社屋까지 移轉하게 되엿습니다. 그러나 우리 社員一同은 조곰도 落心치 아니하고 熱과 힘을 모아 百萬 讀者를 위하야 勇敢히 싸와 나아갈 작정으로 이와 가티 맨주먹을 武器로 삼고 싸와 나아가는 『少年世界』를 百萬讀者 諸氏는 絶對로 支持하여야 합니다. 『少年世界』는 朝鮮少年의 것이지 멧 사람의 私有物은 絶對로 아닙니다.

『少年世界』가 잘 되고 못 되는 것도 다- 여러분의 責任인 것을 絶大로 잇지 말어 주시기를 바람니다. (付言) 이와 가튼 復雜한 事情이 잇슴으로 社務를 定理키 위하야 不得已 七月號는 休刊하고 이제 不得已 八九月 合併號로 여러분 압헤 낫하나게 되엿사오니 모든 점을 양해하여 주시며 아울너 『少年世界』를 最後까지 사랑하여 주니기를 바람니다. 속호로 아뢸 말삼은 이와 갓흔 事實을 一一히 通知 못한 것을 謝過하나이다.

少年世界社 代表　李元珪

## 洪銀星, "少年文藝 月評", 『少年世界』, 제2권 제7호, 1930년 8-9월 합호.

지난번에 약조가 잇섯고 또한 하기로 한 노릇임으로 이곳에 나의 력양(力量)껏 평(評)이라고 하는 것을 들이지 아니치 못하게 된 것을 새삼스럽게 늣기게 됩니다. 그것은 다른 까닭이 아니라 모든 소년잡지(少年雜誌)를 척 들고 보니 녀름은 되어서 더웁기는 하고 긔운이 씩々지 못하야 너무 타력뎍(惰力的)인데 놀나지 안을 수 업섯습니다. 원래 조선에 신문, 잡지가 어느 지도뎍(指導的) 임무(任務)를 씌우고 잇든 때는 벌서 과거의 속하는 시대라고 할 수가 잇습니다. 이제는 두말할 필요가 업시 '쩌내리즘'이라는 것이 흘으게 된 것을 독자 여러분도 잘 아실 줄 압니다.

그런데 이제껏 조선의 소년잡지는 말은 지도뎍(指導的) 엇썬 임무를 씌운 것가티 말하나, 실상은 '쩌내리즘'을 긔초로 한 판매 정책(販賣政策)을 엿보기에 힘들지 안는 것이올시다.

짤아서 이곳에 평이라고 하는 것을 하야도 결국 이러한 것을 들어서 이약이할 수밧게 업게씀 되엿습니다. 다시 말하면 깁히 드러가서 어느 지도뎍 임무까지를 말하지 못하게 되는 것이라는 말입니다.

서설(序說)이 너무 긴 것 가태서 이제는 평의 뭇을[255] 들기로 하겟습니다.(이상 3쪽)

내가 본 것은 五, 六月, 두 달의 잡지인데, 이곳에 나타난 작품(물논 창작임)을 잠간 본다면

『별나라』(五月號) - 童話 「독갑이」(延星欽), 소설 「흙구루마」(太英善), 仝 六月號 - 小說 「무지개」(李明植), 連作少年敍事詩 「脫走 一萬里」(朴世永, 孫楓山, 嚴興燮), 童話劇 「玉順의 生日」(金永八), 小說 「林間學校」(安平原) 等이고,

---

255 '붓을'의 오식이다.

『새벗』(五月 續刊號) ― 童話 「칼쯔테 피는 쏫송이」(韓東昱), 小說 「鐵洙와 송아지」(昇曉灘), 童話 「洋燭 한 가락」(韓錫源) 等이엇고 이것을 쓰도록 七月號는 아즉 市場에 나오지 안엇다.

『어린이』(五月號) ― 小說 「봄! 봄! 봄!」(李明植), 小說 「참된 友情」(崔秉和) 等 두 개이엇고 이것도 쏘한 六月號는 아즉 보지 못하얏고,

『아희생활』(五月號) ― 童話 「살아저 가는 빗」(金夕湖), 仝 六月號 ― 童話 「등짐장사 이야기」(한가람)[256] 等이고,

『少年世界』(五月號) ― 小說 「자라는 마음」(朴仁範), 小說 「希望의 봄」(崔壽煥), 仝 六月號 ― 童話 「욕심쟁이 이야기」(延星欽), 小說 「우박」(朴仁範), 小說 「鍾路 네거리」(崔壽煥), 小說 「孤兒」(李明植), 小說 「工場의 少女」(崔露影), 小說 「吉男의 退學」(仝德仁) 等이다.

이상의 것이 모두 二十一篇이다. 재작년에 비하야는 별노히 얼마 되지 안는 것이라고 하겟스나 량(量)으로 보아서 결코 적은 것이라고 할 수는 업는 것이다.(이상 4쪽)

童話 「독갑이」 ―(延星欽)―

이것의 내용은 봉남이와 봉순이라는 두 남매 아희가 독갑이라는 것을 가지고 봉순이는 봉남이보다 나희가 만흠에 볼고하고[257] 돌이어 독갑이가 잇다고 하야 구지 빈집으로는 들어가기 실혀하는 것을 봉남이가 끌고 들어가서 독갑이라는 놈을 몽둥이로 싸려잡고 보니 한 개의 "붕엉이"라는 밤에 우는 새이엇다.

이것이 이 동화의 내용이다. 그런데 우리는 언제든지 이러한 동화를 필요타 하야 마지안흠으로 내용만은 조타고 할 수 잇다. 웨 그러냐 하면 첫재 재래의 케케묵은 미신(迷信)을 타파(打破)하는 결점이고, 둘재 "인간의" 힘이라는 것을 인식한다는 것이다. 그러나 렬(熱)이 업고 씩々지 못한 타력덕(惰力的)으로 물 흘너가는 것 가튼 감응에 자미가 적다고 본다.

---

256 '한가람'은 이헌구(李軒求)의 필명이다.

257 '불고하고'의 오식이다.

小說 「흙 구루마」 —(太英善)—

이 작품은 전톄로 보아서 잘 지엇다고 할 수 잇다. 부분이 말이 서투르고 표현이 어색한 곳이 잇스나 어지간히 애쓴 로력을 볼 수 잇다. 그러고 우리는 이곳에 로동계급(勞働階級)의 일 단면(一端面)을 보지 안어서는 아니 된다. 더욱이 이 소설에서 힘을 주는 것은 "나"라고 하는 일인층(一人稱) 소설이다. 굿태여 내용은 들지 안커니와 갓흔 「흙 구루마」의 부자(父子)가 두 번식 닷친다는 것과 「흙구루」만을[258] 원망하엿다는 것과 "아는 웨 이곳에 오지 안흐면 안 될가?"라는 막연한 의식(意識)이 잇서는 안 된다. 벌서 그들 자신이 빈궁(貧窮)이라는 것이 몰여서 그곳에 낫타나기를 "웨 이곳에 오지 안흐면 안 되는가?"는 너무 현실 무시이다. 노력하면 잘 될 작가(作家)의 소질이라고 본다. (以上 二篇 『별나라』 五月號)

小說 「무지개」 —(李明植)—(이상 5쪽)

이것은 그리 조흔 작품이라고는 할 수 업다. 어느 의미로 보면 너무나 무긔력(無氣力)하다고 할 수 잇다. 그리고 전반이 공상(空想)에서 헤매인다. 「세계영웅전」은 웬 것이가? 물논 영웅주의(英雄主義)를 고조(高調)하는 것은 아닌 줄 아나 필요 업는 것이다. 쌀하서 작자(作者)는 책 보내는 사람의 의식(意識)이 변한 것을 쓰기 위하야 책을 불살으고 무지개 갓흔 의식에서 버서나라는 것이다. 그러케 취할 작품이 못 되는 것만은 사실이다. 그러고 아즉 표현(表現) 방법의 서투른 것을 엿보게 되는 것이 너무 만타. 좀 더 건실히 써 주기를 바란다.

連作 敍事詩 「脫走 一萬里」 —(朴世永, 孫楓山, 嚴興燮)—

련작 서사시(連作敍事詩)로 이러한 표현을 하기는 이 『별나라』가 처음인 것 갓다. 쏘한 처음으로서는 상당히 잘되엇다. "고리쇠"라는 소년의 탈주(脫走)는 잘 표현되엇고 '코쓰모포리한'(世界主義者라고 번역해 둔다)의 리상이 잘되엇다. 그러나 소년으로서는 조금 닑기에 어려우리라는 늣김도 난다. 전반부(前半部)가 가장 아름다운 표현이엇고 중간(中間)이 좀 덜 되

258 '「흙 구루마」만을'의 오식이다.

고 후반부(後半部)가 잘되엇다고 볼 수 잇다. 지면 관게로 이것은 이만 말하겟다.

童話劇「玉順의 生日」 -(金永八)-

자미잇고 의미잇게 잘 표현되엇다고 볼 수 잇다. 비록 극중극(劇中劇)이라고 "작난"(?)가티 꿈엿스나 상당히 고심(苦心)햇다고 본다. 또한 다른 데에서 동화극으로써도 조타. 그러나 너무 로련(老練)한 맛이 잇지 안흔가 한다. 그러고 '세리후'[259](臺詞)가 적다고 할 수 잇는 것이 험(缺)이라고 하면 험일 것 갓다.

小說「林間學校」 -(安平原)-

이 소설에는 별노히 취할 것이 업다. 그 의식(意識)만은 조타고 본다. 문장이 평범한 것은 고사하고 조리가 업다고 본다. 전례로 보아 낫부다고는 할 수 업는 것이다.(以上 四篇(이상 6쪽)『별나라』六月號)

童話「칼긋테 피는 꼿송이」 -(韓東昱)-

별노히 조흔 작품이라고 할 수 업다. 그러고 이 사람의 의식(意識)에 혼란(混亂)을 엿보게 된다. 동화이니만치 현실(現實)을 떠나서 쓸 수 잇는 것은 사실이나 변화무궁이다. 고유(固有)에 제는(制度)를[260] 깨트린다는 것도 효본사상(孝本思想)을 업새는 것도 그와 가티 혼란된 각품으로서는[261] 불가능한 것이다. 이 작품은 분명히 실패의 작품이다.

小說「鐵洙와 송아지」 -(昇曉灘)-

이 소설은 계속물노서 아즉 끗이 나지 안엇다. 전반부를 가지고는 말할 수 업슴으로 이것은 잠간 접어두기로 하자. 그러나 '템포'가 느리고 농촌(農村)의 실감이 열분 늣김이 잇다는 것만을 말하고 십다.

童話「洋燭 한 가락」 -(韓錫源)-

이 동화는 말이 조리가 업고 비록 썩々한 곳이 만흐나 그의 사상과 그의

259 일본어 'せりふ(台詞)'로 연극의 "대사(臺詞)"라는 뜻이다.

260 '고유(固有)에 제도(制度)를'의 오식이다. "고유(固有)의 제도(制度)를"의 뜻이다.

261 '작품으로서는'의 오식이다.

쯧만은 조타. 양초(洋燭) 한 가락으로 모든 파선(破船)될 배를 구원한 것과 가티 우리의 힘으로도 이 조선이라는 것을 구할 수 잇다는 것을 가만히 내포(內包)하고 잇는 것을 알어야 한다. 그러나 어대까지 이 작품은 개인뎍(個人的)인 데서 취치 안는다. 우리는 개인의 사상이나 사업(事業)을 '리알'(寫實)해서는 못 쓴다. 좀 더 조직뎍 힘을 요구하는 것이다.(以上 三篇『새벗』 五月號)

小說「봄! 봄! 봄!」 —(李明植)—

이것은 소설이라고는 할 수 업다. 돌이어 봄에 대한 '스켓취'(素描)와 회고(回顧)라고 하는 것이 나흘 것 갓다. 짤하서 한 사람의 녯길을 더듬는 거림자쑨이다. 리 군이 엇쎄서[262] 이러한 것만을 쓰는가 하는 늣김을 자아낸다.

小說「참된 友情」 —(崔秉和)—(이상 7쪽)

학교를 싸고도는 동무들의 싸홈을 잘 표현햇다고 본다. 그러고 문장과 솜씨가 잇다. 그러나 "진수"라는 소년에 너그러움이라는 것은 별노히 찬양할 것은 못 된다. 그것은 웬만한 사람이면 할 수 잇는 일이다. 험잡을 곳 업는 성한 작품인 것은 사실이다.(以上『어린이』 五月號)

小說「살아저 가는 빗」 —(金夕湖)—

문장에 세련과 사건(事件)의 련락은 매우 잘되엇다고 본다. 그러나 이 역시 개인주의(個人主義) 작품이라는 것이다. 그러고 별노히 취할 것 업는 것이라는 것을 늣기게 된다. 그저 인도주의(人道主義)의 무엇이라는 것을 늣기나 그것도 정상뎍(正常的)의 것이 아니고 긔형(畸形)의 것이라는 것을 줄 쑨이다. 좀 더 의식 잇는 작품을 쓸 수 업슬가. 以上『아희생활』 五月號)

童話「등짐장사 이야기」 —(한가람)—

이것도 우헤 작품과 가흔[263] 수법(手法)과 틀여서 버서나지 안는 것이 이 작품이다. 그러고「썰리버」 려행긔(旅行記)를[264] 숭내 내지 안엇는가

262 '엇째서'의 오식이다.

263 '가튼'('같은')의 오식이다.

하는 늣김이 잇다. 좀 더 씩々하고 렬이 잇고 지도(指導) 될 만한 인주의(個人主義)[265] 립장(立場)을 버서난 것을 써 주엇스면 한다.(以上『아희생활』 五月號)

小說「자라는 마음」 ―(朴仁範)―

별노히 취할 것 업는 소설이다. 한 가지 취할 것이 잇다면 꿈이라는 것에서 현실이라는 데로 올마 오는 말하자면 꿈을 실현할 수 잇다는 것이다. 그러나 주인공 "창원"이의 꿈이 실현되기에는 너무 멀다고 아니할 수 업다. 한 개의 리상(理想)에 흘은 작품인 것이 틀임업다. 좀 더 심각하고 현실미(現實味)가 잇는 것을 써 주엇스면 한다. 그저 평범한 작품이다.

童話「살랴는 무리들」 ―(韓東昱)―

제목은 조흐나 일상 내용이 너무나 아무것도 아니다. 요컨대 이러한 작품도 소년(이상 8쪽)에게 낡켜야만 된다면 큰 문뎨이다. 이 작품은 너무나 동화라는 의미에서 탈선임으로 차라리 동화라고 하지 안는 편이 낫겟다. 이것은 실패에도 이러한 실패는 더 업스리라고 생각한다. 삼가 쓰기를 바라서 마지안는다. 그러고 도무지 문장에 련락이 업다. 좀 더 깁히 생각하야 주기를 바라서 마지안는 바이다.

小說「希望의 봄」 ―(崔壽煥)―

이것도 소설 되기에는 어렵다. 한 개의 "봄을 스켓취"한 소품에 지나지 안는다. 농촌의 경색(景色)을 느러노흔 데 지나지 안는다. 맛치 한 개의 건축물(建築物)을 지흐려 함에 잇서서 재목 돌 흙 이짜위 물건을 느러노흠에 지나지 안는다. 짜라서 이것을 집이라고는 할 수 업는 것이다. 그리하야 이것은 소설이 아니라 차라리 "小品"이라는 편이 헐신 나앗슬 것을 그랫다. 좀 더 "小說"과 "小品"과 "素描"를 구별할 줄 알어야 하겟다.(以上『少年世界』 五月號)

童話「욕심쟁이 이야기」 ―(延星欽)―

---

264 '「썰리버 려행긔(旅行記)」를'로 약물 표기를 해야 옳다.

265 '개인주의(個人主義)'의 오식이다.

인도주의(人道主義)에 입각(立脚)한 만치 그리 훌융한 작품은 아니다. 동화로는 그리 형식이라든지 내용을 일치 아니한 얌전한 작품이오 결코 진취덕이오 실제덕이오 현실덕의 것은 못 된다. 또 류창한 필치(筆致)인 만치 렬(熱)이 업다. "옥순"이라는 주인공의 행동이 좀 더 진취덕이엇든들 한다.

小說「우박」—(朴仁範)—

우박(雹)으로 인하야 농사(農事)를 다 버리고 죽은 동생을 위하야 의식(義植)이라는 소년이 글을 쓴 것이 이 소설에 내용이다. 그런데 이 작품에서는 힘 잇는 무엇이 뛰는 것을 늣길 수 잇스나 비집단뎍(非集團的)인데 이곳이 결함이 만흔 것이다. 비록 "한울"에 대하야 저주(咀呪)는 하나 그의 빗나는 눈동자와 주먹은 무엇을 할 것을 말함이라 하겟다. 이것을 개인만을 취급하지 말고 한 농촌을 취급하야 '리알' 하얏든들 얼마나 조앗슬가.(이상 9쪽)

小說「鍾路 네거리」—(崔壽煥)—

이것도 또한 소설 되기에은[266] 어렵다. 한 개의 '센지멘탈'한 감상이다. 그러나 이 작품에 잇서서 작자가 조선 현실을 그리려고 함에는 다소 고마운 일이다. 그러나 「종로 네거리」를 웨 써나느냐 말이다. 「종로 네거리」를 써나서 그야말노 「어대로 가나?」 이것이 문뎨가 아닌가. 즉 조선을 버리고 어대로 가느냐 말이다. 이곳이 이 작품에 실패가 잇다. 가령 아들이 가자고 하드래도 어느 곳을 가도 맛찬가지닛가 이곳에서 싸워야 한다고 할 것이다. 이곳에 작자의 "무지개" 갓흔 소년의 리상(막연한)이 낫타나고 또한 '리알리즘'에서 버서나게까지 작품을 멘들고 만 것이다. 좀 더 생각해 쓰기를 바란다.

小說「孤兒」—(李明植)—

한 개의 고아(孤兒)로 하야금 모든 쓸아림을 맛보게 함과 의식(意識)에 눈뜨게 하는 것이 작품의 내용이다. 잘 표현햇다고 본다. 또한 필치(筆致)

266 '되기에는'의 오식이다.

도 남을랠 곳이 업다. 그러나 좀 더 조직뎍 무엇을 보여 주엇스면 할 뿐이다. 무산자(無産者)에게는 조국(祖國)이 업다는 것은 잘 표현되엇스나 거지에 단결(團結)이 흐리마리하다는 말이다. 그러고 밤낫 "거지" 짓만 하러 북으로 가는가(?) 이곳에 좀 더 붓을 들엇드면 하는 생각이 마지안는다.

小說「工場의 少女」 ―(崔露影)―

소설 되기에는 아즉 멀다. 그곳에 쓰여 잇는 것과 가티 「어쩐 工場 少女의 手記」라고 하는 것이 조켓다. 정숙(貞淑)이라는 녀직공(女職工)의 쓸아린 생활 긔록에 지나지 안는다. 그런데 이러한 환경에 잇스면서 아무런 자각(自覺)이 업고 다만 "옵바"의 고학 맛치는 것만을 깁버한다든지 공장을 면하야 그냥 무턱대고 학교에 가려는 것은 작자의 사상이 아즉도 철뎌(徹底)치 못한 것을 엿볼 수 잇다. 공부한 사람으로서도 공장(工場)이나 농촌(農村) 광산(鑛山)을 가야 일할 수 잇는 조선에서 웨 이다지 공장을 나와서 그 소위 '모던 껄'이 되려는가. 이곳에 작자의 전톄뎍(全體的) 정톄가 잇지 안흔가. 좀 더(이상 10쪽) 생각하라.

特選小說「吉男의 退學」 ―(全德仁)―

이 소설은 비록 수사(修辭)에 거치르고 련락이 빈 곳이 잇스나 처녀작(處女作)으로는 이만한 것을 엇기가 듬을 것이다. 전도를 빈다. 그러나 "률곡"(栗谷) 선생이니 "세계뎍 위인"이니 하는 것 가흔 것은 어느 영웅주의뎍(英雄主義的) 심리를 조장하는 것 가티 된다. 이 뎜 주의하얏스면 조켓다.(以上『少年世界』六月號)

× ×

이 우헤 것으로써 내가 본 五 六月號 소년잡지에 평은 긋이 난 줄 암니다. 그러나 한 가지 전톄뎍으로 말한다면 五 六月 두 달에 잇서서 질(質)로 가장 나흔 작품은 태영선(太英善) 군의 「흙 구루마」. 그 다음 리명식(李明植) 군의 「孤兒」와 연선흠(延星欽) 군의 독갑이야기이라고[267] 생각됩니다. 긋흐로 한 가지 의견은 『아이생활』 갓흔 잡지는 톄재(體裁)와 지질(紙質)

---

267 '연성흠(延星欽) 군의 「독갑이」 이야기라고'의 오식이다.

이 무엇으로 보든지 잡지다운 늣김이 잇스나 그 내용에 잇서서 너무나 종교덕(宗敎的), 적극(積極) 진출에 자미업습을 늣긴 것입니다. 되도록은 그러케 적극 진출을 하지 안코도 잘될 줄 암니다. 그러고 한 가지 이번에 유감은 『신소년』 잡지가 내 손에 업서서 평하지 못한 것임니다.

그러면 이상의 것으로써 이달에 내가 약조한 것은 끗막어젓는가 생각됨니다.

一九三〇. 六. 一〇 (이상 11쪽)

## 鄭祥奎, "나의 答辯—李孤月 氏의 摘發에 對하야", 『少年世界』, 제2권 제7호, 1930년 8-9월 합호.

筆者는 六月號에 李孤月 氏의 「創作에 힘쓰자」라는 題號下에 글을 닑고 구태여 辯明하랴고는 안흐나 비록 한 번의 知面이 업스나마 懇曲한 李孤月 氏의 厚意를 謝禮하는 同時에 筆者는 自己의 立場을 明白케 하기 爲하야 지금 여기에 몃 마듸 쓰려 한다.

"우리들의 일터는(文壇) 거즛된 일터가 안이다"라고 나는 동무들게 말한다. 그러면 이러한 참되지 못한 일이 事實이라면 내가 내 自身을 속여 온 사람 아닌 사람임을 내의 良心붓터가 点치는 것이다.

그러나 李 氏여!! 安心하라. 우리들의 일터는 氏가 생각하는 輕率한 일터가 안이다. 氏가 生覺하는 野비한 祥奎란 일순이 안이다. 一九二七年 十二月 十八日 『朝鮮日報』 紙上에 氏가 말하는 光允 氏의 作品보다도 더 먼저 압서 發表되엿슴에야 어이하랴.[268] 萬若 氏가 疑心하는 바이라면 내가 각직해[269] 둔 新聞을 보여 주기로 약속한다. 이것만으로서 筆者가 意識的 剽窃 行爲가 안임을 氏는 充分히 알 것이다.

그러면 氏는 다시 光允 氏의 作品을 疑心할 것이다.

그러나 朝鮮 少年의 十分之六 以上이 農民 勞働者가 안인가? 그러면 光允 氏도 나무꾼의 少年 農軍으로 눈 나리는 치운 겨을밤에 보앗슴에야 다— 갓흔 環境에 얼매킨 우리로서 다 갓흔 부르지즘이 머리에 써올낫슬

268 '글벗社 李孤月'이 「創作에 힘쓰자 - 새빗社 鄭祥奎 君에게」(『少年世界』, 1930년 6월호, 50~51쪽)에서 정상규(鄭祥奎)의 「나무장사」(『별나라』, 1929년 10월호)는 김광윤(金光允)의 「나무장사」(『新少年』, 1928년 3월호)와 같아 "鄭 君이 金 君의 作品을 模作한 것이라 하겟다. 안이 模作이라는 것보담 剽窃이라 하야도 過言이 아닐 만치 그 作品이 同一"(50쪽)하다고 지적하였다. 정상규가 "一九二七年 十二月 十八日 朝鮮日報"에 김광윤의 작품보다 앞서 「나무장사」를 발표하였다는 것은 "一九二七年 十二月 十八日"이 아니라 1년 뒤인 "一九二八年 十二月 十八日"이므로 사실이 아니다.

269 '간직해'의 오식이다.

것도 생각에 어그러지지는 안임을 잘 알어야 한다.

그리고도 氏가 "鄭 君은 우리 童謠界에 잇어 將來가 촉망되는 가운데 한 사람인 것만큼 作品行動은 童謠를 愛好하(이상 48쪽)는 이들의 注視가 되는 동시에 그 創作的 價値는 恒常 童謠界의 問題가 되는 것이다. 云云." "그러나 筆者는 疑心치 안헛다. 설마 鄭 君이야 그런 일을 햇스랴. 云云" 等의 말을 드러본다면 氏는 나를 童謠界에 相當한 촉망을 가젓슴에도 肯定하고서 남의 作品을 剽窃햇다는 等의 絶言은 나로서 公正한 評으로는 評定할 수 업다.

적어도 評者라 할 것 갓흐면 冷情한 立場에서 自我의 私心을 쩌나 公的으로 事物에 對한 確然한 考察히 잇서야 할 것이다. 그럼에도 不拘하고 作者들의 環境 人格 等을 冷情한 立場에서 十分 考慮하지 못하고 紙上으로 公公然하게 私見을 發表함은 그 엇지 輕率한 行爲라 아니치 못하리라. 그 얼마나 評眼이 周密치 못하다 함을 認定할 것이다. 그러나 筆者는 氏의 말한 바와 가티 決코 反感까지는 사지 안는다! 다만 나 筆者가 남의 作品을 剽窃한 것이 안임을 明白히 하기 爲하야 粗筆을 드러 몃 마듸 한 것이다! 그리고도 때때로 글월이나 던저 주기 바라며! 만흔 評論을 기다리며 이로 붓을 던진다!

(妄言多謝)

## 琴洪主, "洪川 金春岡 君의게 與함", 『少年世界』, 제2권 제7호, 1930년 8-9월 합호.[270]

君이여! 君이 지난 五月號에 電信局의 첫머리를 빌어 威氣 잇게도 公布한 朝鮮 少年 련락긔관을 設立하자는(『少年世界』를 中心 삼아) 意見에 나도 贊成하는 一分子다. 오직 君의 創志가 엇던 動機의 움직임인지는 알 수 업스나. 君이 力說한 趣旨만은 贊同하련다. 그러나 君아. 그와 갓튼 機關에서도 人物을 擇하려는 ××主義的 얄미운 心思는 빨니 退步시키여 다우. 勿論 問題와 가티 朝鮮 少年이 中心 안이엿든가? 우리의 處地와 環境은 꼭 同一 水平線에 스지 안엇는가? 그럼에도 不拘하고 特히를 붓치여서 蔡 鄭 睦 金 李 車라고 指摘한 春岡 君아.[271] 君의 心思는 어느 立脚地에 對立하고 잇섯든가? 그처럼 自稱 有名 少年作家를 擇하려면 朝鮮 두 글자를 빼여노코 누구〳〵 몃 사람의 련락긔관을 세우는 것이 必要치 안을가? 나는 오직 無名한 讀者(이상 49쪽)에서 지나지 못한다. 그러나 君의 意思가 그러치 안을 줄만 알고 葉書를 보냇든니 웨 回信도 업는가? 速히 그 心思를 버리고 現實的 集中 긔관을 만들기를 빌고 끗치나 나의게도 規則書를 보내여 다우.

— 一九三〇. 六. 九 — (이상 50쪽)

---

270 원문에 '利原 琴洪主'라 되어 있다. 평문의 제목이 「洪川 金岡春 君의게 與함」으로 되어 있으나 오식이어서 바로잡았다.

271 김춘강(金春岡)은 강원도 홍천에서 '농군사(農軍社)'를 조직하기 위해 노력하였다. 이를 위해 신문과 잡지의 독자란을 통해 '농군사'에 가입할 것을 요청하는 글을 여러 번 썼다. '蔡 鄭 睦 金 李 車'는 당시 활발하게 소년문예운동을 하던 회령(會寧) '채택룡(蔡澤龍)', 정평(定平) 채규삼(蔡奎三), 후부(厚富) 채규철(蔡奎哲), 진주(晋州) 정상규(鄭祥奎), 남해(南海) 정윤환(鄭潤煥), 고흥(高興) 목일신(睦一信), 안변(安邊) 김광윤(金光允), 무산(茂山) 이화룡(李華龍), 군산(群山) 차칠선(車七善), 평양 차남성(車南星) 등을 가리키는 것으로 보인다.

## 李華龍, "나의 答辯－春岡生에게", 『少年世界』, 제2권 제7호, 1930년 8-9월 합호.[272]

나는『少年世界』五月號에서 君이 筆者에게 興한[273] 論評을 보고 구태여 붓을 들어 答辯코자 아니 하엿스나 이에 올나오는 義憤을 참지 못하야 붓을 들게 되엿다. 君이 筆者에게 興한 論評은 筆者로서는 公正한 論評이라 云謂할 수 업시 妄評이라 하야도 過言이 안이엿다. 大抵 評者란 冷靜無知한 批評眼과 愼重沈着한 態度를 가지고 論評의 붓날을 들어야 할 것이다. 이럼에도 不拘하고 君은 評者가 반다시 가저야 할 冷靜한 批評眼보담도 淺薄한 感情을 압세우고 自己 無識을 掩蔽키 爲하야 奸巧한 令語로써 함부로 論評을 쓴 것이다. 評者란 冷靜 批評眼과 愼重한 態度를 가지고 評을 써서 적게는 作者 自身의 反省을 促하고 크게는 그－ 誤流에[274] 彷徨하는 讀者大衆의 迷惑을 깨트려 주어야 할 것이다. 이것이 참으로 評者다운 評이니 즉 權威 잇는 公正한 論評이다. 그러면 權威 업는 評者란 엇던 것을 가르처 말함인가? 自己의 無識을 公然하게 發輝하야 正當한 進路를 作者와 大衆에게 보혀 주기는커녕 도리혀 反對하며 欺瞞하고 威脅하며 阿諂하며 非道로 誘導하는 評者를 가르킴이다. 이 갓튼 論評者야말로 우리에게 害毒밧게는 끼치는 것이 업다. 우리들은 이 갓튼 論評者를 가르처 妄評者流에 適當한 一人이다. 君이 問題 삼은『新少年』誌 一九三○年 新年號에 發表되엿든 童謠「봄」은 眞實한 筆者의 作品이다. 그런데 君은 엇던 少年誌에 發表되엿든 것을 筆者가 竊窃한[275] 것이라고 數萬 讀者가 보는 紙上에서 떠들어대니 筆者는 참으로 抑鬱하고 義憤(이상 50쪽)이 極度에 達함을

272 원문에 '三長 글벗벗社 李華龍'이라 되어 있다. '벗'이 한 번 더 들어간 오식이다.

273 '與한'의 오식이다. 아래도 같다.

274 '誤謬에'의 오식이다.

275 '剽窃한'의 오식이다. 아래도 같다.

禁할 수 업다. 自家辯이 아니라 君의 말과 가티 엇던 少年誌에 發表되엿든 것과 비슷하게 되엿는지 모르나 筆者는 絶對로 고대로 謄寫하야다가 썻거나 竊窃한 것은 안이다. 짤아서 筆者는 그런 卑陋한 生覺은 가지지 안엇다는 것을 알어 다구. 君 갓튼 훌륭한 童謠 作家는 童謠 한아를 지여도 勿論 創作만 하갯지만 배움이 적고 알미 적은 우리는 아직 作品 模作 時代를 써나지 못햇다. 君이여 所謂 評論家로 自忍自高하는[276] 君으로서 웨 現實에 對한 見解가 그리 적은가 말이다. 至今 朝鮮 少年 童謠作家 처 놋코 新聞 雜誌에 發表하는 동요에 模作이 안이고는 純全한 創作的인 것이 果然 그 몃 篇이나 되는고? 그 模作된 作品을 가지고 筆者에게 쓴 評과 가티 作品 竊窃이라고 지절대 보아라. 君은 맛당히 習作時代에 잇는 多數한 模作者로부터 만흔 杭議와[277] 反駁을 바들 것이다. 또 筆者는 『洪川少年』이란 少年誌는 일즉이 구경도 못하얏고 事實에 잇서서 그런 雜誌가 朝鮮 內에서 發刊되는 줄도 모르고 잇든 筆者는 적지 안인 驚嘆를 늣기지 안엇다. 씃트로 筆者는 君의 反省을 促하는 同時에 적어도 論評이라면 아모럿케 써 노흐면 自己 地位가 高昇되는 것이 안인 以上 常識 업는 評筆을 들어 어리석은 行動을 敢行하면서 自忍自高하는 것은 愚昧의 極이라고 일너 주고 십다. 以後로 그런 妄評을 쓰다가는 疏黃洗禮를[278] 바들 것이다. 그리고 그런 妄評을 또 쓰랴거든 하로밧비 우리 評壇에서 물너가거라. 論評을 쓰랴거든 아래에 몃 가지를 직혀 주기를 바라노라.

一. 公正無和한[279] 批評眼을 가질 것

二. 愼重하고 沈着한 態度를 가질 것

三. 常識이 豊富하여야 할 것

四. 私々感情을 바릴 것

一九三〇. 五. 一一. 一씃一 (이상 51쪽)

---

276 '自認自高하는'의 오식이다. 아래도 같다.

277 '抗議와'의 오식이다.

278 '硫黃洗禮를'의 오식이다.

279 '公正無私한'의 오식이다.

## 南應孫, "(隨想)가을에 생각나는 동무들(上)", 『매일신보』, 1930.10.5.

봉선화가 죽엄을 고하는 가을! 菊花가 삶을 즐기며 버더나는 가을! 온- 들판에 곡식들이 깃븜을 사랑하며 흔들〳〵 흥겨워 춤추는 가을! 가을은 깃븜과 슯흠의 節期이다.

이 時節은 온- 宇宙 人間을 悲哀와 喜樂으로써 놀닌다. 더구나 우리 어린이들의 가슴에 새로운 感懷를 늣기게 한다. 달 밝은 밤 기럭이 울며 날고 버레들의 애처러운 音樂會가 열니는 이 밤은 모-든 사람들의 追憶을 새삼스럽게 도두워 준다.

졸졸졸 잔잔히 흐르는 시냇가에 고갯짓하는 적은 풀닙파리는 찬 서리 나리는 가을밤을 원망하며 그 봄 녀름철을 다시금 그려한 나도 이제 冊床에서 펜을 노왓다 쥐엇다. 空想의 時間 가는 줄을 이젓다가 홀연히 머리 우에 떠오르는 것은 녯동무들의 생각이다.

이제 그 여러 동무들의 問安을 겸해서 지난날의 그들 사이의 일어난 '로맨쓰'나 적어 보자.

그려지는 同侔들을 이야기하기 전에 먼첨 우리 少年文壇의 現況을 살펴 보자! 붓을 들고 一九二七, 八, 九年度의 童謠 編이나 쓰든 이는 今年에는 보기가 참으로 힘든다. 勿論 生涯을 찻고 前途를 開拓함에 環境의 支配로 말미암아 들엇든 붓을 돌보지 안는 니도 만흘 것이다. 그러나 그 나머지 동무면은 엇재서 숨을 죽이고 默々한가? 少年文壇의 衰退를 바라볼 때 저윽히 寂寞함을 禁치 못하겟다.

이 衰運에 對하야는 여러 新聞 雜誌의 學藝 擔當者에게도 一端의 責任이 업다고 못할 것이다. 한 個人의 主張이나 見識으로 當落을 정하며 어드런 일홈이나 行動을 보아서 二階段으로 區別하는 等이 이것이다.(宋完淳 氏도 이에 對하야 말한 바 잇섯다.)

少年文壇의 힘쓰는 諸君이여. 소매 것고서 一步二步 힘 잇게 나아가자.

向上하자. "未來는 우리의 것"이라는 스로간 알에 펜을 들자.

文壇의 轉換을 보자. 우리는 어드런 過程을 밟어 왓는가? 爲先 昨年까지도 韓晶東 氏는 童謠界의 權威를 잡고 잇섯다. 그럼으로 人氣는 그에게로 集中하엿다. 그러나 新興文藝運動이 發興된 오날에 그 일홈이 과연 엇더한가.

우리는 韓 氏의 思想을 根本으로 알어 내자! 그리고 깨달음이 잇자!

小說도 少年詩도 童話도 그런 것이다.

具體的 理論은 後日로 미루고 위선 몃々 넷 동무를 삷혀보자.

▶ 元山 李貞求

이 동무는 몸이 좀 弱하다. 그는 아즉 學業에 몸을 담고 잇서 추준히[280] 써 준다. 童謠로 詩에 옴기고 잇다.

將來에 훌융한 일꾼이 될 것을 나는 밋는 同時에 健康과 아울너 健筆을 바란다.

▶ 禮山 李海文

빵을 차저서 한 業을 가지시면서도 그 精神의 影響을 밧지 안코 一心精力으로 主로 詩筆을 들어주신다. 요지음은 조곰 듬을게 詩를 보게 된다.

▶ 文山 李炳夏

農村에서 그저 每日 호미 광이를 들고 일하시는 탓인지 요새는 보고 십흔 그의 小說과 詩도 도모지 볼 수 업다. 一層 活氣를 북독가 주십사고 부탁한다. 쏭문이를 빼지 말고!

▶ 元山 李南奎

이 이는 文藝보담 그림에 特出한 才幹을 가지신 분인데 요지음 도모지 그림으로나 글노나 볼 수가 업다. 웬일인가?

▶ 迎日 李鐘根

童謠에 만이 붓을 드시드니 슬며시 昨年 겨울부터 몸을 감추섯지. 지금

280 '꾸준히'의 오식이다.

은 어데 게선지! 요지음은 消息좃차 몰나. 굼々! 다시금 勇氣를 씁내여 躍進︿

▶ 郭福山

이 분은 童謠와 童話詩로 一九二七, 八年度『中外日報』學藝欄을 每日 占領하시든 인데 昨年부터는 그림자도 보지 못하게 되엿다. 氏의 童謠가 다시금 눈압헤 새롭다.

▶ 京城 具應順[281]

이 분도 元山 李貞求 동무와 갓치 將來가 有望한 분이다. 요지음은 學校에 精神을 넛켓다고. 그러나 『새벗』 紙上으로 우리들 새 힘을 뵈여 준다. 健筆을 빌어 마지안는다.

▶ 三水 崔鳳七

새벗社에서 奮鬪하다가 昨年 서울서 姿態를 감추엇섯는대 그 다음 童謠 몃 篇을 新聞紙上으로 보왓스나 住所도 알 수 업고 글도 볼 수 업다. 어듸서 天堂魂이나 되시지 안엇나! 궁금한 노릇이다.

▶ 京城 太在福

童謠에 趣味를 만니 가지고 게시드니 요새는 小說로 옴기시엿다. 이름을 "太英善"으로 곳치시고 『新少年』 誌上으로 글은 흔니 보는 바이다.

씩々하게 奮鬪합시다. 이러케 부탁할 쑨이다.

▶ 京城 成慶麟

太 동무와 짝패이다. 한 곳에 業을 가젓슬 쑨 아이라 故鄕이 가트시여 서로 情宜는 至重한 터이다. 이 분도 小說을 질기신다.

---

281 '具應順'은 '昇應順'의 오식으로 보인다. 일제강점기에 '具應順'이란 이름으로 아동문학 활동을 한 이는 없다. 승응순은 황해도 금천(金川) 출생이지만 1928년 이후 경성에 있었기 때문에 '京城'으로 표시한 것으로 보인다. 승응순은 1927년 금천공립보통학교를 졸업하고 1928년 보성고등보통학교(普成高等普通學校)에 입학했으나 1930년경 맹휴사건으로 퇴학당하였고, 1931년 4월 연희전문학교(延禧專門學校) 문과 별과에 입학하였으나 한 학기 수업 후 중퇴하였다.

## 南應孫, "(隨想)가을에 생각나는 동무들(下)", 『매일신보』, 1930.10.7.

▶ 京城 李鄕述

本來 安邊 新高山 게시엿다. 二七, 二八年度의 童謠와 詩로 『中外日報』 紙上으로 活動하시엿다. 職業을 가지시고도 수준이 붓을 드러 주신다. 이름을 變하야 모를는지는 모르나 啄木鳥라고 부른다. 日間은 『흰옷 아들』 童謠集 發刊 準備에 如干 奔忙히도 시지 안는다. 언제이고 어린 벗들을 爲야 압흘 指導와 引導가 잇기를 바란다.

▶ 平壤 姜順謙

흔히 童謠에 붓을 자조 들고 게시드니 요새는 아모 데에서도 그 아름다운 作品을 發見할 수 업다. 牧丹峰 갓흔 조흔 景致를 압두고 우리들에게 조흔 藝術品을 못 보여 준다는 것은 퍽으나 섭섭하다.

▶ 厚昌 蔡奎哲

定平 蔡奎三 동무와 姓도 同姓이고 하닛가 親兄弟갓치 지낸다. 童謠 詩 小說 할 것 업시 어려운 職業의 餘暇로 우리들에게 고흔 作品을 보여 준다. 感謝를 마지안는 바이며 前途를 길이길이 祝福한다.

▶ 城津 姜時環

이 분은 流浪客이다. 處地가 處地이니만치 그저 나날이 客窓에서 끗업는 서름을 싸어 詩를 읇허 우리에게 일켜 준다.

▶ 端川 金時勳

普校 訓導이다. 여러 어린 일꾼을 養成하며 詩歌를 게으리시지 안코 創作하신다. 健筆과 아울너 健康을 祝福한다.

▶ 咸興 李燦元

貞求, 應順 동무와 가치 學校에 단기시는 몸으로 굿고 씩씩한 作品을 『朝鮮日報』와 『學生』 紙上으로 알니워 새로운 힘을 우리에게 너어 주드니 지금은 學校를 단기시는지 무엇을 하시는지……. 그의 詩가 또다시 눈압헤

환니 뵈인다. 새로 니러나 주기를……

▶ 高山 李東贊

한동안 『中外日報』 紙上으로 高聲大呼하시드니 요지음은 惡消息! 安否는 각금 同伴들께[282] 드르나 글이나 다시금 보고 십다.

▶ 城津 許水萬

일즉이 文壇에서 活躍하시드니 요지음은 보기가 드물다. 氏는 城津에서도 白衣少業社를 組織하야 文壇을 爲하야 만은 努力을 하여 주신 이다.[283] 한번 無錢旅行으로 新高山을 것처 가시고는 安否좃차 몰나 굼굼! 住所나 좀 알엇스면!

▶ 安邊 白智燮

이 분은 童謠에 만흔 힘을 쓰시는대 요새는 도모지 소식 업다. 一層 飛躍을 祝福! 朝鮮童謠社를 組織하신다드니 그것도 쏩쏩!

▶ 咸興 金俊洪

이 분은 普校도 卒業 못하신 天才이다. 主로 作文을 다음은 書畵에 才幹을 가즈섯다. 요지음은 家內의 風波가 生기시엿는가! 그림과 글이라고는 도모지 못 볼 形便이다. 하루밧비 붓을 또 잡어 주웟스면!

▶ 咸興 韓海龍

이 분도 보기가 퍽으나 드물다. 요지간 『每日申報』 學藝欄에서 읽어본 듯하다. 本來 小說을 조화하시는 分이다. '크리스찬'이니만치 主日學校紙에서는 글을 만이 본다. 가난과 싸호며 꾸준히 나아가시는 有望하신 분이다.

▶ 開城 玄東鐮[284]

요지음 『별나라』와 『朝鮮日報』에서 或間 볼 수 잇다. 氣力이 업는 模樣. 한거름 더 나가 펜을 쥐어 주기를!

---

282 '同伴들께'의 오식이다.

283 허수만(許水萬)이 조직한 '白衣小童社'의 오식이다. 승효탄(昇曉灘)의 「朝鮮少年文藝團體消長史稿」(『新少年』, 1932년 9월호, 28쪽) 참조.

284 '玄東濂'의 오식이다.

▶ 咸興 尹鍾

이 분은 紙上으로 發表한 글은 적다. 한 번『새벗』誌上에 실닌「朝鮮의 少年文壇 投稿 諸氏에게」란 글로 理論鬪爭이 니러난 生覺이 새삼스러히 追憶된다. 그 當時 少年文壇에는 一大風波가 일엇섯다. 이 이가 功砲生이란 분이다.

▶ 定平 蔡奎三

아즉도 주준이[285] 싸운신다. 그러나 이 분은 더 한거를[286] 나아가야 하겟다. 좀 더 힘써 읽고 쓰기를!

▶ 文川 金敦熙

이 분은 文山 李炳夏 氏와 가티 고향에서 農事지으시는 農軍이다. 童謠를 아니 쓰시다가 엇지 요지음은 보기가 듬을게 되엿다.

▶ 釋王寺 申相輔

釋王寺에서 高城으로 移舍를 가시드니 文壇으로는 永無消息! 이 분은 父母 업는 孤兒이시다. 누구나 그의 事情을 듯고는 눈물 안 흘니는 니가 업슬 것이다. 金剛山에서 世上을 悲觀하고나 안 게신지 勇氣를 내십시요! 우리도 때가 잇담니다. 不幸만을 거느리고 살지는 안켓습지요!

▶ 安邊 安斗錫

安邊 地方에서는 李來贊, 姜眞均, 徐利福 氏들과 가티 同伴이다. 日前 元山港에서 만나 意見을 交換햇는데 좀 뵈움과 徹底한 硏究가 잇슨 後에 붓을 들겟다고. 將來를 期待하여 마지안는다.

꾸준한 信條로 펜을 드시는 晋州 鄭祥奎, 晋州 孫桔相[287], 京城 尹石重, 崔仁俊, 李東珪, 睦一相, 金昊奎 아울어 安邊의 金光先,[288] 全德仁, 穩城 李基雨 諸氏에게는 우리 少年文壇의 開拓者라는 義務를 잇지 마르시고

285 '꾸준이'의 오식이다.

286 '한거름'의 오식이다.

287 '孫桔湘'의 오식이다.

288 '金光允'의 오식이다.

健康과 아울너 健康을 뵈며 싸라서 近頃에 그림자를 감추신 定平 鄭道鎭, 鶴城 朴貴孫, 郡内 全泳海, 釋王寺 李丙翊, 寧邊 朴奇能, 開城 李昌業, 元山 李影水 諸氏께서도 一層 녯 氣運은 북도다 奮鬪努力하사 朝鮮의 우리 文壇에 빗난 쏫츨 피우시도록 당부한다. 가을날의 그리운 녯 追憶을 이반[289] 적고 붓을 던진다. 즛흘[290] 다시 한 번 "文壇은 우리의 것이다"라는 標語를 우리는 잇지 말자.

(九月 十八日 쓸々한 서울 學窓에서)

289 '이만'의 오식이다.

290 '즛흘'은 잘못 들어간 오식으로 보인다.

## 柳在衡, "朝鮮日報 九月 童謠", 『조선일보』, 1930.10.8.

童謠에 잇서 다른 新聞에 比較하야 本報로 하야금 만흔 發表를 보여 주고 잇는 것은 作者는 勿論 童謠에 關心하는 讀者와 아울너 感謝한 일이다.

本報 九月 內에 발표된 數를 計量한다면 四十二篇으로 作者는 十九人이다. 量에 잇서 적지 안은 收穫을 보임에도 不拘하고 質的 轉落의 조치 못한 現象을 드러내고 잇슴은 甚히 遺憾되는 바이다. 筆者는 這間 童謠를 數十篇 習作하는 가온대에 作者로서의 感興한 바도 잇고 自然 他人의 童謠에까지 關心하게 되매 多少 鑑賞의 餘有와 機會가 잇서서 畏濫하나 禿筆을 들게 되엇다. 그리고 本報에 局限햇다는 것은 筆者로서 遺憾이나 他 新聞은 如意하게 一個月 分이 한결가치 蒐集되여 잇지도 못하고 쏘한 求得할 수도 업서서 本報에만 限한 것이다.

金月峰 君의 「야학교」 着想과 取材는 조앗스나 노래하기 거북하고 技巧의 未熟을 不免하얏다.

李元壽 君의 「광산」은 悲慘한 地下生活을 하는 鑛山 勞働者의 죽엄을 回想한 作으로 힘을 주지 못햇다. 그저 그런 것이지 하는 것쁜이다.

尹性道 君의 「아기」 傳來童謠를 聯想케 한다. 어린아기의 天眞한 우숨과 거러오는 양이 눈에 어린거리도록 表現된 作이다.

南宮琅 君의 「귓뜰귓뜰 슲은 노래 불녀 듸리자」 內容을 역는데 잇서 어색함을 不免하얏다. 그리하야 쑴인 것 가트니 題부터 "불녀 듸리자"한 것을 보아 이런 것은 쏙 집어서 題意 解釋조차 하기 어렵다. 「자장가」 節마다 끗 行에 가서 前行을 反覆한 것은 技巧에 애썻다는 痕跡이 確然할 쁜이다. 다음 發表된 「자장가」 前 것보다는 簡潔하고 着想이 조타. 「부평초」 平凡한 形態에서 버서나지 안는다.

尹性道 君의 「별님과 이슬」[291] 第二節에 가서 이슬을 노래한 것은 技巧

形式에 拘束을 바다 그 淸景이 몹시 구차스럽다.

方曉波 君의 「떨긴 왜 떨어」 매우 新鮮하고 純朴한 童謠이다.

金柳岸 君의 「귀뚜람이」는 미적적은한 平凡한 作이다. 「반듸불」은 作의 統一을 일코 一二 兩節에 가서 "날아감니다"는 말이 되지 안는다. "날아갈가나"로 할 것이다. 「쏘부랑 산길」 어린 童子의 山쏠길 가는 양이 눈에 드러오도록 表現된 貴여운 作이다. 「정든 별님네」는 그저 平凡하고 赤峰山人 君의 「손쏘락 노래」[292] 매우 滋味잇는 노래다. 어린 少年들의 集團意識을 暗示 鼓吹함에 適當하다고도 본다.

睦一信 君의 「무지개」 技巧를 爲한 技巧에서 彷徨하는 作者의 애쓰는 양이 눈에 선하도록 되엇슬 쑨이다. 「잠자는 아기」 複雜치는 안엇스나 統一을 일헛다. 그러나 잠재우는 어머니로서 부를 만한 노래다.

朴鷄聲 君의 「새 모는 모양」 거리씸 업시 單純化되여 잇는 조흔 童謠다. 洪流波 君의 「살랑살랑」 新奇한 듯하나 取할 곳은 업다. 「쌈지」는 意味散亂한 쏘는 捕捉하기 힘드는 童謠로서 노래 부를 可能性이 적다.

「우지마라 누나야」는 表現이 거북하야 조흔 着想이 다라낫다.(洪九의 氏名이 洪瀾波와 同人으로 推想 取扱하얏다.)[293] 「강남 가는 제비」는 新奇하지는 안어도 着想에 잇서서 바랄 것은 업서도 좀 센티멘탈한 氣分을 띄운 輕快한 노래이다. 朴承杰 君의 「가을」은 그저 平凡한 作이다.

---

291 '尹性道'는 '尹泰泳'의 오식이다. 윤태영의 「별님과 이슬」(『조선일보』, 30.9.6; 『동아일보』, 30.10.3)을 가리킨다.

292 「손쏘락 노래」(『조선일보』, 30.9.13)의 지은이는 '赤松峯人'이다. '赤峰山人'이라 한 것은 오식이다.

293 「우지마라 누나야」(『조선일보』, 30.9.24)는 홍구(洪九)의 작품이다. 「강남가는 제비」(『조선일보』, 30.9.25)의 지은이는 '洪瀾波'가 아니라 홍연파(洪淵波)이므로 오식이다. '洪九'와 '洪淵波'는 같은 사람이 아니다.

## 柳在衡, "朝鮮日報 九月 童謠(二)", 『조선일보』, 1930.10.9.

金志林 氏「다시 세우자」 意志堅固한 將來의 開拓者를 激勵한 조흔 作이다. 그리고 簡單한 것이 조타. 金鳳楠 君의「가을밤」平凡한 習作이다.[294]

金風濟 君의「가을」 獨創的 新味가 업고 技巧를 熟練시키기에 힘을 드린 모양이다. 童心을 把握하고 獨創的 見地에서 恒常 取材 捕捉을 하얏스면 한다.(勿論 이런 付託은 이 作者에만 限한 것은 아니지만.)「달밤」은 平凡할 싸름이다.

李承億 君의「내고향」 極히 輕한 哀調가 흐르나 單純化하야 簡潔하다. 深刻味가 업다. 散漫하지 안흔 이런 形式에 조흔 着想으로 進出하얏스면 한다.

蔡道憲 君의「단풍닙 하나」 取할 곳 업다. 그저 平凡한 스켓취다.

金水卿 君의「말탄 놈도 썻덕……」[295] 政治的 價値를 除外하고 藝術的 價値에서 본다면 九月 內에 發表된 本報 童謠 中 上乘이라 아니할 수 업다. 洗練된 技巧에 感嘆하며 今後로는 深刻味 잇는 作品을 내여주기 바란다.

이제 個評은 쯧이 낫다. 한 가지 添言할 것은 柳村의 일홈으로 發表된 童謠는 筆者의 作品임으로 自己 作品을 이러니 하는 것도 좀 우숩은 노릇이고 또한 前言에서도 暫間 빗최엿지만 그것은 習作期에서도 初期 試作品으로 敢히 評筆을 들을 거리도 되지 못하기 畧한다.

그러면 童謠 評은 쯧낫스나 한번 다시 童謠 傾向, 其他 等을 附言으로 言及하야 보자.

---

294 「다시 세우자」(『조선일보』, 30.9.24)의 지은이는 '金志淋'이고, 「가을밤」(『조선일보』, 30.9.24)의 지은이는 '全鳳楠'이다. '金志林', '金鳳楠'이라 한 것은 오식이다.

295 「말탄놈도썻떡 소탄놈도썻떡」(『조선일보』, 30.9.27)의 지은이는 '全水鄕'으로 되어 있고, 유재형은 이를 '金水卿'으로 인용하였다. '全水鄕'과 '金水卿' 둘 다 김수향(金水鄕)의 오식이다. '金水鄕'은 윤복진(尹福鎭)의 필명이다.

◇

以上에서 評한 바와 가티 內容을 一瞥할 때 視覺에서나 聽覺에서나 知覺에서나 一步前進이 업시 靜滯되고 잇다. 形式에 잇서서도 在來의 典型에서 一步의 前進이 업시 그 模倣에 汲汲하고 잇스니 이는 아모리 善意를 가지고 解釋하드래도 滋味업는 傾向이라고 아니할 수 업다. 萬若 今後로도 內容에 잇서나 形式에 잇서나 아모러한 飛躍과 前進이 업시는 讀者도 厭症이 생기고 作者로서도 疲勞와 不滿만 늣길 것이다.

童謠에 잇서 集團的 階級意識을 鼓吹 宣揚하고 鬪爭意識 鬪爭手段을 內容으로 한 純全한 政治的 아지·푸로의 童謠일지라도 그곳에 藝術的 價値가 缺如되엿다면 童謠로서의 效果와 役割을 다 못한다고 본다. 그것은 兒童은 大人과 相異하야 모다 純眞한 感情 卽 童心을 通하여야만 그 노래로 하야금 노래할 수도 잇고 춤을 출 수도 잇고 모다 만히 擴大 傳播 感染될 수 잇기 때문이다.

그러나 선녀니 무지개다리니 하는 고흔 夢想國을 노래하는 童謠는 極히 時代에 뒤진 現代兒童으로는 넘어도 그 距離가 멀은 取材일 것이다. 上記評한 作品 가온데에 선녀니 무지개다리니 한 것은 時代遲한 骨董品을 再造함에 不過하엿다. 그런 것 아니드래도 이 世上에는 또는 童心을 通해 反映되는 事物 가온대에는 多樣多種으로 童謠 取材가 豊富히 充滿하야 잇지 안흔가. 次次로 非科學的 取材는 放棄하고 消滅시키여야 하겟다. 이런 것은 비단 政治的 푸로레타리아 童謠를 안 쓰는 藝術至上主義 作品에서도 멀니 驅逐하여야 할 當面問題의 하나로 본다. 近來 童謠가 收穫上으로 보아 不少한 發表를 본다 하드래도 活氣를 喪失하고 잇다는 것은 自他共認하는 事實일 것이다. 이 事實은 더 나가 文藝運動 全般에 亘한 現像으로 或 한 原因을 朝鮮의 特殊性으로 이도 結局 社會經濟的 諸 關係에 制約되고 잇는 것은 屢屢히 再論할 餘地도 업스나 그러나 童謠便에 잇서서는 좀 짠 意味의 原因을 探索 抽出할 수 잇스니 製作者가 比較的 旺盛한데 不拘하고 이를 宜當히 激勵 批判 指導하는 評家의 沈默이 모다 만흔 그 原因에 作用하고 잇다고 본다.(筆者가 이런 意味로 本 評筆을 들엇다는 것은 아니고.) 이는 다른 文藝便에 잇서도 그럿치만 童謠에 잇서서는 大體로 作者가 年少하다는 것과 짜라서 童謠의 生命을 造成하는 感情의 發露體인 童心의 把握에 彷徨하는 作者 自體가 本質的으로 批評 指導를 强要하고 잇기 때문이다.

그러니까 童謠運動의 活潑한 進展 如何는 評家의 旺盛에 만흔 責任이 잇다고 보며 賢明한 諸君은 아렷겟지만 筆者는 藝術的 政治的 價値의 二元論에 立脚하야 썻다는 것을 말하고 긋친다. (끗)

## 南應孫, "朝鮮의 글 쓰는 先生님들(一)", 『매일신보』, 1930.10.17.

◀ 春園 李光洙 氏

李 先生님은 小說로든지 詩로든지 그 아름다운 文章과 가티 얼골도 입부게 생각된다. 『無情』『再生』『開拓者』其他 先生님의 作品은 얼마나 아름다운 글인가? 그 아름다운 글을 通하야 우리는 배호는 것이 만타. 그런데 나는 先生님의 글이 씩씩치 못함을 언제나 不滿足하게 생각한는 나의 氣分이 약하여 지는 것 가타여서…….

◀ 廉想涉 氏

廉 先生님의 家庭訪問記를 전에 어쎤 雜誌에서 보앗는데 廉 先生님은 마음이 퍽으나 구수하신 모양이다. 모든 作品을 볼 적마다 그 속에서 우리에게 새로운 自覺을 준다. 先生님은 春園 先生님보다 퍽 건강하신 듯하다. 病中이라는 所問은 들을 수 업는 것을 보아 그러케 늣겨진다.

◀ 李箕永 氏

나는 그저 이 先生님의 小說을 읽을 적마다 주먹을 부루쥐고 발을 굴러 본다. 씩씩한 힘찬 글임으로…… 勿論 先生님의 얼골도 그처럼 힘차실 것이다. 참말 굿센 힘을 부어 주시는 創作家이시다. 우리가 要求하는 文學의 提唱者이시다.

◀ 金東仁 氏

金 先生님은 廉 先生님과 비슷하게 생각난다. 小說을 읽어 보나 評文을 읽어 보나 모다 그러케 생각난다. 朱耀翰 先生님과 퍽 親하시다는 말슴을 들엇다.

◀ 獨鵑 崔象德 氏

나는 여러 先生님 중에서 崔 先生님의 小說을 春園 先生님 것 다음으로 第一 만히 읽엇다. 나는 先生님의 表現은 滿足하나 意識이 조금 不足하지 안은가 한다. 風聞에 드르면 朝鮮에서 春園 先生님의 原稿料가 第一 만코 다음은 廉想涉 先生, 다음은 崔獨鵑 先生이라더라. 或 틀니지나 안엇는지는 모르나 崔 先生님은 想像컨대 몸이 雄壯하실 것 갓다.

◀ 曙海 崔鶴松 氏

『朝鮮文壇』을 한 卷 두 卷 세네 卷 뒤적거려 보왓다. 前에는 큰 威力으로 活動하신 모양이신데 近頃에는 한 곳에 가만히 들안저 그다지 氣運을 내뽐지 못하시는 모양이다. 『血痕』 其他 여러 篇을 읽어 보왓다. 大概 생각건대 키가 좀 훨신 크실 것 갓다. 이름과 글을 본 所感으로는…….

◀ 星海 李益相 氏

先生님은 이름부터도 性質이 조금 무성글 것 갓다. 글은 冊으로나 誌上으로 만히만히 읽어 보왓다. 그 글은 全部가(文句文句마다) 마음을 울리여 준다.

◀ 李鍾鳴 氏

나는 이 先生님의 小說을 볼 적마다 어듸선가 「나의 안해」라는 題目으로 안해가 無識者이여서 책상에 흐트러 노흔 原稿를 휴지로 알고 房을 쓸 적에다 휩쓰러 내간다고, 그래서 지금 나는 그 안해에게 언문을 한 자 한 자 가르켜 주엇다는 滋味잇는 小說을 생각하게 된다. 생각건대 몸은 뚱々하고 性質이 얌전하실 것 갓다.

---

**南應孫, "朝鮮의 글 쓰는 先生님들(二)", 『매일신보』, 1930.10.19.**

◀ 李泰俊 氏

東京 留學을 하시고 도라오서々 小說을 쓰시기의 매우 奔忙하신 모양인데 『別乾坤』인가 『學生』 紙上으로 만히 뵈이엿다. 이름을 들어서는 씀직이 맵시를 내실 것이다.

◀ 崔秉相[296] 氏

296 '崔秉和'의 오식으로 보인다.

흔히 나는 少年文壇에서 그의 글을 만이 보게 된다. 글을 對할 적마다 一句一句가 붉은 氣運을 뿜는 것 갓다. 키가 아마도 작으막하실 듯…….

◀ 方仁根 氏

方 先生님은 履歷이 훌륭하시다. 모다 말할 수 업다. 曙海 先生님과 當時 만흔 活動이 잇섯다.

小說보다 隨筆을 잘 쓰신다. 朝鮮서는 如何튼 第一이신 줄노 안다. 키도 曙海 先生과 거진 비슷할 듯십다.

◀ 安夕影 氏

安 先生님도 小說보다 詩, 詩보다 漫畵 挿畵에 才幹을 가지신 이다. 映畵「노래하는 시절」은 얼마나한 歡迎을 바덧는가? ?로 일홈이 놉다.

以外에도 玄憑虛 先生님이나 其他 만히 게시지만 仔細히 알 수 업슴으로 이만 쓰고 붓을 돌리여 詩人으로 옴기자.

◀ 林和 氏

우리의 引導的 詩人이시다. 그 씩々한 글ㅅ발을 볼 적마다 우리의 全身은 안 뛰고는 못 견된다. 朝鮮은 이런 詩人을 要求한다. 씃々내 附託하노니 우리를 爲하야 싸와 주시기를! 키는 조그막하고 얼골은 險할 듯!

◀ 海剛 金大駿 氏

林和 氏와 가튼 詩人이시다. 「해를 등진 무리」[297] 其他 만흔 詩를 읽엇다. 如何間 나는 林和, 金大駿, 金昌述 氏들의 詩라면 어듸서 보든지 期於코 엇더한 밧분 일이 잇드래도 읽고야 지나간다.

健康과 아울러 健筆을 祝하옵니다.

◀ 野人 金昌述 氏

내가 그리는 三 詩人 중의 一人이다. 昌述 氏는 店員이시란다. 우리의 意志를 얼마나 굿게 길러 주려는가!

◀ 嚴興燮 氏

海剛 野人과 가튼 詩人이나 少年鬪士를 養成함에 努力하고 계시다. 現

297 金海剛의 「太陽을 등진 무리」(『동아일보』, 29.4.10)를 가리키는 것으로 보인다.

푸로藝術同盟 中央執行委員이시다. 우리의 압장인 鬪士다운 體格과 氣分을 가지섯겟지!

◀ 楓山 孫在奉 氏

興燮 先生이나 다 갓흔 詩人이시다. 우리의 勇氣를 도두어 주신다. 少年雜誌에 늘 새로운 힘을 보여 주신다. 이름을 보와서 키가 조곰 자그막하겟다.

◀ 間坡[298] 李周洪 氏

新興童謠七人集을 發行하려고 準備를 하신다? 『新少年』 編輯人으로 게시는데 퍽 才幹이 잇는 듯!

◀ 金炳昊 氏

周洪 先生님들과 다 함께 奮鬪하신다. 炳昊, 楓山, 孤松, 雨庭, 興燮, 久月, 周洪은 참으로 이즐랴야 이즐 수 업는 우리의 참다운 引導者들이시다.

---

## 南應孫, "朝鮮의 글 쓰는 先生님들(三)", 『매일신보』, 1930.10.21.

◀ 巴人 金東煥 氏

春園 요한 巴人 三詩人集은 보왓다.[299] 흔히 民謠 詩人이라고 부른다. 아즉 나로서는 徹底한 議論이 업스니까 輕率히 말할 수는 업스나 너무나 藝術的 멜로듸로만 흘르는 感이 잇다. 如何튼 우리 朝鮮의 先驅 詩人으로 밋는다. 金 先生님은 아모래도 머리가 크고 아래가 작으신 모양!

◀ 金素月 氏

昨年 『朝鮮日報』 紙上으로 小說家 金東仁 先生은 素月 先生과 요한 先生을 極口 칭찬햇다. 素月 先生은 小岸曙라고까지 햇다. 나도 金 先生의

298 李周洪의 號인 '向破'의 오식으로 보인다.

299 李光洙・朱耀翰・金東煥 作, 『詩歌集』(三千里社, 1929)을 가리킨다.

詩를 만히 읽엇지만 純朝鮮語로 表現 잘하기는 素月 先生으로 밋는다. “좌우간 素月 先生은 朝鮮 情調를 가장 잘 理解하는 사람이고 朝鮮 民衆과 詩歌를 接近시킬 가장 큰 人物이라고.”

◀ 岸曙 金億 氏

金億 先生은 무엇보다 音律을 갓추어 쓰는 것이 特色인 줄 안다.

◀ 李殷相 氏

各 雜誌社에서는 李 先生 詩 考選을 만히 바라고 잇다고 한다. 키가 적지는 안을 것이다. 李 先生님의 意量 넓직한 詩를 보와서…….

◀ 朱耀翰 氏

春園 巴人 요한 詩集에서는 그의 詩를 보앗다. 金東仁 先生은 말하되 요한 先生의 詩를 十五六 才의 少女의 남모르는 사랑의 애끗는 가슴으로 비길진대 素月의 詩는 情慾의 불붓는 三十 寡婦의 熱情으로 볼 수 잇다. 요한 先生의 詩를 새벽하늘의 반짝이는 별로써 비길진대 素月의 詩는 都會의 紅燈으로 볼 수 잇다고. 그러면 그 詩들의 作品은 어쩌한고? 只今 한 수 한 수 적어 놋코 對照해 보자.

**燈台 요한 作**

등대의 불은 꺼젓다 살엇다
그대의 마을은 더웟다 식엇다

등대는 배가 그리워 그러하는지
그대는 내가 실혀서 그러하는지

배는 그리워도 바위가 막히여
밤마다 타는불 평생탈밧게

실타고 가는님은 가는님은
애초에 만나지나 안혓든들
(春園, 요한, 巴人 三人集에서)

진달내쏫 素月 作

나보기가 역거워
가실째에는
말업시 고히 보내드리우리다
寧邊藥山
진달내쏫
아름답다 가실길에 색리우리라
가시는 거름〰
노힌 그쏫츨
삽분히 드려밟고 가시옵소서
나보기가 역겨워
가실째에는
죽어도아니눈물흘니우리다

前者에는 엷은 斷念이 잇는데 反하여 後者에는 불붓는 怨望이엇다.[300]

---

## 南應孫, "朝鮮의 글 쓰는 先生님들(四)", 『매일신보』, 1930.10.22.

◀ 金麗水 朴八陽 氏

내가 巴人·요한·은상·素月 그리고 나의 第一 憧憬하는 詩人은 金麗水 氏이다. 여기 그의 글을 指摘할 수 업스나 읽을 적마다 만흔 興味를 가지게 된다.

◀ 柳完熙 氏

金麗水 先生 다음 내가 그리고 잇는 詩人은 完熙 先生이다. 우리에게 씩々한 氣分을 넘어준다. 우리를 부르는 詩人이다. 그는 몸이 뚱뚱하고

300 '怨望이 잇다.'의 오식이다.

性質이 急하신 것 갓다.

◀ 黃錫禹 氏

黃 先生님은 本來 自然을 사랑한다. 참으로 昨年度의 發行된 自然詩 小曲「自然頌」은 自然詩集이다. 키는 작으신데 거름은 如干 빨니 거르시지 안는다.

◀ 梁白華 氏

梁 先生의 飜譯는 만이 읽엇다. 梁 先生님은 키가 크실 것이다.

◀ 素雲 金敎煥 氏

朝鮮民謠를 日本에 紹介하신 功勞者이시다. 키는 크도 적도 안으시고 性質이 퍽으나 얌전하시다.

◀ 李章熙 氏

昨年에 세상을 떠나시고 말엇다. 얼마나 우리 詩壇을 위하야 哀惜한 일일가. 이제 昭和 三年『朝鮮文壇』三月號에 실은 詩篇 하나를 소개하여 보자.

◀ 가을ㅅ밤

창을 다든 가개는 고요히 늘어섯고
서리와함께 달비츤 나리는
대닙사귀지는 길짜의 나무밋흘
내홀로 거니노라
활동사진관에서
앗가 구경한
피에로의 슯흔신세를생각하며

李 先生님의 몸매시를 적어보려 햇스나 黃泉魂 되신 先生님이기로 그만 둔다.

◀ 春岡 裵相哲 氏

싀골 계시다가 서울 올나오시드니 大飛躍을 하신다. 異常히도 남다른 觀相學을 硏究하야 各 新聞紙上과 雜誌에 發表하섯다.

◀ 劉道順 氏

詩와 民謠를 퍽 쓰신다. 그것보다도 童謠를 더 만히 쓰신다. 글 쓰는 맵시로는 얼골이 春園 先生님과 가티 입불 것이다.

---

## 南應孫, "朝鮮의 글 쓰는 先生님들(終)", 『매일신보』, 1930.10.23.

◀ 無涯 梁柱東 氏

『文藝公論』으로 한동안 世上을 울니시드니 無消息이다.

◀ 韓晶東 氏

詩人이라기보다 童謠人이라기보다도 民謠詩人이시다. 童謠로는 東亞日報社 主催 募集인 듯십다. 童謠 懸賞募集의 一等으로 한 번 當選하시고서는 名聲이 놉흐시다.

◀ 卞榮魯 氏

『朝鮮의 마음』 詩集을 읽어 본 일이 잇다. 先生님의 詩를 읽을 적마다 언제이고 悲痛한 맛을 늣기게 한다. 『朝鮮의 마음』 詩集 첫머리 序 代身詩를 적어 보자.

**◀ 서 대신에**

『조선마음』을 어대가차즐가?
『조선마음』을 어대가차즐가?
굴속을엿볼가 바다밋흘 뒤저볼가?
쌕쌕한 버들가지틈을 헷처볼가?
아득한 한울가나 바라다볼가?
아! 『조선마음』을 어대가서 차처볼가?
『조선마음』은 지향할수업는마음 설흔마음?

◀ 韓龍雲 氏

韓 先生님의 詩集을 보왓다. 가만니 韓 先生님 얼골을 상상컨대 퍽으나 점잔으실 것이다.

◀ 李學仁 氏

東京 게신데 퍽으나 文筆의 才操가 게신 듯하다.

◀ 金永八 氏

永八 先生님도 퍽 재조가 잇는 분이다. 小說이나 詩나 少年文藝로나 여러 방면으로 活動하신다. 키가 적고 빨々할 듯십다.

◀ 宋影 氏

키는 中키일 것이요 性質은 왈々치 못할 것이다.

◀ 小坡[301] 方定煥 氏

우리들께 滋味잇는 구수한 이약이를 만히 듯겨 준다. 先生님은 童話로 群衆을 울리고 웃기고 한다고…… 아즉 드러본 적은 업스나 如何튼 글로 보와서도 有名하시다. 先生님은 뚱々하신데다가 말씨도 우렁차시다.

◀ 朴芽技[302] 氏

童謠는 姑捨하고 童詩를 잘 쓰서서 우리에게 새로운 것을 보여 주신다. 先生님은 너무나 어린 사람들을 飛行機 태여주시기를 조와하신다.

◀ 고긴빗 高長煥 氏

만흔 冊을 읽어 보왓지만 퍽으나 어렷슬 적부터 文士인 듯십다. 그런데 近頃은 消息이 全無하다.

◀ 雲波 安俊植 氏

安 先生님은 恒常 우리에게 굿센 힘을 너어 주자고 새로운 살님을 하여 보려고 大奮鬪 努力하신다. 『별나라』를 꾸준이 만드서서 우리를 길너 준다. 몸을 보든지 얼골을 보든지 어듸로 보든지 勇士이시다. 말하시는 音聲 그 모두가…….

◀ 朴仁範 氏

---

301 '小波'의 오식이다.

302 '朴芽枝'의 오식이다.

江華島! 景致 조흔 그곳에서 少年小說과 詩를 쓰신다. 先生님은 더군다나 아름다운 그림까지 그린다.

◀ 孤峰 梁在應 氏

童話를 만히 쓰신다. 조곰 더 우리들 살림에 씩々한 긔운을 부어 주섯스면 한다. 先生님은 몸이 弱하실 듯…….

◀ 朴世永 氏

아름다운 童謠를 써 주신다. 先生님의 얼골은 매우 쑥々치는 못할 것이다.

◀ 劉智榮 氏

少年小說 童話 童謠를 써서 주시드니 近頃은 無消息이시다. 朴世永 先生님과 가티 힘써 주시는 분이시다. 劉 先生님의 얼골은 입불 것이다.

◀ 白岳 李元珪 氏

朝鮮의 少年文壇에서는 探偵小說을 쓰시기로 第一일 것이다. 『少年世界』를 發行하신다. 고마우신 이 나라 일꾼들의 指導者인 것만은 알어야 할 것이다. 先生님은 만나 뵈옵지 못햇다. 키가 훨신 클 것이다.

◀ 雨庭 梁昌俊 氏

詩篇 中 녀름 情緖 가튼 것은 보기 듬은 作品일 것이다. 梁 先生님은 童謠를 쓰서도 힘찬 씩々한 童謠를 쓰신다. 우리들의 힘찬 핏발을 뛈내게 하여 주신다.

◀ 樂浪 廉根守 氏

才幹이 만흐시다. 그림에든지 童謠에든지 童話에든지 펄적 나시는 분이다. 요지음은 科學에 만히 힘쓰신다. 性質은 조곰 자랑하고 싸부는 便—

◀ 延星欽 氏

先生님은 童謠로 有名하시다. 性質이 조금 팩하실 듯하다.

◀ 李定鎬 氏

少年小說보다 童話로 有名하시다.

◀ 金泰午 氏

玉과 가튼 童謠 童話로 名聲이 놉흐시다. 金 先生님은 아모래도 느린

氣運이 잇슬 것이다.

◀ 久月 李錫鳳 氏

李 先生님은 요지음은 興燮 周洪 諸 先生님들과 함께 大努力이시다.
(끗)

## 安德根, "푸로레타리아 少年文學論(一)", 『조선일보』, 1930.10.18.

一. 緒論

現存 社會의 階級的 對立은 嚴然한 事實로서 누구나 이것을 否定할 수 업게 되엿다. 그리고 이 事實은 또 少年의 우에까지도 加速度的 '템포'로 展開하고 잇다.

卽 從來의 兒童은 天眞爛漫하고 純眞無垢하야 所謂 天使와 가튼 別天地의 超階級的 存在로 看做되여 왓다. 그러나 이 支配階級的 僞瞞은 階級鬪爭의 激烈化을 따라 自然히 그 本態를 露出하고 말엇다. 그리하야 그 어느 一方의 階級人 卽 階級 戰士임을 實證하랴 한다. 이것은 그들 少年 自身도 벌서 階級에 依하야 政治的 經濟的 利害를 달리하고 그리고 그 解決을 爲하야는 階級 戰士가 되어야겟다는 것을 精確히 認識한 짜닭이다.

이리하야 少年文學은 現今은 明白히 大人의 階級文學과 가티 '푸로레타리아-트' 全體의 目標 使命을 爲하야 協同의 任務를 敢行하랴고 解放 戰線에 섯다. "少年도 또 鬪士이다." 少年文學은 그들을 爲한 "武器"이다.

×

그러면 現下 朝鮮에서 生産되는 少年文學(幼年 少年 少女를 포함한 兒童文學)은 엇더한가? 生産되는 數量으로 보아 적지 안으며 指導 理論家도 업지 안으나 內容에 잇서서 正히 反比例로 誤謬를 犯하고 잇는 것이다.

意識的으로나 無意識的으로나 조고마한 誤謬를 犯하는 것은 고사하고 더 큰 問題 詩的 空想化 宗敎的 偶像化 無智에 依한 迷信的 神聖化 英雄主義的 乃至 個人主義的 見地에 立脚한 反動的 作品이 橫行하니 이 무슨 原因인가? 未知의 同志 張善明 君은 『朝鮮日報』 紙에 發表한 「少年文藝의 理論과 實踐」[303]이라는 所論 中에서 다음과 가티 言明한 바 잇엇다.

"이것은 原因은 簡單하다. 첫재는 所謂 指導者라는 人物의 擧皆가 宗教

303 장선명의 「少年文藝의 理論과 實踐(전4회)」(『조선일보』, 30.5.16~19)을 가리킨다.

團體의 所謂 人物이기 때문이요 둘재는 少年文藝 指導理論에 잇서서 統一되지 못한 탓이다" 라고.

反動的 作品의 橫行의 原因이 張 君의 指摘과 가티 그 두 가지(指導理論家의 擧皆가 宗敎團體의 所屬 人物인 것과 指導 理論의 不統一 等)에 잇다는데 對해서 나 亦 異議를 가지지 안는다.

勿論 그얼[304] 것이 안인가? 宗敎團體의 所屬 人物이 所謂 指導라고 하거늘 엇지 少年文藝의 指導理論이 統一될 것이랴? 指導 理論家로서 그들이 存在하는 限에 잇서서는 이 압흐로도 絶對로 少年文藝의 指導理論이 統一되지 안흘 것을 나는 責任지고 斷言한다.

먼저도 말한 바와 가티 그들은 現在와 가티 明白히 大人의 世界가 階級的 對立을 表示하고 날로 時間的으로 그 鬪爭이 尖銳化하고 白熱化해 가는 今日에 잇서서 舊態依然히 兒童의 世界는 天眞爛漫 純眞無垢 白紙와 갓고 天使와 갓고 無階級的 超階級的이라고 흐르는 潮流를 沒却하고 녯 잠고대를 繼續하고 잇스니 이 엇지 뜻 잇는 사람으로서 寒心치 안을 바랴?

그러치 안은가? 少年도 그 어느 階級에 屬하지 안코는 살 수 업슬 것이다. 그 어느 어머니(階級人)의 젓(乳)을 먹지 안코는 成長하지 못할 것이다. 卽 兒童의 生活 兒童의 마음의 나라에도 階級的 相違는 잇슬 것이며 또 兒童 거긔에도 階級은 잇는 것이다.

나는 少年文學에 잇서서 無階級 超階級을 論하는 그들을 排擊함으로써 우리나라 '푸로레타리아' 少年文學에 多少 刺戟을 주고 더욱 一般의 關心을 놉히며 그리고 다시 보담 더 正統한 보담 더 階級的 發達을 促進하는 一助가 되고 一 指針이 될 것을 期待하는 同時에 準備가 不足함을 도라보지 안코 拙劣한 편을 들어 議木를[305] 試하란다.

---

304 '그럴'의 오식이다.

305 '本議를'(本 論議를)의 오식으로 보인다.

## 安德根, "푸로레타리아 少年文學論(二)", 『조선일보』, 1930.10.22.

### 二. 푸로 少年文學의 理論的 根據와 그 使命

大人의 文學에 對하야서는 이미 一般的으로 그 階級性을 認定하얏다. 그러나 少年文學에 對하야는 아직 强硬히 拒否한다. 卽 그들은 그들의 所謂 "童心藝術" 乃至 "童話文學", "童謠文學" 其外 모든 少年文學을 本質的으로 原則的으로 超階級性의 "天眞"한 "神聖"한 藝術이라고 得意揚揚하게 말한다.

"어린이로 도라가라! 天眞으로 도라가라! 어린이는 天眞하다. 어린이는 天使다. 어린이는 神의 아들이다. 어린이는 어른의 아버지다. 그럼으로 우리들은 어린이로 도라가지 안흐면 大自然의 生命의 흐름을 感知할 수 업게 되고 또 天國에도 갈 수 업는 것이다" 라고 그들은 부르짓는다.

×

그러면 兒童이란 果然 그들이 規定하는 것과 가튼 尊貴한 者인가? 動植物도 環境에 依하야 變質하고 變種하는 自然 法則을 無視한단 말인가? 兒童은 大人 以外의 社會 乃至 社會的 保護 알에에 산단 말인가?

衣食住가 充滿한 公主며 '뿌르조아지'의 어린이가 乞人이나 푸로레타리아의 어린이와 同一한 마음과 "생활"과 "꿈"과 "要求"를 갓고 잇단 말인가? 그리고 우리들이 어린 少年을 爲하야 製作하는 所謂 少年文學은 이러한 모든 少年을 對象으로 하야 그리고 作家는 그 表現에 잇서서도 絶對 虛心坦懷로 何等의 批判도 取捨選擇도 必要치 안탄 말인가?

그 天眞이란 正體를 暴露하라!

그 天國이란 正體를 究明하라!

×

(註) "우리들이 個個人을 그 發達에 잇서서 본다면 우리들은 個人이 本來 '순대'의 껍질과 가티 環境의 影響에 依하야 充塡되는 것을 알 수 잇게 된다. 사람은 家庭에서 街路에서 學校에서 敎育을 밧는다. 그는 社會的 發達의

一 所產인 言語를 使用하고 녯 時代에서 構成되여 온 槪念으로 考察하고 그들의 道德 及 慣習을 所有한 다른 사람들을 周圍에 가지고 그의 眼前에는 그의 刻刻으로 影響을 給與하는 곳의 生活이 展開하고 잇는 것이다. 海綿과 가티 그는 새로운 온갓 印象을 自己 가운데 吸收한다. 이에 依하야 그는 人格으로서 '構成' 된다. 싸라서 未來 如何한 人格 中에도 社會的 內容이 숨어 잇다. 個人 自身은 말하자면 壓縮되고 固結된 社會的 影響의 一凝固體이다." 쑤하-린 『史的唯物論』 第四章 第二十八節

---

## 安德根, "푸로레타리아 少年文學論(三)", 『조선일보』, 1930.10.24.

一般的으로 말하자면 兒童은 大人과 比較하야 生活 程度도 크게 다르다. 그러나 그것은 兒童 卽 어린이가 "神의 아들"이나 "어른의 아버지"인 싸닭은 斷然코 안이다. 그들은 大人의 庇護 업시는 "地獄으로 追放되는 人間"밧게는 안 될 것이다. 그리고 少年文學은 假令 少年이 全然히 社會觀과 階級意識을 가지지 안헛다 하드라도(斷言할 수는 업지만) 天眞 그것을 表現할 수는 업슬 것이다.

原則論的으로 말하자면 少年文學은 少年性에 어느 程度의 "智的 統制"와 "藝術的 整理"를 行하야 少年을 對象으로 하야 表現하는 文學이다. 싸라서 "智的 統制"와 "藝術的 整理"와는 必然的 乃至 人生的 態度를 決하고 表現하는 것을 强要한다.(이에 잇서서 그들의 迷夢은 깨여진다.)

×

그들은 입으로 어린이를 "神의 아들"이며 어른의 아버지라고 尊敬하면서도 實際에 잇서서는 스사로 指導者의 位置에 立하야(더욱이 曖昧한 立場에 서서) 그리고 무엇을 말하며 무엇을 表示하는가? 그것은 評論家가 理論的 推理의 도움을 빌어 自己의 思想을 發表하는 것과 가티 그들은 心理的, 情緖的 形象(童謠, 童話, 其他)을 가지고 自己의 觀念 乃至 이데오로기—

思想 等을 表現하고 그리고 表現의 結果는 大小, 强弱, 深淺의 差는 잇스나 究極에 잇서서는 "煽動", "宣傳"의 役割을 敢行하는 것이다. 勿論 作者의 意識的이나 無意識的을 不拘하고 다 이것은 現代 乃至 近代의 少年文學이 漸次 內容主義的으로 發達해 오는 點으로 보든지 또 少年文學의 敎化的 使命의 重大視 되는 現狀에 빗취어 보드라도 明白한 事實이다.

×

如斯히 大人文學과 少年文學과는 同一한 軌道를 타고 엇던 方向으로 다름질하는 것을 여지 업시 認定하지 안홀 수 업게 되엿다. 그러나 象牙塔에서 幻想에 도취하랴는 所謂 藝術家라고 稱하는 "超階級論者"(그들은 奴隷敎育에 中毒되면서도 그것을 모르고 또 貧困을 모르고 成長한 階級人이다)는 猛烈히 이에 反對한다. 그들은 "階級", "社會主義"라는 말과 가티 "宣傳", "煽動"이란 말을 極히 輕蔑하며 嫌惡한다. 그리고 그들은 意識的, 無意識的으로 그들의 所謂 "神의 아들"과 "大人의 아버지"(그들은 그들의 趣向에 適當한 '쑤르조아' 乃至 '푸치・쑤르조아'의 어린이들이다)를 그들의 人生觀 世界觀으로 輸送하랴 한다.(무엇이라 할 '아이로니'인가?) 少年 自身의 生活問答 生活感情은 大人의 그것과 크게 다른 것이다. 짜라서 喜怒哀樂의 內容도 다르고 또 價値 意義의 標準도 다르다. 그러나 그들의 少年을 指導한다는 것은 結局 그들이 少年의 生活을 觀念을 그들 大人의 世界에까지 發展시키고 誘導하며 그리고 거긔에서 그들의 道德的 敎育的 智的 人生的 標準에 依한 "價値" "意義"를 求하는 것 以外에 아모 데도 誘導할 곳은 斷然코 업는 짜닭이다.

×

그러면 그들 "超階級論者"는 그들의 所謂 "神의 아들"과 "大人의 아버지"를 어데로 誘導하고 잇는가? "별의 世界"(참의 天國)로인가? "奴隷의 나라"로인가? 쏙바른 觀察을 모르는 者가 엇지 바른 곳으로 引導할 수가 잇스랴? 그들은 틀림업시 온갓 點에 잇서서 모다 認識不足이다. 그들은 틀림업시 少年을 "奴隷의 나라"로 輸送할 것이다. 거긔에는 奴隷의 法律, 奴隷의 道德, 奴隷의 宗敎, 奴隷의 人生밧게 업는 것이다. "어른의 아버지"며 "神의 아들"인 그들은 嚴然한 이 階級社會를 全然히 正觀할 줄을 모른다. 그들 少年은 自己가 웨 간난한가? 엇지하면 幸福스러워질 것인가를 絶對로 생각하야서는 안 된다. 惡者는 神께서 罰를 내리실 때까지 永遠히 기대리지 안흐면 안 된다. 公主와 上典에게는 下人과 被使用者가 잇고 下人과 被使用者는 그들에게 隷屬하고 忠義함으로써 黃金이며 物質이며 權力이며 地位 名譽의 한 부스럭이라도 獲得하여야 한다. 그것이 그들의 "正當한 觀察" "超階級論"的 觀察의 神髓이다. 그리고 이것이 또 그들의 所謂 "天國"인 것이다.

---

## 安德根, "프로레타리아 少年文學論(四)", 『조선일보』, 1930.10.26.

우리들은 斷然코 그들과 날카로히 對立하는 作家와 밋 作品을 要望한다. 우리들은 少年文學을 如斯한 奴隷敎育의 課外讀物 또는 單純한 享樂的讀物로 밋지 안는다.(實은 現實逃避의 痲醉劑이다! 그리고 그것이 또 奴隷敎育 敎化의 一方法이다.) 그리고 우리들은 어린이를 "神의 아들"이나 "大人의 아버지"라고 偶像化하고 神秘視하야서는 안 된다.(이러한 觀察을 支配階級의 欺瞞이다. 錯覺이다.) 오히려 無自覺한 "大衆" 以下의 그리고 그어느 階級에 寄生하는 "可憐하고 可愛로운 存在"이다. 그럼으로 階級的 大人에 依한 保護와 敎化를 必要로 한다. 階級을 가진 人間의 子女는 畢竟 "階級을 가진 人間의 子女"이다. 階級人으로 引導할 以外에 무엇으로 또 어느 곳으로 引導할 것이냐 말이다. 儼然히 利害相反하는 階級對立의 社會다. 이 階級對立을 如何히 解決할 것인가? 우리들은 所謂 人道主義者라고 稱하는 勞資協調主義者와 가티 "人類的 正義" 等을 說敎함으로써 이를 解決할 것인가?

×

우리들은 自身을 解決하기까지에 取할 手段은 한아에 긋친다. 그리고 우리들의 兒童(幼年을 비롯하야 少年少女 全部) 거긔에 參加 식히지 안해서는 안 될 것이다. 如斯히 少年文學도 大人의 階級文學과 가티(勿論 兩者의 表現, 形式, 內容 等等의 相違는 認定하나) 結局 藝術 特有의 機能에 依한 階級的 役割 "階級的 生活感情의 組織化"의 任務를 다하여야 할 것이다. 卽 支配階級的, 奴隷的 觀察, 感想을 斷然 排擊하고 '푸로레타리아' 階級의 眞實하고 正當한 世界觀으로 誘導하여야 할 것이다. 이것이야말로 푸로레타리아 少年文學 — 少年을 對象으로 한 '푸로레타리아' 文學의 一分化 — 의 最初요 最後의 任務이며 使命이며 또 目的이며 또 이럼으로써 "存在 意義"를 主張하는 것이 안이여서는 안 된다.

### 三. 少年文學에 特殊性 及 種類

少年文學은 原則的으로 少年에게만 屬하는 文學이다. 그것은 少年의 心性과 理解力을 無視하야서는 絶對로 成立되지 못한다는 것이다.

卽 少年은 感覺에 依하야 生하는 認識인 智覺이 一般的으로 大人보다 貧弱하고 不健實하고 全體的으로 精細味를 缺하고 잇다. 그럼으로 걸핏하면 空想으로 다름질하야 現實을 脫脚하고 假象의 世界로 沒入하야 그 世界를 眞實한 것으로 思考하는 心的 樣態를 多分히 가지고 잇다. 이것은 文化의 程度가 엿흔 民族도 同一하다. 그럼으로 少年의 生活意識, 生活感情은 大人의 그것과 相異하다. 따라서 喜怒哀樂의 "內容" 價値 意義의 "標準" — 卽 眞, 善, 美에 對한 觀念의 相異를 表現하는 것이 少年文學의 本質이며 그 相異를 大人의 觀念으로 誘導하는 것이 少年文學의 使命이며 또 다시 그 觀念을 '푸로레타리아-트'가 질 觀念으로 誘導하는 것이 "푸로레타리아 少年文學"의 使命이 아니면 안 될 것이다.

×

上述한 理由에 依하야 當然히 少年文學은 內容的으로나 形態的으로나 平明 單純한 原始的 文學과 가튼 것이다. 卽 大人의 文學이 個性的 智識的 主□的임에 반하야 소년문학은 類型的 感覺的 主□的인 것이다.

그러나 이것은 原始的 一般論으로서 少年文學이라고 一括的으로 부르는 가운데도 數種의 名稱과 特殊性을 가진 少年文學이 存在한다. 이 名稱

과 特殊性의 考察은 當然히 푸로레타리아 少年文學(一般的으로는 少年文學) 技能의 要素的 發見이 되며 또 一面 少年性의 究明도 된다. 以下 거긔에 對한 私見을 말해 보자!

由來. 우리나라에 잇서서는 少年文學을 輕視하는 弊風이 잇고 짜라서 少年文學의 名稱 及 그 用語도 至極히 慣用的으로 使用되여 왓다. 그럼으로 用語의 整理도 必要로 生覺되나 우리들은 大體로 左의 用語로 二期로 分하야 거긔에 該當한 少年文學을 들어 보자!

第一期(幼年期)

A. 童謠, B. 童話, C. 童謠劇, D. 童話劇

第二期

A. 少年詩, B. 少女詩, C. 少年小說, D. 少女小說, E. 少年劇

이 二期를 逸하야 少年文學을 本質的으로 代表하는 것은 그 무엇인가? 나는 勿論 童謠 童話 少年(少女)小說 이 세 가지를 들고 십다. 이것은 少年文學 機能과 三要素이며 또 少年의 全部라고 생각하는 까닭이다.

×

그러면 그들은 如何히 相異한 것인가? 가장 初期의 少年文學은 童謠이다. 이 特徵은 韻律的 感覺的 單的 表現 그리고도 發聲과 動作을 無意識的으로 表現하는 곳에 잇다. 짤아서 少年 自身의 表現하는 것은 非文學的의 것이 만흐며 大人의 주는 藝術的 作品도 잇다금 少年에 依하야 文法的 文學的 修辭 또 內容 等도 無視되는 文學이 된다.(그러나 우리들은 그러한 理由 알에에서 文學的 技術을 否定하고 또는 內容 —— 階級意識을 注入하기를 躊躇해서는 안 된다.) 文學이란 것보다도 오히려 音樂的인 것을 더욱 必要로 한다. 그러나 眞實한 文學的 童謠는 年長한 少年에게 理解되며 愛護된다.(特히 푸로레타리아 童謠의 境遇에는 階級意識에 눈 뜬 勞農少年少女에게 먼저 歡迎될 것이다.)

## 安德根, "프로레타리아 少年文學論(五)", 『조선일보』, 1930.10.28.

童話도 幼年 初期의 兒童과 좀 長成한 後記의 兒童을 對象으로 하는데 잇서서는 自然 거긔에 質的, 形態的 表現에 相異를 生한다. 卽 "말로 이야기할 童話體"와 "읽을 文字로 쓴 童話體"와 그리고 前者는 所謂 形式主義的 傾向이 잇고 後者는 內容主義的 — 少年少女小說에 接近하는 것이다.

×

그러면 먼저 少年(少女)小說과 童話에는 如何한 相異가 잇는가? 童話에 잇서서는 그 作中에 出沒하는 人物은 '쩌스터・에부스키—'[306]의 所謂 "天國에서 地獄"까지의 複雜한 性情을 具存치 안어도 조타. 人物도 動植物과 無生物과 가티 人格的 取扱의 表現은 하나 그것은 個性的이 아니고 類型的인 것이 常例이다.

그런데 少年小說에 잇서서는 그것이 어느 程度까지 大人文學에 接近하야 왓다. 人物描寫 心理描寫 自然描寫가 나타나고 事件의 '히로' 乃至 '히로인'은 複雜多面한 性格을 가지게 하는 것이다. 卽 讀者의 要求가 놉고 享樂의 視野가 擴大되고 鑑識의 能力은 成人에 갓가운 싸닭이다.

×

大體에 잇서서 以上에서 少年文學의 主要한 種類 名稱 及 特殊性에 對하야 "原則的" "原型的"의 考察을 試하엿다고 생각하나 그러나 우리들은 이들의 "原則" "原型"에 斷然코 拘泥될 必要는 업는 것이다. 아니 오히려 實際에 잇서서는 이들은 漸漸 交錯하고 影響하야 發達하는 것이다. 그쑨만 아니라 童話쑨만에 對하야 보드라도 그것이 自由的 散文 形式이며 더욱 藝術的 敎化 用具로서 刻刻히 內容主義的으로 發達하는 現今에 잇서서는 當然

---

306 도스토옙스키(Fyodor Mikhailovich Dostoevsky, 1821~1881)를 가리킨다. 19세기 러시아 리얼리즘 문학의 대표자로, 잡지 『시대』와 『세기』를 간행하면서 문단에 확고한 터전을 잡았다. 인간 심리의 내면에 깃들인 병적이고 모순된 세계를 밀도 있게 해부하여 현대 소설에 막대한 영향을 끼쳤다. 작품에 『죄와 벌』, 『카라마조프가의 형제들』 따위가 있다.

히 童話도 少年(少女)小說로 移行되게 될 것이며 또 이들의 區別도 判然히 논오기 어려워질 것이다. 그러나 各 武器에는 그들 獨特한 特徵이 잇고 짜라서 또 거긔에는 特殊한 用度가 잇슴으로 우리들은 먼저 그 武器의 特徵을 究明한 後 그 對象에 依하야 가장 훌융한 武器를 生産하고 그를 提供하도록 努力하지 안흐면 안 될 것이다.

---

## 安德根, "프로레타리아 少年文學論(六)", 『조선일보』, 1930.10.31.

×

더욱히 少年文學 — 特히 '프로레타리아' 少年文學에 잇서서는 單純한 文學者의 努力쑨으로서는 完全히 그 目的을 遂行하기 어려울 것이다. 卽 平時에 잇서서는 보담 더 階級的 敎化를 任務로 하는 프로레타리아 少年文學도 特別한 非常時(爭議 其他의 階級戰)인 境遇에는 곳 眞實한 武器의 하나로서(或은 鐵의 武器와 가티) 쓰지 아니하면 안 될 藝術이다. 그를 爲하야는 보담 더 感覺的 보담 더 情緖的 方法을 選擇하지 안흐면 안 될 것이다. 짜라서 少年文學은 特히 繪畵的 要素 音樂的 要素를 多分히 必要로 하는 것이다. 그럼으로 먼저 畵家 音樂家의 協力은 絶對로 必要하다. 다음에 演劇上의 指導者 勞農少年少女의 指導者 理解 잇는 敎壇上의 指導者 其他 一般의 關心을 가진 이는 協力할 義務가 잇는 것이다. 그러치 안은가? 藝術은 지금이야말로 階級의 武器로서 發達하는 中이고 더욱 少年은 우리들 無産階級의 太半을 占領하지 안엇느냐? 그들이야말노 新銳한 階級戰士가 안이면 안 될 것이다.

이리함으로써 우리들의 少年文學은 보담 더 正統으로 보담 더 尖銳的으로 보담 더 藝術的 武器로서 發達할 것이다.

### 四. 少年 作品과 大人 作品과의 相異

처음 意圖는 이 章에 잇서서도(少年文學에 잇서서 少年作品과 大人作品

과의 相異) 어느 程度까지 具體的으로 論及하랴 하얏스나 以上 論述 中에서도 少年作品과 大人作品의 相異는 多少 究明된 듯하야 省略한다.

### 五. 프로레타리아 童謠 問題에 對하야

"우리들의 藝術은 임이 漠然한 '프로레타리아 形態'라든가 權力에 대한 闘爭과 가태서는 안 될 것이다. 無産階級의 '스로-간'을 大衆化하고 强力化하는 '아지푸로'의 藝術이다. 다시 말하면 그들의 思想的 政治的 影響의 確保 擴大를 使命으로 하고 그리고 勞働者 農民의 支持를 바들 藝術이다. 이것이야말로 잠의 '프로레타리아'의 藝術로서 이 以外의 藝術은 우리들의 企望을 拒否한다. 藝術 評價의 尺度의 자눈(尺目)은 今日 明白히 一變하얏다. 우리들의 尺度의 자눈에는 '프로레타리아'라고 색이여 잇다. 이 尺度의 使用方法은 '프로레타리아-트'의 世界觀을 把握하지 안흐면 안 된다."(우리 企望하는 藝術)(創刊號 宣言)

이 原則論은 또 "프로레타리아 童謠"에도 適用되지 안으면 안 될 것이다. 그런데 아직도 '프로레타리아' 世界觀을 把握하지 안은 그리고 스사로 藝術家라고 稱하고 超階級論을 主唱하는 '푸치 뿌루・인테리겐쟈-'들은 以上의 正論을 極力 反對하고 그런 것은 藝術이 아니라고 主張한다.

그러면 그들의 代表的 詩人의 意見에 徵하야 闡明하야 볼 必要가 잇다.

그들은 거룩히 말한다!

"眞實한 童謠는 무엇보다도 알기 쉬운 어린이의 말로 어린이의 마음을 노래하는 同時에 大人에게 잇서서도 意味가 深長하지 안해서는 안 됩니다. 그러나 철모르는 어린이의 마음을 思想的으로 길으랴면 오히려 조치 안흔 結果를 낫케 되는 때가 만습니다. 그럼으로 어데까지든지 感覺에서 어린이가 되며 어린이 마음 고대로의 自由로운 生活 우에 도라가서 自然을 보고 人事를 보지 안으면 안 될 것이외다. 어린이로 도라가야 합니다. 어린이는 그럼으로 어른의 아버지외다."

×

또 그들은 말한다.

"童謠는 어린이의 노래로서 어린이에게 잇서서 極히 興味가 업지 안어서는 안 됩니다. 그리고 그와 同時에 또 大人에게 잇서서도 興味가 잇고 그 童謠를 듯든지 노래로 부르든지 하면 그 이젓든 어린 때의 그립은 情緒가 가심으로 용소슴칠 만하여야 될 것임니다. 卽 永遠히 不滅하는 兒童性을 가지고 잇는 것으로서 더욱 그 우에 그 童謠가 참으로 尊貴하고 價値 잇는 藝術的 作品이 되는 것임니다. 더욱 그 말의 調子가 音樂的 性分이 濃厚한 것이 참 童謠임니다" 라고.

이 外 童謠詩人의 大家로서 그 見解가 多少 다른 點이 잇스나 大體로 以上의 見解를 基調로 한 것에 今日의 童謠觀이며 童謠論이다.

×

그들은 實로 幼稚한 空想과 槪念에서 어린이를 偶像化하고 神聖化한 것으로서 말하자면 性殖器崇拜敎의 傳統的 觀念이 지금도 더욱 處女를 誇大히 偶像視하고 神聖視하는 것과 조금도 다름이 업는 것이다. 그들은 現實의 兒童을 볼 줄을 몰은다. 現實社會의 깁흔 구석구석에 잇는 無産少年을 보지 못하고 하는 말이 아닐까? 만일 보고 잇다면 그들은 一部 階級의 그들의 "사랑스럽은" 어린이뿐일 것이다. 그들의 觀念과 槪念을 滿足시키는 곳의 卽 '뿌르조아' 乃至 '뿌지 · 뿌르조아'의 어린이만 보고 더욱이 어린이라면 그것이 全部인 것과 가티 생각하고 또는 그것으로써 어린이의 代表者와 가티 생각하는 것이다.

그러나 우리들은 社會科學의 敎示에 依하야 現在 社會의 階級的 對立을 明白히 認識하고 또 階級的 自覺을 가지엇다. 그리고 이 社會는 刻刻히 二階級으로 分裂하야 그 鬪爭은 漸漸 激烈化하며 尖銳化하는 것을 意識한다. 그와 同時에 少年의 世界에도 큰 龜裂을 生하야 今日 그 天地는 바야흐로 둘로 갈려지는 것을 認識하는 것이다.

×

먼저도 말하엿거니와 그들은 "어린이는 天眞하다. 어린이는 大人의 아버지다. 그럼으로 우리들은 어린이로 도라가지 안이하면 안이 된다. 어린이와 가티 天眞스러운 者에만 限하야 天國에 들어갈 수 잇는 것이다"라고 한다. 그러면 天眞이란 무엇이냐? 階級을 보지 말라는 말이냐? 階級意識

을 가지지 않는 것 等等인가? 그래서는 天國에 드러가지 못한단 말인가? 그것은 즉 支配階級이 奴隷를 (中略)

×

우리들은 地上 以外의 天國을 認定치 안는다. 그리고 利害相反하는 階級의 對立은 天眞한 어린이로 도라가는 데 잇지 안코 보담 더 階級人으로서 階級에 눈뜨고 正義를 正義로 하고 不合理를 合理化하려고 最後까지 鬪爭하는 外에 아모것도 업는 것이다. 同時에 우리들은 그것이 大國에 들어갈 길인(?) 것을 自覺하고 또 거긔에 藝術의 尊貴한 使命이 잇고 價値가 잇는 것을 認定하는 것이다.

大體로 어린이는 天眞爛漫하다고 그들이 말하지만 그것은 中流 以上의 何等 衣食住의 念慮가 업는 家庭의 어린이들로서 普通學校를 卒業하자 또는 中途에서 退學하자 벌서 就職이라는 것으로 어린 가슴속을 태우지 안을 수 업는 可憐한 어린이들은 今日에 잇서서는 어린애답지 안은 엄청난 생각을 가지는 애가 결코 적지 안은 것이다.

---

## 安德根, "푸로레타리아 少年文學論(七)", 『조선일보』, 1930.11.1.

最近의 求職者는 그것이 나어린 少年少女라도 이미 一定한 勞働時間 休日 待遇까지라도 問題로 하게 되엿다. 그리고 自己의 權利를 主張하는 同時에 雇主에 對하야도 義務를 要求할 만한 風潮가 뵈이게 되엿다. 이것이야말로 눈 잇는 人間으로 認定치 아니할 수 업는 儼然한 現象이다.

이러함에도 不拘하고 少年에게 階級이 잇는 것과 거긔에 짜르는 必然的 心情의 相異 生活感情의 相異 等을 認定치 안흘 사람이 잇슬 것이랴? 그럼으로 少年에게 階級이 잇는 同時에 生活 感情이 階級的으로 논아지고 그럼으로써 또 少年文學의 一分化인 童謠에도 完全한 階級性이 잇는 것이다.

×

이러케 말하야도 또 “童謠에 무슨 階級이 잇느냐?” 하고 質問을 내릴 분이 잇슬는지 모르나 萬一 그러한 質問을 내리는 자가 잇다면 “兒童에게도 階級이 잇는가?” “兒童의 生活에도 階級的 相異가 存在한가?” 하는 미련한 質問과 가틀 것이다. ‘레-닌’은 權力이 存在한 社會에는 반드시 差別이 生한다고 하엿고 差別은 恒常 階級을 形成한다고 하엿다. 過然 그럿타. 그리고 階級人은 階級人으로서의 思想을 가지고 觀念을 가지게 되는 것이다. 이러한 歷史的 事實을 事實로 보지 안코 藝術의 超階級을 論하고 童謠의 本質을 天眞에 두는 자는 畢竟 支配階級의 注射에 依하야 —— ‘쁘르조아 · 컬트’에 依하야 —— 完全히 눈먼 可憐한 ‘푸치 · 쁘르조아’의 中間階級의 迷信的 行爲이다. 迷信的 行爲 —— 藝術의 超階級을 云云하는 그 自體가 우리들은 이미 그들의 所屬階級 ‘푸지 쁘르조아’의 觀念 ‘이데오로기-’의 表現 以外에 아모것도 아닌 것을 理解하고 또 잘 알고 잇는 것이다.

×

最近 嚴酷하여진 藝術 乃至 藝術行動上에 加하는 彈壓을 보라. 다만 一章一句의 詩歌도 그들은 所謂 藝術 等으로서 鑑賞치 안는다. 우리들은 그들 支配階級의 許可가 업시는 斷然코 一章一句의 詩歌도 公表할 수 업는 것이 아니냐? 演劇이나 映畵라든지 또한 美術品에 잇서서도 그러한 것이다. 이 事實은 무엇을 雄辯으로 說明하는 것인가? 檢閱制度라는 체(篩)에 걸는 藝術 一般民衆은 그 체(篩)가 엇던 것인가? 또 그러한 체가 잇는 것도 모르는 것이다. 그만큼 一般民衆은 世上에 나오는 그날부터 안이 나오기 전부터도 그 체가 面上에 씌워지는 것이다.

그럼으로 우리들은 우리들의 어린애들쁜만이라도 今後 그 체를 面上에 씨우고 십지는 안타. 그리고 그들을 爲하는 一助로서 “프로레타리아 童謠”를 自由로 그들 少年들에게 배와 주며 奬勵하고 십흔 것이다. 卽 우리들은 “이쪽”에서 “이쪽”의 어린이의 마음의 노래이며 詩인 “童謠”를 認定하는 것이다.

×

그들이 藝術로서 認定하거나 말거나 그것은 別問題로 하고 ‘프로레타리아' 童謠는 어데까지든지 우리들의 藝術인 것을 必要로 한다. 다시 말하면 兒童藝術의 一部分인 童謠는 階級鬪爭의 一手段으로서만 우리는 그 價値를 認定하는 것이다. 제아모리 童謠性이 豊富하다 하드라도 그것에 階級性이 업는 것이면 眞正한 價値 잇는 童謠는 못 되는 것이다. 童謠의 價値를 決定하는 것은 階級的 效用性 그것뿐이다.

그런데 얼마 전에 宋九峰 君은 『中外日報』 紙에 發表한 「童謠의 自然生長性 及 目的意識性」이라는 所論 中에서 題目 그것과 가티 童謠의 自然生長性 及 目的意識性을 區分하엿스니 그는 正當할까?

×

그의 말을 빌면 아레와 갓다.

"童謠에는 두 가지 種類가 잇는데 그 하나는 自然生長性 童謠이며 또 하나는 目的意識性 童謠이다. 目的意識性 童謠는 卽 階級意識을 가진 者의 一定한 目的을 意識하고 짓는 童謠이며 自然生長性 童謠는 主로 兒童自身이 無意識中에 生活感情을 一定한 目的意識이 업시 마음대로 부르는 노래가 그것이다."

"童謠라는 것은 兒童의 詩이며 歌이다."

"兒童이 無意識中에 엇더한 '모멘트'에 잇서서 感情에 늣긴 대로를 그짓 업시 노래하는 것이면 어느 것이든지 모다 童謠가 될 수 잇는 것이다."

"그럼으로 童謠는 어린이 말과 어린이의 感情으로 불리지 아니하면 아니된다."

"그러나 兒童은 一般的으로 無意識하다 한데 藝術이란 것은 意識이여야만 眞正한 것이 된다. 그러면 無意識한 兒童이 아모러한 形式的 藝術性의 賦與도 업시 늣긴 대로 아모러케나 부른 것은 비록 內容은 —— 쌀아서 價値 잇는 童謠라 할지라도 藝術性 업는 것임으로 完全한 것이 못 된다"라고 宋 君[307]은 말하얏다.

---

307 송구봉(宋九峰)의 「童謠의 自然生長性 及 目的意識性」(『중외일보』, 30.6.14~?)(5회 연재 중 중단)과 구봉학인(九峰學人)의 「童謠의 自然生長性 及 目的意識性 再論(전4회)」

## 安德根, "푸로레타리아 少年文學論(七)", 『조선일보』, 1930.11.2.

그러면 우리들은 以上의 說明에 依하야 童謠에 二種의 區分으로 自然生長童謠와 目的意識童謠가 잇는 것을 알게 되엿다. 文藝運動에 잇서서 自然生長性 及 目的意識性 問題가 擡頭한 지 오래고 甚至於 戀愛에 잇서서 쏘한 自然生長 戀愛와 目的意識性 戀愛를 云云하는 今日에 잇서서(記憶이 희미하나 再昨年 봄에 徐光霽 君이 『朝鮮日報』에 「自由戀愛에 對하야」[308]라는 小論 中에서 自然生長性 戀愛와 目的意識性 戀愛를 區分하야 目的意識性 戀愛를 提唱한 바 잇섯스나 默殺된 바 잇섯다) 文藝의 一分化인 童謠에 自然生長性과 目的意識性 云云하고 쏘 쒸여나오는 것도 무리는 아닐가 한다.

何如間 내 個人의 私見 가태서는 自然生長性 及 目的意識性이란 術語는 한 流行語로 된 듯십다. '푸로레타리아'의 支持할 童謠는 오직 하나이다. 그럿지 안흔가? 自然生長性 童謠든지 目的意識性 童謠든지 엇더튼 우리 푸로레타리아-트 全體의 目標 使命을 爲한 것이라면 우리들은 그만이다. 特別히 自然生長性이며 目的意識性이라고 區分할 必要를 늣기지 안는다.

×

意識的으로 불럿든지 無意識的으로 불럿든지 그것은 決코 큰 問題가 아니다. 假令 '푸로레타리아' 少年은 無意識的으로 불럿다 하드라도 自己의 生活感情(階級少年의 感情)에서 불러질 것이고 '쑤르조아' 少年의 感情에서 불러지지 안흘 것이다.

그러면 구태여 自然生長性이며 目的意識性이라고 區分할 必要가 업슬 것이 아닌가? 意識的으로 兒童이 엇던 使命을 다하기 爲하야 불른 것이 아니라도 階級少年少女의 心臟을 울릴 만하고 階級少年少女로 하여금 두

---

(『중외일보』, 30.6.29~7.2)을 가리킨다. 宋九峰과 九峰學人은 송완순(宋完淳)이다.

308 서광제(徐光霽)의 「自由戀愛에 對하야(전3회)」(『조선일보』, 29.2.19~21)를 가리킨다.

주먹을 붉근 쥐게 할 만한 다시 말하면 '푸로레타리아' 少年 少女의 "心臟의 曲"이라면 훌륭한 '푸로레타리아' 童謠로 看做할 수 잇는 것이다.

君도 말한 바와 가티 無意識的으로 불려진 童謠라도 푸로레타리아의 勝利를 爲한 싸홈에 조금이라도 도움이 될 만한 戰鬪性이 잇다면 훌륭한 童謠이다. 나는 이러한 意味에서 宋 君의 區分을 否定하고 십다.

×

그리고 宋 君은 "兒童은 一般的으로 無意識하다"고 하얏다. 果然 兒童은 宋 君의 偉大한 發見과 가티 一般的으로 無意識한가? 兒童이 一般的으로 無意識하다는 論은 내가 먼저 取扱한 兒童의 無階級 超階級을 云云하는 超階級論者의 四寸格은 될 것이다.

---

**安德根, "푸로레타리아 少年文學論(八)", 『조선일보』, 1930.11.4.**

今日의 少年(特히 푸로레타리아 少年)은 벌서 階級에 依하야 政治的 經濟的 利害를 달리하고 잇는 것을 明白히 意識하고 잇는 것이다. 無意識하다고? 이 얼마나 皮相的 觀察이냐? 그리고 그들은 그 解決(階級 解放)을 爲하야는 大人과 가티 '푸로레타리아-트' 全體의 目標 使命을 爲하야 自己들도 階級的 鬪士로서 協同의 任務를 敢行하여야 하겟다는 것까지 엄청난 우리들의 少年은 意識하고 잇는 것이다.

먼저도 말하얏거니와 體驗과 社會科學의 敎示에 依하야 現在 社會의 階級的 對立을 잘 認識하고 또 階級的 自覺을 가지고 求職 中에 잇서서도 時間 休日 待遇 等의 權利를 싸토는 판임을 모르는가?

×

그리고 宋 君은 우에 例擧한 바와 가티 內容은 價値 잇는 童謠라 할지라도 藝術性의 賦與가 업스면 完全한 것이라고 할 수 업다고 하엿다.

全 兒童藝術의 一部分인 童謠도 그것이 階級鬪爭의 一手段으로서만 그

價値를 認定한다고 말한 그대로서 이 얼마나 矛盾된 말이며 이 얼마나 '뿌르조아'的이냐? 內容이 아모리 價値 잇다 하드라도 藝術性이 업서서는 完全한 것이 아니라고 斷定하는 것은 '뿌르조아'的 審美學에 歸納되지 안흘가? 假令 그것이 如斯한 結果를 招來치 안코 어데까지든지 '인테리겐챠—'의 科學的 理論이라 하야도 이것을 眞正으로 階級鬪爭의 一武器로서만 그 價値를 認定한다면 그러한 餘裕 잇는 말은 못할 것이다.

結局 우리들 푸로레타리아-트의 勝利를 爲하야 '아지·푸로'의 役割을 演하면 그만이다. 勿論 藝術性도 兼備하면 더욱 效果가 잇겟지만 多少 藝術性을 缺하엿다 하드라도 少年의 敎化的 使命을 向하고 內容主義的으로 發達하면 그만이다. 우리들은 藝術性을 重要 眼目으로 하고 內容을 가벼히 取扱해서는 안 된다. 때에 依해서는 文學的 技術을 否定하고라도 그 內容에 階級意識 注入하기를 躊躇해서는 안 된다. 第一에 內容問題며 第二에 藝術性(文學的 技術) 問題라고 본다. 짜라서 藝術性이 多少 缺하엿다 하드라도 內容이 우리 大衆의 벗이 될 만한 것이라면 完全한 것으로서 우리들은 그것을 積極的으로 支持하여야 할 것이다.

×

그러고 '푸로레타리아' 童謠를 엇지 活用할 것인가? 우리들이 兒童敎化를 爲하야 兒童文學 乃至 藝術을 採用할 境遇에는 그 藝術作品을 單히 抽象的 批判에 依하야 槪念的 評價를 내리여서는 안 된다.

卽 1. 兒童의 組織 未組職에 依한 採用 作品의 相違 2. 平時와 非常時 '스트라익크' 等의 境遇에 잇서서의 採用 作品의 相違 그리고 少年文學 藝術의 特殊性과 機能을 보담 더 效果잇게 한 性, 年齡, 生活環境, 文化水準 等을 斟酌하여야 할 것은 勿論이다. 眞理는 具體的이어야 하겟고 鬪爭的 '푸로레타리아' 敎育은 抽象的 絶對的이 아니고 具體的 相對的 그리고 實踐的이 아니면 안 될 것이다.

"今日 一部에서 말하는 바의 '푸로레타리아-트'는 眞, 善. 美, '高潔' 其他 一切의 點 重要한 抽象的 觀念을 擁護하지 안흐면 안 된다는 理論은 '푸치·뿌르조아'의 發明인 것이다. 그것은 우리들 '푸로레타리아'을 欺瞞하랴

는 한 陳腐한 發明이다." (中略)

×

이것을 (1)의 境遇에 對하야 考察해 보자! 卽 "兒童의 組織 未組職에 依한 作品의 相違가 如何히 童謠 우에 나타날 것인가?" 全國的 統一的 組織下에 다음 時代의 새로운 일軍으로서 訓練되고 養成되여 잇는 諸 外國의 푸로레타리아 少年大衆들과 우리나라와 가티 거의 七, 八十 파센트 '푸로레타리아' 少年大衆 사이에는 물론 '이데오르기-'의 甚極한 相違가 잇는 것이다. 쌀아서 이 兩者의 敎化 手段 方法은 同一할 理致가 업고 쏘 그 敎化具인 童謠에도 形態上 內容上 當然히 相違가 잇슬 것이다.

極히 簡單히 組織 兒童의 境遇와 未組職 兒童의 境遇를 區分한다면 이러하다.

組織 兒童期에 잇서는 大體에 잇서서보담 團體的, 政治的, 經濟的 鬪爭을 目標로 하고 未組職 兒童의 境遇에는 이에 反하야보담 個人的 觀念的 文化的 鬪爭을 目標로 하여야 할 것이다. 勿論 後者는 前者에 向하야 發展하고 後者는 大人의 鬪爭 形態에까지 發展하도록 그 目標를 세워야 한다.

그러면 다음 (2)의 境遇에 對하야 考察해 보자! 卽 "平時와 非常時와의 採用 作品의 相違"

이것은 大體에 잇서서 上記의 組織 兒童의 境遇와 未組職 兒童의 境遇와 어느 程度까지 恰似하다. 卽 平時에 잇서서는 組織 兒童도 大體로 未組職 兒童과 가티 "보담 個人的 觀念的 文學的 鬪爭을 目標"로서 訓練된다. 非常時에 잇서서는 未組職 兒童도 一躍 組織 兒童의 境遇와 가티 "보담 團體的 政治的 經濟的 鬪爭"을 目標로 한다.

다시 말하자면 平時에 잇서서 "藝術로서의 童謠"는 非常時에 잇서서는 卽 "武器로서의 童謠" 그리고 政治鬪爭에 獻身하는 同志들은 걸핏하면 從來 藝術鬪爭을 輕視하는 弊風이 잇섯다. 이것은 큰 誤謬다. 우리들의 藝術은 政治鬪爭을 前記로 한 藝術(技術)이 아닌가? 그럼으로 나는 特히 우리나라 '푸로레타리아' 少年에게 이러케 强調한다.

藝術의 利用을 硏究해라! 藝術은 活用됨으로써 眞實한 武器가 되는 것이다. 그리고 童謠는 兒童 藝術 中 가장 重要한 一分化임을 이저서는 안 될 것이라고 ――

---

## 安德根, "푸로레타리아 少年文學論(八)", 『조선일보』, 1930.11.5.

### 六. 푸로레타리아 童話 問題에 對하야

藝術教育 情緖教育이라는 立場에서 어린 少年 少女 幼年 其他 一切의 兒童에게 읽히기 爲하야 만드는 여러 가지 文學形態 中에서 가장 一般的으로서 가장 兒童들과 거리가 갓갑고 親한 것은 童話일 것이다.

이러한 童話는 現在 엇더한 役割을 하고 잇는가? 우리들의 問題는 이 一點에 잇는 것이다. 우리나라 現代의 創作童話를 一瞥할 때 우리들은 그 表現樣式을 大別하야 二種의 表現樣式이 잇는 것을 認定하게 된다.

그 하나는 舊來의 表現樣式을 踏襲하는 所謂 童話的 世界를 展開하는 童話로서 이것은 한 번 볼 때 甚히 非現實的 非自然科學的의 것으로서 또 하나는 이와 嚴然 對立的 表現樣式을 取하는 卽 兒童의 現實的 生活을 如實히 童話로서 表現하랴는 새로운 表現樣式이다. 그리고 그 後者를 새로운 童話作家들은 새로운 童話의 表現樣式인 거와 가티 看做하고 잇다.

猪野省三[309] 氏는 『教育新潮』誌에 發表한 「事實的 事件을 主題로 하는 童話에 對하야」의 一文 中에서 푸로레타리아 童話作家의 立場에서 다음과 가티 말하얏다.

> 푸로레타리아 童話 作家는 一個의 푸로레타리아로서 그가 가질(所有) 科學과 感情과 意志를 가지고 '푸로레타리아' 兒童의 現實的 生活에 드러가서 눈(目)과

---

309 이노 쇼조(猪野省三, 1905~1985)는 일본의 아동문학 작가이다. 1926년 일본프롤레타리아예술연맹(日本プロレタリア芸術連盟)에 화가로서 가입하였으나, 1928년 초부터 동화를 발표하면서 작가로 활동하였다.

귀(耳)와 그리고 銳敏한 全身的 感覺을 가지지 안코는 여러 가지 重要한 役割을 가지는 藝術로서의 '푸로레타리아' 童話를 生産할 수는 업슬 것이다. 心理學的 用意 等에 問題가 되는 것은 이다음 問題이다.

나는 氏의 意見에 그 一面觀을 是認한다. 그러나 먼저도 말하얏거니와 大人과 兒童과는 未來 原則的으로 그 生活內容을 달니하고 잇다. 卽 大人과 兒童에게는 生活態度 生活意識 生活氣分 그리고 欲望 希望 指標 等에 잇서서 크게 相違가 잇는 것이니 짜라서 喜怒哀樂의 內容도 달니하고 잇다. 그럼으로 짜라서 大人과 兒童에게 잇서서는 "價値" "意義"의 標準이 달나지는 것이다. 그리고 童話 乃至 兒童文學은 이 兒童의 世界 心性 世界 等을 地盤으로 하야 거긔에서 成長하여야 할 것이다.

卽 '호-ㄹ렌' 氏는 아레와 가티 說破하얏다. "童話는 畢竟 自由로 發見된 空想에 充滿한 一種의 少年小說에 不過한 것이다. 이 童話의 名稱은 異常한 非現實的 事件을 이야기하는 듯한 讀物을 爲하야 무엇보다도 먼저 使用되는 것이다. 童話는 十二歲 以下의 兒童의 王國이다. 웨 그러냐 하면 兒童이 可能한 일이든지 不可能한 일이든지 또 現實的의 것이든지 非現實的의 것이든지를 가리지 안는 짜닭이다. 그리고 또 四足의 動物이 人間과 가티 말을 하고 人間이 날(飛)고 道具가 自發的으로 廻想하는 것과 가티 空想하는 同時에 童話도 또 그러케 取扱되는 것이다."

그것은 무슨 짜닭인가? 兒童은 感覺에 依하야 生하는 곳 認識인 智覺이 一般的으로의 大人보다 貧弱하고 不健全하고 全體的으로 精細味를 缺하고 잇는 짜닭이다. 그럼으로 걸핏하면 空想으로 다름질하고 現實을 脫脚하야 假象의 世界로 沒入하고 그리고 그 世界를 眞正한 世界로 생각하는 心的 狀態를 多分히 가지고 잇다. 이것은 文化의 程度가 엿흔 民族도 갓흔 것이다.

그러나 이 觀念的 表現은 極히 幼年時代에 局限하는 것이다. 幼年期에서 漸漸 나희가 成熟하야 少年期로 轉換하게 됨을 짜라 그들은 觀念的 空想的에서 解脫하야 現實的으로 드러가게 되는 것이다. 그 兒童의 表現樣

式이 觀念的 空想的에서 脫脚하야 現實的으로 向하는 그 自體 가운데에는 如斯한 觀念이 消失되엇다느니보다도 그 以上으로 現實的 實在가 奇怪하고 神秘스러운 것을 漸次 그들의 마음에 빗치여 오는 까닭으로 거긔에 好奇心에 쓸리여 그리고 그것을 意慾的으로 究明하랴는 心的 慾望이 多分히 含有한 까닭이다.

그러면 童話作家는 最初 所謂 非現實的 空想的 世界를 根據로 하야 그것을 大人의 世界 大人의 認識 大人의 生活에까지 指導 發展식히는 것이야 말로 童話의 使命이며 또 童話作家의 任務일 것이다.

結局 나는 이 二種 樣式을 全部 是認한다. 그것은 엇더한 表現形式을 利用하든지 如何한 取材를 選擇하든지 그것이 童話의 使命을 다한 藝術이라면 우리들은 支持하여야 올흘 것이다. 童話에 잇서서 "現實" "非現實"이란 것은 一部의 論者가 强調하는 것과 가티 童話 本來의 性質上으로 보아서 決코 그러케 重要한 것은 아니다. 勿論 現實的 童話가 새로운 價値가 잇슬 것도 아니고 勿論 '푸로레타리아' 童話는 반드시 如斯한 表現樣式을 取할 必要도 업다. 童話의 새로운 것과 낡은 것은 形式쑨에 잇서서만 評價할 것은 斷然코 못 된다. 새로운 童話는 새로운 價値 "質"의 問題이다. 그쑨만 아니라 原則的으로 童話는 童話의 世界 —— 現實 非現實을 混同하야 認識하는 世界에서 發生하는 곳에 特殊한 文學의 特異性이 잇고 거긔에 또 他의 表現形式으로 取扱할 수 업는 또 取扱키 어렵은 主題를 取扱할 수 잇는 特徵이 잇고 그리고 그 特殊機能을 充分히 살님으로써 童話 作品의 "存在價値"도 "意義"도 잇슬 것이다. 다시 말하거니와 大人의 認識에 依하야 卽 科學的 判斷에서 "現實" "非現實"을 云云하는 것은 無關하다. 그러나 童話를 論하는 境遇에는 決코 그 尺度를 兒童의 世界까지 適用하는 것은 無理하다 아니할 수 업다. 우리들이(大人) 使用하는 尺度의 자눈이 아모리 正確하고 便利하다 하드라도 그들 兒童의 世界에는 그들 間에 慣用되는 尺度가 잇는 것을 이저서는 안 된다.

그럼으로 "現實" "非現實" 問題는 讀者層(幼年期와 少年期)에 쌀아 合理的으로 適用하면 조흘 것이라고 밋는다.

## 安德根, “푸로레타리아 少年文學論(九)”, 『조선일보』, 1930.11.6.

그리고 相田隆太郎[310] 氏는 「우리나라 現在의 童話文學을 論함」(『早稻田文學』 第二二〇號)의 題下에서 童話의 缺陷으로서 아레의 六條目을 指摘하얏다. 勿論 이것은 人道主義的 立場에서의 指摘이며 論斷이다. 나는 切實한 必要가 잇슬 줄로 밋고 아레에 紹介한다.

一. 黃金崇拜 物質讚美의 心理를 極히 刺戟 挑發하는 것(不道德한 物質欲 黃金欲의 放恣한 露出이다.)

二. 權力 地位 名譽 等을 讚美하고 崇拜하는 것과 가튼 心理를 挑發하는 것(權力이나 地位 名譽를 過重하는 心理는 쑤르조아 心理 乃至 封建的 奴隷性으로서 如斯한 心理의 過剩 때문에 人生은 적지 안흔 損失을 當하고 잇다.)

三. ‘머리탈-리즘’[311]의 臭氣가 잇는 것(그 結果는 戰爭 讚美가 되며 或은 妙한 英雄崇拜 封建的 精神의 復活이 된다는 것은 明確한 事實이다.)

四. 兒童의 慘忍性을 挑發하는 것과 가튼 것(人間 虐待라든가 討賊을 하는 것 等을 讚美하는 童話 그것은 엇던 境遇에 勸善懲惡의 觀念을 刺戟하는 起緣이 될는지 모른다. 그러나 大部分은 擧皆 興味 中心으로써 잇다.)

五. 卑屈한 奴隷根性을 鼓吹하는 것과 가튼 것(惡者는 神이 罰함으로 單純한 謙遜과 屈從을 美德으로 하는 것과 가튼 宗教的 ‘쎈틔맨탈리즘’ 아니 奴隷宗教 奴隷道德의 卑屈美에 眩惑되는 것과 가튼 일이 잇서서는 안 된다.)

---

310 아이다 류타로(相田隆太郎, 1899~1987)는 일본의 문인이다. 저서로 『(농민문학의 제문제: 아이다 류타로 평론집(農民文學の諸問題: 相田隆太郎評論集)』(甲陽書房, 1949) 등이 있다.

311 밀리터리즘(militarism)으로 보인다.

六. 虛僞의 術策 僞瞞에 依하야 成功한 것과 가튼 것(어린이의 射倖心과 投機心을 挑發하야 一面 僞瞞과 虛僞를 奬勵하는 作品이 적지 안흔 것이다.)

×

以上은 그 要約이다. 그리고 今日 每日 '라듸오'로 放送되는 作品과 作家가 얼마나 만흔가?

生活難에 쪼기는 作家들이 不名譽的 名譽와 生活安靜을 獲得키 爲하야 意識的 無意識的으로 그 政策에 妥協하고 追隨하는 것을 우리들은 이저서는 안 된다.

그리고 여긔에 잇서서 우리들은 우리들이 참으로 人類의 幸福을 本願하는 兒童敎育者라 할 것 가트면 그리고 兒童文學에 關心을 가젓다 할 것 가트면 斷然코 如斯한 作家와 作品을 根本的으로 排斥하지 안흐면 안 될 것을 自覺하여야 할 것이다.

그러면 우리들은 敎育이나 藝術 —— 도 兒童藝術의 一分化인 童話도 正統으로 階級的으로 運轉하여야 할 것은 勿論이다.

---

## 安德根, "푸로레타리아 少年文學論(十)", 『조선일보』, 1930.11.7.

그러면 우리들은 童話作品을 엇지 活用하며 普及식혀야 할 것인가? 푸로레타리아 童話作家들은 無産兒童을 爲한 童話를 多量生産하야 푸로레타리아 兒童大衆(勞農少年少女)에게 만히 읽히고 들림으로써 그들로 하여금 아지 못하는 가운데 그들의 藝術에 對한 理解와 階級的 意識을 놉히고 보담 더 組織을 擴大 强大化하는 結果를 어더야 할 것이다.

作家들은 作家同盟을 結成하고 自發的으로 '팜푸렛트'며 雜誌 等의 單行本을 廉價로 出版하야 그리고 그것을 工場地의 勞働少年少女이나 農村의 農民少年이나 어린 學生들의 손에 들려주도록 努力하여야 한 것이다. 그리고 또 未組職 '푸로레타리아' 少年大衆 及 文藝愛護家와 小市民的 '인테리켄차－' 層에까지라도 普及식혀야 할 것이다.

結論

文學은 只今이야말로 階級鬪爭의 武器로서의 階級文學이 아니면 안 된다. '쑤르조아'的 慣習에 對抗하고 '쑤르조아'的 企業家 商人의 出版에 對抗하고 高貴로 自處하는 無政府主義와 資本家에게 對抗하야 '푸로레타리아트'는 階級文學의 原則을 樹立하지 아니하면 안 된다. 이 原則을 發展식히고 可及的으로 完全히 그리고 統一的 形態로 그것을 實現하지 안흐면 안 된다. 그럼으로 이에 反하는 文學者를 打倒하라! 文學은 '푸로레타리아-트'의 全般的 事業의 一部가 되지 안흐면 안 된다.

이 小論은 勿論 '푸로레타리아' 少年文學에도 適用되지 아니하면 안 된다. 그러나 그 適用에 依한 具體化 表現은 各種 藝術의 特殊性에 應하야 變化하지 안흐면 안 된다. 거긔에 形象的 表現을 生命으로 하는 藝術의 眞正한 意義가 잇고 特殊的 機能이 잇는 것이다. 이것을 無視하고는 階級的 藝術運動은 存在할 수 업다. 그러나 그것은 "政治的 役割"과 "藝術的 役割"과의 二元的 思考法을 認定하자는 말은 絶對로 아니다.

×

그러나 過去에 잇서서 우리나라의 한 誤謬를 犯하고 特히 少年文學에 잇서서도 只今도 더욱 如斯한 見解를 가진 이가 적지 안흔 것이다. 그리고 또 보담 더 階級的 兒童文學은 보담 더 左翼的 '슬로-간'을 露出할 것인 것가티 誤謬를 犯하는 분이 잇다. 그러나 少年文學의 眞實한 使命은 原則的으로 '푸로레타리아-트'의 政治的 '슬로-간' 等을 直接 解說하는 곳에 잇지 안코 오히려 如斯한 '슬로-간'을 生長과 가티 自然히 抱懷식히며 實現식히지 안흘 수 업는 데까지 참되게 根本的으로 그들 少年을 푸로레타리아의 一員으로서 成育하는 데 잇는 것이다.

卽 槪括的으로 보자면 第一期的 目標는 푸로레타리아를 爲한 訓練이며 敎化이다. 兒童文學은 그 '알벳트'의 A, B, C '오케스트라'의 大組織의 音階

도, 레, 미, 화를 틀님없시 가라치는 데 잇는 것이다. 그리고 그 指導者는 單純한 語學者나 音樂家이어서는 안 된다는 것은 '레-닌'의 說破와 가튼 것이다.

×

그리고 '푸로레타리아' 少年文學作家는 所謂 "少年運動"의 理解者 乃至 指導者임을 絶對로 必要로 한다. 그러나 恒常 社會的 政治的 階級的 情勢에 應하야 當面에 가장 必要한 作品을 秤量的 計劃으로 生産하도록 訓練되지 아니하면 안 될 것이다. 그를 爲하야는 다시 作家는 廣汎한 兒童大衆의 生活環境 文化水準 年齡 性 等等을 理解하고 그들의 日常의 '칸파니다'[312]가 어데 잇는가. 무엇이 그들의 當面의 鬪爭目標인가를 理解하고 性 年齡 地方的 狀勢 等等에 依하야 作品의 生産 活用方法 等等을 具體的으로 考究하고 同時에 그것을 表示하지 안흐면 안 될 것이다.

또 그를 爲하야는 充分한 兒童文學 乃至 兒童藝術上의 實際的 技術을 修得하여야 할 것이다. 이때에야 비로소 우리들의 藝術作品은 眞實로 날카로운 武器로서 完全한 任務를 敢行하게 될 것이다. 具體的으로 말하거니와 爲先 純푸로레타리아 少年文學 作家同盟을 結成하고 그 同盟 機關紙를 發行하되 그 機關紙를 積極的으로 階級的 支持와 協力에 依하야 完全히 우리들 階級에 업서서는 못 될 武器의 하나로서 世上에 내노키를 全 朝鮮 푸로레타리아 少年文學作家 諸君에게 提唱하야 마지안는다.

一九三〇. 七. 二〇 서울서

(本篇은 二, 三人의 資料的 文獻(石田茂의 「兒童文學運動의 特殊性」, 大河原浩 「푸로레타리아 童話運動에 對한 作家의 態度」 等等을 參照하엿스나 主로 '호엘누렌' 氏 及 槇本楠郎 氏의 所論을 만히 參照하엿슴을 말해 둔다.)

312 러시아어 캄파니야(кампáния, kampaniya)"로 보이며, "조직적인 운동, 사회 운동"을 뜻한다.

## Y C, "어린아이 읽는 책은 반듯이 택해 줄 일(一) - 새것이면 그저 조하해", 『동아일보』, 1930.10.27.

조선에도 어린아이들의 잡지가 만하짐을 쌀하 자연히 흔하게 잡지를 어더 볼 수 잇스며 쏘 싸게 사서 읽을 수도 잇게 되엇습니다. 틈틈히 학과 이외의 책을 읽는 아이가 날로날로 늘어가는 중에 잇는 것이 분명합니다. 여긔서 여러 가지 생각할 문제가 생깁니다.

아이들이 새로 듯는 자미잇는 책이면 손에서 쩨이랴고 하지 안습니다. 이런 째에는 해 저물어도 밥 먹을 생각도 이저버리고 책에만 팔리는 아이가 만흡니다.

이와 가티 독서욕(讀書慾)에 풍부하다는 것은 참으로 깃버할 일입니다 마는 그와 동시에 극히 위험하게 녀길 점도 만흡니다.

요사이와 가티 아동잡지의 여러 종류가 뒤를 이어 새로 출판되어 나오는 째일스록 더욱 그럿습니다.

아이들은 무엇이든지 새것이며 이상한 것이면 함부로 조하하는 법입니다. 그럼으로 재료와 어용[313]이 조코 낫분 것을 분변할 힘은 물론 업시 그대로 조키만 하야 열심으로 읽게 됩니다. 재료와 내용이 훌륭하야 아이에게 얼마큼이라도 향상시킬 수 잇는 것이라면 아무런 문제도 아니 됩니다마는 족금이라도 이와 반대 되는 점이 잇다면 독서하기 째문에 아이는 큰 해를 밧게 되는 것입니다.

다시 말하면 아이들이 읽고 십허 하는 대로 내버려 둘 째에는 아이는 점점 잘못 기울어지고 맙니다. 자극이 강렬한 것에 싼 것에 그러고 일시적으로 흥미를 늣기게 하는 것에만 점점 맘과 정신이 팔려 갑니다. 그쁜만 아니라 학교에서 배우는 정작 학과를 실혀하고 감상(感傷)적으로 변하고 공상적인 아이로 달러저 갑니다.

313 '내용이'의 오식이다.

그러나 정당한 선택과 적당한 지도만 게을리하지 안는다면 학교교육의 보탬이 되어 충분한 효과를 볼 수 잇는 것입니다. 바른 지도와 선택으로써 아이의 독서력을 일으키어 준다면 아이는 첫재로 책에 자미를 부치게 되는 동시에 자연히 학교 공부에 보충이 되고 둘재로 자작 새 지식을 어더서 자작 소화시키는 습관으로 즉 자작 배우는 태도를 길러 줄 수 잇스며 셋재로 지식을 넓혀 주어 일반으로 쉽게 머리가 발달 되게 할 수 잇습니다.

그러면 어써한 것을 선택할 필요가 잇는가. 여긔 대해서 기피 생각할 일입니다.

어린아이의 잡지를 손에 들고 보아 첫재로 그 잡지의 출판 목적이 아이 본위가 아니고 영리본위인 것을 알 수 잇습니다. 아이의 맘을 쓸기 위하야 속을 전부 무시무시한 모험소설 또는 천박한 만화(漫畵) 그러고 감상적인 소녀소설 가튼 것으로 꿈이고 또 표지의 채색 가튼 것도 농후하고 경박한 것이나 강절한 자극을 끼치는 것으로 한 것이 눈에 흔히 띄웁니다.

---

## Y C, "어린아이 읽는 책은 반듯이 택해 줄 일(二)－새것이면 그저 조하해", 『동아일보』, 1930.10.28.

먼저 차레에 이야기한 것은 대개 책을 편즙한 편에 대해서 말슴햇습니다 마는 아이들의 태도도 이러한 무책임한 서책에 갓가히 하기 때문에 정당한 의미의 독서력을 기르지 못하고 함부로 읽은 결과는 필경 과학적 연구심이 박약해지며 학문적으로 기픈 것으로 독서할 생각이 업서지며 더욱이 원 공부할 것을 실혀하는 아이로 변하야 버립니다.

그러면 어써한 점에 주의하야 잡지를 선택할 것인가 첫재로 책 내용이 아이의 생활에 즉접 관한 것이어야 하며 조촐하고 미들 만한 것으로 삽화 가튼 것도 농후하지 안코 가티 잇는 것이어야 합니다. 그러고 글이나 글자가 학과 교과서와 비등하게 분명하고 커야 할 것이며 그러고 조히의 품질까지에도 류의할 것입니다.

둘재로 취미적인 것이어야 합니다. 동요 동화와 가튼 것으로 정평 잇는 명사들의 작품이 안전합니다.

셋재로 과학적이어야 합니다. 리과에 관한 것으로 동식물의 이야기라든지 천문(天文)에 관한 이야기든지 물리 화학에 관한 것 가튼 것을 될스록 쉽고 취미가 만케 그러고 정확하게 쓴 것이어야 합니다. 그러고 읽을 아이의 취미에 합치될 만한 책을 택할 것입니다. 대개 과학 편의ㅅ 것을 아이들이 실혀합니다마는 이것은 큰 수치입니다. 어릴 째부터 이 방면의 취미를 길러주어야 합니다.

넷재로 지리와 력사에 관한 것으로 세계일주긔 위대한 전긔 가튼 것으로 깁흔 고비에 접촉시킬 긔회를 맨들어 줄 만한 것이어야 합니다. 이 어릴 째에 바든 감격은 그 사람의 일생을 지배하는 것입니다.

다섯재로 참고서류 가튼 것도 그 선택과 지도가 매우 중대합니다.

요컨데 아동의 읽는 것은 다시 말할 것 업시 감화되고 영향 끼치는 품이 원체 큼으로 보다 깁고 보다 바르며 보라[314] 정확한 것을 선택하도록 로력할 것입니다.

314 '보다'의 오식이다.

## 方小波, "演壇珍話", 『별건곤』, 제33호, 1930년 10월호.[315]

전에는 지리한 장마비 오는 날이면 한가히 누어서 내가 旅行地에서마다 사다 둔 寫眞葉書를 내여 一一히 드려다보는 것이 자미엿섯다.

그러나 東京 震災 통에 다른 書冊과 함께 그것들을 다 업새인 後로는 장마비 오는 째 한가한 낫이면 地圖를 펴 노코 가 본 곳을 차저보는 것으로 겨우 慰勞를 삼게 되엿다.

地圖를 펴 노코 旅行 갓든 째의 일을 回想하면서 드려다보고 잇스면 窓을 두드리는 비소리도 멀-니 들닌다.

내가 갓든 곳마다 地圖 우에 표를 해 노코 헤여 보면 昨年에 헤일 째는 七十九, 今年에는 八十四 地方이 되엿다. 가보고 십흔 곳 數에 比하면 아즉 五分의 一도 못 가 본 폭이다.

그러나 단 한군데의 例外도 업시 全部 講演을 爲하야 갓섯든 것이라 아츰 車로 써나서 저녁에 到着, 저녁밥도 못 먹고 講演會로 바로 뛰여갓다가 翌日 아츰 車로 또 써나오고 써나오고 하야 그 地方의 名勝地도 쏘는 物産도 風俗도 잘 알아볼 餘裕업시 다녀온 까닭으로 아모리 回想하려도 演壇 우에서 본 일 당한 일밧게 생각나는 것이 업스니 생각하면 싹업시 우습고 無味하여 旅行이라고 일홈도 못할 旅行이다. 이 까닭에 나더러 旅行談을 하라면 演壇漫話밧게 잇슬 수 업는 것이다.

깁허 가는 가을밤에 심심치 안은 우스운 記事를 쓰라는 것이니 그나마 되도록 우슴 밧을 이약이를 中心하야 적어 보자.

### 巡廻講演 珍談

---

315 이 글은 비평문이 아니다. 다만 동화구연(구연동화)과 관련된 글로는 연성흠의 비평문(「童話口演 方法의 그 理論과 實際」(『중외일보』, 29.7.15)와, 「童話 口演方法의 그 理論과 實際(전18회)」(『中外日報』, 29.9.28~11.6)} 외에는 없어, 방정환의 이 글이 동화구연의 실제를 확인할 수 있는 것이어서 수록하였다.

내가 처음 演壇에 스기는 十年 前 普成專門에 다닐 때 元山 以北 몃 군대로 巡講을 갓슬 때엿는대 元山에서는 그럭저럭 큰 망신 업시 치루엇스나 文川에 가서 일이다. 場所가 좁아서 마당에까지 마당압헤 호박밧에까지 그냥 聽衆이 짓밟고 드러섯는대 學生 때요 또 처음 演壇이라 한마듸라도 더 남이 듯기에 有識한 말을 하랴고만 하든 만큼 世界大戰의 遠因近因이 나오고 윌손 大統領이 나오고 발칸 半島가 나오고 도모지 農村 사람들께 귀 닉지 아니한 소리쁜이라 三十分 以上을 떠드러도 拍手는 커냥 聽衆의 얼골에 表情 하나 나타나는 것 업고 간간히 하폄하는 사람만 보인다.(이상 116쪽) 대톄 演士의 말이 귀에 드러가는지 안 드러가는지 눈치조차 채일 재조가 업서서 속으로 몹시 焦燥해지는대 그때 마츰 講演會場 담 밧갓 길거리에서 어느 女人네들의 싸홈하는 소리가 들녀오닛가 기다리고 잇섯든 듯이 婦人席이 一齊히 참말 한 사람도 남지 안코 一齊히 와— 니러나서 그리로 다라나고 말엇다. 그러닛가 男子席에서도 여긔저긔서 니러나는 사람이 생기는 것을 "니러나지 마우다. 그것 失禮우다" 하고 서로서로 말려 안친다.

이러케 되니 演士는 얼골이 붉은 무 빗이 되고 엇재야 조흘지 스스로도 精神을 닐케 되엿다.

"失禮우다" 하는 것을 드르면 남어 잇는 사람들도 다 다러나고 십은 것을 體面 세우느라고 그냥 참고 안저 잇는 것이 分明하니 내가 떠드는 것은 全혀 벌판에 혼자 서서 떠드는 것인 것을 알엇다.

말을 中止할 수는 업서서 그냥 떠들면서도 속으로는 궁리궁리하야 문득 一計를 내여 슬금슬금 말을 밧구어 全혀 時體 流行文字를 빼고 俗談으로만 音聲에 高低를 부처 마치 童話하듯 집안 食口와 議論하듯 쉬운 말로만 퍼부으닛가 그적에야 聽衆들이 벙글벙글 웃기도 하고 갓금 拍手도 하면서 自己네끼리 "모두 올흔 말이야. 딴은 그러치" 하고 깃버한다.

多幸히 뒤끗을 고치여 收拾을 하기는 하엿스나 講演 中間에 聽衆이 一齊逃亡할 때는 참말 혼이 낫섯다.

### ◇ 內容을 빼앗겨서

東京서 나와서 釜山에서붓터 巡廻講演을 始作하야 論山에서 講演을 하난대 釜山 民衆에게 必要한 말이면 論山 民衆에게도 그 말이 必要하리라 하야 나는 全國 各地 어느 곳에 가던지 釜山서 하던 그 演題로 그 말을 하기로 하야 論山에서도 그 演題를 그대로 써 부첫다. 그랫더니 同行 演士가 順序에 自己를 먼저 너어 달나 하더니 먼저 演壇에 나가서 내가 釜山에서 한 말(約 한 時間 半동안 한 말)을 全部 고대로 한마듸 빼지 안코 다 하고 잇다. 同行 中의 다른 이가 눈이 둥글하야 나를 보고 "저이가 問題는 다른 것을 가지고 方 先生이 할 말슴을 미리 다 하고 잇스니 方 先生은 나종에 무슨 말슴을 하실나오" 한다. 事實 큰일낫다. 只今 와서 演題를 고칠 수도 업고 그가 당장 하고 잇는 말을 그만두랄 수도 업고 망설거리고만 잇다가 내 차레가 되야 演壇에 나가서 臨時應變으로 다른 말을 하느라고 한 苦生하엿다.

그다음 江景에 갓슬 때 "여긔서도 당신이 그 말슴을 할 터이면 나는 아초붓터 다른 演題로 하겟소" 하엿더니 "아니요. 千萬에…… 論山서는 저절로 그 말이 작고 나왓지…… 오늘은 안 그럴 터이니 그냥 그 演題로 하라" 하는 고로 釜山서 하던 그 演題를 붓첫다. 그랫더니 왼걸 이 분이 또 먼저 나서서 내가 한 時間 半이나 할 말을 고대로 精誠스럽게 하고 계신다. 열 時 三十分이나 되야 간신히 그 말이 씃낫기에 나는 남은 時間도 업지만 어이가 업서서 壇에 나아가 인사만 하고 그만두어 버렷다.(이상 117쪽)

巡廻講演에도 자칫하면 이런 喜劇이 생기는 것이라고는 當해 본 사람 아니면 아모도 짐작하지 못할 것이다.

### ◇ 작고 내미는 머리

論山 講演을 마치고 ― 七八日 後 ― 그 길의 最終地 講演을 마치고 論山 人士의 要請에 依하야 回路에 다시 論山에 나렷슬 째는 論山서 첫 번 講演을 드른 人事가 만히 出迎을 해 주섯다. 그러나 나는 참말 文字 그대로 忽往忽來하는 터이라 반가히 인사해 주시는 이들의 數만흔 氏名과 얼골을 一一히 記憶해 낼 재조가 업서서 누구거나 나를 아는 체해 주는 이에게는 덥허노코 머리만 작고 숙여 答禮하엿다.

그런대 出迎 나와 주신 여러 人士 中에 村老人 가튼 이 한 분이 帽子를 벗고는 인사를 하고 도라섯다가는 다시 도라서서 또 하고 또 하고 그저 작고 몃 번 햇는지 모르게 帽子를 恭遜히 벗고는 허리를 숙인다. 나도 처음 三四回까지는 無心코 처음 맛나는 인 줄 알고 答禮하엿스나 七回 八回 작고 하닛가 "저이가 무슨 까닭으로 저러케 인사를 작고 하는고" 하고 속으로 퍽 異常히 녁이고 잇섯다. 그랫더니 旅館에 案內되여 드러가 안즈닛가 거긔까지 쪼차 와서 인사를 하고는 또 하고 하고는 잠간 잇다가 또 하고 한 다섯 번이나 하는 고로 "저이가 압만해도 尋常치 안은 이이지" 하고 생각하야 그때붓터는 그이가 인사를 할 적마다 우슴이 터저나오는 것을 억지로 참으면서 答禮를 그와 가티 정성스럽게 자조하고 잇섯다.

그랫더니 論山 人士 中의 한 분이 "方 先生님 그분이 죽어도 머리는 안 깍는다던 이인대 몃칠 前 方 先生이 처음 오섯슬 때 講演 말슴을 듯고 그 이튼날로 곳 머리를 깍것담니다. 그리고 오늘 方 先生이 또 오신다닛가 저러케 차저와 뵙는 것이람니다" 한다.

그제야 나는 그가 自己의 깍근 머리를 좀 보라고 帽子를 벗고 고개를 내 눈압헤 드리민 것임을 짐작하엿다. 그러케 여러 번 고개를 내밀어도 머리 깍근 것을 얼는 알아드리지 못해서 그이가 몹시도 안탁가워햇슬 것을 몹시 未安히 생각하엿다.

그 후로 그이는 熱心으로 洞里人에게 머리깍기를 권하엿다 한다.

### ◇ 두 演士가 한 講演

全 朝鮮 各地 어느 곳에 가서던지 꼭가튼 問題로 꼭가튼 말을 하든 것이 黃海道 長淵에 가서 中止 命令을 밧엇다. 勿論 中턱에 한창 聽衆들이 긔운이 나서 들먹거리는 판에 中止를 當하엿다. 某氏가 釜山서 단 한 번 듯고 論山서 고대로 외여 옴긴 講演이라 同行 누구던지 내가 하는 말을 고대로 외일 수 잇는 것이라 내가 中止를 當하자 내 다음에 나아가는 演士와 귓속을 하야 自己 講演은 그만두고 내가 中止한 거긔서붓터 하랴다 못한 말을 그로 하야곰 대신 계속해 하게 하엿다. 그리하야 나는 中止를 當하엿스나 結局 두 사람이 덤벼서 그 講演을 完成식히고 만 것이다.

中止식이고 간 警官의 나종에 말하되 가튼 말을 하는 데에도 내 聲音이 남을 激(이상 118쪽)動식여서 大端 危險하다고 하드란다.

## 童話 壇上 珍談

壇上에서 童話를 口演할 째는 俗된 말로 가장 능청스럽게 하야 우슨 童話를 할 째는 어린 聽衆을 배가 압흐게 웃기고 슯흔 이약이를 할 째는 몃百名 聽衆을 울려야 童話를 들니는 效果가 잇다는 것이다.

무슨 事件報告하듯키 이약이 줄거리만 죽—죽 이약이하여서는 아니 하는 便이 낫다는 것이다. 그래서 童話口演이란 굉장히 힘이 드는 것이다.

내가 맨 처음(十年 前) 京城에서 童話口演이란 것을 맨 처음 할 때 天道教堂에서 「難破船」이약이를 하엿더니 그날 왼終日 울고 안젓는 少年을 두 사람 본 일이 잇섯지만은 今年 봄에 梨花女子普通學校에 끌니여 가서 全校學生에게 「산드룡이」 이약이를 할 째 엽헤 느러 안저 계신 男女 先生님이 각금 얼골을 돌니키고 눈물을 씨스시는 것을 보앗다. 그러나 그째 學生들은 벌서 눈물이 줄줄 흘너 비단저고리에 비 오듯 하는 것을 그냥 씻지들도 안코 듯고 잇섯다.

그러다가 이약이가 산드룡이가 어붓어머니에게 두들겨 맛는 구절에 가니르자 그 만흔 女學生이 그만 두 손으로 숙으러지는 얼골을 밧들고 응— 응 — 맛치 喪家집 哭聲가치 큰소리로 응 응 소리치면서 一時에 울기 始作하엿다. 엽헤 잇는 先生님들도 니러나 呼令을 할 수 업고 나인들 울녀는 노앗지만 울지 말나고 할 재조는 업고 한동안 壇上에 먹먹히 섯기가 거북한 것은 姑捨하고 教員들 뵙기에 민망해서 困難하엿다.

### ◇ 小便 벼락 騷動

鎭南浦 二年 동안이나 졸니우다가 가서 童話를 하는대 入場料 밧는 童話會 것만은 그 큰 天道教堂이 꽉 차고 들窓 밧게도 세 겹 네 겹 둘너서서 듯는 盛況이엿다.

아래층에는 十六歲 以下의 少年少女만 드리고 二層에는 婦人네만 들이여 아래층도 웃층도 그야말로 콩나물가티 조여 안저서 팔짓하나 할 수 업슬

지경이니 小便이 急하여도 엥간한 勇氣를 가지고는 베집고 나갈 재조가 업는 형세엿다.

슯흐고 무섭고 자미잇는 이약이가 점점 佳境에 드러가서 울다가 웃다가 아슬아슬하야 손에 땀이 흐르게 되여 그 만흔 聽衆의 숨소리 하나 들니지 안케 緊張되여갈 때 突然히 二層 맨 압 턱 끗에서 아래層 빽빽히 안즌 聽衆의 억개와 머리 우에 쓰거운 소낙비가 좌르르르르…….

期於코 婦人席에서 失禮한 이가 生긴 것이엿다.

이와 近似한 이약이가 또 한 가지 잇스니 童話 때가 아니요 講演 때엿섯다. 全羅道 益山에 갓슬 때 益山座에서 講演을 하난대 아랫層은 男子席 우층은 婦人席으로 定한 것이 上下層 모다 滿員이 되얏다.

"희한하게 오늘은 女子가 만히 왓스니 婦人네 覺醒될 말슴을 만히 해달나"는 附托도 잇고하야 特別히 말을 쉬웁게 하고 또 자미잇게 하엿다. 그랫더니 婦人席(이상 119쪽)인 우층에서 더 拍手를 만히 하난대 한창 신이 나서 拍手를 할 때 별안간 婦人席 바로 밋層에서 騷亂한 소리가 나면서 聽衆이 와― 하고 니러나 노아서 不得已 나는 말을 中止하고 그냥 壇上에 섯섯다. 알고 보니 우層에서 婦人네들이 熱狂하야 拍手할 때 젓먹이 어린아기가 한 사람 아래層으로 써러젓다는 것이엿섯다.

### ◇ 逃亡가는 演士

定州郡 內 數十 少年團體의 聯合會 主催의 少年問題 講演 及 童話會가 잇서서 定州 古邑 五山學校 講堂에서 하로밤을 치루엇더니 五山普通學校에서 "아츰 열한 時 車로 떠나시기까지에 學校에 오서서 全校 學生들에게 有益한 말을 해 달나"는 말슴이 잇서서 朝飯을 急히 식혀먹고 五山 講堂으로 가서 이약이를 하는 中인대 하다가 時計를 보니 발서 열한 時라 그냥 急히 뛰여나가도 늦기 쉬운 時間이엿다. 이약이는 씃으로 結末이 조곰 남엇슬 뿐이나 다 하면 늣겟고 못 가면 安州 講演이 狼狽 되겟서서 이약이 씃도 안 맛추고 校長과 敎員들께 인사도 못하고 講壇에서 이약이하다 말고 그냥 미친 사람처럼 냅다 뛰엿다. 듯기에는 심심한 이약이나 이약이하다 말고 인사도 업시 帽子도 안 쓰고 뛰여 다라나는 내 꼴을 보는 사람들에게

는 그보다 더 우스운 일이 업섯슬 것이다.

### ◇ 오좀 싼 演士

小便을 흘닌 이약이가 나면 내가 平生에 닛처지지 안을 일이 잇스니 京城 〈現代少年俱樂部〉와 京城圖書館의 兒童部 일로 同館 兒童館에서 童話會가 열녓는대 가 보닛가 少年少女가 半 婦人네가 半 집이 좁아서 안지를 못하고 모다 서서 잇섯다.

슯흐고도 용감한 이약이를 시작하야 거의 두 時間 老婦人들까지를 울니고 웃키고 하면서 이약이는 下半에 니르러 漸漸 佳境에 드러갓는대 境隅[316] 모르는 小便이 便所에 갈 생각을 재촉하난대 이약이는 結末이 조곰 남엇슬 뿐이라 한참 자미나는 판에 아모리 생각해도 演士가 "便所에 좀 갓다 와서 繼續하겟소"할 수는 업서서 그냥그냥 참으면서 간신히 긋을 맛추엇다. 演壇에서 나려오기가 무섭게 主催측의 사람을 차저서 "便所를 어데로 가오. 便所요" 하면서 뛰여나가느라니 워낙 講堂이 터지게 빽빽하게 드러찬 聽衆을 헤치고 나가는 것이라 小便은 자못 急을 告하는대 나아갈 틈은 얼는 베집어지지를 안는다.

간신이 참으면서 門턱까지 베집고 저어갓더니 탈낫다. 뒤에 서서 좍좍─ 울면서 듯던 老婦人들이 남의 急한 事情은 모르고 압흘 막고서 "아이그 고맙슴니다" "아이그 그 불상한 아해를 나종에 그러케 잘되게 해 주서서 참말 감축함니다" 하면서 부처님에게 하듯이 合掌拜禮를 한다.

이 老人들이 이약이의 主人公의 불상한 身勢를 口演者인 내가 人心이 조와서 쓰트머리를 잘되게 맨든 줄 알고 잇다. 그것은 엇더케 요량을 하던지 自己네들 自由거니와 남의 急한 事情을 아러주어야지. 小便을 그냥 쌀 망정 남이 절을 하는(이상 120쪽)데 그냥 밀치고 다라날 수 업고 그러타고 "내가 便所가 急하니 갓다 와서 절을 하자" 할 수도 업고 七八人과 맛절을 한 後에 겨우 解放을 어더 案內를 따라 便所에까지 가기는 갓스나 벌서 半씀은 中間에서 흘니엿다.

---

316 '境遇'의 오식이다.

## 雜同散異 珍談

여러 해 전 巡廻 때의 일이다. 開城 黃州 中和를 거처 平壤 南山峴禮拜堂에서 한 時間 十分 동안의 講演 내 딴은 熱辯을 吐하고 나닛가 異常한 일이지 聽衆들이 閉會 後에도 흐터저 나아가지 안코 가만히 서서 演士를 보고 잇고 一部의 聽衆은 洋服한 이거나 學生服 닙은 이거나 감투만 쓴 老人이거나 우루루 壇上으로 몰녀 올너와서 인사를 한다. 그런대 夏期放學 째이라 그 더운 날에 그 큰 教堂에 꽉 드러찬 그 만흔 사람에게 한 時間 十分이나 악을 쓰노라고 내 全身은 洋服이 물에 빠젓든 사람처럼 흠빡 땀에 저저 잇섯다. 壇上에 올너와서 인사를 하고 에워싼 모르는 이들이 主催側은 저켜노코 그들이 "에그 옷이 이러케 저젓쇠다그려. 저 밧그로 싀원한 대로 나아가십시다" 하야 흐터지지 안흔 群衆을 헤치고 門밧그로 몰고 나간다. 나가 보닛가 놉흔 地帶라 果然 싀원한대 엽헤 섯는 老人 한 분이 "자 버스시오" 하고 땀에 저즌 洋服저고리를 벗긴다.

그것이 넘어 싀원하엿던지 感氣가 들어서 이튼날은 旅館에 누어서 알엇다.

巡廻 나슨 演士가 咽喉가 부어서야 될 수 업서서 하는 수 업시 갓가운 病院에를 갓더니 醫師가 몹시 親切하게 보아 주면서 몃칠 동안 목을 쓰지 말나고 懇勸하면서 自己도 엇저녁 講演 듯고 感謝햇노라고 藥價도 밧지 안는다.

旅中읫 사람에게 藥價를 밧지 안아 주는 것은 고마운 일이나 巡廻 演士에게 목을 쓰지 말나는 것은 正히 退去 命令이다.

醫師의 말도 不拘하고 압흔 목으로 또 하로 講演을 치루고 身熱이 甚한 몸으로 定州를 드러가 亦是 旅館에 누어 알엇다. 그날 밤의 定州 講演은 公立普通學校 運動場에서 宏壯한 盛況裡에 얼녓는대 알타가 끌녀나가서 約 時間半(運動場에서 하는 講演이라 목에 힘이 드는 품이 몃 倍 더하다) 한창 重要한 句節을 소리칠 째에 싯뻙언 피가 코에서 쏘다지기 시작하엿다. 피가 흘너서 말을 하는 대로 입으로 흘러 드러가고 발서 흘너나린 것이

흰 린네루 洋服 압가슴에 새빩앗케 무덧다. 그러니 말하다 말고 그냥 다라날 수도 업고 코를 막고 하자니 목소리가 크게 나지 안켓고 그래 手巾으로 작고 씨처 내면서 繼續햇드니 所謂 熱血을 쑤리면서의 絶叫이엇다.

말이 씃나자 여덜八字 大將 수염 난 司會者가 壇에 올나스더니 첫마듸가 聽衆을 向하야 "엇덧슴닛가" 한다.

무엇이 엇더냐 하는 말인고 하니 "드러보니 얼마나 有益하고 긔운이 나고 精神이 깨이느냐" 하는 말이다. 그러더니 그 다음 말이 더욱 傑作이다.

"드러보닛가 엇더냐 말슴이야요. 여러분은 반듯이 이런 생각을 가즈실 줄 암니다. 엇더커면 우리도 이러한 족하나 동생이 잇슬 수 잇슬가 하고요. 그(이상 121쪽)럿치 안슴닛가?"

自己는 講演을 듯고 하도 조하서 自己 心中에 깃븐 그대로 天眞스럽게 한 말이지만은 이보다 더 우스운 失策이 다시 업슬 것이다.

司會者의 傑作은 數업시 만치만은 이런 일이 쏘 하나 잇섯다. 京城 漢江鐵橋 건너에 잇는 某 靑年會 主催의 講演會에 우리 社의 婦人 記者까지 演士로 招請되여 갓섯다. 나는 먼저 마치고 나려왓고 그다음에 婦人 演士가 登壇하야 女性의 天職을 여러 가지로 말하야 새 時代에 處하는 女性으로의 가저야 할 覺悟를 말하엿다. 그 말이 마치자 四十여歲의 司會者가 부즈런히 登壇하야 "참말 그럿슴니다" 하고 입을 열엇다. "참말 그럿슴니다. 婦人들로 말슴하면 참말 한 달에 한번씩 避치 못할 男子와 다른 事情이 잇슴니다."

이 司會者가 무슨 생각으로 婦人의 月經을 이약이하는지 모를 일이엿다. 婦人 演士는 한마듸도 그런 말을 한 일도 업고 그런 일을 聯想케 할 말을 한 일도 업것만은 이 고마운 司會者가 "참말 그럿슴니다" 하고 그 말을 한 德澤에 生覺지 안튼 무안을 當하고 말엇다.

이러케 되면 演士는 먼저 司會者를 觀相할 줄 아는 智識을 가저야 할 것이라고 나종에 도라와서 압흐도록 우섯다.

獨逸서 도라오신 博士 李 某 先生이 晉州에서 講演을 할 때 婦人네라는 말을 할 때 女便네라고 하엿다가 婦人席에서 한 女人이 니러나 "女便네라는 말을 取消하고 고처 하시라"는 抗議를 밧아 卽席에서 取消를 하고 다시 말을 繼續하엿다고 하는대 나는 地方에 가서 童話나 或은 兒童問題 講演을 하다가 京城 말을 聽衆이 못 아라듯는 일이 잇서 困難한 일이 잇섯다. 例하면 平安北道에 가서 "새장"이라닛가 少年들이 못 알아듯고 갑갑해 하는 눈치인 고로 "새색기를 잡아너어서 길느는 그릇을 여기서는 무어라 하느냐"고 무르닛가. "도롱이요" 한다. 도롱은 "鳥籠"이란 말이다. 慶尙南道에 갓슬 때는 갓난아기의 오줌 밧어내는 俗稱 기조기를 못 알아듯고 "살두둑이"라 하여야 알아듯는다.

이래서 晉州에 가서 講演을 할 때 안 무러보아도 조흘 것을 여긔서는 색씨들을 무어라 하느냐고 講演 前에 미리 물어보앗더니 "각씨"라 한다 하기에 그것을 긔억해 두엇다가 演壇에서 婦人席을 가르치면서 "각씨들이" "각시들은" 하고 작고 각씨들 각씨들 하엿다. 말을 맛치고 나오닛가 主催者側에서 "方 先生이 작고 婦人席을 가르키면서 각씨 각씨하여서 혼이 낫습니다. 각씨라는 말은 남의 집 婦人을 가르치는 敬語가 아니고 들씌여노코 '젊은 녀편네들'이라거나 아니면 네 마누라 내 마누라 하고 弄談할 때에 내 각씨 네 각씨 하는 것인대 方 선생께서는 婦人席을 손가락질을 하면서 한두 번도 아니고 작고 각씨들 각씨들 하는 통에 抗議가 나올 줄 알고 혼이 낫습니다" 한다.

演士질도 좀처럼 容易한 것이 아니라고 우리는 두고두고 우섯다.

才談 모르는 사람이 우스운 記事를 提供한다는 셈이 이러케 변변치 못한 것이 되고 말엇다. 달니 자미잇는 記憶이 만히 잇스나 그중 웃킬 이약이만 골른 맵시가 쓰면서도 이러케 심심할 바에는 이만만 하고 그만두는 것이 낫겟다.(이상 122쪽)

## 高古懷, “(文壇探照燈)劉天德 君의 「수양버들」”, 『동아일보』, 1930.11.1.[317]

今年(十月) 十三日『東亞日報』(第三千五百十五號) 四面「어린이 페이지」에 실린 鐵山 劉天德 동무님의「수양버들」은 大正 十五年 四月號『新少年』六十四 頁에 실린 것입니다.

◎ 수양버들(賞)[318]　윤복진

압냇가에버들님 당신머리는
어찌해서그럿케 풀고섯나요
아버지어머니가 죽엇슴닛짜
× × ×
아버지어머니가 죽어스면은
머리를풀고서는 울터인데요
어찌해서그럿케 춤만춤닛가

『新少年』誌에 실닌 것은 이와 갓고 윤복진의 原作입니다. 윤복진 氏는 故鄕이 大邱이신 尹福鎭 氏인 줄 압니다. 그리고 劉天德 君의「수양버들」

---

317 원문에 '海州邑 高古懷'라 하였다.

318 윤복진의「수양버들」(賞)(『新少年』, 1926년 4월호, 64쪽) 원문과 상당히 다르다. 원문은 다음과 같다.

수양버들
압내가에 수양버들
아버지가 죽엇는가
어머니가 죽엇든가
긴머리를 풀고섯네
× × ×
압바엄마 죽엇스면
머리풀고 울터인데
철이업서 그리한지
머리풀고 춤을 추네 (이상 全文)

은 아시는 바와 가티 이럿습니다.

냇가에 버들님 당신머리는
어째서 그렇게 풀고잇나요
아버지 어머니 죽엇습니까
◇
아버지 어머니 죽엇으면은
머리를 풀고서 울터인데요
어째서 그렇게 춤만춥니까[319]

尹福鎭 氏의 童謠는 七, 五, 七, 五로 써 노흔 것을 劉天德 동무는 그것을 다시 三, 三, 五로 쓰게 되엇습니다. 그러고 잇다금 조곰씩 곳첫스니 萬一 尹 氏의 童謠를 剽窃치 안헛다면는 至今은 가을입니다. 진가을인데 이런 말하기는 어려우나 時節을 마추어 쓰는 것이 普通이지 웨? 至今 수양버들에 對하야 쓸 때가 아닌 것을 가을에 썻겟습니까. 尹 氏의 童謠는 수양버들이 自己 世上이 되어슬 때 즉 봄에 지은 것이오(四月이닛가 봄이 확실합니다) 劉 君의 「수양버들」은 옴겨 써스닛가 가을에 한 줄로 생각합니다. 그러나 이것은 或 筆者가 좀 어리석은 말이라 하야도 不可치는 안슴니다. 사람으로 가득 찬 이 世上에는 좀 가튼 글이 업지는 안켓지요. 筆者는 이 글을 써 노코는 自然히 울고 십습니다. 끗끗내 創作에 힘써 주기를 빌고 筆者는 이것으로 붓을 놉니다.

---

319 鐵山 劉天德의 「수양버들」(『동아일보』, 30.10.13) 원문은 다음과 같다.

수양버들

냇가에 버들님 당신머리는
어째서 그렇게 풀고 잇나요
아버지 어머니 죽엇습니까
◇　◇
아버지 어머니 죽엇으면은
머리를 풀고서 울터인데요
어째서 그렇게 춤만춥니까 (이상 全文)

## 柳村, "(文壇探照燈)「아츰이슬」—作者로서", 『동아일보』, 1930.11.2.[320]

筆者는 偶然한 機會에 『每日申報』 十月 卄五日附의 少年文壇欄에서 「아츰이슬」이라는 童謠를 小白山下 金復洙라는 이름으로 發表된 것을 發見하게 되엇슴니다. 그런데 童謠를 製作하는 作者나 또는 童謠에 關心하는 讀者는 十月 九日附 『朝鮮日報』에서 洪淵波의 이름으로 發表된 「아츰이슬」의 童謠를 記憶하시리라고 밋슴니다. 萬若 記憶치 못하신다면 그 日字의 新聞을 펴 드르면 아르시겟슴니다. 卽 그 「아츰이슬」이라는 童謠의 原文을 紹介하면 이럿슴니다.

> 풀숫헤 매진이슬
> 바람에 동글동글
> 햇살에 쌘짝쌘짝
> 어제밤 잠못자든
> 별들의 눈물인가
> 한밤을 슯히울든
> 귀들이 눈물인가

그리하야 이 「아츰이슬」이라는 童謠 一篇이 完全히 一聯一行一字의 틀님이 업시 金復洙라는 이름 알에에 『每申』 少年欄에 移植된 것으로 發表順의 日字를 보아 疑心 업시 金 君의 剽竊이라 아니할 수 업게 되엇슴니다. 이것이 細少한 일이며 또한 年弱한 少年의(筆者는 金 君을 少年 推測으로 하얏슴니다) 行動이라 容恕하고 默認해 둘 問題로 探照燈까지 올릴 必要는 업다고도 생각하얏슴니다마는 그러나 年少할스록 將來가 遙遠하야 보다 만은 光明과 幸福의 未來를 가진 初學의 少年으로서의 일을 그냥 置之

---

320 원문에 '鎭川 柳村'이라 되어 있다. 유재형(柳在衡)의 필명이다.

度外한다는 것은 斯道 發展上으로 보아 移植者의 將來를 爲하야 또는 筆者의 發見햇다는 責任感的 良心이 許치 안키에 事實 金 君에게는 未安한 일이지만 數字로 摘發하는 것입니다.

그런데 이 剽窃 問題와는 좀 다른 말입니다마는 「아츰이슬」이라는 童謠는 實狀인즉 筆者의 拙作입니다. 그럿타고 洪 君이 剽窃햇다는 것은 絶對 아니고 向日 『朝鮮日報』에 投稿한 것이 編輯人의 不注意로 因하야 洪淵波의 名義로 發表된 듯합니다. 여긔에 對하야는 世上이 公認할 만한 物的 證據를 갓지 못햇습니다. 하나 이 글이 發表된 後 筆者와는 未知의 洪 君으로부터 아무 異議가 업스면 筆者의 이 말이 事實인 것을 讀者 여러분은 밋드시겟습니다. 金 君에게 未安하면서도 붓을 들게 된 것은 이곳에도 한 原因이 잇섯든 것입니다. 結局 이럿케 써 놋코 보니 自家廣告 갓습니다만은 決코 不純한 마음으로가 아니고 事實 展開가 좀 데리케-트하게 되어서 두어 字 적습니다.

## 柳雲卿, "童謠 童詩 製作 展望(一)", 『매일신보』, 1930.11.2.

主로 少年文藝運動者 圈內에 屬할 사람들과 및 그들의 作品으로서 내가 能히 評할 수 잇는 程度의 것이면 一括하여 적어 보려 한다. 내가 文藝 其他를 보는 法이 항상 그럿치만 처음부터 어느 자리 잡힌 童謠 詩人의 것이라고 特別히 생각지도 안코 또 無名 詩人의 것이라고 特別히 偏愛하지도 안는다. 다만 내가 作品을 通하야 그 作者의 天分을 엿보고 思想을 엿보고 情熱을 엿보아 能히 作家거나 詩人으로 認定할 사람은 몃 마듸 짓거리겟고 그럿치 안은 사람은 抹殺하든지 또는 抹殺하는 理由를 적든지 하겟다.

여기서 取扱할 材料는 少年文藝運動者 圈內에서도 童謠의 形式이나 童詩의 形式으로서 世上에 發表된 것을 主로 할 것이다. 이 部類에 關한 文藝理論 其他 論文 製作에 對하야는 다른 날 論及할 餘裕를 두고 또 각금 잇는 外國童謠나 童詩의 飜譯에 對하야는 이 機會에 言及할는지 모르겟스되 미리 決定하기 어렵다.

나는 少年文藝運動에 對하야 因緣 업는 사람이다. 짜라서 이것에 關한 論評을 試驗할 自信도 充分치 못하다. 또 다만 少年文藝運動에 關해서 뿐안이라 成人文藝에 對하야서도 完全한 門外漢이다. 이것은 事實이다. 일즉이 二三篇의 小詩形을 世上에 發表한 적이 잇스나 그것이 文藝인지 무엇인지도 모르겟고 또 事情上 完全히 文藝와 親할 因緣도 업섯기 째문에 말하자면 이러한 職業과는 등진 生活을 하엿다. 그리하야 지금까지도 나는 이 文藝를 좀 더 硏究할 處地에 못 노이엇다. 元來부터 이러한 것을 하여보련 생각도 업섯것만 일부러 부탁하는 編輯者의 請에 싹하다고나 할가.

그러나 다시 한쪽으로 생각하면 門外漢은 門外漢으로 一家見이 잇는 것이다. 文壇圈 內에 잇는 사람들이 한 집안 안에서 복색이는 것보다 좀 멀니 써러저서 바라보는 사람의 忠告도 드러서 害롭지 안을 것이다. 그럿타고 이 글을 굿하러 망난이의 작난 격으로 쓰려는 것은 안이요 내 싼은 가장 眞摯한 態度로 取扱하려고 한다.

생각컨대 童詩 童謠界에 對한 聰明한 批評家가 업는 것 갓다. 二三 거기 對한 文藝理論家라 名目 지을 사람이 잇다. 그러나 그들은 直接 作品을 對象 삼고 批評하는 사람이 안이다. 지금 朝鮮의 童謠 童詩 製作界는 좀 亂痲的이다. 作者는 어중이써중이 만코 그 新聞 雜誌에 發表되는 數효도 수월치 안컷만 낡어서 제법 感興하는 것이란 왜 그럿케 드믄지 그중에 天分 잇는 作者나 쏘는 將來에나마도 그리한 싹을 보여 줄 作者가 잇나 하고 눈을 부븨고도 덤벼도 언제든지 絶望이다. 우리가 보면 모든 것이 붓대 작난이다. 熱이 업다. 貞操가 업다. 詩 한 편을 가슴에 품고 물이나 불로 뛰여들 眞實이 업다. 물결 싸르는 거품 가튼 作品이 너머도 만타. 바람을 쏫는 닙사귀 가튼 藝術이 너머도 만타. 보다가 증이 난다. 머리 골치가 압흐다. 원! 이 싸짓것도 글이라고 時間 勞力을 퍽々 損害 내며 우리에게 밧치는 것인가! 하게 된다. 좀 잠자는 靈魂이 벼락 마즌 놈가티 感激이 되여에라 이왕이면 부서라 할 만큼한 것이 잇서야겟는데 그럿치 못하다.

첫대 原因으로 新聞雜誌의 投稿 濫載가 그 하나이다. 실상 新聞 雜誌社의 事務도 特別히 이 方面에 對한 專門的 擔任者를 두기는 어려운 것이다. 대개는 學藝部의 一隅에서 구박 맛는 處地로 取扱되는 것은 事實이로되 그러타 하드라도 좀 더 이 方面에 常識 잇는 사람을 골나 맥길 수는 업슬가. 그 新聞이나 雜誌社에 相當한 者가 업슬 째 이 方面에 關한 專門家에게 맷기어서 取扱케 할 誠意는 업슬가. 揭載의 標準이 업다. 作品이 얼만하야 新聞이나 雜誌에 실녀서 괜찬흘 것인가. 文句의 鍛鍊된 품이 思想的 根據가 한 개의 作品으로 容認된 水準 우에 올낫는가. 반다시 美文麗句를 말하는 것은 아니다. 그러나 너머도 낡기에 粗雜하다. 너머도 非文律이다. 童謠를 쓰는 全部가 童謠가 안이다. 童詩를 쓰는 全部가 童詩가 안다.[321]

321 '안이다'의 오식이다.

## 柳雲卿, "童謠 童詩 製作 展望(二)", 『매일신보』, 1930.11.5.

朝鮮 內에서 發行되는 日刊 朝鮮文 新聞이 네 個가 되고 거기 發表되는 作家가 만타. 그러나 은제든지 失望이다. 落膽이다.

揭載가 無定見이매 烏合卒的 作家의 跋扈도 여간 아니다.

어린애들 稚戱에도 못 밋츠는 作品이 特別한 取扱을 밧어 當々히 大活字로 發表되엇는가 하면 三四日 後에 同一한 作品 어느 구석에 백혓는지를 모르게 폐지 멕구임으로 利用될 때가 잇다. 이 無定見이 무엇을 뜻하느냐. 이 無節操가 무엇을 뜻하느냐?

一定한 코쓰가 업시 進行된다. 一定한 統帥가 업시 제멋대로 굴너간다. 이 亂行에 讀者는 作者를 疑心하고 新聞 雜誌의 權威를 疑心하고 나아가서 少年文藝運動 全部를 疑心한다. 어린 싹 돗는 귀여운 少年들은 이 俗惡한 먼지 속에서 갓득이나 말는 靈魂을 萎縮식힌다. 病이다. 疾患이다. 俗化다.

이러구도 한낫 聰明한 批評家가 必要치 안으냐. 이럿케 빗두러 간 코쓰를 붓잡을 批評家가 必要업느냐. 單純한 文藝理論家가 必要치 안은 바 아니다.

그러나 우리는 한 篇 小詩形에서 能히 作家의 全人格的 基調를 차저내고 한 줄 글귀에서 能히 作家의 天稟과 思想을 차저내일 만한 明敏한 頭腦의 批評家가 그립다. 이러한 批評家를 가짐으로 말미암아 混沌된 少年文藝運動은 그 샘물갓치 淸新한 氣息을 바더들일 것이고 썩어저 가는 기둥을 바루잡게 될 것이다. 잘못 들엇든 길이 한낫 聰明한 批評家의 存在로부터 바로잡어질 수 잇고 모래속에서 참다운 金剛石을 차저내일 수 잇는 것이다. 이것을 바란다. 이러한 批評家가 眞正으로 그립다. 나오느라 偉大한 批評家! 너는 은제든지 길 일흔 羊들의 牧者이다.

내가 이 方面에 批評家를 기다림이 이러하다.

그러나 압말이 너머 길어젓다. 이제부터 各人의 批評으로 들어가자.

지금 내게는 이 批評을 쓰기 爲하야 必要한 資料의 蒐集이 容易한 일이 아니다. 그것을 쏘차다니며 모을 餘暇가 첫대 업다. 그럿치 안트라도 처음부터 이 方面에 留意햇스면 모르겟것만 그럿치도 못하고 닥치는 데로 손에 잡히는 데로 눈에 쎄우는 데로 발에 채우는 데로 내 붓대 우에 잡히어 나올 것이다. 元來부터 나는 門外漢이다. 門外漢임으로 無智는 先聞 놋코 뎀빈다. 짜라서 나에게는 두려울 것이 업다. 門外漢이니 童謠 詩壇에 面보아 말 못할 事情도 업다.

---

**柳雲卿, "童謠 童詩 製作 展望(三)", 『매일신보』, 1930.11.6.**

○

맨 먼저 손에 잡히는 것이 『별나라』 第四卷 第九號 — 拾月 臨時號이다. 全卷을 通하야 詩 두 편 童謠 세 篇 쏘 하나 童謠인지 무엇인지 分間 못할 것 한 篇 應募欄의 아홉 篇 等의 詩形 製作.

金炳昊 君의 「農村少年行進曲」과 朴芽植[322] 君의 「농촌에서」 두 편이 詩의 分類에 屬할 것이어서 童詩 童謠의 領域에서 取扱할 것이 아니다.

「銀河水」 韓晶東 君의 作이다. 童謠다. 그것은 이러타.

×

가을밤의은하수
　　한울님편지
두루마지 옴근폭
　　보다긴 편지
한울님 남쪽쯧헤
　　북쪽쯧닷네
누구에게보내는
　　편지인지요

---

322 '朴芽枝'의 오식으로 보인다.

크고적게갓득이
　　써노흔글자
반짝반짝빗나서
　　별이람니다.
　　×

이 作者는 그 想을 살니우는 手法이 은재든지 同一하다. 同一하기 때문에 變化가 업고 變化가 업기 때문에 單調할 것 갓흐되 決코 이 作者의 作에서 單調를 늣길 때는 업다. 이 作은 銀河水를 편지로 보고 편지에 쓰인 글字를 별이라 한 것이다. 新味는 업스리라. 이미 李太白의 "靑天一張紙"[323] 갓흔 有名한 句가 잇서 얼마큼 聯想作用을 주기 때문이다. 그러나 이것을 純全히 童謠의 形式으로 우리에게 보여 준 것은 오로지 作者의 功이다. 게다가 그 着想과 아울너 成句의 運用과 目的이 純全히 彼我가 다르다.

이 作者는 이미 한낫 童謠作家로서 容認할 만한 사람이다. 이미 手法에 잇서서 一家가 되엇고 그 足跡에 잇서 이미 긴 歲月을 지나왓다. 아마 내 記憶으로는 朝鮮에서 純全히 童謠의 形式으로 詩作을 第一 만히 發表한 이가 이 作者인 것 갓다. 그럿컷만은 우리는 아직도 이 作者를 童謠界에서 그럿케 重要한 存在갓치 생각이 안 된다. 그 理由가 무엇인가. 첫대 作者는 아무 理論을 갓지 안엇다. 아직도 一家見이 업다. 다시 말하면 童謠를 낫키는 하되 거기에 對한 硏究가 업다. 따러서 思想도 업다. 思想이 업지 안트라도 의리는[324] 그 思想이 무엇인지 모른다. 이것이 이 作者로 하여곰 優秀한 作品을 가지고도 한갈갓치 쓸々한 足跡을 보여 주는 크다란 原因이 안일가 하고 생각한다. 思想을 내여노아라. 理論을 내여노아라. 그리하야 民衆의 압헤 그대의 全 存在를 審判식혀라. 讀者는 作者의 思想을 알므로 그의 人格을 理解함으로 作品을 信用하고 作品을 생각하게 되는 것이다. 作者가

323 이태백(李太白)의 시 "五老峯爲筆 三湘作硯池 靑天一張紙 寫我腹中詩"의 한 구절이다. "오로봉 봉우리를 붓으로 삼고 삼상의 강물을 연지로 삼아 푸른 하늘 한 장의 종위 위에다 내 마음에 품은 시를 옮겨 쓰리라"란 뜻이다.

324 '우리는'의 오식이다.

아무 말이 업슬 때 讀者는 한갓 疑心하고 作品을 對하는 것이다. 그러나 한쪽으로 생각하면 이것은 한갓 同 君의 失策에만 돌닐 것도 아니다. 一般 文壇에서도 얼마나 同 君에게 對하야 冷靜하엿든지 모른다. 좀 더 謙虛한 마음으로 남을 容納하기에 인색한 그들은 실로 제 발등의 불을 꺼 가는 것이 무엇보다도 聰明한 方法이라는 것을 누구보다도 더 잘 알기 때문이다. 실상 그러한 것이 決코 聰明한 것이라고 할 수 업는 일이엇만 —— 比較的 理論을 세우기도 어려운 것이 童謠이다. 우리에게는 실로 優秀한 童謠를 나어 주어도 그것만도 적지 안흔 功勞다. 만약 여기 그런 이가 잇슬 때 그에게 다시 理論까지도 要求하는 것은 過重한 負擔을 씨우는 것일는지도 모른다. 그러나 엇제랴. 지금 우리에게 잇서서는 누구나 다 가티 한 사람이 두 사람 세 사람 乃至 몃 十人 몃 百人의 차지를 맛허서 해내이지 안으면 안 되겟는 것을…….

---

## 柳雲卿, "童謠 童詩 製作 展望(四)", 『매일신보』, 1930.11.7.

나는 항상 韓 君을 爲하야 愛惜하는 것이 하나 잇다. 이것은 차라리 말하지 안는 것이 올흘지도 모르겟다. 그러나 나는 말하지 안코 못 견듸겟다.

그 언제인가 韓 君의 應募童謠 「소금쟁이」로 말미암아 世間에서 云謂하게 되엿슬 때 韓 君의 辯明이 몹시 模湖햇든 것을 記憶한다. 나는 지금 거기에 對한 眞理를 追求할 熱心도 興味도 업다. 다만 그때에 韓 君이 엇지하야 좀 더 分明한 辯明을 하지 안엇나. 地獄이라도 괜찬타. 天堂이라도 괜찬타. 이왕 싸홈의 線 우에 나섯슬 때 全心全力을 다하는 것이 人生의 本質이다. 생각컨대 同 君은 그때에 아마 若齡[325]이엇스리라. 그러나 엇지

---

325 '弱齡'의 오식이다. '弱齡'은 "弱年"과 같은 말로 "젊은 나이"라는 뜻이다. 일본어에서는 "若齡"이라고도 쓴다.

햇든 正直은 自己를 公衆의 압헤 내어놋는 唯一한 道德이다. 禮節이다. 이 道德을 無視할 때 이 禮節을 직히지 아니할 때 公人으로서 世上에 슬 아무 權利가 업는 것이다. 그럿컷만 그때의 韓 君은 무엇이 그럿케 하게 하엿는지.

이러한 些少한 失責도 要컨대 韓 君의 地位를 名聲을 몹시 험 내이엇던 것을 생각할 수 잇다. 내가 압서 讀者가 作者를 疑心한다는 文句도 이런 것에 聯想되어 나온 말인 것 갓다.

엇지햇든 그것은 些少한 過失이다. 그러나 그것이 韓 君의 存在에 對하야 큰 흠이 되엿든 것도 틀님업는 事實이다.

실상 나도 韓 君을 생각할 때마다 지리한 記憶이 머리를 들고 나를 꽤 不快케 한다. 지리한 것을 全然히 몰낫든 것이 훨신 나엇슬 것이다.

그러나 이런 것은 여기서 새삼스럽게 묵은 힘을 베집어 내는 내가 苛酷한 사람이 될는지 모르겟다. 君의 지난 동안의 足跡을 볼 때 훨신 謙虛한 마음의 所有者 갓고 훨신 隱忍自重하는 態度를 取하는 것 갓다. 設或 한 번 그런 失策이 잇다 하드래도 그 後에 數만히 發表한 同 君의 作品이 훌륭히 君의 稟才를 證明하고 남을 것이라 생각한다.

---

**柳雲卿, "童謠 童詩 製作 展望(五)", 『매일신보』, 1930.11.8.**

却說 ——

압서 引用한 韓 君의 童謠에서 보듯키 七五調를 使用하엿다. 이 七五調는 항상 端雅라든지 溫慈라든지 하는 形容詞를 쓸 수 잇는 感情을 노래하기에 適當하도록 君은 使用한다. 실상 君의 作에서 지금까지 激越이라든지 放奔이라든지 하는 말로 形容할 수 잇는 感情을 노래한 것은 내 記憶 갓하서는 別로 업슬 것 갓다.

이 童謠에 담은 感情은 어듸까지든지 다숩은 感激, 고요한 詠嘆, 이것은 다시 말할 것 업시 富貴를 갓촌 보담 더 幸福스런 家庭에서 썸과 菓子로 길리어 난 어린애(실상 朝鮮에 이런 애가 얼마나 되랴만은)들이 달 밝은 밤에 서늘한 바람 부는 뜰에서 한울에 남쪽에서 北쪽으로 걸린 銀河水를 보고 고개짓하며 억개 겻고 부르기 조흔 童謠다. 이것이 조타. 실상 이런 童謠가 조흔 것이다. 생각컨대 이런 幸福感 속에서 이런 노래를 부를 수 잇는 아해를 한 아해라도 더 가지면 그만큼 의리는[326] 幸福된 겨래이오 춤출 族屬인 것이다 —— 여기까지 오는 동안에 나는 스사로 感情이 激하여지는 것을 늣긴다 —— 엇지햇든 君의 作風으로서 價値를 갓고 잇는 것이다. 여기에는 아모 다른 主張도 어다. 아무 다른 意見도 업다. 다만 이런 作品이 우리에게 도로혀 苦痛(!)을 밧고 도로혀 쓰라린 反感을 갓게 하는 오늘 우리의 處地가 딱할 쑨이다. 心思날 쑨이다. 君의 作風으로 하여금 金剛石 가티 빗나게 하는 社會가 되라. 族屬이 되라. 要컨대 君의 作風은 君이 지금까지 거러온 그 經路에서 充分히 說明할 수 잇드키 藝術至上主義的 色彩를 多分으로 씌우고 잇섯다. 이런 名目을 씨우는 것이 輕妄하다고 할 때에 적어도 우리의 現實을 無視한 態度를 取하여 온 것만은 事實이다.

그러나 사람에게는 素才라는 것이 잇다. 氣質이라는 것이 잇다. 君으로 하여금 이미 저러한 作風을 갓게 한 君의 環境은 君에게 이미 不可抗的 힘을 뵈인 것이로되 君이 한풀 勇敢히 生과 死를 賭하는 態度로 君이 듸ㅅ고 섯는 바 地盤을 좀 더 날카롭게 凝視함으로 말미암아 반다시 君의 作風에 새로운 빗과 힘을 가저오리라고 생각한다.

그러나 이것은 或時 "生殖할 수 업는 石毎"에게 對하야 生産하기를 바라는 바가 되지 안는다고 할 수 업슬 것이다. 생각컨대 君은 훨신 聰明한 者이요 謙虛한 者 갓다. 君은 君의 "素才에 適合하기에 애쓰는" 者이며 "氣質에서 버서나는 愚稚"는 犯하려고 하지 안는 者인 것 갓다. 이러한 길을 밟는 것이 쏘한 聰明한 길이다. 가비야운 傾向 轉換은 도로혀 만흔 境遇에 作風의 劣惡을 가저오기 쉬웁고 藝術 感興의 墮落을 보여 주는 때가 만흔

326 '우리는'의 오식으로 보인다.

것이다. 이것도 구지 個有의 發達을 爲하얀 나는 바라는 바가 아니다. 君은 君에게 가장 適合하다고 밋는 길을 것는 것이 무엇보다도 올타. 다만 모든 것은 社會에서 決定하는 것이다. 우리의 正義가 決定하는 것이다. 이것 以外에 아무것도 君에게 要求할 權利는 업다. 君의 作品이 맛참내 보기 실흔 沒落을 가저오든지 쏘는 빗나는 役割을 할는지는 지금 내가 斷言하야 말할 수 업다. 다만 나는 君에게 君의 周圍를 좀 더 冷靜하게 삷힘으로 말미암아 君의 地盤을 똑々히 凝視함으로 말미암아 君에게 지금까지 업섯든 새로운 世界가 펼처지리라는 것만 말한다.

「갈닙배의 꿈」 同 君의 作이다. 그의 첫 聯

×

등근달 소사오는
　　은빗강우로
푸른듯 감실감실
　　잘도가누나

×

銀河水와 同一한 感情的 步調와 傾向에서 되엿다. 調子도 亦是 七五調 압서 銀河水에서 批評한 말은 이 作에서도 다시 할 수 잇다.

---

### 柳雲卿, "童謠 童詩 製作 展望(六)", 『매일신보』, 1930.11.9.

「우리 옵바」 孫楓山 君

이 이의 姓啣을 내 記憶에서 차저내일 수가 업다. 그러나 우리는 「우리 옵바」를 닑어 보자. 그의 첫 聯

×

우리옵바 얼골은
　　괴로운얼골
날마다 지는해

바라보시며
뒷동산에 올나가
울고옵니다.
×

여기서 作者가 한낫 憂鬱한 存在를 거리어 내려는 意圖를 우리가 짐작할 수 잇다. 따러서 여기에는 달콤한 꿈의 그림자가 업다. 哀傷하기 조화하는 兒女子의 엷은 憧憬도 업다. 가슴에 삽분히 안기어 들 甘語가 업다. 쓸々하다. 그러나 우리는 그 다음 聯으로 옴기어 가자.

×
우리옵바 마음은
외로운마음
밤마다 잠안자고
편지만 써서
그리운 동무에게
보낸답니다
×

이 聯에서 더한層 分明히 우리는 作者가 意圖하는 바를 깨닷게 된다. 次々 우리의 가슴을 흔들어 노흐려는 現實의 눈물 어린 告白이 詩人의 엿보는 目標로 向한다. 그러나 다시 우리는 셋째 聯으로 옴기어 가자.

×
우리옵바 입술은
감옥문이죠
하로종일 긴종일
말문을 닷고
안젓다 누엇다
책만 봅니다
×

여기까지 와서는 作者가 그리려는 人格이 이미 들어난다. 이것은 決코 幸福스런 環境에서 자라난 富貴公子도 아니다. 享樂과 淫逸을 꿈꾸고 빗나는 人生의 青春을 노래하는 "꿈의 아들"도 아니다.

이 人生은 沈鬱한 青春이오 苦悶과 눈물을 두 억개에 질머지고 受難의 險路를 허위적어리며 가려는 人生이다. 이런 人生에게는 우숨이 업다. 이런 人生에게는 즐거움이 업다. 자나깨나 밋친 夢遊病者가티 두 눈이 멀둥멀둥하여 먼 산이나 바라보고 한숨이나 쉬고 冊이나 드려다보고 하는 人生이다. 이런 青春은 그의 家庭에서 한낫 거세인 存在이고 "幸福을 分與"하고 "幸福을 分與 밧을" 수 업는 人間이다. 憂鬱한 存在는 이미 한낫 苦惱의 象徵이다. 그러한데 더군다나 가슴에 쎕아버리기 어려운 슬픔을 붓안엇슴이랴! 이 人格은 이 "個人의 幸福"을 흐르는 물 우에 던진 者이오 一身의 榮慾을 짓밟버 버린 者이다. 그의 가슴에는 한낫 커다란 感情이 잇다. 사랑이 잇다. 이 感情의 쏫을 이 사랑의 쏫을 世上에 燦然히 한낫 스파크가티 피우지 안코는 은제든지 눈물의 아들이다. 아니다. 여러 가지 말을 제처노코라도 이런 個性의 存在는 이미 저런 感情을 품지 안코는 못 견된다. 우리는 맛참내 맨 씃헤 聯으로 가자.

×

우리옵바 생각은
　　집버릴생각
이世上 이대로
　　둘수업다고
가을바람 지터지면
　　가신답니다

×

맛참내 作者가 意圖하는 全人格은 들어나고야 말엇다. 그 人格의 全 存在란 至極히 簡單하다. 다만 한마듸 "이 세상 이대로 둘 수 업다고" —— 이것이다. 이것이 이 簡單한 말 한마듸가 우리로 하여곰 尊敬케 하고 우리로 하여곰 仰慕케 하고 우리로 하여곰 信任케 하는 것이다. 이러한 人格을 우리의 눈압헤 볼 째 우리는 그의 옷소매를 붓잡고 목 맷친 소리로 하소연하여야 할 것이고두[327] 굿기는 소래로 원망 석거서 응석바지라도 하여야

---

327 '것이고'에 '두'가 불필요하게 더 들어간 오식으로 보인다.

싀원할 것이다.

이 作은 全卷을 通하야 가장 優秀한 作에 屬한다. 手法에 잇서서 想을 살니기에 어색하지 안코 發想의 適度가 어울넌다. 다만 흠이 잇다면 아직도 作者의 修練은 그렇케 만치 못한 것 갓하서 作品에 떠도는 情熱이 좀 더 高度로 쒸엿스면 조흘 것이엇만 그럿치 못하다. 그리하고 또 한 가지 지금 朝鮮에서 童謠를 쓰는 이가 대개 그러한 모양이지만 詩型에 잇서서 어느 定型된 字數로 짓는 것 갓다. 이 作品도 어김업시 七五調를 쓴 것이 아니라도 그래도 亦是 七五調로 쓰다가 엇절 수 업는 곳에서 破調햇다. 대개 詩作의 初期에 잇슨 作者가 發想의 "依支써리로" 이런 定型 詩形을 利用하는 모양인데 그것이 자칫하면 天稟 적은 作者의 一種의 情熱의 隱遁所가 되기 쉬운 것이다. 그리하야 讀者는 은제나 이 單調한 詩形에 倦怠를 늣기는 것이다. 우리는 새로운 感情을 絶對로 必要로 하는 同時에 새로운 詩形도 絶對로 必要한 것이다.

---

**柳雲卿, "童謠 童詩 製作 展望(七)", 『매일신보』,** 1930.11.11.

「방아간」 朴世永 君

作者의 意圖만은 取한다. 그러나 이 意圖를 完成식히기에 作者는 너머도 熱心이 적다. 다시 말하면 作者가 너머도 感興업시 썻다.

×

고요하든 이마을은
　　요란해저서
눈만감고 드러보면
　　서울갓지요

×

하는 이 "눈만 감고 들어보면 서울 갓지요" 하는 句는 俗句에 屬한다. 항상 그럿치만 한낫 藝術品을 完成식힐 때에 作者의 意圖라든지 感興의 充分히 作品 우에 들어나지 아니할 때 設或 作者의 思想을 充分히 理解하드라도 또는 人格을 充分히 新任하드라도 讀者는 그 作者에게 對하야 一種의 藝術的 欺瞞(?) 늣긴다. 이것은 항상 功利主義的 立地에서 藝術을 쓰려는 사람들에게 잇서서 特히 注意할 것이라 생각한다. 作者와 作品이 別個의 물건이 되여서는 안 된다. 作品이 作者의 살이며 고기가 아니여서는 다시 말하면 한낫 作品을 쓰기에 그 作者의 全 存在的 意義가 들어 잇지 안으면 안 된다.

생각컨대! 이 作者에게는 일즉이 훨신 優秀한 作品을 가즌 적이 잇섯든 것을 내가 記憶하고 잇다. 그것을 發見하게 될 때 다시 말하기로 하고 그만 둔다.

다음에는 應募童謠 아홉 篇이 잇섯스나 붓잡어서 批評할 것이 업섯다. 이곳에서는 우리는 다시 한 번 그 雜誌 編輯者의 識見 업슴을 말하지 안을 수 업다. 좀 더 原稿를 活字로 맨들기에 嚴格하라. 너머도 雜誌 맨들기에 急하지 말라. 먼저 雜誌 編輯者는 民衆이 讀者가 더구나 누구보다도 험 업는 어린이들이 自己들을 信任하고 尊敬하는가를 알지 안으면 안 된다. 一動一靜이 곳 讀者의 心理에 影響을 주는 것을 생각할 때 白刃을 밟은지 언정 行動을 가비야히 할 것이냐.

쯧흐로 이 雜誌를 덥흐랴고 할 때 오히려 應募童謠 아홉篇 中에 李基友 君의 「되강약」 한 篇이 우리의 現實을 뵈여 주는 點에서 한번 읇고 지나갈 必要가 잇슴을 생각한다. 아즉 批評은 그만두고…….

×

오늘해도 쓸々히
　　너머감니다.
알는엄마 머리를
　　집허보아도
감자밥은 안찻고
　　냉수만 찻네

×

압흔가슴 참으며
생각하여도
잡수려는 약한첩
못사드리고
된장으로 국쓰려
노앗담니다
×
그래도 압길바라
죽지는 못해
혹시나 아버지가
도라오시나
날마다 지는햇님
세여둡니다

---

**柳雲卿, "童謠 童詩 製作 展望(八)", 『매일신보』, 1930.11.12.**

다음은 『별나라』 第三卷 第四號 ―― 어린이날 記念號 ――

全卷을 通하야 하나토 보잘것이업다. 韓晶東 君의 「卒業날」과 「新入生」의 두 편 童謠와 童詩라 冒頭 쓴 朴芽枝 君의 「애기의 마음」과 「우는 애기 자는 애기」가 잇스되 韓 君의 것은 技巧에 잇서서도 駄作이거니와 想도 別로 云謂할 것이 못 되고 朴 君의 童詩라 한 것은 "어린애의 귀엽음"을 노래한 成人의 作品이지 少年少女가 가즐 것이 아니니 이곳에서 取扱할 것도 아니다. 應募詩謠 일곱 篇은 압서 말한 號보다는 훨신 才氣의 빗나는 作品이 잇섯스나 아직 投書家의 境域을 버서나지 못하야 쏘한 이곳에서 取扱할 것이 못 된다.

다음은 同誌 第四卷 第五號 ── 三週年 記念號 ── 總詩形 製作 열篇 中 朴世永 君의 「出家者의 一生」과 李慶孫 君의 「봄 停車場」 두 篇을 든다. 다음에 敍景 小詩形으로 池壽龍 君의 「저녁의 벌판」이 可憐한 맛이 잇섯스나 아직도 努力할 餘地가 만흔 作者로서 일홈만 들어 두고 먼저 朴君의 「出家者의 一生」을 檢討하자. 童詩나 이 作은 全篇을 낡고 난 뒤에 다시 한 번 題目을 생각할 때에 題目이 좀 內容에 比기어 흐린 感이 잇다. 決코 말 못할 駄作도 아니로되 出家者의 一生을 거리에 내기에는 너머도 小詩形이엇든지 또는 이만한 詩形 속에 出家者의 一生을 두다려 너허서 充分할 만큼 달구어 낸 緊張된 作品이 못 되든지 엇지 햇든 作品을 通讀한 뒤의 讀者에게 一種 未練이랄는지 未洽이랄는지 하는 感情을 갓게 하는 作品에 틀님업슬 것 갓다. 그러나 이 作은 이 作으로서 내버릴 수 업서 이곳에 몃 마듸 짓거리지 안을 수 업다.

一의 敍事詩形이다. 따라서 스토리가 잇다.

×

그 사람의 일홈을 무엇이라고 부르는지 세상에서 아직도 모르되 봄이 되면 한번식 차저오다가 요즈음에는 차저오지 안는 이가 잇다. 그이가 고향을 떠나간 지는 삼년인데 고향을 주먹질하고 떠나갈 때에 마을 사람들은 코우슴으로 그를 보냇다. 二十三年 前 그이가 일곱 살 적에 억게에 숫곰배추 열무가지를 걸치고 서울 장안 거리거리를 팔나 다니엇다. 어느 날 몹시 치운 날 언덕길에 밋그러저 상처를 내이고 닭 울 제 먹은 밥도 다 내리어 빗틀거름으로 "배추드렁사우──" 하면서 지날 때 어느 집 마나님이 불넛다. 대문에 드러스자 왼 일인지 몸이 썰리고 입살이 새파래서 마치 비틀거리는 병아리갓티 되엿다. 長竹을 물고 나오든 主人영감도 깜작 놀나고 왼 집안이 그를 보고 놀난다. 젓먹이 장사치가 왼 일인가 해서 ── 물건 사고 물건갑도 치르고 난 뒤에 주인 영감은 "벅아 찬밥이나 듸여 주어라." 그러나 그는 썰면서 "실습니다. 밥은 실혀요." 써는 거지가 생각나서 이가티 말햇다. 그는 그 집을 나오기는 하엿지만 배곱흔 걸 생각하니 그대로 먹고 나올 걸 ── 이럿케 생각하엿다. 그는 열두 해 동안 한갈갓티 서울을 드나들엇다. 거리에서 신작로에서 그의 잔뼈는 굵어젓다. 그러면서 그는 학교가 그립어 남몰래 눈물을 지엇다. 참아 배호고 십다는 말은 늙은 아버지를 도라다 볼 때 참아 입 박게 나오지 안이하엿다. 그러나 그의 마음은 불덩이 갓하서 오냐 나는 못 배혼들 뒷사람들이 나 갓흐면 불상하리라 하여 고향에 도라와 호미 괭이를 들고 밧흐로 논으로 해를 보냇다. 오냐 나는 죽든말든 우리 동리엔 학교를 세워야겟다 —— 그는 남은 것을 다 팔아서 학교를 짓고 스스로 목은순, 미쟁이, 목수, 별々 일을 다햇다. 지여 노흐니 마을은 환하여지고 아해들은 하나식 둘식 모혀 왓다. 학교에 일만 잇스면 그는 압장서서 애썻다. 오리 박 십리 박 군데군데서 모여드는 아이들 —— 지금은 크다란 학교가 되엿다. 그러나 학교의 아버지 — 그는 이 동리에서 살지 못하고 주림에 못 견듸어 떠나간다. 개고리가 어둔 밤을 쩔넝〰 흔들 때 그의 그림자는 어슬렁어슬렁 학교 압흘 지나간 뒤로 해마닥 한번식 올 쑨이엇다. 허지만 지금은 영 나오지 못하고 학교는 날로 커 가것만 이제는 그를 아는 이란 하나토 업고 다만 은젠가 슬픈 소식이 전해 왓다 —— 그이는 삼층 삭대이에서 벽돌을 진 채 떠러저 죽엇다 —— 그러나 눈물 흘리는 이 조차도 업섯다. 그 사람의 일홈은 무에라 부를까. 그러나 깨어진 학교의 窓만 두 눈을 쑴벅이고 잇다.』

---

**柳雲卿, "童謠 童詩 製作 展望(九)", 『매일신보』, 1930.11.13.**

먼저 우리는 이 作品을 닑을 때 作者가 무엇을 意圖하고 썻는 것을 생각하지 안으면 안 된다. 이 作은 技巧로서 決코 讚揚할 것이 못 되고 手法에 잇서 決코 爛熟한 境地에 못 니르럿다. 그러나 우리는 이 作者가 이 作品을 通해서 무엇인지 우리에게 보여 주려고 애쓴 자최가 잇슴을 看破할 수 업다. 아니다. 그것만이 이 作品의 唯一한 價値다. 그것은 무엇이냐. 다른 아모것도 아니다. "出家者"다. 一의 開拓者며 一의 十字架를 등에 지고 거러가는 受難의 "愚人"이다. 이것만이 오즉 貴엽다. 등을 기대고 안젓는 기동 뿌리가 밋둥에서부터 썩어저 가는 곳노래 사랑打令으로 무어가 무엇인지 모르는 바보도 만타. 이런 者를 우리가 仇敵視하면 다시 우리는 저런 存在를 엇지 對하여야 올흐냐. 그러나 우리는 가비야운 判斷을 내리기 前에 우리는 現實을 보지 안으면 안 된다. 그것을 作者는 우리에게 보여주려고 하엿다.

×

그사람의 일홈을무어라부를까.
세상엔 아느니가 아즉도업다네

×

이럿타. 이것만이 뚜렷한 現實이다.

처음 일홈 모를 그이가 일곱 살 적에 배추짐 질머지고 어느 집에 가서 밥 먹으라는 것을 拒絶하는 壯한 氣慨와 學校 공부가 하고 십되 事情을 도라 생각하고 꾹々 참는 情景과 뒤에 오는 사람들에게나마 갓흔 길을 밟지 안케 하기 爲하야 學校를 세우는 "뜻"과 맛참내 뜻을 이루기는 하엿스되 一身의 榮慾은 永々 업섯다 —— 이것이 이 作品의 耳目으로서 우리의 가슴을 울니어 노흐려는 것이다.

왜 우리는 그로 하여곰 社會가 그럿케 맨들엇슬가. 이것을 생각하여 볼 必要가 絶對로 잇다. 그로 하여곰 남이 갓는 幸福과 남이 갓는 榮華를 갓지 못하게 한 것이 무엇인가. 이것이 이 作者가 作品을 通하야 우리에게 냉기어 주려는 宿題이다.

그러나 우리는 이 作品이 한 개의 作品으로서 그의 意圖에 對한 使命을 다하기 爲하야는 아직도 만흔 缺陷이 잇슴을 생각할 수 잇다.

엇지하여서 반다시 일홈 모를 그이에겐 學校가 絶對로 必要하엿든가? 이것이 우리가 늣기는 크다란 疑問의 하나이다. 만약에 學校가 반다시 要求되는 것이라면 엇더한 學校? 孟子 曰 孔子 曰의 舊式學校? 國語, 朝鮮語의 新式學校? 여긔에 對하야 作者는 아무것도 解答이 업다. 우리는 덥허놋코 모든 制度에 對하야 叛旗를 들 必要도 업지만 또한 덥허놋코 모든 制度에 對하야 團扇을 들 絶對의 律도 업는 것이다. 더구나 詩人에게 잇서서는 一切가 그의 코에 맛취는 一切가 그의 聰明과 그의 놀나운 情熱에 依하야 반다시 統禦되고 指示되지 안흐면 안 된다. 흔히 만흔 境遇에 잇서서 旣成 制度가 詩人에게 잇서서 참기 어려운 拘束이며 참기 어려운 苦痛이 잇든 것은 詩人에게 絶對로 要求되는 眞理에 對한 情熱 때문이다. 이미

完全無缺한 世上에 稟生한 詩人이 잇다고 假定할 때 우리는 그 詩人의 運命을 限업시 부러워하지 안흘 수 업다. 그러나 조곰이라도 缺陷 잇는 社會에 나와서 오히려 旣成 規矩에 덥허놋코 服從하고 旣成 觀念에 덥허놋코 贊同한다면 나는 한낫 詩人의 聰明을 疑心하지 안흘 수 업다. 그의 感覺을 疑心하지 안흘 수 업스며 그의 情熱을 疑心하지 안흘 수 업스며 그의 良心을 疑心하지 안흘 수 업스며 그의 存在와 그의 人格을 疑心하지 안흘 수 업다. 먼저 누구보다도 가장 거짓 업시 날카롭게 眞理와 眞理 아닌 것을 區分하는 聰明을 키워라. 그리한 뒤에라야 一個의 붓그럽지 아니한 詩人的 存在로서 世上에 슬 수 잇다. 이러한 詩人의 存在라야 비로소 "世界를 通트러 가장 榮譽스런 存在"이며 그의 純潔과 情熱을 갓촌 點에서 "帝王者보다도 尊敬 밧을" 偉大한 存在인 것이다. 갑싼 야수꺼운 榮華의 노래쑨으로서 宮庭歌人으로서 桂冠詩宗으로서 一世에 들날니는 存在를 갓는 것보다 우리에게는 벌거벗고 社會의 惡과 싸화 피흘니며 일홈도 업시 가버리는 存在가 더 貴여운 것이다. 受難을 目標로 하는 生命! 그럿타. 그것은 오로지 가장 거짓 업는 情熱에서만 可能한 것이라 생각하기 때문에 우리는 詩人을 尊敬한다.

---

**柳雲卿, "童謠 童詩 製作 展望(十)", 『매일신보』, 1930.11.14.**

여기까지 니야기한 것이 作者를 苛責하는 뜻이 되면 바라지 안튼 바이다. 要컨대 이 作은 이 作으로서 相當한 缺陷을 가지고 잇다. 詩句를 좀 더 緊張하게 할 必要도 잇거니와 前後에 矛盾되는 곳이 적지 안타. "사람의 일홈은 무어라 부를까" 하는 句는

이 詩를 살니는 데 가장 큰 힘을 가젓다. 詩를 神秘化하고 詩를 傳說化하는 데 唯一한 힘이 된 것이로되 이 句節에서 훨신 써러저서 "그의 數千代

조상도 동리의 고목나무와 함께 자라낫섯고" 하는 대목과 또는 어렷슬 때 이 마을에서 자라나고 學校를 세우고 하든 긴 歷史를 생각할 때에 아무래도 첫 번 句와는 矛盾되는 것을 생각지 안이할 수 업다. 적어도 저러한 句를 살니려면은 좀 더 반다시 세상 사람이 그 사람의 일홈을 모르게 될 正確한 事實을 敍述하여야 할 것이다. 그리하야

**讀者**를 肯定식히지 안코는 맛참내 엇지하여서 "數十代 조상이 고목나무와 함께 자라고 어렷슬 때부터 여기서 자라나고 또 가지가지의 일을 하엿건만" 世上 사람이 그의 일홈을 모르게 될가. 이 事實을 平凡히 생각할 때 그것은 完全한 作의 缺陷이고 그럿치 안으면 이 詩로 하여금 훨신 힘 잇는 作品을 맨들게 하든 크다란 原因이 안일가 —— 이런 것은 要컨대 碎小한 缺陷이 될는지 모르겟다. 그러나 무엇보다도 압서 말한 "일홈 모르는 그이의 業蹟"에 對하야 좀 더 詩人的 情熱을

**必要**로 할 것은 勿論이다. 이 作에 對하야서는 이만큼 하여 두고 다음에는

「봄 停車場」 李慶孫 君 —— 으로 옴기어 가자. 全篇을 들면 이럿타.

×

개나리밧헤
철로간다. 푹-퍽- 푹-팍
붉은긔 퍼런긔 휘둘르는
검정사람
개나리밧은
밥지마라 붉은긔 퍼런긔
아랏다 푹-팍- 아랏다
푹-팍-
개나리밧헤
철로간다 푹-팍-푹-팍-

×

일즉이 "新派 歌劇團" 等은 世上에 發表하야 그 技巧로써 놀나운 品才를 우리에게 보여 준 이가 이 이다. 그의 "文字"를 驅馳하는 才華는 나는 朝鮮

에서 일즉이 두 사람을 보지 못햇다. 일즉이 우리는 素月의 詩人的 才華에 놀난 적이 잇다. 그러나 우리는 다시 한 번 이 作者의 詩才를 보고 놀나지 안을 수가 업섯다. 놀나는 것이 오히려 當然한 것이다. 그러나 우리는 여기서는 다시 한 번 世上의 인색을 생각하여 보지 안으면 안 될 境遇에 노히엇다.

---

## 柳雲卿, "童謠 童詩 製作 展望(十一)", 『매일신보』, 1930.11.15.[328]

남을 正當하게 認定하는 것이 그들에게 對하야는

**世界가** 좁아지는 것가티 생각하는 무리가 잇다. 우수운 노릇이다. 簡單한 眞理를 어리석은 偏狹으로 뭇질너 버리는 者들이다. 조흔 거름을 준 곳에 조흔 열매가 맷는다 —— 이것이다. 이것이 唯一한 眞理이다. 이 眞理를 모른다. 自滅은 제 몸에서부터 생기는 病菌 째문이다. 이것이 설다. 무엇보다도 이것이 설다. 누구에게 呼訴할 곳 업시 설다. 나에게는 이 作者를 爲하야 좀 더 正當하게 評價하여 주고 십흔 생각이 난다. 나에게 그러한

**力量이** 잇슬는지 모르겟다. 그러나 그러한 熱望을 것잡을 수 업다. 그러나 나에게는 그럿케 할 만한 資料가 업다. 그리고 이곳에서는 그것을 겨눌 境遇가 안이다.

「봄 停車場」에서 노래한 情操는 좀 明確한 말로 規律할 수 업다. 짜러서 이것을 그대로 어린이에게 닑히어서 얼마나한 效果를 들어내일는지 疑問이다. 여기에는 恒茶盤으로 쓰는 六五調, 八五調도 업고 擬人法도 쏘는 가비야운 詠嘆法도 쓰지 안이하엿다. 될 수 잇는 대로 激越하려는 感情을 죽이고 될 수 잇는 대로 凡然한

**情操를** 죽이엇다. 짧은 詩形에서 우리는 무엇보다도 詩人의 性情을 엿

---

328 11회부터 14회까지 글쓴이가 '柳雲鄕'으로 되어 있으나 '柳雲卿'의 오식이다.

볼 수 잇다. 이 判斷을 輕擧로운 짓이라고 생각 밧고 십지 안타. 압서 朴君의 童詩에 對하야 기다랏케 짓거린 말은 다시 뒤댓처 이 作者에게 對하야는 너머도 簡單하지만 또는 短少하지만 童謠의 句節에서 그의 말 우에 써도는 律調에서 우리가 充分히 엿볼 수 잇다. 그러나 이것은 詩人의 性情이다. 詩人의 感覺이다. 그의 聰明이다 —— 이것을 全部 合한 뒤에 우리는 무엇보다도 가장 힘세이게 要求되는 것이 잇다. 그것은 두말할 것 업시 "詩人에게 稟有된" 意志다.

---

### 柳雲卿, "童謠 童詩 製作 展望(十二)", 『매일신보』, 1930.11.16.

詩人에게 우리는 한낫 事業을 바라지 안으면 안 될 切實한 情狀 밋테 노이엇다. 詩人의 存在를 한낫 아름다운 쏫과 갓치 구경하려든 時代는 지나갓다. 아무것도 아니 하고 詩나 짓고 戀愛나 하는 것이 詩人의 全幅이어서는 안 된다. 누구보다도 먼저

**社會的** 良心을 把握하지 안으면 안 될 그들이다. 詩人의 짓거리는 모든 넌센쓰的 作品이 價値를 갓지 못한다. 적어도 오늘 世界에 잇서서는 그럿타.

여기에 노래된 感情이 明確한 意義를 붓칠 수 업느니만큼 이 童謠는 一般的으로 理解하기 어려웁게 되엿다. 싸러서 쉬웁게 親할 수 업다 —— 이것이 이 作品이 가즌 바 唯一한 價値라 하면 쏘한 다시 이것이 이 作品이 가즌 唯一한 缺點이라고 안이 할 수 업다. 過去의 詩人은 너머도

**民衆에**게 對하야 高慠하엿스되 새 時代의 詩人은 絶對로 그런 心性이 容恕되지 안는다. 이것을 쑷흐로 말하고 이 이에게서 지나가자.

싼말이 생긴다.

나는 讀者 諸氏에게 謝過할 것이 하나 잇다.

元來 이 原稿를 始作할 때 計劃 세우기를 될 수 잇스면 全 朝鮮 童謠 童詩界에 對하야 大小, 有名無名을 莫論하고 通트러 저러한 名目으로 世上에

**發表한** 사람에게 對한 批評을 試하려든 것이엇다. 그리하야 그 資料로서 『별나라』 『어린이』 『새벗』 『아희생활』 其他와 또는 各日 新聞을 通하야 發表되는 것도 모조리 取扱하려 하엿섯다. 그러나 이렇게 浩大한 計劃 밋헤서 멋턱대고 着手해 놋코 보니 意外에 努力을 만히 要求하게 되는 것인 것을 깨닷게 되엿다. 한 사람의게 對하야 좀 더 簡單히 批評을 加하엿스면 全部 取扱할 수 잇슬가. 그럿치 안코는 도저히 몃 十回쯤 가지고는 어림도 업다. 한 作者에게

**對하야** 좀 더 簡單히 하자면 마음이 노이지 안코 또 그럿치 안이하야 길게 쓸어가자니 첫대 이까짓 대수롭지 안이한 原稿를 한 新聞에 그럿케 오래 실닐 廉義도 업다. 무엇보다 나에게 時間이 업는 것은 말하지 안코라도 ──

나는 이 압흐로 不得不 이달에 發刊된 二三 少年雜誌와 또는 日刊 新聞紙 等에 發表된 數三 作者에게 對하야

**至極히** 簡單한 一瞥을 더지고 마음은 노이지 안치만 뒷 期約을 두고 부즐업슨 原稿를 더 오래 쓸지 안켓다. ＝ 妄言多謝 ＝

---

**柳雲卿, "童謠 童詩 製作 展望(十三)", 『매일신보』, 1930.11.18.**

『新少年』 第八卷 第七號 ― 今年 七月 一日 發行이다. 이 雜誌의 今月號가 冊肆에서 보이지 안키 때문이다.

幼年童謠라는 「앵도 두 개」 ― 살틀한 甘語를 방실방실 우서 가며 부를

수 잇슬 童謠다. 이 作品이 가지고 잇는 世界 幸福스런 幼年 사랑스런 幼年의 世界다. 짜러서 이 童謠는 將次 世界의 不義와 맛닥드리어 叛逆의

**燦爛한** 불길을 살니어 내기에 適當하기 爲하여서 爲先 그 心性을 至極히 純潔하게 키울 必要가 잇다고 생각할 째 이 作品의 意義를 肯定한다. 그럿치 안이하면 이 作品 亦是 一의 넌센쓰的 作品에 틀님업다. 솟곱질하는 어린누이들이 햇빗 밝은 映窓 엽헤서 잿갈거릴 째에 나는 이 童謠를 그 映窓 넘어서, 짜뜻한 아루목에서, 닑는다고 한다. 탁 어울닌다. 나는 이것을 조곰 曲調를 붓처 누이들에게 向하야 불너들니운다. 누이들은, 이

**童謠**를 쌀々거리며 듯는다. 그리고 "참 좃소…" 한다. 나도 웃는다 —— 이것이다. 이 以上 아무것도 아니다.

技巧에 잇서서, 서투르지 안타. 쏘, 그것을 무엇보다도 애쓴 자최가 들어나기도 한다. 第三聯

×

손등우에 궁굴닐가
귀에박어 엄마뵐가

×

이것에는 아무래도 微笑가 제절로 흘는다. 그리나 發想을 너머 궁국스럽게도 파고들엇다고 생각하는

**讀者가** 가 잇다면 쏘한 엇절 수 업는 노릇이다.

「호박쏫」 —— 旅人草 作 ——

技巧로서 매우 힘썻다. 이 點에서 嚴 君의 作과 그 價値를 同一하게 말할 수 잇다. 아니다. 用語의 巧妙한 點에서는 嚴 君의 그것보다 한층 上乘이다.

×

담부랑에 간드랑
호박쏫치 피엿네

×

호박쏫치 뱅-뱅
노란초롱이 뱅-뱅

동니개들 조타고
방방 짓는다

---

## 柳雲卿, "童謠 童詩 製作 展望(十四)", 『매일신보』, 1930.11.19.

×

이런 句節을 보드라도 이 作者가 얼마나 用語에 苦心하엿는지를 엿볼 수 잇다. 실상 이 作은 이 때문에 作의 價値의 太半을 功勞에 돌니지 안으면 안 된다. 무엇보다 우리글의 詩語로서 지극히 粗惡하다는 것을 안 사람으로서는.

그러나 이 作도 또한 내 마음을 香氣롭게 하고

微笑로써 對하게 한 그것 以上에 아무것도 업섯다. 내게 달큼한 嬌語로 덤비어드는 무엇이 잇슬 때 그것을 굿하여 미워 惡한 心性을 갓지 아니하엿지만 아직도 내 마음을 뒤흔들어 노흘 만큼은 못 되엿다.

×

「비온 뒤」 金炳昊 君 作

發想과 手法이 아울너 '컨벤슈널'하다. 좀 더 努力할 餘地가 만흔 作者이다. 詩句를 短縮식히고 더더 緊張식히라.

「검은 얼골」 申孤松 君 作

×

내얼골 검다고웃는놈봐라

×

이 作者가 말하려 한 것은 이 한 줄 句가 充分히

說明하고 잇다. 짜러서 뒤에 五行은 군부치 말이 되는 失敗에 도라가지 안는다고 할 수 업다. 含蓄이란 難解를 意味하는 것이 아니라는 말과 平易라는 多言을 말하는 것이 안이라는 것이 作者에게 알닌다.

「수염과 배」 朴麟浩 君

쌍님자의 수염에서도 憤怒를 늣기게 되엿다 —— 이것이다. 그러나 이 作은 題材를 取하기에 군졸하엿고 句結도 서투르다. 훨신 努力할 餘地가 만흔 分 ——

◇

「이상한 달나라」 韓晶東 君

×

잠간새 썻다지는
　　초사흘달은
누님의 눈섭처럼
　　곱기도하지

×

한풀 더 씻기워진 技巧의 맑음을 본다. 用語에 잇서 句結에 잇서 달과 가티 맑은 밤이나 그러나 도모지 이 作者의 가지고 잇는 이데올로기란 너머도 舊式이다.

「山에서 불은 노래」 梁雨庭 君 話[329]

"山에서 불은"이라는 이 "불은"이란 말이 서투루게 들닌다.

"불으는"하면 現在를 말하는 것이여서 獨逸語의 Lnfinitiv der Gegenwart에 屬할 것이로되 "불은" 하면 PlusQuamPerfekt(過去完了)에 屬한다.[330] "山에서 불느고 온 노래"의 뜻일 것이다. 後者의 意味를 가즌 것이라 하면 "불너진"이라든지 "불느고 온"이라든지 하는 훨신 詩的 音響을 가진 말이 잇다. "불으는 노래" 하는 것보다는 "불은 노래" 하는 것이 훨신 詩的意味로 보아서 緊張味 잇는 것은 勿論이다. 作者가 처음부터 이것을 意識하고 썻슬 것은 말할 것도 업것만 "불은"이 눈 서트르게 보이는 것은

329 '話'는 요(謠)의 오식이다.

330 'Infinitiv'의 오식이고, 독일어로 "과거완료"는 "Plusquamperfekt"로 표기해야 옳다.

아즉도 우리에게 이 文句가 익숙지 못해서 그런지?

一의 散文詩形이다. 그러나 詩로서 훌륭한 內在律도 緊張된 詩的 情調도 充分히 잇다.

×

아젓씨!

지금도 우리들은 나뭇단을 묵거 노코 쉬이다 서슬에 학교에 모혓서요.

왜? 우리들이 모히든

도래솔이 욱어진 잔듸밧우에 넙적한 바위밋 —— 우리들의학교말이애요.

부자ㅅ집 아희들이 글배우러 다니는 마실의 학교에서 여섯ㅅ재번 종소리가 들녀서 올쌤니다.

왜? 그전날 날마다

"애들아 시간이되엿다. 이리로 오너라" 하시며 아젓시가 우리들을 불너 모우든 그맘쌔 말이애요.

×

여기에 씌워진 흐트러진 詠歎 手法을 보아라. 그의 말하고 습허 하는 것을 아름다운 格調로 겨누는 것을 보아라. 이러한 詩句를 가지고 뒤밋처 作者는 한낫 悲劇을 노래하려는 씃이다.

×

아젓씨!

그들은 무엇짜위 우리들의 사랑하는 아젓씨 당신을 쌔아서 갓스며

왜? 여태쩟 아젓씨의 짜뜻한가슴을 우리들의게 보내주지안을가요?

×

우리들이 슬프게 슬프게 부르지 안이하면 안 될 現實을 作者는 맛참내 激情에 타는 心情으로 목소리 크게 불는다. 그것은 두말할 것도 업시 우리의 가슴을 振蕩하여 노코 말겟다는 意圖이다.

이 作은 이 作者의 作品 中에서 내가 지금까지 본 바에서 퍽 優秀한 作에 屬한다. 처음부터 純詩形으로 뎀비지 안키 때문에 句法에 齟齬함이 만타. 좀 더 詩語를 쓰일 구절이 만타.

"우리들" 틈에 빠진 "나무군 한 사람"이 맛참내 "아젓씨! 당신" 이란 말을

할 바에는 처음부터 아젓씨 당신을 좀 더 그립어하는 感情을 表現할 手法은 업슬가. 엇지햇든 이 作은 그 意圖에 잇서 表現에 잇서 作品으로서의 成功한 품이 퍽이나 우리의 가슴을 흔든다. 이 作에 對하야 숫업는 好感을 보내고 이 作者에게서 너머가자.

---

**柳雲卿, "童謠 童詩 製作 展望(十五)", 『매일신보』, 1930.11.20.**

「暴風雨 넘어로」 李聖洪 君 作

×

먹장갓흔 검은밤!
비!
바람! 비! 소리! 번개!
뢰성!벽력!
벼락소리 딱々딱그르르르르
저무서운 한울이 문허지려나보다
아이아이 문허지면 엇저노
天罰! 정말 天罰이라도잇스려면잇서보렴으나
그래도 우리야 무슨罪야잇나
아이 발서 짱조각은 갈너젓나보다
고목이 부러진다, 집이 쓰러진다
뒷집 별장이 업허진다 우리장ㅅ독을 업자노
물이다,
큰물이다 물이 밀녀온다,
방천이 트젓나보다

×

暴風雨 그대로의 激昻된 感情 —— 이것이 그대로 성낸 범이 怒號하듯키, 自由로운 調子로, 춤추며 웃쯀대며 우리의 가슴을 치고야 말녀 한다, 이 作이, 우리에게 힘찬 男性的 活氣를 보임은, 主로, 그 感情을 살니기에

巧妙하게, 쓰혀진 句 째문이다.

이럿케 요란스럽게 天地를 뒤업는 暴風雨는, 우리에게 무엇을 하려는가. 이 作者는 暴風雨갓치 성낸 마음으로 맛참내 讀者의 마음을 질타하려 한다. 그리하야, 最終句에 잇서서, 作者는 우리에게 보여 주는 것이 잇다.

×

내일먹을 병작답도 오날쎄엿다.
그래서 오날밤엔 모다 논두렁에서 모혀자기로햇단다
아! ××!
아!

×

그 技巧에 잇서 놀나온 手法을 보혀 준다. 그러나, 全體가 퍽 單調하기도 하다. 主로 作品이 가지고 갈 氣分을 同一하게 하려고 애쓴 자최가 들어나나, 여기에서는, 무엇보다도 問題 삼지 안이하면 안 될, 詩人의 感情이 너머도, 엷게 흘넛다. 다시 말하면 暴風雨의 째의 描寫는 잘되엿스나, 이 詩人은 이 場面에서 只今을 생각하엿는가, 늣겻는가, 아니 詩人은 무엇을 노래하려 하엿는가? 그것이 맨 끗헤 句가 아니냐 하고 反問한다면, 쌩々하다. 詩人의 感情을 좀 더 크다랏케 쏘다 노을 必要가 잇다고 생각한다. 엇지햇든, 그 健康스러운 氣息으로 말미암아, 讀者에게 퍽 愉快한 印象을 주는 것임에 틀님업다.

---

**柳雲卿, "童謠 童詩 製作 展望(十六)", 『매일신보』, 1930.11.21.**

『별나라』第五卷 第十號 —— 이달 치다.

싼소리다만, 나는 이 雜誌에 실닌 童詩를 通讀하고 全體에 對하야, 한낫 새로운 事實을 發見햇다. 메인 커렌트가 잇다. 다시 말하면 雜誌로서, 한낫 思想의

**旗幟**를 分明히 들엇다. 그것이 무엇일는지는 讀者가 親히 보고 判斷할 것이로되, 엇지햇든 雜誌로서, 이런 態度를 갓는 것은 一大勇斷이다. 여기에 낫하난 思想的 基調가 或時, 지금 全 世界의 事實일는지 모르겟다. 그러나 아직도 朝鮮에는, 새로웁고 바른 意識 以外에 삶과 잠고대의 思想的 殘滓들이 만타. 그리하야, 當分間, 그런 殘滓의 斷末魔的 存在는 또한 엇지할 수 업다. 그럴 때에, 이 雜誌가 압서 이런 態度를 取한 것은 慶賀할 만하다. 그러나 나는 아직

**詩謠** 以外에, 다른 것을 보지 못햇다. 따러서 그것까지에 對하얀 말할 수 업고…….

아직도, 雜誌로서는 저러한 宣言이 업다. 따라서, 이것이 意識的 行動인지, 또는 偶然한 成果인지는 斷言하기 어렵다. 그러나 모든 것은 한 곳으로 흐르는 것이다. 큰 바다다. 우리가 이것을 絶實하게, 바라는 것이니, 마참내, 모든 것이 그럿케 되고 말 것이다.

「대목장 압날 밤」 梁雨庭 君 作

어느 힘을 보히려 하엿다. 그러나

**句法이** 퍽 '이지'하게 되엇다. 다시 말하면 全篇이 휩쓸고 가려는 感情을 살니기에 너머도 '쎗상' 式으로 내려갈겻다. 詩로서의 조고만 格調의 美가 업고 싯뻙엇케 달니운 緊張味가 업다. 그러나 이 詩가 決코 含蓄味가 업다는 것은 아니다. 압서 「山에서 불은 노래」에 比하야, 훨신 써러지는 作이다.

「분한 밤」 李久月 君 作

×

우리학교 야학교
　　왜못하라늬
비가오나 눈이오나
　　씩々한동무

나날이 알어가는게
　　겁나는게지
　　×
여기에 낫하난 憤怒의 氣息을 보아라! 맥힐 것 업는
**感情의** 直寫는 그것이 그대로 讀者의 뺨을 후리는 것 갓다.
이러한 素朴이 이러한 端雅가 무엇보다도 우리에겐 貴하다. 이 率直이 우리는 맛참내 울니고 뛰놀게 하려는 때문이다.

　　×
우리학교 야학교
　　왜못하러늬
선생님이 낫부다고
　　돈이적다고,
알어〱 우리는
　　저희들배ㅅ속
　　×
얼마나 痛快하냐! 이러한 詩를 읇흘 때,
**諸氏는** 주먹을 冊床을 칠 만큼 피가 뛰지 안느냐.

---

**柳雲卿, "童謠 童詩 製作 展望(十七)", 『매일신보』, 1930.11.22.**

　　×
이분한밤 주먹쥔채
　　해저가겟늬
우리들 모은힘을
　　보여주작구
용감하게 싸워서
　　이겨보작구
　　×

至極히 短縮된 詩形이다. 달굴 대로 달구어 낸 詩形이다. 실상 이 詩形의 어느 한 줄을 쩨여 세우드라도 健康한 肉體가티 피둥피둥하다. 어듸든지 붓잡어 댕기엇다가 탕 노으면 거믄고 줄가티 아름다운 樂調를 내일 것 갓다. 그만큼 군말이 업시 洗練되엿다.

이 作者도 내게 當하여는 처음 보는 이다.

말하고 십흔 것을 맥힐 것 업시 充分히 보힐 수 잇는 만큼 鍛鍊되엿다.

이 作에 對하야 나는 讚辭를 드리고 넘어간다.

×

「허잽이만 밋다간」　木古京 君 作

×

허잽이만
　　밋다가
　　큰코다칠라!

×

허잽이가
　　무서워
　　참새는쫴도!

×

그놈의
　　손아귄
　　볏단채간다!

×

허잽이만
　　밋다가
　　큰코닷칠라!

×

이 作도 또한 健康한 氣息이 그대로 뛴다. 매우 鍛鍊된 筆致이다. 句法도 한씃 自由로웁다.

그러나 우리는 決코 "볏단채 가저가는" "그놈"의 存在를 몰나서 그냥 두는 것이 안이다. 決코 “허잽이” 이외의 다른 도적을 몰라서 그런 것도 아니다. 그 도적을 알기는 알되 엇더케 하여야 올흘는지 모르는 때문에 만흔 경우에 “볏단채 가저가는” “그놈”을 보고도 눈 멀둥〳〵 쓰고 잇는 것이다. 詩人의 눈은 여기까지 보지 안으면 안 된다. 그리할 때에 반다시 댐처 詩人은 “힘”의 노래군이 되고야 마는 것이다.

이 作者는 아직 거기까지 이르지 못햇다. 엇지햇든 지금까지 흔히 조각돌가티 발길에도 채이고 수레에도 짓밟힐 듯한 着想의 새로움도 업고 手法의 自由로움도 업서 그야말로 데굴〳〵 굴너다니는 듯한 만흔 作品 속에서 몃 안 되는 寶玉 속에 씨울 수 잇는 作이다.

「콩밥」 趙宗浩[331] 君 作

이 作도 또한 우리의 숨길 수 업는 現實을 보여 주려고 意圖한 點에서 볼 바가 만타.

×

우리누님 얼골이
　　왜저리검나
널판집 콩밥에
　　피가말넛죠

×

틀님업는 事實이다. 그리하야 이 事實은 決코 남의 니야기로 전하야 들을 것이 아니고, 당장에 自己가 일상 보고 니야기하고 하는 그 近隣에 아니 自己自身이 당하고 잇는 사실일 사람이 만타.

二聯의 至極한 小詩形이다. 그러하니만큼 充分한 感情을 펼 곳도 업지만 너머도 單純햇다. 句法도 새롭은 맛이 업다. 다만 着想의 大膽을 본다. 이것으론 좀 더 힘찬 노래를 갓고 습다.

---

331 「콩밥」(『별나라』 제5권 제10호, 1930년 11월호)의 지은이는 '趙宗泫'이다. '趙宗浩'는 조종현(趙宗泫)의 오식이다.

## 柳雲卿, "童謠 童詩 製作 展望(十八)", 『매일신보』, 1930.11.22.

◇

「징한 쏠 조흔 쏠」 李龍燮 君 作

取題의 自然스럽지 못한 것이 눈 띄워 보인다. 짜라서 環想도[332] 自然한 態度로 感情을 펴갈 수 업게 되엿다.

이러한 것에 依하야도 무엇을 表現하련 —— 그리하야 獨唱을 힘쓰려는 努力이 이러한 길을 밟게 하엿다면 作者를 爲하야 愛惜할 것이다. 그러나 詩人은 먼저 感情을 正當한 "움지길만"한 무엇을 붓잡지 안으면 안 된다.

무더운 녀름낫
　　감자밧매다
느러진 구렁이
　　징한쏠봣죠
점심때 길에서
　　정자밋헤서
배짜고 자는놈
　　징한쏠 봣죠
　　×

여기 "징한 쏠"을 한 것이 무엇을 일는지는 말하지 안트라도 알 것이다.

그리하야 이것이 자칫하면 自愛하기 甚한 젊은 作者라고 하면 이 作이 가지려고 하는 感情的 基調가 決코 억지의 것이 아니라고 하실는지 모르겟다. 그리하야 그럿키도 한 것이다. 그러나 우리는 맛참내 둘재 聯으로 옴기어 가지 안이할 수 업다.

　　×
서늘한 가을날
　　감자밧것다

332 '聯想도'의 오식이다.

커가는 감자의
　　조흔쏠봣죠
점심때 길에서
　　그늘밋헤서
조합일 의론하는
　　조흔쏠봣죠

---

**柳雲卿, "童謠 童詩 製作 展望(十九)", 『매일신보』, 1930.11.25.**

말하자면 結句가 너머도 朦朧하지 안을가. 좀 더 明快한 結末을 매즐 手法은 업슬가.

"커가는 감자"가 "조흔 쏠"인 것은 오히려, 엷은 語法이긴 하되, 그냥 보아 넘긴다 하드라도, "조합일 의론하는" "조흔 쏠" 이런 것에 이르러서는, 그 意味를 엇더케 取하여야 할지 그냥 作者와 함께 "조흔 쏠"로 바더 들일여도 괜찬코 또는 一種의 反語도, 解釋해도 괜찬다. 그러나, 압서 첫재ㅅ 聯에서 作者가 쓴 句節을 보면 決코 反語로도 들을 수 업다. 그러면 分明히 "조흔 쏠"일 것이로되, 이에 너머도 表現力의 微弱함을 말하지 안을 수 업다. 엇지 햇든 이 作者는 퍽 年少한 分인 것 갓다. 이에 부질업는 親切이 怒여움을 사면 바라지 안는 바로되 훨신 努力할 곳이 잇슬 것을 말슴드린다.

「밀ㅅ대 영감」　해강 君 作

一의 樂天家를 노래한 것이다. "부러지고 때쑥이 씐" 밀대 모자를 "바람 치고 눈 뿌려도 항상 쓰고" "잠잘 때면 퇴침 대신 베고자"는 그리고 "이말 저말 돌아다니며" "써덕써덕 일순들과 석겨 놀고" "뒤딸흐며 놀녀대도 성 안내고" "뒤로 살작거러가서 밀때 모자를 홀닥 벌겨노아도 예라 요놈 한마 듸 안 하는 영감"이다. 그리하야 "우리마을"에서는 "하루라도 업고 보면 우리들은 심々해서 못 견듸는" 영감이다.

憂鬱만이 必要한 것이 아니다. 그러나 樂天이라고 모다 조흔 것이 아니다. 때와 境遇를 짜러서 사람이란 그럿케 樂天家 노릇만 할 수 업다. 이 樂天家는 도대체 어듸 사람인가.

---

**柳雲卿, "童謠 童詩 製作 展望(二十)", 『매일신보』, 1930.11.26.**

그러나 밀대 영감이 "배알 속까지" 내여놋코 "비러먹는" 處地에서 저 홀로 "天民" 잇거나 가티 "樂天"을 하되 그리하야 作者는 이런 "바보"를 애써 노래하려고 가튼 "바보"의 짓을 할 듯하다가 그리해도 오히려 마음 못 놋켓는 듯이

×

그리해도 부자녀석
　　무서안코서
동네〳〵 대신하여
　　나선답니다

×

얌념가티 조곰 견듸렷다. 갓침맛이 돈다. 그러나 이 句節이 이 作에 잇서서 그럿케 重要한 것이 아닌 것은 作者도 알 것이다.

대체 作者는 무엇 때문에 엉거주춤하고 두 곳을 딋고 섯는가. 너머도 作者가 把握하고 잇는 意識이 몽롱하지 안은가.

作品을 通하여 보면 句節을 살니는 法이라든지 發想하는 것이 決코 初步의 사람도 안닌 것 갓다. 聯과 聯을 몰고 나가 作者가 意圖하는 것을 充分히 表現하는 것 가튼 것으로 보드라도 ——

그러면 그만큼 이 作者는 한 개의 作品 속에서 巧妙하게 自己의 立場을 흐리어 노앗다고 할 것이다. 그만큼 이 作者에게도 이런 態度를 갓는 것이 憤하다고 아니 할 수 업다. 엄 돗는 싹의 虫風害은 오히려 애처로움이나

잇다. 다시 새로히 북도다 줄 善意라도 생긴다. 이 作者는 좀 더 大膽하라는 것을 여기서 말한다.

×

다음은 同誌 應募 詩話 ――

×

「어데가 풍년인가」　朴福順 君 作

×

금년이 풍년이라
뉘가한말고
부자집 곡간이나
풍년이겟지

×

六行의 短詩形이다. 깁히 울니는 맛이 업스나 애써 꾸미려고 하지 안은 點이 조타

×

「가을」　洪鍾麟 君 作

×

풍년이야 들어도
　　배는골코요
밧바서는 날뛰여도
　　빗만진대요
굶고벗고 일한갑
　　빗이람니다

---

**柳雲卿, "童謠 童詩 製作 展望(二一)", 『매일신보』, 1930.11.27.**

고이춤에 손꼿고
　　장죽물고서

오락가락 논틀길
　　거니는××
일안해도 불은배
　　×××××
　　×

조타. 아직 이 個人的 憤怒가 아무것도 아니긴 하되 誠實은 여기서부터 出發한다. 才氣의 빗나는 것을 본다.

대체 이런 憤怒가 어듸에든지 잇지 안으냐. 우리가 입을 버리면 맛참내 이런 소리가 나오고야 만다. 三千里 곳々이 이 憤怒가 이 健康한 氣息이 그대로 커 가거라.

그 다음 吳京昊, 金春崗, 長吉, 南宮浪, 朴猛, 韓竹松 諸君의 作이 모다 健實하고 ᄭᅮᆷ임업는 點에서 볼 것이 잇다. 그러나 아직도 훨신〱 努力하시어야 할 것은 勿論이다. 크기 爲하야 쌧기 爲하얀 凡俗한 말이다만 努力만히 하여야 되는 것이다. 올케 커 가려고 올케 자라나려고.

『어린이』 十一月 特輯號다. 첫대 산듯한 裝幀이 눈에 씌운다. 高山植物이 爛滿[333]한 ᄭᅩᆺ동산에 다섯 아해가 대가리만 둥々 ᄶᅦ워 놋코 잇는 것이 엇지 보면 俗惡할 데로 俗惡도 하지만 고읍게 보면 고읍게 볼 수도 잇는 表紙다. 그러나, 아무래도 대가리만 잇는 것이 凶하다. 다른 少年雜誌와는 좀 불조와的이라고 할가. 갑도 그 대신에 빗싸다.

　　×

「기다림」　韓晶東 君

一의 敍情詩形이다. 새침하고 달콤한 맛이 잇다. 아무 激情도 업고 어듸ᄭᅡ지든지 高尙한 藝術의 맛과 香내를 일치 안으려고 무척이나 애썻다. 고여 잇는 맑은 물! 이것과 갓치 무엇인지 깁히가 잇는 듯키 고요하게 고요하게 노래를 부른다.

333 '爛漫'의 오식이다.

×

일순사러 저역에

가신어머님

인제인제 밤깁허

오시나부다

×

은제나 이 作者에게 對하야 생각하는 것이지만, 製作의 態度가 消極的인 것이 症난다. 밟으면 그냥 아무 소리 업시 슬어질 듯한 고음을 가지고 童謠를 지으신다. 注意할 노릇이다.

「落葉」　李元壽 君

누이와 옵바의 對話體다. 또한 조흔 敍情童謠形이다. 씃헤 男妹 함께 부르는 노래에

×

가을밤에 우수수

지는쏫닙들은

우리남매 위하는

고마운닙들

밤늣도록 회사의

『봉지』를짓는

바람찬 창박게는

달도 밝고나

---

**柳雲卿, "童謠 童詩 製作 展望(二二)", 『매일신보』, 1930.11.29.**

哀調다. 공연히 사람을 울게만 하는 것이다. 이런 哀語가 이런 甘味로움이 우리에겐 아무것도 아니다. 이런 作品이 永遠을 가르치는 것이고 人生의 高尙을 말하는 것일 것이라 함은 잠고대이다.

이 作은 哀情을 童謠의 形式으로 살니는데 上品作이다. 그러나 이 作이 우리를 얼마나 無氣力하게 하는지 아는가.

◇

다음은 李求[334] 君의 「가을 피리」가 잇섯스나 압서 두 分의 作보다도 일층 더한 센티맨탈 作이다. 왜 自然조차 울음으로써 對하려는가. 社會的 意識의 눈 어듬이 이럴 수 업다. 安逸은 늙은이의 貪하는 것이다. 젊은 사람은 항상 압흐로 나아간다. 더군다나 어린이는 엄 돗는 싹이다. 그는 샘물의 그 맨 처음이다. 이들은 항상 새로운 것 올흔 것을 짜른다. 엇지하여서 낡듸낡은 가을의 슬픈 노래나 부르고 잇스라는 뜻인가. 作者의 이데올로기를 새롭게 하는 것이 무엇보다도 急하신 일들이다.

以上으로써 雜誌에 실닌 童詩謠에 對한 批評은 그만둔다. 原來부터 처음 計劃의 몃 十퍼센트 以下에도 못 밋츤 것은 말할 것도 업다. 그야말로 등더리를 밀니우는 것가티 하루〱 치를 써 가기에도 나는 얼마나 괴로웟는지 모른다.

또 쓰다가 몃 번이고 남 붓그러워 그만두고 십흔 생각이 나군 하엿다. 그러나 엇지햇든 여기까지 왓스되 대체 그 結果는 무엇일가. 너머도 크게 써든다고 말어라. 실로 나는 慚惋莫甚이다. 그러나 사람은 意識지 못하면 은제든지 過失을 犯하는 것이다. 내가 人生을 사러가는데 잘못이 엇지 이뿐이랴. 이 압흐로 泰山갓치 만흘 것이다. 그러나 나는 알고는 다시 안이하련다. 곳치련다. —

이 압흐로 나는 日刊 新聞에 發表되는 것을 批評하기로 압서 讀者 諸氏께 約束하엿다. 그러나 나는 여기서 거듭 거짓말한 謝罪를 하고 그것을 割略하지 안으면 안 되겟다. 짜러서 그것에 對한 것은 다시 後日을 約하지 안으면 안 되겟다.

概건 —— 이런 私情을 너머 짓거리는 것은 나의 무슨 性癖인지 이 글을

334 '李求'는 이헌구(李軒求)의 필명이다.

여기까지 보아 준 讀者가 만약에 잇다면 이것까지도 낡으시는 弊를 끼치는구나. 우리에게는 一切의 生命的 現象이 커 가는 나무의 그대로이다. 다만 살냐는 氣息만이 올흔 것이다. 두더쥐와 갓치 짱속으로 기어댕기는 生命을 排擊한다. 太陽 아래 움즈라질 生命을 排擊한다. 조치 못할 傳統에 對한 힘업는 屈服을 排擊한다. 그릇된 힘에 對한 姑息的 服從을 排擊한다. 박쥐의 聰明을 비웃는다. 카멜레온의 態度를 비웃는다. 모든 低能兒的 作品을 憫憐한다. 아니라 그런 것을 볼 째 憤이 치빌너 올나 못 견듸겟다.

要컨대 文學은 文學으로서 一의 役割이 잇다. 文學 아인 다른 것은 그것으로서 相應한 役割이 잇다. 다만 氣息이다. 살냐는 氣息이다. 健康한 氣息이다. 三千里江山 坊々谷々 굿득굿득찬 울엉찬 "우여!" 소래다.

이 氣息을 함께 숨쉬이고 거러가는데 무슨 區別이 잇스랴!

文壇은 文壇으로서 저희들의 올흔 길을 것게 하라!

모든 것이 生命이다. 生命 以外에 다른 아무것도 아니다. 그러하면 나는 이곳에서 붓대를 노을 째 다시 한 번 부르짓는다.

"生命을 살니우자! 우리의 生命을 살니우자!"

## 柳在衡, "朝鮮, 東亞 十月 童謠(一)", 『조선일보』, 1930.11.6.

向日 本報에서 九月 童謠 評을 쓴 바[335] 그것이 너무 簡單하얏든 까닭이 엇든지 매우 未備된 點이 만히 잇는 것을 自省自認하는 바기로 다시 十月 童謠의 評筆을 들게 되엿다. 實狀인즉 月刊 少年雜誌 分까지 全部 網羅하랴 하얏스나 손에 들어온 것이 不過 一種이엇슴으로 月刊雜誌는 全部 省略하는 遺憾을 不免하얏다. 그리하야 『朝鮮日報』와 『東亞日報』에 發表된 十月 分 總計 百十餘 篇을 對像으로 評筆을 잡기로 한다. 이것은 實로 적은 收穫으로 볼 수 업다. 그러나 親切만을 爲하야 各篇 全部에 亘할 수 업는 일이기에 웬만한 習作品은 除外할 것을 미리 前言하야 둔다. 그러면 個評을 『朝鮮日報』 分부터 發表順에 依하야 始作하야 보자.

○

尹福鎭 君의 「나는나는 실혀요」 果然 우리들은 勤勞하는 少年少女가 되어야 할 것이다. 이런 意味로 이 童謠의 着想과 能熟한 技巧를 是認하면서도 어듸인지 不足을 늣기게 한다. 그것은 서울에 留學하는 浮華한 學生男女와 勤勞하는 農村의 少年少女와의 對照 卽 階級的 觀照에 잇서 넘어도 皮相的 概念的에 欠이 잇지 안흔가 한다. 좀 더 具像的으로 묵어운 印象과 深刻味를 讀者에게 주도록 意識的으로 一步前進이 잇스면 한다.

方曉波 君의 「곡마단」은 句節 역는데 어색하엿스나 매우 可愛롭은 童謠이엇섯다. 기타 一 二 篇은 語不成說의 漫作이다.

○

睦一信 君의 「새떼」는 作家의 發達된 聽覺을 엿볼 수 잇다. 「물들인 가을」은 視覺의 銳利한 發達을 엿볼 수 잇다. 其他의 三 四 篇은 가을 情景 '스켓취'로 取할 곳이 업스며 前日에도 말한 바와 가티 技巧에 疾走하는 痕迹만이 잇슬 섇이다. 作의 熟練된 技巧는 恒常 是認하나 內容의 貧弱

335 유재형(柳在衡)의 「朝鮮日報 九月 童謠(전2회)」(『조선일보』, 30.10.8~9)를 가리킨다.

深刻味 等이 缺如되여 언제나 平凡을 늣기게 한다. 才氣潑潑한 作者로서 언제나 平凡한 스켓취 描寫에 汲汲한다는 것은 썩 遺憾되는 바이다. 取材에 잇서 新鮮味 잇는 對象을 捕捉하는 同時에 意識的 進展이 잇기를 바란다.

金柳岸 君의 「길너야 하네」 어색하지만 着想에 好意를 일으킨다. 「조름쟁이 선생」은 너머 誇張한 탓으로 眞實味가 업다. 「봄이봄이 그립고나」는 才氣로운 素朴한 노래다. 其外에 여러 편이 이쓰나 大槪 平凡하고 또한 量을 爲한 탓으로 質的 上向을 度外視한 것이 歷歷할 뿐이다. 이 作者의 發表되는 量에는 多少 敬意를 表하는 點도 잇스나 그러나 그것이 도로혀 質的 落下를 보이매 압흐로는 自重하는 態度까지 必要하다고 본다.

李濟坤 君의 「내동생」은 興味 아니 滋味잇는 童謠이다. 우리들은 이 童謠를 읽고 도라간 날의 꿈 가튼 어린 時節을 回想하며 그때의 無邪氣한 어린이가 어머니의 貴여운 선물이 된 것을 다시금 한번 생각하게 된다. 우리가 이 童謠에서 다른 意味의 무엇을 찻는다는 것은 無理다.

黃崗童 君의 「세간노리」 어린니의 손곱질하는 樣이 눈에 손하도록 簡潔하게 表現된 노래라 三聯 父 行이 "시침이를 딱 떼고 서로 권하죠"는 可愛롭고 純眞한 句節이엿다. 이것은 藝術至上輩가 찻는 所謂 어린니의 天眞 그대로이다.

吳夕帆 君의 「눈물지는 밤」은 端的으로 表現된 簡潔한 作이다. 貧困한 어머니의 사랑하는 아들을 爲하는 丹心이 確然히 드러나게 한 노래다. 센티멘탈한 노래이나 이 一篇은 『朝鮮日報』 十月 童謠에 잇서 貴여운 作으로 記憶을 묵겁게 한다.

---

**柳在衡, "朝鮮, 東亞 十月 童謠(二)", 『조선일보』, 1930.11.7.**

南宮琅 君의 「우숨소리 터저나올 그때가 오네」 이 作은 童謠로 許할 수 업다. "추석날밤에" 勤勞하는 職工 少年少女들이 群集 合唱하기 조흔 노래

다. 이데오르기-를 把握치 못한 것은 勿論이나 이 作家로 他作에 比하야 半步前進한 것을 是認한다. "재미나면……"은 藝術境에서 歡樂하며 彷徨하는 傾向을 가즌 作者들에게 意識轉換에서 생기는 絶緣狀 대신인 듯하다. 그러면 後日을 注目하야 보자. 以外에 잇서는 大槪 平凡한 習作品임으로 省略하기로 한다.

金永壽 君의 「심부름가다」 數 篇 中 이 作을 내세우는 것은 事物 觀察에 잇서 階級的 視覺이 압섯슴으로서이다. 그러나 보앗다는 것만으로는 効用으로 보든지 童謠 自體로 보든지 未洽할 뿐이다. 表現도 어색하다. 「엿장사하라버지」의 씃 聯에 가서 "마음이조와서돈업시도 주고간다"[336] 햇스나 이것은 호랑이 담배 먹든 時節은 間或 잇는 일로 推想되나 現代 資本主義 아래에 道德이라든가 人情이 餘地업시 蹂躪 沒落當하고 利害打算이 尖銳化하는 今日에 잇서서는 볼 수 업는 憶則이다. 細少한 部分이라도 注意해야 한다.

金時勳 君의 「벼이삭」 어듸서든지 相峙階級은 相對方의 모든 行動에 잇서 事物에 잇서 單純히 또는 平凡한 視覺으로 돌려보내지 안는 것이 常情이다. 될 수 잇스면 그들에게 엇더한 手段 方法으로든지 挑戰的 態度로 對하랴는 것이 또한 常例이다. 그런데 四行으로 이루어진 이 「벼이삭」이 우에 말한 內意에 全的으로 符合은 안 되엿슬지라도 細微한 觀察에 잇서도 凡然히 보지 안헛다는 데 敬意를 表할 수 잇는 것이다. 그리고 微弱하나마 諷刺味에 興味를 늣기게 한다.

李元壽 君의 「日本가는 少年」은 童謠라느니보다 少年 散文詩에 갓갑다. 쫏기는 무리의 情景을 描寫 表現함에 잇서 그것이 가장 쓰라린 經驗을 經驗케 한 作別 場面에서든지 虐待當하는 場面에서든지 一의 焦點을 把握하고 作者의 意圖를 展開한다는 것이 무엇보다도 印象을 굵게 무겁게 하고 짜라

336 「엿장사 하라버지」(『조선일보』, 30.10.15)는 전체 3연으로 되어 있다. 위 구절은 3연에 해당하는데 정확한 내용은 다음과 같다. "개똥아 나오너라 너도오너라/엿장사 할아버진 맘이조와서/돈업시 붓들고서 달라고해도/엿장사 할아버진 주고간단다//"

서 感激을 喚起시킴에 適宜할 것이다. 그럼으로 무엇보다도 散漫은 禁物이라. 짜라서 長文이 되고 보면 散漫하야지기 쉽고 散漫하게 되면 恒常 作의 焦點을 일는 것이다. 階級的 矛盾 階級的 不滿 等을 宣揚 或은 鼓吹함에 잇서 그 根意를 다할 수 업다고 본다. 그런데 이 말이 童謠에다 全部 符合시켜 推理 言及하는 것이 아니다.

○

其他는 前言한 바와 가티 全部 略하고 『東亞日報』分으로 드러가 보자.

李命九 君의 「로동하는 소녀」는 그림 노래로 술독을 소녀가 지게에 지고 거리로 도라다니며 술을 파는 그림인 모양인데 이것은 現在 事實에 잇서 차저볼 수 업는 일이 아닌가. 作者의 獨單 갓다.(萬若 그럿치 안타면 容恕하라.)

---

**柳在衡, "朝鮮, 東亞 十月 童謠(三)", 『조선일보』, 1930.11.8.**

韓仁澤 君의 『별짜러 가자』 技巧는 ▌▌陳되엿스나 取材가 虛無한 夢想에 사로잡혓슴으로 問題 以下의 作으로 돌린다. 現實生活과 乖離된 宗教的 非科學的 童心은 '푸로레타리아' 社會에는 잇슬 수 업는 일이며 잇다 하야도 그것을 '쑤르조아' 社會의 殘滓物로 埋葬 掃蕩시키는 것이 우리들의 取할 態度이며 쏘한 任務의 하나이다. 所謂 藝術至上派에 接近하고 잇는 類輩에게도 이가 必要하다는 것은 向者 九月評에서도 말한 바 잇섯스리라고 밋는다.

朴勝和 君의 「우리 옵바」는 나 어린 兄弟의 家庭生活과 그 情景이 눈에 긔여오도록 印象이 確然하게 하는 作이다. 더구나 끄트로 二行은 技巧에 썩 妙를 어덧다고 본다.

○

金柳岸 君의 「수뜰이 우는 밤」은 多少 哀想的으로 흘럿쓰나 輕快 簡潔한

作이다.

睦一信 君의 「보름달」 가온대에 "깃분노래 불며불며 달마중가자" 한 불며불며는 語弊다.

金水卿 君의 「주먹 강아지」[337] 매우 滋味잇는 그리고 才氣潑潑한 노래이다. 이 一篇으로 作者의 閃光的 才質을 能히 엿볼 수 잇다. 이 作者에게 意識轉換이라든가 飛躍을 바란다는 것은 거의 無謀의 짓으로 본다. 그런데 한 가지 잇지 못할 것이 잇스니 그것은 自己天分을 過大評價하야 쏘한 發揮할 데까지 發揮하며 滿足하랴는 本質的 素才에 사로잡히는 一般的 制約을 能働的으로 밧고 잇는 것을 본다. 이 말은 大體로 文藝一般에 通할 수 잇는 共通點으로 볼 수 잇다. 이 作者에게도 이런 말을 보낼 수 잇는 點이 잇는 것을 숨길 수 업다.

○

崔壽煥 君의 「녯날의 그때가」 적은 哀愁을 伴侶한 缺點 업는 作이다.

朴松 君의 「호박나물」은 읽으니까 입에서 침이 넘어가는 잘된 表現을 하얏다. 「참새」는 單雅하고 簡潔하기가 참새와 가티 貴엽게 되엿다. 表現方式에 妙를 어덧다고 볼 수 잇다.

金青葉 君의 「손쏩질하다가」 썩 滋味잇는 노래로 어린 兒孩들이 손쏩노리를 滋味잇게 하다가 別안간 승낸 얼골을 짓고 쌔로통하야 도라가는 樣이 눈에 선하도록 된 貴여운 作이다.

石童 君의 「숭내쟁이 쌔쟁이」[338]는 多少의 諷刺味가 잇는 作으로 能熟한 技巧 表現은 自由自在로 展開되엿다. 他 作家와는 判異한 階段이 잇스며 作品 全面에 生氣가 流動하는 것을 엿볼 수 잇다. 이것은 決코 先入主見의 過大評價가 아니다. '이데올르기ㅡ' 問題는 勿論 別것으로 돌리고.

尹福鎭 君의 「영감영감야보소!」[339] 이 作 亦是 石童 水鄕 等 諸君의 作과

337 김수경(金水卿)은 김수향(金水鄕)의 오식이고, 「주먹강아지」는 (幼稚園童謠)「주막집강아자」(『동아일보』, 30.10.19)가 원문인데, 「주막집강아자」는 「주막집강아지」의 오식이다.

338 '石童'은 윤석중(尹石重)의 필명이고, 제목은 원문에 「숭내쟁이 쌔쟁이」로 되어 있다.

339 원문의 제목은 「영감 영감 야보소 에라 이놈 침줄가」(『동아일보』, 30.10.30)로 되어 있다.

한가지로 表現 技巧에 잇서 童謠界의 一段階를 압서 잇는 것이 속일 수 업는 事實이다. 우리가 이분들에게 다른 무엇을 希望 또는 要求한다는 것은 無謀에 갓가운 일이 아닐는지. 그야 何如튼 社會的 政治的 評價를 別問題로 한다면 十月 分 東亞報上의[340] 童謠 中에서는 上乘이라 아니 할 수 업다.

全鳳濟 君의 「이사길」은 그림 童謠로 謠에 잇서서는 平凡하고 畵面의 可憐한 情景이 讀者의 視線을 멈추게 한다. 「지렐 빠첫죠」[341]는 이 亦 그림 童謠로 畵面이 「이사길」에 써러지고 全體가 調和되지 안는다. 今後에 잇서서는 畵面에 含蓄과 힘을 表現하도록 하면 한다. 現在 그림童謠를 制作하는 분이 不過 數人니나 將來로는 이 方面으로 만흔 進出이 잇슬 것을 밋으며 또한 期待한다.

○

리범재 君의 「우리집」은 아조 平凡한 表現이나 그러나 엇지 못할 佳作이다.

흰솔 君의 「내고향」은 海邊 少年의 追憶을 한번 다시 되푸리하게 하는 哀傷的 노래다. 別달리 取할 것은 업다.

이것으로 個評을 씃마초기로 한다. 【씃】

---

340 '東亞報上의' 곧 '東亞日報 紙上의'의 의미이다.

341 원문의 제목은 「디렐 빠첫죠」(『동아일보』, 30.10.20)이다. "디레"는 "두레박"의 평안남도 방언이다.

## 南夕鐘, "每申 童謠 十月 評(1)", 『매일신보』, 1930.11.11.

겨울이 왓습니다. 온— 大地는 서릿바람에 휩쓸여 쌀쌀한 맛이 全身에 슴여듬니다. 벌서 거리에는 '스쿨썰'들이 목도리를 회회 감고 겨울을 자랑하기 始作합니다.

여-러분은 이 가을에 얼마나 만은 눈물을 흘니엇습닛가! 農土에서! 工場에서!

그리고 도라오는 이 겨울을 얼마나 념녀하고 게심닛가!

◇

이제 붓을 든 것은『每日申報』學藝面에 揭載된 十月 中 童謠에 對한 讀後感을 적어 보려는 것입니다. 卽 내가 쓰는 글을 評文이라는이보다 一種의 讀後感밧게 안 되는 것입니다.

十月 中의 本欄과 少年文壇을 通하야 量으로는 相當한 收穫이 잇섯지만은 質로는 比較的 效果를 엇지 못한 것 갓습니다.

◇ 本欄 … 一四篇

◇ 少年文壇 … 八九篇

作者의 大概가 初步이니만치 그다지 甚히 區別치는 안엇스나 大略 傾向은 말하엿습니다. 그리고 될 수만 잇스면 徹底히 具體的으로 쓰려고는 한 것입니다. 筆者도 亦한 習作時機에 잇슴은 回避할 수 업는 事實입니다. 그러나 各自가 主張하는 文學에 對한 批判이라는 것은 獨立해 잇습니다.

다시 말하면 一種의 階級的 立場에서 大衆을 目標로 한 批判眼을 가지고 썻다는 것입니다.

藝術이란 作家의 思想 感情과 手腕으로 組織되여야 할 것입니다. 藝術이란 무엇이냐! 무르면 이와 가티 對答하렵니다. "階級的 社會生活의 認識으로부터 出發하여 가지고 새로운 社會生活의 組織으로 向하는 全 過程으로 한다."

萬一 이곳에 生活의 認識에서 生活의 組織으로 —— 의 所用이 되지

못하는 藝術이라는 것이 過去 長久한 人類生活의 傳統으로 存在하여 온 것이 잇다면 그것은 이미 우리들에게 잇서서 藝術이 안닙니다.(八峰 氏 論議 參酌) 이만츰 하고 本文으로 드러가 봅시다.

---

## 南夕鐘, "每申 童謠 十月 評(2)", 『매일신보』, 1930.11.12.

▶ 咸興 韓裕駉

「어린 당나귀」 너무나 平凡한 스켓취다. 아즉 서투른 솜씨… 多讀 多作이 必要할 것이다.

그리고 우리의 處地를 물어 다고. 우리는 우리에 適當한 노래를 불너야 할 것이다.

「함홍거리 구경」 이만하면 咸興거리가 商業地帶이라는 것으로는 滿足할 만한 着想이다. 그러나 좀 더 技巧를 加해 다고.

「풍년의 춤」은 單調롭게 構想은 잘되엿다. 이것도 서투른 솜씨. 아마도 이 글을 볼 적엔 編輯記者가 다시 한 번 訂正한 것이 낫하나 보인다. 이런 글에다 우리들의 環境을 挿入하야 불럿드러면 얼마나 힘 잇는 노래가 되엿슬가? 다시 한 번 改作을 願함.

「단풍닙」 이러한 形式의 作品을 韓海龍(春惠) 君께서 보왓다. 文句만 달니 햇슬 뿐이지 조곰도 틀니지 안는다. 裕駉 君은 春惠 君이 아닌가 疑心스럽다.

▶ 利原 尹池月

「개똥벌네」 매우 아름다운 '멜로듸'다. 너무 空想－非現實에 흘럿다. 如何튼 熟練된 솜씨다. 奮鬪하라.

▶ 大邱 李福珠

「저녁해」 想像力만은 滿足하다.

表現手法이 未熟! 公普生 六年으로는 稱讚할 만한 훌융한 作品이다.

게으르지 말고 써 보라.

▶ 禮山 鄭東植

「가을」 自然스러운 노래다. 늘상 짓거리는 소리!

▶ 全州 李淳相

「고소하구나」 나는 이 童謠를 稱揚한다. 얼마나 適合한 노래이냐! 혼자 먹을여다가 개에게 채인 그 애는 참으로 분할 것이다. 그러나 그것은 맛당한 일이다. 만니── 이 形式과 觀念으로 적어 다고. 멀지 안어 조흔 것이 잇슬 것이다.

表現手法이 서투르다. 힘쓰라.

「깨여진 꼿병」 꼿병 때문에 기나긴 가을밤을 새울 것이야 잇나. 그것은 空想!

奇妙한 要領을 것잡고 붓을 들어보라.

▶ 全州 李日相

「가을밤」 ◎을 마저 賞탈 때까지 힘쓰라. 아즉은 이렇타 저렇타 말할 處地가 못된다. 落選된다고 落望 말고 부즈런히 쓰라. 將來가 잇슬 것이다.

「박말둑」 먼저 童謠에는 言語를 尊重視하라. "네하라비 이마에다 박지를안코" 그러나 얼마나 밸이 낫스면! 着想과 表現方法이 아울너 未熟! 작고 짓고 작고 읽으라.

▶ 宣川 小目[342]

「병아리」 녯날 少年雜誌에서 이런 글을 본 듯한 追憶이 새로워진다. 이러나저러나 아직 着想이 서툴다.

「日曜日」 着想과 아울러 表現이 조타. 그러나 이것은 돈 잇는 집 아희들의 배부른 소리다. 이런 것을 엇지 우리들이 부를 글발이라 하리요. 우리 朝鮮에 學校 못 가는 同侔가 얼마나 되는가. 學校 가는 同侔들은 질겁다면 그 反面에 學校 못 가는 同侔들을 생각해 보와야 할 것이 아닌가! 一個性的

342 「병아리」(『매일신보』, 30.10.5)의 작가는 '宣川 小月'로 되어 있어, '小目'은 '小月'의 오식이다.

色彩를 脫却함을 따라 우리들의 階級을(環境) 그려 다고! 小月 君은 意識的으로 붓을 돌여 다고!

---

## 南夕鐘, "每申 童謠 十月 評(3)", 『매일신보』, 1930.11.14.

▶ 固城 吳官守

「누나」 想像力이 매우 豊富하다. 가난한 우리들 집 누나들은 얼마나 불상한가.

「귀뚤」「누나」에 對해 보면 먹만은[343] 遜色이 보인다. 글에 마듸마듸 滋味스러운 韻律的 氣分이 업고 稀微해 버리고 말엇다. 童謠란 音韻的이고 感覺的이고 單的 表現이라야만 할 것이다.

▶ 義州 金血灘

「말은 샘물」 着想이 조타.

▶ 嚴昌燮

「한울」 技巧가 妙하다. 그러나 한갓 二節과 四節에 억지가 보인다.

「첫가을」 問題가 첫가을이니만치 첫가을을 읇허야 할 텐데…….

첫가을의 情緖가 充分히 들어내지 못햇다. 조금 더 솜씨를 加하여 주면 嚴 君 童謠는 멀지 안어 훌륭한 作品이 될 것이다.

▶ 仁川 朴鎬淵

「달」 끗節에는 노래다운 맛이 흘럿다. 그러나 一二節은 웬일인지 너무나 稀微해 보인다. 암만해도 表現이 서투르다. 『中外日報』 紙上으로 童謠를 만히 보왓는데 朴 君은 엇지 近頃에 失態에 빠젓다. 元氣를 내기를 바란다.

「빗방울」 表現手法이 매우 아름답다. 唱歌的 氣分이 濃厚하다. 取할

---

343 '먹만은'은 '먹'이 불필요하게 더 들어가 것으로 '만은'의 오식으로 보인다.

것 업는 고흔 作品이다.

▶ 高原 蔡道憲

「田園의 아츰」 蔡 君 童謠에서는 "우리가 부를 노래"의 色彩를 窺視할 수 잇다. 表現 솜씨는 조흐나 着想이 너무나 抽象的으로 흘넛다.

「가을밤」 글발의 要領을 것잡을 수 업다. 글 句마다 悲哀的인 것은 아마도 우리의 處地가 處地이고 環境이 環境임을 避할 수 업는 듯 글 적는 니로서 그러한 긔분을 가진 이가 大部分이라고 하여도 過言은 아니겟지. 우리는 이 속에서 부르게 되는 것이고 그 속에서 자라 나닛가…….

▶ 文谷生

「北斗七星」 表現이 좃타. 度量이 넓게 되엿다.

▶ 永川 金聖七

「가을」[344] 솜씨가 잇게 "가을의 노래"를 읇헛지만 句節句節 中의 첫 번 줄이 모다 어듸서 한번 본 듯한 感이 잇다.

"누가누가 가을바람 슯흐다햇노"

---

## 南夕鐘, "每申 童謠 十月 評(4)", 『매일신보』, 1930.11.15.

"누가누가 가을닙흘 가엽다햇노"

타작이란 作品의 價値를 失할 뿐더러 前途에도 조치 못한 影響이 波及되는 것이니 此點엔 特히 操心해 다고.

▶ 岐陽校 吳東植

「톡기」 잘되어 가지고도 슷해 가서 미시미시해 버리고 말엇다.

形式과 內容을 잘 갓추어 쓰되 日常生活 感情을 잘 늑기라.

344 원문에 제목명이 「그을」(『매일신보』, 30.10.1)로 되어 있으나 내용을 보면 '가을'이 옳다.

▶ 岐陽校 宋龍憲

「어더 먹는 애」 조곰 힘 잇게 同情을 그려 냇스면 한다.

▶ 永川 金聖道[345]

「그림책」 숫 절에 가서 미시미시하게 되엿다. 아즉도 表現手法이 서투르다. 그리고 될 수만 잇스면 簡潔히 적는 것이 조흘 것이다.

▶ 金曠

「누나생각」 日常하는 말이다. 그림에도 넘어나 空想的으로 童謠보담 散文이나 少年詩를 적어보면 엇더할가.

▶ 金色鳥

「고향그리워」 文體로 보와 金曠 氏가 아닌가 疑心스럽다.(記者 註 = 金色鳥는 咸興 金俊洪 氏) 詩的 氣分으로 孤寂을 잘 알니엿다. 亦是 「누나생각」과 가티 取할 바 업는 作品이다.

▶ 定州 金敬集

「내 팔다리」 씩々한 作이다. 同一한 步調로 創作에 힘쓰라. 着想이 좃타. 훌륭한 佳作이다.

▶ 平原 金基柱

「시냇물」 着想은 좃타. 그러나 이런 것을 普通 흔니 부르는 것이닛가 ── 다만 二節엔 妙한 手法이 包含되엿다. 金 君은 이제는 훌륭한 作品을 만니 創作하엿슬 것이다. 그러나 아즉 無意識的으로 흐르고 만 것만은 퍽이나 큰 遺憾이다.

「락엽!」 悲觀的 이데오로기에 흐르고 말엇다. 락엽을 본 直接的 感想은 滿足! 그러나 그에게도 生命이 잇슴을 알여 줌이 如何!

힘을 너어 다고! 그저 슯흔 身勢은 언제이고 슯흠만 노래하고 말 것인가. 그대에게도 한째가 잇고 깃붐이 잇는 것이다.

서투른 作이나마 한 氣分이 包含됨을 알니고저 나는 이런 노래를 적어본 일이 잇다. 보아다고 갓흔 題目으로(「락엽」)

---

345 「그림책」(『매일신보』, 30.10.1)의 지은이는 "永川 金聖七"이다.

◇

나무나무닙들이 가을바람에

쏼쏼욱욱애닯히 써러집니다.

◇

써러진나무닙들 한데몽처서

어듸론지발맛처 경주해갑니다.

◇

경주해가는곳이 어데인가요

사나운가을바람 치고넘기려

◇

저기저럿케도! 긔운북독아

쎄를지여욱욱! 몰여갑니다

「외가 가신 어머님」 着想과 表現이 서투르다. 金 君의 舊作品이 아닌가 생각한다.

남에게 쒸여난 글을 우리들에게 알켜 다고.

「時計」 남다른 想像이다. 그러나 엇지 金 君에게서 이런 어린 아조 어린 童謠가 나올가!

「은이슬」 너무나 無味乾燥하다. 經路는 滋味잇게 되엿다.

---

## 南夕鐘, "每申 童謠 十月 評(5)", 『매일신보』, 1930.11.16.

▶ 咸興 韓春惠

「제비」 가을 철긔가 되여 제비가 南으로 나라간다는 생각은 조흐나 題目을「제비」라고 하엿스니 제비가 오는 것과 가는 것 그리고 왓다가는 사이에 發生하는 '로맨쓰'를 적엇드려면 한다.

「저녁바다」 저녁 바다의 情景이 이것뿐일가! 조개 줍는 自身을 그렷다

하드래도 이것보다 더 교묘한 着想이 잇슬 것이다.

너무나 글 만들기를 爲主로 하야 速히 쓰려고 힘드리지 말고 豊富한 想像力을 집어 너어 創作에 힘쓰라.

「가을비」 「저녁바다」와 가티 單調無味롭다.

「긔차노름」 韓 君은 무슨 잠고대를 하고 잇는가. 코 흘니는 철모르는 四五才의 幼年童謠를 쓰노라는 것이 이 模樣인가.

「해지는 바다」 그저 自然的 美文이라고밧게 말할 수 업다. 鄕土的 味가 실닌 藝術의 極致品이다. 이만한 步調로 新興童謠 便에 붓을 돌여 다고.

「바람이 불드니」 너무 單調하다. 着想이 不足!

---

## 南夕鐘, "每申 童謠 十月 評(6)", 『매일신보』, 1930.11.18.

▶ 咸興 韓春惠

「가을밤에」 곱다란 노래다.

「쥐」 공짜를 조와하는 쥐새끼는 죽을 것은 맛당한 일이다. 새로운 맛이 잇다.

「락엽」 詩的 感興이 잇다. 如何間 韓 君은 着想과 表現이 남달리 獨特하다.

▶ 咸興 金俊洪

「잠 안 오는 밤」 內容은 업시 形式만 꾸며 노왓다.

「가을밤」은 더 달니 表現方式을 取할 수 업슬가! 孤寂・悲哀・追憶 外에…….

「거믜줄에 걸린 나븨」 暗示마는 매우 좃타.

「우는 애기」 가난한 生活의 情景을 잘 드러냇다.

「떠나는 니」 이것으로 滿足은 늣길 수 업스나 金 君에게 잇서는 듬을게 보는 作品이다. 如何間 이것이 今月 金 君 作品에는 第一 훌륭할 것이다.

「기다림」 着想과 取材方式이 훌륭하다. 二節에 드러 "그 나그네"를 順序 잇게 쓸어다 썻드라면 한다.

▶ 伊川 金處鉉

「바둑이」 솜씨가 서투르다. 意思만은 조타.

▶ 仁川 朴潤植

「가을시내」 늘 부르는 소리로 바랄 것 업는 作인데다가 너무나 抽象的으로 흐르고 말엇다.

「빵장사 아희」 同情心으로 울어나온 고흔 '멜로듸'다.

「秋夕 아츰」 어듸서인가 어더 본 드한[346] 感이 잇기에 말치 안는다.

▶ 京城 金學憲

「잠쑤럭이」 씃 節을 업새고 「工場누나」라고 곳첫드라면 한다. 環境正體만은 잘 드러냇다.

「다러난 아젓씨」 取할 것 업는 童謠이지만 아젓씨가 무슨 일노 하라버지에게 쑤중을 듯고 다라낫다는 것을 적어 주엇드라면 한다.

「새벽」 새벽의 로맨틱한 情景만은 잘 그렷다. 그러나 取할 것 업는 反面에 簡單하게 적어 줌을 말해 둔다.

「바보出世」 아무것 볼 것 업다. 問題만은 훌륭하다.

▶ 趙貴祚

「물드린 가을」 『朝鮮日報』에 發表된 睦一信 君 童話[347]를 竊取한 것이다. 회개하라. 서투른 것이래도 내 손을 거처서 나오도록 하라.

▶ 城津 朴德順

「가을」 少年文壇에서는 썹낼 만한 作이라고 본다. 日常 부르는 새로운 맛이 업다. 솜씨만은 조타. 그러나 한 가지 섭섭한 일은 남의 글을 옴겨 썻다는 것이 紙上에까지 公開가 되엇스니…….[348]

---

346 '어더 본 듯한'의 오식으로 보인다.

347 '童謠'의 오식이다. 목일신(睦一信)의 「물드린 가을」(『조선일보』, 30.10.9)을 가리킨다.

348 원주 유희각(原州 柳熙恪)과 엄창섭(嚴昌燮)이 박덕순의 「가을」은 대구 김사엽(大邱 金思燁)의 「가을」(『어린이』, 제7권 제8호, 1929년 10월호 부록 4쪽)을 표절한 것이라고 적발하

## 南夕鐘, "每申 童謠 十月 評(7)", 『매일신보』, 1930.11.19.

▶ 熙川 金明弘

「산길」 엇지하야 서름만 노래하고 말엇는가. 元氣를 북도들 굿굿한 글발을 써 다오.

「우리 아젓씨」 將來가 잇는 有望한 作品이다. 그럿치만 다른 雜誌에서 조금 옴겨 쓴 것은 섭섭한 일이다. 自己 솜씨를 練磨하라.

▶ 春川 李之鍾

「도망쟁이」 이 글에 잇서서는 李 君의 어린이다운 마음! 그것은 넉々한 집 동무의 純眞스러운 마음이다.

▶ 殷栗 崔連吉

「秋夕」 너무나 설어 말으오. 山所까지 가게 되는 崔 君은 호와로운 生涯를 繼續하는 것일세.

▶ 伊川 李文學

「가을밤」 完全한 作品이라고 볼 수 업다. 이것으로는 퍽으나 不滿을 늣긴다. 솜씨가 서투른데다가 想까지 不足! 躍進! 飛躍!

▶ 洪川 金福童

「달마지」 아즉 서투른 作이다. 內容의 要領을 것잡을 수 업다. 着想과 構成을 洗練하라.

「울어머니」 울어머니라는 題目은 廣濶하다. 그럼에도 不拘하고 內容은 어머님의 하시는 일을 十分의 二박게 그려내지 못햇다.

着想을 먼저 簡單한 몃 마듸로 어머님을 表現하도록 닥거야 할 것이다.

「자동차」 評치 못할 '스켓취'다. 그다지 양복 입은 紳士가 同情하고 십흔가! 아니다. 우리는 同情할 사람이 짜로 잇다.

---

였다.(유희각, 「동무소식」, 『매일신보』, 30.10.29; 엄창섭, 「(文壇探照燈)「가을」을 剽窃한 朴德順 君의 反省을 促한다」, 『동아일보』, 30.11.14)

▶ 南海 朴大永

「동생아」 첫 節은 아무것도 아니다. 二節에는 웬만큼 동생을 그리는 追憶이 낫하나 보인다. 아직 서투른 初作이다.

「가을밤」 가만히 힘 잇는 暗示를 窺視할 수 잇다. 그러나 씃 節이 稀微하게 된 것이 큰 遺憾이다. 如何間 조흔 傾向을 보여 준다. △을 엇재서 마젓슬고 —— 섭섭한 일이다.

「가을참새」 朴 君은 놀고먹는 참새를 그래도 同情하고 십흔가! 그것은 誤解이다. 이런 노래가 우리의 處地로서 나올가! 果然 充分히 考慮하여 보와야 할 點이다. 우리는 그것을 노래할 째가 아니다. 우리 生活相을 餘地 업시 노래하여야 할 것이다.

▶ 伊川 李興植

「자버레」 着想은 조타. 그러나 너무 單調롭다. 조곰 더 手法을 養成해 다고. 多讀 多作이 必要!

「송아지」 平凡. 엇더타 말할 餘地조차 업다.

習作 時期에서도 初步임을 斟酌하겟다.

「낙시질」 글을 簡單히 지어 보-는 것이 조흘 것이다. 李 君은 남다른 熱誠이 잇는 模樣! 작고 짓는 가운데는 成功의 月桂冠이 머리에 안저질 것이다.

▶ 鐵原 盧澈淵[349]

「솟작새 우는 밤」 全州 李淳相 君의 「고소하구나」 다음 가는 훌륭한 作品이라고 하고 십다. 아즉 意識的으로는 흐르지 못햇지만 周圍의 事實을 거짓업시 노래하고 疑心을 煥起[350]한 點에 價値가 잇다. 좀 더 手法에 힘써 보라.

349 '盧澈淵'은 노양근(盧良根)의 필명이다.

350 '喚起'의 오식이다.

## 南夕鐘, "每申 童謠 十月 評(8)", 『매일신보』, 1930.11.20.

▶ 信川 白曉村[351]

「가을」 『朝鮮日報』 七月號의 朴恩惠 壤 作品「봄」을 본 뜬 것 갓다. 表現手法…

着想과 아울너 表現手法은 그것으로 좃코… 그러나 이런 것은 日常 부르고 부르는 것이닛가 平凡한 스켓취로밧게 안 본다. 如何튼 白 君의 솜씨는 고읍다.

봄이왓다고하기에
　뒷山에를 올낫더니
　　허리곱은 할미꼿만이
　　　메등마다 피엿서요

以外 三節이 잇슴!

▶ 淸州 韓相天

「감」 童心的 孝心을 至極히 노래하엿다. 한아버님 墓 우에 갓다 드리겟다는 생각! 얼마나 아름다운가! 될 수만 잇스면 簡單히 쓰는 것이 좃타. 군덕이 업시 이것은 範圍 外의 文學이다.

▶ 田植

「벼이삭」 單調로운 作이다. 이와 갓흔 조흔 問題를 가지고 이것만으로써 끈치고 말엇슬가! 着想이 골으지 못하고 그다지 익숙치 못한 作이다.

▶ 南海 鄭潤煥

「저녁때」 表現形式은 조흐나 着想이 서투르다.

「싀골의 가을」 싀골의 自然 그것을 노래하엿다고 보자. "가을" 그것에는

351 '白曉村'은 백학서(白鶴瑞)의 필명이다.

感興이 이것뿐이 아니다. 싀골의 가을에는 더 큰 뭉치가 潛在해 잇다. 그것을 노래하여 다고! 形式은 조흐나 着想이 엷다. 簡單히 적어 보는 것이 조흘 것이다.

▶ 順天 朴禦柱[352]

「초저녁」 問題와 內容이 퍽 억으러젓다. 表現手法은 조흔데 想이 充分치 못하다. 죽― 여러 文句를 羅列하는 것도 滋味업는 것임을 알어주어야 할 것이다.

「시골길」 自然의 情景은 虛僞 업시 描寫하엿스나 아무것 取할 것 업는 平凡한 作이다.

「저녁때」 늘 짓거리는 소리! 獨特한 創作力을 發揮하라.

---

## 南夕鐘, "每申 童謠 十月 評(9)", 『매일신보』, 1930.11.21.

▶ 海南 李相瓊

「엄마엄마」 傳來童謠的 色彩를 씌웟다. 귀여운 솜씨다. 純眞한 童心에서 울어나온 참다운 完制[353]의 노래다. 그러나 이것은 支配階級의 文學이다. 着想과 아울너 表現手法이 좃타. 힘을 너어 다고!

▶ 院坪 朴東烈

「누나생각」 가을 달밤에 黃泉魂 된 누나가 얼마나 그리울가. 想像은 조흐나 構成이 未練!

▶ 扶餘 尹福榮

「우리집」 農家의 中流階級에서 노는 아희의 노래다. 그 處地로서는

---

352 원문에 「초저녁」(『매일신보』, 30.10.11)의 작가는 '順天 朴福柱'로 되어 있어, '朴禦柱'는 오식이다.

353 '完制'는 "完調"와 같은 말로, 호남 지방에서 특별히 부르는 시조의 창법이다. "완제시조"라고도 한다.

合當한 노래다. 韻律을 主로 表現은 햇스나 아즉 初步이니만치 多讀 多作을 要求.

「달」 달아달아 밝은달아 이태백이노든달아

이 노래를 模倣하야 진 것이다. 이런 것은 生命이 업는 노래다. 좀 더 意義 잇는 글을 적어 보라. 붓 가는 대로 쓰고 십흔 대로 發表를 爲主로 — 쓰지 말고 꼼꼼이 着念하야 內容과 形式을 갓추어 써 보라. 그리고 너무나 배부른 노래는 그만두어 다고!

「우리 개」 純眞한 코 흘니는 童子의 노래다. 좀 더 多讀 多作이 尹君에게 잇서서는 必要할 것이다.

▶ 金復洙

「아츰이슬」 單調로운 가운데 悲痛한 맛을 늣긴다. 될 수만 잇스면 이러한 形式에 簡單한 글이 조흘 것이다.

▶ 咸興 빗새

「긔차와 가티」 이것으로는 新興이라고 할 수 업다.

▶ 京城 啄木鳥

「가을전쟁」 作品바다[354] 想像力과 表現手法이 남다른 獨特한 것으로 안다. 그러나 作品 모-두가 藝術的 極致品으로 흐르고 말엇다. 「가을전쟁」만은 新興的 色彩가 띄인다. 씃헤 가서 글을 살니지 못하고 죽엿다. 感傷的 氣分이 濃厚하기 째문에! 씃々내 健筆을 祝福.

「달앗씨」 象徵的 自然詩的 童謠이다. 무엇보다도 남다른 着想에는 感嘆을 마지안는다. 그러나 한층 나아가 우리의 살님사리를 적어 주엇드라면!

---

354 '作品마다'의 오식이다.

## 嚴昌燮, "(文壇探照燈)「가을」을 剽窃한 朴德順 君의 反省을 促한다", 『동아일보』, 1930.11.14.

筆者는 偶然히 지난 六日附『每日申報』少年欄 第九段에 城津 朴德順 君의 名義로 發表된

가을
오동닙새 한닙한닙
떠러지는밤
주추ㅅ돌밋 귀뚜람이
구슬피울고
나무닙헤 달빗치
새여나릴제
삿분삿분 가을은
차저옴니다
물방아 녯못에
갈닙덥히고
곱고붉게 나무풀닙
물들려오면
파아란 하늘은
놉하가고요
삿분삿분 가을은
차저옴니다

를 읽고 언젠가 한번 어느 少年雜誌에서 읽은 記憶이 번개ㅅ불 가티 導火된다.

그래서 여러 가지 少年雜誌를 뒤지는 中에『어린이』一九二九年 十月 二十日 發行 第七卷 第八號(十月號) 附錄 四 페-지 入選童謠欄에 大邱 金思燁 君의 名義로 發表된

가을

오동닙새 한닙한닙
　　떠러지는밤
주추ㅅ돌밋 귀뜨람이
　　구슬피울고
나무닙에 달빗치
　　새여나릴제
삿분삿분 가을은
　　차저옵니다
물방아터 넷못에
　　갈닙덥히고
곱고붉게 나무풀닙
　　물드러지면
파아란 하늘은
　　놉하가구요
삿분삿분 가을은
　　차저옵니다

와 一句도 틀리지 안흠을 發見하얏다.

구리(銅)로 맨든 一錢짜리만한 우수운 '메달'을 賞 밧기 爲하야 純潔한 남의 글을 감쪽가티 훔처 몃 字 고치락말락하야 쌘쌘스럽게 新聞紙에 發表하는 朴 君이야말로 참으로 슬프다.

그러나 이것을 探照燈에까지는 生覺지도 안헛스나 遙遠한 朴 君의 將來를 爲하야 反省시킬 必要도 잇고 또한 이 적은 글발로 朝鮮 少年文壇의의 警戒에 九牛一毛의 도음이라도 될가 하야 이제 붓을 들엇다.

請컨대 朴 君이여! 筆者는 決코 君을 미워서 또는 나의 記憶을 자랑하기 爲해서 이 글을 쓰는 것은 絶對로 아니다.

오로지 將次 朝鮮文壇을 빗내일 갸륵한 일꾼이 아-ㄴ이 돗아나는 이 나라의 새 主人公이 한번 힘차게 버더 보지 못하고 왜 벌서부터 쯔부라지는가? 反省하라. 君이여. 남의 作品을 貪내지 말고 君도 그와 가튼 훌륭한 作品을 낫키 爲하야 만히 읽고 쓰기를 쯔트로 바라서 마지안는 바이다.

## 趙灘鄕, "(文壇探照燈)李盛珠 氏 童謠 「밤엿장수 여보소」는 朴古京 氏의 作品(一)", 『동아일보』, 1930.11.22.[355]

筆者는 『아이생활』 十一月 치(第五卷 第十一號)의 十六頁에 실린 李盛珠 氏의 作 「밤엿장수 여보소」를 볼 때에 크게 놀라지 안홀 수가 업섯다. 이 童謠 「밤엿장수 여보소」의 一篇은 『少年世界』 四月 치(第二卷 第四號)의 第二 페이지에 이미 發表된 朴古京 氏의 作品이엇다. 玆에 已上 兩 氏의 作을 一目昭然케 再錄하야 讀者諸賢과 한 가지 이 作品의 原作者인 朴古京 氏를 다시 記憶하고 또 藝術的 良心을 欺瞞하고 作品 竊取의 行爲를 敢行하는 李盛珠 氏에게 頂門一針의 反省을 促키로 하자!

◇ 朴古京의 原作

1
밤엿장사
여보소
내말들으소
•
한돈짜리
한가락
팔아드릴썬.
2
밤일하는
언니네
공장싸지만
•
나를나를
다려다
주십소구려

355 '趙灘鄕'은 조종현(趙宗泫)의 필명이다.

3
저녁한술
못잡순
배곱흔언니
•
엿이라도
한가락
갓다들이게. ── 끗 ──

◇ 李盛珠의 作
밤엿장수 여보소
내말드르소
한돈짜리 한가락
팔아드릴썬

밤일하는 언니네
공장까지만
나를나를 다려다
주십소구려

저녁한술 못잡순
배곱흔언니
엿이라도 한가락
갓다들이게 …… 끗 ……

---

**趙灘鄕, "(文壇探照燈)李盛珠 氏 童謠 「밤엿장수 여보소」는 朴古京 氏의 作品(二)", 『동아일보』, 1930.11.23.**

× ×

已上 두 篇의 作品을 對照 比較할 때에 다른 點이 무엇이냐? 朴 氏의

作品을 李 氏가 窃取 發表할 때에 다만 句節만 다르게 썻스며 1, 2, 3의 番號만 빼슬 뿐이다. 作者와 作者들의 構想, 取材, 表現, 技巧가 서로 符合되지 안는 點도 업지 안켓지만 그러타고 이와 가티 全혀 全篇이 꼭 가틀 理 —— 萬無하고 또 發表年月日의 先後(朴은『少年世界』四月號, 李는『아이생활』十一月號)의 差異로 批準할지라도 이 一篇의 童謠는 틀림업는 朴 氏의 것을 李 氏가 窃取하야 儼然히 自己의 名義로 發表함이 分明히 判斷되는 바이다.

× ×

이만 햇스면 더 말할 必要는 업거니와 筆者가 이 童謠 一篇으로써 本紙의 文壇探照燈을 通하야 事實의 正體를 爆露함은 三個 條件下에 可히 避치 못할 바이니 一은 將來가 囑望 되는 李의 自身으로서 切實히 反省하기를 促키 爲함이요, 二는 斯道로 進出하는 우리 少年少女에게 多少 啓訓이 될가 함이요, 三은 이러한 事實을 發見한 것만큼 一般 讀者와 原作者에게 事體의 歪曲을 公開할 責任이 잇는 바이다. (쯧)

## 閔鳳鎬, "十一月 少年誌 創紀 槪評(一)", 『조선일보』, 1930.11.26.[356]

(一)

少年小說을 써 보려는 宿望을 이루기 위하야 붓을 들기는 하엿으나 元來 筆者가 거긔에 對한 素質이 업슴으로 얼마나한 收穫이 잇슬는지 筆者 스스로 疑問이다.

그리고 筆者의 未熟하다기보다도 生疎한 評眼에 빗이여 八字에 업는 劣評을 맛나는 作者 諸氏에게 對하야 未安한 생각이 압흘 선다. 그래 讀者 諸氏에게 評이라기보다도 讀後感으로 보아주십소사고 請하고 십다.

그런데 不幸히 手中에 잇는 것이 『白頭山』, 『어린이』, 『별나라』, 『아이생활』의 四誌뿐이어서 不得已 以上 四誌의 創作만을 갓이고 이 글을 쓰게 되엿슴을 펵으나 遺憾으로 생각한다.

○

十一月 中의 創作은 그 量에 잇어서 決코 적은 便이 아니엿다. 그러나 그 質에 잇어서는 吾人의 企待에 억으러짐이 넘우도 컷다.

### 白頭山

못난이(金素荷) 이 小說은 內容이나 價値는 둘재로 하고 이러한 非現實的 非科學的의 古談에 小說이라는 名目을 붙일 수가 잇슬는지 疑問이다. 이 못난이가 보여 주는 內容과 갇달 것은 在來로 巷間에 돌아단이는 우리 少年들에게 害된달 것는 업어도 利 될 것은 조금도 업는 흔히 들을 수 잇는 童話다.

少年小說이 童話의 延長이라 할지라도 童話와 小說과는 懸隔한 差異와 區別이 잇지 안을까?

---

356 원문은 '糸 + 巳'로 되어 있다. 한자 자전에 이러한 글자를 찾을 수 없어 '紀'로 표기해 두었다.

筆者는 作者에게 이것이 創作이 아닌 以上 웨 何必 小說이라는 名目을 갓다 붙엿느냐고 뭇고 십다.

何如튼 筆者는 이러한 小說(?)을 우리 少年少女들에게 읽키고 싶않다.[357]

---

## 閔鳳鎬, "十一月 少年誌 創紀 概評(二)", 『조선일보』, 1930.11.27.

(二)

○

「人情」(孤峰) 이 무슨 訓話式 說教套냐?

作者는 作中에서 "불상하다고 말만 하지 마라", "지금은 불상하다고 말만 할 때가 아니요. 불상하다는 말이 무슨 소용이 있소" 이런 의미의 말을 많이 하였다. 그리고 人情이라는 말을 數없이 反復하엿다.

作者는 이런 概念的의 訓話式 說教套로써 어떤 意味의 아지푸로的 效果를 나타내려 하였던가? 그렇다면 그 意圖가 넘우나 幼稚하며 그 手法이 넘우나 拙劣하지 않을까?

그리고 作者는 히로인 정순이가 禮拜堂 모퉁이에서 얼어 죽은 것을 안어다가 房 안에 누이고 手足을 주물어서 다시 살어나게 한 老人의 行動을 거룩한 人情의 壯擧라고 讚揚하는 것으로써 作品의 全體的 目的을 삼았으니 老人의 行動이 果然 그만치 極口讚揚할 만한 人情의 發露라고 할 수가 있을까? 그건 그렇다 할지라도 여긔서 作者의 意思를 尊重한다면 우리의 少年들다려 이 老人의 美行을 效則하란 말인가?

이 作品은 孤峰답지 않게 表現에 對한 手法이 未熟하다기보다도 生疎하며 內容에 對한 認識이 不足하다기보다도 全無하다. 猥濫된 忠告일는지 모르나 作者에게 좀 더 忠實한 푸로레타리아 리얼이씀의 길로 나아가라고

---

357 '싶지 않다'의 오식이다.

勸하고 싶다.

## 어린이

외로운아이(李泰俊) 콘트形의 꽤 簡潔한 作品이다. 인근이가 病席에 누어서 呻吟하시는 아버지가 그렇게도 담배를 찾으시건만 돈이 없어서 담배를 사다 드리지 못하는 것을 생각하고 길바닥에 떨어진 담배토막을 주어 넣는 그 눈물겨운 情景은 讀者로 하여곰 同情의 눈물을 먹음게 한다.

그러나 인근이가 담배 먹는다는 순길의 고자질에 先生님에게 빰을 얻어맞고 한 時間 동안이나 罰을 當할 때에 그는 웨 잠잣고 있었을까? 그는 자긔 아버지에게 담배 사다 듸리지 못하는 自己네 家庭의 貧寒한 살림살이를 남에게 알리우기를 부끄럽게 생각함이였든가? 筆者는 그때 인근이의 마음속이 그윽히 알고 싶다.

거룩한마음 —— 이것은 筆者의 作品이니만치 自己의 作品을 自己가 評한다는 것은 正評을 얻기에 거의 不可能히 일임으로 이에 略하거니와 筆者는 이 作品에서 새로운 手法을 試하여 보앗다는 것만은 말하여도 無妨할듯하다.

진수와그형제(金道仁) 참으로 진수 兄의 그 行動은 可憎하기 그지없다. 그러나 우리 푸로레타리아트 가온대 果然 진수 兄과 같이 階級意識에 全然 盲目인 骨董品이 있을가? 하기야 自己 糊口를 爲하야 뿌르조아지에게 諂諛屈膝하는 走狗 없는 바도 아니지만은 거긔에는 반듯이 不得已 一字가 附隨하는 것이다. 웨? 自己에게 不得已한 利害的 關係가 없는 以上에는 他人에게 絶對로 阿諂치 안는 것이 우리 人間이 갖는 바 共通性이니까…….

그런데 진수 兄의 立場으로 말하면 비록 상녹이네 방에깐 일을 본다 할지라도 그렇게 諂諛하여야만 할 아모런 근거가 없는 以上 自己 同生이 상득이와 싸웟다고 그의 父母도 아즉 아못 말이 없는데 兄弟間의 友愛의 發露는 조금도 없이 진수를 끌고 가서 상녹 아버지 앞에 叩頭謝罪를 한다는 것은 도저히 首肯할 수 없는 말이다.

어린 진수까지가 그 같은 深刻한 階級意識을 갖엇는데 그 兄이 그렇게

意識이 陳腐하엿다는 것은 作者가 故意로 진수 兄의 人格(階級性)을 넘우 나 無視함이 아닐가 한다.

何如튼 그 內容은 平凡하다 할지라도 技巧만은 能熟한 作品이다.

---

**閔鳳鎬, "十一月 少年誌 創紀 概評(三)", 『조선일보』, 1930.11.28.**

(三)

별나라

농군의아들(尹基鼎) 이 小說은 今番이 二回요 더구나 아즉도 繼續 中임으로 事件이 어떻게 進展될는지 모르는 筆者는 輕忽에 흘으는 過失을 犯치 않으려 한다. 그러나 넘우도 觀念的이요 實感이 적다는 것만은 말해 둔다.

저울은어듸로갓나(鶖峰山人)[358] 이 小說은 探偵小說이라고 한다. 그런데 筆者는 여긔서 評으로 들어가기 前에 먼저 探偵小說에 對하야 멧 마데 暫間 말하려 한다.

近者에 少年誌上에서 探偵讀物을 흔히 볼 수 있는 것은 한 새로운 現狀이라 하겟다. 그러나 大部分의 探偵小說이 少年들의 探偵 心理의 興味를 利用하야 보다 더 많은 利益을 맺어 주는 것이 되지 못하고 돌이어 低級의 探偵 心理만을 惹起식이는 害毒을 주는 것뿐인 것은 少年文藝運動을 爲하야 그윽히 可惜한 일이다.

探偵小說을 쓰는 이는 少年들은 어른과 달아 이러한 探偵讀物에서 자칫하면 어쩝지 않은데 큰 害毒을 받는다는 것을 알어야 할 것이라고 믿는다.

○

그런데 이 小說도 前後 二回에 亘하야 探偵小說답지 않은 探偵小說의

---

358 '鶖峯山人'은 송영(宋影)의 필명이다.

形式을 쓰고 나왔다.

內容인즉 舍音이 小作人들에게서 賭支를[359] 더 增收하거나 또는 小作權을 移動하려는 陰謀로 트집을 잡기 爲하야 小作人들이 술 醉한 사이에 小作人네 광에 가서 賭租 섬의 구멍을 뚫으고 저울을 도적하여다가 잿간에 감추어 둔 것을 福童이라는 少年이 찾아내인다는 한끝 不自然한 描寫다.

小作人은 아모리 醉하였다 할지라도 그들의 家族은 다 그대로 있을 터인데 神이 아닌 舍音이 每 집 들어가서 감쪽같이 賭租 섬의 구멍을 뚫으고 웬 저울을 세 介式이나 도적하여 갓다는 것도 말이 아니 되거니와 舍音이 賭支를 增收하거나 小作權을 移動할 意向이 있으면 무슨 口實을 못 잡아서 三尺童子도 하지 않을 그런 幼稚에 極한 行動을 敢行하였다는 것은 암만해도 首肯할 수 없는 말이다.

作者가 일부러 探偵小說을 꿈이기 爲하야 갖지 않은 苦心을 하면서도 前後 矛盾과 撞着이 엉크러진 語不成說의 劣作을 맨들고 만 것은 가엽기 그지없는 일이다. 筆者는 뭇는다. 作家는 이러한 探偵小說로써 우리 少年들에게 무엇을 주려고 하엿느냐고.

### 아이생활

? (주요섭) 少年 神秘小說 「?」! 題目붙어가 少年들에게는 뚫지 않은 難解의 題目이다.

筆者는 이 小說이 어느 外國小說의 飜案이 아닌가 하고 疑心한다. 그러나 見聞 없는 筆者는 아즉 이와 類似한 外國小說을 보지 못하였음으로 疑心할 따름이요 創作으로 믿는다.(飜案이여던 筆者의 淺識을 嘲笑하라!) 筆者는 作者가 "藝術은 娛樂일다. 文藝도 娛樂일다. 創作하는 사람도 娛樂으로 쓰고 讀者도 娛樂으로 읽는다. 娛樂 中에는 高尙한 娛樂일다." 이러한 藝術觀을 갖인 偉大한 人物임을 안다.

그러나 作者가 아모리 創作을 娛樂(?)視한다 할지라도 우리 少年(少女)

---

359 '賭地를'의 오식이다. '賭地'는 도조(賭租)와 비슷한 말인데, "남의 논밭을 빌려서 부치고 논밭을 빌린 대가로 해마다 내는 벼"의 의미다.

들에게 얼토당토않은 이런 娛樂物을 提供하는 作者야말로 넘우나 無責任하지 않은가 한다. 作者의 主張과 같이 "文學이라는 娛樂物을 利用하야 무엇(푸로 意識이나 뿌르 意識)을 宣傳"하는 것이라면 作者는 「?」에서 그야말로 ?을 우리 少年들에게 宣傳하려 하엿던가? 實로 「?」은 ?이다.

이것이 繼續物이기로 이 以上 더 말하지 않거니와 讀者 諸氏는 筆者의 말을 믿지 못하겠거던 試驗 삼아 一讀해 보라.(上記한 引用句는 『大潮』 五月號에서)

妄評多罪

## AM, "아이에게 줄 그림책은 어썬 것이 조흘가-속된 것을 제일 금할 것", 『동아일보』, 1930.11.27.

그림이라는 것은 실물을 그대로 그린 것으로 움즉어러지 안는 풍물(風物)입니다. 그럼으로 아이들이 외계의 모든 물건에 대하야 반응(反應)을 바들 만해지면 그림을 조하하는 법입니다. 그럼으로 그림책은 아이들에게는 일종의 작난감입니다. 박구어 말하면 그림책은 아이들의

‖知識‖을 늘릴 쓴 아니라 더욱이 예술적(藝術的) 향락(享樂) 미육적(美肉的) 자료(資料)가 되는 것입니다. 그러고 결국은 도덕적 감화를 밧게 까지 됩니다. 그런데 그림의 내용에는 대개 두 가지로 구별됩니다. 하나는 실제적인 것 또 하나는 상상적인 것입니다. 이 두 편이 서로 함께 가추어진 것이 조치만 넘우 쒸여나게 이상한 것은 못씁니다. 아주 어린아이에게 줄 만한 그림책은 보통

‖설명‖이 붓지 안습니다. 이것은 착색(着色)한 것과 색채(色彩)가 선명한 것으로 속되지 안흔 것이어야 합니다. 어써한 종류의 그림책이라도 교육적이고 또 위생적인 것이 제일입니다. 교육적으로는 나히에 일치한 것 또 아이의 개성(個性)에 응하는 것을 택할 것입니다. 그러고 위생적으로는 문자가 넘우 잘지 안하야 하며 물론

‖분명‖한 것이어야 합니다. 어릴 째에는 특히 속되고 못된 그림책을 보아서는 큰일입니다. 그림은 미적 관념(美的觀念)을 길으며 한 걸음 더 나가서는 도덕의 함양(涵養)에 큰 힘이 되기 째문에 그 내용에 쌀하서 극진한 주의를 해야 됩니다. 그림책이 아무리 싸드라도 리익은 업고 해를 씨칠 것은 물론 금해야 됩니다.

## 趙彈響, "(文壇探照燈)「갈멕이의 서름」을 創作然 發表한 李季嬅 氏에게(一)", 『동아일보』, 1930.11.28.[360]

嚴正한 藝術的 良心으로서는 到底히 容許 默過할 수 업는 作品 剽窃 行爲에 犯한 李 氏의 일이다. 이 寸鐵의 駁文으로써 文壇探照燈을 通하야 不美로운 事實 正體를 一般社會에 爆露 公開함은 어찌 다맛 李 氏에게 限한 峻烈한 膺懲 警告만이 되랴 —— 斯道로 進出하는 동무 一般에게 多少 注意 誡訓이 되어 未來의 過誤犯을 미리 막기 爲할 뿐더러 特히 우리 少年小女文藝의 長足의 進展을 위하야 向上의 一路를 打開하려는 衷心으로써 李 氏의 敢行한 作品上에 現露된 藝術的 良心을 欺瞞하고 創作權을 無視 剽窃한 可憎스러운 點만을 毫釐만큼도 假借함이 업시 冷靜히 追擊하려 한다.

× ×

『아이생활』 十一月 分(第五卷 第十一號)의 第十九頁에 發表한 李季嬅 氏의

갈멕이의서름

바다가에 깃들인
적은갈메기
압바엄마 그리워
슯히울어요
안타까운 마음을
앞아하면서
끗업는 나그내길
떠나볼가요

360 '趙彈響'은 조종현(趙宗泫)의 필명이다.

검은물결 바다결
　　　　구비치면은
어린새는 무서워
　　　　눈물흘녀요
외로움과 서름을
　　　　하소연하며
일홈모를 나라로
　　　　떠나를가오
　　　　(以上 傍點 筆者)

이 一篇의 童謠는 틀림업는『어린이 讀本』(高丙敦 編輯, 滙東書舘 發行 一九二八年 七月 十日 出版)의 第七十二 페이지에 이미 실린 리강흡 氏의 創作「갈맥이 서름」이니 引抄하면 下文과 갓다.

갈맥이서름

바다가에깃들인 적은갈맥이
압바엄마그리워 슯히울어요
안타까운마음을 압허하면서
끗업는나그네길 떠나를가요

거문물결바다결 구비치면은
어린마음무서워 눈물흘여요
외로움과서름을 하소연하며
일홈모를나라로 떠나를가요

---

**趙彈響, "(文壇探照燈)「갈맥이의 서름」을 創作然 發表한 李季嬅 氏에게(二)", 『동아일보』, 1930.11.29.**

이상에 具錄한 리강흡 氏의「갈맥이서름」의 全篇을 李季嬅 氏가 窃取하야 自己의 이름으로써 創作인 체하야 恬然히 發表할 때에 「갈맥이의 서름」이라고 題하야 "의"ㅅ 자만 더 너코 若干의 한글 文法과 句節만을 떼어서 썻슬 뿐이지 全篇 그대로가 "강흡" 氏의 作임을 속일 수 업는 동시에 區區한 辨解를 더할 必要가 업다. 보아라! 剽窃犯이 確實하지 안흐냐? 이 一篇의 童謠 原作家가 儼然히 存在함을 어찌하랴 ——

李季嬅 氏! 自重하라! 一時的 文名을 엇기에 汲汲하야 他의 作을 剽窃한다 함은 어찌 우리 新進 少年小女로서의 敢行할 바랴. 적어도 藝術의 良心을 把持하야 意識的으로 우리 少年小女文藝의 進展 普及에 한 役割을 다하려면 嚴正한 立場에 立脚하야 힘 잇는 作品을 製作치 안흐면 안 될 것이다. 이에 特히 徹底한 反省과 眞正한 覺悟가 잇기를 바란다. 頂門一針!

× ×

이 적은 글을 抄할 때에 문듯 日前에 나의 筆鈞墨餌에 걸린 李盛珠 氏가 記憶된다. 李季嬅, 李盛珠 氏가 두 분이라면 몰으거니와 만일 同一人(?)(同校 同班 同姓으로써 同誌에 作品을 發表한 것만큼 推測된다)이라면 더욱이 深刻한 反省이 잇서야 될 것을 거듭 말하야 둔다. 아프로 우리 少年小女의 新進文藝를 建設하는 데 꾸준한 努力과 精進으로써 새로운 意識을 把持하야 힘 잇는 作品 만히 製作하야 주기 바라며 "어느 限度까지는 默過가 必要치 언흐냐? 차라리 한 篇 더 읽고 한 首 더 짓는데 힘쓰라!"는 星園裵詞兄의 箴訓을 들으며 그만 붓을 놋는다.

— 1930.11.17. 東大門 外에서 —

"슷"

## 嚴昌燮, "(文壇探照燈)精神 업는 剽窃者 金景允에게", 『동아일보』, 1930.11.30.

筆者는 지난 十一月 九日附『每日申報』少年欄 六段에서 通川 金景允君이 發表한

옵바생각

뜸북뜸북뜸북이
　　논에서울고
뻑국뻑국뻑국이
　　숩헤서울제
우리옵바말타고
　　서울가시며
비단구두사가지고
　　오신다드니
기럭기럭기럭이
　　븍에서오고
귀뚤귀뚤귀뚤이
　　슯히울건만
서울가신옵바는
　　소식도업고
나무닙만우수수
　　쩔어집니다

를 보앗다. 그리고 어찌 기가 막히는지 선웃음치고 말앗다.

이 글을 보는 여러분은 지금 웃을리라고 生覺한다.

그러나 筆者가 선웃음치는 것도 까닭이 잇다.

무엇이냐? 하면 이 童謠는 水原에 잇는 崔順愛 孃이『어린이』一九二六年 十一月號 五十八頁 入選 童謠欄에 發表한

**옵바생각**

ᄯᅳᆷ북 ᄯᅳᆷ북 ᄯᅳᆷ북새
　　논에서울고
ᄲᅥᆨ국 ᄲᅥᆨ국 ᄲᅥᆨ국새
　　숩헤서울제
우리업바 말타고
　　서울가시며
비단구두 사가지고
　　오신다더니
기럭 기럭 기럭이
　　北에서오고
귓돌 귓돌 귓드람이
　　슯히울건만
서울가신 옵바는
　　소식도업고
나무닙만 우수수
　　ᄯᅥ러집니다.

으로 일즉이 朴泰俊 氏와 洪蘭坡 氏의 作曲ᄭᅡ지 잇서 世上에 一時 流行되엿든 것임으로이다.

只今 金景允에게 한마듸 말하여 둘 것은 이다음에는 아여 이런 일이 업기를 바라나 萬一 ᄯᅩ 하랴거든 남이 잘 모르는 깁흔 대 숨은 童謠를 ᄲᅧᆸ아 써야지 曲調 부처 世上에 流行되는 것을 ᄲᅧᆸ아 쓰면 所用잇나……. (ᄭᅳᆺ)

## 金炳昊, "童謠講話(一)", 『新少年』, 1930년 11월호.

一. 童謠란 무엇

인간사회가 생긴 이후로 사람이란 노래를 불을 줄 아는 것으로 증명되여 잇다. 원시사회에서 루넷싼쓰 시대를 것처 현대에 이르기까지 어느 나라 어느 민족을 불기하고 노래한 것을 불으지 안은 것은 하나도 업섯다. 일을 할 때에는 일의 괴로움과 피곤함을 이즐 수 잇도록 노래를 하얏고 산영을 하러 갈 때에는 서로의 부호를 맛추어 짐성을 잘 잡도록 노래를 하얏고 전쟁을 나갈 때에도 적(敵)이 놀낼 수 잇도록 장엄하게 노래를 불너서 행진을 맛추엇든 것이다. 그러면 인간사회가 잇는 곳에는 반다시 노래가 잇다고 할 수밧게 업시 되엿다.

여기에서 우리는 어룬들의 노래를 "詩歌"라고 하고 兒童의 노래를 "童謠"라고 하여 두자. 어룬들이라도 불을 수 잇는 노래를 "民謠"라고 하고 兒童(二十才 未滿)이 불을 수 잇는 것을 "童謠"라고 하겟다.

童謠란 兒童의 노래다. 그러면 그것은 누구가 짓느냐. 어룬도 짓고 兒童도 짓는다. 누구가 지으나 둘 다 童謠는 童(이상 18쪽)謠다. 그러면 그 불너지는 것은 무엇이냐. 童心의 發露 그것일 것이다. 그러면 어룬도 童心이 잇느냐고 물을 때 업다고 할 수밧게 업다. 웨— 그들은 어룬이기 때문에 어룬의 마음을 가젓기 때문이다. 그러나 그들이 童謠를 지을 때는 그들의 어렷슬 때를 回想하거나 童心的의 것을 想像하야 쓰는 것이다. 그러기 때문에 兒童 自身이 쓴 童謠만치 童心의 純美한 發露는 엿볼 수 업슬는지는 몰르지만 그 形式에 잇서서는 넉넉히 童心을 活用식히며 잘 노래할 수 잇는 것이다. 兒童이 지은 童謠는 童心만은 어룬의 것보담 낫다고 볼 수 잇지만 그 形式과 表現方式에 不足한 이 잇는 것을 볼 수가 잇다. 엇더튼 童心을 노래한 것, 兒童의 처지에서 自然이나 人間이나 社會를 觀察 感受하야 노래한 것이라 하여 둘 수밧게 업다.

二. 푸로 童謠는 엇던 것

"童心은 純潔無垢한 것이다", "兒童은 天眞爛漫한 것이다", "兒童은 天使이다", "兒童은 神聖하다"는 말소리는 過去의 뿔조아的 兒童觀이엿다. 우리는 여기에서 童謠를 뿌르조아 童謠와 푸로 童謠로 난우와서 童心에도 階級性이 잇다는 것을 宣言하여야 한다.

한 가지 事物을 볼 때에 뿔조아 兒童과 푸로레타리아 兒童은 各各 그 童心에 잇서서 달은 感情을 가질 것이다. 달을 보면 뿔르조아 兒童은 불르게 먹은 배를 거머쥐고 노래를 불으며 놀너나 갈 생각을 하며 다맛 달이 밝고 좃타는 것만 늣겨질 것이다. 그러나 푸로 兒童은 달밤에(이상 19쪽) 아버지가 들에 나가 논에 물 퍼는 것을 連想할 것이요. 밤 늣게 돌아오실 아버지를 마종 나갈 때 길이 어덥지 안는 것을 길거워할 것이다.

비가 오면 뿔조아 아히들은 새로 사 둔 긴 구두 신어 볼 것이 길거워 날쒸겟지만 우리의 兒童은 우산 업시 學校 갈 것을 걱정하며 아버지 일 못 가 옵빠가 오면 밥 굶을 것을 무서워 할 것이다.

(五行 畧)

아버지가 일을 하여도 일을 하야도 가난하며 빗에 쫄니며 一年 동안 땀을 흘녀 농사를 지여도 늘 쩔쩔매는 꼴을 보는 兒童은 저도 모르게 분하고 서러운 생각이 날 것이다.

— (以下 二十七行 畧) — (이상 20쪽)

## 李貞求, "學生詩歌 評(一)", 『조선일보』, 1930.12.3.[361]

實로 거북한 붓을 들엇다.

첫재는 네가 남의 詩歌를 評할 만한 才操가 어데 잇느냐 하는 생각이 爲先 나의 머리를 찡하게 만들고 둘째는 果然 學生詩歌(『朝鮮日報』 學生欄 中心)엔 評筆을 던질 만한 佳作이 잇섯느냐 하는 걱정이다. 여하튼 行裝한 김이니 써나 본다고 붓대 든 김이니 써 보자.

學生欄은 다른 新聞에서 보지 못하는 『朝鮮日報』의 特志로 베푸러진 가장 우리에게 보배로운 機關이다.

우리는 힘써 이 欄을 利用할 일이다. 그런데 昨年에도 이 欄이 잇섯지만 昨年엔 全혀 詩歌로 채워진 學生文藝欄엔 隨筆이라든가 鑑賞, 小品 이런 시시북덕한 글발은 머리도 못 들엇다.

말하자면 學生文藝欄이 아니라 學生詩壇이엿섯다.

이만치 昨年의 우리 詩壇은 意氣가 旺盛햇다.

그러기에 詩歌 以外의 作品은 우리 學生文藝欄에서 逐出을 當한 세음까지 되엿다. 그런데 今年에 드러서는 主客顚倒 格으로 詩歌라고는 도무지 차저낼 수가 업다. 모다 領地을 隨想 隨筆 小品들에게 빼앗기고 詩歌는 조금도 成績이 안 올라간다. 그러기에 점점 다른 作品은 勢力이 興旺해 갈 쑨이요 우리 詩歌는 한지에 나선 세음이다.

昨年에는 그래도 作家도 宏壯히 進出하고 質로나 量으로나 相當히 우리 學生詩壇을 支持해 나갓고 날마다 웅성웅성햇는데 今年은 도모지 意氣가 업다.

作家도 모다 沈滯해 버리고 좀체 머리를 안 내미는 터이라 우리 시간은 꼭 戰士 일흔 거츠른 들 갓다.

○

---

361 원문에 '元山 M校 李貞求'라 되어 있다.

그러닛간 우리 學生文壇엔 隨筆이라든가 小品이라든가 이런 怪常한 그림자(平和한 意味에서의)가 陣出하고 조곰도 讓步를 안 한다.

이것은 우리 詩 쓰는 동무들에게 퍽 섭섭한 소식이다.

만약 이대로 둔다면 우리 學生詩壇은 存在도 모르게 이저진다. 正히 奮起하여 우리의 동무를 차저내여 붓대를 한곳에 모으고 우리의 차지할 바 領地을 차저내야 한다.

이러한 傾向이닛간 사흘에 한 篇이나 닷새에 한 篇식 머리를 내미는 詩歌좃차 알는 사람의 숨소리가티 힘이 업다.

至今 와서야 十月分을 가지고 論議하는 것은 좀 뒤느젓지만은 이번 十月만 해도 겨우 정성슷 모흔 것이 不可 七十八篇에 지나지 못한다.

그나마 좀 더 살찌고 힘이 부튼 詩歌라면 여북 조핫스랴만 모다 뼈만 가지고 '센치멘탈'한 것 뿐이다.

그래서 나는 이번에 이 붓을 冷情한 評筆로 들지 안코(元體 冷情한 評筆을 들 評家가 아니닛가) 한 詩歌의 評釋 비섯하게 붓을 집르랴 한다.[362] 먼저 作者들에게 용서를 빌고 하나식 써 보자.

---

## 李貞求, "學生詩歌 評(二)", 『조선일보』, 1930.12.4.

「가을밤」　吳順煥

이것도 동요다.

고요한 가을밤 구슬은 버레소래를 들으면서 집 써난 언니가 그리워 잠 못 이루고 잇는 焦燥한 가슴을 잘 그렷다.

그러나 詩를 읇어서 내던지지 말고 自己가 읇은 노래이면 되도록 自己가 내음새를 맡어 볼 일이다.

---

362 '집으랴 한다.'의 오식이다.

이 노래도 亦是 좀 더 作者가 읽어 보고 내노핫드라면 아직 붓대를 들고 두서너 곳 修正할 곳이 있을 것을!

말하자면 不過 여섯 줄밖에 안 되는 노래 속에 "가을밤"이 세 번 "쓸쓸히"가 두 번 "잠 못 일운"이 두 번식이나 重疊되여 노래의 感興을 어지간히 거슬는 것이다.

「永遠의 노래」 朴斗仁

永遠의 노래라는 것이 엇더한 노래인지는 모르나 作者는 어지간히 이 노래를 즐기는 모양이다. 가슴에서 希望이 뛸 때마다 깃븜이 뛸 때마다 이 노래를 부르는 모양이다.

이런 詩歌를 보면 나는 무어라고 作者에 엿주었으면 좋을지 모르겠다.

이것은 作者 혼자만이 解釋하고 作者 혼자만이 알어낼 詩이지 딴 사람이 읽어서는 도무지 알 수가 없다.

決코 技巧가 없다든가 構想이 납부다는 것은 아니다.

될 수 있으면 남 앞에 내놓는 詩를 알기 쉽게 써 줄 일이다.

싸다로운 '심포리즘'의 詩歌는 벌서 必要치 안타.

「그리운 언늬」 李珠暻

이것도 童謠에 갓가운 노래다.

달빗 흘으는 明沙十里 흰 모래 우에 海棠花가 피고 갈마기가 슯이 울 때면 싀집간 언늬가 그리워젓다.

極히 單調롭고 貴한 글이다.

매듸업고 多情한 感興이 잇다. "江물의 갈매기"는 바다 우의 갈매기가 아닐가. 강물에 보다도 갈매기는 바다에 뜨는 새다.

또 만약 江물에 뜬다손 치드래도 元山엔 갈매기 뜰 만한 강물이 업다.

「조으는 별」 金永壽

재미있는 노래다.

첫겨을 밤하늘에 은모래 뿌려 둔 것같이 또박또박 백힌 별이 보인다.

오동닢이 우수수 떨고 있는 것도 좋다.

그러나 나는 이 作者를 紙面으로 알고 있으니간 하는 말이지만 金 君만한 作者이면 좀 더 붓대를 놀려 더 鎭重한 作品을 못 내어 줄까.

藝術은 藝術을 爲한 藝術만이 藝術이 아니다.

우리는 風景만을 읊을 수 잇는 詩人이 되여서는 안 된다.

君은 이 말을 解釋할 수 있을 텐데…….

「가을밤」 李承億

이것도 童謠다.

맑고 깨끗하고 凄涼한 情緒가 흘은다. 고향길 날러가는 외짝 기럭이라든가 가랑닢 한늘한늘 떨고만 있다든가 한 짐 잔뜩 가을밤을 실엇다.

그러나 당신이 조선의 젊은 아들로 태여났으면 참아 이런 노래는 못 불를 것이요.

좀 더 무게 있는 글을 써 주었을 것을 ——

「日本가는 少年」 李元壽

배를 타고 玄海灘 지금 막 건너는 동무의 한숨이랄가?을 그렷다.

나는 여긔서 이 글을 前記 李承億 君과 金永壽 君의 「가을밤」이나 「조으는 별」에 비겨 보겠다. 技巧나 構想이나 感興 이런 데 대해서는 「日本가는 少年」은 퍽 떠러저 뵈일지 모른다. (實은 技巧 便으로 李元壽 君의 글은 떨어 안 진다고 생각한다.)

그러나 우리는 묵에 잇는 作品 하면 선듯 元壽 君의 것을 처든다. 웨? 그것은 現實을 말하는 作品이기 때문이다. 우리들의 가슴을 헤여내는 까닭이다. 우리에게는 하날에 별을 헤일 餘裕가 없다. 고향길을 것는 외짝기럭이를 처다볼 새가 없다. 우리는 그 外에도 할 일이 많다. 볼 것이 많다. 무엇보다도 우리는 우리의 生活相을 보아야 한다. 어떡해 사는가?

조선 사람은 大體 어떡해 살고 있는가. 第一 궁금한 것이 이 消息이다. 하로 밥 한 술을 못 얻어먹고 路傍에서 헤매고 있는 동무가 있는데 눈이 말둥말둥해서 하늘에 별만 혜여 볼 염치가 있을까?(차츰 말하랴니와 여긔서 더 말하기를 끄린다.) 이 點으로 보아 「日本 가는 少年」은 잠간 우리에게 생각할 만한 '썸팅'을 준 것만도 고맙다. 如何間 우리는 낳유달리즘도 쓸데없다. 보맨派도 심포리즘도 쓸데없다. 純全한 리알리스트여야 한다.

더욱이 우리 藝術運動에 있어서이다.

---

## 李貞求, "學生詩歌 評(完)", 『조선일보』, 1930.12.5.

「물새」　全鳳楠

이것은 童話다. "가을바람 왁왁 숩을 헷치고(울니고) 파랑 강물 흰 파도 일으키는데"는 재미잇스나 맨 씃절에 "동실동―실 배노리해요"는 아모리 생각해도 鮮明치 못하다. 作品 全體를 通해서는 江물에 물새가 날고 배가 쓰고 파도가 일고 이러한 風景이 조선 안에도 잇슬가 하는 의심이 난다. 물새 떼란 좀처럼 좁은 江물에 날어 안 온다. 물새를 그릴나면 차라리 바다에 물새를 그렷드면 한다. 그리고 二節 "바람 불고 파도치는 강물"은 一節의 "파랑 강물 흰 파도 일으키는데"의 重復이 된 듯한 늣김이 잇다.

달니 表現할 길을 차젓드면 한다.

「새벽빗」　金思燁

아츰과 가티 선선한 글이다. 東 하늘에 내뿜는 해빗을 가슴에 안고 모든 過去의 어지러운 마음을 내어버려라.

아츰해가 熱뭉치인 것처럼 너이도 熱이 있어라.

大地라도 녹일 듯한 熱이 있어라. 지금 너의 가슴 속에는 너의 온 몸와 動脈을 돌고 있을 염통의 피가 搖動을 하리라.

그리하여 너이의 動脈에서 움직이는 힘은 드디어 出發하고 말리라.

이때이다. 正히 젊은 일쭌의 熱과 힘이 아울러 쏘다질 때는…….

「그녯날」　金敬玉

萬若 이것이 作者의 生活을 말한 詩라면 作者는 천번만번 울어도 시원치 않으리라.

朝鮮의 女人네여. 그대는 勇敢할지어다.

달빛 흐르는 白砂地 우에나 찾어 다니면서 모래알 헤일 째는 아니오니 그대여 부대 勇敢할지어다.

발벗고 거리로 뛰여나오는 女人네 되소서

「아츰바다」 李晶善

오오 귀여운 詩다.

"아츰마다 이러나 뜰에 셨으랴면 나무나무 가지가지 나르는 새우름 곡국의 새울음가티 마음이 설치요"

별이 讀者의 가슴을 간즈린다.

우리는 同情한다. 異域의 동무의 설움 孤寂 그리고 모든 生活 — 오오 異域의 貴여운 동무여.

해가 집웅을 넘을 째라도 쓸쓸해 혼자 소리처 울고 있다는 오오 나의 귀여운 異域의 동무여 부듸 몸과 마음을 크게 먹고 싸우소서. 來日은 우리를 한때에 모흐지 않으리.

「따리아」 李珠暻

담장 밑에 짜리아는 곱게 되엿네.

이만한 技巧 이만한 詩才를 가젓스면 웨 좀 더 우리들의 要求하는 詩을 못 쓸가? 웨 좀 더 무게 있는 글을 못 쓸가? 물론 담장 밑에 곱게 된 짜리아를 바라보는 것도 나의 일이다. 시집간 언니를 생각하는 것도 나의 일이다. 하나 담장 밑 꼿송이 바라보는 눈으로 시집간 언니에게 언저 주는 생각을 좀 더 갑갑한 내 事情을 웨 못 내다 볼가? 웨 못 생각할가?

담장 짜리아 곁에 섯는 作者 나는 부르오니 나오라 街頭에로……. 당신이 사는 元山의 거리에는 지금 數萬 群衆이 웅성거리고 당신과 같은 詩人을 부르지 안는가?

「가을밤」 張露星

이것도 獨特한 늣김은 없다. 評하랴면 먼저 李承億의 「가을밤」이나 쏙가튼 感이다.

李 君의 評을 보아주기를 바란다.

「내 生活에 告白」 朴鷄聲

非但 朴 君쁜만이 아니라 모든 學生이 그러하다. 그짓 살림을 하고 있다.

戰慄하도록 무서운 그짓을 每日 말하고 내주고 받고 한다.

그러타. 우리는 우리의 存在을 認識한 우리의 處地을 잘 안다. 또한 우리의 할 바도 잘 안다.

모든 일감이 우리의 雙肩을 안타갑게 기다리고 잇는 줄도 잘 안다. 아하 그러나 先生의 視線은 殘慮에서 나온 것이다.

그러나 우리는 오직 그짓 살림을 하면서도 우리의 살 바를 항상 이저서는 안 된다.

어느 때이고 이를 그들의 손아구니에서 벗어나 보다 큰일을 할 때가 온다.

동무여 그때까지 힘을 기르소서.

○

評이랄까 讀後感이랄까?는 끝이 낫다.

이것이 한 달 동안의 우리의 收穫이라면 퍽 쓸쓸한 收穫이다. 如何튼 우리는 藝術을 爲한 藝術을 創作하기보다도 實際를 爲한 作品을 쓰자. 뜰 앞에 피는 꽃 한 송이보다 거리에서 일하는 일군의 땀방울 한 개를 保護하자. 끝으로 함부로 남의 作品을 주물러 논 것을 謝하고 붓을 던진다.

## 全春坡, "評家와 資格과 準備－南夕鍾 君에게 주는 駁文", 『매일신보』, 1930.12.5.

엇더한 意味로 보던지 創作家는 批評家가 아니다. 그러나 批評家는 훌륭한 創作家이여야 할 것이라고 생각한다. 웨 그러냐 하면 批評을 쓰는 것도 一種의 創作으로 볼 수 잇는 까닭이다. 批評은 理論이며 批評家는 理論을 創作하는 사람들이다. 作品이란 것은 感情을 組織化하여 노흔 것이며 作品에 對한 評이란 그 感情이 如何히 組織되엿는가 —— 를 檢討하고 解剖함이 作品에 對한 評의 使命? 目的?이라고 할 것이다. 그런 까닭에 創作家는 批評을 모르고도 創作할

**可能性**이 잇지만 批評家는 創作을 모르고서는 批評家로서의 資格조차 許할 수 업는 것이다. 그러기 째문에 비록 幼稚한 創作이라도 그것은 作品으로서 評을 바들 性質 —— 바더야 할 性質을 가젓지만은 幼稚한 批評으로서는 能히 作品을 評할 수 업는 것이다. 굿하여 評을 쓴다손 치드라도 그것은 評이 아니요 平凡한 讀後感이라고 할가…… 評이라고는 볼 수 업게 되는 것이다. 作品에 對한 批評이란 이만콤 重大한 役割에 當面하고 잇는 것이다. 그러키 째문에 偉大한 批評家는 亦是 偉大한 創作家라고 볼 수 잇는 것이다. 그럼으로써 偉大한

**批評家**는 第一로 智識이 該博하여야 하고 一般 藝術理論에 透徹하여야 할 것이며 그 밧게도 明哲한 理論으로 時代의 이데오루기를 把握하고 現實을 正確히 批判할 만한 獨創力을 豊富히 所有한 者이여야 할 것이다. 그러치 안코서는 當初에 評筆을 든다는 것부텀도 輕擧妄動이 아니라고 못할 것이다. 다시 쉽게 말하자면 批評家로서 반다시 가저야 할 批評的 創作力의 力量이 업고서는 제 아모리 博學者라도 批評家가 될 수 업다는 말이다. 웨 그러냐 하면 批評이란 一種의 獨特한 創作이기 째문에 ——

그런데 지금 우리 文壇에는

**評家的** 力量 有無도 헤아리지 안코 幼稺한 評筆을 함부로 휘두루는

勇士들이 만히 잇슴을 보게 되는 나로서는 苦笑의 禮物로서 對하지 안을 수 업슴이 여간 寒心한 일이 아니다. 그와 가티 분수 업시 날쒸는 그들을 볼 때에 그 勇氣만은 未嘗不 奇特하다고 할지언정 "評"字를 부칠 수도 업는 되지 안은 客說을 氣高萬丈하게 느러논는 것은 참하 볼 수 업서 타오르는 憎惡感을 억제할 수가 업게 되는 것이다. 그래도 그 自身은 所謂 評家然하고 作品을 나려다 보며 曰是曰非하는 그 畏濫한 態度야말로 可憎의 度를 넘고 넘어서 嘔逆이 나올 地境이다. 모-든 것이 아직 幼穉하고 바로잡히지 안은 우리 文壇에 잇서서

**可必 評**壇만이[363] 쒸어날 수도 업슴을 모르는 배가 아니오, 創作界를 보드라도 幼穉한 作品이 만어서 可히 붓을 잡고 評할 만한 것이 못되는 作品도 만치만 먼저 말한 바와 갓치 아모리 幼穉한 作品이라도 作品으로서 評을 바들 수가 잇지만 批評이란 幼穉라느니보담 批評家로서의 具備할 諸條件(먼저 말한 바)을 갓초지 안코서는 評이라 내노홀 수 업는 것이다. 作家가 幼穉한 作品을 내어놋는다고 評家와 批評조차 幼稚하게 쓰라는 定義는 업스니까 ——

---

## 全春坡, "評家와 資格과 準備-南夕鐘 君에게 주는 駁文", 『매일신보』, 1930.12.6.

이제 『每日申報』 紙上으로 連載되든 南夕鐘 君(南應孫?)의 童謠 評에 對하야 잠간 붓을 드러 君의 輕擧를 責하는 同時에 將來할 우리 評壇을 爲하야 萬一의 도음이라도 되면 —— 하는 微意로써 若干의 考察을 試하려 하는 바이다. 評이란 엇더한 評을 勿論하고 반듯이 그것을 出發시켜야 할 그 무엇이 事物이 잇서야 할 것이니 내가 이곳에서 말하고저 하는 "評"이라

363 '何必 評壇만이'의 오식으로 보인다.

는 그것이 文藝 作品에 對한 評(童謠도 兒童의

**文藝作**品이니까)을 意味하는 以上 그것이 "文藝 作品"(童謠)을 前提로 하고 對象으로 한 것은 勿論이다. 그럼으로써 나는 이 一文을 草하는 順序로써 먼저 文藝 —— 卽 藝術 作品 —— 그것의 定義에서부터 出發하기로 한다. 藝術이란 時代의 反映이다! 라고 定義가 나린 지가 이미 오래며 누구나 그를 否認치 못하리라. 그리고 그 時代란 生存意識을 土臺로 한 生活樣式의 變遷과 나뉠 수 업는 關係를 가진 아래에서 進行되고 잇는 것이 事實일 것이다. 그럼으로 우리는 이러한 定義를 엇게 된다. "藝術이란 그것을 나흔 또는 낫토록 한 그 時代의 生活意識의

**觀念的** 立體的 表現이라고 ——"

보라! 過去 懷古主義 藝術의 뒤를 니어 浪漫主義 藝術이 일어낫고 또한 그것이 自然主義 藝術로 밧구어진 것도 그 全體에 잇서서 그 時代 그 藝術의 發展을 可能케 한 生活 乃至 生活意識의 賓踐[364]이 잇섯든 까닭이다. 쉽게 말하자면 藝術이란 絶對로 生活意識을 써나서 存在할 수 업는 것으로 아모리 享樂的 —— 娛樂的 藝術이라고 하더라도 그 根底에 잇서서는 반듯이 그 藝術의 出發을 必然케 한 生活과 밋 그것에 對한 憧憬 乃至 그것으로부터 어든 實踐 意識의 作用이 潛在하여 잇는 것이다. 그리하야 이것이 同一한 生活 —— 또는 그 生活에 對한 憧憬과 意識을 가진

**階級層**에 向하야 歸合되고 마는 것이다. 그럼으로 이러한 法則 밋헤서 時代와 階級과 生活과 藝術은 언제든지 併行하고 잇는 것이다. 지금 우리는 엇더한 藝術을 把握하고 잇는지 筆者가 말치 언어도 明若觀火의 事實로 이미 우리는 알고 잇슬 것이다. 그럼으로 張皇히 쓰지 안키로 하고 評에 對한 若干의 考察을 試함으로 本 小論을 막으려 한다. 먼저 말한 바와 가티 評이란 作品을 前提로 한 것이다. 쉽게 말하자면 作品 속에 담기여진 作家의 精神(感情)을 評者의 主觀에 依하야 解剖 批判하는 것으로 問題의 中心은 作家의 精神 及 感情과 評者의 主觀에 잇는 것이다. 그럼으로 評者의

---

364 '賓踐'의 오식으로 보인다.

主觀 —— 卽 評者가 가지고 잇는 社會觀

**人生觀**의 如何는 한 作品에게 判決을 내리랴는 데 잇서서 重大한 動機를 決定하는 것이다. 評家가 한 作品을 評한다는 것이 醫師가 한 患者를 取扱한다는 것과 마찬가지로 醫師의 病因 探索을 患者診察이라고 하는 것과 가티 評者의 作品鑑賞을 作品診察이라고 하여도 過言이 아닐 것이다.

---

## 全春坡, "評家와 資格과 準備-南夕鐘 君에게 주는 駁文(二)", 『매일신보』, 1930.12.9.

이제 한 評者가 잇서 한 作品에 對한 觀察을 그릇되려 가지고 그 作品의 價値 乃至 그 作者의 精神을 沒覺하여 버린다고 하면 그 責任이 얼마나 重大한 것이랴. 그것은 맛치

**醫師가** 患者의 病을 잘못 診察한 결과 그릇된 藥으로써 그 患者의 貴重한 生命을 빼아슴에 이르는 것과 조곰도 틀리지 안는 것이다. 이에서 우리는 評者로서 作品에 臨하기 前에 먼저 作品의 觀察을 그릇트리지 안키 爲한 評者 自身으로서의 充分한 素養이 잇기를 要求하야 마지안는 것이다. 作品과 評의 關係가 이러함에 틀림이 업슬진대 그 다음으로 생각할 問題는 무엇일가?

그것은 두말할 것 업시 評의 效果와 評者의 態度에 關한 問題일 것이니 評의 效果가 果然 어느 편에 잇는 것일가? 또는 評者로써 엇더한 態度를 가저야 할 것이며 엇더한 行動을 하여야 할 것인가?

내 本文을 草하는

**動機와** 目的이 實로 여긔에 歸結되고 말 것이다. 評이라는 것이 作品을 前提로 한 것일진대 作品이 업시는 評이란 成立되지 못할 것은 勿論이다. 作家가 내여 노흔 한 개의 作品이 엇더한 精神 아래에서 凝結되여 잇스며 또는 社會群 —— 卽 民衆에 對하야 엇더한 作用으로 엇더한 效果를 주는

가, 또는 줄 것인가를 指摘하야 作家로 하여곰 讀者層에 對한 自己 作品의 響動[365]을 알게 하는 것이다. 그럼으로 評의 效果란 主로 社會群에게 對하여서가 아니라 作家에게 對하여서 잇는 것이다. 이제 社會群 卽 民衆에게 對하여서 엇더한 效果가 잇다고 하면 그것은 오즉 作家의 作品에 뒤따르는 副作用에 依한

**效果에** 지나지 못할 것이다. 이에서 우리는 評이란 作品을 前提로 하야 成立되는 것이며 그 效果가 또한 作品 그것에 도라간다는 것을 斷定하는 同時에 評者란 웃까지 作家를 對相으로 한다는 것을 定義할 수 잇는 것이다. 그럿타! 評家의 對相은 作家다! 그런 까닭에 作家와의 關係를 떠나서 評者의 使命을 다할 수 업는 것이다. 이럼으로 評者로서 作品에 臨하려할 때에는 반듯이 이 原則을 主眼으로 하야 出發하지 안으면 안 될 것이다. 그러나 評家가 아모리 作家를 主眼으로 한다 하드라도 作家의 對相이 이미 民衆인 以上 그도 또한 民衆과 아모러한 關係가 업다고는 못할 것이다. 그뿐 아니라 評家로서 作家에게 要求하는 바는 반듯이 民衆의 要求일 것이니 그러코 보면

**評家는** 作家의 審判役 —— 補佐役인 同時에 民衆의 代言者일 것이다. 그럿타! 評者란 作家와 民衆 사히에 선 中媒役이다.

---

## 全春坡, "評家와 資格과 準備－南夕鐘 君에게 주는 駁文(三)", 『매일신보』, 1930.12.10.

作家와 民衆 사히에 서서 作品 우에 실린 作家의 精神을 民衆에게 傳하여 주고 그 作品을 通하야 當然히 바더야 할 民衆의 그 엇더한 希求를 作家

---

365 '響胴'의 오식으로 보인다. '響胴'은 기타(guitar) · 바이올린(violin) 따위의 현악기에서, 공기를 울려 소리를 크게 하는 부분을 말한다.

에게 알리여 주는 것이 卽 評家로서의 任務인 것이다. 이럼으로 評家란 보다 더 重大한 役割에 當面하여 잇는 것이다. 이제 『每日申報』 紙上에 발표되든 「每申 童謠 十月 評」[366]이라는 題目下에 南夕鍾 君이 휘두르는

**雄筆이**야말로 怪狀하기 짝이 업다. 評이라고 보기에는 氣가 막힐 地境이고 讀後感이라고 보기에는 너무도 平凡하다. 이러한 쓰러기통이나 차지할 글ㅅ발을 評文이라고 밧아 주는 新聞社 當局의 原意가 疑心하리만큼 두터우려니와 철업시 함부로 붓대를 휘두르는 南 君의 鐵面皮를 웃지 안을 수 업는 것이다. 오히려 철업는 탓이라고나 하면 귀여웁기나 하련만 ——

우리는 『每日申報』 紙上으로 실린 南 君의 所謂 童謠 評이라는 것을 낡엇스리라. 그리고 아울러 筆者와 共히 苦笑의 禮物을 던젓스리라. 그럼으로 그 所謂 評論이라는 것이 評文으로서의 價値를 許할 수 업는 以上 이곳에 列擧하야 말치 안으련다. 다만 그것은 評文도 아니오

**讀後感**도 아니엇슬 뿐이다. 그 一文이 나타남으로 엇은 바效가[367] 果然 무엇이겟느냐? 엇은 바가 잇다고 할 것 가트면 南 君 自身의 輕率함을 他人에게 暴露식힌 데 지나지 안코 오히려 讀者層의 憎惡感을 삿슴에 끄치고 말앗스리라. 우리는 南 君이 草한 一文에서 果然 그 무엇을 어덧슬가. 또한 南 君이 對象으로 한 作家들은 南 君의 一文 속에서 果然 무엇을 엇엇슬가? 섭섭한 일이다! 零이다! 零이다! 아모것도 업다! 한 개의 作品 속에 담기여진 作家의 精神을 民衆에게 傳하지 못할진대 또는 民衆의 代言者인 評家로서 民衆의 作家에게 希求하는 바를 作家에게 傳하지 못할 진대 우리는 그러한

**評家는** 評家로서 存在하여 잇기를 許하지 안을 것이다. 안어야 할 뿐더러 깨끗이 埋葬하여 바려야 할 것이다. 웨 그러냐 하면 우리는 어데까지든지 重大한 役割에 當面하야 잇는 批評의 "權威"를 擁護하기 爲하야 —— 이 따위 似而非的 評家의 存在를 徹底히 埋葬하여 바려야 할 것이라고 밋

---

366 南夕鐘의 「每申 童謠 十月 評(전9회)」(『매일신보』, 30.11.11~21)을 가리킨다.
367 '바가'의 오식이다.

는다. 幼稚한 批評의 橫行은 幼稚한 作品보다도 以上의 害毒을 씨치는 것이기 때문에 이 짜위 批評은 當場에 埋葬하야 버림으로써 다시는 머리를 들지 못하게 하여야 할 것이다. 筆者도 처음에 붓을 들지 안코 "默殺"하야 버릴가 생각하엿지만 어린아희들의 성냥불에 큰 火災를 招來하는 格으로 또는 幼年의 짝총노리에 자칫하면 **致命傷**을 當하는 수도 잇는 까닭에 南 君에게는 甚하달지 몰으거니와 엇절 수 업서 붓을 들어 本文을 草하는 것이다.

---

**全春坡, "評家와 資格과 準備－南夕鐘 君에게 주는 駁文(四)", 『매일신보』, 1930.12.11.**

南 君과 筆者와는 아즉 面識도 업슴으로 勿論 前感이나 或은 私感이란 絶對로 업다. 내가 얼마동안 『新少年』의 編輯을 도읍고 잇슬 째에 二三篇의 童謠인지 童詩인지의 投稿를 밧아 보앗슬 뿐(南夕鍾이가 南應孫이라면)으로 내가 推測하든 南 君은 純眞한 어린 동모로 普通學校 五六學年의 生徒로밧게 밋어지지 안는다. 그러한 南 君이 童謠評을 쓴다 또는 小說을 짓는다 또는 朝鮮文人 紹介를 쓴다 하야 붓대를 함부로 휘두루는 것을 볼 째에 南 君의 輕薄한 行動에 對한 憎惡를 아니 늣길 수가 업섯든 것을 筆者는 率直히 告白한다. 아츰에는 小說家로 저녁에는 詩人으로 또 來日은 **評論家**로 東에 번쩍 西에 번쩍하는 그야말로 스피드式 藝術家가 지금 얼마나 만흔지 몰으겟다. 이것은 아모 力量도 업는 주제에 엷은 文學少年의 氣分에 휩쓸려 名利的 賣名 行爲를 하려고 하는 不純한 心理로밧게 생각되지 안는다. 그들의 前途에 鑑하야 可惜千萬일 뿐이다. 南 君이여! 自重하라! 童心을 일치 말아 주기를 바란다. 그리고 남의 作品을 評하기 前에 먼저 評者로서의 力量을 싸흐라! 想이니 表現이니 新興이니 階級鬪爭이니 하는 術語만 羅列하면 푸로 批評家가 되는 것이 아닌 것이다. 批評家로서

作家에게 指示하여 줄 만한 理論을 좀 더 싸흔 뒤에 붓을 잡어라! 그래야 비로소 批評이 作品을

**指導할** 수가 잇슬 것이다. 그저 덥허노코 이 作品은 조타 낫부다 하는 것으로는 批評이 아니다. 批評은 어듸까지 客觀的 實踐的 理論으로 해야 될 것이다. 批評家라는 것은 그러케 쉽사리 될 수도 업는 것이니 좀 더 素養을 싸는 것이 조코 쓸데업시 붓대를 휘두루지 말고 愼重한 態度로 學課나 熱心히 工夫하는 것이 君의 將來를 爲하여서라도 十分 有利할 것이라고 생각한다. 너무 張皇함으로 이만 쓰치련다. 마지막으로 君이 評한 作家들의게 千篇一律式으로 君이 나린 戒訓(多讀 名作이 必要 云々)을 나는 지금 송도리체 곱드라케 南 君의게 돌녀보내는 것이니 十分反省하야 評이고 무엇이고 力量을 가춘 後에야 붓을 잡아 주기 바랄 쑨이다. 이에 君의 自省함이 잇다면

**筆者에** 幸은 無上하겟고 本論의 使命은 그에서 다하엿슬 것이라고 밋는 것이다. 未知의 어린 벗 南 君이여! 自重하라! 그리하야 빗나는 將來의 主人公이 되어 주기만 바라며 붓을 거두겟다.

(一九三〇年 十一月 二十五日)[368]

368 이 글에 대해 '南海邑 鄭潤煥'이 「동무소식」(『매일신보』, 31.2.13)을 통해 다음과 같이 반박한 바 있다.

◀ 去般 全春坡 동무에게 反駁의 글을 올립니다. 대체 南應孫 동무가 評論文을 썻다 하드라도 거기에 對한 反感이 무엇 잇슴니가. 아즉 年幼未達한 것은 동무도 알겟지요. 每申報 兒童欄은 우리 少年들의 독차지라 하여도 過言이 아닙니다. 우리가 習字時代에 잇는 것도 알겟지요. 거긔다가 첫머리에 文學概論을 써서 所謂 自稱 文士然하게 하는 동무가 오히려 誤解입니다. 現在 우리 少年文壇이란 보잘것업슬 것입니다. 이에 習作에 習作을 싸허 거기서 大成을 어들 것이 아닌가. 萬若 以後라도 그런 評論을 써서는 習作時代에 잇는 여러 동무들의게 만은 攻擊을 바들 것입니다.

## 南宮浪, "童謠 評者 態度 問題-柳 氏의 月評을 보고(一)", 『조선일보』, 1930.12.24.

前 言

本是 批評家란 —— 能히 作家의 全人格的 基調를 차저내고 또한 한줄기 作品 안에서 그 傾向을 말하야 作家 全體로 하여금 보담 더 새로운 方途로 끌고 나아갈 수 잇는 明敏한 頭腦의 所有者라야만 할 것이다.

그럼으로 現下 烏合之卒의 群小作家들의 跋扈로 말미암아 混沌에 混亂을 極하는 今日의 童謠壇에 잇서서 참으로 우리들이 要求하는 健實한 批評家가 나오기를 期待하야 마지안튼 바이엿섯든 것이다. 그러든 次에 우리는 童謠壇에 突然 君臨한 한 개의 彗星을 발견케 되엿스니 그는 곳 過般 十一月 六日부터 三日間 『朝鮮日報』 學藝面에 十月 童謠의 評筆[369]을 든 柳在衡 氏이다.

그런데 우리는 아즉 交遊가 업섯든 분임으로 仔細히는 알 수 업스나 文面에 나타난 것으로만 보아서는 말하자면 敬服할 만한 우리들의 指導者(?)이신 모양이다.

哲學 —— 經濟學 —— 社會學 —— 文學 等…… 各 方面에 造詣가 깁흐신 것은 적어도 나와 및 其他 여러 사람들을 꾸짓고 一般 童謠作家들의 必需知識의 缺乏을 咜罵[370]하신 點으로 보아도 알겟거니와 다만 한 가지 遺憾된 點은 그만큼 該博한 知識을 가지신 분이 批評의 重要한 論點을 疎外하고 넘우도 無用無價値한 — 말하자면 넘우도 輕率한 批評文에 對하여서는 現在 混亂狀態를 極한 現童謠壇 及 一方 새로운 方途를 打開하야 第一期(自然生長的)를 벗어나 第二期(目的意識的)로 飛躍하려고 하는 現

---

369 유재형의 「朝鮮, 東亞 十月 童謠(전3회)」(『조선일보』, 30.11.6~8)을 가리킨다.

370 '咜罵'는 '咜'가 '唾'의 와자(訛字)이다. "아주 더럽게 생각하고 경멸히 여겨 욕함"이란 뜻의 "唾罵"의 오식이다.

今에 잇서 氏의 이번 行動을 그대로 默過하여 버릴 수 업는 것이다.

그럼으로 이번에 내가 쓰는 이 글 或시 柳 氏 個人을 두고 만이 말을 하는 것가티 되는지 모르나 우리가 完全한 理論을 樹立식히기 爲하여는 어데까지든지 理論鬪爭을 하여야 한다. 하지 안허서는 아니 된다. 萬一 엇더한 團體에든지 一個人으로 말미암아 그 모든 무리가 도로혀 害毒을 닙을 때는 不得不 個人을 犧牲식혀야만 하는 것이다.

그럼으로 우에 言明한 바와 가티 柳 氏의 이번 行動에 잇서 우리 童謠壇에 엇더한 影響을 주엇는지 —— 말하자면 얼마마한 効果를 내엿는지 又는 얼마마한 過誤를 犯하엿는지 우리는 이를 究明하여야 할 必要를 늣기게 되는 것이다.

筆者가 拙稿를 抄하게 되는 것도 여긔에 起因함이라고 볼 수 잇는 것이다.

×

그러면 氏는 엇더한 態度로써 十月달 童謠를 評하엿던가. 우리는 몬저 그것을 밝히일어[371] 내어야 할 것이다.

마츰 氏는 ——

> 問 曰 本報에서 九月 童謠評을 쓴 바 그것이 넘우 簡單한 까닭이엿든지 매우 未備된 點이 만히 잇는 것을 自省 自認하는 바기로 다시 十月 童謠의 評筆을 들게 되엿다⋯⋯ (中略) ⋯⋯『朝鮮日報』와『東亞日報』에 發表된 十月分 總計 百十餘篇을 對象으로 評筆을 잡기로 한다. 이것은 實로 적은 收穫으로 볼 수 업다. 그러나 親切을 爲하야 各 篇 全部에 亘할 수는 업는 일이기에 웬만한 習作品은 除外할 것을 미리 傳言하기로 한다.

자! 그러면 氏가 前言한 바와 가티 氏는 이번에 그 얼마나 充實히 評하엿스며 又는 훌륭한 名作 傑作 大作만을 取扱하엿든고⋯. 우리는 무엇보담도

---

371 '밝히어'의 오식으로 보인다.

몬저 實例를 들어 가면서 보기로 하자.

×

첫재 ——『東亞日報』에 發表된 「별짜러 가자」(韓仁澤)에 잇서서 ——

技巧는 ×陳되엿스나 取材가 虛無한 夢想에 사로잡혓슴으로 問題 以下의 作으로 돌린다. 現實生活과 乖離된 宗教的, 非科學的 童心은 '푸로레타리아' 社會에는 잇슬 수 업는 일이며 잇다 하야도 그것을 '쑤르조아' 社會의 殘滓物로 埋葬掃蕩시키는 것이 우리들의 取할 態度이며 任務의 하나이다. 所謂 藝術至上派에 接近하고 잇는 類輩에게도 이가 必要하다는 것은 向者 九月評에서도 말한 바 잇스리라고 밋는다.

하고 力說을 한 氏는

귀뚤이우는밤 (金柳岸)

가을비 부실 부실
나리는밤엔
귀뚤이 귀뚤 귀뚤
슬피움니다

×

귀뚤이 귀뚤 귀뚤
우는밤이면
공연히 서름 서름
눈물남니다』

에 가서는 ——

"귀뚤이 우는 밤은 多少 哀想的으로 흘럿스나 輕快 簡潔한 作이다"라고 말하엿스니 무슨 誤謬된 말인가? 언제는 '푸로레타리아' 領域 안에서는 所謂 藝術至上流에 接近하고 잇는 類輩들을 '쑤르조아' 社會의 殘滓物로 埋葬掃蕩식히는 것이 우리들의 取할 態度이며 任務의 하나이라고 부르짓는 氏가 갑자기 여긔에 와서는 評者로써의 態度를 달리하니 이 무슨 짓일가?

## 南宮浪, "童謠 評者 態度 問題－柳 氏의 月評을 보고(二)", 『조선일보』, 1930.12.25.

'쎈티멘탈'한 作品은 '푸로레타리아' 領域 안에서는 徹底히 撲滅하지 안허서는 아니 되는 것이다. 어데까지든지 戰鬪的이라야 할 것이다. 그러나 氏는 單只 "多少 哀想的으로 흘넛스나 輕快 簡潔한 作이다"라고만 하엿스니 그 "흘럿스나……"란 말부터도 글은 말이다.

이것을 氏가 前言에서 말한 바와 가티 充實한 批評이라고 말할 수 잇슬가? 아모리 보아도 氏의 頭腦를 疑心치 안흘 수 업다.

이 作品은 넘우도 哀傷的으로 되엿슬 뿐만 아니라 何等의 意識조차 차저낼 수 업는 것이다. 그럼으로 우리는 털끗만치도 取할 點이 업다. 귀뚤이 우름소리를 들을 때 눈물이 난다고 하엿스니 이 무슨 못난이의 소리일가? 이러한 作品을 보고 氏는 엇더케 그런 말을 敢히 하게 되엿는지 —— 더욱히 「별짜러 가자」에서 力說을 吐한 氏로서야……. 如何턴 이러한 作品은 우리로써 徹頭徹尾 排擊하지 안흘 수 업다는 것을 웨 말하지 못하엿던가. 아마 氏의 認識不足에서 생긴 原因이라고나 할가. 이러한 作品은 오로지 아즉까지도 藝術의 象牙塔 우에서 何等의 意識조차 把握치 못하고 멋업시 觀樂하며 彷徨하는 類輩들의 허튼 잠고대에 지나지 못한다. 그럼으로 우리는 여긔서 다시 말한다. 이와 가튼 童謠는 우리들이 論할 價値조차 업는 問題 以下의 作品이라고 ——

×

다음으로 『東亞日報』에 發表된

**우리집** (리범제)[372]

우리집뒤야트막한동산

372 「우리집」(『동아일보』, 30.10.14)의 지은이는 '리범재'이다. '리범제'는 '리범재'의 오식이다.

우리집아페는신장노라우
엄마가팔려고비저논썩을
자동차몬지가날러가지요

氏는 ——

"우리 집은 아조 平凡한 表現이나 그러나 엇지 못할 佳作이다"라고 하엿스니 또 무슨 理由로 그러나 엇지 못할 佳作이다라고 豪言을 하엿는지…….

氏가 前言에 잇서서 百十餘篇 中 웬만한 舊作品은 取扱치 안켓다고 말하고서야……. 氏는 아마 이 作을 참으로 엇지 못할 佳作으로 評얏다 하니.

아마도 보는 사람들로 하여금 다 各其 色眼이 다르다는 意味로 解釋할 거다. 그러나 그것은 너머도 無知한 言說이나 되지 안흘는지 ——

이 作은 別달리 取할 것이 업다. 或 自動車에 對한 憎惡感에서 나온 作品이라 치드라도 그러케 深刻味를 차저낼 수가 업는 일이며 大體로 보아 조금도 取할 곳 업는 —— 말하자면 無味乾燥한 舊作品에서 버서나지 못하엿다.

要컨대 現童謠壇이 이러한 作品들로 말미암아 얼마나 不進하며 또한 混沌狀態에 빠저 잇는 줄을 아는가 모르는가. 그러함에도 不顧하고 도로혀 이러한 作品을 추어주는 者 반드시 童謠壇을 망처 놋는 者라고 뉘라서 否認하랴?

×

그 다음으로 『東亞日報』에 發表된 「나는나는 실혀요」(尹福鎭)[373]에 잇서서 ——

果然 우리들은 勤勞하는 少年 少女가 되어야 할 것이다. 이런 意味로 보아

373 『동아일보』에는 「나는 나는 실혀요」가 게재된 사실을 확인할 수 없다. 「나는 나는 실혀요」(『조선일보』, 30.10.1)를 가리키는 것으로 보인다. 유재형의 글에서도 『조선일보』 소재 작품임을 밝혔다.

이 童謠의 着想과 能熟한 技巧를 是認하게 되면서도 어듸인지 不足을 늣기게 한다. 그것은 서울에 留學하는 浮華한 學生 男女들의 對照 卽 階級的 觀照에 잇서 넘어도 皮相的, 槪念的에 欠이 잇지 안흔가 한다. 좀 더 具像的으로 묵어운 印象과 深刻味를 讀者에게 주도록 意識的으로 一步前進이 잇스면 한다.

라고 쏘다시 大家然하게 豪言을 發한 氏가

「주먹 강아지」[374](金水鄕)에 잇서서는

매우 자미잇는 그리고 才氣潑潑한 노래이다.

이 一篇으로 作者의 閃光的 才質을 能히 엿볼 수 잇다. 이 作者에게 意識的 轉換이라던가 飛躍을 바란다는 것은 거의 無謀의 짓으로 본다.

이라고 하엿스니 이 무슨 妄發의 짓인가.

나로써는 柳 氏의 頭腦의 混亂을 反證한 것이라고박게 더 好意로 解釋할 수가 업다.

前者 尹福鎭에게 잇서서는 "좀 더 意識的으로 一步前進이 잇섯스면 한다" 하고 말하든 氏가 後者 金水鄕에 잇서서는 "이 作家에게 意識的 轉換이라든가 飛躍을 바란다는 것은 거의 無謀의 짓으로 본다"라고 말하엿스니 識者 眼目으로서는 莫不敢言이로구나!

---

**南宮浪, "童謠 評者 態度 問題—柳 氏의 月評을 보고(三)", 『조선일보』, 1930.12.26.**

그런데 내 이제 柳 氏의 귀에다 살작 한마듸 알녀줄 것이 잇스니 —— 金水鄕은 尹福鎭이요 尹福鎭이 金水鄕이란다. 卽 金水鄕은 假名이요 尹福

374 「주먹강아지」는 (幼稚園童謠)「주막집강아자」(『동아일보』, 30.10.19)가 원문인데, 「주막집강아자」는 「주막집강아지」의 오식이다.

鎭은 本名이란다.

그러더니 다시 말할 것은 업지만은 柳 氏여! 盲動을 부려도 분수가 잇지 안흔가. 너무도 作品과 作者와의 相互關係를 멀리하지 말자! 作品이야 조튼 낫부든 作者의 本體만을 보고 輕率한 態度를 取하지 말자는 말이다. 作者가 엇더턴 別物件으로 돌리고 作品만을 도마 우에 올녀 노코 冷靜한 頭腦로서 評價하는 것이 評者로써의 取할 바 態度이며 任務 아니냐?

자 그러면 이젠 是非曲直은 고만두고 다음으로 옴겨 보자.

×

다음『朝鮮日報』에 發表된「새쎄」,「물듸린 가을」(睦一信)에 對하야

——

"새쎄는 作者의 發達된 聽覺을 엿볼 수 잇다."

"물듸린가을은 視覺의 銳利한 發達을 엿볼 수 잇다."

"其他 三四篇은 가을 風景을 스켓취로 取할 곳이 업스며……"

햐엿스니「새쎄」와「물듸린 가을」만은

스켓취로서 相當한 作品이란 말인가? 남더러는 意識的으로 一步前進 云云…… 하는 氏가 그레 스켓취는 좃타는 말일가! 氏야말로 此岸과 彼岸으로 훨훨 나라단이며 豪言을 亂發한다.

要컨대 이 두 作品에 잇서서 조금도 取點이 업다. 잇다 하더레도 그것은 藝術至上輩들이 조화할는지…….「새쎄」에 잇서서 第二節 第一節의 反覆으로써 形式과 技巧에 흘럿슬 짜름.

大抵 모든 人類는 歷史的 發展過程과 함께 人間은 벌서 自然의 危壓을 써난 지 오랫고 人間 對 人間의 階級鬪爭이 尖銳化하여 가고 잇는 것이다. 거긔에 從屬하야 우리 藝術도 虛無의 썬데기를 버서나 (略)主義와의 사이에 階級鬪爭이 深刻化하여 갈 째 一般 藝術運動의 一部門으로써 鬪爭的 役割을 하고 잇는 우리들의 童謠運動도 쏘한 自然生長期에서 目的意識的으로에 飛躍을 하고 잇지 안흔가? 그럼으로 이러한 作品은 벌서 그 價値를 喪失한 지가 임의 오랜 것이 아닌가? 이것은 柳 氏 自身으로도 認識을 하엿스리라고 밋는다. 그러타면 氏여! 한 가지 말하고저 하는 것은「새쎄」에

잇서서는 作者의 發達된 聽覺을 엿볼 수 잇다. 「물드린 가을」에 잇서서는 視覺의 銳利한 發達을 엿볼 수 잇는 것이다 라고 하야 그 作品을 도로혀 謳歌하는 意味로써의 한 말에 對하여서는 좀 그만두엇든 便이 맛당치 안흘가 하고 생각케 된다.

×

다음으로 筆者의 作品에 關하여 考察할 必要를 늣긴다. 아마도 자기 辨解에 갓가울는지는 모르나 本論을 좀 더 明確하게 究明하여 봄에는 그대로 지내갈 수 업는 일이니 할 수 업는 일이나 이왕 붓대를 든 바이니 몃 마디 더 써 보기로 하자.

"南宮琅 君의 「우슴소리터저나올그때가오네」는 童謠로 許할 수 업다"라고 말하엿스니 都大體 氏의 마음을 推測키 難하다.

八月이라 秋夕날 달밝은밤에
공장에서 밤일하는 젊은색시들
○
길거리엔 우슴소리 가득찻건만
공장안엔 눈물저즌 한숨이라네
○
하늘우에 달빗이야 곱고나지고
오늘밤도 공장색신 팔거덧다네
○
긔계미테 무릅쑤른 서른신세도
웃는낫츨 대할날만 긔다린다네

八月이라 秋夕날 달밝은밤도
지내가면 찬바람이 불어온다네
○
밤세우며 일만하는 우리나신세
긔계미테 살어가는 우리나신세
○

오날밤도 입담을고 일하는색시
우리들이 춤출날도 돌아온다네
○
쒸-쒸- 고동소리 낫닉은소리
우슴소리 허저나올 그때가오네

여긔에 拙作을 再錄하엿다.

자! 이것을 누가 童謠라고 말할는지 氏의 말과 가티 이것은 確實히 童謠로써 許할 수 업다.

童謠와 似而非한 點도 업다. 童心도 차저낼 수 업다. 그러면 무엇이냐. 오로지 民謠에 갓갑다 할 수 잇다. 갓갑다는 것보다도 確實히 民謠로써의 許할 것이다. 그런데 엇지하야 氏는 이 作品을 "童謠로 許할 수 업다"라고 말하엿는지 —— 空然한 짓이 아닌가? 아니면 아니지 何必 童謠評을 하면서

"이 作品은 童謠로 許할 수 업다"고 하엿스니 卽 ——

"너는 童謠라고 하나 其實 내가 보는 바로서는 童謠라고 許할 수 업다"라는 意味로 되지 안헛는가?

웨 何必 그러케 말하야 讀者들로 하여곰 朦朧한 가운데서 疑惑을 갓게 하고야 말지 안헛는가?

設或 누가 童謠라고 위긴 바가 잇다면야 氏가 그러케 말하엿드래도 無妨타 볼 수 잇지만 空然한 일에 世間에 疑心을 사게 만들 必要야 잇스랴?…….

그리고 또 다시 「추석날 밤에」라는 拙作에 對하야

勤勞하는 職工少年少女들이 群集 合唱하기 조흔 노래다. 이데오르기-를 把握치 못한 것은 勿論이나 他作에 比하여 半步前進한 것을 是認한다.

라고 하엿스니 우리는 여긔서 붓대를 멈으르게 한다. 筆者의 作品들 中에 이 作이 他作에 比하야 半步前進하엿는지는 모르지만은 —— 氏는 무슨

意味로써 한 말인지 —— 大體 '이데오르기-'를 把握치 못한 作品을 엇지 勤勞하는 職工少年少女들이 群集 合唱하기에 조흔 노래가 될가 보냐? 이러고 보니 氏의 말은 意味를 解釋키 어려운 모양이다.

---

## 南宮浪, "童謠 評者 態度 問題-柳 氏의 月評을 보고(完)", 『조선일보』, 1930.12.27.

대관절 '이데오로기-'란 述語를 엇더케 解釋하고 한 말인지……自己의 無識 暴露가 안일가?

참으로 가소롭은 노릇이다. '이데오로기-'란 述語 한 個를 確實히 모르는 者가 評筆을 든다는 것도 우습광스러운 노릇 中의 하나이려니와 —— 이러케 말한 氏를 다시금 생각하여 보면 참으로 귀신이 哭할 노릇이다. 大體 무슨 '이데오로기-'냐 階級的이냐 무엇이냐? '이데오로기-'에도 種類가 잇다.

그리고 「재미나면 그데혼자 춤을추소서」라는 拙作에 잇서서

> 「재미나면……」은 藝術境에서 歡樂하며 彷徨하는 傾向을 가즌 作者들에게 童謠的 轉換에 잇서서 생기는 絶緣狀 대신인 듯하다. 그러면 後日을 注目하야 보자. 以外에 잇서서는 大概 平凡한 習作品임으로 省略한다.

그럼 後日을 注目하여 본다니 一個에 群小作家 中의 하나인 南宮琅은 겁(?)이 나는구나.

한데 筆者는 柳 氏는 頭腦를 쏘개어 노코 한 가지 反問할 것이 잇스니 "하지만 以外에는 大概 平凡한 習作品임으로 省略하기로 한다"라는 말은 어데다 두고 하는 말인가? 내 아모리 十月달에 習作品을 發表하엿대야 以上 三篇을 除外하고는 『朝鮮日報』에다 發表하여 본 적이 업다. 쏘한 投稿하여 본 일도 업다. 萬一 柳 氏가 쏘 보앗다면 손 드러라.

그만두자. 남을 害하려고 해도 분수가 잇지 안흔가? 그러한 일을 거리낌 업시 저즐러도 氏 自身의 良心만은 十分容赦를 하는 모양이다.

하지만 氏여! 한 가지 알리울 것은 쓸대업시 盲目的으로 남을 害하려고 하는 者! 自己 自身에게 利보다도 도로혀 害가 도라간다는 것이니 말아 주윗스면 幸일가 한다.

×

이젠 最後로 한 가지만 말하고 붓대를 던질가 한다.

> 石重 君의 「숭내쟁이때쟁이」는 多少의 諷刺味가 잇는 作으로 能熟한 技巧 表現은 自由自在로 되여 잇다. 他 作家와는 判異한 階段이엇스며 作品 全面에 生氣가 流動하는 것을 엿볼 수 잇다. 이것은 決코 先入主見의 過大評價가 아니다. '이데오르기-' 問題는 別것으로 돌리고 (傍點은 南宮)

또 다시

> 尹福鎭 君의 「영감영감야보소」 이 作 亦是 石重, 水鄕 等 諸君의 作과 한가지로 表現 技巧에 잇서 童謠界의 一段階를 압서 잇는 것이 속일 수 업는 事實이다. 우리가 이분들에게 다른 무엇을 希望 쏘는 要求한다는 것은 無謀에 갓가운 일이 안일는지 그야 何如턴 社會的, 政治的 評價를 別問題로 한다면 十月分 東亞日報 上의 童謠 中 上乘이라 아니할 수 업다. (傍點은 南宮)

氏는 여긔서 氏의 全的 本心을 다- 吐해 노앗스니 氏의 正體가 무엇이라는 것까지도 우리는 足히 알 수 잇는 것이다. "우리가 이 분들에게 다른 무엇을 希望 쏘는 要求를 한다는 것은 無謀에 갓가운 일이 아닐는지 그야 何如턴 社會的 政治的 評價를 別問題로 한다면……" 하엿스니 이 무슨 妄發에 妄發이 아니고 무엇이냐? 웨? 무슨 理由로 無謀에 갓갑단 말이냐? 웨? 그들에게 무엇을 希望-要求를 할 수 업다는 말이냐? 社會的 政治的 評價는 집워치워도 조타는 말이냐? 그러타면 現實을 써난 말하자면 우리가 過去에 말하여 오던 宗敎的 非科學的 —— 天眞한 어린이의 나라! 天使의 나라를 말함이냐?

이러고 보니 氏야말로 여지것 써 오는 글이 모다가 讀者들을 欺瞞하고 만 것이 아니냐? 그러타면 氏는 벌서 評者의 態度를 喪失하엿다는 것이 確然하다.

筆者 前言에서도 말한 바이지만은 本是 批評家란 能히 作家의 全人格的 基調를 차저내고 또한 한줄기 作品 안에서 傾向을 말하야 作家 全體를 거나리고 새로운 方途로 끌고 나아갈 수 잇는 明敏한 頭腦의 批評家라야 할 것이다. 그러나 柳 氏야말로 아모래도 그러한 頭腦의 所有者가 못 된다.

本是 批評家란 —— 몬저 徹底한 階級的 '이데오르기—'를 把握하여야만 한다. 푸틔·쁘르의 領域 안에 잇는 者로서 '푸롤레'를 論할 수는 업는 것이다. 萬若 잇다 한들 그는 時型的 產物에 지나지 못한 것이다.

"남이 자랑을 하니 나도 해 볼가."

"남이 써드니 나도 한 번 해 볼가."

이러한 小쁘르조아的 野心에서 讀者大衆을 欺瞞하고 評筆을 든 意圖야말로 可觀이다.

氏가 아모리 우에 말한 兩 氏를 입에서 침이 마르도록 올려다 노흔들 兩 氏는 氏의 論을 보고 도로혀 一笑에 돌러버리고 말 것이다. 그러케 輕率한 사람들은 아니다.

×

이젠 이만큼 말하엿스면 氏의 評筆을 든 動機며 및 正을 失하고 過誤를 極犯한 點이야말로 多少 究明하엿다 볼 수 잇는 것이다. 더 다시 言及할 必要를 늣기지 안치만 마즈막으로 數言을 드리랴고 하는 바는 이번 氏의 行動이 우리 童謠壇에 얼마만큼 影響을 던젓다는 것은 氏도 精神病者가 아닌 다음에야 알 수 잇스리라 밋는다.

다시 말하노니 이러한 行動으로 말미암아 童謠壇에 밋치는 危險性이 크다는 것을 알아줄 줄 밋는다. 허트로 되든 안 되든 活字로 박혀 나오기만 한다고 그것이 그리 큰 자랑이 아니다.

今日 朝鮮의 童謠란 엇더한 方向으로 進展하며 또는 一般民衆이 엇더한 傾向을 가진 作品을 要求한다는 것까지 認識하여야 할 것이다. 이 압흐로

萬一 또 다시 從前 態度를 그대로 固執하겟다면 차라리 하로밥비 童謠壇 自體를 爲하야 距離를 멀리하여 주섯스면 한다. 그러나 萬一 現童謠壇을 爲하야 眞實된 意味에서 同志들과 억개를 가티 하여 明日의 새로운 길을 打開식혀 光明의 빗츨 보혀 주겟다는 徹底한 覺悟와 理想을 가지시겟다면은 未安한 注文이지만 좀 더 硏究를 거듭하야 相當한 力量과 階級的 意識을 가지고 나와 주섯스면 하고 쓰트로 苦言을 드리는 바이다. (終)

## 全壽昌, "現朝鮮童話(一)", 『동아일보』, 1930.12.26.[375]

童話의 由來를 論하려 함도 아니오 따라서 그의 價値만을 이야기하려 함도 아니다. 오직 우리 朝鮮 兒童들은 어써한 童話를 좋아하는가 왜 그것을 좋아할가 이 앞으로는 어떠한 童話가 그들에게 生命이 될 수 잇을가 이것을 이야기하려고 하는 것이다. 먼저 童話를 分類하여 보자.

一. 宗教童話
  1. 神話
  2. 宗教家에 傳記
二. 科學童話
  1. 自然界談
  2. 歷史談
  3. 發明發見話
三. 情緒童話
  1. 슯은 이야기(同情) 主題
  2. 사랑에 이야기(同情)에 別이 有할 뿐
四. 笑話
  1. 웃으운 이야기

以上 이야기 中에 우리네들의 어린이들은 어떠한 것을 第一 좋아하는가. 半島에 물을 던진 우리들을 깊이깊이 生覺하지 안흘 수 업다. 나는 지난 三月까지에 一千餘名 男女兒童에게 調査하여 統計를 낸 것이 잇다.(別紙)

---

375 원문에 '好壽敦 全壽昌'이라고 되어 있다. 1회는 '好壽敦 金壽昌'이라 되어 있으나, 이후 '好壽敦 全壽昌'이라 되어 있다.

여기에 依한면 슯은이야기를 第一 많이 좋아한다. 그 다음으로는 깃븐이야기 용감한이야기 等이다. 그러므로 그들이 불르는 놀애를 들어도 大部分이 悲哀에 젖은 歌詞이며 들리우는 談話 中에도 한숨 섞인 柔弱한 語調가 太半이며 將來에 큰 希望을 꿈꾸든 것도 몇 十步를 것기 前에 거진 다 五里霧中에 埋葬하고 만다. 또한 그들의 作文 읽어 보라. 거진 다 感傷的임을 누가 否認하리오. 그런 까닭에 그들은 넘우도 피가 식엇다. 四肢에 血管이 벌서 半이나 凝結되엇다. 半身不隨와도 다름이 없다. 그러기에 그들은 어떠한 短點을 가지게 되엇는가.

一. 겁이 만타. 큰 나무만 보아도 무서워하며 밤(夜)만 되면 房구석에서 꼼작도 못한다. 洋服 입은 사람도 무섭고 붉언 테 두른 巡査, 하다못해 개만 컹컹 짖어도 꽁지가 빠지게 울며 달아난다. 얼마나 겁쟁이들이냐. 그리고

二. 忍耐性이 缺乏하다. 少年期에 이르러서도 自己의 하고 싶은 것이 무엇인지도 모르고 헤매인다. 보라. 조그마한 작난깜 하나를 만들드래도 始作이 끝이 되고 만다. 將來의 希望은 幼年時代에 잇서 確實이 바라보고 나아갈 수 잇다는 것은 안 될 말이다. 그렇다 하드래도 目前에 다닥치는 적은 일에라도 成功하기까지에 뜨거운 땀을 흘릴 줄을 모른다. 조그마한 障碍만 부디처도 自己가 設計하고 속에 잡앗든 모든 쟁기를 다 내어버리고 만다. 넘우도 前進力이 缺乏하다. 그뿐 外에 旣成品을 模倣하기에도 勇力이 極弱하다. 또한

| 男女 兒童 希望 比較表 | | |
|---|---|---|
| | 男 | 女 |
| 警察官吏 | 14 | |
| 獵人 | 2 | |
| 俳優 | 4 | |
| 社長 | 5 | 2 |
| 寫眞師 | 3 | 2 |
| 面長 | 2 | |

| 道知事 | 4 | |
|---|---|---|
| 美術家 | 15 | 8 |
| 音樂家 | 28 | 69 |
| 先生 | 21 | 82 |
| 事務員 | | 3 |
| 大將 | 37 | 1 |
| 舞踊家 | | 3 |
| 商業 | 203 | 6 |
| 博(法理, 數醫文)士 | 69 | 31 |
| 發明家 | 17 | 7 |
| 看護婦 | 1 | 2 |
| 産婆 | | 1 |
| 雄辯 | 1 | 2 |
| 孝女 | | 5 |
| 思想家 | | 1 |
| 主權者 | 102 | 48 |
| 冒險家 | 2 | 2 |
| 文學家 | 37 | 37 |
| 政治家 | 25 | 44 |
| 軍人 | 10 | 5 |
| 慈善家 | 17 | 15 |
| 運動家 | 24 | 5 |
| 飛行家 | 1 | 1 |
| 校長 | 9 | 2 |
| 牧師 | 6 | 3 |
| 한우님 | 19 | 7 |
| 農業 | 8 | |
| 辯護士 | 3 | |
| 郡守 | 20 | |
| 自動車 運轉手 | 4 | |
| 富者 聖人 | 4 | 7 |
| 汽車掌 工業 | 12 | |
| 소(牛) 宗教家 | 15 | 1 |
| 計[376] | 726 | 403 |

| 男女 兒童 嗜好 童話 比較表(男子 726, 女子 403) 1930年 3月[377] | | | | | | | | |
|---|---|---|---|---|---|---|---|---|
| 歲 / 童話種類 | 七歲 | 八歲 | 九歲 | 一〇歲 | 一一歲 | 一二歲 | 一三歲 | 一四歲 |
| | 男 女 | 男 女 | 男 女 | 男 女 | 男 女 | 男 女 | 男 女 | 男 女 |
| 歷史(戰爭)이야기 | … | 1…× | ×…1 | 2…× | 1…1 | 9…1 | 13…5 | 3…6 |
| 勇敢한 이야기 | … | … | 1…× | ×…2 | 5…6 | 13…10 | 16…6 | 20…10 |
| 무서운이야기 | … | ×…2 | 10…7 | 15…6 | 24…5 | 20…1 | 10…× | 12…× |
| 슯은이야기 | … | 1…1 | 5…3 | 21…7 | 30…9 | 43…13 | 26…15 | 37…6 |
| 우서운이야기 | … | ×…1 | 3…7 | 17…7 | 10…3 | 12…6 | 20…3 | 18…5 |
| 위인이야기 | … | … | … | … | ×…1 | ×…2 | 1…11 | 2…4 |
| 탐정이야기 | … | … | 1…× | … | … | ×…1 | … | … |
| 由來이야기 | … | … | … | … | … | … | … | … |
| 깃븐이야기 | ×…1 | ×…3 | 13…15 | 15…12 | 16…10 | 24…8 | 36…7 | 25…5 |
| 聖人이야기 | … | … | … | … | … | … | … | … |
| 孝子이야기 | … | … | … | ×…2 | ×…1 | … | 1…5 | ×…1 |
| 盜賊이야기 | … | … | … | 1…× | … | … | … | … |
| 낫븐이야기 | … | … | … | … | 1…× | … | … | … |
| 正直한이야기 | … | … | … | … | … | 1…× | 1…× | ×…1 |
| 技術이야기 | ×…1 | … | ×…1 | … | ×…1 | … | ×…1 | … |
| 사랑의이야기 | … | … | … | 4…× | … | … | ×…2 | … |
| 天文이야기 | … | … | … | … | … | … | ×…1 | … |
| 音樂家의이야기 | … | … | … | … | … | 1…× | ×…1 | … |
| 哲學이야기 | … | … | … | … | … | … | ×…1 | … |
| 發明家이야기 | … | … | … | … | … | … | 1…× | ×…2 |
| 和睦이야기 | … | … | … | … | … | … | ×…1 | … |
| 計 | ×…2 | 2…7 | 33…34 | 71…42 | 87…37 | 122…34 | 132…59 | 117…52 |

376 합산이 726과 403이라 되어 있으나, 744와 402가 맞다. 이 표는 '男女' 구분이 되어 있지 않으나 아래 표를 참고해 '男'과 '女'를 구분해 넣었다.

377 이 표의 합산 숫자(計)는 맞지 않은 것이 많으나 원문대로 두었다.

| 男女 兒童 嗜好 童話 比較表(男子 726, 女子 403) 1930年 3月 | | | | | | | |
|---|---|---|---|---|---|---|---|
| 歲 / 童話種類 | 一五歲 男 女 | 一六歲 男 女 | 一七歲 男 女 | 一八歲 男 女 | 一九歲 男 女 | 計 男 女 | 備考 |
| 歷史(戰爭)이야기 | ×…5 | ×…6 | 1…2 | 1…1 | … | 30…28 | 〈救援하는 이야기〉와 〈將士이야기〉에는 한사람도 업다. |
| 勇敢한 이야기 | 25…9 | 14…4 | 5…4 | ×…1 | 1…× | 101…52 | |
| 무서운이야기 | 7…× | 2…1 | 1… | … | … | 101…24 | |
| 슯은이야기 | 15…14 | 14…9 | 4…5 | 1…1 | … | 197…93 | |
| 우서운이야기 | 5…8 | 4…2 | 5…4 | … | 1…1 | 95…47 | |
| 위인이야기 | ×…8 | ×…8 | 2…7 | … | … | 5…41 | |
| 탐정이야기 | ×…1 | … | … | … | … | 1…2 | |
| 由來이야기 | ×…1 | … | … | … | … | ×…1 | |
| 깃븐이야기 | 19…7 | 15…2 | 13…3 | 5…2 | … | 181…75 | |
| 聖人이야기 | … | ×…3 | … | ×…2 | … | ×…5 | |
| 孝子이야기 | ×…2 | … | … | … | ×…1 | 1…12 | |
| 盜賊이야기 | … | … | … | … | … | 1…× | |
| 낫븐이야기 | … | … | … | … | … | 1…× | |
| 正直한이야기 | ×…1 | … | … | 1…× | … | 3…2 | |
| 技術이야기 | … | 1…× | … | … | … | 1…4 | |
| 사랑의이야기 | ×…1 | … | … | … | … | ×…7 | |
| 天文이야기 | … | … | … | … | … | ×…1 | |
| 音樂家의이야기 | … | … | … | … | … | ×…2 | |
| 哲學이야기 | … | … | … | … | … | ×…1 | |
| 發明家이야기 | … | … | … | … | … | 1…2 | |
| 和睦이야기 | … | … | … | … | … | ×…1 | |
| 計 | 58…71 | 50…35 | 31…25 | 8…7 | 2…2 | 726…403 | |

---

**全壽昌, "現朝鮮童話(二)", 『동아일보』, 1930.12.27.**

三. 思考力이 缺乏하다. 그러므로 周圍에 觀察力이 不足하고 따라서 向

上的 精神이 缺損이다. 頭上에 飛行機가 지나가면 그를 向하야 "떨어저라" 소리를 질를지언정 그 以上의 發明은 꿈도 꾸어 보지 안는다. 偉人이 되고 십다는 말은 만히 한다. 그러나 偉人이 될 方法은 찾으려고 아니 한다. 教室內에서 흔히 볼 수 잇는 것은 一般으로 對答하기에 조금 괴로운 問題가 잇스면 많은 아이들은 優等生의 對答을 기다리노라 그곳만 바라다보고 잇다. 自己가 對答하야 보려고는 생각지 않고 앉앗다.

그 다음으로

四. 藝術에 對한 感觸도 銳敏치 못하다. 四五歲 때에 막대이를 들고 天眞하게 새를 쫓아다니며 함께 놀애하든 것도 "새가 운다"는 소리에 귀가 젖게 되면 참다운 藝術은 그 兒童에게서 멀리 떠나고 말게 된다. 森羅萬像을 接할 때에도 神奇로운 感覺이 떠올으지 않으며 맑을 멜로듸를 들을 때에도 感情의 線을 울릴 줄은 모른다.[378]

簡單하나마 以上을 미루워 우리의 어린이들이 얼마나 悲境에 헤매고 잇는가를 알 수 잇다. 이가티 哀話를 조하하고 어두운 短點을 가지게 된 그 原因이 어듸 잇슬가 차저 볼 必要가 잇지 안흔가. 멀리 더드믈 必要가 업다. 先進輩들의 責任이다. 어른 된 이들의 失策이다. 兒童의 中心社會인 家庭에 드러와 父母를 보자. 언제 한 번이나 주먹을 부르쥐고 귀여운 子女에게 泰山을 가르처 "주먹으로 치라" 하엿든고. 허리가 꼬부러지도록 웃으은 얘기로 無念無想한 樂地를 몃 번이나 밟게 하엿스며 冊床머리에 안저 冊子를 몃 번이나 어루만지며 읽어 보라고 사랑스러웁게 勸하엿든가. 自己의 研究하든 것을 子女에게 "繼續하여 줄 수가 잇는가" 물어 본 때가 잇는가. 우리들은 反省할 必要가 여기에 잇다. "子女教育을 모를진대는 產兒를 制限하거나 그도 못하겟스면 죽어버려라." 나는 넘우도 過激한 줄 알면서도 어느 幼稚園 姉母會 席上에서 부르지즌 일까지도 잇섯다. 우리 周圍

378 이상은 원래 「現朝鮮童話(三)」(『동아일보』, 30.12.28)의 앞머리에 편집되어 있었다. 그러나 인용한 부분의 말미에 "(以上은 昨紙 本稿 第二回의 첫머리에 들어갈 것 —— 編者)"라 되어 있어 2회분의 앞머리에 제자리를 잡아 다시 편집한 것이다.

에 참다운 家庭이 몇이나 되는가. 兒童의 社會로 平和스러운 곳이 몃 군데나 되는가. 아버지는 맛장수, 어머니는 뱁룽새 형님, 언니들은 호랭이, 이것을 綜合한 그 社會에 무슨 幸福이 잇스리오. 自主力이 貧弱하게 자라나서 뼈가 굿고 腦가 뭉키여 發하는 것은 失敗와 落望의 실마리쁜이다. 어찌 前進치 안는다고 나므랠 수가 잇스리오. 勇力이 업다고 비웃을 수가 잇스랴. 한숨과 눈물이 썩어저 냄새 나는 悽慘한 陷穽에 우리의 뒤를 이어 꽃되고 열매 매질을 三千里의 어린이들을 쓰러 너코도 끄낼 줄은 全然히 모르고 돌이어 깃븐 놀애를 부르라고 챗죽질하지 안헛는가. 챗죽을 내여던질 때가 돌아왓다. 팔을 놉히 것고 검은 구렁텅이에 아주 무치기 前에 이마에 땀방울을 굴리며 팔을 내여밀어 쓰러올릴 때가 이때이다. 눈을 드러 이웃집을 보라. 그들은 어린이들을 爲하여 行進曲을 불러 주면서 福스러운 땀으로 引導하지 안는가. 우리 아페는 더욱더 燦爛한 언덕이 기다리고 잇다. 우리는 어써한 行進曲을 울리워 줄가. 나의 말하려고 하는 것은 童話 그 自體이다.

먼저 童話란 兒童을 爲하야 잇는 것을 이저서는 안 된다. 그의 智德體에 圓滿한 發達을 圖謀키 爲하야 教育의 一部分으로 發源한 것을 알지 안흐면 안 된다. 그러기에 人知와 思想이 發展됨을 짤하서 童話의 內容도 向上되지 안흐면 안 된다. 時代를 쏘차서 兒童의 燈火가 되지 안흐면 안 된다. 거기에 童話의 生命이 存在되여 잇다. 우리 어린이들에게는 어써한 童話가 適合하며 어써한 것은 不合當할가 차레로 이야기하야 보자.

### 一. 不合當한 童話

#### 가. 독갑이 이야기

이것은 絶對로 우리 社會에서 除去하지 안흐면 안 된다. 仔細히 그 出生한 原因을 찻기가 어려우나 아마도 술 醉한 사람이나 全身 虛弱者 或은 精神에 異狀이 잇는 者들의 幻覺에서 根源이 始作되지 안헛는가 하는 생각도 잇다. 何如튼 이것은 何等의 教育的 價値가 胚胎되여 잇지 안타. 그쁜 아니라 그것은 兒童의 發展性을 죽이고 精神을 昏濁케 하는 毒物이다. 이것으로 말미암아 우리의 어린이들이 얼마나 죽엇는가. 呼吸은 通하면서도 죽은 者가 얼마인가. “달갤독갑이”, “둬신”, “머리 갈갈이 풀고 素服 입은 女人”, “九尺 장승” 等 독갑이에게 捕虜된 兒童의 數가 얼마이냐. 밤이면 門박게도 나가지 못하며 방안에 혼자도 못 안젓스며 어두운 골목으로 지나가지도 못하는 산송장을 맨든 것이 이것이 아니고 무엇인가. 나는 아직까지 이처지지 안는 것이 잇다. 開豐郡 某 改良書堂에 某 教員 한 분이 비인 學校에서 혼자 자기가 넘우도 寂寂하얏든지 밤글을 읽으러 온 아이들에게 독갑이의 무서운이야기를 햇다. 그들은 어쩌케도 무서웟든지 한 아이도 집으로 돌아가지 못하고 先生님을 뫼시고 그곳에서 자고 말엇다 한다. 이것이 死刑宣告가 아니고 무엇인가. 어려서 한번 傷한 가슴은 늙을 째까지 가지게 된다. 우리들의 子女를 사랑하거든 이 이야기는 絶對로 禁하여야 된다. 이것은 칼이나 銃과 가튼 殺物이다. 그 다음에는

---

**全壽昌, “現朝鮮童話(三)”, 『동아일보』, 1930.12.28.**

나. 무서운 이야기다

以上에 말한 독갑이이야기는 컴컴한 곳 으슥한 곳에는 다 잇는 것이라고 迷信的 恐怖를 늣기게 되는 것이지만 이곳에 무섭다는 것은 實在的 恐怖를 말하는 것이다. 다시 말하면 動物을 무서워하는 것이다. 어린아이가 울 째에 어쩌한 恐怖를 너허 주는가. “호랑이 온다” “괭이가 온다” 이것은 恒茶飯 普通 家庭에서 教育하는 것이다. 쏘는 “강구” “巡査가 잡으러 온다” 이 가튼 말은 좀 高等으로 하는 말 갓다. 어머니의 젓꼭지에 매달릴 째로부터 기운이 자라나지 못하게 脅迫的으로 길러 왓다. 그러하기에 天動만 하여도 무섭고 가락입만 벗썩하여도 무서웁다. 짤하서 動物을 사랑하는 마음이 적고 自然을 사랑하는 힘도 微弱하다. 이가티 맨드러 노앗스니 어찌 冒險思想이 일어나며 博物學者들이 생겨날소냐. 얼른 보면 “호랑이이야기” 가튼 것은

그의 習性을 理科的으로 敎育하는 것 갓다. 그러나 호랑이는 "人類 以上의 大力士인 同時에 사람을 捕食한다"는 데에 童話者는 熱中한다. 그것이 안 됏다는 것이다. 그것이 兒童界에 害毒이 된다는 것이다. 童話者는 반드시 各 動物들의 큰 힘과 勇猛을 일깨워주는 同時에 그것들을 支配할 수 잇는 威力을 가지게 하지 안흐면 안 된다. 그리하야 宇宙의 支配가 되도록 引導하지 안흐면 안 된다. 또한 그 다음으로

다. 슬픈 얘기다

이 童話는 대단히 必要한 것이다. 그것을 童話界에서 빼여놋는다면 人體로 譬하야 不具者의 形을 不免케 될 것이다. 나는 이 童話의 自體를 不合當하다고 하는 것이 아니다. 그의 高貴한 價値는 後面에 다시 論하겟기로 여기에서는 略하여 버리고 오직 現在 流行되는 이 童話에 對하야 暫時 말하고 넘어가려고 하는 것이다. 現童話家의 입에서 썰어지는 童話를 드르면 十分之九는 童話이다. 聽衆의 눈물 흘리는 것을 보고는 大大滿足이라고 생각하는 모양이다. 그리고 大成功한 듯이 자랑하는 모양이다. 나는 이곳에 이르러서는 痛忿한 생각을 禁할 수가 업다. 웨 앓튼 사람은 그냥 내버려두어도 운다. 조금만 툭 처도 큰 눈물을 쏫는다. 이와 가티 우리의 어린이들은 悲哀로운 環境에 저저 잇슴으로 가만두어도 눈물을 處置할 것이 업거든 하믈며 울래는 데야 오죽 잘 울 것인가. 이것이 患者의 눈물임을 알아야 된다. 지금에 슬픈애기란 슬픔에서 起因하야 슬픔에 마치고 만다. 우리 社會에서는 이것을 그다지 歡迎할 수가 업다. 우는 사람에게 울음을 더 주면 깃블 날이 어대 잇슬 것인가. 우리 社會는 希望의 눈물이 아닌 哀話는 歡迎할 수가 업다. 仔細한 것은 뒤로 밀우고 그러타면 이제는 어써한 童話가 참다운 價値를 우리들의 어린 아페[379] 쏘다 노을 수가 잇슬가 생각하여 보자.

訂正 本稿 第一回 男女兒童嗜好比較表中 備考의 全文은 衍文

379 '어린이 아페'의 오식으로 보인다.

全壽昌, "現朝鮮童話(四)", 『동아일보』, 1930.12.29.

二. 適合한 童話

가. 科學童話

ㄱ. 歷史談

피가 끌코 주먹이 부딍켜지는 이 童話를 어린이들에게 잘 들리워주자. 團結의 偉大한 힘을 알리워 주자. 그 속에 나타나는 偉人과 英雄으로 거울을 삼아 正義와 仁道의 主人公이 되게 하며 大我의 浩濶한 心性을 가지게 하자. 그들로 하야금 結合力이 不足하고 阿諂이 濃厚하며 道德이 衰退한 우리 社會의 革新主가 되게 할 것이 卽 이 童話다.

ㄴ. 發明 發見 이야기

이것이야말로 우리 兒童들에게 生命이 된다. 全 社會는 時時刻刻으로 新面目을 들게 된다. 全 人類는 좀 더 幸福인 地臺로 나아가려고 苦心하는 까닭이다. 그中에 落伍者는 짓밟혀 呻吟에 휩쓸리고 先進者들은 幸福에 짜뜻한 가슴을 웅키게 된다. 생각을 가다듬고 눈을 들면 온 宇宙에 가득이 찬 것이 모다 人類의 幸福을 爲하야 잇지 안은가. 그러나 努力이 업는 사람에게는 안 뵈는 것도 造化翁의 傑案이다. 이 넓은 倉庫에 가득이 찬 神秘를 가장 사랑하는 우리 兒童들에게 紹介하지 안으려는가. 그리고 또한 써내 가지게 하지 안으려는가. 그러타면 이 發見 發明에 童話가 열쇠가 될 것은 事實이다. 有史 以來로 이 倉庫 中에 감추인 幸福을 쓰낸 사람은 그 數를 헤이리만큼 少數에 不過하다. 그러타고 깁고 기픈 곳에 찻기 어려우리만큼 숨겨 잇는 것은 안이다. 눈아페 구을고 발뿌리에 채키지만 이마에 흘르는 땀을 두려워해서 집지를 안는 까닭이다. 우리는 過去 發明 發見者들의 苦心慘憺한 努力과 成功 後의 以上 업는 깁븜을 兒童에게 일쌔워 주어 그것으로 土臺를 삼게 한 後 좀 더 나아가 全 人類의 期待하고 잇는 어쩌한 것을 獨創的으로 發明 發見하기에 努力하도록 그의 길을 잘 열어 주자. 그들에게 훌륭한 羅針盤은 이 童話다. 現朝鮮社會에 잇서서는 이것이 第一

高貴한 地位를 가지고 잇슬 수밧게는 업다. 우리들은 이 童話에 만흔 研究를 하지 안으면 안 되리라고 생각한다.

ㄷ. 大自然 이야기

이 童話는 別로 아니 하는 모양이다. 사람은 大自然과 握手를 親密히 할스록 참다운 생활에 기피 드러갈 수가 잇다. 博物學者가 어디서 나며 天文學者가 어디서 나는가. 우에 말한 바 發明 發見者들도 어디서 나게 되는가. 모도가 自然을 接觸하는 데에서 비로소 첫거름을 내여노케 되는 것이다. 그리고 自然은 얼마나 人類에게 無言의 教育을 하고 잇는가. 우리는 그들에게서 "平和"와 犧牲과 博愛 讓步 等을 배홀 수가 잇다. 그리고도 無窮한 眞理가 存在하나 조고마한 쏫 한 포기라도 언제나 平和스러운 얼골이다. 그리고 場所를 가리지 안는다. 아모리 山꼭댁이라도 깁브게 서 잇다가 나리는 비 부는 바람에 뿌리가 쏩피기싸지 그는 自己의 할 일만 하고 잇다. 칭찬하려 오는 사람에게나 自己를 썩그러 오는 사람에게나 사랑을 平均히 하며 바람이 지나갈 째는 고개를 숙으려 준다. 그럿타고 決코 柔弱한 것은 안이다. 그의 生은 두터운 짱을 쑤를 만한 勇氣가 잇는 것이다. 또한 釜山과 航海로서 人生다운 늣김을 얼마나 엇게 되는가. 우리의 어린이들은 쏫만 맛나면 썩는 것이 盛事다. 그리고 길엽페 심은 나무라도 사람만 안 보면 썩거 내리는 것이 普通 일이다. 우리는 그들에게 休息所이며 研究室인 自然界를 잘 紹介하야 주자. 그러타고 地理 教授처럼만 하려는 것이 아니다. 이 自然으로 舞臺를 삼고 그 우에서 形形色色의 活躍을 시키려는 것이다.

---

**全壽昌, "現朝鮮童話(五)", 『동아일보』, 1930.12.30.**

二. 適合한 童話(續)

나. 情緒的 童話[380]

ㄱ. 슬픈 얘기

이것은 特別히 情的으로 同情을 涵養시키기에 가장 優勢한 童話이다. 自己 홀로 苦와 樂을 分別하고 쌀하서 同情의 美德을 發揮하야 與衆으로 同苦同樂하게 할 責任을 가진 것은 오직 이 童話이다. 逆境에 處한 사람에게 힘을 난호와 주며 굼주리는 사람에게 飮食을 난호며 죽어 가는 사람의게 生命을 代身할 수 잇는 것도 오직 이 童話에 使命이다. 우리의 어린이들의 즐거움을 난홀 줄 알고 困窮을 난홀 줄 안다면 그 個人 그 家庭 그 社會는 더할 수 업시 幸福스러웨질 것이다. 우리 兒童은 한 번 웃고 한 번을 움에 全 生命을 움지기도록 해 주어야 된다. 더군다나 우리들의 形便은 同情으로 한 덩어리가 되지 안흐면 안 될 境遇이다. 그만큼 이 童話가 必要하다. 그러나 暫時 말하여 두려고 하는 것은 처음부터 씃까지 슬픔으로 맛치는 이야기는 現 아리[381] 兒童에게는 不合當하다. 政治, 經濟, 文化가 圓滿한 社會에서는 어썰는지 몰르거니와 特殊環境을 가진 우리에게는 大敵이다. 價値 잇는 同情은 그것을 實現함에 잇다. 그러무로 이 童話를 使用할 童話家로서는 반다시 그 이야기 씃에는 生氣를 주고 그 難關을 突破할 길을 열어 주지 안아서는 안 된다. 假令 어머님 무덤 엽에 쏫바구미를 들고 우는 少女가 잇다면 울게만 하지 말고 그에게는 새로운 산 사람다운 勇氣를 너어 주란 말이다. 그것은 이 아기를 쌀라서 破動으로 되든지 自動으로 되든지 或은 처음에 되든지 나종에 되든지 各各 달를 것이다. 何如튼 逆境에서 苦心慘憺한 努力으로 順境을 밟을 수 잇게 하라. 或은 童話 中에 나타나는 主人公의 生命이 끈허지게 될 째라도 눈물을 거두고 大膽스러웁게도 希望에 平和스러운 죽엄을 하게 하라는 것이다. 그리하야 우리 社會에 쏫을 피울 수가 잇다. 至今까지의 만흔 童話家들은 自己의 敗北한 눈물을 兒童에게 그대로 傳하얏다. 이것이 우리 兒童을 죽게 한 原因이며 죽이고 잇는 毒藥이다.

---

380 원문에 '2. 情緖的 童話'로 되어 있으나 차례로 보아 '나'가 되는 것이 옳다.

381 '우리'의 오식으로 보인다.

다. 笑話

卽 우수운 이야기다. 허리를 부듸키고 쌀쌀쌀쌀 웃는 그때는 世上의 모든 複雜한 생각은 全然히 忘却되고 別有天地에 놀 때이다. 肉體의 苦痛도 다 닛고 굼주림도 階級의 놀램도 모다모다 이저버리고 오직 喜樂이 充滿한 에덴에 거닐 때이다. 이때의 兒童의 肉體와 精神은 急速度로 發育이 되게 된다. 四方에 지질키여 긔를 못 펴는 우리 兒童들에게 얼마나 貴한 童話냐. 우리의 어린이들은 깁버 웃는대도 입술여가리 눈가장자리에서 잠싼 뵈이다가 스러지고 만다. 그나마도 恐怖의 우슴이다. 집에서 우스면 어룬 아페서 웃는다고 꾸중이요 나가서 우스면 동무들이 모라댄다. 차차 그것이 싸이여 生活上 一大 幸福을 노치고 말엇다. 그러므로 한 번도 大膽하게 우람하게 웃지를 못한다. 나이 먹은 우리들은 아이들에게 謝過하고 그들을 爲하야 이 동화를 만히 禮物로 주어 보자. 그러나 野鄙하고 醜한 笑話는 價値가 업다.

라. 神話

이것은 自我 以上의 大權威를 信賴하야 自我發展을 堅實하게 할 수가 잇다. 아모런 逆境이 眼前에 가로노엿슬지라도 그 信仰으로 能히 突破하고 나아갈 수가 잇다. 그리고 來世觀을 가지게 함으로 善은 싸르고 惡은 버리게 하야 사람의 潔白한 本性으로 돌아가 高潔한 生活을 하게 할 수 잇는 것이다. 이 神話의 目的이다. 나는 이것을 어느 迷信的 神話를 말하는 것이 決코 아니다. 萬有를 支配하는 唯一神을 말하는 것이다. 特히 朝鮮 兒童에게는 神에 對한 觀念이 퍽으나 强하다. 그리고 그에 對하야는 恐怖를 늣기게 된다. 勿論 惡者를 懲罰하시는 神인 同時에 善者에게는 至極히 사랑이 만흐신 神으로 알게 하지 안흐면 안 된다. 이 童話는 普通 다른 童話에 添附하야 兒童에게 들리워 주는 것이 조타. 어느 宗敎를 信奉하는 者로써 布敎的으로 神話를 이야기한는 것은 別 問題이다.

끗트로

第二世의 어린이들을 爲하야 晝夜焦心하는 童話家 여러분께 한마듸를 더 남기고 쓰티려 한다. 우리들은 童話家의 責任을 다하야 보잔 말이다. 死線에 걸리워 잇는 어린이들을 살리워 줄 것은 오직 이 童話이다. 學校敎育의 不足되는 點을 채워 놀 것이 童話이며 敎育이 普及되지 못한 이 社會에 知識을 길러 줄 것도 이 童話의 使命이다. 우리는 붉은 마음을 함께 모아 朝鮮 家庭의 未開와 惡戰苦鬪하야 가면서 우리의 어린이들을 살게 하야 주자. 우리는 現社會의 立場을 理解하야 生命 잇는 童話로써 우리의 社會를 燦爛히 建設하여 보자. 童話의 改革을 圖謀하자. 우리는 他人의 評만을 조케 하려고 하지 말고 童話 根本的에 到達하려고 努力하잔 말이다. 但 朝鮮에 잇서서는 學校敎育보다 童話敎育이 더 普遍的인 同時에 以上의 價値를 가지고 잇다. 우리는 이때에 覺醒에 覺醒을 더하야 活動하자. 넘우도 無知沒覺한 童話로써 演壇에 敢히 올라서서 兒童의 어린 生命을 搾取하는 所謂 童話家라 自處하는 그들을 非難 아니 할 수가 업다. (쯧)

## 想涉, "新春文藝 懸賞作品 選後感－時調, 童謠 其他(3)", 『조선일보』, 1931.1.6.[382]

(前略)

○

**童話와 學生作文**∥ 두 가지가 다― 一篇도 選拔할 수 업섯슴은 이번 募集에 큰 유감이엇다. 童話의 豫選이 四篇이 잇섯스나, (一)은 赤貧少年의 强盜, 放火로 結構된 것이니 그것이 비록 爲親과 階級的 反抗에서 나온 것이라 하야도 童話로는 容許치 못할 것이요, (二)는 露骨的 宣傳性의 것이요, (三)은 無內容한 것이요, (四)는 時代錯誤의 것이기로 섭섭하나마 그대로 落選케 된 것이다.

또한 學生作文은 今日의 中學生이 早熟早達하고 또 發表의 自由(機關上으로 말이다)가 比較的 잇는 것과 制作의 能率이 훨신 進步된 것(個中에는 眼高手卑하야 苟苟히 學生作文에 投稿키를 幼稚한 小學生의 일로 謬想한 것도 잇겟지만) 등 理由로 佳作이 업섯든 듯 십다.

**童謠**∥는 無慮 千餘篇의 應募이엇다. 大體의 그 傾向은 意識表現에 焦燥하는 모양이 보이나 題材가 千篇一律的이요 從來의 努力하는 분도 新境地를 開拓하지 못하야 惰性에 끌려가는 것을 看取하얏다. 昨今과 가티 兒童文藝에 關心을 가지게 된 때도 업겟스나 아마 이러한 硏究修練의 苦悶彷徨期가 지나야 第二期的으로 新生面이 보이게 될 것이요 刮目할 만한 作品이 나올 듯하다. 또 在來에 投稿하든 분으로 應募한 분이 얼마 아니되는 것은 아마 임의 一家를 成하얏다 하야 懸賞 가튼데 應募키를 不肯하는 까닭인지도 모르께다.

382 이 글은 총 4회에 걸쳐 연재되었는데 1회(1월 4일) '小說', 3회(1월 6일) '時調, 童謠, 其他', 4회(1월 7일) '文字普及歌, 한글 紀念歌'는 廉想涉이 쓰고, 2회(1월 5일) '詩'는 麗水 朴八陽이 썼다. 여기에는 아동문학과 관련되는 '童話와 學生作文', '童謠' 부분만 수록하였다.

○

以上 諸 考選에는 時調를 除外하고서는 安夕影 朴八陽 金麗水[383] 李鴻稙 諸氏와 筆者가 參與하얏슴을 附言하야 둔다.

383 朴八陽의 號가 麗水, 金麗水, 麗水山人인데 朴八陽과 金麗水를 나란히 제시한 것은 의아하다.

## 田植, "新年 當選童謠 評", 『매일신보』, 1931.1.14.

"네까짓 게 무슨 評을 하느냐" 하는 말부터 들을 줄 自信하고 當選童謠를 읽으매 우리에게 어쩌한 影響을 주며 作者의 心理가 어쩌한가를 적어 보려 한다.

일은 봄[384]　鄭明玉

이 童謠를 一讀하니 作者의 純潔한 맘씨가 直覺的으로 머리에 써오른다. 읽으면 읽을사록 兒童性이 잇고 非常한 興味가 나고 語韻까지 音樂的이여서 참말 藝術的 냄새가 놉다.

이 童謠는 一字一句가 모다 곱고 아름답다. 珍珠가티 곱고 어린 게집애들의 노래가티 아름답다. 첫 節을 읽으매 일은 봄인 줄을 알고 둘재 節 셋재 節을 다 읽고 나니 것잡을 수 업는 첫봄의 實景이 無限히 생기게 하엿다. 作者는 空想을 만히 하는 듯 십다.

우리들은 이 童謠를 읽으면 그저 "곱다" 하는 늣김밧게 안 남는다. 우리들이 모다 이런 노래를 부를 째면 우리는 얼마나 自由로우며 우리들의 살님이 얼마나 平和로울 게니?

눈사람[385]　李虎蝶

뚱뚱보 눈사람을 째리며 놀녀대도 성 안내고 웃는다는 것과 눈사람은 용하다는 것을 그린 興味的 童謠이다. 技巧와 表現이 잘되엿다. 우리는 남들이 놀니고 째려도 성 안내는 그런 용한 뚱뚱보 눈사람이 되지 말자…….

얼어 죽은 참새[386]　韓春惠

每申 兒童欄에서 春惠 君의 남다른 筆才를 우리는 늘— 본다. 그러나 才가 勝한 탓인지 質이 平凡한 것이 숨길 수 업는 事實이다.

---

384 정명옥(鄭明玉)의 「일은 봄」(當選童謠)(『매일신보』, 31.1.1)을 가리킨다.

385 이호접(李虎蝶)의 「눈사람」(當選)(『매일신보』, 31.1.3)을 가리킨다.

386 한춘혜(韓春惠)의 「얼어죽은 참새」(當選童話)(『매일신보』, 31.1.5)를 가리킨다.

이 童謠에는 추어서 죽은 참새를 同情하는 맘씨가 넉넉히 表現되엿다. 마즈막 줄에 "죽어서나 푹은히 잠을 자게요" 한 것은 너무나 살틀한 同情이다. 더구나 참새를!

이 作도 才에 잇어 成功이다. 質에 만히 힘썻다고 우리는 春惠 君의 前途를 祝福하자.

○ 評 後

모도가 所謂 藝術的 作品이다. 技巧에 잇서서 進展한 맛을 보인다. 이번 當選童謠들이 모다 한 傾向이라 해도 틀닐 것 업다. 좀 더 좀 더 內容이 豊富한 作을 기다려 마지안는다. (一月 七日)

## 李虎蝶, "童謠 製作 小考(1)", 『매일신보』, 1931.1.16.

머리ㅅ말슴

筆者는 童謠에 對한 專門的 知識을 가지지는 못한 사람임니다. 단지 少年文藝에 多少 興味를 가지고 잇으며 더욱이 童謠를 조와함니다. 筆者가 只今 쓰려고 하는 것은 여러분의 童謠를 읽고 엇은 新感과 筆者 自身의 童謠 製作 中의 所感을 綜合하야 童謠 製作에 對한 拙見을 써 보려 합니다. "讀後感"이라기에는 論이 너무 지나치는 것 갓고 "童謠作法"이라기에는 너무도 어색한 것 가태서 「童謠 製作 小考」라고 題하엿습니다.

이 小論을 읽고서 여러분의 童謠 製作上 조곰이라도 參考가 되신다면 多幸으로 생각하겟습니다.

一. 現在 童謠界 一瞥

過去 數年 以來로 朝鮮의 各 少年雜誌 各 日刊新聞의 少年文藝欄에는 童謠가 퍽 만히 發表되여 왓습니다. 그中에도 投書欄에는 童謠의 獨點이라고 하리면치[387] 多量으로 發表되엿는데 至今은 其 全盛時代라고 하여도 過言이 아니겟습니다. 그러나 섭섭하게도 그 만흔 作品에는 童謠로서의 完全한 資格(?)을 具備한 것은 極히 적습니다. 이것은 요새에 童謠 問題를 論하는 사람들이 一口如出노다 가티 하는 말 갓지만 事實이 그러함에야 엇지함닛가? 歷史가 짧은 朝鮮의 童謠界에는 이는 必然의 事實이라고도 할는지 몰으지만 量에 比하야 質이 엄청나게 뒤쩌러진 것은 너무도 遺憾임니다.

朝鮮에도 新聞이 생기고 雜誌가 생기고 新聞과 雜誌에도 投稿를 歡迎하고 하는 바람에 이에 싸러서 投書家(?)들이 潮水처럼 밀니여 나왓습니다.

未熟한 少年 投書狂들은 功名慾에 끌니고 懸賞에 마음이 홀니여서 投書하기에 奔走하엿습니다.

이들은 功名慾에 끌니여서나마 懸賞에 홀니여서나마 엇더케 하면 보다

387 '獨占이라고 하리만치'(독점이라고 할 만큼)의 오식이다.

더 조흔 作品을 만들어 볼가 하는 生覺 다시 말하면 作品 製作上에는 조금도 마음을 두지 안코 그것은 맛치 抽籤에 쏩히는 것을 바라는 것과 가튼 氣分으로 열 篇이면 한두 篇이야 쏩히겟지 하는 生覺으로 投書랍시고 열 篇이고 시무 篇이고[388] 엇쟀든지 만히만 或은 四四調로 或은 七五調로 써 보내 놋코 自己 作品에 對한 自信은 조금도 업시 數가 만흔 것만 밋고 紙上에 發表되기만 기다림니다. 그러다가 作品다운 作品을 밧어 보기에 窮한 新聞과 雜誌에서 한 篇 쏩아 주거나 餘白을 채우기 爲하야서라도 한 篇 실니여 주면 成功이나 한 것처럼 投書家然 乃至는 童謠詩人然하는 사람이 만습니다. 물론 다 그럿타는 것은 안이지만 적어도 半數 以上은 그러할 것입니다.

有名無名 間에 엇던 분들은 彗星처럼 아조 洗練된 作品을 내여노흘 때도 업지는 안이함니다만은 이것은 極히 少數임니다.

童謠다운 童謠 한 篇이 童謠답지 못한 童謠 열 篇보다 훨신 勝합니다. 童謠를 짓는 이들이 銘心 아니 實行해야 할 것은 作品을 製作하는 데 잇서서 한 篇의 作品을 두석 달만에 完成을 하더라도 생각하고 또 생각하고 添削하고 또 添削하야 아조 洗練된 作品을 나어 노와야 할 것입니다. 그리하야 엇더케 하면 보다 더 조흔 童謠 投書家가 될가 하고 腐心하지 말고 엇더케 하면 보다 더 조흔 童謠를 製作할가 하는 데 苦心하지 안으면 안 될 것입니다.

---

**李虎蝶, "童謠 製作 小考(2)", 『매일신보』, 1931.1.17.**

**二. 着想의 健實**

着想은 童謠의 原料라고 하여도 過言이 아닐 만치 重要視되는 要素입니

---

388 '스무 篇이고'의 뜻이다.

다. 조흔 쌀노 밥을 지여야 조흔 밥이 되는 것과 가티 着想이 健實하고야 조흔 作品을 生産할 수가 잇슴漢다.[389] 元來 童謠란 것은 數學이나 語學을 工夫하는 것처럼 그 時 그 時에 當하야 단지 童謠를 지여 보겟다는 漠然한 慾望으로 붓을 들엇다가는 失敗에 歸하고 맙니다. 그것은 두말할 것도 업시 着想이 突然히 나타나지 안는 까닭입니다. 或은 寢床에서 或은 일터에서 或은 散步 中에 或은 食事 中에 藝術的 感興이 번개불과 가티 우리의 記憶에 나타낫다가 사러지는 것입니다. 이것이야말노 無意識中에 엇은 自然的 着想일 것입니다. 이 不知中에 나타낫다가 사러지려는 藝術的 感興을 꼭 붓잡어 두는 것으로부터 童謠 製作은 始作되는 것입니다.

平常時에 잇서서 모든 事物에 注意를 게을니하지 말 것은 勿論이거니와 언제든지 懷中에 紙筆을 携帶하고 단니면서 感興이 이러날 때마다 記錄하여 두는 習慣을 붓칠 것입니다. 이것은 東西洋의 大作家들이 通常으로 하는 일이랍니다. 그리하야 엇더한 실머리(緖) 하나를 붓잡어 가지고 거기에 隨加되는 想을 다시 들추어내이면 비로소 完全한 童謠의 原料가 되는 것임니다.

그런데 現今 만히 發表되는 童謠는 擧皆라고는 할 수 업지만 大部分은 이 着想이 미지근하기 때문에 그 內容에 잇서서 感情의 露流를 조금도 엇어볼 수가 업고 허울 조흔 개살구 貌樣으로 八五調로 七五調로 六五調로 或은 四四調로 맛추어 노흔 글ㅅ字 그것뿐입니다. 着想도 아모것도 업시 「봄바람」, 「아지랑이」, 「봄비」, 「고향생각」, 「가을바람」, 「둥근 달」, 「시냇물」 等의 題만 칙겨들어 가지고 技巧에만 애를 써서 "짜스한 바람이 불어옴니다", "시냇물이 졸々졸 흘너나리네" 하고 글ㅅ字만 맛추어서 型에만 너어 노앗스니 이러고야 엇지 作品의 生命이 붓겟습니까? 다음에 一例를 들어서 더 仔細히 말하겟습니다.

389 '잇습니다'의 오식이다.

흐르는江물　金光允 作

록수청산 깁흔골
　　　저기저강물
밤낫을 쉬지안코
　　　흐르고잇네

× ×

줄넝줄넝 애닯흔
　　　노래부르며
바다를 목적하고
　　　흐르고잇네
압흔다리 억지로
　　　살살끌면서
곱흔배 움켜쥐고
　　　니를악물며

× ×

골지나 바위넘어
　　　벌판지나서
오늘도 쫄낭쫄낭
　　　흐르고잇네
(『少年世界』 昨年 六月號 所載)

이것은 얼는 보면 滿點에 갓가운 童謠 갓습니다만은 좀 더 자세히 살펴보면 이는 分明히 童謠로서는 零이라고 아니 할 수 업습니다.

그저 「흐르는 江물」이라는 아조 漠然한 題를 가지고 다시 말하면 自然스럽게 써오른 想은 업서 題만 하나 붓처 놋코 調子를 맛추어서 適當한 量으로 써 노흔 것밧게 아모것도 안 됩니다. 이 作品의 作者는 머리ㅅ속에는 「흐르는 江물」에 對한 印像은 小毫도 업시 록수청산(이것은 童語도 못 되지만)이니 애닯흔 노래니 하고 그럴듯한 語句(實相인즉 漠然한 語句)만 羅列하기에 苦心한 것입니다. 다시 한 篇의 童謠를 쓰집어 내놋코 一言한 後에 다음 項目으로 넘어가겟습니다.

葉花[390] (睦一信 作)

살낭살낭 봄바람에
　　　　쏫치피드니
가여웁다 느진봄엔
　　　　쏫치지누나
　×
송이송이 지는쏫
　　　　가여운신세
바람바람 마저서
　　　　흐터지누나
(『朝鮮日報』 昨年 五月 所載)

爲先 첫 句節인 "살낭살낭 봄바람에 쏫치피드니"가 얼마나 槪念만에 흘으고 말엇는지 보십시요. 이것 亦是 着想이란 어섬푸레하게나마 가지지 안코서 붓대를 들은 것이 分明합니다.

---

## 李虎蝶, "童謠 製作 小考(3)", 『매일신보』, 1931.1.18.

### 二. 着想의 健實(續)

着想이 不分明하여서는 아모리 表現에 가진 技巧를 다하엿다 할지라도 生命 잇는 作品을 生産할 수 업습니다. 그것은 맛치 허수아비에게 아모리 조흔 衣服을 입히고 조흔 帽子를 씨여 노왓다 할지라도 一見 사람 갓기는 하지마는 사람으로서 아모 價値가 업는 것과 꼭 갓습니다. 着想보다 압서서 表現의 技巧에 힘쓴다면 큰 矛盾이라 하겟습니다. 쌀이 업시는 밥을 지을 수 업는 同時에 着想이 업시는 生命 잇는 童謠의 生産은 到底히 不可

390 원문에 제목이 「落花」(『조선일보』, 30.5.4)로 되어 있어, '葉花'는 오식이다.

能합니다.

### 三. 表現의 整頓

아모리 着想이 좃타 할지라도 表現이 拙劣하여서는 健實한 童謠를 生産할 수 업겟습니다.

그 表現에 잇서서 適當한 기리를 만들고 쏘 調子를 맛추기 爲하야 無用한 語句를 羅列하야 놋는 것과 하고 십흔 말을 다하지 못하는 일이 現今의 朝鮮 童謠壇에 퍽 만습니다. 無用한 語句만 羅列하야 기다랏케만 만드러 놋는 것보다도, 調子만 맛추기 爲하야 充分한 表現을 못하는 것보다도 單한 句節만 쓰고 말드라도 쏘는 調子가 아모리 틀려지더라도 마음에 잇는 그대로 한마듸──가 모다 讀者의 心情을 콕콕 찌르도록 써 노와야 할 것입니다. 그리하야 初學者에게는 더욱 必要하겟습니다.

**글모르는어머니** 朴古京 作

엄마하고 나하고
그리해서들
간곳몰을 내형님
헤이여서 셋
총에마저 아버진
도라가시여
우리집에 식구는
둘뿐이라우
둘뿐이라우

◇

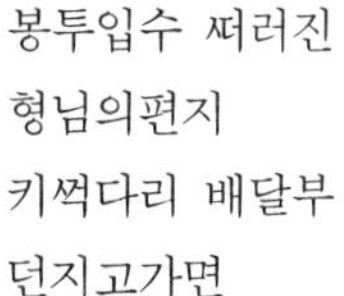

봉투입수 쩌러진
형님의편지
키썩다리 배달부
던지고가면
글모르는 어머니
싹일던지고
색기꼬는 일터로

날차저와요
날차저오죠

가갸거겨 배호다
학교서쫏기고
1234 배호든
야학은깨저
공부공부 다못치룬
내가알거란
사랑하는 아우야
어머님압헤
그밧게는 몰나볼
형님의편지
눈물의편지

너의형이 아즉도
살어잇구나
글몰우는 어머님
눈물흘리며
무러볼곳 업는글
형님의편지
사연몰을 편지를
무명에싸서
보ㅅ당우에 속깁히
간직하지요
간직합니다

(『朝鮮日報』 昨年 一月 所載)

이 童謠를 읽고 난 여러분은 作者가 무엇을 表現하엿는지는 勿論 잘 알으섯슬 것입니다. 아버지는 총에 마저 돌아가고(아마도 不當한 죽엄인 듯) 형님은 달어나고 자긔(作品의 主人公인 少年)는 어머니와 단 둘이서 勤勞

生活을 하면서 工夫도 못하는 것과 멀니 달어나 잇는 형님께서 편지가 와서 어머님이 눈물을 흘녓다는 것이 卽 全篇의 內容입니다. 그런데 讀者에게 厭症이 生起리만치 기다랏케 느러노흔 것이 큰 缺點입니다. 그것은 두말할 것도 업시 無用한 語句를 떼여 버리지 안코 調子만 맛는다고 되는대로 느러노흔 까닭입니다.

---

**李虎蝶, "童謠 製作 小考(4)", 『매일신보』, 1931.1.20.**

三. 表現의 整頓(續)

이제 筆者가 朴 氏의 것과 同一한 內容을 包含식혀서 朴 氏의 것의 三分之一밧게 안 되는 量으로 적어 놋코 比較해 보겟습니다. 그런데 附言할 것은 朴 氏 作品의 內容에 잇서서 한 가지 矛盾이 잇스니 卽 그것은 主人公인 少年이 글은 몰으면서 "사랑하는 아우야 어머님 압헤" 等의 편지 句節만 알엇다고 하니 그와 가티 첫머리는 알면서 그 다음은 몰은다는 것이 非實在的이라고 생각합니다. 筆者는 편지에 씨여 잇는 글을 全部 몰으지만 안 오든 편지가 왓슴으로 형님께서 온 것이라고 推測하게 된 것으로 取扱하겟습니다.

오늘아츰 체부가
전한편지는
우리형님 보내신
편진겟지요

×

총에마진 아버진
못살어와도
다러난 형님께선
편지합니다

×

학교도 못단이고
야학깨지고
글을몰나 형님편지
나도못읽죠

×

싹일하든 어머님
형님그리워
색기쏘는 나보고
눈물흘녓죠

이러케 無用語句를 떼여 버리면 얼마나 산뜻한 맛이 잇습닛까? 朴 氏는 「글몰으는어머니」라고 題하엿스나 나는 「형님의 편지」라는 題가 合當하다고 生覺합니다.

검은얼골 (申孤松 作)

내얼골이 검다고 웃는놈봐라
내얼골이 외이리 검은줄아나
우리들은 업스니 일해야먹지
등과얼골 타두록 일해야먹지
너의가티 언제나 노란얼골로
방구석에 누어서 알키나하고
(『新少年』 昨年 七月號 所載)

이 作品의 쯧헤는 "以下 略"이라는 글字가 붓터 잇슴으로 엇더한 內容이 더 길게 繼續하엿든지는 몰으지만 揭載된 것만으로 보아서는 內容이 퍽 單純함니다. 卽 얼골이 검해진 少年의 검은 얼골을 숭보는 少年에게 對한 反抗입니다.

내얼골이 검다고

숭은보지만
알키만한 네얼골은
노래젓구나

이렇케 만드러 노흐면 얼마나 簡略하여집닛가? "얼골이 검다고 웃는놈봐라" 하면 벌서 勞働少年이 한가한 少年에 對한 反抗이라는 것은 임이 表現되엿슴에도 不拘하고 "내얼골이 웨이리 검은줄아나 우리들은 업스니 일해야먹지" 하고 군거드럼을 붓처 노흔 것이 얼마나 지리합닛가? 이것은 여긔서 할 말이 안입니다만은 朝鮮의 童謠壇에서 相當한 地位를 차지하고 잇는 申 氏로서 이런 駄作을 거침업시 내놋는다는 것이 失策이라 하겟습니다.

**씨하나뭇고** (水鄕 作)
봉사나무 씨하나 꼿밧헤뭇고
하로해도 못다가 파내보지요
아침결에 무든걸 파내보지요
(『中外日報』 昨年 七月 所載)

---

## 李虎蝶, "童謠 製作 小考(5)", 『매일신보』, 1931.1.21.

이 얼마나 單純함니까? 어린이가 꼿밧에 가서 노다가 봉사씨 하나를 주어 가지고 그것을 심어 보겟다는 마음으로 그 자리에 심어 놋코는 아조 天眞스러운 마음에 아침에 뭇어 노흔 것이 저녁에는 그 씨가 엇더케 되엿나 보겟다는 생각으로 파내엿슬 것입니다. 그러나 그 씨가 싹은 트지 안엇슬 것입니다. 그러니 이 「씨 하나 뭇고」의 作者는 봉사씨를 주엇다거나 싹이 터나 파내 보앗스나 싹이 안 터다거나 하는 語句는 쓰지 안코도 그것들을 모다 暗示해 노앗습니다. 그리 하얏슴으로 이 作品은 세 句節밧게 안 되는 것이지만 퍽 緊張味가 잇습니다.

어린이의 생각이란 퍽 單純한 同時에 表現도 亦是 單純하여야 되겟습니다. 그러타고 마음속에 잇는 것을 充分히 表現치 못하여서도 안 될 것이닛가 어느 程度까지는 길어지는 것도 容認할 수 잇슬 것입니다. 그것은 맛치 體大한 사람에게는 廣大한 衣服을 닙히고 體小한 사람에게는 狹小한 衣服을 닙히는 것과 가티 하여야 되겟습니다.

四. 表現 形式

表現形式은 讀者 여러분도 旣知하시는 바와 가티 定型律과 自由律 二種으로 區別할 것입니다. 그것은 境우에 따라 各自의 嗜好에 따라 自由로 選擇하는 것입니다. 그러나 定型律이 아니면 童謠 행세를 못하는 것만치 역이는 분이 만흔 듯하니 誤解라 아니 할 수 업습니다.

그리하야 前項에서도 말슴하엿거니와 型에만 너어 놋키 爲하야 애를 쓰는데 큰 危險이 잇습니다. 그럿타고 自由律에 잇서서는 律調를 無하느냐 하면 그럿치는 안습니다. 거긔에도 相當한 律調가 잇서야 합니다.

定型律로 써 노흔 것이라도 그 童謠 自體가 自然的으로 흘너나온 노래가 아니여선 定型律의 效果가 조곰도 나타나지 안는 것입니다. 또 自由律에 잇서서도 그것이 自然的의 노래 가트면 그것은 훌륭한 童謠의 資格을 가진 것입니다.

가티썰지요 (曉鍾 作)

어름언덕어린동모
굴너나리네
원엇써케그걸보고
도라오나요
다굴너나러가선
그애웁니다
어름어-ㄴ언덕아래
막쒸여나려가서
그애이르켜

옷털고신발차자
가티오지요
(『朝鮮日報』 昨年 一月 所載)

이것은 퍽도 不自然스러운 노래입니다. 그中에서도 "원 엇더케 그걸 보고 도라오나요"라든지 "다 굴너나려가선 그애 웁니다"라든지는 더 말할 수 업시 不自然스러운 句節입니다.

**내동생** (田昌植)
리살먹은 내동생[391]
자근놈이는
커다랏코눈이큰
소조와해요 (以下 略)
(『朝鮮日報』 昨年 五月 所載)

이 作品에 잇서 "커다랏코 눈이큰 소조와해요"는 이렇케 七五調로 쓸 것이 못 됩니다.

커다랏코 눈이큰
소를조와하지요

이렇케 쓴다면 몰으지만…….
다음에 自由律로 된 것을 들어서 몃 마듸 짓거리고 本項도 끗을 막겟습니다.

**녀름밤** (嚴興燮 作)
언니 맹꽁〜 저소리 무슨소리?
개고리 나라에서 창가하는소세[392]

391 「내동생」(『조선일보』, 30.5.18)의 원문은 "세살먹은내동생"이다.

언니저긔 번쩍번쩍 저것은무엇?
숨박꼭질하는 반듸ㅅ불
저긔저 연긔는 무슨연긔
아저씨집 모깃불 풀타는연긔
아이 하늘에 무엇이 저러케 번쩍해
그것은 별들이 쏭누는 거다
언니 우리도 창가해 맹꽁이처름
그리자 맹꽁 맹꽁 맹꽁…
(『新少年』 昨年 六月 所載)

이것은 幼年童謠라는 이름이 붓허 잇는 對話的 童謠임니다. 고 글ㅅ字를 억지로 맛추어 노흔 것보다 얼마나 시원한 맛이 잇습닛가. 급작스레 自由律의 適切한 例를 찻지 못해서 筆者의 것으로 失禮하겟습니다.

가마귀운다

가마귀 운다
싹싹운다
누구를 죽으라구
싹싹울까
×
욕심쟁이 김참봉
너무너무 잘먹구
배가터저 죽으라구
싹싹우는게지
(『朝鮮日報』 昨年 六月 所載)[393]

392 「녀름밤」(『신소년』, 1930년 6월호, 1쪽)의 원문은 "개고리 나라에서 창가하는소리"이다.
393 「가마귀 운다」(『조선일보』, 30.5.13)의 지은이는 이경로(李璟魯)이다. 따라서 이호접(李虎蝶)의 본명은 이경로임을 알 수 있다.

## 五. 用語의 選擇

用語는 勿論 童語이여야 한다는 것은 여러분도 아실 것입니다. 이 用語에 對해서는 길게 말하고 십지 안습니다. 童語라고 별 달달 것이 아니고 거이 다— 어룬의 말과 共通되는 것입니다. 어린이들이 쓰는 말로 듯고 알엄즉한 말로 쓰면 될 것입니다. 그것은 조음만 留意하시면 이것이 童語인지 안인지? 다시 말하면 童謠 製作에 써도 조흘지? 안 써야지? 區別할 수가 잇습니다.

## 六. 끗말

이만하고 끗을 막겟습니다. 좀 더 길게 쓰려고 하엿드니 되지 안은 것을 더 만히 짓거리면 讀者 여러분에게 厭症이나 안 생길가 하야 그만 擱筆하겟습니다.

## 金泰午, "少年文藝運動의 當面에 任務(二)", 『조선일보』, 1931.1.30.[394]

一. 頭語

朝鮮에 있었서 少年文學運動이 發芽되기는 漠然하나마 그래도 六堂 崔南善 氏의 主幹으로 發刊된 『少年』과 『아이들보이』일 것이다. 그 內容을 말하자면 歐美의 名作童話의 飜譯紹介와 地理 또는 歷史談 같은 讀物이 記載되어 있었다. 그 뒤를 니어 六堂과 春園 外 數氏의 發起로 ―― 『붉은 저고리』와 『靑春』이 出世케 된 것이다.

於是乎 이것이 朝鮮 新文學運動의 黎明期요 少年文學運動의 發芽期라고 볼 수 있다. 其後 一九二一年에 큰샘 韓錫源 氏 主幹으로 少年雜誌 『새동무』가 좀 더 새로운 面目을 띄고 나온 것이니 寓話, 訓話, 歷史談, 에솝寓話 等을 取扱하여 情緖敎養에 置重하며 普通學校 補充敎材를 하여 왓든 것이다. 뒤미처 方定煥 氏의 主幹인 『어린이』와 申明均 氏 主幹인 『新少年』 그리고 鄭仁果 韓錫源 金泰午 外 數氏의 發起로 『아이생활』이 出世케 되어 같은 形態로써 오늘날의 現象까지 일은 것이다.

―― ◇ ――

筆者는 일즉히 少年運動과 그의 文藝運動에 있었서 種種 理論的 展開를 해 왓거니와 少年運動과 少年文學運動은 不可分的 關係로 連結性을 갖이고 있다. 그럼으로 少年運動 그 自體를 떠나서 少年文學運動이 成立되지 못한 것이오 少年文學運動을 떠나서 그 運動의 目的을 完全히 遂行할 수 없을 것이다. 쉽게 말하자면 少年運動은 指導者로써 實際的 運動이라 하겟고 少年文學運動은 指導者로써 間接 指導運動이라고 規定할 수 있다. 그럼으로 朝鮮少年運動이 一九二〇年을 筆頭로 發生한 以後 ― 해를 거듭하여 進展됨에 딸아서 少年文學運動도 달을 거듭하야 發展되고 있는 것이다.

394 '二'부터 시작하지만 오식이다. 첫머리에 '一. 頭言'이라고 해 놓은 것을 보면 알 수 있다.

—— ◇ ——

그렇나 우리는 恒常 眞正한 意味에 있었서 運動의 꾸준한 發展을 爲하야 理論과 實踐이 竝行하여야 할 것을 懇望한다. 理論이 先行하고 實踐이 遲緩한다던지 實踐이 先行하고 理論이 遲緩한다던지 하여서는 안 된다.

元來 우리 全體運動의 一翼的 部門運動인 少年運動(少年文藝運動) 陣營 內에 있었서 그 自體의 實踐過程에서 抽出한 認識을 全體性에서 集約한 새 意識을 獲得하지 아니하면 運動의 進展을 企圖할 수 없을 것이다. 뚫아서 우리는 언제나 理論을 떠난 實踐이나 實踐을 떠난 理論 —— 卽 理論만을 爲한 理論은 認定치 안는다. 그리고 理論이 없는 實踐은 盲目的 動作에 不過할 것이오, 實踐이 없는 理論은 그야말로 卓上空論에 不過할 것이다.

그렇다고 空然히 理論을 過重評價한다던지 實踐을 過重評價하는 것은 運動 自體를 沒理解하고 運動의 方法과 方式을 全然 沒覺한 錯誤된 認識이다. 그럼으로 少年運動 —— 少年文學運動이 兩者의 不可分的 關係에서 竝行식혀 理論과 實踐을 判斷하여 씩씩한 運動을 展開식힘이 우리 少年指導者의 當面 任務일 것이다.

---

**金泰午, "少年文藝運動의 當面에 任務(三)", 『조선일보』, 1931.1.31.**

二. 童謠運動

녯날부터 朝鮮에 童謠가 없지 않은 배는 아니나 少年文學建設의 基礎가 되는 이 童謠를 이저바린 代身에 從來에 있어서 퍽으나 等閑視해 왔다는 것은 否認치 못할 事實일까 한다.

朝鮮에도 漠然하나마 新童謠運動이 發生되기는 只今으로부터 十年의 일이다. 그 當時에는 若干의 外國童謠를 飜譯 紹介하며 或은 朝鮮 傳來童謠와 같은 四四調를 模倣한 몇 篇의 作品이 新聞과 雜誌를 通하여 發表되자 少年愛護運動이 高調됨에 딿아서 童謠도 旺盛하게 되었든 것이다.

—— ◇ ——

그렇다가 童謠運動을 더욱 徹底히 하기 爲하야 童謠研究에 뜯 둔 몇 분들의 努力으로 一九二七年 九月 一日을 期約하고 〈朝鮮童謠研究協會〉[395] 가 創立된 以後로 그 宣傳 普及에 盡力한 結果 그 氣勢는 자못 熾烈하야 新興童謠運動은 날을 거듭할스록 進展되고 있다. 該會의 綱領은

一. 우리는 朝鮮少年運動의 文化戰線의 一部門에 立함

一. 우리는 童謠의 研究와 實現을 期하고 그 普及을 圖함

이엇다. 創立 以後로 現今까지의 幹部는 高長煥 辛在恒 鄭芝鎔 劉道順 尹克榮 韓晶東 金泰午엿다. 첫 事業으로 『朝鮮童謠選集』 一九二八年版을 發刊하였다.[396] 그 意圖인즉 每年 發刊의 計劃이었으나 經費問題로 中斷되어 있다. 要컨대 年間 『朝鮮童謠選集』을 繼續하기를 懇望하는 바이며 機關紙 發行의 促進을 비는 바이다.

近刊 平南 平原에서 몇 사람의 發起로 『朝鮮童謠選集』을 發行하겟다고 原稿를 請하며 그 收集에 努力한다고 한다.[397] 그러나 나는 거긔에 贊意를 表할 수 없다 웨? 그것은 童謠運動에 뜯 둔 新進作家들은 斷然히 한데 集中하여 運動을 統一的 —— 組織的으로 해 가지 않으면 아니 된다. 運動의 씩씩한 展開를 爲하여는 孤立 —— 小黨分立 이것은 必然的으로 要求치 않기 때문이다. 적어도 『朝鮮童謠選集』이라면 朝鮮을 代表한이만큼 —— 童謠運動의 最高 本營인 同 協會의 通過 없이는 안 될 것이다. 그럼으로 該會를 積極的으로 支持하는 同時에 全 力量을 한데 集中되기를 企待하는

---

395 "한정동(韓晶東), 뎡지용(鄭芝鎔), 신재항(辛在恒), 김태오(金泰午), 윤극영(尹克榮), 고장환(高長煥) 씨 등의 발긔로 구월 일일에 조선동요연구협회(朝鮮童謠研究協會)를 창립" (『동아일보』, 27.9.3), "한정동(韓晶東), 신재항(辛在恒), 졍지용(鄭芝鎔), 김태오(金泰午), 윤극영(尹克榮), 고장환(高長煥) 씨 등의 발긔로 지난 구월 일일에 죠선동요연구협회(朝鮮童謠研究協會)를 창립"(『매일신보』, 27.9.4) 참조.

396 조선동요연구협회 편, 『朝鮮童謠選集 — 一九二八年版』(博文書舘, 1929)을 가리킨다.

397 「동무소식」(『매일신보』, 30.12.25)에 의하면, 평원군(平原郡)의 김기주(金基柱) 등이 『朝鮮童謠選集』을 출간하려고 한 것을 가리킨다.

바이다.

——◇——

近來 新聞이나 雜誌上에서 朝鮮의 어린 마음을 읊을 수 있는 다시 말하면 이 아름다운 寶物(童謠)을 찾으려고 또는 만들려고 애쓰는 어린동무들이 날로 旺盛해 가는 것은 實로 當來할 朝鮮 社會를 爲하야 欣喜하기 마지 아니한다. 朝鮮에 있어서 第二期 新進作家를 들자면 尹石重 申孤松 尹福鎭 李明植 劉宗元 徐德出 馬春曙 李貞求 宋完淳 外 數氏를 들 수 있고 最近에 와서 第三期로는 南宮浪 睦一信 柳在衡 趙宗玄 全鳳濟 金大昌 宋昌一 李久月 南應孫 外 數氏를 들 수 있으니 以上 列記한 분들은 꾸준히 繼續함을 致賀하는 바이다.

客年 一年間에 가장 活氣를 연 것은 童謠作이다. 참말 例年에 없든 多量生産이었다. 그러나 그 作品 가온대에는 값있는 藝術品도 없잔어 있었으나 그 質로 보아서 遜色이 많음을 遺憾으로 생각한다. 願컨대 作品 하나를 내어놓더래도 좀 묵에 있는 것으로 發表하기를 再三 付托하고 바라는 바이다. 童謠運動의 當面한 問題에 있어서… 처째로 唱歌를 排擊하는 同時에 健全한 童謠를 樹立할 것이외다. 在來 朝鮮에서 幼稚園이나 普通學校에서 불으는 唱歌는 어린이의 맘과 交涉 없는 大部分이 功利的 目的을 갖이고 지은 노래이기 때문에 無味乾燥하여 寒心하기 짝이 없다. 唱歌는 얼는 보면 어등비등 같은 것 같으나 實相은 距離가 서로 먼 것이다. 世上에서 童謠를 니저 바리고 돌아보지 아니한 代身에 읽어야 아모 滋味도 없고 不自然에 빠지거나 事理만 밝히거나 한 唱歌만을 小學校 科程에까지 넣어서 배우게 한 것은 암만해도 肯定할 수 없는 同時 排擊하여야 한다. 다시 바꾸어 말하자면 從來의 唱歌라는 것은 自己 少年時代의 空想과 곱고 깨긋한 맘성을 돌아보지 않고 다만 理智 그것에만 팔려서 마츰내 平凡한 手工品을 맨들어 教訓 乃至 智識을 넣어주계다는[398] 功利的 歌謠이기 때문에 兒童의 感情生活과는 何等의 交涉이 없엇든 것은 속일 수 없는 事實이 아닌가!

398 '넣어주계다는'(넣어 주겠다는)의 오식이다.

그럼으로 우리는 이 唱歌를 없이 하는 대신에 童謠를 小學校(普通學校) 科程에 넣어야 될 것이다. 그리고 그 缺陷을 補充하기에 滿足한 內容이나 形式보다도 藝術的 香氣가 있는 健全한 新童謠를 創作하여 少年大衆으로 하여금 노래 부를 수 있게 —— 춤출 수(舞踊)있게 하겠다는 것이 新興童謠運動의 '모-토'라고 생각한다.

—— ◇ ——

둘째로는 —— 童謠作曲集을 묵에 있는 것으로 推薦해서 자조 發行하여 그 宣傳普及에 힘써야 될 것이다……童謠는 音樂과 分離치 못할 親密性을 갖이고 있다. 童謠가 音樂化하야 童謠曲이 된다. 그리고 舞踊化하야 童謠遊戱가 되는 것이다. 그럼으로 詩歌 —— 더욱히 童謠는 言語의 調子가 音樂的으로 優秀하여야 할 것은 勿論이다. 그래서 童謠를 製作할 때는 속살(內容)인 思想感情을 重要視하는 同時에 用語와 '리뜸'에 一層 考慮하지 않으면 아니 된다. 그것은 글字 하나에도 長廣高가 있고 强弱이 있고 音色이 있음으로써이다. 童謠作家는 이 點에 留意하여야 할 것을 다시금 말해 둔다.

그런데 近年 童謠作曲集이 나타나게 된 것은 깃버할 現狀이다. 그러나 우리는 그 選擇 取扱에 等閑視해서는 안 된다. 어떤 曲調는 在來 어른들이 불러야 할 어려운 唱歌 같은 曲에다가 억지로 童謠를 끌어넣어 曲을 붙인 것이 많이 流行되는 모양이니 우리는 그것을 淸算 乃至 克服하여야 된다. 童謠作家는 童謠의 詩想을 自己의 心琴에 울려 樂想을 表現한 것이라야 될 것이니 우리는 充實한 童謠作曲家의 輩出을 渴望하는 同時에 童謠作家로서의 童謠作曲家를 要求하는 바이다.

그리고 〈童謠硏究協會〉에서는(或은 推薦으로든지) 童謠作曲集을 發刊하여 이 運動을 키워 나아가는 것이 當面 任務의 하나일 것이다. 여긔 한 마듸 附言하는 바는 各 出版業者들은 넘우 營利에만 沒頭하지 말고 좀 더 넓은 意味에 있어서 現實의 少年大衆이 切實히 要求하는 『童謠作曲集』을 자조 出版하기를 再三忠告하는 것이다. 그리고 各 新聞과 雜誌機關에서도 넘어 冷情히 굴지 말고 여긔에 着眼하여 種種 發表해 주기를 바라 마지 안는다.

---

## 金泰午, "少年文藝運動의 當面에 任務(四)", 『조선일보』, 1931.2.1.

三. 童話 運動

古代로부터 朝鮮에도 神話 傳說로 내려온 童話가 없은 바도 아니다. 놀부와 흥부이야기 호랑이이야기 소곰장사이야기 도적놈이야기 仙女이야기 孝子이야기 계모학대이야기 富作방망이이야기 귀신독갑이이야기 —— 녯날이야기로 보아서는 外國의 傳說이나 童話보다 優越한 것도 많었다. 그러나 이런 것들을 兒童들에게 들여주는 것이 반듯이 有益이 있느냐고 質問한다면 그야말로 큰 問題이다. 우리는 그 選擇에 一層 注意하지 않으면 아니된다.

—— ◇ ——

朝鮮에 新童話運動의 發生도 亦是 童謠와 한께 亦是 十年 前의 일이라고 볼 수 있다. 同志 韓錫源 氏가 『눈꽃』이란 童話集을 맨 처음으로 出刊하고 그 다음으로 同志 方定煥 氏가 『사랑의 선물』을 出版하여 많은 歡迎을 받았든 것이다. 뒤밑어 李定鎬 同志의 『世界一周童話集』과 筆者의 『世界名作童話集』이 出世되여 童話運動을 一層 새롭게 하였든 것이다.

그리고 丁洪教 方定煥 李元珪 金泰午 外 數氏들이 京城을 中心으로 全鮮 各 地方을 巡回하며 童話의 普及과 그 宣傳에 盡力하였었다. 現朝鮮의 童話作家로는 延星欽 方定煥 金泰午 丁洪教 洪銀星 高長煥 廉根守 崔青谷 韓東昱 梁在應 李定鎬 外 數氏를 들 수 있고……少年小說로는 宋影 尹基鼎 崔秉和 嚴興燮 延星欽 李明植 外 數氏요 그리고 美談을 홀로 쓰는 李定鎬 氏 —— 少年 探偵小說을 홀로 쓰는 李元珪 氏를 例擧할 수 있다.

童話運動을 邇來 十餘年間에 내려온 가온대 이와 같이 長足의 發展을 보게 된 것은 世界를 通해서 보드라도 없으리라고 본다. 設使 出版物로써는 外國에 比肩할 수 없다 하드라도 그 宣傳에 있어서는 各 新聞으로 各 少年雜誌로 —— 殆半을 占領하고 地方巡廻의 口演으로 ——'라듸오' 放送으로 —— 懸賞童話大會로 —— 그리하야 지금에 와서는 童話와 童謠가 少年文藝運動에 있어서 가장 큰 權威를 占領하고 있다. 그야 勿論 原則上으로 보아서 그렇겠지만…….

—— ◇ ——

그런데 童話運動의 當面 任務는 어떻게 遂行할 것인가?

(가) 迷信的 童話를 排擊할 것

朝鮮에도 鬼神 독갑이이야기가 있는 것과 같이 西洋에서도 神話니 仙談이니 하야 가지고 鬼神이야기를 많이 取扱하였다. 말하자면 『아라비안나이트』 같은 것이 그 好例이다. 朝鮮도 于今까지 農村으로 들어가면 舍廊房에서 洞內 어른들이나 안방에서는 洞內 婦女들이 모이어 鬼神이야기를 盛히 하며 밤을 새우는 일이 많다. 그럼으로 곁에 앉아서 듣고 있는 어린이들은 으슥한 곧에 들어가면 고만 恐怖心을 늣기게 하는 것이니 그것은 迷信的 觀念을 넣어 주는 外에 아모것도 없다. 그뿐이랴! 그들은 사람이 죽으면 鬼神이 된다는 것과 또는 귀신이 몸에 묻어 단이는 것을 안다. 그리고 귀신이 사람을 잡아가는 것으로 알아서 畢竟에는 밤에 外出까지 못하게 되도록 그들은 無氣力하고 壓縮이 되어 勇氣를 抹殺식히는 害가 적지 않다. 우리는 徹頭徹尾 이러한 이야기는 排擊 乃至 撲滅하여야만 될 것이다. 그럼으로 『아라비안나이트』가 그中에는 訓話도 있고 合理한 것도 있으나 迷信的 觀念을 넣어 주는 害가 적지 않음으로 그리 歡迎할 것은 못 된다.

(나) 虛僞的 童話를 揚棄할 것

眞正한 知識과는 背馳되는 虛無孟浪한 이야기 卽 호랑이 담배 먹고 말하든 때라느니 또는 소와 개가 말을 하고 나무가 나무로 더불어 말하고 交際한다느니 別別 怪異한 데까지 들어간다. 말하자면 『이솝寓話』 같은 것이 그것이다. 그 寓話集 가온대는 教訓을 주고 어느 程度까지는 錯誤된 觀念을 넣어 주지 않는 것도 있다 하겠으나 그때와 지금은 時代가 變하고

知識의 程度가 天壤의 判이 있게 進步된 오늘날에 와서는 오히려 생각할 餘地가 있는 것이다. 그럼으로 우리가 寓話를 할 때에는 먼저 이 寓話가 虛僞를 包有하지 않엇는가. 兒童의 科學的 知識과 宗敎的 信仰에 背馳되지 않을 것인가? 여러 가지 方面으로 생각하여 그 選擇取捨에 等閑하여서는 않 된다.

---

## 金泰午, "少年文藝運動의 當面에 任務(五)", 『조선일보』, 1931.2.3.

(다) 健全한 童話를 樹立할 것

넘우나 값없는 눈물은 흘이지 말 것이다. 朝鮮의 客觀的 情勢가 막달은 골목에 이르러 모든 것이 悲慘한 것뿐이라고 어린 少年少女들에게 '쎈틔멘탈'한 童話나 哀話 같은 것은 絶對禁物이다. 勿論 거기에는 正義와 人道를 目標로 하고 쓴 것도 있으나 朝鮮 少年은 풀이 죽었다. 勇氣가 없다. 만약 그대들에게 活氣가 죽어 버린다면 그야말로 우리 運命은 落着이 되는 것이니 어째서 질길 바이랴.

今後로는 좀 더 씩씩한 童話 健全한 小說로써 열따 때도 넘어지지 않을 勇氣를 길러 주어야 한다. 그리고 自然科學的 讀物과 英雄談 冒險談 歷史談 같은 것을 推奬하는 同時 킾푸링의 『짱겔뿍』을 推薦하고 싶다.

四. 少年 雜誌 短評

少年文藝運動의 直接 反映인 少年雜誌를 評하지 않고는 少年文藝運動의 當面 任務를 論議할 수 없을 것이다. 그러나 筆者 自身이 昨年 一年을 通하야 거의 身病으로 있었든 關係上 各誌를 일일이 通讀하지 못했음으로 分析하며 檢討까지는 못한다 하드라도 在來로 印象된 것을 斷片的으로 小評을 쓰고저 한다.

—— ◇ ——

『어린이』(方定煥 氏 主幹) …… 朝鮮과 같은 殖民地的 特殊事情으로 모든 周圍의 環境이 몹시 不利한 오늘날 現實에 있어서 雜誌 經營難이란 體驗한 사람이 아니고서는 그 眞境을 알 수 없을 것이다. 더욱히 少年雜誌에 있어서랴! 그러나 『어린이』는 모진 狂風 부는 險惡한 외로운 길 八年 동안이나 꾸준히 걸어온 것은 壯하다고 볼 수 있는 同時에 編輯同人의 꾸준한 奮鬪를 致賀하기 마지않는다. 『어린이』는 實로 少年運動과 그의 文藝運動에 있어서 歷史의 한 페이지를 占領할 것이다…….

編輯에 있어서는 老鍊된 感은 있으나 좀 더 變化가 없다. 千篇一律式 글자 고대로이다. 말하자면 少年의 趣味增長 學校敎養의 補充敎材며 情緖涵養이다. 全然 否認하는 바는 아니나 朝鮮의 情勢가 時時刻刻으로 變한다. 階級과 階級의 戰線은 나날히 急迫해 온다. 이때에 다만 情緖運動에만 安住할 수 없는 것이다. 좀 더 新方向으로 社會意識을 高調하며 社會的 進出을 要求하고 있다. 그렇다고 政治 또는 思想雜誌로 되어 달라는 것으로 알아서는 큰 誤謬이다. 그리고 今後부터는 社內에 있는 이들로만 原稿를 채우지 말고 各 方面의 專門家들에게 請托하여 무개 있는 作品을 실기를 바란다. 歷史談으로는 그 長點이 있으나 科學的 讀物이 不足한 感이 없지 않다. 같은 體裁를 가지고도 淸新한 맛과 活字의 誤植이 드문 點에서 (勿論 印刷所 關係도 있지만……) 長點이 있다. 그러나 가끔 가다간 誇張이 나오는 것이 큰 흠이다. 例를 들면 우리 『어린이』는 朝鮮의 第一이니 讀者가 몇 十萬이 된다느니 또는 編輯人을 그려 놓고 알아 마치는 懸賞問題 같은 것이 그 好例이다. 그렇다. 少年雜誌 中 『어린이』는 推奬할 만한 雜誌임을 말해 둔다. 앞날의 꾸준한 發展을 빌고 同志 方定煥 李定鎬 兩 氏의 健康과 아울러 健鬪를 빈다.

『아이생활』(鄭仁果－朱耀燮 氏 主幹) …… 年前에 누구 評 말 맛다나 『어린이』는 天道敎 내음새가 나고 『아이생활』은 基督敎 냄새가 나는 雜誌다. 機關이 그러한 宗敎的 集團인 만큼 어느 程度까지는 不可避의 事實일 것이다. 그렇다. 牧師 아들이 반듯이 聖者가 되는 것이 아니고 長老 아들이 반듯이 道學者가 된다고 斷言할 수는 없는 것이다. 그들 가온대는 누구보다도 더 많은 墮落者와 浮浪漢이 많이 생기는 그 原因이 那邊에 在한가? 그것은 넘어 中毒의 結果라고 본다. 아모리 좋은 珍味의 飮食일지라도 그것을 여러 번 重複한다면 그 맛을 잃을 뿐만이 아니라 오히려 忌避하게 될 것이다. 그렇다고 우리는 少年을 指導함에 있어서 道德的 宗敎的 訓練을 無視할 수 없는 것이다.

그렇다. 適當 時期에 잘 料理하여 그것이 滯症이 생기지 않고 잘 消化되도록 하기에 努力할 것을 잊어서는 안 된다. 同志 朱 氏가 編輯을 맡은 後로는 그러한 傾向이 다소 없어지는 것 같다.… 創刊 以後 今日에 니르기까지 六年이란 長久한 歲月을 꾸준히 걸어옴은 實로 編輯同人들의 끈긔 있는 努力의 結果라고 본다. 客年 正月 以後에 體裁가 菊版으로 改正된 後로는 表紙와 印刷 淸新함에 있어서 또는 紙質 좋기로는 다른 雜誌로서 따를 수 없을 것이다. 그리고 少年雜誌로서 "한글"運動을 施行해 가기로는 이 『아이생활』이 그 先鋒이다. 그렇다고 그 속살(內容)은 아즉 圓滿치 못하고 貧弱하다는 點이 갓갑다. 原稿의 精選을 바라는 바이다. 每號마다 特別한 記事를 取扱하며 自然科學을 많이 실리는 點에서 特長이다. 가끔가다가 雜誌 廣告라든지 目次에 몇 사람의 이름만을 大活字로 하여 이름 廣告를 하는 傾向이 있으니 注意할 點이다. 이대로 꾸준히 나아가면 少年雜誌의 獨舞臺가 될 것이다. 朱, 鄭, 許 氏의 健康 乃至 健鬪를 빈다.

---

## 金泰午, "少年文藝運動의 當面에 任務(六)", 『조선일보』, 1931.2.4.

◇

『新少年』(申明均 氏 主幹) …… 먼저 七年間이란 오랜 歲月을 두고 生命이 維持해 온 것을 깃버하는 바이다. 申 氏는 "한글"에 造詣가 깊으니만큼 조선 歷史를 普及식히는 한便으로 世宗大王이야기라든지 地理 歷史談 같은 것을 많이 取扱하는 點으로 보아서 長點이 있다. 그렇나 아즉까지 "한글" 本位로 實行치 못함이 遺憾이다.

近年에 와서 푸로 作家들이 主로 少年小說을 써서 新方向으로 雜誌의 政策을 轉換하는 모양이다. 그렇나 너머 偏重하지 말기를 바란다. 그리고 印刷의 鮮明치 못함과 誤字의 많은 點이 흠이다.

『新少年』은 少年文藝運動上으로 보아서 잊지 못할 '에비소-트'가 많다. 種種 少年文庫를 내어놓는 것이 그것이다. 申 氏 外 同人들의 健康과 健鬪를 빈다.

『별나라』(安俊植 氏 主幹) …… 『별나라』와 『新少年』은 그 距離가 한 四寸쯤 되는 모양이다. 그것은 두 雜誌의 執筆同人들이 大部分 같은 人物들을 網羅하여 같은 傾向으로 나아가는 까닭이다. 誤字가 많은 點에서 科學的 讀物이 적은 點에서 不滿을 늣긴다. 特히 『별나라』는 安 氏 單獨으로 犧牲的 奉事를 하게 됨은 實로 感賀할 바이며 健康과 아울러 健鬪를 빈다.

『少年世界』(李元珪 氏 主幹) …… 이 雜誌는 어떠한 混合型的으로 되어 있기 때문에 그 特長을 말하기가 極히 어렵다. 말하자면 探偵小說이 그 特長이라고 할는지? 이 잡지도 『어린이』 以上의 誇張이 많다. 卽 讀者가 幾百名이니 來月號는 이러 이렇게 宏壯하다는 것 等이 그것이다. 特히 少年雜誌에 있어서 이러한 宣傳 삐-라式 廣告는 絶對禁物이다. 兒童에게 虛僞의 觀念을 넣어 줄가 하는 念慮이다. 가끔 가다가 어린 讀者가 反問하는 때가 많으니 그때는 무엇이라고 對答할는지?

讀者 大衆을 獲得하려는 點에서 號마다 새로운 記事를 取扱하고 科學的 讀物을 包有하는 點에서 取할 點이 있다. 經營 問題로 苦痛을 밧는 李 同志에게 同情을 않을 수 없으며 떫아서 奉事的 努力에 感嘆하는 바이다. 앞으로 씩씩한 健鬪와 生命이 길어지기를 빈다.

『白頭山』(廉根守 氏 主幹)…… 少年 科學雜誌로는 이것 하나뿐이다. 推奬할 點이 많다. 그렇나 아즉 編輯에 있어서 서투른 點이 많다. 內容도 그리 圓滿하다고도 볼 수 없다. 아즉 出世된 지가 돌도 못 지냇으니 앞으로 두고 보자…… 무엇보다도 生命이 길기를 祝願한다. 그 외 雜誌로 中斷된 것은 畧한다.

### 五. 當面 任務와 今後 展望

朝鮮少年文藝運動으로써 그 當面 任務의 根本問題로는 무엇보다도 少年 敎養問題에 있는 것이다. 卽 敎養은 現實 朝鮮이 如何한 特殊環境에 있다는 것을 알려 주어야 할 것이니 우리는 그 任務를 實行하기 爲하여는 堅實하고 努力的인 少年會를 組織하여 眞正한 意味에 있어서의 指導精神을 갖이고 그들에게 敎育시키지 않으면 아니 된다. 그렇하고 表面으로만 무슨 運動 무슨 團體 하고 看板을 내세우며 全體運動에 分離와 軋轢을 圖謀하는 그러한 反動團體는 餘地없이 排擊하여야 하며 깨끗이 淸算식혀야 된다. 中國의 國民運動과 其他 運動이 처음붙어 看板을 내걸고 싸웟다는 것보다도 모르는 사이에 꾸준히 그들은 少年에게 意識을 길럿든 것이다.

우리는 지금 集會禁止나 少年會 解體가 무섭다는 것보다도 少年大衆을 잃는 것과 그들에게 組織的 敎養을 주지 못하는 것이니 於是乎 우리는 少年運動의 定義 밑에서 少年大衆을 어떠한 方法과 方式으로 獲得하며 그들을 敎養 指導할가 함이 緊急問題이니 卽 하나는 情緖敎養을 基礎로 한 少年敎養과 또 하나는 社會意識을 基礎로 한 少年敎養이 될 것이다.

---

## 金泰午, “少年文藝運動의 當面에 任務(七)”, 『조선일보』, 1931.2.6.

우리는 이것을 各各 二元論的으로 볼 것이 아니라 一元論的으로 보니 社會意識이 先이오 情緖涵養은 政策的 乃至 戰術上의 것으로써 副次作用이 되어야 할 것이다.

그러므로 아즉까지 在來의 少年運動 아울러 文藝運動과 같이 少年의 趣味增長 情緖涵養 等 —— 말하자면 雜誌에 글 실는 것 等等에 感染이 되어 自稱 少年指導인[399] 체하며 少年運動의 先驅者인 체하는 것을 나는 많이 보게 된다. 이러한 體面 保持의 道樂的 運動 —— 現實을 沒覺하며 無視한 運動者는 運動의 新展開를 爲하여는 우리 運動線上에 展開된 諸問題를 正當히 分析 認識 把握하야 새로운 階段으로 規定하지 않으면 아니 되게 되엿다.

딿아서 小市民的 自然生長期的 意識의 把持者를 克服하여야 한다. 換言하면 같은 陣營 內에서 그러한 現段階의 客觀的 情勢를 無視하고 意識的이던 無意識的이던 數多한 誤謬를 犯하고 있는 同志를 發見하는 대로 그 錯誤된 認識을 嚴酷한 科學的 立場에서 批判하야 主觀的 觀念에 바로잡힌[400] 그들을 救出하지 않으면 아니 된다.

過去의 少年運動과 그의 文藝運動은 氣分的으로 少年會 組織 —— 雜誌刊行 다시 말하면 少年愛護 —— 擁護 —— 保證 —— 運動의 進出에 不過하얏든 것이다. 그리하야 運動은 何等 思想이나 主義를 加味치 않고 純然한 少年의 趣味增長 學校敎育의 補充敎材를 해 왓든 것이 속일 수 없는 事實이다. 要컨데 朝鮮少年文藝運動(敎養運動)은 過去 그것과는 顯著히 달러야 할 것은 重言을 要치 안는다. 或者는 少年文藝運動의 本意가 天眞性의 涵養에 있다 하야 現實에 置中함을 反對한다. 그렇다. 少年文藝運動의 任務가 第二國民으로의 敎養 訓鍊에 있으며 現實을 떠나서 살 수 없는 까닭에 ××的 生活이 不可能할 것은 否認치 못할 事實일 것이다. 그리면 우리는 一九三一年을 契機로 하야 非組織的 自然生長期的 運動을 揚棄해 버릴 것은 勿論이오 組織的 —— 目的意識期的 運動을 遂行하여야 될 것이다.

---

399 '少年指導者인'의 오식이다.

400 '사로잡힌'의 오식이다.

(가) 藝術 敎育

兒童은 그 生活 全體가 藝術的(遊戲的)이다. 그들은(어린이) 不斷히 遊戲的 生活을 繼續한다. 맟이 水中의 고기와도 같이 가볍고 自由스럽게 空中에 뜬 종달새와도 같이 즐겁게 뛰논다. 人類의 敎育者 '패스탈롯치'도 兒童生活 —— 卽 遊戲生活이라고 提唱하고 뚫아서 勞働의 遊戲化 藝術化를 暗示하였다. 社會主義者 '소-렐'은 勞働의 藝術化 — 宗敎化를 說破하였다.

遊戲가 兒童에게 必要하고 勞働이 民衆에게 없어서는 않 된다는 것은 말하자면 遊戲와 勞働이 生産的 物質的으로 利得한다는 데만 끝이지 않고 더 나아가서 藝術的 陶冶로써 尊貴하며 그들이 人間으로써 向上하는 데 없지 아니치 못하리라는 데 歸結되고 만다.

---

## 金泰午, "少年文藝運動의 當面에 任務(七)", 『조선일보』, 1931.2.8.

그럼으로 우리는 現下 朝鮮의 客觀的 情勢와 殖民地的 特殊事情을 把握認識하고 自由를 얻을 수 있는 範圍 안에서 童謠 童話 自由畵 音樂 兒童劇 映畵 等 —— 等을 例年보다 倍前의 勇氣를 振作하여 지금 우리네가 받고 있는 敎育으로붙어 自由敎育 — 藝術敎育을 喚起식혀야 된다. 더욱 그중에 兒童劇과 少年映畵의 使命이 크다고 본다. 〈少年映畵製作所〉의 그에 對한 任務가 重且大한 同時 새로운 陣容을 整齊하여 新局面打開策如何? 藝術敎育의 具體的 理論은 客年 九月 中旬 本紙에 九回로 連載된 筆者의 拙論 ——「藝術敎育의 理論과 實際」[401]를 參照하기 바란다.

---

401 김태오의 「藝術敎育의 理論과 實際(전9회)」(『조선일보』, 30.9.23~10.3)를 가리킨다.

(나) 한글 運動

우리는 이 말을 할 때마다 스스로가 부끄러움을 不禁한다. 왜? 조선글처럼 잘되기로는 世界各國을 通하야 보아도 比肩할 수 없다고 어떤 外國人도 說破하엿건만…… 所謂 半萬年이란 歷史를 자랑하면서 自國語 하나를 完全히 普及식히지 못하고 이제야 새삼스럽게 떠든다는 것은 時代에 落伍된 所致이며 寒心하기 짝이 없다. 그렇다. 過去의 잘잘못은 過去로 埋葬해 버리고 다시금 새롭게 運動을 展開해 갈 수밖에 없는 것이다.

多幸이 文化建設의 基礎가 되는 이 "한글"運動이 於是乎 四五年 前붙어 具體的으로 싹이 트기 始作하여 지금은 그 勢가 熾烈한 가온대 있으니 實로 將來 朝鮮社會를 爲하야 기뻐할 現象이다.

먼저는 少年雜誌 執筆者의 敎育當爲者(敎師)들 —— 또는 著作者는 硏究하야(專門的으로는 할 수 없드래도) 今年붙어는 어느 少年雜誌나 單行本으로 나온 冊子라 하더래도 一齊히 한글 本位로 쓰게 하는 것이 少年文藝運動의 當面 任務 中의 하나일 것이다. 全鮮 六百萬 少年少女 中 八○ 퍼-센트나 되는 農村少年 勞働少年을 爲하야 農村夜學 —— 또는 勞働夜學을 니르켜 積極的 進出을 要하는 바이다. 特히 이 點에 있어서 數年 前붙어 實際運動에 着手하여 이미 많은 功績을 보혀 준 〈朝鮮基督敎靑年會聯合會〉의 農村部와 아울러 『朝鮮日報』 "文字普及班"에게 滿腔의 祝杯를 올니는 바이다.

(다) 機關 組織과 評論

於是乎 나는 우리 少年文藝運動을 組織的으로 그 目的을 遂行하기 爲하야 少年文藝家들의 힘 있는 集團을 要求하는 바이니 卽 〈少年文藝家協會〉의 促進을 企待하는 바이다. 그리하여 當面한 諸 問題를 硏究 批判하야 文藝運動을 統制해 갈 수 있는 最高 機關을 切實히 부르짖는다. 그리고 機關紙를 發行하도록 하여 우리 앞에 展開된 모든 問題를 解決하도록 하여야 될 것이다.

여긔에 健實한 同志 方定煥 兄에게 質疑하는 바는 少年運動의 當面한 諸 問題에 있어서 새로운 運動方針樹立策如何? 理論的 展開를 懇望한다.

그동안 六七年을 두고 少年運動과 그의 文藝運動에 있어서 아모런 具體的 理論을 展開한 적이 없음으로 그의 運動을 疑訝하지 않을 수 없다. 씩씩한 同志 洪銀星 兄은 少年文藝運動에 있어서 그의 理論과 政策이 筆者와 같은 步調로 나아오거니와 다른 同志들의 理論的 展開를 企待하는 바이다. 丁洪教, 高長煥, 崔青谷 其外 同志들이여! 新局面打開策如何? 그리하여 우리는 〈少年總聯盟〉을 基準으로 하여 그 改善 完實을 圖謀키 爲하여는 우리 運動을 運轉할 새로운 政策의 樹立이 있어야 할 것을 말해 둔다.

六. 尾 語

우리 少年文藝運動 ―― (少年運動)은 初期에는 封建主義에 對한 抗爭이었으나 지금은 封建主義에 對한 抗爭이 아니라 ××主義에 對한 抗爭이다. 말하자면 少年擁護 ―― 愛護가 少年 趣味增長 少年氣慨를 길은다는 것보다도 이제는 少年의 뻗어 나아갈 길을 열어 주어야 한다. 그리고 朝鮮少年의 보는 觀點을 朝鮮人이라는 데 出發하여야 할 것이니 맞이 衡平運動이나 女性運動이 解放運動으로부터 一步前進한 運動이 되어야 할 것은 現朝鮮의 客觀的 情勢를 조곰이라도 안다는 사람으로는 누구나 否定할 수 없는 肯定의 事實일 것이다.

---

## 金泰午, "少年文藝運動의 當面에 任務(完)", 『조선일보』, 1931.2.10.

그러기 때문에 當面한 少年文藝運動의 任務는 朝鮮 父老階級의 封建陋習의 勢力에서 脫却하자는 運動은 벌서 녯날의 일이고 現段階에 와서는 아모런 價値가 없게 되는 것이다. 그럼으로 今後의 少年文藝運動은 이러한 定義 밑에서 出發하며 展開식혀야 될 것이다.

―― ◇ ――

〈朝鮮基督教會〉에서는 客年末을 期約하고 南北監聯合의 大同團結을 보

게 되는 그 反面에 〈新幹會〉 解消 問題 —— 靑總의 分裂 —— 少總의 中央不信任 —— 이렇게 分離와 軋轢의 渦中에서 呻吟하고 있으니 어찌 뜻있는 者로써 朝鮮을 爲하야 憂慮할 바 아니랴! 今年 新年 劈頭로 朝鮮 民族의 單一 協同戰線인 〈新幹會〉 問題는 實로 재미롭지 못할 不祥事를 續出하고 있으니 어찌써 寒心할 바 아니랴!

아! 痛哉라. 우리는 派閥的 '이데올로기'를 新年부터 根本的으로 송도리째 없애버려야 한다. 못된 地方觀念 —— 黨派心 —— 宗派心 —— 이 모든 못된 根性을 뿌리째 뽑아서 庚午年의 駿馬에 다- 실러서 멀-리 太平洋 한복판에다가 埋葬식혀 버리자 ——

辛未年…… 더욱히 우리 少年運動者로써는 가장 意味深長하게 맞어야 할 "羊의 해"이다. 우리는 羊과 같이 溫順하며 純潔하고 떼지어서 그들의 集團生活을 模倣하자! 群羊은 牧者의 "피리소리" 한마듸면 그의 指導를 받는 것이다. 朝鮮에도 어찌 印度의 '깐디' 같은 偉人이 없으리요마는 各自英雄이요 各自 指導者이기 때문에 오늘의 朝鮮少年運動이 이러케 沈滯한 것이 아닌가 한다. 特히 우리 少年運動에 있어서는 그러한 人物은 絶對禁物이다.

우리 少年 指導者는 健實하고 쓸모 있는 "피리"를 準備하야 六百萬의 흰옷 닙은 羊의 大衆을 — 길 잃고 彷徨하는 그네들을 — 참다운 길로 引導해 주는 것이 우리 運動者의 使命이요 當面 任務일 것이다. 그러함에 新年을 맞는 보람이 있을 것이다.

## 주요한, "童謠月評", 『아이생활』, 1931년 1월호.

◎ 우리것이다　全石人

추석이라 좃타고 이리저리서
짱매치며 널뛰며 노래부르는
붉고푸른 옷닙은 부자애들아
늬들이 입고잇는 고운그옷을
늬들압바 잘라서 해준줄아니.

×　×

우리네 압바엄마 짬이다야.
(『新少年』 十一月 號)

【評】 뮤흐렌의 童話를 보면 어찌해서 장미꽂을 사랑해 주고 가꾸아 주는 사람은 장미꽂의 주인이 아닌지를 알 수가 잇다. 이 노래는 아조 端的이지마는 고은 옷과 좋은 음식을 먹고 입는 사람이 반드시 그 옷과 그 음식의 주인이 아닌 것을 나타내엇다. 조선의 동요의 원래의 조류가 대개 이러한 사회상의 모순을 諷刺한 것이 많으매 여기 나타난 생각도 훌륭한 동요의 거리가 될 수가 잇는 것이다. 오직 그 표현에 잇서서는 재래의 동요조도 못 되엿고 또 그러타고 별로히 새 맛도 없다.

◎ 미운놈　柳在衡

우리압헤 미운놈이 싸로잇겟니
일안하고 밥만먹는 그놈들이지
이세상에 저만아는 그놈들이지.
(『新少年』 十一月 號)

【評】 無技巧는 技巧라고 한다. 그러나 이것은 單純한 無技巧다. 新奇, 雄大, 悲壯…… 中 아모것도 없는 散文이다.

◎ **어린남매** 趙宗泫

…가…

어린남매 두남매 무엇하려고
고무공장 뒷문에 기웃거리나

○

아마아마 엄마가 보고십허서
엄마차저 온게지 마중온게지

…나…

어린남매 두남매 도룬거리며
양회굴쑥 멋하려 손질을할가

○

올치올치 쌍고동 쒸쒸불면은
엄마온다 나온다 속삭이나보

(『朝鮮日報』 十一月 二十三日)

【評】 單調한 七五調에 衍文이 많아서 더욱 單調하다.

題材는 좀 더 細密化햇스면 훌륭한 詩가 될 것이다. 英國의 工場法을 고치게 한 '브라우닝' 夫人의 노래 모양으로. (이상 47쪽)

◎ **극장** 伊川 金聲振

오막사리 자근집 우리집은요
남모르는 조고만 극장이라오
해는지고 달솟는 밤이되면은
불켜노코 첫막이 시작되지오
내가먼저 나서서 놀애부르면
우리누가 내누난 춤을 추지오
순희하고 나하고 우리둘이는
오막살이 극장에 배우랍니다

(『東亞日報』 十一月 二十二日)

【評】 七五調는 참으로 실증난다. 六五調라도 해 주엇스면 좋겟다.

◎ **가을새벽** 全鳳濟

이슬은 가을새벽 살쌀한새벽
하이한 새벽길 저어씃에는
마른나무 가지만이 잠들어잇지

○

이슬은 가울하늘 쌀쌀한하늘
힌구름도 조각조각 얼어붓텃고
반작반작 별하나 숨어들지요

○

구름겨테 낫날갓흔 조각달만이
가다가다 남은길을 바라다보며
말도업시 대답업시 쒸고잇지요

(『東亞日報』 十一月 二十三日)

【評】 순전한 自然描寫, 그것은 藝術의 部門 가운데 가장 어려운 것의 하나다. 感傷的으로 흐르지 안코 通俗的이 되지 안코 一幅의 東洋畵를 만드는 것은 容易한 일이 아니다. 하믈며 童謠에서랴. 그러무로 가딱 잘못하면 이와 가티 平面的 敍述에 그치고 말게 된다.

◎ **農村夜學生行進曲** 〈새힘社〉 孫桔湘

1

우리는 쉴새업시 일만하는몸
밤에야 공부하기 고단하것만
그러나 동무들아 글을배우자
돈업서 공부못함 엇지할테냐

2

學校엔 동무들이 만키도하다
쏙갓치 우리갓흔 일하는동무
흐미한 등불밋헤 늘어안저서
배우자 한자라도 열심열심이

3

先生님 책상위를 뚜다려가며
울면서 가르치는 한마듸마듸
돈잇는 그들말을 들을때마다
간장이 터지도록 분해죽겟되

4

낫에는 광이호미 우리의동무
밤에는 가갸책이 우리의동무
배우자 여가여가 한자한자씩
쌈앙눈 동무들아 면하여가자

【評】 노래는 무엇보다도 統一과 單純化가 必要하다는 것을 잊어서 안 된다. 억지로 七五에 마치노라고 말을 지은 것이 귀에 대단히 거슬린다. 더 新鮮하자. 形式으로뿐 아니라 內容에까지.(이상 48쪽)

# 소년운동

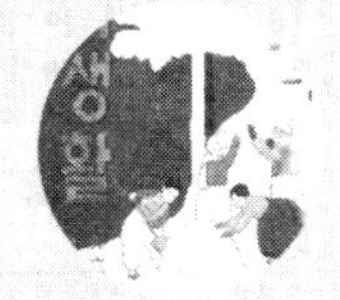

## 朴八陽 外, "社會問題 圓卓會議(續)(圓卓會議 第七分科)少年運動", 『조선일보』, 1930.1.2.

出席者: 司會: 朴八陽, 討議: 方定煥, 丁洪敎 外 諸氏

討議案: 一. 朝鮮少年運動의 指導方針

一. 朝鮮少年運動滯 原因과 그 打開 方法[1]

一. 宗敎層 少年의 社會的 引導方法

司會者: 오늘 저녁에는 대개 아래와 가튼 세 가지 문제에 대하야 두 분 선생의 놉흐신 의견(高見) 말슴을 듯고저 합니다. 아모조록 긔탄업시 말슴하여 주시기 바람니다. 문제라는 것은 달은 것이 아니다.

첫재 = 一. 조선소년운동의 지도 방침(指導方針)은 엇더하여야 될 것인가.

둘재 = 조선소년운동이 침체(沈滯)되는 원인(原因)은 무엇이며 그 타개방법(打開方法)은 엇더케 하여야 할 것인가.

셋재 = 종교층 소년(宗敎層少年)을 사회적 소년운동 안으로 인도할 필요가 잇다면 그 방법은 엇더하여야 할 것인가. 대개 이러합니다. 그러면 위선 조선소년운동의 지도방침부터 말슴 듯기로 하지오.

丁洪敎: 녜. 물론 현재 조선소년운동에 잇서서 지도방침(指導方針)의 문뎨는 매우 큰 문뎨일 것입니다. 조선소년을 엇더케 지도해야 할 것인가. 즉 그 지도방침의 근본적 결정이 업시는 도저히 소년운동의 전개(展開)를 바랄 수 업슬 것입니다.

方定煥: 물론 지도방침이 중요한 문제입니다. 그런데 우리는 이러케 생각합니다. 즉 우리들이 보통 "소년"이라고 간단히 말해버리지만은 소년에도 비교적 어린 소년이 잇고 좀 장성한 소년이 잇스니까 우리 생각에는 지도방

1 '朝鮮少年運動 沈滯 原因과 그 打開 方法'의 오식이다.

침도 그 소년의 년령을 짤하서 달러야 할 줄 압니다. 이를테면 소년을 열두 살부터 열여덜 살까지라 하면 열두 살 된 소년과 열여덜 살 된 소년을 일률(一律)로 한 방침으로 지도할 수는 업슬 것입니다.

司會者: 그럴 터이지요. 어린 소년과 비교적 장셩한 소년은 그 생각하는 것과 감정(感情)이 다를 터이니까요.

方定煥: 그러니까 말슴입니다. 우리의 주장으로는 비교적 어린이 —— 가령 열두 살부터 열너더댓 살 된 소년 —— 에게는 정서의 함양(情緖涵養)이라는데 치중(置重)하여야 하겟고 열대여섯부터 열칠팔 세까지의 소년에게는 지능적(智能的), 리지적(理智的) 지도가 필요할 줄 압니다.

司會者: 그러면 대개 십사오세 이하 소년은 정서교육(情緖教育)이 필요하고 그 이상 소년에게 비로소 지능적 교육(智能的教育)이 필요하다는 말슴이지요.

方定煥: 그럿습니다.

丁洪教: 그런데 우리 생각에는 지도방침이라 하면 즉 그 지도정신(指導精神)을 의미하는 것인데 그러한 년령뎍 구별에 의한 방침 문뎨도 물논 필요한 문뎨이지만은 그보다도 지도의 근본정신이 더 중대한 문뎨이라고 생각합니다. 그 문뎨는 즉 소년지도의 의식 문뎨(意識問題)인데 이 의식 문뎨가 무엇보다도 가장 중대한 문뎨입니다.

方定煥: 물논 그야 그러켓지만은 내가 말하는 바는 엇더한 의식을 너허 주는 것도 그것을 리해(理解)할 만한 년령에 도달하여야 될 것이니까 그 뎡도에 이르지 아니하얏슬 때에는 정서뎍 교육을 하고 차차 모든 사물(事物)을 리해할 뎡도가 되거든 엇더한 의식이든지 너허 주는 것이 조켓다는 말입니다. 다시 말하며 소년의 긔초교육(基礎教育)은 정서교육이어야 한다는 말입니다.

그리하야 그 긔초 우에 엇더한 리지뎍 교육(理智的 教育)을 하는 것이 맛당하다는 말이다.

丁洪教: 그러치만 우리는 그런 것보다는 소년운동을 사회운동의 한 부분으로 보아서 사회뎍으로 용감히 일할 사람을 양성하는 교육을 하여야 한다고 생각합니다. 말하자면 푸로레타리아 소년운동이 되겟지요.

司會者: 자— 그러면 그 문뎨는 그만큼 해 두고 그 다음 문뎨로 가지요. 즉 조선소년운동이 침체되는 원인은 무엇이며 그 타개 방법(打開方法)은 엇더케 하여야 할 것인가? 하는 문뎨입니다.

方定煥: 원인과 타개방법은 서로 말이 관련(關聯)되어야겟습니다그려.

司會者: 녜. 그러케 되겟지오.

丁洪教: 침체된 운동의 타개 방법으로는 우리는 현재 소년운동이 분렬(分裂)되어 잇는 현상으로 보아서 소년 지도자(少年指導者)의 련합긔관 갓흔 것이 하나 필요할 줄 압니다. 그러면 좀 통일이 될가 하는 생각입니다.

方定煥: 그러치만 그것은 결과에 잇서서 현재의 〈조선소년총동맹(朝鮮少年總同盟)〉과 무엇이 다를 것이 잇겟습니까? 지도자 련합긔관으로 모힌대야 그 사람이 그 사람이니까 소년총동맹의 지도급(指導級)이 모힌 것이나 마찬가지가 아니겟습니까.

丁洪教: 그래도 그러치 안치요. 현재 소년총동맹이 분렬되여 잇는 만큼 그러한 지도자의 련합긔관은 필요할 줄 압니다. 즉 전 조선의 각 지방별(地方別)로 소년운동의 대표적 지도분자를 모아서 한 련합긔관을 만들면 이 분렬을 구할 수 잇슬가 하는 생각입니다.

方定煥: 그 말은 곳 현 〈조선소년총동맹〉의 지도자급을 불신임하는 말슴이 되지 안켓습니까. 우리는 그러한 생각보다는 우리들의 소년운동이란 것은 지도자만 잇서도 안 되고 소년만 잇서도 안 되고 지도자와 소년과 그 외에도 학교(學校)와 가뎡(家庭)이 서로 리해(理解)하고 힘을 모아서 하지 아니하면 아니 되는 까닭에 위선 학교나 가뎡이나 기타 일반사회에서 신임(信任)할 만한 지도자 —— 그러케 말하면 어페(語弊)가 잇슬지 몰으니까 정확하게 말하자면 참으로 소년을 지도할 만한 력량(力量)이 잇는 지도자를 엇는 것이…… 또는 그러한 지도자를 양성하는 것이 이 소년운동의 침체를 구하는 것이 되겟습니다. 왜 그러냐 하면 현재 각 학교나 각 가뎡에 잇는 소년들을 소년운동 세력 아래로 만이 엇지 못하는 리유의 가장 큰 것이 무엇이냐 하면 "지도자들을 신임할 수 업다"는 것임으로 위선 지도

자로의 력량이 잇는 사람이 현재 필요한 까닭입니다. 지도자로의 력량이 잇는 지도자만 잇스면 아즉 소년운동권내(圈內)로 들어오지 아니한 소년들을 만히 더 들 수 잇슬 것입니다.

그리고 또 한 가지 생각할 것은 소년지도자의 년령을 제한하는 문제인데 이것은 소년총동맹에서 이미 년령을 제한키로 결의가 되어 잇스니까 내가 이러한 좌석에서 이러한 이야기를 하는 것은 좀 거북한 일이지만은 이왕 이야기가 낫스니 말이지 지도자의 년령은 특별히 제한할 필요가 업다고 생각합니다. 왜 그러냐 하면 나희가 만흐면 소년운동에 대해서 리해를 갓기가 어렵다는 리류로 년령을 제한하는 것도 일리는 잇지만은 그러케 몃 살 이상은 안 된다는 구속을 특별히 만들 필요가 업는 것이 만약 그러케 소년에 대한 리해가 업슬 만한 사람이면 지도자로서 선거하지 안흐면 고만이니까 말입니다. 지도자로 선거하는 권리는 언제든지 소년들 자신의 손에 잇는 것이니까 구태어 몃 살 이상은 안 된다는 규측을 세울 필요가 업지 안는가요. 그것은 물론 그리 큰 문제는 아니지만은 그래도 한번 생각해 볼 문제인 줄 압니다. 그리고 타개책의 큰 것으로는 역시 력량 잇는 지도자의 양성이라는 것이 되겟지요.

丁洪教: 년령 제한 문제에 대해서는 우리도 그러케 생각합니다. 그리고 타개 방법의 중요한 자로는 악가 말슴한 지도자 련합긔관의 필요라는 것과 또 한 가지는 소년총동맹의 통일(統一)이 필요할 줄 압니다.

司會者: 마즈막으로 "종교층 소년(宗教層少年)을 사회뎍 소년운동 안으로 인도할 필요가 잇다면 그 방법은 엇더케 하여야 할 것인가" 하는 문뎨가 남어 잇습니다.

方定煥: 그 문뎨는 물론 필요야 잇지만은 그 문뎨는 타개 문뎨만 잘 해결이 된다면 별반 문뎨가 업슬 줄 압니다.

丁洪教: 그리고 그것은 "어린이날"에는 완전히 실현되는 것입니다. 즉 매년 오월 어린이날에는 종교 단톄의 소년이나 또는 소년단톄에 가입하지 아니한 학교의 소년들이나 전부 참가함으로 그날만은 종교층의 소년과 소년단톄의 소년이 결합되는 것입니다.

司會者: 그러면 그들 — 종교층의 소년들을 소년운동 단톄도 인도할 조흔 방법이 업슬가요.

兩氏: 글세올시다.

方定煥: 하여간 그것은 소년운동의 진뎐을 짤하서 자연히 해결되겟지요.

司會者: 그러면 밤도 늣고 햇스니 오늘 저녁 좌담회는 그만콤 해 두지오. 조흔 말슴 만히 하시느라고 수고들 하섯습니다. (쯧)

## 社說, "朝鮮의 少年運動", 『동아일보』, 1930.3.30.

一

意識的으로 少年을 賤待한 社會와 時代가 어대 잇섯스랴마는 愛護하고 信賴하자는 好意가 結果로는 돌이어 그들로 하야금 撥剌[2]한 氣品과 天眞한 態度를 일허버리게 하는 일이 往往이 잇섯스니 이것은 朝鮮 少年이 正히 그 가운대 被害者의 하나이엇다고 할 수 잇다. 在來 우리 社會의 글흣된 訓育方針과 變通性 업는 倫理觀이 그들의 知能의 啓發과 品性의 陶冶를 意識치 못하는 中에서 妨害를 하야 온 것은 事實이다. 往昔과는 조금 달라젓다는 今日에 家庭에서 兒童을 如何히 取扱하는지 그것을 보아도 前日의 우리 少年의 社會的 待遇가 어써 하얏든 것은 넉넉히 想像할 수 잇다. 如何튼 朝鮮 少年처럼 一般 家庭과 社會에서 理解 못 바다 온 것은 文化를 가진 社會로서는 極히 少數의 例라 할 것이다.

二

그러한 現像이 時代의 進步와 함께 漸次로 업서질 運命下에 잇는 것은 勿論이나 그러나 이 運命을 促進하게 한 것은 八九年 前부터 움 돗기 始作한 少年들 自體에서 發生한 運動이니 이 運動이 發行될 初期는 極히 微弱하얏지만 今日에 와서는 全 朝鮮的으로 澎湃한 勢力을 가지고 坊坊谷谷에 少年의 團體가 簇生하게 되엇다. 그리하야 每年 五月의 어린이날의 主催가 잇게 되엇고 昨年에는 各 少年團體를 聯合한 〈朝鮮少年聯合會〉가 出生하얏스며 今年에 와서는 다시 그 組織을 〈朝鮮少年總同盟〉으로 變更하야 여러 綱領을 發表하고 이러한 同盟體가 잇슴으로써 朝鮮 少年의 할 일이 어써케 多大하다는 것을 보여 주엇다.

三

吾人은 兒童을 잘 理解치 못하는 朝鮮에서 少年運動이 이와 가티 勃起

---

2 '潑剌'의 오식이다.

한 것은 自然한 現像으로 생각하는 同時에 朝鮮 少年을 爲하야 또한 慶賀하는 바이다. 그러나 이 少年運動이 朝鮮에서는 첫 試驗인 故로 前途에 障碍와 失敗가 업스리라 할 수 업스며 그러고 또한 크게 問題될 것은 指導者이니 少年運動의 主體는 말할 것도 업시 天眞한 兒童들임으로 그들은 自己의 意思를 行한다는 것보다 다른 사람의 指揮와 引導를 기다리어 비롯오 行動하는 것인 만큼 指導者에게 絶對의 權威가 잇다 할 수 잇다. 그럼으로 少年運動이 永遠한 生命을 가지고 發展하야 나가는 것도 指導者에게 잇고 中途에서 瓦解하고 路程을 글흐치는 것도 指導者에게 잇슬 뿐이오 少年 自體에는 何等의 責任을 지어 줄 수 업다 하겟다. 어린이들은 無能力者인 까닭이다.

四

그러고 少年運動의 出發과 目的을 分明히 하야 運動의 實蹟을 나타내어서 一般 社會가 그 功績을 認定케 되도록 하야 할 것이다. 만일 그러한 運動이 何等의 實效를 보이지 안코 헛된 宣傳을 일삼는다면 社會의 輿論은 運動 自體의 存在까지 否定하게 될 것은 分明한 일이다. 少年運動의 存在를 意義잇게 할 實績을 보임에는 學校에서나 家庭에서 어들 수 업는 또는 訓練될 수 업는 여러 方面의 敎養을 少年 그들로 하야금 스스로 엇도록 하여야 될 것이오 兒童으로 理解할 수 업는 運動은 兒童으로는 할 수 업는 것이니 指導者의 가장 自重할 點은 兒童 本位로 어떠한 運動이든지 進行시킴에 잇슬 것이다.

## 鄭紅鳥, "'어린이 데-'를 압두고 臨總 開催를 提議함(上)", 『중외일보』, 1930.4.6.

(一) 前言

少年運動에 少毫라도 關心이 잇는 이나 쏘는 其局에 直接 일하는 이나 다 갓치 現實의 混亂한 運動의 現狀과 닥쳐오는 "어린이 데-"에 對하야서는 多少 考慮와 計劃한 바가 잇섯슬 것이다. 筆者 그中의 한 사람으로서 敢히 貴重한 紙面을 비러 少年運動의 現狀＝大勢＝傾向을 一言하고 다음엔 當面의 使命과 이 使命을 遂行함에 必要할 方法 技術을 拙論 展開하야 自家撞着일는지는 모르나 하로밧비 우리 運動을 健全히 바로잡고 나아감에 조금이라도 도음이 되기를 期한다.

(二) 現狀＝大勢

世界思潮에 順하야 朝鮮의 社會運動의 힘센 主流는 如何한 見地에서든지 全的으로 方向轉換을 斷行하고 潑＝한[3] 巨步를 옴기고 잇슴에(抑壓과 檢擧의 大旋風은 이를 反証한다) 그 엇지 世界의 朝鮮 社會運動의 一部인 우리의 少年運動도 구역질나는 舊殼의 속에서 自家矛盾의 춤과 노래로서만 夢遊하고 잇슴을 自許하랴. 이에 〈少年聯合會〉가 〈少年聯盟〉[4]으로 變體될 當初부터 참된 矛盾의 因子는 內包되여 機會를 企待하다가 一九二八年 定總을 機會로 비로소 — 自家矛盾은 爆發되여 우리 少年運動으로 하여금 社會運動의 全體性에 符合 乃至 妥當化하게 하고 잇다. 그럿타. 이제야 우리 少年運動은 正途의 光明을 바라보고는 現階段의 過程을 認識하고 朝鮮의 政治的 經濟的 客觀的 條件을 凝視하고는 크게 아우聲치기 始作하엿다. 보라! 거짓인가.

父兄 及 權力階級에 對하야 哀願 呼訴的 運動＝쑤르조아-지的 少年運

---

3 '潑剌한'의 오식이다.

4 온전한 명칭은 각각 '〈조선소년연합회〉'와, '〈조선소년총연맹〉'이다.

動을 하든 그들 指導者들 續會一派의 反動輩들은 삶에 生命인 "鬪爭"을 우리 運動에서 去勢하고 "情緖"란 달큼한 阿片에 中毒이 되여 "一面一少年制"의 棺槨에 담겨 北邙山 한 모틩이에 자리를 占領하고 마럿다. 쏘 各地細胞團體의 聲明書나 決議文 다 等等과 二八年度 定會와 二九年度 定會(不成立)의 兩度의 會合과 「當面의 少年問題」(金成容 同志의 論文=本誌昨年 十月 所載) 等等의 理論과 實踐的 行動은 少總의 '피오닐'的 質的 轉換을 全幅으로 强硬히 是認 要求하고 마지안니함은 이를 證하고도 오히려 남지 안는가. 이것이 오날의 槪述한 우리 運動의 大勢며 否認할 수 업는 事實이며 現狀이다. 이것이 現狀인 만큼 우리의 戰爭은 混亂에 잇다.

(三) 當面의 使命

우리 運動의 進展過程上 現階段에 잇섯서의 不可避的 現象인 이 現象=混亂을 우리는 如何히 進展할 것인가. 破屋의 '모틔브'가 改築에 잇섯슴으로 建築의 處置 外에는 아모 術策이 업슬 것이며 그 外에는 何等 必要치 안흘 것은 뻔히 아는 일이다. 이럼에도 不拘하고 二八, 二九年을 넘기고 三十年度의 前半을 다 넘기랴는 今日에 잇섯서도 改築의 氣運이 너무나 沈滯되여 잇슴은 遺憾千萬이다. 더욱이나 우리의 "어린이 데-"가 닥처오고 잇슴에 잇섯서야 ——

全國의 同志여! 하로밧비 本意를 遂行하자! 破壞만 하고 建設에 誠意가 업다면 結局에 잇서 거짓의 탈을 쓰고 우리 運動(그런 運動이엿지만)을 抹殺한 可憎輩 外에는 아모것도 아니 될 것이다. 破壞하엿스면 建築할 義務가 잇지 안은가. 同志여! 改築할 土台와 設計圖는 破屋할 當初부터 가지고 잇지 안햇는가. 土台는 "少總"이며 設計圖란 "自主客觀的 少年運動" 그것이 안이엿든가? 當面에 賦割된 使命 義務는 建築 外에는 完成 外에는 아모것도 업다. 一層 明確히 말하면 戰線의 整齊 統一에서부터 健全化 外에 아모것도 업슴으로 世界의 朝鮮의 社會運動의 全體性에서 現階段에 잇서서의 使命을 明瞭 把握해서 武器로 삼고 朝鮮의 政治的 經濟的 特殊條件을 삶혀 戰術로 삼아 우리 少年 "運動의 全般的 原則"을 確立식히고 "敎養" "訓練" "宣傳" "어린이 데-" 等等에 새로운 原動力인 "少總"의 組織을

細胞團體의 意識的 結合下에서 絶對 遂行할 것이다. 그럿타. 우리는 이것을 다 아나 實踐實行을 못하고 잇다. 모-든 理論의 展開와 鬪爭도 實踐的 鬪爭에서만 우러나고 是是非非의 判斷도 오-즉 이것만이 正確히 判斷한다. 實行이다. 實踐이다. 集合이다. 臨時總會의 開催다. 이것이 當面의 當面의 使命이 안이면 안 될 것이다.

### (四) 臨總의 開催

그러면 "臨總"은 엇든 時機에 如何한 技術的 方法을 要할 것인가? 勿論 異見百出에 理由千在일 것일이다.[5] 筆者는

(가) 時期는 今年 어린이 데-를 압두고 四月 二十三日頃에 開催함이 加하다고 밋는다. 理由는 全國의 組織層 少年群이나 未組職層 少年群이나 總動員할 수가 잇는 어린이 데-를 擧行함에는 組織統一된 굿센 整制된 힘과 意識下에 進行됨을 絶對 必要함으로서 "우리는 이를 强硬히 要求하고 又 固執한다." 우리는 一切 難關을 突破하고 戰線의 統制 强化로서 이 緊要重要한 年中行事에 全幅的으로 우리의 武器의 戰術로서 우리의 意氣를 反映식히지 안니하면 안 된다.

이에도 不拘하고 一個 京城聯盟의 獨斷으로서 全國의 細胞團體의 衆論을 無視하고 自己들의 決議로서 大膽히도 "어린이 데-" 執行準備委員會를 組織하고 少總의 大權을 發動식혀 "어린이 데-" 이를 擧行하랴 한다. 이에서 此時期를 主張하고 絶大 固執한다. 이 時期를 일흐면 組織의 統制는 만흔 日字를 虛費할 것이다.

보라! 只今 —— 一個 京城聯盟은 우리들의 少總을 自己 마음대로 驅使하고 잇다.(本報 四月 一日 二面 參照) 又 去年에는 不法幹部 反動幹部도 잇서서 그 낡은 '쓰로간'을 걸고 高喊이라도 질넛지마는 三回 定總은 그런 結果를 낸 싸위다. 今年에는 事實上 그런 幹部도 업서지고 一個 京城聯盟이 獨斷으로 少總 일홈을 비러 "어린이 데-"를 擧行하랴 한다. 이러한 情勢인 故로 엇더한 見地에서든지 이 時期가 適當한 줄 밋는다.

---

5 '것이다.'에 '일'이 불필요하게 한 번 더 들어간 오식이다.

(나) 大會의 準備는 누가 할가. 問題는 이곳에 잇고 難關은 이곳에 잇다. 理論에 잇서서 行動에 잇서 또한 三回 定總에 잇서서 兩派 幹部는 埋葬 消滅된 오날에 그 누가 準備할 것인가. 筆者는 深思考慮한 結果 去年 定總을 準備한 그 사람들에게 依賴함이 第一 適當하고 穩當한 줄로 밋는다. 이에 或 同志는 "否認 埋葬한 幹部에게 招集케 함은 우리로서 矛盾이다"라고 攻擊 反對하리라. 그러나 이 方法 外에는 別로 簡明한 것이 업슴으로 우리는 다만 體面을 超越하고 運動을 爲하는 至誠으로 그들의게 依賴하야 召集케 함이 우리의 가질 바 態度며 誠意라 밋는다.

---

## 鄭紅鳥, "'어린이 데-'를 압두고 臨總 開催를 提議함(下)", 『중외일보』, 1930.4.7.

(다) 不法問題

如上으로서 우리는 規約 第八條와 第九條에 違反될 것이고 不法幹部의 召集으로 우리로서도 矛盾된 行動을 할 것은 事實이다. 그러나 運動을 爲해서 存在한 規約임으로 이 非常時는 規約을 超越해서 不法에 依함이 우리 運動의 大局으로 보아서 도로혀 合法的 行動이 될 것이고 規約的 行動이 될 것이다. 또 우리 矛盾의 行動도 亦然할 것이다. 萬一 目前의 卑近한 局限된 合法에 눈이 어두운 同志가 잇다면 自重大觀하기를 바란다. 이러함에도 不顧하고 合法을 合理를 固執하여서 臨總을 不成立케 한다면 이런 輩가 참으로 合法에 美名上에 蟄伏한 우리 運動線의 反動分子이고 當面의 最大 敵이 안이면 안 될 것이다. 法 그것을 固定化 無變化케 할랴는 根性은 뿌르의 根性이다.

全國의 同志여― 모-든 障碍를 硫黃에 불사르고 期於히 臨時大會를 戰取하자. 이것이 참스로운 使命의 使命일 것이다.

(라) 續會派 幹部 諸君

諸君은 反動의 累名[6]을 입고 잇다. 그것은 運動을 爲한 誠力을 그릇된 結果 外에는 아모것도 아니다. 우리도 우리의 運動을 爲하야 참으랴 참을 수 업는 하지 아니하면 안니 될 辱說을 한 것 外에는 아모 別 他意가 업다. 諸君은 運動을 爲하는 참된 誠意가 잇다면 過去의 誤謬를 潔白히 淸算하고 우리의 運動을 爲하야 握手하자. 우리는 그런 度量과 好意를 缺한 者는 아니다. 諸君, 諸君은 이제 나의 提議를 如何한 立場과 見地에서든지 支持하고 臨總 開催에 君 等의 使命을 다할 것을 밋고 疑心치 안는다. 아니 나의 提意 乃至 要求가 아니라 全國 同志의 提意면 現階段의 우리 運動의 要求일 것이다. 大會 時日을 四月 二十三日頃으로 發送하고 萬般 準備를 敏活히 圓滑히 進行하야 주기 바란다. 大會의 成立 不成立은 모름직이 君 等의 敏活 圓滑的 活動 如何에 달엿는 것을 깁히 아라서 處置하야 주기 바란다.

(五) 結論

이 重大한 事件은 만흔 餘裕를 압헤 두고 論議함이 올흔냐 그러치 못함은 甚히 遺憾千萬이다.

四月 二十三日頃에 臨總을 開催함은 短時日로서 困難할 것은 事實이다. 그러나 機敏히 自他가 活動함으로써 能히 成就할 수 잇슬 것이다. 全國의 同志! 우리는 第三回 定總 召集에 應하든 態度는 버리고 召集通告가 잇스면 積極的으로 應하고 또 自進하야 戰取할 用意로 大會 出席할 準備를 하고 企待하자! 續會 一派여 自重深思하야 機敏히 臨總召集을 하라. 이것이 自他의 참다운 態度며 使命이 아닐가. 끗으로 京城聯盟에 警告한다. 京城聯盟 諸君은 우리 어린이 '데이'에 對하야 만흔 考慮가 잇슨 후 如斯한 (四月一日 本報 二面 參照) 妄擧를 한 '모트브'에 對하야는 敬意를 表한다. 그러나 諸君, 諸君은 少總이 個人 一聯盟의 所有物이 아니고 적어도 全朝鮮 少年少年의 少總임을 알 것이다.

또 諸君이 "어린이 데-"에 對하야 誠意와 熱意가 잇슴에야 다른 사람

6 '陋名'의 오식이다.

聯盟 其他 團體도 熱意와 誠意가 잇슴을 알 것이다. 萬一 업다고 生覺한다면 閑漫한 生覺이고 冒瀆함이다. 全國少年少女 ═ 全 細胞團體를 無視하고 侮辱한 것 外에는 업슬 것이다.

이제 君 等의 決議事項을 보라! 그 얼마나 獨斷이며 妄動인가. 一個 聯盟의 決議로 少總의 大權을 發動케 하야 全國의 少年少女 大衆 ═ 全國의 團體를 統制케 할랴 함은 言語道斷이고 懲戒로서 待接하지 아니하면 안될 것이다. 君 等은 深思後悔하고 卽是 取消하라. 그리고 君 等의 動機計劃이 "어린이 데-"의 擧行 ═ 全國的으로 規律 잇게 盛大히 함에 잇섯다면 臨時大會 開催에 積極的으로 努力하라. 이로서만 君 等의 計劃한 바도 우리의 戰線의 統制도 할 수가 잇슬 것이다.

全國의 同志여! 엇더케 하든지 四月 二十三日頃에 臨總을 開催하야 모-든 것을 解決하자.

1930.4.2. 彦陽에서.

## 安丁福, "派爭에서 統一로－어린이날을 압두고(上)", 『중외일보』, 1930.4.21.

朝鮮의 少年運動이 發生한 以後 朝鮮 모-든 社會運動과 아울너 少年運動이 重大化 된 것은 至今에 누구나 否認할 수 업는 事實이 되여 잇다. 故로 우리는 朝鮮의 모든 社會運動을 논하매 少年運動을 忘却할 수 업스며 쏘 少年運動을 除하고는 將來 朝鮮의 發展을 企望할 수 업다. 如斯히 少年運動이 新興할 將來의 重役을 負하엿스며 朝鮮의 重大한 當面問題에 한 가지가 되여 잇는 것이다.

(이것은 내가 새삼스럽게 말하지 안어도 一般이 더- 잘 아실 것이다.) 그럼에도 오늘날 우리 少年運動은 맛당히 밟어야 할 길을 밟지 못하고 오즉 數年을 沈滯의 混亂 가운데 잠겨 그 打開策을 엇지 못하고 잇스니 少年運動에 少毫라도 關心하는 者로 엇지 默默히 觀察만 하고 잇슬 것이냐. 이에 筆者는 生覺한 바 잇서 鈍筆을 무릅쓰고 貴重한 紙面을 비러 全國 同志에게 一言을 費코저 하는 바이다. 그런데 나는 여러 말을 버리고 簡單히 過去를 말하고 다음에 少年運動의 當面問題를 말하랴고 한다.

우리는 今日의 少年運動의 混亂한 現狀態를 論하는데 먼저 過去의 運動의 派爭을 잠간 살피고 今日의 少年運動을 말함이 現象을 論하는대 가장 順序일가 한다. 그러함으로써 우리는 過去 少年運動者들이 무엇 째문에 왜? 싸왓는가를 알 수 잇슬 것이다. 우리 少年運動 內에 派爭이라는 일홈이 浸入하게 되기는 一九二六年 어린이날準備會 當時에 〈少年運動會〉와[7] 〈五月會〉와의 意見 不一致로 分裂된 것이 少年運動에 最初 不祥事 派爭의 根因일 것이다. 當時의 少年運動은 初期的 發芽期的 運動이엿슴으로 그 分裂된 原因이 徹底한 主義 主張이 잇섯든 것은 아니다. 참된 少年運動을

7 공식 명칭은 '〈朝鮮少年運動協會〉'이다.

爲하야 不可避한 事實이라고 볼 수 잇게 된다. 그러나 이것으로써 돌이혀 五百萬 少年大衆을 爲하야 派爭이라는 社會的 罪惡을 짓고 말엇다. 當時 〈少年運動協會〉와 〈五月會〉 側의 各自 主張을 살펴보면 〈五月會〉側에서는 〈少年運動協會〉(協會! 筆者)는 常設機關이 아니요 每年 "어린이날을 爲한 一時的 聯合에 不過한 즉 今年부터 〈五月會〉 名義로 하자"는 것이요 그에 對한 〈少年運動協會〉 側의 反對 理由는 "어린이날" 運動은 모-든 派的 關係를 超越하야 地方少年會까지 海外少年會까지 一致 協力하는 것인 고로 네 일홈도 아니요 내 일홈도 안인 〈少年運動協會〉 名義로 할 것이지 京城에서도 各會가 다 參加하지 안흔 〈五月會〉 名으로 함이 不當하다는 것으로 結局 重大한 일을 압두고 分裂에까지 가게 되어 少年運動史上에 자미롭지 못한 記錄을 짓고 말엇다. 그러나 그해에는 달은 事情으로 어린이날 記念을 擧行치 못하얏고 그 이듬해 "어린이날" 記念을 當하야 兩 團體는 去年의 不祥事를 생각하고 이는 將來 朝鮮 少年運動 發展上에 莫大한 損害를 끼칠 쑨 아니라 少年大衆의 不幸임을 깁히 늑기고 兩 團體 合同 協議를 몃 번이나 거듭하얏스나 圓滿한 解決을 보지 못하고 더욱 分裂의 城壁은 더하얏슬 쑨이다. 그리하야 紀念 當日에 京城에는 〈運動協會〉는 天道敎 廣場으로 〈五月會〉는 侍天敎 廣場으로 各各 自己 所屬 團體 少年大衆이 結集하야 氣勢를 놉히며 서로 敵對視하며 同日 同時에 街頭行列를 한가지 하얏스는[8] 이것이 얼마나 不幸한 일이며 少年運動의 將來를 보아 愛惜한 일이엿든 것이냐. 그리하야 그 後 이것을 兩便이 한가지로 遺憾으로 生覺하고 〈五月會〉가 率先하야 그해 五月 十五日에 〈朝鮮少年聯合會〉를 發起하니 이에 〈少年運動協會〉도 無條件으로 그에 應하야 그해 十月 十五日에 天道敎紀念館에서 創立大會를 열엇다. 이로써 거의 三年間을 分立하야 오든 少年運動은 統一되엿다고 보겟스나 아즉도 依然히 派爭은 消滅되지 안코 暗暗裡에 大會場의 空氣는 두 갈내로 갈니여 끗까지 그대로 大會를 맛추고 말엇다. 그럼으로 形式的 朝鮮少年運動의 統一이엿지 그 裡面에는 恒常 派爭

8 '하기는 하얏스나'(하기는 하였으나)의 뜻으로 보인다.

은 包含되야 잇든 것이다.

---

## 安丁福, "派爭에서 統一로－어린이날을 압두고(中)", 『중외일보』, 1930.4.23.

그리하야 그 이듬해 三月 二十五日에 다시 第一回 定期大會를 맛게 되얏스니 이때에 그 內在的 暗鬪는 暴露되고 말엇다. 少年運動者의 年齡 制限을 二十五才까지를 緊急 決議하야 이미 被選된 幹部들은 年令 經過로 無效케 되고 다시 幹部를 選擧케 되얏다. 그리하야 一部에서 少年運動者의 年令 制限을 猛烈히 反對하얏섯다. 事實 少年運動者을 年令 制限은 無意識할 뿐아니라 오리려 不必要한 點이 만엇다. 何如間 少年運動者의 年令 制限은 派爭의 産物이엿든 것이 事實이요 眞正한 少年運動을 爲하야 取한 態度는 못 되엿든 것이다. 그리고 또 聯合의 組織體를 單一 同盟體로 곳치엿스나 當局의 干涉을 바더 다시 聯盟으로 곳치엿다. 이에 一部에서는 單一 同盟體를 聯盟體로 곳치고 一面 一少年會制를 發布하매 이는 當局의 干涉보다 現幹部들의 策動이라고 非難이 돌게 되여 中央幹部의 不信任까지 돌게 되엿다. 이러구러 그해 十二月 二十七八日 兩日間 또 다시 第一回 定期大會를 맛게 되엿스니 이때야 말노 少年運動은 危機에 直立하게 되얏다. 一部 不純分子의 發動으로 大會場은 修羅場으로 化하얏고 場內는 醜態百出하야 黑白을 分別할 수 업시 되엿섯다. 우리는 當時各 團體 共同 聲明書로 그 大會의 情勢를 잘 살필 수 잇슬 것임으로 이제 部分을 引用한다.

(上略) 今番 大會 熱과 誠으로 對하여야 할 會는 中央委員會로부터 諸般報告가 終了하자마자 何等 理由도 批判도 업시 二三人의 不純分子의 躍動으로 大會場은 修羅場化하야 그야말로 무엇을 위한 會合이며 무엇을 爲한 爭議인지 分別까지 하기 어려운 것을 觀過하얏스나 我等은 我等의 群衆인

少年을 돌아보아 血淚를 禁치 못하얏다. 그러나 미리부터 우리 運動의 攪亂을 劃策한 不純分子들은 조금도 反省이 업시 그야말로 暴論 本位 —— 攪亂 本位로써 公公하게도 計劃的 發作을을 表示할 뿐 過去를 淸算하고 今後 問題를 討議하며 그 方策을 세워야 할 大會 精神을 沒覺하고 다만 幹部 選擧에 汲汲하야 二三 不純輩로 委員席을 獨占하기에만 熱中 促進하엿스니 여기에 그들 不純分子의 行動을 一掃하여야 할 것이나 그들에게 抗爭함이 오히려 不美함을 覺悟하고 我等은 默默緘口하고 그들의 處置를 보왓다. 그러나 보라 —— 畢竟에는 幹部 選擧의 銓衡委員까지 不信任案에 提出되엿스니 不純分子의 攪亂 策動과 그 裏面의 黑幕을 엿볼 수 잇섯다. 함을며 그 不信任案의 原因이 被選되엿든 銓衡委員에게서 暴露되엿슴에랴! 大會의 波亂이 刻刻으로 重疊하야 結局 會議는 中止에까지 이르게 되엿다. —— 中略 ——

---

### 安丁福, "派爭에서 統一로-어린이날을 압두고(下)", 『중외일보』, 1930.4.25.

專橫的 攪亂을 일삼든 不純分子들의 最後 發惡的 計劃을 暴露함이 아니고 무엇이냐? 이 亂場에서 少年運動者로서의 體面上 쏘는 何等의 收獲이 업슬 것을 看破한 〈京城少年聯盟〉에서는 出席 代議員의 要求인지 事情上 그 責任者로 하여금 派遣 代議員 取消 申請을 提出함과 同時에 同聯 選出 代議員의 總脫席을 宣言하엿다. 이러함에도 不拘하고 —— 中略 —— 各派 一部에서는 大會 進行에 熱中함으로 이어서 群山어린이회 代議員으로부터 쏘 脫席을 宣言하얏다. 그러나 亦是 十數名의 代議員 脫席에도 不關하고 況且 大會에 問議도 업시 不法一貫으로 幹部 選擧에만 沒頭하얏다 —— 中略 —— 昨年 三月 大會 當時에 嚴格히 決定한 年齡制限을 無視하고 代議員席을 任意 占領한 年齡 超過輩를 發見하얏스니 —— 中略 —— 天眞

한 少年에게 約束한 이 年齡制限을 否認하고 出席한 惡分子가 무엇 때문에 貴重한 集合을 侵犯하엿는가? 우리는 以上으로 當時 大會의 情勢를 짐작할 수 잇다. 그리고 그들은 무엇 때문에 싸왓다는 것을 熟知할 수 잇다. 만일 그들이 眞正한 意味에서 熱과 誠으로 第二回 大會를 對하얏섯다면 如上의 醜態는 업섯슬 것이다. 그들은 그러치 못하고 오즉 幹部席을 爭奪하기에 猛烈하야 及其也 少總의 看板을 두 곳에다 걸게 되엇스니 所謂 不法派와 續會派가 그것이다. 그리하야 一年間을 波瀾 中에 지내고 昨年 十二月頃에 다시 第三回 大會를 열게 되엇스나 出席 團體 不足으로 大會가 成立되지 못하야 섭섭히 流會되고 말엇다. 그리하야 依然히 우리 運動은 오날까지 混亂한 現象을 持續하고 왓다. 그러나 오늘날 大會는 正히 우리 運動의 統一을 强要한다. 이에 우리들은 當面 任務인 運動의 統一과 戰線統一의 完成하기 爲하야 果敢한 鬪爭이 잇서야 할 것이며 經濟的 政治的으로 朝鮮의 特殊事情을 잘 삷혀서 少年運動의 指導 理論을 確立식혀야 할 것이다. 우리는 무엇보다도 現階段에 잇서서 이것이 當面한 急務일 줄 밋는다. 나는 上述한 것으로 充分하다고 論할 수 업스나 少年運動의 派爭根因을 말하얏섯고 過去 運動이 무엇을 爲한 運動이엇든 것을 暴露하얏고 簡單하나마 現階段에 잇서 우리들의 義務가 무엇인가를 말하얏다. 그러나 本來 意圖는 過去 우리 運動을 批判 淸算하며 現階段에 우리들의 任務를 究明하야 보랴고 하얏스나 그리 되지 못하얏다. 이제 끗흐로 一言을 附코자 하는 바는 압흐로 우리는 엇더케 少年大衆을 指導하여 할가 하는 問題이다.

"우리가 붓과 입으로 方向轉換을 하얏느니 社會民主主義의 組織體이니 하는 것보다도 먼저 問題되는 것은 實踐입니다. 오늘의 朝鮮이 까다로운 形態에 잇고 오늘의 어린이가 壓迫 밧고 짓눌리고만 잇는 것을 생각하고 그대로 進出하면 엇더한 成果를 가저야 올을 것을 우리는 먼저 알어야 하겟습니다. 곳 말하자면 우리는 客觀的 情勢를 잘 모르고서는 決코 成功할 수 업는 것입니다. 그러면 우리는 이 客觀的 情勢를 잘 把握하는 同時에 또한 實踐的 過程을 重要視하지 안코는 되지 못할 것이다."(青谷) 그럼으로 우리는 在來에 混亂하고 無定見한 指導 政策을 버리고 가장 現實性을 捕捉한 科學的 指導理論을 確立하고 成長하는 그들에게 朝鮮을 바로 알여주어야 할 것이다. 그러함에는 "우리가 가지고 잇는 眞正한 朝鮮의 特質을 把握하여야 할 것이라고 하야 마지안습니다. 짜라서 이것은 '맑쓰'主義도 아니요 社會民主主義도 아니며 그러타고 朝鮮主義도 아닙니다. 우리는 늘 變動되고 流動되는 現實을 透徹히 解釋하야 가장 實踐的이며 理論的인 것을 要求하야 마지안습니다."

나는 以上으로 우리가 압흐로 少年大衆을 엇더한 곳으로 指導하여야 될 것인가?를 簡單하나마 말하얏다. 그리고 뒤로 다른 同志가 말하겟기에 이만 긋친다. (끗)

## 丁洪敎, "朝鮮少年運動 小史(一)", 『조선일보』, 1930.5.4.

五月 第一日 日曜日인 "어린이날"을 當하야 過去 十年間 朝鮮少年運動의 적은 '페이지'를 들처볼가 한다 —— 그러면 우리의 少年運動은 過去 十年間 엇더한 길을 밟어 나왓스며 무엇을 하엿는가를 回顧하며 槪觀的으로라도 鈍筆을 돌려 모름직이 自己 自體의 未來를 爲하며 一般 社會의 적은 講究之材가 될가 한다. 이에 적으나마 記錄에 未備한 點에 對하야서는 讀者 諸氏와 全國 少年指導者 諸賢의 깁흔 諒解를 바라는 것이다.

**第一期 - 胎生時代 -**

一千九百十九年度 朝鮮의 社會運動과 한가지로 少年運動도 部分的으로 싹이 트게 되엇스니 回顧컨대 十年의 歷史라고 하겟다. 그해 가을에 安邊 晉州 光州 等地에서 第一聲으로 부르지젓스나 微微한 힘이엇슴으로 有耶無耶로 지내다가 翌年 卽 一千九百二十二年 四月에 "우리는 참되고 씩씩하게 자라는 가운데 인정 만흔 소년이 됩시다"라는 '슬로간'을 가지고 〈天道敎少年會〉가 創設되고 翌年인 一千九百二十三年 三月에 "少年은 未來의 主人임을 알라. 恒常 修養하며 快活한 朝鮮의 어린 사람이 되자"라는 슬로간을 가지고 〈半島少年會〉가 創設되엇다. 이것을 筆頭로써 各地에 少年團體가 蜂起케 되어 一種의 遊戱團體이며 拳球俱樂部에 지나지 못하든 것이다. 물론 初創時代이엇고 胎生時代이엇슴으로 不可避의 事實일가 한다. 여긔에 有志 某某가 完全한 少年團體를 組織하고자 하야 一千九百二十三年 十月에 〈서울소년團〉을 發起하엿스나 集會禁止로 말미아마 創立치 못하게 되엇섯다.

**第二期 - 自然發生期 -**

**初創時代** —— 胎生時代 - 를 버서나랴는 一千九百二十四年 봄에 新聞記者 某某 氏와 雜誌社 某某 氏가 發起하야 非常設機關인 研究機關으로 〈少年運動協會〉를 創立하엿다. 그리하야 五月 一日을 "어린이날"로 定하야 그해부터 記念式과 旗行列이 始作되엇다. 그러나 翌年인 一千九百二十五

年 五月에 過去 少年運動이 英雄的 偶像運動의 沈襲으로써 某某 氏는 第一線으로 〈五月會〉═〈京城少年指導者聯盟〉═을 創立하엿다. 그리하야 다음과 가튼 宣言과 綱領을 中外에 發表케 되엇다.

◇ 宣言

우리는 圓滿한 理想과 遠大한 抱負와 堅實한 實力으로써 聯盟의 目的을 徹底히 貫徹코저 이에 宣言하노라.

◇ 綱領

一. 우리는 社會進化 法則에 依하야 少年總聯盟을 締結함

一. 共存共榮의 精神으로써 京城少年 事業의 增進을 圖謀함

一. 相扶相助의 主義로 人類共存의 思想으로서 時代 潮流에 順코저 하야 少年聯盟을 完全充實히 達成코저 한다.

이와 가티 宣言 綱領을 發表하는 同時 어느 運動에 局限시키고저 하는 團體와 對立하야 京城 各 少年團體와 團結로써 全鮮 各地에 散在한 少年團體와 友誼를 맷게 되엇다. 그리하야 一千九百二十六年度 어린이날부터(이해는 事情으로 因하야 中止하엿슴) 〈少年運動協會〉와 〈五月會〉는 各各 슬로간을 내세워 가지고 紀念을 準備케 되엇다. 더욱이나 一千九百二十七年度 "어린이날"은 "우리는 저 頑惡하고 局限된 少年運動者와 抗爭하자 ― 〈五月會〉"라는 標語 밋헤서 〈五月會〉는 全國 友誼團體 總動員을 結約케 하엿다. 그리하야 京城을 비롯하야 各地에서는 各各 紀念式과 旗行列을 하게 된 바 〈五月會〉 側은 各地 友誼團體이엿섯고 〈少年運動協會〉 側은 〈天道敎少年會〉가 多數이엇다. 여긔에 잇서서 指導者 間의 少年運動의 理論이 展開케 되어 〈五月會〉 側에서는 過去 自然生長性的 運動으로부터 少年運動의 새로운 方向轉換論을 提唱케 되어 全國 少年團體의 呼應을 밧게 되엇다. (續)

## 金泰午 외, "어린이의 날", 『조선일보』, 1930.5.4.

어린이날! 이날은 행복한 날

오늘은 오월 첫재 공일! 조선 어린이들의 날입니다. 그리고 조선은 이들을 축복하는 날입니다. 즐겁고 귀한 이날에 이 짜에 깃븐 노래 놉히 일고 어린이들의 발소래 이 강산을 울리는 날입니다. 오래오래 눌리여 긔를 펴지 못하든 어린이들이 씩씩한 마음으로 압날의 큰 거름거리를 시험하는 날입니다. 우리들의 미래의 일은 이 어린이들의 성장을 짤아 일울 것이오. 이 어린이들이 사람 되고 못 되는 데 우리들의 압날이 결정되는 것입니다. 이날에는 어린이들의 보건(保健)을 위하야 교양(教養)에 대하야 어룬들은 이야기하여야 하고 이날의 어린이들의 귀여운 행렬을 크게 마지하여야 할 것입니다. 오늘 이 어린이는 어린이날 행렬에 한 사람도 빠지지 안코 참가하여야 할 것이오 어룬들은 하나도 빠지지 안코 길로 나아와 이들의 행렬을 보아야 할 것입니다. 이날 —— 어린이날은 이 짜의 행복한 날입니다.

# 少年運動者에게

## 金泰午, "統一을 바람"

나는 벌서 조선을 써나 이곳에 온 지가 일년이나 되엇습니다. 짤아서 조선의 정세를 잘 몰으고 잇스나 늘 유감으로 생각하는 바는 조선 모든 운동이 그러치마는 더욱이 소년운동에 잇서서 넘우 다각적(多角的) 분산(分散)이 되어 잇는 듯하니 이것을 통일할 일이 가장 큰 일이라고 생각합니다.

이것을 통일함에는 모름직이 리론(理論) 확립(確立)이 필요하다고 생각합니다. 그리고 소년총련맹(少年總聯盟)으로서도 리론의 확립은 물론이어니와 행동강령(行動綱領) 가튼 것을 세워서 절대적(絶對的) 통일을 할 필요가 잇다고 생각합니다. (東京에서)

**安丁福, "運動者로서 어린이에게"**

깃부고나 오날날 어린이날은

우리들 어린이의 명절날일세

이 소리가 오늘 조선 천지를 울일 때 여러분은 실로 깃붐을 금치 못하실 것입니다.

때는 정히 따뜻한 오월. 우리의 마음은 진실로 깃붐으로 콱 드러차게 되엇습니다. 그러나 우리는 이 깃붐으로 하야금 영원히 우리에게 이저지지 안케 하기 위하야 우리는 어떠한 방법을 골라내지 안어서는 아니 된다는 것입니다. 우리들이 잇슴으로 소년회가 잇고 소년회가 잇슴으로 우리들이 이러케 질겁게 되는 것이니 우리는 어대까지든지 우리 소년회를 지지(支持)할 것은 물론이어니와 우리는 각기 우리 소년회로 하야금 항상 압흐로 발전되도록 노력하시기 바랍니다.

그리고 우리는 이 일천구백삼십년의 "어린이날"에 잇서서는 그 전과 가티 개념(槪念)으로 소년회로 모히자는 것이 아닙니다. 될 수 잇는 대로 개인으로의 수양으로부터 사회에 대하야 "씩씩한 사람!" "조흔 사람!" 이러한 소리를 듯게 되어야 하겟습니다.

**李承元, "더 充實하게"**

少年運動은 그 自身이 少年이니만치 純眞하며 또는 非經驗的일 것입니다. 그러타면 左便으로도 보낼 수 잇으며 右便으로도 보낼 수 잇는 同時에 그 操縱術은 全部 指導者 여러분에게 잇다고 생각합니다. 空然히 惡評을 하려는 것은 아니지만은 過去의 運動 形態를 본다면 多少間 不滿足한 感이 업지 안습니다. 더 좀 充實하고 圓滿하게 指導하야 적어도 朝鮮이 나흔 어린이로 하여금 朝鮮의 本來 役軍이 되게 하며 그 準備行動에 全力을 注하기를 바랍니다.

**崔尙海, "새 方針으로"**

나로서는 少年運動에 別로 關心치 못하엿스나 지난해에 朝鮮의 少年運

動을 본다면 少年會에서 하는 일이 一種의 娛樂으로 노래와 춤으로만 어린 사람들을 指導하야 잘못하면 어린 少年少女에게 그릇된 길로 발바 나가게 하지 안엇는가 함니다. 그럼으로 오늘부터는 過去의 그러한 形態를 벌이고 한거름 나아가 意識的으로 又는 科學的으로 새로운 指導方針을 세워 주기를 바라는 것임니다.

## 社會에 보냄

### 洪基英, "힘써 도으라"

압흐로 우리 사회를 지도할 이는 어린이입니다. 그런고로 어린이들에 대한 일반인은 재래의 인습적 관념을 버려야 할 것입니다. 우리들 어린이들의 운동이 결코 일시 긔분적 운동이 아니인 이상에 영원한 것입니다. 우리 어린이들도 사람이다. 지금의 사회에서 활동하는 이들보다도 미래가 크며 또한 압흐로 그들보다도 여러 가지 지도 건설할 것이 만흘 것입니다. 여긔서 우리들에게 대한 지금까지의 어른이 말하는 재하자는 유구무언이라는 그러한 짜위의 묵은 관념을 내려 버리라는 말슴입니다. 그뿐 아니라 어린이들을 위한 운동단체를 일반사회는 붓드러주어 지금보다도 더 큰 힘으로 세차게 나가도록 하여 주서야 할 것입니다.

### 崔英潤, "連絡을 하자"

어린 사람의 모듬이 오늘날에 일으러서는 전조선 각 지방에 멧 백이라는 소년회가 조직되어 잇습니다. 그러나 가정이나 사회에서는 조음도 우리 어린 사람이라는 사업에 關心치 안는 것입니다. 그리하야 少年運動이 엇던지 少年會에서 무엇을 하는지 한 번도 그 가뎡가뎡마다 어린 사람 모듬에 차저오는 일이 업습니다. 이 엇지 한심한 일이 안입니까. 오늘의 어린이날을 긔회로 家庭과 少年會가 서로서로 連絡을 取하야 나가는 가운데 家庭에서 改良할 것은 少年會에서 少年會에서 잘못하는 것은 家庭에서 이럿케 해 나가면 압흐로 우리 少年運動이 充實할 줄 압니다.

李彰圭, "自由로웁게"

나는 어머님과 아버지에게 넘우 어린이들에게 욱박질으지 마라 주시엿스면 합니다. 조그만 일에도 작구 나무래시면서 조음도 우리가 가지고 잇는 쾌활한 마음을 좁달악케 또는 겁쟁이로 만들어 주시니까 어른만 보면 언제든지 허리를 펴지 못합니다. 오늘은 우리들의 날임으로 오늘부터는 넘우 읙박지르지 마라 주시기 바랍니다.

## 方定煥, "어린이날을 당하야", 『조선일보』, 1930.5.4.

가장 깃분 명절 우리 "어린이날"을 마지하는 깃붐은 결코 소년운동자들만의 것이 아닙니다. 그것은 이 명절이 다른 명절처럼 지나간 과거의 엇던 일이나 인물을 긔념하는 것이 아니요 오즉 압날의 새 세상을 축복하는 명절인 고로 이날의 이 운동이 가저올 것은 적게는 각각 우리 가뎡에 크게는 우리 민족 전톄에 더 크게는 우리 인류 전톄에 새 행복을 가저올 것인 짜닭임니다.

이 깃분 명절에 나로서 특별히 하고 십흔 말슴은 우리의 각 사회 각 방면에서와 일반 가뎡에서 엇더한 부분 사람들의 일을 엽헤서 구경하듯 하지 말고 다 각각 자긔 일로 알고 함께 나서서 이날을 가치 직히고 가티 축복하야 우리의 새 생명을 모다 더 씩씩하게 키워 가자 하는 것임니다.

그리하기를 일반사회와 가뎡에 바라는 동시에 그리하게 되도록 소년운동에 노력하는 동무들의 특별한 노력을 톄의함니다.

## 고장환, "父兄母姊 諸氏에게", 『조선일보』, 1930.5.4.

일천구백삼십년대의 "어린이날"도 오늘로써 또다시 맛게 되엇습니다. 우리는 작년에 하든 그것과 가튼 "어린이날"을 오늘도 또 하게 되는 것이 사실입니다. 그러나 우리는 작년에 비하야 얼마나한 발전(發展)과 소득(所得)이 잇는가를 한번 생각하여 보실 일이라고 생각합니다.

그것은 우리의 운동이 어느 악분자(惡分子)의 역선전(逆宣傳)이나 또는 어느 낫분 지도자(指導者) 밋헤서 이것이 운전(運轉)되지 안코 건실(健實)하고 참된 지도자 밋헤 어듸까지

**력사적**(歷史的) 존재를 가지고 나서게 되는 것입니다. 우리는 늘 말하는 소리입니다. 실천이 업고서는 리론이란 아무런 가치가 업는 것입니다. 우리 소년운동(少年運動)에도 여러분이 아시는 바와 가티 여러 가지의 리론과 지도론이 나왓다고 봅니다. 그러나 그들의 리론이 우리에게 얼마나 실천적 가치를 주엇는지 한번 깁히 생각해 보십시요. 우리는

**력사적** 근거를 쌋코 꾸준한 노력으로 우리의 소년운동을 확립하려고 합니다. 곳 말하자면 대중적 소년운동을 확립하랴는 것입니다. 소년운동이라면 이것이 반듯이 어린이층의 지도운동을 말하는 것이지요마는 결코 이 운동으로 하야금 파쟁이라든지 또는 악선전의 도구가 되게 한다는 것은 올치 못한 일이라고 생각합니다. 이래 우리의 지도 정신은 불편부당한

**어린이**들을 본위로 해 온 것입니다. 어느 종교적 지도정신이라든지를 넛코자 하는 것은 그릇된 생각이라고 생각합니다. 우리들은 어대까지든지 어린이 본위의 교육과 향상을 토대로 하고 나가는 것입니다.

그러타고 사회(社會)와 무관계하다는 것은 아닙니다. 장년층(壯年層)이나 청년층(靑年層)에서

**일반적**으로 밧는 영향이면 우리 소년운동도 밧게 됨으로 그때는 다 가티 보조(步調)를 일치하는 것이라는 말입니다. 좀 다시 말한다면 일반대중이 다 가티 밧는 영향이면 다 가티 싸워 나간다는 말입니다.

그리고 이 소년운동을 너무 과소평가(過小評價)를 하야서도 아니 되고 과대평가(過大評價)를 하야도 아니 되는 것입니다. 우리 소년운동은 우리 소년운동이라는 특수한 성질(性質)을 씌인 엄연한 사회적 존재(社會的存在)인 동시에 동력(動力)인 것을 알아주시기 바랍니다.

## 社說, "어린이날을 마지하야–차라리 '어른'의 날로 보라", 『중외일보』, 1930.5.4.

一

每年 五月의 첫재 日曜日을 어린이날로 定하고 서로 잘 아지도 못하는 無數한 어린이들이 손 마주 잡고 가튼 氣分으로 가튼 行列을 지어 나가며 어린이의 存在에 對한 社會의 意識을 刺戟할 때마다 보는 사람으로 하여금 귀하다는 생각 입부다는 생각은 물론 將來社會의 柱石될 저내들을 어써케 길느며 엇더케 引導하여야 할가 하는 생각을 가지게 한다. 이러한 意味에 잇서서 어린이의 名節인 이날은 어린이에게 엇던 特別한 慰安이나 愛護를 加하여 준다는 것보다는 차라리 朝鮮의 어른되는 이가 엽때까지 自己내의 어린이에게 對하야 取해 오든 그 態度를 根本으로부터 다시 생각하게 함에 그 意義가 더 重하지 안흘가 하는 바이다. 그러타 하면 이것만으로도 어린이날이 朝鮮에 設定된 것은 妙를 得한 것이라 할 수 잇슬 것이다.

二

子弟에 對한 사랑은 어데나 언제나 大體로 同一하다고 볼 것이나 사람 사이의 일인 만큼 時間的과 空間的을 쌀하 或은 形式으로 或은 內容으로 變化와 差異가 업슬 수 업는 것이나 西洋 社會와 東洋 社會 — 特히 朝鮮 社會 — 를 比較하야 그 差異를 알 수 잇슬 것이다. 勿論 子弟의 몸이 튼튼해스면 子弟의 智가 啓發되여스면 하는 企望이야 東西의 差別이 업슬 것이나 엇더한 形式 엇더한 內容에 依하야 그를 企望할 수 잇슬가 함에 니르러서는 朝鮮 社會에 遜色이 만흔 것이다. 이러한 客觀的 事實이 朝鮮에 잇기 째문에 朝鮮에서 보는 것과 쏙 가튼 性質의 어린이날을 先進國에서 잘 볼 수 업는 것이며 쏘한 이 事實이 어린이날을 朝鮮에 낫케 한 여러 原因 가운데 한 原因이 안일가 한다. 爲先 어린이날의 宣傳비라를 보아도 알 것이다. 萬一에 朝鮮의 家庭이 彼等의 家庭과 가티 어린이들의 健康과 教育에 充分히 意를 加하고 잇다면 거의 每年과 가티 첫재로 健康 둘재로 教育이라는 宣傳은 하지 안허도 일업슬 것이오 쌀하서 어린이날이 朝鮮에 設定될 社會

的 理由가 그만큼 적어젓스리라 볼 수도 잇는 것이다.

三

健康에 不注意 教育에 不注意라는 客觀的 事實에서 發生한 이 어린이날을 다만 文字대로의 어린이날로 보지 말고 차라리 어른의 날로 보아야 할 것이다. 軟弱한 그네들의 朝鮮의 어른은 엇지하야 남의 나라 어른처럼 어린이의 健康과 智識의 發達을 꾀하지 못하느냐고 號訴한다. 그러면 웨 朝鮮의 어른은 어린이에 對한 實際的 愛護力이 그처럼 薄弱하냐 하면 그는 畢竟 歷史에 對한 識見이 너무 狹隘한데 잇지 안흔가 한다. 朝鮮 歷史가 進行하는 過程上에서 보면 中間繼承者라는 意味에 잇서서 어른과 어린이의 間에 秋毫의 差異도 업시 同地位를 차지한 것이다. 萬一에 差異가 잇다면 過程線上의 位置的 差異가 잇슬 뿐이다. 同時에 先繼承者인 어른은 後繼承者인 어린이에게 要求할 權利보다도 負擔한 義務가 더 무거우니 그 義務라 함은 後繼承者의 身體와 智識을 百퍼센트로 發展시켜 歷史의 흐름을 굿세게 하며 온갓 歷史上 열매를 잘 익게 하는 그것일 것이다.

四

다만 吾人으로써 어린이날에 對한 一案을 맡케 한다면 그것은 健康이라 智識이라는 比較的 茫然한 標語 대신에 좀더 具體的 實踐的 標語를 使用함이 엇덜가 하는 그것이다. 한번이나 멧 번만 하고 그만둘 어린이날이라면 몰라도 年年히 하는 以上 첫재로 朝鮮의 어린이 健康 發達上 第一 缺點이 무엇인가. 그것이 잇다면 그 點을 드러 相當한 期間을 두고 大大的으로 宣傳하야 朝鮮의 어른으로 하여금 그것을 實踐케 한 後에 다시 한 缺點을 指摘하야 이 方法을 反覆케 하는 것이 茫然한 健康 發達이라는 宣傳보다 實質에 잇서 効果에 잇서서 또는 어린이運動 方法에 잇서서 그 妙를 得하는 所以가 안일가. 그리하야 朝鮮의 어린이 健康增進上 第一 缺點을 집어내라 한다면 그는 어린이의 營養不足이라고 吾人은 觀察한다. 그러므로 어린이의 營養不足의 弊부터 몬저 退治治한[9] 後에 다른 缺點의 退治에로 나가는 것이 實際運動의 要諦라 하야 한마듸로써 도으려 하는 바이다.

---

9 '退治한'의 오식이다.

## 方定煥, "오늘이 우리의 새 명절 어린이날임니다—가뎡 부모님께 간절히 바라는 말슴", 『중외일보』, 1930.5.4.[10]

우리의 새 명절 어린이날을 당하야 나는 가장 깃븐 마음으로 여러분 어린이들의 부모께 몃 말슴 드리여 다 가티 깃븐 마음으로 다 가티 긴장한 마음으로 우리의 이날을 직히고 십습니다.

**우리가** 이때까지 직혀 온 명절은 여러 가지임니다. 사월 파일, 오월 단오, 팔월 추석 가튼 것들이 모다 조흔 명절이 아닙닛가. 그러나 그런 것들은 누구가 탄생한 날 또는 어느 유명한 사람이 죽은 날이니 그것을 긔렴하자는 것이요 또 혹은 시절이 조흐니 하로 즐겁게 노라 보자 하는데 지나지 못하는 것임니다. 그런 까닭으로 그것들은 우리들이 압흐로 살아 나가는 데에 조흔 도음이 되는 것이 아닙니다. 그래서 아모 산 생명이 업는 명절임니다. 그런데 오늘! 이 "어린이날"이라는 명절뿐만은 예전 것을 긔념하거나 그냥 긔후가 조흐니 놀자는 날이 아니라 압흐로 살아나갈 새 생명을 축복(祝福)하고 북돗구자는 명절인 고로 이날만은 적게는 한 집안의 새 운수를 위하는 것이요 크게는 우리 민족 전톄의 새 운수를 위하는 것이요 더 크게는 전 인류(人類)의 새 운수를 위하는 의미 깁흔 명절임니다. 그러니 이날을 잘 직히고 못 직히는 것이 곳 우리의 생명을 잘 살니고 못 살니는 노릇이 되는 것임니다. 지금 조흔 세상에서 잘사는 사람도 오히려 더 조흔 세상을 맨들고 더 잘살게 되려고 이날을 잘 긔념하겟거든 고르지 못하고 바르지 못한 세상에서 누구보다도 더 압흐고 고생스런 생활을 하는 우리들이야 다시 말슴할 것이 잇겟슴닛가. 우리들의 지금 살님이 고생스러우면 고생스러울스록 더욱더욱 이날을 잘 긔념하여야 함니다.

**그러면** 우리는 우리의 생명을 키우기 위하야 하로라도 더 속히 조흔 새 세상이 오게 하기 위하야 일치단결 정성을 다하야 이 명절을 긔념하겟

---

10 원문에 '어린이社 方定煥'이라 되어 있다.

는데 엇더케 하는 것이 이날을 가장 잘 긔념하는 것인지 그것을 알아야겟습니다.

첫재 이날은 왼 집안 식구가 다른 일 다른 의론을 다 거더치워 두고 오즉 조선을 생각하고 집안 형편을 생각하면서 그것이 잘되게 하기 위해서 어린사람이 얼마나 귀중한 책임이 잇는 몸인지를 짜저 볼 것이요 그리하야 그 귀중한 책임자를 엇더케 잘 보호하며 엇더케 대접해야 할가 그것을 생각해야 할 것입니다.

이것을 구톄적으로 자세 말슴하자면 퍽 장황할 것이닛가 후일에 말슴하기로 하고 아조 손쉬웁게 하면 그 귀중한 책임자를 이때까지와 가티 내 자식놈 내 쌀년 하고 자긔 주머니 속의 담배부스럭이 주무르듯 그러케 소홀이 녁여도 조흘 것인가. "애녀석이" 하거나 "계집애가" 하는 투로 아무러케나 함부로 휘여 쓰고 윽박질러도 조흘가. 이런 데서부터 생각을 해 나갈 것입니다.

그다음에는 위선 이날 갓가운 소년회에 보내고 부모도 짜러가서 어린사람들의 긔념식에 쏘는 긔념 행렬에 참례하야 거긔서 설명하는 것을 듯고 쏘 거긔 모두인 어린사람들의 긔세(氣勢)가 엇더케 씩씩하고 큰 것을 볼 것입니다. 거긔서 여러분들은 분명히 생긔 잇는 새 세상 여러분을 마저갈 새로운 세상 새로운 긔운을 보시게 될 것입니다.

셋재 그날 집에서 어린사람을 중심으로 한 족그만 연회를 열 것이니 반듯이 음식을 만히 차려야 연회가 되는 것이 아닙니다.

흰쌀이나 짓고 그것도 업스면 아모 밥이라도 조슴니다. 일홈을 지여서 "오늘은 명절이닛가", "오늘은 어린이날이닛가" 하고 일홈을 지여 왼 가족이 그것을 충분히 알게까지 철뎌식히면 조슴니다. 그래서 왼 가족이 특별히 어린사람을 중심으로 하고 둘너안저서 어린이날 이약이를 하라는 말슴입니다. 이리하는 것은 이날 명절 긔분을 두텁게 하는데 효과가 잇슬 쑨 아니라 어른들까지 이날을 축복해 주고 우리를 위해 준다 하야 어린사람의 의긔가 여러 갑절 하는 것입니다. 이러케 하야 위선 여러분 자신의 댁에 잇는 어린 사람을 씩씩하게 출중하게 키우기에 먼저 착념하실 것입니다.

**그러나** 이날 긔념이 다른 명절처럼 그날 하로에 그처 버리면 아니 됩니다. 이날로 비롯하야 이듬해 어린이날짜지 엇더케 엇더케 실행해 나아갈 일을 결심하여야 실제 효과가 내 집에 내 민족에 써러질 것입니다. 그 실행할 조건은 여러 가지가 잇스나 오늘 다 말슴하지는 못하겟고 그중 중요하고 근본 되는 것을 한 가지만 말슴하면

"어린사람에게 호주(戶主) 대접을 하라!"

하는 것임니다.

아모리 잘낫서도 하라버지나 아버지는 발서 장래(將來)가 업는 사람임니다. 압흐로는 어린사람 즉 새 사람이 잘해야 잘살게 되는 것이니 새 호주를 잘 위하여야 그 집이 잘될 것 아니겟슴닛가. 어린사람을 잘 키워서 그 덕을 보려 하면서 그 사람을 소홀이 대접해 가지고 될 수 잇겟슴닛가. 이담에 다 자란 후에 위하기 시작하지 말고 미리부터 위해야 그에게 조흔 성품이 자라지고 조흔 긔운이 길너저서 자라서도 조흔 호주가 되지 안켓슴닛가. 왼갓 성품이 길너지고 사람의 미천이 정해지는 째는 아모러케나 푸대접하야 아모러케 길너 노코 이담에 갑작이 위하려 드니 잔뼈가 다 낫브게 구더지고 조치 못한 성품이 다 길너진 후에 아모리 위한들 무슨 소용이 잇슴닛가. 어린 아기 쩍부터 정성을 써서 그의 긔운을 썩지 말고 그의 성품을 상하지 말고 써바치고 위해서 길너야 이다음에는 저절로 위함 밧는 인물이 되여짐니다.

부모는 쑤럭지임니다. 어린이는 싹임니다. 쑤럭지가 상좌(上座)에 안저서 싹은 내 자식이니 무어니 하고 나리눌르면 그 나무는 망하고 맘니다.

남을 위해서가 아니라 어린사람을 위해서가 아니라 여러분 자신이 잘살게 되기 위하야 니를 악물고라도 이것은 실행해야 됨니다.

## 安丁福, "全國 同志에게 少總 再組織을 提議함", 『중외일보』, 1930.6.6.

우리 少年運動이 오늘날 混亂한 渦中에 잠겨 그— 局面打開할 方途가 업스며 이에 한가지로 少總이 昨年 十月 第三回 大會[11] 以後 여러 가지 事情으로 움지기지 못할 境遇를 當하야 또한 停滯狀態를 依然히 繼續하고 잇스니 少年運動은 이로써 受難期를 當面하고 잇다.

하로라도 쉬여서는 안 될 中央機關이 거의 해(年)를 넘도록 沈滯不動하야 맛당히 그— 任務를 遂行치 못하고 잇게 되니 우리 少年運動은 다시금 分散化하야 秩序를 가릴 수 업시 脫線에 흐르고 잇다.

中央地에 잇서서 〈京城少年聯盟〉이 單獨으로 "어린이날" 紀念準備委員會를 組織하고 全國어린이날紀念準備에 當한 것과(이것은 不得已한 事情이엿섯지만) 地方에 잇서서 〈慶南道少年總聯盟〉이 獨斷的으로 少總全國大會 召集 準備를 行하려는 것과 가튼 것은 甚한 脫線行動의 例일 것이다. 그러나 우리는 이것을 새삼스럽게 問題 삼으려고 하지 안는다. 그것은 우리 少年運動이 混亂한 가운데 잇슬 뿐만 아니라 現在 中央機關이 組織的 權威를 갓지 못하얏기 때문에 이러한 亂舞狀態를 보게 되는 것이다.

그런으로[12] 우리에게 무엇보다도 問題에 當面한 急務는 過去에 일을 問題 삼을 것이 아니요 現在 우리 運動의 發展過程上 多大한 損失을 當하고 잇는 混亂한 現象 —— 沈滯된 少年을 如何히 打開할 것인가? 그리고 엇더게 進展하여야 될 것인가? 무엇보다도 現階段에 잇서서 우리들에게 當面한 任務 中에 急한 것일 것이다. 그러면 우리는 이러한 現象을 打開하랴면 엇더한 形式을 取하야 엇더한 方法으로 行하여야 圓滿히 現象打開를 成就

11 〈조선소년총연맹〉의 정기대회는 제일회(천도교기념관, 28.3.25: 이때는 공식 명칭이 〈조선소년연합회〉 제일회 정기대회였다), 제이회(시천교당, 28.12.27~28), 제삼회(시천교당, 29. 11.17)가 개최되었다.

12 '그럼으로'(그러므로)의 오식이다.

할 수 잇슬 것인가. 이것이 또한 現象打開에 잇서서 한가지로 問題가 아니될 수 업다.

왜– 그러냐 하면 現在 少總이 거의 空殼狀態에 잇서서 그– 一(한 줄 가량 해독 불능) 少總의 行動을 맛당히 行할 수 업는 것과 또는 能動力을 가젓다 할지라도 現在 少總의 分裂된 派爭은 從來 少總 態度 그대로 가지고는 絶對 統一를 보일 수 업스며 또는 統一이 된다 할지라도 相互間 理解가 成立되고 理論的으로 어느 程度까지라도 統一을 보아야 될 것이다. 萬一 少總이 그대로 統一된다 하드래도 그것은 어느 때나 다시금 새로운 分裂을 生産할 憂慮가 잇슬 것이다.

그럼으로 少總의 統一은 絶對 理論的 統一과 原則的 規定이 成立된 다음에 可能할 수 잇슬 것이다

그리하기 때문에 少總 現象 打開策은 絶對別 形式別 方法을 取하는 것이 必要하다는 것이다. 만일 그러치 안으면 우리들의 當面 目的인 派爭打破와 運動線 統一을 獲할 수 업슬 것이며 딸아서 少總 現象打開도 어려울 것이다 그러나 그– 形式과 方法이 各各 同志들의 意見에 딸아 다르겟스나 나는 여러 가지로 생각하야 본 바에서 가장 이런 形式과 方法을 取하지 안으면 안 되겟다고 主張하는 바를 간단간단히 말하겟다.

ㄱ. 그– 形式으로는 少總 再組織大會의 形式을 取할 것이요

ㄴ. 日字는 六月 二十八, 九 兩日이 조흘 것이다. 이때쯤 되면 地方의 通信 關係라든지 地方團體 代議員 派遣 準備의 路費融通 가튼 것도 그리 支障이 업스리라고 생각된다.

ㄷ. 다음에 問題는 그러면 그 大會 開催는 누가 할 것이냐? 인데 이것은 모-든 일의 便宜로 보아 大會를 京城에서 開催하지 안으면 안 될 것임으로 그에 딸아서 大會 開催의 責任은 中央에 잇는 同志가 지지 안으면 안 될 것이다. 或 이에 反對하는 同志 (5~6자 해독불가) 안 될 것이다. 從來 派的 觀念으로 그런다 하면 더욱 問題 안 될 것이다. 왜– 그러냐 하면 大會는 누가 開催하얏든지 正當한 立場에서 圓滿히 大會에 目的만 達成하얏스면 別問題 업슬 것이다.

如上의 形式과 方法을 中央에 잇는 同志는 參酌하야 하로밧비 少總再組織大會 開催 準備에 努力하야 주지 안으면 안 될 것이다. 그리하야 어느 程度까지 法을 超越하드라도 반드시 이 再組織大會만은 達成하도록 하는 것이 조흘 것이며 全國 同志들은 이에 對하야 깁흔 理解로 此大會를 成立식혀야 될 것이 同志들의 責任일 것이다. 만일 法만을 爲하야 重大한 일을 (한 줄 가량 해독불능) 고 地方에 계신 諸 同志는 萬事를 除外하고라도 이번 再組織大會에는 반드시 參席하야 遺憾업시 抱負를 說하야 우리 少年運動의 新境地를 開拓하여야 될 것이다.

그리고 이번 慶南道盟이 開催하랴든 少總大會는 參席人員 不足으로 겨우 六七團體에 不過하야 結局 流會되고 地方團體 代議員懇談會도 警察의 禁止로 못하얏다고 한다. 나는 慶南 同志들의 그— 誠意를 衷心으로 感謝히 생각한다. 그러나 同志들은 그 大會를 成就 못하얏거든 그 誠意를 이 少總 再組織大會로 옴기여 巨大한 努力이 잇기를 懇切히 바란다. 나는 간단간단히 우리 運動에 몃 가지 問題를 적으려고 하얏스나 時間을 가지지 못하야 틈 잇는 대로 別稿하기로 하고 이만 쓰친다. 六月 三日 밤.

## 頭流山人, "少年運動의 新進路－若干의 展望과 展開 方途(一)", 『중외일보』, 1930.6.7.[13]

### 一. 緖 言

少年運動의 混亂狀態가 依然히 繼續하고 잇다. 現象의 本質的 必然性을 把握할 줄 몰으는 似而非 少年運動者는 이 混亂을 混亂 그대로밧게 보지 못한다. 그러나 우리는 現象 形態의 이러한 外見上 混沌 가운데서 그 本質的인 必然性과 進路를 發見하야 遂行하여야 한다.

其實 現下의 混沌 속에서 實踐的으로 混亂克服鬪爭(非組織的이나마)이 敢行되려 하며 또 되고 잇는 것을 우리는 본다. 그러나 問題되는 것은 이 투쟁이 너무나 非組織的인 것이니 여긔서 이 투쟁의 組織的 展開를 爲한 努力이 우리에게 必要하게 되는 것이다.

나는 이 "組織的 展開"를 爲한 方針의 統一을 爲한 一媒介事業으로(이러한 紙上 展開만으로서는 不可能한 것을 알어야 한다) 本稿를 草하야 全國同志에게 提示한다.

이러한 少年運動 —— 乃至 全體 運動 —— 의 未曾有의 混亂 狀態는 그 意識上의 混亂까지 招來하는 것이니 現下의 少年運動의 認識 問題는 實로 種種 雜多區區한 것이다. 다시 말하면 根本的 視角이 確立 統一되지 못한 것이 事實이다. 元來 少年運動 混亂의 內在的 一原由로서 그 意識上의 根本的 視角 —— 立場 —— 이 確立치 못한 것을 헤이지 안흘 수 업게 되는 것이다.

階級社會의 少年運動을 階級 分裂에 伴하야 階級運動과 合流치 안흘 수 업는 것이니 無産階級의 少年運動은 이러한 原則에 依하야 무산계급運動의 一部門을 차지하는 것은 勿論이오 이럼으로 계급 운동이 그 "주체的

13 '頭流山人'은 김성용(金成容)의 필명이다.

頭部"에 依하야 指導 引率되는데 따라서 少年運動도 그 指導下에 現段階에서는 그 思想的 影響의 確保 擴大에 그 任務를 가지지 안을 수 업다.

우리는 이러한 立場에서 少年運動을 認識 評價하고 遂行하여야 하는 것이니 儼然히 分裂하야 尖銳對立한 現段階에서(그리고 그 關係가 一切의 基礎的 條件인) 模糊한 立場에서 孤立的으로 許可되는 範圍 안에서만 運動을 遂行하려는 것은 少年運動에 於한 사회민주주의에 反對한 것이다.

나는 以下에 少年運動의 現勢와 그 意義를 析明하야 다시 그 進路까지 밝히려 한다. 現下 筆者의 事情이 辛酸한 것과 합법적인………新聞에 發表하는 事情上 어느 程度까지 論旨가 模漠, 漠然한 點이 잇슬 것이지만 그것도 現下의 우리 少年運動의 內在的 事情上 不得已한 讓步로 볼 수 잇나니 幸여 二步 前進을 爲한 一步 退却이 억지로라도 된다면 筆者의 滿足할 배라 하겟다.

---

**頭流山人, "少年運動의 新進路－若干의 展望과 展開 方途(二)", 『중외일보』, 1930.6.8.**

**二. 若干의 展望**

朝鮮少年運動의 目的意識的 中央集權的 展開을 爲하야 轉化 結成되엿다는 〈朝鮮少年總聯盟〉은 그 產出期의 미지근한 陣痛과 그럼으로 不純物의 淸算이 업시 "凡統一"的 形態를 가지게 되엿든 것이다.

이러한 事實은 少年運動의 方向轉換의 우렁찬 "아우聲"에 比하야 그 實質的 內容의 極度의 微弱 浮虛를 말하고도 남는 것이다.

◇………◇

이러한 內在的 矛盾을 包藏하고 結成된 〈朝鮮少年總聯盟〉의 分裂을 容易하게 한 가장 基本的인 外在的 矛盾이 잇스니 그것은 少總의 孤立的 存

在이다. 다시 말하면 現社會의 少年運動은 階級的 運動의 一部門으로서 提起되고 그와 合流하야 遂行되어야 하는 것인데 少總은 이러한 "가나다"에서 버서나서 朝鮮無產階級運動 乃至 民族運動과 遊離하야 獨立的으로 出發 進出되엿나니 이러한 錯誤된 出發은 運動 展開에 가장 큰 決定的 影響을 주어서 組織上으로의 統制를 엇지 못하고 混亂을 濫發하게 하는 結果를 나엇스며 읏헤는 少總의 御×에 機關의 轉落을 容易하게 하엿다.

이리하야 朝鮮少年運動은 分裂하지 안을 수 업섯나니 少總 幹部派와 非幹部派 間의 對立 抗爭이 卽 그것이다. 分裂을 激發한 契機는 幹部派의 反動的 決議와 그 決議을 遂行을 爲한 不法的인 地盤 强造와 欺瞞 ×物에 잇섯스며 이러한 反動的 傾向을 克服하야 少總의 確立 統一을 期하고 싸운 것이 非幹部派의 意圖며 活動이엿다.

二八年 十二月 大會는 이러한 分裂을 集中的으로 克服하려 하엿지만 그것을 幹部派의 野卑한 欺瞞과 그것과의 ××의 合流와 非幹部派의 幼弱과 孤立的 存在가 解決을 엇지 못하게 하고 다시 分裂을 合理化 激化하고 말엇다.

所謂 不法 續會란 이러한 分裂 線上의 幹部派의 最後의 巢窟이니(이하 한 줄 가량 해독 불가)이다.

以後 一年間 幹部派(二八 大會 以後부터 續會派라 함)는 續會를 外衣로 하고 背後의 某 黑手의 運轉 ×護下에 正統 少總에 對한 ××의 未曾有의 强壓과 對照되면서 그 自體의 反動的 役割을 一層 勇敢하게 展開하엿다. 그리고 一九二九年의 어린이날은 ×찰의 지도下에 續會派가 有志 諸氏(!)의 後援下에 合法的으로 "旗 行列"式으로 "紀念"하엿다.

二八年 大會가 지난 後에는 反動的 續會派 撲滅의 소리가 漸高하야 그것은 關北少年團體懇談會의 決議와 靑總 中靑 地方靑盟 及 少盟의 決議 等에 露現하엿고 慶南 咸南 等地 少年團體의 蹶起로 分裂 克服 鬪爭을 組織的으로 展開하려 한 것이다.

## 頭流山人, "少年運動의 新進路－若干의 展望과 展開 方途(三)", 『중외일보』, 1930.6.9.

◇………◇

이러케 分裂된 朝鮮少年運動의 分裂 克服 투쟁이 進行되고 잇는 가운데 朝鮮의 客觀的 情勢는 刻刻으로 激化하게 되엿고 이러한 關係로 그 투쟁은 停滯 混亂을 未免하게 되는 데 닐으럿다.

이러한 分裂 克服 투쟁의 停滯에 來機한 속회 일파는 다시 蠢動하게 始作하엿나니 二九年 十一月의 所謂 "大會" 召集이란 不法的이면서 그 意圖가 極惡한(表面的으로는 正義的 言辭를 썻지만) 陰謀엿다.

그들의 陰謀가 暴露되자 全鮮 意識的 團體는 거이 反對의 烽火를 들고 不參으로서 破壞하려 하엿스며 한편으로 參加함으로서 內的으로 崩壞식히려는 計劃을 樹立하고 遂行을 開始하게 되엿다. 이러한 最中에 마츰내 "所謂 大會"는 억지로 開催되엿고 거긔서 分裂 극복 투쟁의 外的 內的 戰術은 奏效하야 續會 一派는 根本的으로 埋葬되고 말엇다. (二九年 十一月 朝報 紙上 筆者의 所論[14] 參照)

◇………◇

그런데 二年 동안의 分裂 극복 투쟁의 結果 續會 一派는 根本的으로 埋葬된 오늘날ᄭᅡ지 아모러한 新展開의 빗을 볼 수 업게 되엿나니 鄭紅鳥君의 말을 빌어 쓰면 "파괴"만 해 노코 "건설"치 안는 것이다. 그러나 우리는 이 責任을 鄭 君의 말과 가티 少年運動 闘士의 建設에 對한 無誠意에 負擔식히지 못하겟다.

國際的으로 資本主義的 矛盾이 激化 擴大되고 無産階級 乃至 被×××族運動이 攻勢에 出하는 ××的 危機에 處하얏스며 國內的으로 ᄯᅩ한 十餘年

---

14 김성용(金成容)의 「少年運動의 組織問題(전6회)」(『조선일보』, 29.11.26~12.4)를 가리킨다.

來 未曾有의 ××的 大事變에 臨한 조선 情勢에 卷入되여 저들의 極度의 ××와 우리의 ××的 ××와의 交互된 條件을 捕捉하는 者는 敢히 少年運動 再展開 鬪爭 停滯의 原由를 깁히 뭇지 안을 것이다.

昨年末 —— 今年 一月까지의 情勢下에서 누구가 엇더한 新民주의자가 少年運動의 合法的, 全線的 展開를 可能하리라고 생각하엿스랴?

이러케 激化된 조선 情勢의 안에서 運動 出進의 必然的 可能性을 우리는 로수[15] 잇나니 國際的 자본주의적 모순의 擴大, 격화와 제이차 世界××의 準備, 무산계급 및 민족운동의 ×命的 動起와 國內의 전민×的 不平의 격화 로동자 운동의 대進出 等의 새로운 進出의 可能性은 少年運動 展開의 大前提가 되는 것이오 過去 分裂 극복 투쟁의 誤謬 揚棄와 새로운 方法인 實踐的 展開 밋흐로서의 統一 —— 에 依하야 그 可能性은 確認되는 것이다. 그럼으로 現下의 混亂은 그 否定의 必然性을 안고 잇는 것이다.

### 三. 過去 鬪爭의 批判

우리는 過去 三年間 如上의 混亂克服鬪爭에서 如何한 經驗을 어덧든가? 이것을 析明키 爲하야 지나간 戰蹟을 追及하야 批判하지 안을 수 업다. 이러한 批判에서 어든 새로운 方途는 곳 少年運動 局面 打開의 方途가 되는 것이니 以下 나는 그것을 簡略히 述下하려 한다.

우리의 三年間 투쟁의 가장 原則的인 方法은 "大會"와 "決議"와 "聲明書" 엿다. 그럼으로 그것은 公公然한 不動的인 "우으로"서의 전술이엿스며 짜라서 合法的이 아닐 수 업섯든 것이다. 이것은 무엇을 意味하느냐? 하면 우리가 그 當時의 客觀的 情勢의 全幅을 具體的으로 把握치 못하엿든 것을 말하는 것이니 우리에게 許可된 範圍 안에서의 完全한 利益이란 存在할 수 업는 當時 情勢下에서 許可 마튼 方法에 依하야 우리의 當面 最大의 利益(混亂克服)을 獲得하려 한 것은 幻想이엿고 又 當時의 우리 무산계급의 主체的 투쟁이 비합법的으로 進行되고 우리에게 認識 關聯되지 못한

15 '볼 수'의 오식으로 보인다.

데 原因한 바이니 이럼으로 우리의 투쟁은 表面的 騷亂에 끄치는(實質的 內容이 업는) 데 일으럿고 他方으로 解×的 方向으로 다라나고 말엇든 것이다. 이러한 사회민주주의的 戰術이 過去 三年間에 犯한 우리의 最大의 基本的 誤謬이엿다.

이것은 當時의 우리의 力量과 ×問題의 混亂과 無指導에 根源을 두엇다고 할 수 잇다.

다음으로 理論과 實踐의 分離 理論의 過重評價 等의 誤謬도 모다 그 根本的 原因은 以上의 誤謬에서 起源하엿슬 것이라고 생각되며 이러한 誤謬는 그럼으로 우리의 混亂克服鬪爭에 잇서서 反動派를 大衆的으로 暴露克服치 못하고 指導者 間의 問題로만 取扱하야 오게 하엿고 또 넘으나 卑怯 —— 反動파의 重大한 黑面을 公開치 못하고 —— 한 態度를 가젓든 것이다.

---

**頭流山人, "少年運動의 新進路－若干의 展望과 展開 方途(四)", 『중외일보』, 1930.6.11.**

**四. 最近의 問題**

이러케 싸워 오는 近間에 두 가지의 局面 打開 方途로서의 大會 開催의 提議가 잇스니 그것은 慶南少聯의 全國少年團體에 對한 大會 召集의 發議와 鄭紅鳥 君의 本報에서 提示한 預總 開催를 爲한 私論이다.

◇………◇

우리는 우리의 混亂克服鬪爭을 全線 統一的으로 展開키 爲한 火蓋的 業務로 반듯이 大會 開催가 必要하다.

그러나 여긔서 우리가 깁히 생각하지 안어서는 안 될 問題가 잇으니 그것은 첫재 大會가 空殼的인 "아우성"만 되지 말고 質的 基礎가 鞏固히 確立定礎한 우에 確乎固結한 것이 되겟느냐?

둘재 大會가 現下의 情勢로 可能할가?

셋재 少年運動의 맑쓰주의的 規定이 確立되엿느냐? 하는 問題 等이 다시 말하면[16] 勞動者 一農民運動 形態로서의 少年運動이 그 基本的 運動의 統制下에 그와 密接히 關聯하야 展開되는가? 乃至 可能性이엇는가? 그리고 우리의 ×體的 運動의 方針과 및 少年運動의 內在的 打開性에 應하야 工場 農場 鑛山 等의 基礎가 確立하고 大衆에의 影響性이 確乎하고 大量的인 鞏固한 力量을 가저서 大會가 破壞되고 集會가 禁止되는 等의 合法的 運動이 破壞되더래도 依然進展할 수 잇는 可能性을 가지고 잇는가? 말이다.

다음으로 少年運動만이 獨立的으로(他의 本體的 運動이 停滯되엿는데) 大會 開催 等 活潑한 투쟁을 展開하려는 것을 空想的이고 顚倒된 努力이 아니겟는가? 또 孤立的으로 出發한 데 因하야 다시 過去로 逆轉할 運命을 가지지 안엇느냐?에 關心하지 안을 수 업다.

---

## 頭流山人, "少年運動의 新進路-若干의 展望과 展開 方途(五)", 『중외일보』, 1930.6.12.

元來 主體의 確立 指導가 업는 데는 全 運動이 正路的 展開가 不可能한 것이니 現實追隨的 迷路도 流落할 危險이 多分히 存在한 것이다.(過去 歷史上의 經濟主義 組合主義 等等) 少年運動은 그 自體를 爲한 運動이 아니니 그것은 偉大한 決定的인 行動을 爲한 一部門的 活動으로 볼 수 잇는

16 원문에 '-하는 問題等이다시말하면 勞働者-'로 되어 있는데 맥락으로 보아 "問題 等이다. 다시 말하면-"의 오식이다.

것이다. 그럼으로 少年運動의 現段階의 任務는 "偉大한 決定的 行動者"인 ×………의 確保 擴大 强化에 잇는 것이다.

鄭紅鳥 君의 提論은 그 初頭가 左翼的이면서 內容으로 보아 極히 輕蔑하지 아니치 못할 얄미운 論據를 가진 것이엿다. 그 筆者가 政策的 見地에서 反動派(事實上으로 埋葬된)의게 大會 召集을 準備식히고자 한 것은 그 內意가 如何튼지 極惡한 機會主義的 結果를 낫는 것이다.

그것은 反動派에게 새로운 擡頭의 조흔 契機를 주는 것이오 少年大衆의 迷惑을 招來하는 것이다.(그리고 事實上 그러케 開催되는 大會는 極히 不完全 — 乃至 不成立 — 할 것이다.) 鄭 君이 말한 不法 合法 云云도 矛盾되는 바를 指摘할 수 잇는 것이다. 旣曰 不法이면 웨 反動派에게 召集을 提議한단 말이냐. 其外에 不法이면서도 客觀的으로 合法的인 方法이 數多한 것은 웨 몰랏든가?

뿐만 아니라 鄭 君의 日字 等의 召集 方法까지 提議하는 等의 輕率한 그 獨斷的인 行爲는 그 提議의 意義가 좃타 하드라도 容恕치 못할 妄動이다.(元體 大會日字 等을 어린날을[17] 방패로 短期 內로 한 것은 幻想이다.)

要컨대 鄭紅鳥 君은 一時的 輕動에 依하야 誤謬를 犯한 줄로 思料되나니 이제 熟慮하야 撤回함이 如何한가?

이제 한 가지 헤이지 안어서는 안 될 重大한 誤謬 —— (其實 力量의 問題도 不得已한 일이지만)는 투쟁의 非統一的 非組織的 展開엿다. 반동파 근거의 통일的 認識의 缺乏 투쟁방침의 非統一 少年運動의 各自 相遠한 見解 투쟁선의 無組織 等이 그것이다.

◇………◇

이러케 誤謬를 犯하면서도 우리의 투쟁은 不少한 成果를 어든 것이 事實이다.

一般的으로 反動 一派의 直接的으로 隸屬되여 잇는 以外(或은 以內도)

---

17 '어린이날을'의 오식으로 보인다.

의 少年大衆은 우리의 투쟁에 依하야 續會派의 反動性을 漠然하나마 認識하게 되엿고 反動派는 이제 배후의 黑手가 업스면 다시 꼬물도 못할 만치 —— 埋葬 消滅된 것이 그 하나이오 一般的으로 影響된 바 少年運動의 ×××× 等 傾向으로의 轉化가 그 둘이다. 이러케 破壞만 해 노코 建設치 못한 理由는 根本的으로는 客觀的 情勢에 起源한 바이지만 그 內在的 起源은 우리의 사회民主主義的 전술과 力量의 微弱이엿다.

決코 우리에게 鬪志가 업서서 그런 것도 아니오 또 우리가 싸우지 안은 것도 아니다. 其間의 우리의 精力은 더 緊急한 重大한 투쟁에 集注하고 少年運動의 組織活動에는 積極的으로 進出할 수 업섯든 것이다. 鄭紅鳥君이 客觀的 情勢를 말하는 듯하면서도 其實 無智하엿고 또 그것과 少年運動을 分離하야 보고서 우리의 無誠意에 停滯의 責任을 지우랴는 것이다.

### 五. 局面 打開의 方途

우리는 以上에서 過去와 밋 現下의 우리의 투쟁 방침에 對한 若干의 誤謬를 析明하엿고 注意할 點을 指摘한 듯십다. 그러면 우리는 우리의 투쟁을 如何히 展開하여야 할 것인가?

一. 먼저 말하지 안어서는 안 될 것은 우리의 現段階 鬪爭의 根本的(그리고 ×際的) 전술인 "밋흐도"서의 統一 方法이 우리 少年運動에 잇어서도 基礎的 出發點이고 決定的 進路가 되어야 할 것이다. 大衆에서의 逃避 幹部 間의 統一과 分裂 合法萬能 理論偏重 等을 極히 危險한 ××的 危機와 反對되는 方法이며 結果를 나을 것이다. 이것을 少年運動에 於하야 말하면 少年運動의 勞働者 農民運動과의 分離 反動에의 流落을 容易하게 할 것이다.

二. 少年運動의 ×××의的 규정의 確立이 緊要하다.

年齡이나 性이나 人種은 根本的으로 問題가 되는 것이 아니요 階級的 관계가 問題 되는 것이다. 그럼으로 原則的으로 말하면 勞働少年을 로동組合으로 농민少年은 농민조합으로 直屬해야 할 것이오. 다만 生理的 智的 特殊性에 依하야 그 補助的 機關이 必要한 것이다.

現下 封建的 殘滓가 잇고 主體的 運動이 미약으로 말미암아 一時 形態上으로 全 運動 — 少年 — 이 分離하야 잇다 하더래도 根本的으로는 全體運動과 密接한 關聯下에 그 統制下에 그것과 合流하야(續會一派는 支×계급과 合流하고 우리는 로동×계급과 合流하야) 進行치 안어서는 안 된다.

少年의 가장 意義 깁흔 特殊性인 敎育的 地位를 重視하야 우리의 少年으로 하야금 지배계급의 교육에서 해방계하야[18] 우리의 교육으로 轉化하기 爲한 ×교 투쟁이 重大한 任務이다. 元來 少年運動의 最大 役割이 교육的 투쟁일 것이다.

18 '해방케 하야'의 오식으로 보인다.

## 方定煥, "兒童問題 講演 資料", 『學生』, 1930년 7월호.

學生 時代에 演壇에 나스면 누구던지 自己의 智識 만흔 것을 聽衆에게 알니고 십허 한다. 그래서 아모나 알아듯기 쉬운 平凡한 말보다는 되도록 어려운 文字를 한마듸라도 더 만히 쓰려고 애쓴다. 그래서 모다 失敗한다.

먼저 注意할 것은 — 더구나 農村에 가서 말하는 사람은 聽衆 누구나가 다 알아드를 수 잇는 쉬운 말만 골라 쓰기에 努力해야 한다. 高尙한 內容을 또는 重大한 論難을 가장 平易한 말로 하기를 힘써야 한다. 以下 兒童問題에 關한 講演資料를 멧 구절 들기로 하는 바 가장 通俗的인 구절을 가장 平易한 말로 적어 보기로 한다.

×

男便 업고 餘産 업는 貧寒한 寡婦를 보고 쓸쓸하고 설흠만 만코 또 當場 살기가 苟且하기까지 하니 일즉 自殺이라도 하지 무슨 滋味로 무슨 樂으로 苦生사리를 하고 잇느냐고 무르면 아즉 젓먹이 遺腹子를 가르키면서 "참말 自殺이라도 하야 일즉 이 苦生을 免해 버리는 것이 上八字지요. 그러나 이것이 자라서 사람 구슬을 하게 되면 只今 苦生을 녯말 삼아 우스면서 살아 볼 날이 잇겟지 하고 단 하로라도 그 날이 잇슬 것을 기다라노라고 살지요" 할 것이다.(이상 8쪽)

못살게 되엿네. 못살게 되엿네. 어느 구석을 보아도 못살게 된 形便쁜인 只今 우리의 살님은 참말로 누구나가 하는 말과 가티 살 수 잇서 사는 것이 안이요 죽기보다도 더 苦로운 生活이다. 萬一 엇던 有名한 預言者가 잇서서 "너의는 죽는 날까지 조곰도 只今보다 나어지지 못하고 只今 요꼴대로만 살다가 죽으리라" 한다 하면 우리는 只今 곳 自殺해 버리는 것이 怜悧하다. 하로 한 해를 더 살어서 하로 한 해의 苦生을 더 繼續하는 것보다는 차라리 일즉 죽어 한 해 하로라도 苦生을 덜(減)는 것이 나은 까닭이다.

그러나 이 世上에는 압일을 豫言해 줄 사람 업다. 우리의 이다지 악착한 고생도 오늘쁜이요 來日이나 모래 來年이나 後年에는 이보다 나은 生活이

오겟지 오겟지 하는 그것 하나 때문에 그것 하나를 바라고 오늘날 苦生이 아모리 악착하더래도 오히려 그것을 참아 닉여 가면서 사는 것이다.

×

그러타! 우리는 오늘보다 조케 變할 "明日"을 기다리노라고 오늘의 生活이 아모리 악착하여도 오히려 참아 익여 가면서 사는 것이다.

×

그러나 "明日"이란 것이 "希望"이란 그것이 우리의 압헤 잇는 것이냐 뒤에 잇는 것이냐 하면 時計바눌이 뒤로 돌지 안는 以上 아츰 해가 西便에서 솟지 안는 以上 그것은 우리의 뒤에 잇슬 것이 안이요 언제던지 압헤 잇는 것이다.

×

압흘 보고 살자. 압흘 향하고 나가자.

三十 살에 아들을 나엇스면 아버지는 발서 三十년 뒤진 사람이요 아들은 三十년 압사람이다. 아모리 잘 낫서도 아버지는 발 뒤로 밀니우는 사람이요 過去의 名簿에 드러가는 사람이요 아모리 아즉 코를 흘니고 아모것도 모르는 것 가태도 그는 일즉이 아버지가 못하던 모든 일을 할 수 잇는 압사람이다.

어린이는 압흐로 나가는 사람이요 아버지는 뒤로 밀니는 사람이다. 祖父가 아모리 잘 낫섯서도 람포불밧게 켜지 못하고 自動車, 飛行機란 夢想도 못하고 죽엇다. 그러나 그 압헤서 코를 흘니며 자라던 어린이는 電燈을 켜고 自動車를 타고 라듸오를 듯고 잇다. 사람은 어린이를 압장세우고 어린이를 따라가야 억지로라도 압흐로 나가지 어른이 어린이를 잡아쓸고 가면 압흐로 나갈 사람을 뒤로 써는 것이다.

×

그런대 이때까지의 朝鮮의 집집에서는 하나도 例外가 업시 모다 늙은이가 새 사람을 썰고 뒤로만 갓섯다. 어린이가 가는 곳은 새 世上이요 새 일터다. 늙은이가 가는 곳은 무덤 뿐이다. 아모리 섭섭하여도 이것은 避할 수 업는 事實이다. 그런대 朝鮮에서는 가장 늙은이 ═ 가장 무덤으로 압(이상

9쪽)장 서서 가는 이가 戶主═卽 引率者가 되여 가지고 全 家族을 다리고 무덤으로 갓섯다. 무덤으로 가기 실혀서 도라스는 사람이 잇스면 父命을 拒逆하는 不孝子라 하야 왼 洞里가 結束해 가지고 迫害하엿다. 在下者는 有口無言. 아모 말 말고 무덤으로 짜러가는 것이 孝의 道엿다. 웃사람이 너머 頑冥할 째 在下者로서 諫할 수 잇다는 것이 容許되여 잇스나, 그러나 세 번 諫해서 듯지 안커든 울면서 짜러가라고 하엿다. 울면서 무덤으로 가라는 말이 되는 것이다.

이리하야 朝鮮 사람은 累千年 두고 압흘 안 보고 뒤만 向하야 살엇든 것이요 戶主를 짜러 무덤으로 것고 잇섯든 것이다. 그래서 모다가 完全히 무덤 속에 드러 버린 지도 오래다.

×

朝鮮 사람의 家屋을 보아라. 모다 늙은 戶主의 집일 쑨이지 어린 새 사람의 房이라고는 단 한 間도 업지 안흔가. 七十 間 或 百餘 間 집을 보아도 늙은 한 사람이 쓰기 爲하야 웃사랑 아랫사랑이 잇고 안사랑 밧갓사랑이 數十 間씩 잇슬 쑨이지 그 집의 四男妹, 五六男妹들이 居處할 房은 단 한 間도 업지 안흔가. 飮食을 작만하여도 늙은이를 爲하여서 쑨이지 어린 새 人物을 爲해서 작만하는 것은 아니 이째짜지의 朝鮮 婦女들은 싀父母를 爲하여 朝夕을 지엿지 어린 새 人物을 爲해 지은 적이 업섯다. 朝鮮 사람처럼 아들쌀의 德을 보려고 慾心내는 사람이 업슴에 不拘하고 그 德 보려는 明日의 戶主를 朝鮮 사람처럼 冷待, 虐待하는 사람도 업다. 새로 자라는 어린 人物들쑨만이 우리의 기둥감이요 들보ㅅ감이것만은 그들을 爲하지 안이하고 앗기지 안이하고 尊重하지 안이하고 어쩌케 德만 바라는 것이냐.

×

戶主를 밧구어야 한다, 터주를 밧구어야 한다. 녯날에 터주대감을 爲하야 잘산다고 밋고 精誠을 밧치듯 어린 사람을 터주대감으로 밋고 거긔다 精誠을 밧처야 새 運數가 온다. 늙은이 中心의 살님을 고처서 어린이 中心의 살님으로 맨드러야 우리에게도 새 살님이 온다. 늙은이 中心의 生活이엿든 까닭에 이때까지는 어린이가 말성꾼이요 귀찬흔 것이엿고 조케 보아야 심브럼꾼이엿섯다. 그것이 어린이 中心으로 변하고 어른의 存在가 어린이의 生長에 放害[19]가 되지 말어야 하고 어린이의 심브럼꾼이 되여야 한다.

×

낡은 묵은 것으로 새것을 눌느지 말자! 어른이 어린이를 나리누르지 말자. 三十年 四十年 뒤진 녯사람이 三十 四十年 압사람을 잡아 썰지 말자! 낡은 사람은 새 사람을 위하고 떠밧처서만 그들의 뒤를 따러서만 밝은 데로 나갈 수가 잇고 새로워질 수가 잇고 무덤을 避할 수 잇는 것이다.

×

父母는 뿌리(根)라 하고 거긔서 나온 子女는 싹이라고 朝鮮 사람도 말해왓다. 뿌리는 싹을 爲하야 짱속에 드러가서 水分과 地氣를 뽑아 올녀 보내주기 爲하야 必要한 것이요 貴重(이상 10쪽)한 것이다. 그러나 朝鮮의 모든 뿌리란 뿌리가 그 使命을 니저버리고 뿌리가 根本이닛가 上座에 안저야 한다고 싹 위에 올너 안젓다. 뿌리가 위로 가고 싹이 밋흐로 가고 이러케 걱구로 서서 뿌리와 싹이 함께 말너죽엇다. 그 屍體가 只今 우리의 쏠이다.

싹을 위로 보내고 뿌리는 一齊히 밋흐로 가자! 새 사람 中心으로 살자. 어린이를 터주로 모시고 精誠을 밧치자!

×

外國 사람을 보아라. 그들은 完全히 어린이 中心으로 生活을 하고 잇다. 집도 어린이를 爲하야 飮食도 어린이를 爲하야 庭園도 어린이 비위를 맛처서 甚至於 散步도 노리도 어린이 中心으로 그리고 그것도 不足하여서 어린이만의 公園이 잇고 遊園地가 잇고 어린이를 위한 冊이 數업시 나오고 學校에 不足함이 업고 그리고도 不足하여서 少年團이 잇고 英國에서는 皇室의 內親王이 반듯이 그 總裁가 되는 法이요 米國에서는 現 大統領이 副總裁가 되는 法이요 日本에서는 그 本部 事務所를 內務省 안에 두고 各各 그 새

19 '妨害'의 오식이다.

生命을 기르기에 全力을 기우리고 잇다.

×

녯날 스파르타 사람들은 戰勝國에서 "너의 나라의 어린 사람들을 종으로 부려먹게 갓다 바처라" 하는 것을 "어린 사람 代身 成人이 그 十倍라도 가겟스나 스파르타의 어린 사람은 단 한 사람이라도 남의 나라 사람의 손에 맛기지 못하겟다"고 拒否하엿스니 이것은 어른은 戰敗하고 도라왓스니 將來를 爲하야 無用物이로되 어린 사람들을 갓다 밧치는 것은 次期의 戰士들을 빼앗기는 것인 고로 우리의 將來까지 滅亡하는 것이라고 생각한 까닭이엿다.

×

歐洲戰爭에[20] 敗戰하고 도라온 獨逸 사람들은 五年만에야 열니는 前後最初의 國會에서 어린이의 新保育案 十八個 條件을 可決하야 國運의 回復을 圖하엿다.

우리는 子女保育을 等閑視하고 어데서 무엇에 依支하여 새 運數를 기다리는가.

×

죽은 사람의 祭祀에 돈을 쓰고 늙은이 環甲, 辰甲[21]에는 돈을 쓰면서 子女의 月謝金을 못 내겟다는 것은 엇던 까닭이며 아비 어미는 집에 안저 잇거나 나드리할 옷감을 작만하면서 어린 子女 먼저 工場에 보내는 것은 엇전 心思인가.

×

要컨대 一場 講演의 草案이 안이고 資料 供給에 그치는 일이닛가 이만큼에 긋친다. 이 말 前後와 中間에 演士가 말하는 目的에 必要한 말을 집어넛커나 或의 以上의 몃 句節 中에서 단 一二句만 갓다가 써도 조타. 이 外에

---

20 '歐洲戰爭'은 "구라파전쟁(歐羅巴戰爭)"이라고도 하는데 "제일차 세계대전"을 달리 이르는 말이다.

21 '進甲'의 오식이다.

兒童問題를 말하려면 實로 多端하야 或 境遇에는 保育上 實際方法을 말할 境遇도 생기고 또 或은 現下 朝鮮 農村에 잇서서의 兒童生活(이상 11쪽)의 實際를 細述해야 할 必要도 잇슬 째가 잇슬 것이요 또는 少年會 組織法 其他를 말해야 할 째도 잇슬 것이나 그런 것을 여긔에 다 쓸 수도 업는 것이요 또 처음 農村에 가서 그러한 詳細한 것을 말하게도 안 되고 해서 效果도 적을 것인 즉 우선 먼점은 우와 가튼 平易한 말로 序說만을 잘 말하는 것이 도리혀 效果 잇슬 듯십다. 萬一 幼稚園이나 少年會를 爲하는 講演을 하게 될 境遇에 한마듸 더 參考될 말을 가장 쉬운 말로 간단히 쓴다면 아래의 두어 句節과 가튼 말이 되겟다.

×

어린 사람의 成長에 第一 必要한 것은 "깃븜"이다. 어린 사람은 깃버할 째 第一 잘 자라(크)는 것이다. 몸이 크고 생각이 크고 긔운이 크고 세 가지가 一時에 크는 것이다.

그러면 어는 째 어린 사람이 제일 깃븜을 엇느냐. 어린 사람이 제 마음썻 쑴즉어릴 수 잇는 째 卽 小毫의 妨害가 업시 自由로 活動할 수 잇는 째 그때에 第一 깃버하는 것이니 그것은 쑴즈럭어린다(活動)는 그것뿐만이 그들의 生命이요 生活의 全部인 까닭이다.

가만히 注意해 보라. 갓난아기로부터 十五六까지의 사람이 잠자는 째를 빼이고는 한 時 半時라도 쑴즉어리지 안는 째가 잇는가 쑴즈럭어리지 말고 가만히 잇스라는 말은 自殺을 하라는 말이다. 그들은 부즈런히 쑴즉어려야 부즈런히 크는 것이다. 그런대 朝鮮의 父母는 어린 사람의 쑴즉어림을 작란이라고만 알고 작란 말아 좀 얌전하라고 쑤지저 왓다.

×

그런대 쑴즉어리는 것은 四肢肉體에만 그치는 것이 아니라 눈에 보이지 안이하는 생각도 부즈런히 쑴즉어리는 것이다. 어린 사람들이 다름질을 하고 씨름을 하고 방문을 두드리고 공을 차고 나무에 긔여오르고 왼갓 쑴즈럭임은 모다 肉體를 活動식히는 努力이다. 그런 째 그의 活動을 도와주어 더욱 부즈런히 쑴즈럭어리게 하여 더욱 부즈런히 자라게 해 주기 위하야 작란감이 必要한 것이다.

×

그와 맛찬가지로 눈에 보이지 안이하는 속생각이 活動하노라고 아버지는 누가 나엇소 하러버지는 누가 나엇소, 맨 나종에 한우님은 누가 나엇소 하고 쏫가지 캐여뭇는 것이다. 팟은 왜 빨갓코 콩은 왜 노랏소 강아지는 왜 신발을 안 신고 다니오 하고 뭇는 것도 다 속생각이 活動하려는 것이니 그 活動을 더욱 도와주기 위하야 童話며 童謠며 그림이 必要한 것이다.

×

그리하야 그 몸과 마음을 우선 充分히 식여주려고 애쓰는 곳이 幼稚園이다.

×

사람이 이 世上에 必要한 사람이 되려면 算術이나 글씨 쓰는 것만 배워 가지고는 안 되는 것이다. 더구나 어린 때는 더(이상 12쪽)욱 그러타. 學校에서 배우는 것 外에 더 根本的으로 사람 노릇하는 바탕을 지여 가지지 안흐면 안 된다. 그래서 幼稚園과 가치 그들의 自由로운 心身의 活動을 圖謀하는 外에 더 根本的이요 더 實際的인 생각과 智識과 쏘 訓鍊까지 주는 것이 少年會다.

×

이만큼으로 그치고 이 資料가 諸君의 손에서 다시 料理되여 맛잇고 實益 잇는 飮食이 되기를 바랄밧게 업다. 다시 쏘 注意하고 십흔 것은 어려운 말을 쓰지 말나는 것이다. 쉬웁게 쉬웁게 더 한層 쏘 쉬웁게 平易한 말만 골나서 쓰도록 用念해야 한다. (이상 13쪽)

## 崔靑谷, "부형 사회에 드리는 몃 말삼", 『조선일보』, 1931.1.1.

우리 조선의 가장 중대하다고 생각하는 문제는 퍽으나 만슴니다만은 그 중에서도 나는 소년의 문제를 들어 몃 마듸를 하겟슴니다.

작년의 조선을 생각할 때 무엇하나 시원한 것이 업고 단지 괴로움과 쓰라림이 남엇슬 뿐이라고 아니 생각할 수가 업슴니다.

그러나 어린 사람은 부형사회가 바든 괴로움과 쓰라림의 간섭으로 바든 괴로움과 쓰라림을 어린사람이 밧고도 아모 말을 못햇스니 그들의 마음은 어쩌하엿겟슴니까?

쏘한 작년의 말 못할 사정을 들어 금년의 일을 생각하면 한심함을 마지안슴니다. 이제 와서는 어린이를 사랑하라! 어린이를 중이 역여라! 이러한 말삼은 하고 십지가 안슴니다.

부형사회가 잘되고 못되는 대로 움즉이는 까닭이라 지금에 잇서서는 압날의 어린이가 당당한 조선의 어린이가 되게 하기 위하야 부형사회는 스사로 부형사회가 잘되도록 해야만 될 것입니다.

살려고 아모리 애를 써도 안 된다 아모리 일을 해도 안 된다는 쓰라린 마음에서 왼갓 목숨을 밧처 가면서도 살려고 해야 될 것이며 쏘한 일해야 될 것입니다.

북에서 백두산 남으로 제주도에 일으기까지 조선의 소년은 부형사회가 잘되여야 그들도 조선소년으로서 존재한다는 굿은 마음에서 지금 당하고 잇는 왼갓 괴로움과 쓰라림을 완전히 깨트려 나아갈 길을 차저 남과 유달은 처지에 서서 갈 바를 몰으고 헤매이는 귀여운 우리들의 소년이 압날의 힘잇는 소년이 되게 하여야 할 책임 잇는 것을 아서야 함니다.

## 丁洪敎, "어린동무들이 새해에 생각할 일－장내 사회에 압잡이가 되십시다", 『조선일보』, 1931.1.1.

새해 첫 아츰을 맛는 여러분에게 선물이라고는 아모것도 업고 다만 한 살식 더 먹게 되는 나희밧게 업는 것입니다. 이날의 조선 어린동모들은 엇더한 처지에 잇는 것입니다 ——

(이하 9행 가량 검열로 삭제됨)

이러한 처지에 잇는 여러분에게는 어른들이 이럿타 하는 아모 선물도 주지 못하면서도 여러분이 장차 자라나면 쓸어저 가는 집안이며 우리의 사회(社會)가 다시금 일어날 수 잇다는 바람(希望)을 가지고 잇는 것입니다. 여러분은 녯날이야기에서 나오는 작란감 어린아희의 눈이 정말 옥(玉)이 안이라고 철닥선이 업는 어린 동모가 아니며 압날의 짐붐을 잔득 실고 가는 뱃사공이올시다. 이 배가 닷는 날에는 망하면 더 망할 수가 잇고 왓작 일어나면 일어날 수 잇는 가장 중대한 책임(責任)을 가지고 잇는 조선의 일꾼들이올시다.

그럼으로 나는 생각하면 조선의 어린 동모가 가장 행복한 사람이라고 한편으로 생각되는 것입니다. 왜? 그러냐 하면 달은 나라 가트면 어른들이 모든 것을 차지한 싸닭에 어린 사람들은 차지할 무엇이 업지만 조선의 어린 동모들은 장차 조선을 잘 만들어 노을 훌륭한 사람들인 싸닭이올시다. 여러분은 집을 잘 짓는다든가 배를 잘 부인다든가 긔계를 잘 만든다던가 엇덧튼 여러 가지 방면으로 개척자가 되여야 할 여러분이올시다.

이러한 여러분은 서로 사랑하며 한데 뭉치여서 우리의 말과 력사를 알도록 힘쓰며 장래에 대한 압잡이가 되도록 새해 새 아츰에 굿게 생각하심을 바람니다.

# 찾아보기

**ㄷ**

## ㄹ



## ㅁ

## ㅇ

**ㅊ**

**ㅋ**



**ㅌ**



**ㅍ**

**ㅎ**

엮은이

## 류덕제 柳德濟, Ryu Duckjee

경북대학교 대학원 문학박사(1995)
대구교육대학교 국어교육과 교수(1995~현재)
The State University of New Jersey(2004),
University of Virginia(2012) 방문교수
대구교육대학교 교육대학원장(2014~2015)
한국아동청소년문학학회 회장(2015~2017)
국어교육학회 회장(2018~2020)

**논문**
「『별나라』와 계급주의 아동문학의 의미」(2010)
「일제강점기 계급주의 아동문학의 방향전환론과 작품적 대응양상 연구」(2014)
「윤복진의 아동문학과 월북」(2015)
「송완순의 아동문학론 연구」(2016)
「일제강점기 아동문학가의 필명 고찰」(2016)
「김기주의 『조선신동요선집』 연구」(2018) 외 다수.

**저서**
『한국 아동청소년문학연구』(공저, 2009)
『학습자중심 문학교육의 이해』(2010)
『권태문 동화선집』(2013)
『현실인식과 비평정신』(2014)
『한국아동문학사의 재발견』(공저, 2015)
『한국현실주의 아동문학연구』(2017) 외 다수.

E-mail : ryudj@dnue.ac.kr

1930.1~1931.1

# 한국 아동문학비평사 자료집 3

2019년 10월 30일 초판 1쇄 펴냄

**엮은이** 류덕제
**발행인** 김홍국
**발행처** 보고사

**책임편집** 황효은
**표지디자인** 손정자

**등록** 1990년 12월 13일 제6-0429호
**주소** 경기도 파주시 회동길 337-15 보고사 2층
**전화** 031-955-9797(대표), 02-922-5120~1(편집), 02-922-2246(영업)
**팩스** 02-922-6990
**메일** kanapub3@naver.com / bogosabooks@naver.com
http://www.bogosabooks.co.kr

ISBN 979-11-5516-921-6 94810
979-11-5516-863-9 (세트)


정가 50,000원